LA CLÉ DE L'ABÎME

DU MÊME AUTEUR

La Caverne des idées, Actes Sud, 2002 ; Babel n° 604.
La Bouche, Mille et Une Nuits, 2003.
Le Détail, Mille et Une Nuits, 2003.
Clara et la pénombre, Actes Sud, 2003 ; Babel n° 669.
La Dame n° 13, Actes Sud, 2005 ; Babel, n° 793.
La Théorie des cordes, Actes Sud, 2007 ; Babel n° 911.
Daphné disparue, Actes Sud, 2008.
La Clé de l'abîme, Actes Sud, 2009.
L'Appât, Actes Sud, 2011.

Titre original :
La Llave del Abismo
Editeur original :
Random House Mondadori, SA, Barcelone

ISBN 978-2-330-00019-6

JOSÉ CARLOS SOMOZA

LA CLÉ DE L'ABÎME

roman traduit de l'espagnol
par Marianne Millon

BABEL

à María José, ma croyance

Nous savons que la Bible prétend être la parole de Dieu, tandis que Les Mille et Une Nuits *sont un recueil de contes fantastiques. Le rabat, c'est ça : ce que nous savons, ou croyons savoir, sur ces livres. Maintenant, imaginez que la Bible et* Les Mille et Une Nuits *aient échangé leurs rabats il y a des millénaires : les aventures de Yahvé constitueraient un délice pour les petits enfants, pendant que de nombreux dévots... auraient été torturés pour avoir nié l'existence de Schéhérazade.*

Fragment d'un texte prébiblique
d'origine inconnue.

Je vis descendre du ciel un ange qui avait la clé de l'Abîme.

Fragment d'un texte prébiblique
d'origine inconnue.

Si cet Abîme et ce qu'il renferme sont réels, il n'y a pas d'espoir.

Sainte Bible, Onzième Chapitre, 8, 28.

Première partie

ALLEMAGNE

Murs nus et fenêtres conduisent vite à la folie l'homme qui rêve et lit trop.

Sainte Bible, Premier Chapitre, 2.

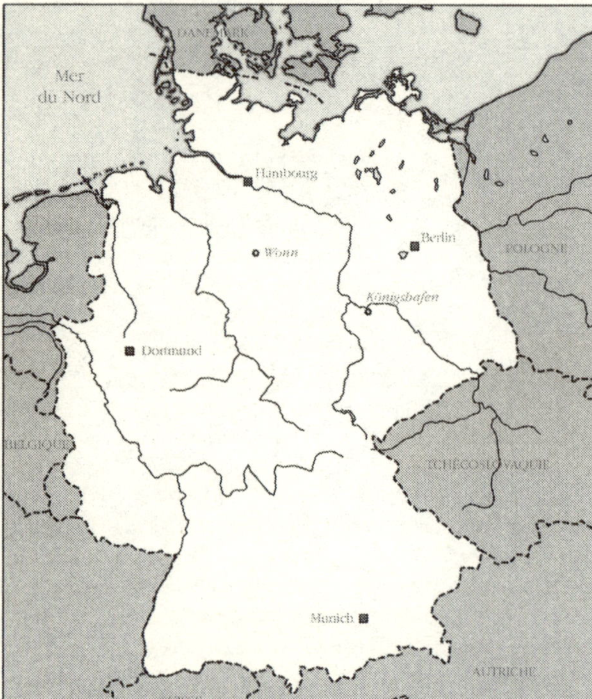
Mer
du Nord
Hambourg
Wonn
Berlin
POLOGNE
Königshafen
Dortmund
BELGIQUE
TCHÉCOSLOVAQUIE
Munich
AUTRICHE
SUISSE

I

KLAUS

1

Par une vilaine matinée d'automne, un jeune homme appelé Klaus Siegel sortit de chez lui dans une petite rue de l'Ouest de Dortmund et se dirigea à pied vers la gare. La bruine persistante saupoudrait d'or les trottoirs sous la lumière des lampadaires, et les longs cheveux blonds du jeune homme, humides, s'écrasaient sur sa tête et sur les cordons de son ample vêtement rouge. Il balançait la main gauche en marchant, la droite disparaissant sous l'habit. Arrivé à la gare, il attendit son tour à une machine et acheta un billet pour le Grand Train de 7 h 45 à destination de Hambourg. Il paya de la main gauche, luisante de pluie, et s'accrocha avec la même main à la barre chromée des portes automatiques pour monter dans le train. Il prit place parmi un bloc de quatre sièges au niveau supérieur de la section centrale, et le train se mit en marche.

Il était le seul passager de la rangée. Personne ne le remarqua, son aspect n'avait rien de particulier ; son expression neutre ne le distinguait en rien du restant des voyageurs.

Le bas de son long vêtement gouttait, formant une petite tache sous ses bottes. Peu à peu, au fur et à mesure que le train prenait de la vitesse, la tache s'agrandit et devint de plus en plus sombre, et il s'y ajouta de petites gouttes rouges.

2

Daniel Kean, deuxième subalterne de la quatrième section, fut le premier à remarquer le sang.

Daniel Kean avait vingt-neuf ans, il était grand, mince, les traits délicats, avec de grands yeux bleus, et ses cheveux d'un blond doré lui arrivaient à la moitié du dos. Le seul détail qui retenait l'attention chez lui était une mèche sombre au sommet du crâne. A cette heure, il était comme tout le monde : un homme qui s'était levé trop tôt et se coucherait trop tard. Les cernes marquaient son visage lisse, gonflé par ses paupières lourdes de sommeil. Il travaillait sans relâche depuis l'âge de vingt ans, faisant des heures supplémentaires, toujours pour la même entreprise, d'abord à Hambourg, puis à Hanovre et enfin à Dortmund. Les patrons du Grand Train le faisaient déménager pour occuper les postes que d'autres laissaient vacants car ils devaient eux-mêmes fréquemment déménager. De toute façon, ça ne dérangeait pas Daniel, puisque toutes les villes se ressemblent, aussi bien en Allemagne que dans les autres pays du Nord.

Ce matin-là, deux heures avant de prendre son service dans le Grand Train, Daniel se réveilla et constata que Bijou s'habillait déjà. Ils s'embrassèrent, et il lui raconta son rêve : il ne la connaissait pas et ils se rencontraient subitement.

— Qu'est-ce qui était bien ? demanda Bijou en peignant ses longs cheveux châtains devant la glace. Le fait que tu ne me connaisses pas ou qu'on se rencontre subitement ?

— La joie de refaire ta connaissance, répondit-il, et il ajouta : Hé ! j'ai dit une phrase géniale.

— Je m'en étais aperçue.

Bijou avait un an de moins que Daniel, mais elle semblait encore plus jeune. En la regardant, Daniel pensait à la fillette qu'elle avait été un jour, aux grands yeux sombres qui ressemblaient à des fenêtres ouvertes sur elle. Autre détail qui lui plaisait, elle ne souriait presque jamais, mais était toujours contente. Daniel supposait que seuls les gens tristes avaient besoin de sourire.

— C'est Yun, qui a besoin de phrases géniales, ajouta Bijou en finissant de s'habiller. Elle aussi, elle a fait un rêve, mais pas aussi agréable que le tien.

La petite Yun était la fille qu'ils avaient voulue tous les deux et, malgré tous les problèmes que cela leur posait, ils continuaient à penser que c'était la meilleure décision qu'ils aient jamais prise. La fillette regarda très sérieusement son père, avec ses grands yeux fendus, quand celui-ci entra dans sa chambre. Elle lisait : depuis quelque temps, Yun lisait un peu de tout. C'était l'évolution normale d'un enfant de six ans, mais Daniel était un peu peiné de la voir perdre peu à peu son caractère enfantin. Plus elle lisait, plus elle devenait sérieuse.

— Aujourd'hui, j'ai fait un mauvais rêve, papa, lui dit Yun.

— Raconte-le-moi.

La fillette resta silencieuse un instant.

— Tu partais dans un train très sombre et tu ne revenais jamais. Tu voulais, mais tu ne pouvais pas. Et tu ne rentrais plus jamais à la maison.

— Moi, j'en ai fait un autre, dit Daniel en se penchant vers elle et en souriant. J'ai rêvé que je refaisais la connaissance de maman et que je l'aimais autant qu'aujourd'hui.

— Et, moi, je n'étais pas là ?

— Tu n'étais pas encore arrivée, mais dans mon rêve cela me faisait plaisir de penser que tu allais le faire, parce que, d'une certaine façon, je me souvenais de toi. Et je me disais : "J'ai rencontré maman, et maintenant Yun va venir."

— Qu'est-ce que ça veut dire ?

Daniel caressa la joue de Yun.

— Rien. Je me suis juste senti très heureux. Et, toi, tu t'es sentie triste. Les rêves peuvent être bons ou mauvais, mais ils ne signifient rien, Yun.

— Maman dit qu'on rêve parce qu'on vit dans de grandes villes et qu'on en a besoin.

Daniel acquiesça, même s'il n'était pas entièrement d'accord. Il en allait de même pour certains enseignements bibliques que Bijou transmettait à Yun. Bijou était croyante, pas lui, mais ils avaient décidé que Yun recevrait une éducation équilibrée afin de pouvoir choisir par elle-même quand elle serait plus grande. Et puis Bijou ne lui apprenait rien de bizarre, juste les croyances ordinaires.

— C'est comme quand on mange, dit Daniel en souriant : la nourriture est bonne ou mauvaise, mais il faut manger quelque chose tous les jours. Et en parlant de manger, j'ai faim…

Il se leva, mais le regard de Yun monta vers lui depuis son petit visage immobile.

— Tu vas dans le train, aujourd'hui ?

— C'est mon travail, mais ce n'est pas un train sombre comme celui de ton rêve : c'est le Grand Train, tu te souviens ? Tu y es déjà montée. Ses wagons brillent et il a un plafond en verre. Et je te promets que, ce soir, je rentrerai avant que tu t'endormes. Et on échangera nos rêves : c'est toi qui rêveras que tu refais notre connaissance, et moi du train sombre.

Daniel encouragea sa fille à rire, mais Yun ne bougea pas la tête, très sérieuse.

— Je ne veux pas que tu rêves du train sombre, papa. Ça te ferait du mal.

— Eh bien plus personne n'en rêvera.

Il l'embrassa sur le front.

En se retournant, il découvrit Bijou dans l'encadrement de la porte, qui regardait Yun.

— Tu es censée t'habiller, jeune demoiselle. Aujourd'hui, je commence à l'académie, et je dois t'emmener plus tôt.

Bijou avait obtenu une place de subalterne aux archives, précisément dans l'école de Yun, et Daniel et elle considéraient cela comme une chance. Le salaire n'était pas très élevé, mais du moins Yun pouvait-elle ainsi bénéficier de la présence de l'un de ses parents.

Ils observèrent Yun enfiler minutieusement un vêtement bleu marine brodé de petites étoiles. Puis ils se retirèrent dans leur chambre et Daniel finit de s'habiller. Plus tard, en mangeant quelques biscuits pour le petit-déjeuner, Bijou et lui discutèrent à voix basse.

— Elle rêve beaucoup, dit Bijou. Et elle lit trop.

— Ça arrive à tous les enfants, à un certain âge.

— Oui, mais elle commence à avoir peur.

— Cela signifie qu'elle est déjà grande, répliqua Daniel.

— On devrait peut-être la faire sortir un peu de la ville… L'emmener au parc…

Bijou porta un doigt à ses lèvres.

Daniel embrassa en même temps sa bouche et ce doigt.

— On peut. Dans deux jours, je serai de repos. Si tu obtiens une permission à l'école…

Ils prirent leur décision. Puis Daniel demanda à Bijou de dire au revoir à Yun pour lui : il ne voulait pas que la petite le voie partir. Certes, ces derniers temps, Yun semblait différente, mais Daniel attribuait cela au développement normal d'un enfant, et il se figurait que Bijou voulait garder la petite fille d'avant, dont le sourire dévorait les yeux fendus et semblait tellement contagieux. Bien sûr, il regrettait lui aussi l'enfance de Yun, mais il supposait que cette nostalgie faisait également partie du développement normal d'un parent. Et puis, rien ne les empêchait d'en avoir d'autres et de connaître à nouveau les joies de l'enfance. Tout dépendrait de sa promotion. S'ils avaient suffisamment d'argent, ils pourraient se le permettre. Sur ces réflexions, il partit.

Il sortit de chez lui à peu près à la même heure que Klaus Siegel. Ils parcoururent des rues parallèles au pied de tours fumantes identiques et, sous un ciel violet, ils arrivèrent en même temps à la gare et montèrent dans le même train.

3

Le Grand Train. Puissant, immense, de verre et d'acier. Deux niveaux par section – supérieur et inférieur –, quatorze grandes sections, plus de cinquante passagers dans chacune. Les engrenages des roues s'ébrouaient sous l'énorme poids, cinglant le bord des voies par des jets d'étincelles. Une odeur de verre et de métal chauds. Beau et terrifiant. Marcher à l'intérieur, avec son plafond haut, ses lustres en cristal et ses moulures, les lourds cadres décorés de miroirs et les murs tapissés de cuir ou de verre peint, laissait penser que le monde possédait encore certains trésors, des spectacles prodigieux émanant de la main de l'homme. Mais aussi, d'une façon étrange que Daniel Kean ne parvenait pas à comprendre, on se sentait pris entre ses mains quand on en parcourait les couloirs. Cette vibration au centre de la poitrine et ce coup de massue sous les pieds vous faisaient savoir que dès cet instant vous lui apparteniez. Passager ou employé, on ne pouvait éviter cette sensation de petitesse, d'être comme un simple atome de chair et de sang dans le ventre de la technologie suprême.

Daniel aimait cette sensation, et il lui semblait que c'était également le cas de ses collègues. Quand on travaillait dans le Grand Train, le Grand Train vous protégeait, et c'était bien.

Son travail consistait à aider le premier subalterne de la quatrième section. Par commodité, ils s'étaient réparti la tâche, et Daniel ne s'occupait que du niveau supérieur. Mais le vestiaire où étaient remisés les uniformes se trouvait dans la dernière section, la numéro quatorze ; Daniel s'y rendit donc dès qu'il entra, se déshabilla, mit le double vêtement gris aux bords froncés et marqué du symbole de la compagnie (une fleur sombre), chaussa les hautes sandales réglementaires, mit dans son oreille gauche l'écouteur qui lui permettrait de recevoir les ordres de sa chef de section et se recoiffa de façon que sa longue chevelure lui retombe sur les épaules, aussi bien pour couvrir l'écouteur que pour paraître "élégant" d'après les critères de la compagnie. Quand le train sortit de la gare, Daniel, en uniforme de subalterne, commença sa progression dans les niveaux supérieurs, en direction de la quatrième section, saluant les collègues déjà au travail, souriant aux passagers qui le regardaient.

Alors qu'il arrivait à la septième section, il remarqua Klaus Siegel.

Il y avait une trentaine de passagers au niveau supérieur, et le siège de Klaus se trouvait à droite de Daniel, près de la porte, de sorte que ce fut le premier que Daniel vit en entrant. Mais Daniel n'aurait jamais remarqué Klaus sans les signes que ce dernier faisait au subalterne de la section. Au lieu d'appuyer sur le bouton situé sur son siège ou de l'appeler à voix haute, Klaus se contentait de lever la main et, comme il lui tournait le dos, le subalterne ne s'en était pas aperçu.

Daniel aurait pu décider d'appeler lui-même son (ou sa collègue, il n'en était pas sûr : ni les uniformes ni, bien entendu, les corps ne différenciaient les individus de dos), mais il décida qu'il n'allait pas perdre du temps pour savoir ce que désirait ce passager. Il était toujours possible de transmettre la commission à un autre moment.

Il fit son meilleur sourire de subalterne et se pencha avec délicatesse.

— Bonjour, je m'appelle Daniel Kean et j'appartiens à la quatrième section. Je peux vous aider ?

Le jeune homme le regarda. Il se trouvait à côté de la vitre. Derrière, le tourbillon de pluie se tordait sur la fenêtre chaque fois que le train passait à grande vitesse à côté des lumières de la voie. A l'intérieur, tout était calme et silence ; au-dehors, tout éclatait entre le vertige et la clameur.

— Oui, tu feras l'affaire, dit le jeune homme en acquiesçant lentement.

4

C'était presque un enfant. Ce fut la première remarque que se fit Daniel. Bien sûr, il pouvait avoir n'importe quel âge, mais quelque chose dans son expression faisait penser à une grande jeunesse. Il avait les cheveux raides et humides partagés par une raie au milieu en zigzag, formant sur le front les côtés d'un triangle dont la base était constituée par les sourcils très fins. D'immenses yeux marron et une petite bouche rose et charnue lui conféraient une personnalité qu'il accentuait en parvenant à ne pas battre des paupières. Il portait un long vêtement rouge traversé d'arabesques brillantes sur la poitrine. Il ne gesticulait que de la main gauche et conservait la droite à l'intérieur du vêtement.

— Je m'appelle Klaus Siegel, dit-il, et il parlait comme s'il avait été sur le point de se réveiller d'un profond sommeil, ou d'y entrer. Assieds-toi, s'il te plaît.

Il désigna le siège en face du sien.

Son ton et ses gestes inquiétèrent Daniel. Pas beaucoup, juste un peu. Il avait affaire depuis des années à toutes sortes de passagers, croyants ou non, et il pouvait reconnaître quelqu'un de "spécial". Ce regard fixe et la voix languide lui firent supposer que Klaus Siegel et la réalité ne partageaient pas le même espace. Il tenta cependant de ne pas se départir de son sourire courtois pour répondre.

— Je suis désolé, monsieur Siegel, nous n'avons pas le droit de nous asseoir avec les passagers. Mon collègue pourra certainement...

Il s'interrompit soudain en découvrant la tache sombre sur le sol.

Le mur situé derrière Klaus Siegel était d'un rouge vif, tout comme ses vêtements, le siège et le sol, de sorte que la tache n'était que ça, de l'obscurité sous les bottes rouges de Klaus. Daniel ne pensa tout d'abord à rien de précis. Il ne s'alarma même pas. Pourtant, l'espace d'un instant, l'image de Yun, sa fille, le regardant de l'air sérieux de ce matin-là lui traversa l'esprit. Le jeune homme le regardait de la même façon.

— Attendez, dit Klaus Siegel calmement. N'appelez pas votre collègue. Attendez et regardez ça.

Klaus n'utilisa que la main gauche. Il avait des ongles très soignés et peints en violet, comme tant d'autres jeunes. Avec cette main, il ouvrit jusqu'au torse son habit long et brillant. Une rafale de parfums exotiques s'échappa de son corps quand il se montra devant Daniel. En souriant, il plissa ses lèvres épaisses dans une grimace moqueuse.

Les gouttes rouges continuaient à couler le long de ses jambes.

Daniel recula d'un pas.

Dans les rangées attenantes, plusieurs regards interrogateurs s'étaient levés, même si seuls les plus proches indiquaient de l'inquiétude. On entendit des commentaires soucieux et quelqu'un en désigna la raison sur le corps du jeune homme.

Tout se déroulait avec une lenteur étrange pour Daniel. Il vit du coin de l'œil que son collègue s'était enfin aperçu qu'il se passait quelque chose et qu'il approchait. Daniel vit la courbe des seins moulés par la partie supérieure de l'uniforme et il en déduisit que c'était une femme. Il ne connaissait pas son nom. Cela n'avait pas d'importance, de toute façon. Ce qui en avait vraiment était de se calmer et de laisser d'autres personnes se charger de l'affaire. *Règle numéro un : que doit-on faire quand… ? Informer son supérieur.* Il écarta ses cheveux de la main gauche pour brancher l'écouteur qu'il portait collé à l'oreille. Sa maladresse lui fit croire que le jeune homme s'en était aperçu, mais Klaus continua à le regarder en silence.

— Je dois en référer à mes supérieurs, monsieur Siegel, le prévint Daniel.

— Tu n'as pas compris, l'interrompit Klaus. Je ne veux parler qu'à *toi*. Assieds-toi, s'il te plaît.

Daniel hésitait. Il vit que sa collègue faisait une grimace de panique en contemplant Klaus.

— Eloignez-vous, dit Klaus dans sa direction, toujours calme mais sur un ton qui n'admettait pas de réplique. Que personne n'approche. A part lui.

Les passagers les plus proches étaient debout, et ils posaient des questions ou y répondaient. Daniel et la subalterne échangèrent un regard et semblèrent soudain prendre la même décision. La subalterne se tourna vers les passagers et commença à leur parler avec cette douceur caractéristique des employés du Grand Train, tandis que Daniel s'asseyait en face de Klaus. A ce moment, une douce mélodie de harpes et la voix tendue de Merla Shank, sa chef de section, s'insinuèrent dans son oreille gauche. Daniel supposa que les caméras de surveillance dissimulées dans les lampes s'étaient mises en marche et filmaient le jeune homme. Merla, sa chef, devait voir en ce moment la même chose que lui.

— Mon Dieu, fit Merla Shank. Qu'est-ce que c'est que *ça* ?

Quoi que ce fût, Daniel en avait beaucoup plus peur qu'elle.

5

La jeune fille avançait aussi droit qu'un couteau qui s'enfonce dans la chair.

D'une section à l'autre, d'un niveau à l'autre, à partir du niveau inférieur de la première section. Parvenue au bout, elle montait l'escalier, parcourait le niveau supérieur, descendait au niveau inférieur d'où elle gagnait la section suivante. Elle faisait cela depuis qu'elle était montée dans le train.

Elle cherchait.

La certitude de ce qu'elle allait trouver était si absolue qu'elle semblait se manifester à chaque mouvement.

Elle atteignait l'extrémité de la sixième section quand elle s'arrêta, dressa la tête et dilata les narines, comme si elle sentait quelque chose. Après une courte pause, elle poursuivit son chemin, mais plus lentement. Quelques mètres avant d'arriver en bas de l'escalier qui conduisait au niveau supérieur de la septième section, elle s'arrêta à nouveau.

Le Grand Train passait en cet instant devant des bâtiments tout proches truffés de fenêtres derrière lesquelles s'agglutinaient des visages, des traits aussi rapides que des lances jetées dans la direction opposée, des masques muets qui regardaient en direction du train. Soudain, un tunnel fit disparaître la lumière sur les vitres comme un rideau. Le vestibule de la section s'assombrit, mais rien n'indiqua que ce changement ait la moindre importance pour la jeune fille.

Le train roulait toujours dans le tunnel quand les employés du niveau inférieur arrivèrent progressivement. Ils parlaient, recevaient ou donnaient des ordres, regardaient d'un air soucieux en direction du niveau supérieur. Ils bloquèrent le passage vers l'escalier, mais aucun d'eux ne monta.

En revanche, d'autres descendirent. D'abord, une subalterne de deuxième classe. Derrière, une rangée de visages inquiets, ordonnés, silencieux.

Près de l'escalier, plusieurs sièges en forme de cubes lumineux. La jeune fille s'installa sur l'un d'eux et palpa l'émetteur suspendu au double collier noir reposant sur sa poitrine. Une voix répondit immédiatement dans son oreille. La conversation fut brève, murmurée, puis elle éteignit l'émetteur.

Et elle attendit.

6

Klaus avait posé les conditions : le train devait continuer à rouler, sans s'arrêter dans les gares ; ils resteraient là tous les deux et personne ne s'approcherait ni ne les interromprait ; il avait quelque chose à dire à Daniel et lui seul pouvait l'entendre. Du moins Klaus avait-il accepté que les passagers quittent ce niveau et les laissent seuls.

Et c'était ce qu'ils avaient fait, en rang, derrière la subalterne, sans cris ni évanouissements, ni même de démonstrations de panique intense. Epaules tombantes, tête baissée, tous acceptaient ce qui pouvait arriver. Daniel comprit qu'ils étaient résignés par l'habitude. C'était le monde, pas eux. Il était logique que des fous commettent des actes tels que tuer d'autres personnes sans explication, songeait-il. Qui pouvait en être surpris ? Ce genre de chose arrivait aujourd'hui ou demain, aux uns ou aux autres, et cette sorte de mort n'était sans doute pas le pire des destins. Le véritable, unique sens de la vie était la peur. La peur constituait le monde : peur de mourir, de devenir fou, d'être attaqué ou d'être poussé à attaquer, ou à des agissements encore bien pires. Le gouvernement était un gouvernement car il protégeait les citoyens autant que possible, mais cet "autant que possible" incluait quelques variables et en excluait d'autres. C'était là la vie normale, alors, pourquoi ne pas l'accepter ?

Cela dit, Daniel n'éprouvait pas de rancœur envers Klaus Siegel, le fou. Et, en contemplant de près son corps nu et maltraité de la sorte, il éprouva presque de la peine pour lui. Quel âge pouvait-il bien avoir ? C'était certainement un gamin. Il lui posa la question. Klaus s'avéra plus âgé qu'il ne s'y attendait.

— Vingt ans, dit-il, et il sembla vexé. Mais j'ai une grande expérience. Je travaille comme deuxième assistant chimiste dans une usine d'explosifs de la périphérie : elle s'appelle Siegel, comme moi, mais elle n'a rien à voir avec ma famille. Je projette cela depuis des mois. Je volais de petites quantités de matériel chaque semaine pour que personne ne s'en aperçoive. J'ai tout préparé chez moi. Je sais de quoi je parle et, si un expert me voit, il me croira. Regarde bien.

— Je te crois, assura Daniel.

— Ça ne fait rien. Regarde.

Daniel Kean s'y obligea. Il croyait s'être habitué à ce spectacle, mais il se trompait. L'habileté avec laquelle Klaus avait incisé la peau fine de son torse et introduit chaque lame dans une incision en laissant en évidence un câble relié à une plaque horizontale, comme les cordes d'un instrument, était terrifiante. Daniel avait tout d'abord pensé que les câbles étaient rouges à cause du sang qui coulait encore des coupures, mais en regardant mieux il découvrit que c'était de la peinture. Les câbles étaient peints en rouge, excepté le troisième à gauche pour Daniel, à droite pour Klaus, qui était blanc et s'incurvait légèrement vers le haut pour s'achever en un nœud attaché au pouce droit. Klaus maintenait cette main immobile sur sa poitrine, dans la position d'un musicien jouant du luth.

— Tu sais ce qui arrivera si je laisse retomber mon doigt et que je tends le câble ? demanda Klaus.

Daniel pouvait l'imaginer. Il se demanda si Merla et son équipe avaient procédé à cette analyse, et il s'accrocha à la possibilité – très lointaine – qu'il bluffe. Mais, à ce moment, l'écouteur lui souffla la petite voix tendue de Merla.

— On est dans un beau pétrin, mon garçon. D'après ce qu'on peut en voir d'ici, c'est sérieux. Un appareil très exotique, en fait, seul un fou pouvait le concevoir… Je vais essayer de t'expliquer, mais je m'interromprai quand il te parlera pour qu'il ne se doute pas que tu es en contact avec nous, d'accord ? Remue la tête si tu m'as bien entendue…

— Je l'ai fait pour que vous ne puissiez pas m'arrêter, dit Klaus en interprétant la secousse de la tête de Daniel comme un signe de compréhension. C'est un plan très élaboré, alors ne songe pas un instant à faire une chose bizarre.

Daniel tenta de lui montrer, par des gestes d'assentiment et d'obéissance, qu'il n'avait pas songé à faire quoi que ce soit. Il s'efforçait simultanément d'écouter l'explication complexe de Merla Shank, mais il perdait la moitié de ce qu'elle disait.

— Il y a quatorze câbles. Les treize rouges... l'impulsion du détonateur sur chacune des pastilles organiques de... Là, elle prononça un terme technique que Daniel ne comprit pas. – Il a été très astucieux, car ni la surveillance visuelle ni la... ne détectent les explosifs organiques bidimensionnels sous la peau... Le seul câble d'activation est celui qui est peint en blanc et attaché... à son pouce... Il s'active quand on le tend. Le câble mesure deux centimètres... il lui permet de rester lâche... Si on l'élimine à distance, on n'arrivera pas à temps pour éviter l'explosion... Mais si cet imbécile s'endort ou s'évanouit, il explosera tout aussi bien... Tu m'entends bien, Daniel ? Ne laisse pas ce garçon se douter qu'on est restés en contact, fais semblant de l'écouter...

Daniel n'avait pas besoin de feindre : il l'écoutait vraiment, autant ou plus que Merla.

— Je suis désolé pour tout ça... disait Klaus, qui semblait avoir un peu mal au cœur. Je sais que je suis en train de provoquer une histoire terrible... mais... je devais le faire... crois-moi...

La nouvelle voix qui claqua dans l'écouteur était rapide, ferme, autoritaire.

— Daniel, ici Elsevier Olsen, officier supérieur de la Sécurité civile.

Son titre impressionna Daniel. On n'avait pas l'occasion de parler tous les jours à un officier supérieur de la Sécurité : ils détenaient le pouvoir de faire tout ce qu'ils voulaient de vous, sans que vous puissiez protester. Ils étaient censés vous protéger mieux que quiconque, il fallait donc leur obéir plus qu'à quiconque.

— Je suis dorénavant le responsable de cette opération. Je me trouve à l'extérieur du train avec mon assistant, mais nous vous suivons de près dans un véhicule officiel… L'important est que tu maintiennes ce fou éveillé… Pose-lui des questions !

Daniel en improvisa une quand Olsen se tut.

— Je ne comprends pas… Pourquoi est-ce que tu dois faire ça, Klaus ?

Le jeune homme le regardait avec la fixité d'un poisson.

— Je te l'ai dit : je veux te révéler quelque chose en privé. Je ne pouvais pas m'y prendre autrement, crois-moi. Ça devait être aujourd'hui, ici, maintenant et comme ça. Toi et moi. Il n'y avait pas d'autre solution.

— Daniel, intervint Olsen : essaie de lui faire croire que tu ne peux pas continuer à parler, que tu te sens mal. Je veux qu'il te laisse respirer.

Daniel hésitait. Olsen insista, et Daniel finit par se plier en deux, il trembla, eut un sanglot. Il pensa qu'il exagérait, mais Klaus lui accorda une pause. Pendant ce temps, son supérieur poursuivit.

— Tu te débrouilles très bien. Maintenant, calme-toi et écoute. Ce garçon est complètement fou, mais il n'a pas menti : il travaille chez Siegel, il a volé l'explosif et il a fabriqué la bombe chez lui. Nous avons obtenu des informations à son sujet. C'est un croyant du Premier Chapitre, un de ces types qui rêvent, lisent trop et vivent entre des murs nus et des fenêtres, comme dit la Bible. Il te parlera peut-être de nymphes, de dauphins ou de tourbillons de feu, attends-toi à tout… Ce qui compte, c'est de le distraire… Il ne doit pas s'endormir ni se relâcher…

Daniel écoutait Olsen avec tant de concentration qu'il avait oublié de garder son attitude angoissée. Klaus le regarda en fronçant les sourcils : une simple ride sur un visage blanc comme le papier, mais elle eut le mérite d'inclure Daniel dans la panique.

— Qu'est-ce que tu as ? demanda Klaus sur un ton soupçonneux. A quoi tu penses ?

— Il ne doit pas s'apercevoir que tu nous parles, lui intima Olsen dans l'oreille.

— J'ai peur, dit Daniel, et il pensa que cette déclaration servait de réplique à ses deux interlocuteurs.

Il prit soudain conscience de sa situation et baissa la tête vers le pouce attaché au câble.

Le doigt. Le câble.

— Moi aussi, admit Klaus, mais tu as été choisi, comme moi.

— Choisi ?

— Pour savoir ce que je vais te dire. C'est un secret.

— Pourquoi moi ? gémit Daniel. Pourquoi faut-il que ce soit moi ?

— Qui sait pourquoi ceux qui ont été choisis l'ont été ? se demanda Klaus avec philosophie. On naît, on grandit, on croit vivre dans un monde normal, et un jour on découvre qu'on est différent, ou que le monde n'est pas aussi normal qu'on le croyait ; ce jour-là, on se sent choisi. J'allais appeler ta collègue, mais c'est toi qui es venu. C'est un signe du destin. C'est le destin. – Soudain, il se tourna vers la fenêtre. – Regarde nos villes, indiqua-t-il d'un geste.

Daniel, qui avait du mal à détourner le regard du pouce de Klaus attaché au câble, s'efforça d'obéir. Il contempla, invoqués par la vitesse du Grand Train et serrés entre eux, des immeubles en brique et en ciment, de hautes tours à la chevelure de fumée, des murs qui décourageaient la curiosité et de fines zébrures de ciel dans les intervalles étroits entre les toits.

— Dans un tel monde, n'est-il pas beaucoup mieux de se sentir choisi pour quelque chose ? demanda Klaus.

— Je ne sais que te dire… répondit Daniel.

Il admettait que ce n'était pas un spectacle sublime, mais il souhaitait vivre là, peu importait où, juste vivre. Le seul fait de penser ne plus revoir ni Yun ni Bijou lui causait une profonde douleur.

— "Quand la vieillesse s'abattit sur le monde et que l'émerveillement disparut de l'esprit des hommes… il se trouva un homme pour consacrer sa vie à la recherche des espaces vers lesquels avaient fui les rêves…" récita Klaus. Je suppose que tu te rappelles le Premier Chapitre… Tu crois en la Bible ?

Que devait-il répondre ? Olsen semblait lui aussi dubitatif, mais quand Daniel entendit son supérieur lui conseiller de répondre "oui", il était trop tard : il s'était vu dans l'obligation d'être sincère.

— Non, dit-il. Je ne suis pas croyant.

Klaus le regarda avec une sérénité que ne reflétait guère son corps sanglant ni le fond rouge vif du mur situé derrière lui. Il gonfla la poitrine en changeant de position et une nouvelle goutte rouge coula de l'une des poches de chair puis glissa sur son ventre comme une gemme. Mais son pouce restait immobile.

— Ça n'a pas d'importance, répliqua-t-il d'une voix lente et grave. Qu'est-ce que la croyance ? Chercher dans un trou, ne rien y trouver et ne pas se donner pour vaincus. Se dire : "Il y a quelque chose", et recommencer à chercher, en sachant qu'on trouvera ce qu'on cherche…

— J'ai une fille, Klaus… l'interrompit Daniel. Une petite fille de six ans. S'il te plaît… laisse-moi la revoir.

— C'est ça, approuva Olsen : change de sujet, essaie de le garder éveillé. Il a perdu beaucoup de sang et un peu baissé la main. Il reste à peine un centimètre pour que le câble se tende. Surtout, il ne doit pas s'endormir…

— Tu la verras, dit Klaus simultanément.

Sa voix ne trahissait aucune émotion. Il regardait Daniel sans ciller, paupières entrouvertes.

— Personne ne sera blessé, je t'assure… Tu dois juste écouter ce que je vais te dire et t'en souvenir pour toujours. Et n'en parler à personne. Tu dois jurer que tu n'en parleras jamais. Seul celui qui a été choisi peut l'entendre. Et quand je te le dirai – il introduisit la main gauche à l'intérieur de son vêtement et en ressortit le poing fermé – tu couperas toi-même le câble blanc. – Il montra sa paume : de fines pincettes en acier pointues gisaient au centre de la petite main. – Ce sera tout. Compris, Daniel Kean ?

Rien d'étonnant à ce qu'il connaisse son nom, pensait Daniel, puisqu'il le lui avait dit lui-même en se présentant, mais il lui vint alors une idée absurde : que le jeune homme le connaissait.

Que Klaus était là pour lui.

7

— Non, dit Klaus Siegel. Tu es trop loin. Assieds-toi ici, à côté de moi… Ou plutôt, penche-toi vers moi. Je veux te le dire à l'oreille.

— Du calme, disait Olsen. Tout va bien se passer. Obéis-lui.

En tremblant, Daniel se leva de son siège et s'accroupit à côté de Klaus, découvrant les genoux sous le bas de son uniforme.

— Maintenant, écoute attentivement ce que je vais te dire… l'instruisit Klaus. Si absurde que soit ce que tu entendras, ne te montre pas surpris… Contente-toi de l'entendre. Ensuite…

Soudain, l'espace sembla devenir immense.

Dans l'état où il se trouvait, Daniel en vint à penser que c'était ainsi quand on mourait désintégré par une bombe : l'espace devenait infini. Mais seule s'était ouverte la porte d'accès à côté de Klaus, qui conduisait au niveau supérieur de la huitième section. Daniel prit d'abord le premier individu qui entra pour une femme, mais lorsqu'il se retourna après avoir fermé la porte, il révéla des attributs d'homme. Il portait la courte tenue blanche du groupe d'Intervention du train et son anatomie avait été conçue pour le combat. L'autre était une femme et portait deux pièces noires brodées et le ras-du-cou rouge du personnel clinique. Ils firent irruption de telle façon que Daniel se vit obligé de se lever d'un bond.

— Monsieur Siegel, c'est un plaisir de vous rencontrer, dit la femme avec un débit rapide, je suis le Dr Brunswick, médecin urgentiste du Grand Train. J'aimerais que nous bavardions.

Klaus et Olsen parlaient en même temps. La voix de l'agent d'Intervention s'ajouta aux leurs. Dans les oreilles de Daniel Kean, l'espace d'un instant, tous les sons se valurent. Mais le seul auquel il voulait prêter attention, le seul qui lui importait – le frôlement du pouce droit de Klaus sur sa peau –, était inaudible.

— Je suis sûre que nous pouvons vous aider, monsieur Siegel.

Elle semblait très jeune, même si son âge était indéterminable. En revanche, son anxiété était plus évidente : elle avait un ton professionnel, mais haletait en fin de phrase. Elle se tenait à une certaine distance, ne s'approchait pas, les mains sur les hanches, un pied nu posé sur un cube lumineux. Daniel supposait que le ras-du-cou rouge dissimulait une caméra qui observait inlassablement l'état de santé de Klaus.

— Je ne le répéterai pas, prévint Klaus. Juste lui et moi…

Le doigt. Le câble.

— Faites ce qu'il dit, je vous en prie, demanda Daniel.

— Il va s'évanouir, commenta la doctoresse en souriant, comme si elle félicitait Daniel de quelque chose. Il est de mon devoir de vous avertir. Nos analyses à distance évaluent qu'il a perdu – elle lança des chiffres, même si ni Daniel ni Klaus ne l'écoutaient – de sang au total. L'inconscience surviendra dans une poignée de secondes. Une minute, tout au plus…

— Je crois qu'il vaut mieux que vous nous laissiez seuls, insista Daniel.

— Vous êtes un simple subalterne, Daniel, vous ne pouvez pas prendre de décisions.

La doctoresse s'appuya à l'une des colonnes blanches de la section et posa l'autre main sur sa hanche. Sa silhouette ressemblait à celle de n'importe qui : stylisée et soignée. L'uniforme moulant et brodé de noir était plaqué contre sa poitrine et ses hanches.

— Le train ne vous appartient pas, et c'est le train qui compte. Et les passagers, naturellement. Quand M. Siegel s'évanouira…

— Ecoutez, coupa Klaus. Si je baisse mon doigt *maintenant*, peu importe que je m'évanouisse ou non.

Daniel pensa que Klaus avait au moins le don de résumer avec force une situation. Ce que le jeune homme voulait dire était très clair : ils allaient tous mourir, tôt ou tard, à l'instant où il le déciderait. Et même pas lui, mais son *pouce*. Ou plutôt les forces qui lui restaient, la dernière flamme de sa volonté. Rien ne pourrait l'en empêcher. Rien n'éviterait la catastrophe. C'était *irrémédiable.*

Soudain, quelque chose tonna dans l'oreille gauche de Daniel. Il crut que le cri d'Olsen avait aussi été entendu à l'extérieur, puisque la doctoresse se tut immédiatement ; puis il comprit qu'elle devait porter un écouteur comme le sien. Olsen avait dû installer une nouvelle fréquence pour s'adresser à elle. La doctoresse acquiesça à un être invisible, fit demi-tour et partit par où elle était venue, avec l'agent.

— Idiote, idiote… marmonnait Olsen.

Il ne se contrôla que pour ajouter :

— Daniel, essaie de lui faire dire quelque chose *maintenant…*

— Il nous reste peu de temps, disait Klaus simultanément, sans avoir besoin que Daniel le presse, le visage transformé en un masque de sueur. Penche-toi vers moi et jure de ne révéler à personne ce que je vais te dire.

Daniel obéit, mais Klaus ne fut pas satisfait tant qu'il ne l'eut pas répété à voix haute. Puis il ajouta, sur un ton solennel :

— Je te fais un legs terrible, Daniel Kean. Désolé pour toi.

Daniel vit s'approcher le visage de Klaus comme une planète qui va entrer en collision avec une autre. Olsen avait beau essayer de l'encourager, Daniel possédait la certitude absolue que, dès qu'il lui aurait dit ce qu'il voulait lui dire, Klaus ferait exploser la bombe. Il se rappela brièvement que le Premier Chapitre de la Bible parlait d'un homme enfermé dans une ville comme n'importe quelle autre qui regardait les étoiles à sa fenêtre en éprouvant la nostalgie du sommeil, jusqu'à une nuit où le ciel se déversait sur lui comme la mer et l'emmenait en flottant vers une rive verdoyante parsemée de… Il s'efforça de se rappeler… “boutons de lotus et de jacinthes d’eau rouges”… Il croyait que le Premier Chapitre symbolisait le destin de certains esprits après la mort : l’arrivée sur une rive verdoyante et parfumée. Il n’était pas croyant mais quel problème cela posait-il d’y croire au dernier moment ? Peut-être la croyance était-elle fondée, et cette rive existait-elle. Là, il pourrait attendre Yun et Bijou, ses parents et Lania, sa sœur, et les retrouver quand ils arriveraient.

C’était bien gentil, mais, pour l’instant, il ne perdait rien à abonder dans le sens de Klaus. Il gagnerait du temps, comme le conseillait Olsen, son supérieur.

Il approcha son oreille libre, celle qui n’était pas recouverte par l’écouteur, des lèvres du jeune homme, et s’apprêta à écouter n’importe quelle folie.

Les lèvres de Klaus Siegel remuèrent pendant quelques secondes, puis elles se rétractèrent.

— Garde-le en toi et ne le révèle jamais, lui intima-t-il encore.

Il avait l’air de quelqu’un qui se sent soulagé de s’être libéré d’une lourde charge. Daniel s’apprêtait à répliquer lorsque soudain le Grand Train, dans son affolant voyage vers nulle part, passa entre deux grands bâtiments séparés par une certaine distance. Dans cet espace s’introduisit la forme sanglante d’un soleil qui s’élevait. Ce fut un éclair rougeâtre, violent, presque furieux.

Simultanément, Klaus leva la main gauche et s’enfonça les pincettes dans le cou.

8

Klaus Siegel mourut si vite qu’il sembla ne s’être pas aperçu lui-même de sa mort. Pendant un instant, il fronça les sourcils et regarda Daniel Kean. Il posa même une question que l'on n'entendit pas, car les mots sortirent, rouges et muets, de son cou.

Le doigt.

De la même façon que Klaus était mort et ne le savait pas encore, les mains de Daniel Kean bougèrent à l'insu de leur propriétaire, et reçurent le bras droit de Klaus comme une relique précieuse.

Comme ça. Tiens-le bien.

La main gauche se chargea de maintenir l'avant-bras à la même hauteur, la droite de lever la main et de soutenir le pouce.

Le doigt.

L'esprit de Klaus, rêveur ou non, avait peut-être été transporté sur la rive verdoyante et parfumée du Premier Chapitre, mais, maintenant qu'il disposait d'une nouvelle occasion, Daniel Kean pensa qu'il ne souhaitait pas le suivre. Il s'efforça d'empêcher ce doigt de faire autre chose que continuer à exister, comme lui ou comme le cadavre de Klaus appuyé contre lui, trois choses inertes et charnelles balancées par le mouvement du train.

Il n'y avait qu'un problème : Klaus, maintenant conscient de sa mort, s'effondrait docilement. Son torse s'inclina vers Daniel dans une lente révérence et sa main gauche s'effondra sur le siège, lui plantant les pincettes dans le cou. Daniel laissa la tête de Klaus s'appuyer contre son épaule et il resta immobile en soutenant *(je t'en prie)* ce doigt unique, merveilleux, encourageant.

— Daniel, écoute, Daniel, écoute, Daniel, écoute… répétait l'écouteur comme une sorte de malédiction, mais c'était justement la seule chose qu'il ne pouvait faire en ce moment.

A l'horizon défilaient de grands bâtiments d'une laideur extrême. Daniel pensa que ce devaient être des laboratoires génétiques : seuls les centres militaires étaient plus laids et les asiles de fous plus grands. Quelques instants plus tard, ils furent remplacés par d'immenses ruines. Soudain, celles-ci se figèrent.

Le train s'était arrêté. Daniel ne se rappelait pas – et ne s'en souciait pas – sur quelle partie du trajet ils se trouvaient. Il ne prêtait pas non plus attention à la voix criarde de… Non, ce n'était plus Olsen mais Merla Shank. Une seule chose l'intéressait, en laquelle il avait placé toutes ses illusions, ses désirs de retrouver sa famille, de serrer fort Yun et Bijou jusqu'à les faire rire.

Le doigt.

Ne lâche pas son doigt.

— Attends un peu. Laisse-moi.

La voix surgit de derrière. Quand son propriétaire envahit son champ de vision réduit, Daniel remarqua une chevelure épaisse, ondulée et noire, et un long uniforme, en un sens similaire à la chevelure, et aussi une bouche remarquablement rouge et des traits remarquablement beaux. Peut-être s'agissait-il d'Olsen ? Mais l'inconnu s'empressa de se présenter.

— Je m'appelle Moon, agent de la Sécurité civile. Je collabore avec le supérieur Olsen et je viens de monter dans le train… Calme-toi, tout est fini. Maintenant, j'ai besoin que tu recules un peu, Daniel. Laisse-moi m'en charger…

— Je ne peux pas, gémit Daniel. Je lui tiens le doigt.

— Je vais t'aider.

L'agent Moon écarta le cadavre de Klaus de quelques centimètres. Ses gestes étaient silencieux et calculés comme la trajectoire d'une étoile.

— C'est un câble résistant, dit Moon en se penchant pour observer l'espace entre Daniel et Klaus. Je ne pense pas pouvoir le couper sans aide.

— Les pincettes fichées dans son cou… murmura Daniel sans lâcher la main de Klaus, accroché, fondu à elle. On peut le couper avec ça.

— Exact. Ne bouge pas.

Il n'aurait pas pu désobéir à cet ordre même s'il l'avait voulu : il était uni à Klaus pour l'éternité, enchâssé à ce doigt par ses propres doigts.

— Vite, s'il te plaît, supplia-t-il.

— Il n'y en a plus pour longtemps.

Il essaya de ne pas prêter attention aux bruits grotesques que produisaient les pincettes rebelles pendant que l'agent Moon les extrayait avec délicatesse du cou de Klaus. Il trouvait terrible de se sentir tout près de recommencer à rire, à respirer, embrasser Yun ou avoir des orgasmes avec Bijou, et que cette étape dépende de quelques mouvements que même sa fille aurait pu effectuer. Au moins, l'écouteur s'était-il tu, même s'il entendait maintenant un remue-ménage d'ordres et de pas dans les sections proches.

— Ça y est, dit Moon. Tu lui tiens la main ? Recule.

— Non… Attends, ne tire pas dessus, non, non…

— Si tu ne me laisses pas mettre les pincettes, je ne pourrai pas le faire.

Daniel n'osait pas s'écarter. En revanche, il découvrit qu'il pouvait couper lui-même le câble de la main gauche tout en tenant le doigt de Klaus de la main droite. C'était facile, ou cela devait l'être. TOUT ce qu'il fallait, c'était que l'agent Moon immobilise Klaus. Il le lui expliqua en bégayant légèrement.

— Tu t'en crois vraiment capable ? demanda Moon, mais, pour une raison quelconque, il n'attendit pas la réponse. D'accord. Prends-les.

Daniel saisit l'outil et en porta les bords acérés vers l'objectif en essayant de mobiliser les muscles de son bras gauche.

Le doigt. Le câble.

Le plus difficile était fait : Klaus mort, Daniel était parvenu à lui attraper le doigt avant qu'il ne retombe. Il restait maintenant une chose très simple, la plus simple. Il tenta de se concentrer sur cette pensée, de s'isoler des bruits croissants qui l'entouraient…

Le doigt. Le câble.

Le plus simple de tout.

Il introduisit l'entrée de l'instrument tremblant au centre du mince corps du câble. Il y était. En fermant les pincettes, il pensa que, contrairement à tout pronostic et si incroyable que cela pût paraître, il était sauv…

A cet instant, la porte près de laquelle Moon se tenait s'ouvrit, elle heurta Moon qui se cogna contre Daniel, qui inclina les pinces en tirant sur le câble et en le tendant entièrement. Clic.

II

CITÉ

1

— Mourir octroie de la notoriété, dit un informateur face aux caméras. Mourir en essayant de tuer d'autres personnes l'accroît.

C'était vrai. La mort de Klaus Siegel remontait à peine à une demi-heure et tout le monde le connaissait déjà. Les bulletins d'information résumaient les secrets de sa vie, les écrans géants montraient son visage ou son corps nu dans des pièces tendues de voiles de couleur, les médecins étudiaient son caractère et les croyants allemands du Premier Chapitre insistaient sur le fait que leurs croyances n'avaient rien à voir avec ce que Siegel avait fait ou tenté de faire. Ses deux mères, qui vivaient ensemble à Hambourg, ne s'intéressaient plus à lui depuis longtemps. Ses collègues de l'usine affirmaient que c'était un garçon sérieux et travailleur. Deux amis avec lesquels il avait partagé des orgasmes dirent qu'il était fou, mais l'un d'eux se trouvait dans un asile d'aliénés et ses remarques ne furent pas prises en compte.

Les informateurs qui faisaient le siège du Grand Train, arrêté à côté de ruines qui rappelaient certains paysages arabes et qui se trouvaient, par pur hasard, tout près de l'une des gigantesques catacombes des environs de

Hambourg – quelqu'un fit une plaisanterie de mauvais goût sur la question –, en parlaient sans arrêt. En quelques minutes, cet endroit apparemment désolé s'était rempli de caméras, d'informateurs, d'agents de l'autorité et de médecins. Les écrans placés le long des voies diffusèrent des images de l'évacuation en bon ordre avec de gros titres tels que "Heureux dénouement du détournement du Grand Train". On interviewait des experts qui dénonçaient le défaut de vigilance et annonçaient la nécessité d'instaurer un système de surveillance qui surveillerait la surveillance habituelle. D'autres soulignaient que le plan élaboré par Klaus révélait "froideur et intelligence", mais que les sérieuses difficultés que présentait la fabrication d'une bombe organique pouvaient avoir raison d'un technologue chimiste expérimenté, sans parler d'un deuxième assistant comme lui.

C'était pour cela que le mécanisme avait failli.

L'une des multiples conséquences fut que Daniel Kean devint bien moins célèbre que Klaus.

Mais Daniel pensait que sa renommée pouvait bien partir là ou Klaus était allé. Lui, il était vivant, et c'était ce qui comptait.

— Regarde, ils l'emmènent, dit Moon.

Ils emmenaient Klaus dans une urne verticale suspendue à une grue. L'équipe de techniciens qui avait extrait le cadavre du train après avoir retiré un à un les explosifs s'affairait en cet instant à attacher le corps avec des courroies pour le maintenir debout et lui éviter la position couchée, selon la coutume religieuse habituelle fondée sur le Deuxième Chapitre, habitude que Daniel Kean trouvait stupide comme presque toutes celles des croyants, car on n'avait jamais rien vu de mauvais arriver à un mort, même couché. Mais le respect des normes et des traditions était aussi une coutume européenne parmi d'autres. Quelle importance, s'il y avait peu de vrais croyants ?

— Curieux type, ce Klaus, observa l'agent Moon.

— Comme tous les fous, dit Daniel en finissant de s'habiller avec le large vêtement à rayures et les leggings flexibles jusqu'aux chevilles avec lesquels il était sorti de chez lui le matin, même s'il lui semblait que cela faisait une éternité.

Il n'avait pas voulu se changer dans le train (il s'y sentait oppressé) et en descendant sur le quai les vêtements à la main et toujours dans son uniforme ensanglanté, il avait attiré une nuée de curieux autour de lui. Brandissant sa plaque d'identification, Moon l'avait écarté de cet essaim et conduit dans un endroit tranquille parmi les ruines. Pas exactement les ruines, bien sûr, mais une baraque de chantier hermétique où se réunissaient les chefs et les subalternes qui travaillaient à leur reconstruction, et à laquelle il avait accédé après s'être identifié pour la deuxième fois. Les murs étaient lisses, les meubles métalliques et clairsemés, le silence rassurant. Daniel y voyait l'avantage d'être agent de la Sécurité civile : on avait tout ce qu'on voulait à sa disposition.

Pendant qu'il examinait son propre uniforme, qu'il venait d'enlever, et qu'il constatait à quel point le matériau absorbait peu à peu les taches de sang, Moon acquiesça :

— Oui, je suppose qu'il n'avait rien de particulier, ce pauvre type, sauf que, comme toujours, il croyait connaître la vérité et désirait tuer ceux qui ne la connaissaient pas.

Il appuya une botte pointue sur un tabouret en métal en se déchaussant. Les bottes étaient la seule chose qu'il portait encore : il avait aussi enlevé la ceinture à laquelle pendait son arme réglementaire, qui reposait sur un canapé.

— J'en ai assez de côtoyer des fous… Qu'est-ce qui t'arrive ?

Daniel, qui l'observait, rougit et détourna le regard. Il savait qu'il était impoli de regarder aussi fixement l'autorité et à plus forte raison quelqu'un d'aussi puissant que Moon, mais il avait besoin d'exprimer ce qu'il ressentait. Il battit des paupières et dit en souriant :

— C'est que… je n'arrive pas à croire qu'on soit toujours en vie.

— En fait, nous sommes morts. – Moon ne souriait pas, penché sur le tabouret. – Nous sommes descendus dans les catacombes. Ce qu'il y a, c'est que nous ne le savons pas encore.

Ils se regardèrent. Daniel, indécis devant cette phrase terrifiante, sourit à nouveau. Alors Moon incurva ses lèvres charnues. Quelques instants plus tard, il était en proie au rire.

— Quelle sottise ! dit Daniel.

— C'est sûr !

Daniel riait bien plus volontiers que Moon, dont la façon de rire consistait à regarder Daniel et à se laisser gagner par ses franches esclaffades. Daniel se sentait bien en s'amusant de la peur que la plaisanterie de Moon avait suscitée en lui. Ne disait-on pas qu'il était possible de mourir sans le savoir, et que la mort, loin d'être la rive verdoyante du Premier Chapitre, était le tunnel ténébreux et étroit du Deuxième, creusé dans une ville en ruine, au plafond si bas qu'on ne pouvait y avancer qu'en rampant ? Enfant, Daniel était terrifié par ces légendes : il se voyait en train de ramper dans ce genre d'endroit, dans une obscurité totale, en sachant qu'il n'atteindrait jamais la lumière car il était déjà mort. Cette pensée était si épouvantable qu'il passait parfois des nuits entières sans dormir en pleurant de peur devant cette perspective. Bijou croyait en partie à tout cela, mais, même si ce n'étaient que des fables, qui souhaitait mourir pour le vérifier ?

Quand ils eurent retrouvé leur calme, Moon se dirigea vers le canapé et sortit un émetteur de son uniforme. La fluorescence de l'écran se refléta sur son visage et sa longue chevelure noire pendant qu'il appuyait dessus.

— Je n'ai pas pu te remercier de ton aide comme il convient, lui dit Daniel, affectueusement.

— Me remercier ? Je n'ai rien fait, je suis juste monté dans ce train quand il s'est arrêté. Le héros, c'est toi. Quant à cet agent d'Intervention qui m'a poussé par erreur… je te jure que je serai ravi quand ils vireront cet idiot et qu'ils te donneront une promotion.

— Ce n'était pas sa faute : lorsque le train s'est arrêté, il a cru que tout était fini, et il est entré plus vite qu'il n'aurait dû…

— Et *tout* aurait vraiment été *fini* si le mécanisme de cette bombe n'avait pas été défectueux, alors ne défends pas cet imbécile.

Moon lut l'écran de l'émetteur puis il le rangea. Bien que le matériau de son uniforme fût maintenant propre, il ne semblait pas pressé de se rhabiller : il s'assit au bord du canapé et regarda Daniel.

— Mon chef m'a laissé un message. Il est encore dans le train, mais il arrive tout de suite.

— Ton chef ?

— Le supérieur Olsen, celui qui t'a parlé dans l'écouteur. Il doit vouloir faire ta connaissance, je suppose.

Daniel n'avait pas envie de voir Olsen, et même si la compagnie de Moon lui était agréable, à ce moment, son souhait le plus cher était de rentrer à la maison. Mais il lui sembla incorrect de protester.

— Alors, que t'a raconté ce fou ? demanda Moon sur un ton amusé.

— Comment ?

— Ce secret si important, ce "legs terrible" qu'il t'a dit à l'oreille, qu'est-ce que c'était ?

— Vous ne l'avez pas entendu ?

— Il a parlé trop bas pour ton émetteur.

Daniel fut amusé de l'apprendre. Il eut un sourire énigmatique.

— J'ai juré de ne le révéler à personne, tu te souviens ?

Ils se remirent à rire. Moon faisait une tête de méchant quand il riait, avec ces épais sourcils noirs en V sur la blancheur de son beau visage.

— Alors tu dois tenir parole, Daniel Kean !

Ils semblaient ne rien avoir d'autre à dire. Moon se leva et commença à s'habiller. Daniel cherchait un sujet de conversation, même s'il ne trouvait pas le silence de Moon tendu. Il pensa soudain à une autre chose qu'il devait faire, en revanche, et il en fit part à Moon.

— Je peux utiliser ton émetteur ? Je viens de penser que, si ma femme a entendu les nouvelles, elle doit être très inquiète…

Moon le lui lança :

— Bien sûr.

Et il ajouta :

— A vos ordres, monsieur le chef de section.

Daniel sourit et sortit de la baraque de chantier. Il déambula dans les ruines parsemées de vieilles statues religieuses qui représentaient des êtres étranges. Pendant qu'il attendait la communication avec l'école où travaillait Bijou, il remarqua une jeune fille solitaire assise sur une pierre, probablement une passagère qui attendait avec les autres les véhicules de transport.

Au début, il pensa qu'elle l'observait. Puis il la regarda mieux et comprit qu'il s'était trompé.

En fait, la jeune fille avait les yeux clos.

2

Elle passait inaperçue.

Les passagers allaient et venaient, commentant ce qui s'était passé entre eux ou à travers des émetteurs, et ils ne remarquaient pas sa présence. Parfois, un individu s'arrêtait, intrigué : il voyait une femme aux cheveux courts et blonds retenus en une queue de cheval, vêtue de deux courtes pièces noires et assise sur une pierre. Elle n'attirait pas particulièrement l'attention, n'était pas particulièrement belle, mais l'individu en question l'observait sans trop savoir pourquoi, comme si la jeune fille avait possédé quelque chose qui la rendait supérieure à sa propre apparence. Puis, quand l'observateur s'éloignait, elle relevait à nouveau le visage. Personne n'avait vu ses yeux.

Plusieurs véhicules de transport arrivèrent, mais la jeune fille ne monta dans aucun. Elle continua à attendre.

Elle ne cherchait plus.

Elle avait trouvé.

3

— Mais tu vas bien ? Tu ne me caches rien ?

— Je t'ai déjà caché quelque chose ? fit Daniel avec un soupçon de remords, car il ne croyait pas avoir révélé toutes les vérités de sa vie à Bijou.

— J'étais si inquiète… Je savais qu'il s'agissait de ton train, même si au début tout le monde me disait que ce n'était pas toi qui parlais à ce fou…

— Eh bien si. Mais vois le bon côté des choses : Merla Shank m'a promis de me nommer premier subalterne et – il gardait la surprise pour son retour à la maison, mais il décida de la lui annoncer – elle va peut-être bientôt me nommer chef de section.

Bien que, fidèle à son caractère réservé, Bijou ait à peine dit “oh”, Daniel sentit son émotion.

— Ils sont très contents de ce que j'ai fait, ils assurent que j'ai sauvé le train. Merla m'a dit que j'étais un “héros”.

— Tu en es un, affirma Bijou sur un ton catégorique. Pas pour ce que tu as fait aujourd'hui. Je parle sérieusement. Tu es un héros, Daniel, je l'ai toujours su.

— Mais, le mieux, c'est qu'ils m'ont accordé deux jours de repos supplémentaires.

Le deuxième “oh” reflétait beaucoup plus d'émotion.

— C'est une très bonne nouvelle, dit Bijou. Je crois que je pourrai les prendre moi aussi. On devrait fêter ça. Où es-tu maintenant ?

— Quelque part près de Hambourg. Des ruines.

Il s'arrêta devant un mur immense dont les ouvertures étroites et basses laissaient apercevoir une obscurité compacte, et il fit demi-tour.

— Ils ne veulent pas remettre le train en marche, mais ils nous ramèneront bientôt à la maison, on attend les véhicules… Où es-tu ?

— Ici, aux archives. – Bijou avait un ton amusé. – Tu me croyais où ?

— Je veux dire… Indique-moi où tu es exactement. Je veux savoir que tu es là-bas. Je veux te voir *vraiment* là-bas.

— Il y a un salon aux murs couleur crème, une grande armoire, deux tableaux… Et aussi un divan vert, et moi sur le divan…

Elle continua à lui donner des détails, sur un ton enjoué, puis s'arrêta soudain :

— J'ai besoin de te voir.

— Moi aussi.

C'était pareil pour Bijou, pensait Daniel : la peur, cette froideur terrible, humaine et inhumaine à la fois, les dominait. Le danger était passé, mais il avait laissé derrière lui un dépôt de crainte, et ils brûlaient d'impatience de se retrouver et de laisser exulter leurs corps afin de la conjurer.

— Où est Yun ?

— En classe. Elle ne sait rien, bien sûr. Mais je vais aller la chercher tout de suite. Dans combien de temps arrives-tu ?

— Je ne sais pas. – Il s'était rappelé que Moon lui avait dit d'attendre Olsen, le supérieur. – Je dois encore parler à la Sécurité. Je t'appellerai dès que je serai sorti…

— D'accord. Je vais chercher Yun.

— Dis-lui qu'on a quatre jours de repos pour être ensemble. Ou plutôt…

— Oui ?

— Dis-lui que papa n'est pas parti dans un train sombre. Et qu'il veut l'embrasser et l'emmener au parc.

— Elle sera très contente.

Quand il déconnecta l'émetteur, il s'aperçut qu'il s'était beaucoup éloigné de la voie. Ou pas tant que ça : il apercevait encore l'échine de verre du Grand Train à l'ombre des murs effondrés qui le flanquaient. Les passagers continuaient à monter dans les véhicules de transport. Il se demanda si Moon le cherchait et décida de rentrer rapidement par où il était venu.

A cet instant, le même vent qui étalait ses longs cheveux dorés lisses sur son visage lui apporta le son d'une lamentation profonde et poignante. Il remarqua que plusieurs passagers s'étaient mis à prier à côté du train. C'étaient sans doute des croyants reconnaissants de s'en être sortis indemnes.

Il s'arrêta pour écouter ce cantique de voix graves, et il lui sembla que, sous ses pieds, c'était la terre elle-même qui répondait, même si sa réponse n'était pas une prière mais plutôt un cri, le hurlement d'un être torturé dans un souterrain profond.

On naît, on grandit, on croit vivre dans un monde normal...

Il savait qu'il se trompait. Sous la terre, on n'entendait rien. En fait, le cantique se mêlait au vent et à l'atmosphère de ces vieilles ruines, provoquant cette sensation erronée. Dès que vous quittiez la ville et que vous visitiez un terrain aussi ancien que celui-ci, sans aucune surveillance, la peur vous rendait croyant.

Comme tous les hommes du Nord, Daniel Kean ne voyageait jamais dans des lieux non surveillés. La maison, l'intérieur du train et les villes constituaient son monde. Même Bijou, qui voyageait beaucoup plus que lui, ne sortait jamais d'Allemagne. En de très rares occasions, ils allaient au parc, mais les parcs étaient bien surveillés, comme la ville. Selon une idée répandue, voyager loin était dangereux. Voyager était toujours dangereux en soi.

Et un jour on découvre qu'on est différent, ou que le monde n'est pas aussi normal qu'on le supposait...

Les prières s'arrêtèrent à l'improviste et Daniel battit des paupières. Il pensa qu'il était en train de se laisser emporter par d'absurdes superstitions de croyants. S'il continuait comme ça, il finirait comme le pauvre Klaus. Il allait reprendre son chemin quand, soudain, il ressentit autre chose.

Cette fois, il ne pensa pas que c'étaient le vent ou les prières : il était sûr d'avoir entendu des bruits derrière lui.

En se retournant, il distingua une rangée de statues érodées par le temps. L'une d'elles était couleur chair et posait le pied sur une pierre. Quand il regarda à nouveau, cette dernière figure avait disparu.

Il fallut cinq secondes à son cerveau pour convaincre ses yeux qu'ils avaient vu, en réalité, une personne vivante. Encore cinq secondes, et sa mémoire le convainquit que c'était la jeune fille assise près de la baraque, celle qui avait les yeux clos. L'avait-il vraiment vue ? Et pourquoi était-elle partie aussi vite ?

— Daniel Kean ?

La voix inattendue, résonnant devant lui, le fit se retourner.

— Je suis le supérieur de la Sécurité civile Elsevier Olsen, dit l'homme grand, en uniforme, qui s'approcha et lui tendit la main. Nous nous sommes déjà parlé dans l'écouteur, mais c'est un plaisir de pouvoir faire ta connaissance dans des circonstances plus tranquilles. Tu as un problème ?

— Non.

— J'ai cru que tu parlais à quelqu'un.

Daniel nia, un peu confus, en serrant la main d'Olsen. La poignée de main de celui-ci était ferme. Ses doigts, tout en étant fins et lisses comme ceux d'un homme normal, possédaient de la force.

Olsen changea de sujet et sourit.

— Je veux te remercier pour ce que tu as fait dans le train, Daniel. L'agent Moon, ajouta-t-il en désignant ce dernier de la tête, m'a fourni les détails qui me manquaient. Tu as fini de parler à ta femme ? Nous pouvons y aller ?

Olsen prenait doucement par le bras Daniel, qui battit des paupières, surpris.

— Je comptais emprunter le transport des employés...

— Je sais, mais certains problèmes ont surgi. Je crois qu'il vaut mieux t'escorter jusqu'à ton domicile.

L'expression de Daniel dut éveiller la pitié d'Olsen, car il adoucit le ton et sourit :

— Je t'expliquerai en chemin.

Daniel les accompagna immédiatement. Pendant qu'il anticipait les paroles du supérieur Olsen, il se rappela la silhouette qu'il avait cru voir près des statues.

Il regarda par-dessus son épaule. Il n'y avait personne.

4

Il se passait une chose étrange, mais elle n'était pas sûre de ce que cela pouvait être.

Elle avait décidé de se tenir à l'écart pour l'instant, car elle ne désirait pas entrer en contact avec son objectif autrement que seule à seul.

Quand les deux agents s'éloignèrent en escortant le subalterne du train, elle sortit de sa cachette derrière les pierres et marcha dans la direction opposée aux ruines.

En chemin, elle connecta l'émetteur qu'elle portait autour du cou et eut une brève conversation. Puis elle éteignit l'appareil et continua à avancer entre des pierres et des murs si colossaux qu'ils masquaient le soleil. Elle délaissa rapidement les voies du Grand Train, la rumeur des prières et des conversations, les abondants décors de la civilisation. Elle se sentit bien dans ce désert.

Mais ce n'était pas ce à quoi elle prétendait.

Elle cherchait un endroit précis, un terrain où les ruines s'élèveraient à peine sur le sable. Le Deuxième Chapitre disait : "Comme les membres d'un cadavre dépassant d'une tombe peu profonde." Extraordinaire métaphore. Dans ce genre de lieu, elle pourrait trouver une entrée.

Elle descendit une pente couverte de décombres avant de déboucher sur une plaine herbeuse qui, par sa disposition et son désordre, ne semblait presque pas de conception. Des murs brisés peu élevés et d'une ancienneté incalculable quadrillaient le sol. Qu'avaient-ils été auparavant ? Peut-être des maisons particulières. Ce genre de terrain archaïque était fréquent dans toute l'Europe. Partout gisaient des objets morts qui révélaient leur propre histoire : carcasses d'appareils, meubles défoncés, une chaussure, un gant moisi. Le sable les entourait, la brise jouait à les déshabiller.

Ce lieu pouvait servir.

Elle porta les mains sur le bord de sa pièce de vêtement supérieure.

Le vent transformait les pointes de ses cheveux blonds, retenus par un ruban noir, en un pinceau qui aurait dessiné dans l'air. Ce ruban fut la seule chose qu'elle n'ôta pas.

Elle empila les deux pièces noires de vêtement, les sandales et le collier comportant l'émetteur sur des rochers, choisit un endroit dans l'herbe, et s'agenouilla.

Elle resta immobile. Elle avait besoin de sentir la direction du vent de toute sa peau : il lui désignerait l'endroit où se trouvait l'entrée.

Elle prit le temps nécessaire. Peu lui importait que, parallèlement, le véhicule officiel dans lequel voyageait Daniel Kean s'éloigne de plus en plus. Sur la terre, distances et directions étaient cruciales, mais, au-dessous, tout faisait partie de tout, une ombre était égale à une autre située à mille kilomètres ; si une présence altérait un point, une autre au point opposé en aurait conscience.

La croyance affirmait que dans les profondeurs de la terre se trouvait la Cité sans Nom, le symbole sacré du Deuxième Chapitre. La Ville était comme un corps : rien ne pouvait se cacher ou se perdre sous sa peau. Mais, pour y entrer, il était nécessaire de trouver sa bouche et, pour trouver celle-ci, sa respiration.

Le vent d'entrée dans la Cité était une touche supplémentaire sur l'instrument de l'air. Les profanes ne le différenciaient pas des brises ordinaires, ces impasses transparentes qui ne conduisent nulle part. Cependant, la peau entraînée savait distinguer les uns des autres.

La jeune fille cherchait le souffle de la Cité.

Elle le sentit soudain. Derrière elle. Elle changea de position et se plaça devant cette brise différente, en écartant les jambes. L'air était comme une langue aride sur sa chair.

Elle se releva enfin et avança avec une assurance absolue, foulant les pierres de ses pieds nus, jusqu'au moment où elle trouva une ouverture étroite sous un mur. A l'intérieur, une obscurité affligée, comme les yeux d'un ami qui meurt en nous regardant.

L'entrée.

Elle revint et récupéra les vêtements et le collier.

Avant même d'entrer, elle pressentit la trace de sa proie.

5

— Klaus Siegel ne travaillait pas seul, Daniel. Quelqu'un lui a ordonné de faire sauter le train.

— Mais pourquoi ?

— Oh, cela n'a plus tellement d'importance : appelle ça “déstabilisation”, “attaque du système”...

Olsen se pencha en avant quand le véhicule commença à descendre la longue route en pente.

— Toujours est-il que quelqu'un, un groupe, a utilisé Klaus afin de provoquer ce massacre. Par chance, Klaus n'a pas supporté la tension à laquelle il était soumis et il a commis une erreur dans le mécanisme de la bombe. Et puis il semble avoir regretté de s'être laissé manipuler et voulu se dénoncer. Il t'a choisi, Daniel.

— Moi ?

— Pour te parler. Tu as une idée de la raison pour laquelle il l'a fait ?

— C'était le hasard.

Daniel vit Olsen hausser les sourcils et il sourit.

— Oui, vraiment : je suis passé par cette section pour me rendre à la mienne, qui était la quatrième. A ce moment, j'ai vu Klaus faire des signes à ma collègue, mais j'ai décidé…

Il s'arrêta, se demandant s'il regrettait cette décision. Il en conclut que non, car tout s'était finalement bien passé, et la voix de Bijou était très chaleureuse quand elle lui avait dit : "Tu es un héros."

— J'ai décidé de m'en occuper personnellement. Alors il m'a dit ce qu'il voulait et m'a obligé à m'asseoir.

— Je comprends.

Olsen tambourinait sur une de ses cuisses de sa main aux ongles très soignés. C'était un homme à la voix et aux gestes graves, à l'anatomie éblouissante, à la chevelure châtain féline et aux yeux d'un vert éclatant. Quand il parlait, il révélait une rangée de dents comme s'il souriait en permanence ou soulevait perpétuellement sa lèvre supérieure. Comme tout individu normal, son apparence intimidait Daniel.

— Qu'est-ce que tu en penses, Moon ?

— Complètement improbable, dit Moon.

— C'est aussi mon avis.

Qu'est-ce qu'ils veulent dire ? se demandait Daniel, mais les deux agents s'étaient plongé dans le silence.

Il ne savait pas depuis combien de temps ils voyageaient, il avait totalement perdu cette notion. Moon, qui appuyait sur les écrans de contrôle du véhicule, avait choisi de s'introduire par un tunnel puis par une route dont la pente, d'abord légère, devint si prononcée que Daniel dut se tenir à son siège à deux mains, en proie au vertige. Maintenant le véhicule roulait à nouveau en terrain plat, mais pas à la lumière du jour.

Un grand plafond recouvrait tout, même si le lieu était si vaste qu'il ne donnait pas l'impression d'être l'intérieur d'un bâtiment mais un monde. Plusieurs groupes de projecteurs envoyaient d'en haut leurs faisceaux phosphorescents qui éclairaient des arcs en pierre en ruine et de pâles baies vitrées très étroites. Sur les murs, il y avait des peintures compliquées, mais ils allaient trop vite pour pouvoir les observer.

Daniel avait toujours su qu'il existait des endroits de ce genre dans le Nord de l'Allemagne. Pourtant, il y avait une différence entre le savoir et s'y trouver. Cela lui semblait inquiétant.

— C'est Wonn, dit Moon, assis derrière les écrans de conduite, répondant à la question de Daniel. Tu n'y étais jamais allé ? J'ai choisi de passer par là parce que la circulation est fluide. Comme ça, on ira plus vite.

Daniel approuva, car il avait hâte d'arriver chez lui. Il avait oublié d'appeler Bijou en montant dans le véhicule comme il l'avait promis, et maintenant il était sans doute trop tard. Et puis il ne voulait pas redemander à Moon de lui prêter son émetteur.

Mais une chose continuait à l'inquiéter. Il se tourna vers Olsen.

— Pourquoi croyez-vous que j'aie besoin d'escorte, monsieur ? Qui me menace ?

Olsen cessa de tambouriner et regarda Daniel comme s'il avait été interrompu dans une profonde réflexion.

— Ceux qui ont utilisé Klaus pour faire sauter le train, dit Olsen. Le groupe.

— Oh, acquiesça Daniel.

— Ils veulent certainement savoir si Klaus a trop parlé. Ils feront tout leur possible pour savoir ce qu'il t'a dit. Et par ce "tout leur possible" je veux dire tout : attenter à ta sécurité, à celle de ta famille.

— Ma famille ?

— Ne t'inquiète pas. – Olsen tapota le genou de Daniel. – J'ai envoyé deux agents à l'académie pour passer prendre ta femme et ta fille et les ramener chez toi. Elles sont protégées.

Daniel éprouva un grand soulagement en entendant ces paroles, mais son désir de retrouver Yun et Bijou devint plus pressant. Malgré tout, une chose l'amusait. Il se tourna vers Olsen.

— Pardon, vous dites que ce groupe veut savoir ce que Klaus m'a raconté ?

— Exact, affirma Olsen.

— Mais – Daniel eut un petit rire – Klaus ne m'a rien raconté.

— Rien que tu aies pu comprendre, mon garçon.

Daniel sourit pour répliquer, en essayant de ne pas se montrer irrespectueux.

— Non, je veux dire qu'il ne m'a *rien* révélé… Il a juste remué les lèvres, sans rien révéler.

Olsen posa sur Daniel son regard vert scintillant.

— Etonnant, fit-il. Tu en es sûr ?

— Oui, monsieur.

— Après toute cette organisation et ces efforts, après t'avoir fait jurer de ne pas le révéler… Ça semble ridicule, tu ne crois pas ?

— Bien sûr. J'ai voulu lui demander pourquoi il avait fait ça, mais… il s'est enfoncé les pincettes à ce moment…

— Et pourquoi est-ce que tu as dit autre chose à Moon ? demanda Olsen.

Daniel fronça les sourcils et Olsen ajouta :

— Tu lui as dit que tu avais juré à Klaus de ne pas le révéler.

— Oh, ce n'était qu'une plaisanterie…

Il voulut rire, mais se retint en constatant que les yeux d'Olsen manquaient d'humour dans l'obscurité.

— Je… n'ai pas pensé que c'était important. Je plaisantais.

— Bien. – Le corps puissant d'Olsen s'agita dans la pénombre. – De toute façon, nous voilà revenus au point de départ, mon petit, car le groupe croira que tu mens.

— Pourquoi est-ce que je mentirais ?

— Parce que tu as vraiment *juré* de ne répéter à personne ce que Klaus t'avait dit.

— Je l'ai fait pour ne pas l'énerver… Daniel se sentait un peu irrité, comme s'il était tombé dans son propre piège. – Je ne comptais pas tenir cette promesse… Et puis je ne mens pas…

— Bien sûr que non, mais ça ne veut pas dire qu'ils vont te croire.

Le véhicule descendit par une autre pente raide et, en arrivant en bas, Moon dut allumer les phares. Dans l'obscurité impénétrable, on distinguait des formes. C'étaient peut-être des statues. Daniel releva les jambes en posant les pieds sur le siège. Ce fut un réflexe, même s'il prenait son origine dans une croyance absurde : enfant, on lui disait qu'il n'était pas bon de fouler la terre des lieux profonds. Pourtant, en regardant Olsen, il constata qu'il avait agi de même. En réalité, Olsen utilisait le mécanisme de rotation automatique du siège et tournait distraitement en se tenant les genoux à deux mains. Il semblait plongé dans de profondes réflexions. Or Daniel n'avait pas l'impression qu'Olsen fût un homme très réfléchi.

Il se sentait de plus en plus inquiet. Pourquoi faisaient-ils ce détour par des lieux si étranges ? Il regarda Olsen, dont il pouvait contempler alternativement, pendant que son siège tournait, les étuis contenant les armes aux hanches, les longs cheveux châtains, les chausses noires souples montant jusqu'à la cuisse.

— Je peux… appeler ma famille ? demanda-t-il.
— Bien sûr.
— Pas ici, dit Moon du siège avant. Les parois bloquent la transmission.
— Nous allons bientôt sortir, assura Olsen.
En parfaite simultanéité avec ses paroles, le véhicule s'arrêta si brusquement que Daniel dut s'accrocher au siège pour ne pas tomber. Olsen et Moon sortirent rapidement, ce dernier laissa la porte ouverte et invita Daniel à les accompagner. Ils avaient allumé des lampes et, grâce à ces faisceaux de lumière, Daniel sut où il se trouvait.
C'était une sorte d'immense souterrain au milieu de la route. Le plafond, très bas, était constitué de poutres en bois et en acier. D'épaisses colonnes de métal rouillé étaient éparses le long du bas-côté, flanquant le chemin, qui poursuivait jusqu'à se perdre dans l'obscurité. Les lanternes désignèrent une colonne.
— Tant mieux, entrons, dit soudain Olsen.
Où ? se demandait Daniel.
Il constata alors que la colonne possédait une ouverture en arcade qui donnait sur l'obscurité. Il s'approcha et vit un escalier en colimaçon qui descendait.
Olsen resta à attendre Daniel sur le seuil. Moon, déjà à l'intérieur, n'était qu'une lumière flottant dans la noirceur.
— Descendons, indiqua Olsen. Il faut décider ce qu'on va faire. Et j'ai quelque chose à te montrer.
La descente s'éternisa, peut-être en raison de l'extrême lenteur avec laquelle ils devaient se déplacer : les marches étaient raides et ne pardonnaient pas la distraction. Moon allait en tête, Olsen fermait la marche. Daniel, entre eux, écoutait la voix du supérieur tout en regardant où il mettait les pieds.
— Tu sais où on se trouve, Daniel ? Dans des catacombes. Elles ont été construites il y a des milliers d'années,

mais ces entrées sont plus récentes. Les croyants du Deuxième Chapitre les utilisent pour y accéder. Ne sois pas surpris d'apprendre que le sous-sol de l'Allemagne est troué de la sorte. Tu te rappelles le Deuxième Chapitre ? Il y a une Cité, avec une majuscule, sans Nom, sous la surface de chaque cité. Tu sais comment s'est formée cette autre Cité ? La race d'hybrides que mentionne la Bible n'est qu'une métaphore. D'après les croyants, la véritable explication provient du fait que les morts, il y a longtemps, reposaient allongés sous terre. Aujourd'hui, nous les plaçons debout et les incinérons, mais, autrefois, ils pourrissaient simplement dans le sol ou dans des boîtes placées à l'horizontale.

Daniel essayait d'écouter Olsen, mais la difficulté de la descente distrayait son attention, car Moon l'avait aisément distancé, et il ne disposait que de la lanterne d'Olsen pour distinguer les marches.

— Avec le temps, les trous causés par l'accumulation de corps gisants s'unirent entre eux en formant un labyrinthe de cavernes… Mais ce ne fut pas le pire. Les croyants affirment que la mort gisante finit par s'agiter, percer la roche et creuser des tunnels… Et c'est ce qu'ont fait les morts de l'Antiquité : ils grouillent comme des fourmis… Tu peux imaginer : des millions, des billions de corps… au long de millions d'années… rampant sous nos pieds par les tunnels de la Ville. C'est pour cela qu'on a construit les catacombes ; ainsi, les morts ne sortent pas à l'extérieur. Vois comme nous sommes ignorants, Daniel : nous vivons dans un relatif sentiment de sécurité dans nos commodes villes européennes, sans soupçonner qu'il n'est pas nécessaire de voyager vers les terres non surveillées de l'Est ou du Sud pour apercevoir l'horreur. Nous l'avons sous nos pieds, et nous n'y pensons jamais. Je ne suis pas croyant, mais je t'assure que cette légende me fait dresser les cheveux sur la tête…

Daniel supposait que cette explication devait avoir un rapport avec ce qu'Olsen lui avait raconté auparavant, même s'il ne comprenait pas bien comment.

— Je connais cette légende du Sud, monsieur, assura Daniel, un peu mal à l'aise, mais ce n'est que ça : une légende inspirée par le distique du Deuxième Chapitre : "N'est pas mort ce qui gît étern..."

— Oh, mais elle a une base réelle, voire scientifique, l'interrompit Olsen. Tu l'ignorais ? Par exemple, il est prouvé que le vent de la Cité existe. La putréfaction du cadavre forme une puanteur froide qui voyage dans l'air. Les corps entraînés la perçoivent. Ce vent nous indique le passage d'un lieu à un autre à l'intérieur de la Cité, et il fonctionne comme un avertissement pour nous indiquer où la mort se trouve la plus active...

Daniel décida de l'interrompre :

— Pourquoi descendons-nous si bas, monsieur ? Pourquoi nous sommes-nous...

— Nous sommes arrivés, coupa Olsen.

Les pas de Moon, les seuls à résonner car Daniel et Olsen portaient des chausses souples, étaient devenus différents, comme s'il avait fini de descendre. La lampe d'Olsen révéla un sol composé de dalles. Olsen poussa doucement Daniel et lui fit quitter l'escalier, qui continuait à descendre. Les dimensions de la chambre n'étaient pas faciles à deviner dans ces ténèbres, mais Daniel l'imagina de petite taille, à en juger par l'absence d'échos.

Soudain, un éclat puissant lui offrit la vue. Il battit des paupières et constata qu'Olsen avait éteint sa lampe. Il n'en avait pas besoin, bien sûr, sous cet éclairage cru qui provenait d'une rangée de projecteurs installés au plafond. C'était une lumière désagréable, mais, grâce à elle, il put enfin examiner le lieu où il se trouvait.

Il était plus vaste qu'il ne le supposait. Son aspect le surprit également, car il s'était attendu à des murs moisis et à une grande ancienneté, et il se trouvait devant une structure moderne lisse et blanche recouverte de graffitis par endroits. Derrière Olsen, des tuyauteries chromées symétriques grimpaient sur le mur jusqu'au plafond. Plusieurs d'entre elles faisaient le tour de la pièce et s'inséraient dans des écrans de verre.

Excepté Olsen, il semblait n'y avoir personne d'autre dans cette chambre. Moon avait disparu.

Daniel remarqua alors dans le mur situé à sa gauche, au ras du sol, deux trous parfaitement rectangulaires. Pendant qu'il les contemplait, un corps sortit de l'un d'eux en rampant. Ses cheveux étaient si noirs que, pendant un bref instant d'horreur, Daniel pensa qu'il était décapité.

La mort est un tunnel infini au plafond si bas qu'on ne peut y avancer qu'en rampant…

Moon acheva de se glisser hors de ce réduit, se releva avec agilité, se secoua les mains, mais il ne s'était même pas sali. Sa nudité apparaissait, lisse et charnelle, sous les projecteurs.

— Le générateur est dans l'autre pièce, dit-il. Il a l'air vieux, il ne tiendra que quelques heures.

— Cela suffira. Et elle ?

— Elle approche, dit Moon, et il s'appuya contre le mur, les yeux clos. Mais j'anticiperai son arrivée.

Daniel, qui jouait nerveusement avec les bords de son ample vêtement, ne comprenait pas de quoi ils parlaient. Olsen ôta alors la casaque de son uniforme, qu'il laissa sur le siège où se trouvaient les vêtements et les autres affaires de Moon, telles que les lampes, et il découvrit à nouveau ses dents en souriant à Daniel.

— Tu n'as pas à t'inquiéter, dit-il. Je vais t'expliquer de quoi il s'agit. Il y a plusieurs décennies, le gouvernement allemand a décidé d'entreprendre une étude scientifique du Deuxième Chapitre, et il a construit des milliers de chambres telles que celle-ci, près des catacombes, afin de détecter le vent sacré de la mort. Ces machines, dans mon dos, et cet écran ont été conçus dans ce dessein. Mais, les expériences n'ayant pas été concluantes, le projet fut abandonné. Il reste cependant les chambres. Des endroits tranquilles et isolés, quoique pas tout à fait aussi solitaires qu'on pourrait le croire. Les croyants descendent dans ces chambres pour y accomplir certains rituels, Daniel. Des rituels dont tu ne pourrais entendre la description sans cesser définitivement d'être le jeune homme au regard vif que tu es encore… Je t'ai amené ici pour que tu puisses voir que je ne te mens pas. Il y a des groupes très dangereux, plus que tu ne l'imagines, et qui se réunissent dans ce genre d'endroits pour y mener à bien leurs pratiques. Klaus appartenait à l'un des plus puissants. Et maintenant, c'est son groupe qui te menace.

Daniel se sentait de moins en moins rassuré, pas uniquement à cause des abominables explications d'Olsen : c'était comme si quelque chose n'avait pas été à sa place. Le fait que Moon reste nu après s'être traîné par ce trou lui rappelait les paroles d'Olsen sur les croyants qui détectent le vent de la mort avec leur corps. Il savait que de nombreux croyants travaillaient pour la Sécurité, mais il ne comprenait pas bien en quoi consistait le travail de Moon. De surcroît, pourquoi Olsen lui faisait-il part de tout cela ? Le comportement des deux agents était étrange.

— Le pouvoir de ce groupe est immense, poursuivit Olsen, et nous sommes ta seule possibilité, Daniel, la seule pour toi et ta famille de survivre, ne l'oublie pas. Mais nous avons besoin de tout savoir…

Il leva la main comme pour prévenir une éventuelle réplique de Daniel.

— Nous respectons la parole que tu as donnée à Klaus, bien sûr. Il s'agit toutefois maintenant de ta sécurité et de celle de tes êtres chers…

Daniel s'apprêtait à dire quelque chose quand, soudain, il perçut le son.

Des pas dans l'escalier.

Olsen dut s'arrêter lui aussi pour écouter. Même Moon sembla s'agiter. Olsen poursuivit, sur un ton pressant :

— Allons, Daniel, aide-nous. Que t'a dit Klaus ?

Les pas se rapprochaient. Daniel ne parvenait pas à déterminer s'ils émanaient d'une personne ou de plusieurs.

— Quelqu'un vient, murmura-t-il.

— Réponds, Daniel, insista Olsen. Que t'a dit Klaus ?

— Rien. Je vous ai déjà expliqué que…

— L'émetteur que tu portais a capté des sons.

Assis sur les machines placées contre le mur, Olsen tendit les bras.

— Quand Klaus t'a parlé…

— Il ne m'a pas parlé. Ce son devait être ma respiration, ou la sienne…

— C'était une voix, et ce n'était pas la tienne, le contredit Olsen. Nous avons vérifié.

Soudain, Daniel comprit le sens de toutes ces questions : presque sans s'en apercevoir, il était passé du statut de "protégé" à celui de suspect.

— Ce n'est pas possible ! protesta-t-il. Il ne m'a rien dit ! Rien !

— Tu mens très mal, lui reprocha Moon, encore appuyé au mur, de profil.

Que lui arrivait-il ? Daniel le regarda et se rendit compte que ce n'était plus le garçon amusant et aimable qui riait avec lui dans la casemate. Son regard fixe le terrorisait.

Les pas s'étaient transformés en coups de marteau contre les marches.

— Tu as parlé avec *elle*, n'est-ce pas ?

Même s'il souriait, il y avait dans le ton d'Olsen une nuance proche de la tristesse.

— Dans les ruines. Elle t'aura conseillé de te taire… Mais je dois te prévenir que, si tu as plus confiance en eux qu'en nous, tu te trompes…

Dans l'esprit de Daniel, les paroles d'Olsen tournaient comme un tourbillon. Les bruits dans l'escalier, maintenant très proches, l'empêchaient de se concentrer.

— Je ne vois pas de qui il s'agit ! Je n'ai parlé à personne dans les ruines !

Par le trou de l'escalier apparurent les bottes d'un agent de la Sécurité.

— Je regrette tellement, se lamentait Olsen. Je regrette tellement tout ça, Daniel…

Mais Daniel ne l'écoutait plus.

Derrière l'agent, il y avait Bijou et Yun.

6

Ils s'étaient connus cinq ans plus tôt, dans le Grand Train. On avait changé Daniel de section pour remplacer un collègue malade du cœur.

— Tu es nouveau, non ? lui dit-elle, elle qui avait l'habitude de voyager dans cette section, quand il lui servit à boire.

Avant de la connaître, il avait déploré la maladie de son collègue : ensuite il se reprochait d'en arriver à souhaiter qu'il ne se remette jamais. Il adorait saluer cette jeune passagère et l'entendre lui dire chaque matin :

— Tu n'es plus si nouveau.

Le salut devint une habitude. Bijou feignait d'en avoir assez de lui quand elle le voyait approcher.

— Encore toi !

Ils riaient aux larmes quand ils se rappelaient ces premières semaines. Elle passait du sérieux à l'éclat de rire sans l'intermédiaire du sourire. Elle semblait cependant toujours joyeuse. Elle cachait la joie derrière son air sérieux, comme pour la protéger.

Ils se firent des confidences puis cessèrent d'être des inconnus. Elle fut amusée qu'il aime son métier ("Subalterne dans le train, c'est un métier ?" disait-elle). Il eut du mal à croire que cette jeune et modeste employée aux archives qui vivait dans la banlieue de Hambourg et prenait le train pour se rendre au centre-ville pratique, entre autres, le sabre. Mais c'était le cas et un jour elle l'invita à venir la voir combattre. Sa famille, d'origine arabe, vivait à Paris ; celle de Daniel, à Madrid. Après quelques rendez-vous et des plaisirs charnels partagés, ils découvrirent qu'ils souhaitaient former à eux deux une nouvelle famille à Hambourg. C'était ce qu'on entendait par "amour". Bijou, qui était croyante, accordait une grande importance à la question :

— Ce n'est pas une décision anodine, Daniel, le prévenait-elle. Tu sais que la Bible s'appelle aussi "de l'Amour et de l'Art" car les deux mots définissent la vie. L'"art" atténue la peur ; par exemple, quand nos corps jouissent. L'"amour", en revanche, l'augmente, car on commence à éprouver aussi la peur de celui qu'on aime.

Ce que Bijou voulait lui dire était que prendre la décision de "s'aimer" les obligeait à en affronter toutes les conséquences. Beaucoup de gens vivaient ensemble et partageaient des orgasmes, mais très peu se décidaient à franchir le pas de l'"amour", qui générait davantage de terreur et n'était donc pas décrit dans les fables de la Bible.

Les parents de Bijou Crane avaient beau être croyants, elle n'exigea pas de cérémonie pour témoigner de cet “amour” et qu’ils deviennent mari et femme. Ils s’autorisèrent cependant une semaine de vacances et louèrent un appartement dans une vieille maison des environs. C’était l’hiver, il neigeait et le vent de la nuit tonnait, ils ne sortirent donc pratiquement pas du lit. Bijou lui disait : “Serre-moi, avec tes bras et tes jambes, avec tout ton corps, protège-moi du vent, qu’il ne nous sépare jamais.”

Elle aimait le toucher. Elle adorait s’entrelacer avec lui et jouait à le faire non seulement avec les doigts des mains, mais aussi avec ceux des pieds. Quand elle ne le touchait pas, elle le regardait avec un immense sérieux et en silence. Elle n’admettait que la vérité entre eux, et parfois, quand il lui racontait quelque chose, elle lui demandait : “Tu m’as dit la vérité ?” Et elle l’embrassait s’il acquiesçait.

Deux ans plus tard, quand ils choisirent Yun, il neigeait aussi, et le centre des enfants de leur ville ressemblait à un palais enterré sous le sable blanc. Devenir parents n’était pas non plus une décision biblique, car, de la même façon que l’“amour”, elle accentuait encore la peur normale de l’être humain, même si la présence de l’enfant renforçait ensuite cette relation. Mais aucun des deux n’eut de doutes sur la question. A l’instar de presque toutes les familles comme la leur, ils acquirent un enfant de conception : peu de gens pouvaient acheter des cellules et concevoir leur futur enfant tel qu’ils le souhaitaient. La majorité des couples du Nord cherchaient des enfants de conception, comme ils en étaient eux-mêmes quand leurs familles les avaient acquis.

Ils se rendirent donc au centre génétique de Hambourg et parcoururent plusieurs salles avant de découvrir cette jolie poupée aux traits orientaux qui leur souriait de son petit lit. Ils n’avaient pas envisagé d’avoir un enfant aux yeux fendus, mais ils furent fascinés en la voyant. Yun avait alors deux ans. Quand elle en eut trois, elle imitait déjà l'air sérieux de Bijou, ce qui amusait beaucoup Daniel.

Ils se disputèrent et se fâchèrent quand l'entreprise du Grand Train transféra Daniel à Hanovre, car elle détestait le travail qu'il faisait mais elle n'avait pas les mêmes facilités que lui à changer d'affectation. Il leur fallut du temps pour se réconcilier, plus encore pour s'adapter à leur nouvelle vie. Les difficultés économiques poussèrent Bijou à accepter un poste de subalterne dans les bâtiments du gouvernement, ce qui était loin d'être une sinécure et même plutôt dégradant. Tout s'arrangea quand ils déménagèrent à Dortmund, car elle put reprendre son poste d'archiviste. Malgré cela, il y avait des semaines où ils ne pouvaient se voir. Ils se fâchèrent à nouveau, se réconcilièrent.

Impossible d'être de mauvaise humeur auprès de Yun.

7

Deux hommes les conduisaient. L'un portait l'uniforme de la Sécurité civile ; l'autre, qui semblait plus jeune, était enveloppé d'un long manteau noir. Le désespoir de la petite Yun, que seules les mains de l'homme au manteau sur ses frêles épaules empêchaient de courir vers Daniel, contrastait avec le calme de Bijou : l'agent n'avait même pas besoin de la tenir pour qu'elle reste figée là, à regarder Daniel, mais dans ses yeux il aperçut toute l'horreur qu'elle devait ressentir. Là, à l'intérieur de ces pupilles, Bijou avait presque l'air d'une inconnue.

— Ils se sont présentés à l'école et ont dit qu'ils allaient nous escorter jusqu'à la maison… lui dit-elle, comme pour s'excuser. Je ne comprends pas ce qu'ils cherchent, Daniel, mais ils m'ont expliqué ce que tu dois faire. – Elle échangea un regard d'intelligence avec lui. – S'il te plaît, je te demande de leur dire ce qu'ils veulent. Jamais je ne te demanderais ça, je respecterais ton silence même sans le comprendre, tu le sais, si ce n'était pour Yun… Pense à notre petite.

— Paroles très raisonnables, déclara Olsen. Maintenant, écoute-moi attentivement, Daniel. Si tu nous dis ce que nous voulons savoir, tu rentreras immédiatement chez toi avec ta femme et ta fille. Immédiatement, tu as ma parole. Nous sommes l'autorité, nous pouvons donc te laisser partir, peu importe que tu connaisses notre identité. Tu rentreras chez toi avec ta famille et nous ne t'importunerons plus. Mais si tu refuses de collaborer, nous les tuerons : ta femme et ta fille, ici, maintenant, sous tes yeux. Puis nous t'enfermerons avec elles dans cet endroit, avec leurs cadavres…

Les sanglots de Bijou interrompirent Olsen un instant. L'agent qui la surveillait décida, cette fois, de lui tenir les bras. L'autre recouvrit la bouche de Yun, qui s'était mise à pleurer. Daniel fit un pas vers elles.

— Lâche ma fille, dit-il en direction de l'homme au manteau.

— Quand elle arrêtera de pleurer, répliqua l'homme, et sa voix révéla sa jeunesse. Il avait des cheveux châtains raides et son regard sombre était ourlé de cernes.

— Lâche-la, Olive, ordonna Olsen.

Le jeune homme écarta la main et Yun continua à pleurer plus doucement. Bijou était elle aussi parvenue à contrôler ses sanglots.

— Tu sais ce qui arrive quand un cadavre reste enfermé sous terre à côté d'une personne vivante, Daniel ? poursuivit Olsen. Je t'ai déjà dit qu'il y avait beaucoup de choses que tu ignorais… Peut-être ta belle épouse en connaît-elle certaines. Je sais qu'elle est croyante et que sa famille a des racines arabes. Quand elle était enfant, on lui parlait peut-être de la Cité de la Mort… Ce ne sont pas que des histoires : la mort est vivante. Moon comprend, c'est un croyant du Deuxième Chapitre… Explique-lui, Moon. Dis-lui ce qui va lui arriver.

— Tu deviendras fou bien avant de mourir, dit Moon, le regard dévié, comme fixé en l'air.

Ce fut tout. Il restait appuyé contre le mur blanc, et le contraste avec son corps nu et sa chevelure d'un noir intense ne pouvait être plus marqué.

— La décision t'appartient, Daniel, déclara Olsen. Et la responsabilité de ce qui pourrait arriver.

Daniel regarda Olsen, droit dans ses yeux verts.

— Vous n'êtes pas de la Sécurité civile…

— Bien sûr que si. – Le ton d'Olsen était patient. – Mais je t'ai dit que nous nous trouvions face à des gens très puissants et tous les moyens sont bons pour nous défendre. *Tous*, répéta-t-il. Nous n'avons pas le choix.

Moon, qui semblait somnoler en appuyant la nuque sur ses mains croisées et celles-ci contre le mur, ouvrit les yeux.

— Tu n'as plus beaucoup de temps, Daniel. Décide-toi.

Mais le temps ne signifiait rien pour lui. Il avait cessé, comme le reste de ses pensées. C'était comme si la première partie de l'histoire de sa vie avait désormais pris fin et qu'il se trouvait dans le moment de transit vers autre chose. Peut-être y avait-il une nouvelle lumière au bout, mais, avant de l'atteindre, il resterait dans cette sorte de tunnel. Il avait l'impression de voyager encore dans le Grand Train, se dirigeant à toute vitesse vers un destin inévitable.

— J'ai dit la vérité : Klaus ne m'a parlé de rien, murmura-t-il, et il ajouta, en regardant Olsen : Je te tuerai si tu fais du mal à ma famille. Je vous tuerai tous les deux. Toi, Olsen. Et toi, Moon.

— Tu n'es pas en position de menacer, dit Olsen, et il dégaina son pistolet.

Daniel et Bijou crièrent en même temps, mais Olsen se contenta de lancer l'arme à Moon. Celui-ci la saisit distraitement, constata qu'elle était chargée et souleva le canon à la hauteur de la tête de Bijou. Il fit tout cela sans quitter Daniel des yeux. Il avait un air blasé.

— Attendez ! – Daniel leva les mains. – Je vais tout vous dire…

Il perçut l'attention minutieuse avec laquelle ils l'écoutaient. Il ne voulait pas regarder Bijou – pas encore – pour ne pas être gagné par la panique qu'elle éprouvait. Il entendait, d'un endroit lointain situé à un mètre de distance, les pleurs hystériques de sa fille.

— Klaus m'a dit… Il m'a dit que les villes… nos villes étaient…

Il ne savait comment poursuivre. Il supposait que tout ce qu'il pourrait improviser serait utile, mais il ne trouvait rien. Que désiraient-ils savoir ? Qu'y avait-il au-delà du silence de Klaus ?

— Les villes sont…

Voir le doux visage de Bijou au bout du canon posait un voile sur son esprit.

— Nous voulons juste entendre la révélation, Daniel, demanda Olsen. Juste ce qu'il t'a dit quand tu t'es approché de lui.

— Je n'ai rien entendu… Rien…

Il avait décidé de ne pas pleurer, surtout devant Yun, mais, tandis qu'il y songeait, les larmes jaillissaient comme une douleur : involontaires, impossibles à retarder.

— Je le jure… Je le jure…

Il s'agenouilla, souhaitant n'importe quoi, lécher les bottes d'Olsen, par exemple. Il était *disposé* à le faire. *Un héros* : quelques heures auparavant, il avait cru en être un. Mais qu'est-ce que c'était qu'un héros ?

— Ça suffit, Daniel, dit Olsen avec mépris. Lève-toi.

Un héros n'avait pas d'êtres chers. Il le sut à cet instant.

Il se releva. Il respira profondément, mais ne parvint pas à remplir ses poumons d'air. L'atmosphère de la chambre lui semblait irréelle, avec cet éclat qui envahissait tout, transformant les visages, à l'exception de ceux de Bijou et de Yun, en faces de démons. Il pensa que ces faces vivraient pour toujours dans ses yeux.

Olsen décréta une nouvelle pause à cause de Yun, dont les pleurs étaient devenus douloureux même pour ceux qui ne l'aimaient pas. Bijou l'étreignit, avec la permission d'Olsen, et lui murmura des mensonges rassurants. Puis on les sépara à nouveau. Moon recommença à pointer le canon sur la tête de Bijou.

— C'est ta dernière chance, avertit Olsen.

La certitude que rien de ce qu'il ferait ne conjurerait l'avenir le calma soudain. Il répéta ce qu'il avait déjà dit, mais avec une conviction absolue.

— Je me rappelle chacune de ses paroles à ce moment-là... Ensuite, il a *feint* de me parler... Je ne sais pas pourquoi il a fait ça, mais il l'a fait : il a juste remué les lèvres. J'ai pensé qu'il était fou. Puis il s'est planté les pincettes dans le cou et il n'a plus rien dit. Si je voulais mentir, il me serait facile de le faire, ajouta-t-il. Mais je ne veux pas. Il ne m'a rien dit...

Olsen semblait dubitatif, comme prêt à le croire. Daniel regarda Bijou et sut que son épouse le croyait et approuvait sa sincérité.

Elle m'embrasserait. Elle me demanderait si je dis la vérité, puis elle m'embrasserait.

— Et la fille à qui tu as parlé dans les ruines ? s'enquit Olsen.

— Je n'ai parlé à personne dans les ruines. J'ai entendu un bruit, je me suis retourné et j'ai cru voir un individu… Puis je n'en étais plus aussi sûr car il a disparu.

Il y eut un silence. Même Yun avait cessé de pleurer. Bijou souriait légèrement, comme pour appuyer l'aplomb avec lequel Daniel avait parlé. Olsen, les bras croisés, semblait réfléchir.

— Il est possible que tu dises la vérité, estima Olsen au bout d'un bon moment. Mais je crois que tu mens.

Il fit un geste. Moon tira une seule fois.

L'espace d'un instant, les yeux de Bijou furent pour Daniel comme deux ballons qu'un enfant aurait perdus dans le ciel. Puis son corps rebondit contre son propre sang sur le mur et demeura inerte.

8

On dit qu'elle est enterrée en Arabie, la Cité de la Mort.

C'est ce qu'affirment certains savants. Ils affirment l'avoir vue telle que l'Auteur la décrit, sous un linceul desséché de sable, plus ancienne que le vaste désert.

La jeune fille donnait raison à ceux qui pensaient cependant que l'Auteur se référait par ce symbole aux corps d'hommes et de femmes entraînés à connaître et héberger l'intimité de l'ultime destin. La Cité ne se trouvait pas qu'en Arabie : elle entourait la Terre, faisait partie de ses entrailles, comme les cadavres eux-mêmes, et certains croyants en héritaient, et portaient la mort en eux.

En cet instant, la jeune fille *était* la Cité.

Elle avait continué à progresser en suivant la trace sous terre, par des cavernes plongées dans la noirceur la plus totale. La sensation de solitude était immense car elle dépassait la simple absence d'êtres à proximité. Mais elle en connaissait la cause : la mort était la suprême solitude, et elle portait alors la mort en elle.

Quand elle émergea de l'obscurité et de l'espace environnants, elle reprit des dimensions précises, se trouva dans une petite chambre. L'un des murs révélait des ouvertures au ras du sol par lesquelles filtrait un éclat intense, de même que les voix de ceux qui se trouvaient dans la chambre contiguë. Son objectif se trouvait là, elle le sentait.

A ce moment, elle entendit le coup de feu. Elle était habillée et n'avait pas accompli les rites nécessaires, mais elle sentit la piqûre du vent et elle craignit qu'une chose irréparable n'ait été commise. Elle décida de faire irruption et d'essayer de reprendre le contrôle, au risque de blesser ceux qui ne devaient pas l'être. Elle pouvait ramper à travers les ouvertures, mais elle devrait éteindre les générateurs dont elle entendait le vrombissement, puisqu'elle travaillait mieux dans les ténèbres.

Elle ignorait combien ils étaient précisément et combien opposeraient de la résistance, mais peu lui importait ce calcul.

Seules deux choses l'inquiétaient : son objectif et le seul des hommes qui était *comme elle.*

Elle le pressentait, et elle savait qu'il la flairait lui aussi. Malgré tout, les choses continuaient à pencher en sa faveur. Elle avait peut-être perdu l'avantage de la surprise, mais eux ne disposaient pas d'un avantage plus important.

Ils n'étaient pas elle.

9

Même Daniel Kean (lui moins que personne) ne put anticiper sa réaction à cet instant. Il semblait placé sur une balance sur le plateau opposé de laquelle se serait trouvée

Bijou : quand le corps de son épouse tombait, le sien remontait avec un élan frénétique. En une fraction de seconde, il avait parcouru la distance qui le séparait d'Olsen et ses mains s'étaient refermées sur la gorge du supérieur de la Sécurité. Daniel n'avait pas la force et l'entraînement d'Olsen, mais, quand ils roulèrent tous les deux à terre et s'arrêtèrent, les yeux d'Olsen révélaient une souffrance plus grande que ceux de Daniel.

Sans l'intervention de l'agent qui s'était chargé de Bijou, qui retint Daniel par les bras, celui-ci l'aurait étranglé sur place. Quand Daniel s'écarta, Olsen suffoqua encore un instant, comme si c'était la fureur de Daniel, et non ses mains, qui lui serrait le cou.

Daniel se débattit avec une énergie démesurée, jusqu'à ce que des cris l'arrêtent soudain. C'était Yun.

— Calme-toi, ou maintenant ça va être le tour de ta fille, dit Moon, qui avait tourné le pistolet vers la fillette.

Voir l'arme dirigée sur la tête de Yun n'apaisa pas la rage qu'il éprouvait. Il était comme transfiguré. Il savait qu'il devait empêcher à tout prix la mort de Yun, non plus pour lui (il se sentait perdu), mais pour Yun elle-même et pour Bijou, dont le cadavre gisait quelque part à une extrémité de son champ visuel. *Notre petite.* Cela avait été le dernier message de Bijou. Pourtant, ses forces augmentaient au lieu de céder.

Moon le regardait dans les yeux.

— Ta fille, Daniel.

— Oui, ma fille, dit-il, essayant de se débarrasser de l'emprise de l'agent.

Moon cessa de le regarder pour se concentrer sur le tir. Le canon appuyé sur la tempe de la fillette était beaucoup plus gros que son petit front blanc, la seule partie de son visage que la main du jeune homme au manteau ne recouvrait pas.

Soudain, Moon chancela. Il tourna la tête, non vers Daniel, mais vers Olsen, qui se levait en se frottant le cou.

— Elle, dit-il, nerveux, en baissant son arme. Elle est là.

Alors l'obscurité surgit.

10

Ils l'attendaient, mais ils n'avaient pas pris de dispositions particulières pour son arrivée. Ce fut la première erreur d'Olsen.

— Olive, Moon : emmenez la petite !

Se concentrer sur ce cri fut la deuxième.

Tout n'était que confusion dans cette noirceur. Les mains qui tenaient Daniel Kean le relâchèrent et celui-ci se jeta sur Moon et accrocha un bras presque mou, glacé, qui ne semblait pas appartenir à un être vivant. Ce serpent visqueux glissa rapidement en l'esquivant. Daniel se prépara pour des représailles qui ne vinrent pas. Au moins Moon n'avait-il pas tiré sur Yun. Il entendit la fillette l'appeler. La voix se brisait sous un bruit de bottes dans l'escalier. Il vit un faisceau de lumière buter contre les marches.

— Yun ! cria-t-il. Yun !

C'était du suicide de se déplacer dans une pièce qui semblait remplie de démons. Malgré cela, ou précisément pour cela, Daniel le fit. Il subit une violente poussée et tomba à terre. Quelqu'un, qui avait truffé un mur de balles, cessa de tirer, et probablement de respirer. Un uniforme fut lancé en l'air, et seul le bruit qu'il produisit en heurtant le mur permit de savoir qu'il abritait un corps ; après le coup, corps, uniforme et mur ne furent plus qu'une seule et même chose.

— Tu es stupide…

Daniel entendit la voix rauque d'Olsen.

— Tu es stupide ou folle si tu le crois…

Il ne sut pas à qui ce dernier s'adressait, mais une nuance de terreur dans le ton lui indiqua que son supérieur n'était pas sûr de bien distinguer le stupide et le fou. Il fanfaronnait peut-être simplement.

Il désirait arriver à l'escalier. Il savait que Moon et l'autre agent s'étaient enfuis en emmenant sa fille, et la seule option qu'il lui restait était de les poursuivre. Cependant, les paroles d'Olsen lui firent tourner la tête vers le combat acharné qui avait lieu dans l'obscurité.

Olsen semblait se battre contre la mort. Son adversaire était une figure plus noire que les ténèbres, dont la seule rapidité donnait le frisson. Daniel oublia presque sa propre tragédie en jouissant de cette seconde minime où il entendit Olsen crier tandis qu'il était écrasé contre le mur par des coups terribles, comme assenés par un marteau entre les mains de la nuit. Ou de cent marteaux, bien que les yeux de Daniel lui disent qu'ils tenaient dans un poing. Quel poids de douleur fallait-il à un homme comme Olsen pour mourir ? Daniel souhaita que la vie de son supérieur dure encore longtemps.

Mais tout fut terminé avant qu'il ait pu achever cette pensée.

Quand seule la silhouette noire et le silence restèrent debout, il sut que sa propre fin était arrivée. Non seulement cela n'avait pas d'importance, mais il l'attendait avec la violence unique avec laquelle on souhaite parfois ce que l'on redoute le plus. Mais il décida de choisir le bon endroit.

En se traînant et en s'éloignant de la silhouette, il rejoignit à quatre pattes le cadavre de Bijou. Toute sa douleur ressortit alors comme si l'effet d'une anesthésie s'était brutalement dissipé.

— Tue-moi ou laisse-moi avec elle ! rugit-il quand les mains de l'ombre se posèrent sur ses épaules, l'entraînant.

— Il y a une troisième option, dit doucement la jeune fille.

III

CÉRÉMONIE

1

Elle le lui avait fait jurer pour la première fois lors d'un voyage à Madrid.

Les voyages étaient risqués, mais tout le monde prend des risques de temps en temps. Et puis c'était le Temps de l'Hiver, après Hallowe'en, quand la tradition ancestrale impose aux enfants d'aller voir leurs parents. A leur retour de la maison des environs de Hambourg où ils avaient célébré leur union, et disposant encore de trois jours pour l'occasion, ils décidèrent de passer le Solstice avec la famille de Daniel. Un très rapide voyage en véhicule aérien limita le dérangement et l'impatience, mais, à Madrid, ils furent pour la première fois conscients de l'éloignement de leur foyer.

Madrid était ancien. La neige le recouvrait comme une statue. Bijou ne le connaissait pas. Il lui rappela Paris. Les deux capitales lui firent penser aux villes bibliques du Nord. Elle désignait du doigt les ressemblances pendant qu'ils se promenaient entre le silence et le crissement de la glace : girouettes sur les clochers, toits pointus, grandes avenues de colonnes, labyrinthes pavés et étroits qui, juste après avoir été parcourus, se comportaient comme des rues, églises en ruine construites sur d'autres encore plus vieilles et autant d'ancienneté qu'il était possible d'en vouloir (ou d'en redouter) à la surface de l'Europe. Bijou en perdit la parole de tout regarder. Daniel la regardait elle, un peu soucieux.

Cette nuit-là, après le dîner, après avoir ri avec Emil Kean, le père de Daniel, qui travaillait comme chef de section dans un tribunal, subi un interrogatoire en règle de la part de la mère, Jana, et vanté la ressemblance entre la sœur cadette, Lania, et Daniel, qui avaient été conçus à partir de la même cellule, Bijou se blottit en tremblant dans les bras de Daniel dans le lit ancien de la chambre d'invités et lui avoua sa peur. Tout l'avait terrifiée : les places historiques, les différents silences, la belle et distinguée famille de son époux ; et maintenant, aussi, le grincement du lit et les masques décoratifs caractéristiques de la saison qui ornaient les murs.

— Bah, ne fais pas attention à ce que tu pourras voir, lui dit-il. Mon père se vante d'être croyant et s'entoure de vieux livres pour sentir le moisi, mais il ne les ouvre même pas. – Ils rirent tout bas. – La maison est ancienne, mais saine.

— Ce n'est pas la faute de ta famille, Daniel, assura-t-elle, ce sont des personnes merveilleuses qui vivent dans l'"amour"... Ce sont mes souvenirs. Madrid m'a fait revivre mon enfance à Paris, avec mes parents. L'ascendance arabe vient de mon père, qui m'effrayait parfois en parlant de la mort...

— Nous avons tous connu ça.

Il essaya de minimiser les choses, mais il comprit qu'elle avait besoin de s'épancher. Il l'étreignit plus fort tout en l'écoutant.

— Il me disait que la mort vit sous terre... D'après mon père, mourir, c'est franchir un portail noir et descendre dans des cavernes infinies...

— Ce sont de simples légendes. Ceux qui y croient souffrent davantage que nous.

— Mais la mort existe, ça, c'est réel.

Elle se pelotonna contre lui et l'embrassa sur l'oreille en parlant tout bas.

— Pourquoi la mort existe-t-elle, Daniel ?

— Ma famille t'a vraiment fait de l'effet.

La plaisanterie tomba devant le sérieux de la jeune femme, qui le regardait avidement, comme si la réponse à tous les mystères s'était trouvée écrite en petites lettres à l'intérieur de ses yeux.

— Pourquoi faut-il mourir ? Je ne comprends pas. Pourquoi cette obscurité ? Maintenant que je te connais, et que je t'aime, je ne veux plus jamais me séparer de toi... J'ai si peur.

— Tu ne vas pas mourir. – Il lui caressa les joues. – Ni toi ni moi. Jamais.

Soudain elle le regarda, très sérieuse.

— Tu dois me jurer une chose.

Ce ne fut pas la dernière fois qu'elle le lui demanda : des années plus tard, une nuit où Yun fit des cauchemars et accourut, livide et froide, dans leur chambre, elle recommença. Il la rassura en répétant son serment – "sacré", disait Bijou – et il rit intérieurement sans malice de cette douce peur. Car tout pouvait arriver à l'avenir, mais son père lui avait appris qu'un homme fort devait vivre comme si cette certitude était erronée.

Il jura pourtant. Puis il coucha Yun, lui donna un baiser et regagna le lit où Bijou flottait déjà dans l'encens du sommeil.

Il restait parfois à les regarder dormir.

Sa famille. Une île de lumière dans les ténèbres.

2

Il pensa soudain à la neige, à cause de la blancheur qui l'entourait.

Il était allongé à plat ventre, les bras en croix, comme pour embrasser l'endroit où il gisait. En bougeant, il libéra une douleur nichée du côté gauche de la nuque. L'atrocité du souvenir lui donna de la vigueur. Il quitta le lit immense et inconnu, fit quelques pas.

C'était une grande pièce. Murs, sol et plafond étaient peints en blanc ou dans différentes tonalités proches, ivoire ou os. Il vit une grande chemise qui ne lui appartenait pas posée sur le dossier d'un fauteuil, la passa et sentit l'odeur de la toile fraîche et propre. Sur le même siège attendaient un jupon de fête et des sandales, mais il ne voulut pas s'habiller complètement pour l'instant. Ses propres vêtements avaient disparu.

Une fenêtre aux vitres en forme de losange le laissa bouche bée : de l'autre côté, se dressaient des sapins enneigés, un lac, de petites maisons, des sommets de glace. Cela ne ressemblait pas aux environs de Dortmund, encore moins de Wonn. La matinée était grise.

Il y avait une porte en verre dépoli. Il regarda à travers et ce fut comme se pencher sur un étang à l'eau trouble. Il distingua des ombres tranquilles. Il ne voulait pas encore vérifier s'il était prisonnier, et il ne toucha pas la poignée.

La chambre lui réserva encore une surprise : sur une table en marbre soutenue par des sculptures faites de corps agenouillés, reposait un plateau contenant de la nourriture et du thé chaud. Il avait faim. Il approcha un divan, qui se déplaça sans bruit, et commença à dévorer de petits pains ronds et du fromage, et à boire des gorgées de thé. Une telle activité lui fit comprendre que ce monde était réel. Mais il ne s'en réjouit pas : il aurait préféré un rêve.

Il ne sut jamais comment, car un instant plus tôt, en mangeant, il avait regardé et n'avait vu que la porte, et un instant plus tard il regarda à nouveau et c'était elle.

— Il m'a semblé que tu étais réveillé, dit la jeune fille. Elle avait une voix grave, légèrement teintée d'accent du Sud. Tu vas bien ?

Daniel ne bougea pas de la table et ne répondit pas. La tasse à thé qu'il portait à ses lèvres poursuivit son chemin.

Il fut surpris de la reconnaître immédiatement, car, la première fois, il l'avait vue de loin, la deuxième très brièvement, et la troisième dans l'obscurité totale. Mais il sut que c'était la silhouette des ruines, celle qui avait ensuite livré ce combat bref et sauvage contre Olsen. Elle avait maintenant une apparence innocente : un long vêtement blanc, les cheveux lâches et humides, des fils collés sur le front. Elle gardait les yeux baissés. Et comment était-elle parvenue à entrer dans un silence total ?

Après avoir attendu en vain une réponse, la jeune fille fit une chose inattendue : elle s'allongea par terre. Mais ce ne fut pas un geste de salut ni d'humiliation. C'était comme si le sol avait constitué un lieu où s'installer. Elle resta assise avec le torse droit, sans s'appuyer contre le mur, les jambes pliées couvertes par le vêtement.

— Où suis-je ? demanda-t-il enfin.

— Une maison à Königshafen, une petite ville dans le Sud-Est de l'Allemagne, au bord du Königssee.

— Oui.

Daniel pensait longtemps chaque mot. Il frottait sa nuque douloureuse.

— Comment suis-je arrivé là, et quand ?

— On t'a amené. Hier soir.

— Qui d'autre, à part toi ?

— Mon ami. Je t'ai ramené à la surface et il attendait dans un véhicule dans le tunnel de Wonn. Tu vas bientôt le rencontrer.

— Et mes vêtements ?

— Ils étaient très sales. Nous te les avons enlevés à ton arrivée.

Les silences étaient plus longs que les phrases. Daniel ferma les yeux.

— Je ne me souviens de rien.

La jeune fille avait toujours le regard rivé au sol.

— J'ai dû te frapper dans les catacombes pour te faire perdre conscience, dit-elle. Je n'en avais pas l'intention, mais tu ne m'as pas laissé le choix. Tu voulais rester là-bas, et je ne pouvais pas te le permettre. Rester au milieu des cadavres, sous terre, est très dangereux.

— Ça ne m'aurait pas dérangé de mourir, répliqua-t-il.

— Tu n'aurais pas eu cette chance, dit-elle doucement.

Daniel l'observait sans manifester ses émotions. Il remarqua des courbes très solides et une anatomie compacte sous le long vêtement blanc.

Un seul détail l'intriguait.

Pourquoi ne me regarde-t-elle pas ? Pourquoi ferme-t-elle les yeux ?

— Et ma fille… murmura-t-il.

— Ils l'ont emmenée.

— Ils ?

— Moon et l'autre agent. Je n'ai pas pu les en empêcher. Ou peut-être que j'aurais pu, mais j'ai dû choisir de te sauver, toi.

Daniel se courba, contenant sa douleur. Il pensa à Bijou, dont le cadavre avait dû rester dans ces catacombes. Il pensa à Yun.

— Pourquoi… ? murmura-t-il. Que veulent-ils faire… de ma fille ?

— Tu sauras tout d'ici peu. Tu as fini de manger ?

Ses pensées s'enflammèrent sous la colère. Il répondit que oui, se redressa, étendit les bras, se frotta la nuque et demanda à se laver. Il se leva avec agilité.

— Tu peux le faire ici.

Ce qu'il avait pris pour un miroir en pied de l'autre côté du lit s'avéra être une petite porte. La jeune fille l'ouvrit pendant qu'il s'approchait.

C'était justement ce que Daniel voulait.

Malgré tout, il ne put éviter la sensation qu'elle l'attendait simplement, et qu'elle acceptait qu'il la maltraite.

Quand il la poussa contre le mur, une table se renversa et plusieurs bibelots de verre s'écrasèrent au sol. La jeune fille n'essaya absolument pas de se défendre ; elle resta immobile, les yeux résolument clos. Elle avait les lèvres épaisses et les pommettes et les mâchoires anguleuses. Son visage et sa poitrine étaient constellés de taches de rousseur.

— Tu m'as obligé à l'abandonner ! cria Daniel. Tu m'as *séparé* d'elle et de ma fille !

Il lui avait saisi le cou à deux mains et il exerça alors une pression. Ce cou n'avait rien de particulier, il n'était pas même large, au contraire, d'une grande sveltesse. Avec des doigts un peu plus longs, et en serrant avec la force nécessaire, une seule des mains de Daniel se serait refermée sur cette tige jusqu'à frôler le pouce de l'index. Cependant, une robustesse qui était un peu plus que de la chair, du sang et de l'air, l'empêchait ne fût-ce que de le déformer. La jeune fille semblait sculptée dans une seule pièce d'albâtre. Elle respirait tranquillement. C'était Daniel Kean qui semblait étouffer.

— Regarde-moi !

L'obstination de ses paupières le rendait furieux.

— Pourquoi ne me regardes-tu pas ? *Regarde-moi !*

Mais la porte de la chambre s'ouvrit avant ses yeux.

3

— Maya ne s'est pas contentée de te sauver la vie en te faisant sortir de ces catacombes, Daniel Kean, dit l'homme debout sur le seuil : elle a aussi récupéré le cadavre de ton épouse. Alors lâche-la et calme-toi.

Daniel avait déjà obéi au premier ordre ; l'autre ne dépendait pas de sa volonté.

— Où est ma femme ? demanda-t-il. Je me calmerai quand je la verrai.

— Nous l'avons portée sur une couche funéraire et nous avons préparé son corps pour que tu puisses lui dire au revoir dignement. Tu pourras bientôt la voir. Mais, avant, nous devons discuter. Je vais essayer de répondre à tes questions.

L'homme se montrait énergique, autoritaire. Il se tourna un instant vers la jeune fille, mais il ne sembla pas inquiet pour elle, comme s'il savait que Daniel n'aurait jamais pu lui faire du mal. Ils échangèrent quelques mots à voix basse et des sourires fugaces.

— Qui êtes-vous ? Le regard de Daniel trahissait de l'étonnement.

— Mon nom est Héctor Darby et tu es chez moi. Elle, c'est mon amie, Maya Müller, et, toi, tu es Daniel Kean. Et maintenant, mieux vaut ne pas perdre de temps en présentations stupides. Nous avons beaucoup à faire et encore plus à dire. La rapidité est vitale.

Il lui donna quelques minutes pour finir de s'habiller avec les vêtements posés sur le fauteuil, puis il l'accompagna dans un vaste salon. Daniel fut écrasé par l'immense bibliothèque. A la différence de Bijou, il n'aimait pas les livres. Chez lui, il n'avait qu'une édition de la Bible et quelques textes rituels. En revanche, dans le bureau où travaillait Bijou, les volumes envahissaient tout l'espace. Mais Daniel pensa qu'il y en avait bien plus dans ce salon. Il les voyait se serrer presque avec obscénité, tranche contre tranche, gonflés, disproportionnés. Quand le silence le permettait, il entendait ce que Bijou appelait la "respiration" : craquements de vieux dossiers, distension de gros tomes, râle des ouvrages minces qui se faisaient écraser. En dehors des livres, il n'y avait que des antiquités. Au centre du salon se détachait un énorme globe terrestre. On entendait le tic-tac lourd et rauque d'une horloge murale.

Héctor Darby l'invita à s'asseoir dans un fauteuil aux pieds en fer forgé, devant une fresque qui représentait la petite ville de Königshafen. La jeune fille les rejoignit immédiatement. Elle avait passé un long et élégant vêtement noir au décolleté carré et ses cheveux, coiffés, flottaient dans la lumière. Elle n'ouvrait pas les yeux en marchant, mais son pas était ferme et précis. Le regard de Daniel allait de l'un à l'autre, vaste, absorbé. La lumière glacée des larges baies vitrées l'informa que l'on devait approcher de midi.

— Qu'est-ce qui t'étonne à ce point ? demanda Darby, remarquant son expression, tout en remplissant les verres.

— Ce serait plus facile de vous dire ce qui ne me surprend pas, répondit Daniel.

— Je suis un homme biologique, dit Darby. Je suppose que tu en as vu beaucoup.

— Quelques-uns.

Il se rappela que, de temps en temps, il les contrôlait dans le Grand Train. On les remarquait, et ils étaient un indice de lignage et de richesse. Concevoir les plans d'un enfant pouvait revenir cher, mais ne pas les concevoir du tout était un véritable luxe. Laisser la cellule fécondée se développer à sa guise, sans grand contrôle extérieur, dans les vitrines des centres génétiques, n'était pas à la portée de tous. Daniel pensa que c'était comparable à l'acquisition de l'une des antiquités de ce salon : une chose inutile, précieuse, fragile. L'embryon pouvait mourir pendant la croissance et, au long de leur vie, les hommes et les femmes biologiques souffraient de diverses maladies et la vieillesse les détériorait avec une hâte terrifiante. Quant à l'apparence physique…

— Ça, expliqua Darby sur un ton moqueur, en se touchant le visage, ça s'appelle la barbe, et ça – il porta la main à sa tête – c'est une calvitie naturelle. Mes bras, mes jambes, mon torse et mon pubis sont aussi couverts de poils. J'ai cinquante-deux ans, du ventre, je m'enrhume, j'ai la voix rauque, je sais que je suis laid et je suis très content de ne pas posséder cette silhouette stylisée des hommes de conception comme toi, aux cheveux longs, aux traits réguliers, au corps sinueux sans une ombre de duvet et aux extrémités longues et bien tournées, dont on devine difficilement l'âge, nus en plein hiver, qui ne ressentent pas le froid ; et de loin, et souvent de près, vous ressemblez tellement à des femmes. Ou peut-être faudrait-il dire que ce sont les femmes qui vous ressemblent tellement. Ta curiosité est satisfaite, Daniel Kean ?

— Oui, je…

— Tu veux aussi savoir quelque chose sur Maya Müller ? – Il désigna la jeune fille, qui leur tournait le dos, debout devant la fenêtre. – Elle n'ouvre pas les yeux car elle n'en a pas besoin pour te regarder : ses yeux représentent la totalité de ses autres sens.

— Quoi ?

— C'est une façon de dire qu'elle est aveugle.

Daniel l'observa – la silhouette menue, les épaules larges, les cheveux courts et blonds –, se rappelant l'avoir vue combattre des hommes armés dans les catacombes. Il en déduisit qu'elle ne devait pas être originaire du Nord, où une cécité incurable était rare.

La jeune fille se tenait toujours debout devant la fenêtre. Dehors, il avait commencé à neiger.

— Oh, elle voit mieux que toi et moi, précisément parce qu'elle n'utilise pas ses yeux, dit Darby en constatant sa surprise. Mais permets-moi de te dire que ce que Maya peut voir ou non ne te concerne pas pour l'instant. Parlons de ce qui t'intéresse *vraiment.*

Il lui tendit un verre de liqueur odorante.

— Où est ma fille ? demanda Daniel, repoussant le verre. Ça, ça me concerne *vraiment.*

— Nous l'ignorons. – Darby fit la grimace et but une gorgée. – Mais ils ne lui feront aucun mal. Pas encore. Ils ont besoin de toi.

— Qui ?

— Ceux qui ont engagé Olsen et Moon. En un mot : "eux", définit-il. Mes amis, Maya et moi, sommes "nous". Je vais te dire en quoi consiste la différence, pour t'éviter de te débattre dans des dilemmes moraux : avec eux, ta fille et toi mourrez ; avec nous, tu as une possibilité de rester en vie et de sauver ta fille.

Daniel se laissa retomber contre le dossier, comme si les paroles de Darby avaient en quelque sorte constitué une poussée. Il fléchit les jambes et appuya ses sandales sur le bord du fauteuil. Il resta ainsi longtemps, les cuisses nues sous le court jupon, jointes et relevées.

— Ils veulent t'obliger à les aider à trouver quelque chose, poursuivit l'homme biologique après une pause. Nous aussi. Nous sommes tous les deux prêts à *tout* pour y parvenir.

Ses paroles rappelèrent à Daniel, l'espace d'un instant, celles d'Olsen. Il s'engourdit.

— Et comment est-ce que je peux vous aider ?

— Tu possèdes une information déterminante.

— Tu parles de ce que vous croyez tous que m'a dit ce fou dans le train…

L'homme biologique acquiesça lentement.

— Mais il ne m'a rien dit ! s'exclama Daniel avec impatience. Il a remué les lèvres et…

— Tu te trompes sur ce point. – Darby fit un aller-retour en l'interrompant. – Il t'a transmis un code, et tu le donneras le moment venu. Dans exactement – il consulta sa montre, un objet ancien qu'il sortit de sa poche, relié à elle par une chaînette – une trentaine d'heures…

4

Daniel fit un signe de dénégation de la tête. Dans sa mémoire, il n'y avait aucun doute : il se rappelait le mouvement des lèvres de Klaus, l'étonnant silence. Rien d'autre.

— Il t'a dit quelque chose, insista Darby. Ce qu'il y a, c'est que, en même temps qu'il te l'a dit, il te l'a fait oublier. Il l'a enterré dans ton inconscient, d'où tu l'extrairas toi-même le moment venu.

— On ne peut obliger personne à oublier. C'est impossible.

Héctor Darby se planta devant lui, le visage déformé par la courbe du verre. Après l'avoir vidé, il ordonna :

— Regarde autour de toi et dis-moi ce que tu vois.

— Un salon.

— Qu'y a-t-il dans ce salon ?

— Des livres, un…

— Que disent tous ces livres ?

— Je ne sais pas. Je ne les ai pas lus.

— Pourquoi ne les lis-tu pas tout de suite pour m'en parler ?

— Il y en a trop.

Daniel battit des paupières, sans comprendre ce que voulait dire Darby.

— Je ne peux pas.

Un sourire lent, laid, fendit l'étrange barbe de l'homme biologique.

— Alors tu ne peux pas savoir ce que disent ces livres car il y en a trop. Et pourtant, tu te vantes de savoir ce que dit la réalité, beaucoup plus vaste que ma pauvre bibliothèque, plus complexe, plus éternelle. – Darby se dirigea lentement vers la table des alcools et remplit son verre. – J'ai lu ces livres, Daniel Kean, et je peux te raconter ce qu'ils disent. – Il porta son verre à ses lèvres. – Ils disent : "L'impossible n'existe pas."

— C'est l'avis d'un croyant, répliqua Daniel avec mépris. J'aurais dû me douter que je traitais toujours avec eux…

Darby continua à le fixer, verre à la main.

— Tu as un tempérament juvénile et irréfléchi, Daniel Kean.

— C'est votre façon de dire "non croyant" ? lui assena Daniel avec rage.

— C'est ma façon de dire "stupide".

— M. Kean ne nous connaît pas, Héctor, dit la jeune fille sur un ton de reproche, en direction de Darby.

Elle s'était assise sur un guéridon en marbre, face à la fenêtre, et sa silhouette se découpant dans la lumière avait la symétrie d'une sculpture.

— Et, si l'on tient compte des événements qu'il traverse, il ne mérite pas tes piques…

Darby sourit :

— Mes excuses. Je ne veux pas t'offenser, Daniel, mais tu devrais réfléchir un peu avant de parler. Je vais te dire : Maya est croyante, pas moi. Je ne l'ai jamais été, je ne le suis pas, je ne le serai jamais, ajouta-t-il en martelant ses mots, sur un ton qui indiqua à Daniel que la question lui tenait à cœur.

— Qu'êtes-vous ? demanda Daniel.

— Je suis juste bizarre, dit Darby, très sérieux. Comme tu peux le voir, je collectionne et je lis beaucoup de livres. Tous ceux qui lisent sont bizarres : cela vient du fait que lire nous aide à savoir, et, comme l'ignorance abonde, les rares personnes qui savent sont de plus en plus bizarres. – Il sourit. – Cependant, grâce à ce savoir, je suis en mesure de t'assurer que les croyants font des choses qui pour nous, les non-croyants, ressemblent à des miracles…

— Je connais des croyants, et ils n'en font pas plus que moi.

— Parce que tu ne connais que les croyants superficiels, qui constituent la majorité. Dans ce monde, il y a des degrés de croyance, de même que de terreur.

Darby se dirigea vers une étagère où il prit un gros volume à la couverture noire et aux belles lettres gravées en or. Il n'eut pas besoin de les montrer à Daniel pour que celui-ci les reconnaisse immédiatement.

— Cette édition est très simple, même pas l'une des meilleures de ma collection. Il s'agit de la Bible, celle qui s'intitule… "Sainte Bible de l'Amour et de l'Art", Notre Livre, le livre qui décrit la réalité. Je suppose que tu l'as lue, ajouta-t-il, sans doute ironiquement, puisque Daniel ne connaissait personne qui ne l'ait pas lue au moins une fois. Elle comporte Quatorze Chapitres, quatorze fables ou paraboles qui constituent la somme de l'univers. Il existe des croyants de chacun des Chapitres, ou de plusieurs à la fois. Très peu d'entre eux sont des croyants profonds d'un seul et, parmi eux, moins encore arrivent à l'être de plus d'un seul Chapitre. Mon amie Maya Müller est une croyante profonde du Deuxième, celui qui décrit la Cité souterraine de la mort. Hier, elle a suivi ta trace du train jusqu'à Wonn en marchant sous terre.

— C'est imposs…

Daniel s'arrêta. Darby sourit en ajoutant :

— Si tu crois de toutes tes forces, tu obtiens ce que tu veux. Et la personne qui t'a utilisé pour conserver cette information est un croyant profond de *plusieurs* Chapitres, en plus d'être l'un des plus grands savants de l'histoire.

— Vous voulez parler de… Klaus Siegel ?

— Je veux parler de celui qui a utilisé Klaus comme messager pour te transmettre l'information puis l'a enfouie dans ton inconscient de telle sorte que même la torture ne pourrait te l'arracher. J'y reviendrai plus tard.

— Et pourquoi a-t-il fait ça ?

— Parce que, pour aller de cette pièce à l'autre, le chemin le plus court est de traverser le mur, mais nous, les êtres humains, nous devons nous contenter d'ouvrir des portes, de faire le tour, d'emprunter les couloirs…

Darby semblait vaguement irrité.

— L'information devait arriver d'un point à l'autre, et Klaus et toi êtes les portes et les couloirs.

— Mais pourquoi m'utiliser moi ? Je ne suis même pas croyant…

Darby haussa les épaules :

— Pourquoi ceux qui ont été choisis ont-ils été choisis, comme dirait ce bon Klaus ? En l'occurrence, le choix de ce pauvre fou de Klaus, qui fabriqua cette bombe absurde, est incompréhensible lui aussi. Mais peu importe l'aspect des portes et des couloirs s'ils servent à transmettre l'information…

— Et cette information…

— … est le code que nous cherchons, l'interrompit Darby avec détachement.

Malgré sa froideur, un bouillonnement d'émotions tendait sa voix.

— Pourquoi ne nous donnes-tu pas ta version des faits, Daniel ?

Il lui sembla raconter pour la énième fois sa conversation avec Klaus Siegel, puis il rapporta l'interrogatoire mené par Olsen. Son amphitryon reprit ses allées et venues en l'écoutant. Il portait une veste d'intérieur de couleur grenat avec des revers couleur rubis et un foulard mauve autour du cou. Ce n'étaient pas des vêtements ordinaires pour un homme ou une femme, ils rappelaient à Daniel l'époque archaïque, brumeuse, de même que l'atmosphère du salon où ils se trouvaient.

Mettre des mots sur sa tragédie le fit se sentir mieux, mais en arrivant à l'assassinat de Bijou il eut du mal à poursuivre. Alors il perçut quelque chose. La jeune fille avait penché la tête en direction de Darby, qui la regardait à son tour. On aurait dit que l'histoire les affectait.

— Nous sommes vraiment désolés pour ta femme, Daniel, dit Darby sur un ton affligé. Maya et moi savions le jour, l'heure et l'endroit où aurait lieu la transmission du message, mais nous ignorions qui en seraient les protagonistes. Nous avons décidé qu'elle monterait dans le train et que je resterais à proximité de l'émetteur, à l'intérieur d'un véhicule. De leur côté, ils ont envoyé Olsen. Après avoir parcouru le train, Maya parvint à les identifier, malheureusement pas avec assez de rapidité pour éviter que tu ne sois intercepté par Olsen et Moon. La bombe présumée vint tout compliquer, puisque Maya ne put pénétrer dans la section où vous vous trouviez, contrôlée par la Sécurité. Elle a tenté de t'aborder dans les ruines, mais Olsen l'a devancée encore. Il était logique que tu fasses confiance à des agents de la Sécurité plutôt qu'à une inconnue. En arrivant aux catacombes, Maya est parvenue à éliminer Olsen et l'un des agents, mais Moon et l'autre se sont échappés avec ta fille. Alors Maya s'est occupée de toi et de ta femme, elle vous a remontés à la surface, m'a appelé et nous vous avons amenés ici. Si nous nous étions doutés… qu'ils allaient utiliser ta famille pour te menacer…

Le ton de Darby révéla de l'indignation.

— Ce fut une chose… barbare et stupide ! Ils savaient, comme nous, que tu ne pourrais rien dire !

La voix de Maya Müller les interrompit à nouveau, dense, profonde.

— Il reste quinze minutes, dit-elle avec autant d'assurance que si elle lisait dans la neige, au-dehors.

Quinze minutes pour quoi ? se demanda Daniel.

Darby se tourna vers Daniel. L'angoisse tendait son visage barbu.

— Il y a un émetteur dans un piédestal, près de cette fenêtre. – Il le désigna. – Il sonnera dans quinze minutes et il est bon que ce soit toi qui répondes… Ils appelleront ici car ils savent que tu es chez moi, mais toi seul les intéresses.

— Qui va appeler ? demanda Daniel.

— Ceux qui ont enlevé ta fille. Nous ne savons rien d'eux, si ce n'est qu'il s'agit de gens très semblables à nous, qui cherchent la même chose que nous mais avec beaucoup moins de compassion. Avant ton réveil, le dénommé Moon m'a appelé et m'a dit ce qu'ils attendaient de toi… Ils vont te donner rendez-vous demain soir dans un lieu précis. Tu devras y aller, où que ce soit. Sinon, ils tueront ta fille.

Daniel l'observa et crut comprendre.

— Parce que, demain soir, je révélerai le code que Klaus a d'après toi caché en moi, murmura-t-il.

Darby acquiesça, et son visage biologique accusa davantage son expression de tristesse.

— Mes amis et moi, cela nous intéresse aussi de le connaître, dit-il. Si tu nous aides, nous ferons tout notre possible pour sauver ta fille. C'est à toi de décider.

5

Il s'écoula un silence ponctué par le tic-tac de l'horloge murale. La jeune fille était toujours assise sur le guéridon en marbre, les jambes repliées, le vêtement noir remonté sur ses cuisses. Darby faisait des allées et venues, ses mains velues dans les poches de sa veste. Encore enfoui dans son fauteuil et tentant de mettre de l'ordre dans ses pensées, Daniel leva la tête vers l'homme biologique.

— Que cherchent-ils ? demanda Daniel. Vous tous. Que cherchez-vous ?

Darby s'arrêta et le regarda, Maya tourna ses yeux clos vers lui. Ils semblèrent tous deux méditer la réponse.

— Une chose terriblement précieuse, dit enfin Darby.

— Au point de tuer une petite fille ?

Darby hésita, mais Daniel devinait à son expression que ce n'était pas le genre d'homme qui aimait dissimuler les vérités désagréables. Son esprit semblait aussi robuste que ses traits.

— Si terrible que cela paraisse, c'est comme ça, dit Darby : il s'agit d'une chose beaucoup plus importante que n'importe quelle vie humaine individuelle, y compris les nôtres.

— Je peux savoir ce que c'est ?

— Personne ne le sait avec certitude. C'est pour cela qu'elle est si précieuse.

— Je ne comprends pas.

— Eh bien, c'est facile. Imagine un trésor. Si ce sont des bijoux, ce ne sont *que* des bijoux. Si c'est un livre, ce n'est qu'un livre. Mais un trésor dont personne ne connaît la nature est plus digne d'intérêt qu'aucun autre, car il peut être tout à la fois bijoux et livres, or et sagesse. Ses possibilités sont infinies, chacun l'imagine à sa guise.

— Et vous, qu'imaginez-vous ?

Darby contempla le fond de son verre avant de répondre.

— Qu'il est fictif.

Il y eut une pause. Daniel parla avec une froideur inhabituelle.

— Vous voulez dire… que mon épouse est morte et que ma fille a été enlevée à cause d'une chose qui n'existe même pas ?

— Héctor… murmura la jeune fille.

— Oh, la non-existence d'un trésor de ce genre est précieuse en soi, précisa Darby. Le trouver est aussi important que de démontrer qu'il ne peut être trouvé. Et puis, je commence à changer d'avis. Peut-être que je me trompe et qu'il est réel.

— Qu'est-ce qui vous a fait changer d'avis ?

— Ceux qui ont enlevé ta fille, dit Darby. Savoir qu'il y a des gens prêts à tout pour ça me pousse à croire à sa réalité.

— Héctor, ça suffit.

Assise sur le guéridon, Maya affronta Darby les yeux clos, son buste marmoréen parsemé de taches de rousseur.

— M. Daniel Kean vit une horrible expérience. Arrête de plaisanter…

— Je ne me moquais pas de M. Kean mais de toi, ma chère, répliqua Darby, et il ajouta pour Daniel : Maya croit bien plus que moi en l'existence de ce trésor, mais, d'une certaine façon, elle sait que j'ai raison. Ce que nous cherchons est si ancien et primordial que ça peut être n'importe quoi : un objet, une idée, une ville…

— Nous en connaissons le nom, dit Maya, comme désireuse de se montrer plus sincère que Darby : on l'appelle la *Clé de l'Abîme*.

— Je n'en ai jamais entendu parler, reconnut Daniel.

— Parce qu'elle n'est pas biblique, intervint Darby. On ne la mentionne nulle part dans Notre Livre. Elle appartient à une tradition très différente, probablement prébiblique. Les fragments du texte qui la citent parlent de la fin du monde, et d'une créature qui descend du ciel avec elle. Il se peut que la légende de la *Clé* provienne d'une époque antérieure aux cataclysmes ou à la chute de la Couleur…

— Il n'y avait pas d'êtres humains avant la chute de la Couleur, dit Daniel.

— Cette question fait encore l'objet de nombreux débats, précisa Darby, mais c'est pour cela qu'il est si important de la trouver. La *Clé* pourrait nous révéler de nombreux secrets sur l'origine de l'humanité.

— Il y a autre chose, ajouta la jeune fille, et, pour la première fois, Daniel perçut une certaine émotion dans ses paroles. Il existe des prophéties qui affirment que… quand nous trouverons la *Clé de l'Abîme*, nous les êtres humains… nous pourrons *détruire Dieu*… et nous cesserons définitivement d'avoir peur.

Daniel avala sa salive. Darby et la jeune fille avaient tourné le visage vers lui, comme s'ils attendaient une réaction..

— C'est absurde, dit Daniel à voix basse. Personne ne peut détruire Dieu, si tant est qu'il existe… Et personne ne peut s'empêcher d'avoir peur. La peur, c'est la vie… Ne pas avoir peur est…

— Impossible, coupa Darby. Cette fois, je te donne raison, Daniel Kean : s'il y a une chose impossible dans cet univers, c'est justement ça. Je t'ai déjà dit que je pensais que la *Clé* était fictive.

— Je *crois* en elle, dit Maya Müller avec un sérieux infini.

Avant que personne ne puisse ajouter quoi que ce soit, on entendit le cri d'une enfant horrifiée. L'émetteur resta muet un instant, puis il carillonna à nouveau.

— Ce sont eux, dit Darby, et il consulta sa montre. Avec une minute d'avance. Ils nous ont dit que c'était toi qui devais répondre, Daniel… Si tu ne le fais pas, ils tueront ta fille.

6

Comme dans un rêve, Daniel se leva et traversa le vaste salon en direction du vibrant appareil, le contemplant comme s'il s'agissait de l'entrée d'un lieu interdit. Il entendit la voix dès qu'il le souleva.

— Comment vas-tu, "héros" ?

Il le reconnut immédiatement : c'était le même ton, à la fois neutre et amusant, qu'il avait employé dans les catacombes, pour lui dire : "Ta fille."

— Je sais où tu es, et je suis surpris de t'avoir fait confiance. Dans le train, tu as prouvé ton courage, mais je préfère les lâches aux menteurs…

Daniel tenait l'émetteur avec une extrême prudence, comme s'il était nocif. Il décida d'éluder la provocation de Moon et de se concentrer sur son unique intérêt.

— Laisse-moi parler à ma fille.

— Oh, je ne sais pas si elle va vouloir. Elle a honte de tes mensonges. C'est presque le Temps de l'Hiver, Daniel.

Hallowe'en approche, et ta petite commence à ressentir l'appel ancestral des parents dans son corps. C'est la pire époque pour frustrer ses attentes. Elle supposait, comme moi, qu'à l'intérieur de la poitrine blanche et mince de son père battait un cœur honnête. Mais elle a soudain mûri quand je lui ai dit la vérité : que sa mère était morte par ta faute. A cause de tes mensonges.

— Ce n'est pas vrai.

Daniel avait la bouche sèche.

Dans un coin de son champ visuel, Darby gesticulait, implorant le calme. La voix de Moon, jeune et puissante, résonnait avec force dans l'émetteur. Darby et la jeune femme pouvaient soudain entendre la conversation.

— Daniel, une ligne ténue sépare la tromperie de la stupidité : n'essaie pas de me suggérer de la traverser. – Le ton de Moon contenait une légère nuance de menace. – Tu as déjà tenté de nous abuser quand tu as assuré que tu n'avais pas parlé à Maya Müller dans les ruines, tu te souviens ? Et maintenant tu es avec elle chez son ami, l'homme biologique, prêt à leur offrir la même information qu'à nous… Dans ma langue, ce que tu as fait te définit comme un menteur et un traître. Et dans la tienne ?

— Pense ce que tu veux, capitula Daniel à voix basse, mais laisse-moi parler à ma fille, s'il te plaît…

— Je préfère cette façon de demander les choses, dit Moon. Ne l'oublie pas désormais.

Il y eut une pause entre les vrombissements. Alors il l'entendit.

— Papa ? Papa, c'est toi ?

Le monde tourna pour lui autour de sa voix. Il l'imagina seule, menacée par des mains étrangères.

— Yun, ma petite… comment vas-tu ?

— Bien… Je pense à toi et à maman.

C'était sa fille, sans aucun doute. Lointaine, couverte par d'autres bruits, mais malgré tout reconnaissable à cette façon de parler, ces phrases sérieuses qui imitaient celles de Bijou.

— Vraiment, tu vas bien ?

— Oui. Tu es toujours dans le train sombre, papa ?

Le souvenir de ce qu'elle lui avait dit la veille au matin le paralysa. Darby et la jeune femme s'étaient approchés, dans l'expectative, mais Daniel ne les remarqua pas. Un flot de larmes lui brouillait la vue.

— Oui, répondit-il, mais je vais bientôt en sortir. Je te le jure. On sera à nouveau ensemble.

— Avec maman ?

Avant qu'il ait eu l'idée d'une réponse à cette terrible question, il entendit le ton vibrant de Moon.

— Ça suffit pour aujourd'hui, "héros". Maintenant, écoute attentivement…

Quand il entendit ce qu'on exigeait de lui, il eut du mal à le croire. Darby lui indiquait par signes d'accepter, ce qu'il fit. Il resta un instant à serrer fort l'émetteur après que la communication eut été interrompue. Puis il regarda Darby.

— Ils veulent que je me rende demain… à neuf heures du soir… quelque part au…

Darby acquiesçait en agitant sa tête chauve.

— Oui, dit-il. La révélation aura lieu au Japon. Nous t'accompagnerons. Mais avant, ainsi que je te l'ai promis, nous allons dire au revoir à ta pauvre épouse.

7

Le Troisième Chapitre raconte la cérémonie fantasmatique pendant le Temps de l'Hiver, à laquelle participe le protagoniste, en compagnie d'un vieillard masqué aux mains gantées et d'un chœur de spectateurs, dans le village enneigé de ses ancêtres. Depuis des siècles, on sait que ce chapitre célèbre un peu plus que le Solstice. Plusieurs traditions l'ont compris comme le symbole de l'adolescence, et dans certaines cultures les enfants, en arrivant à la puberté, dansent en plein air devant leurs parents, ne portant que des gants et des masques, jusqu'à ce que la chaleur de leurs corps nus troue la neige. De la même façon, on rend visite à la maison familiale, on chante sur des rythmes sauvages, on adore des arbres et des colonnes, on descend dans des souterrains où l'on incinère les morts. Les experts du Troisième Chapitre admettent de nombreuses interprétations, mais ils coïncident pour affirmer que l'Auteur parlait *lui aussi* de la façon de dire au revoir aux êtres chers.

Bien que Daniel ne fût pas croyant, il apprécia de constater que le rituel de cette très ancienne cérémonie était respecté avec fidélité pour les funérailles de Bijou.

Le corps de Bijou était maintenu par des courroies sur un lit funéraire vertical dans une pièce saturée d'encens. Sa peau, éthérée à force de lividité, avait été lavée et parfumée, et la blessure provoquée par la balle soigneusement nettoyée et dissimulée sous ses beaux cheveux châtains. Le lit, pourvu de roulettes, fut tiré par Darby, Maya et Daniel, à travers de sombres couloirs jusqu'à une porte qui donnait sur l'extérieur.

Là, dans une cour ouverte qui supportait la lente chute des flocons, entre des murs en brique grise, était installée l'urne funéraire, qui avait l'air d'une chrysalide ouverte. Ses vitres convexes étaient vertes. Daniel aida à détacher les courroies et à transporter le corps vers l'urne. Les mains de la jeune fille palpaient avidement, tels des insectes : Daniel en vint à oublier qu'elle était aveugle. L'urne fut scellée et Héctor Darby répartit des masques, des gants et des capes. Les capes étaient noires ; les masques et les gants, blancs. Les masques, très élaborés, représentaient des visages humains. Daniel fit tiédir l'intérieur du sien avec son souffle. Il crut qu'il allait pleurer. Mais non.

D'une voix grave et énergique, Darby récita l'*Efficiunt Daemones*, la citation qui ouvre le Troisième Chapitre, écrite en latin ancien : “Les démons ont la capacité de susciter à la vue des hommes des choses qui n'existent pas comme si elles étaient réelles.” Après la prière, Darby appuya quelque part sur l'écran de l'urne, on entendit un mécanisme et, quand Daniel parvint à regarder par les ouvertures de son masque, Bijou avait commencé à se consumer derrière le verre, dans une brume verte.

La neige avait cessé. Dans le ciel, on entendit des croassements, peut-être des corbeaux de conception. Un reste de soleil hivernal s'ouvrit un passage en ourlant le bord des masques qui, soutenus par les mains, ne recouvraient plus les visages. Au pied de l'urne, cinq ans de la vie de Daniel Kean – peut-être toute sa vie – se résumèrent en une pyramide de cendre. Il se sentit comme dans un rêve, accepta la petite boîte, de la taille de son poing, que Darby lui remit. Il le remercia pour la cérémonie, inclina la tête sur la boîte et quelques gouttes éclaboussèrent le couvercle en métal. Il pleura comme un enfant. Comme n'importe quel être humain. Il pleura sur Bijou, mais aussi sur toutes les morts.

Maya Müller approcha ses mains vives et lui en posa une sur l'épaule.

— Je regrette, Daniel Kean, dit-elle, et sa voix trahissait une profonde tristesse. Je me reproche de ne pas être arrivée plus tôt, même si j'ignore si cela aurait changé le destin… Maintenant, tu dois essayer d'oublier. Et de penser à ta fille. Ta femme n'a plus besoin de toi ; ta fille, si.

Daniel se tourna vers elle et, à travers le voile de larmes, il y eut une lueur de son visage endurci, l'accumulation de petites taches de rousseur, les yeux obstinément clos.

Darby tendit un bras épais et velu vers Daniel, qui s'essuyait les joues.

— Ça n'aurait jamais dû arriver, dit-il sobrement, de sa voix puissante. Et, Maya et moi, nous t'assurons que cela ne se reproduira plus. Demain soir, au Japon, quand tu révéleras le message, ton cauchemar sera fini et tu récupéreras ta fille. Maintenant que nous savons que tu es celui que nous attendions, nous ferons tout notre possible pour t'aider… Nous affrontons des gens dangereux, mais ne sous-estime pas nos capacités. Et puis, nous avons plusieurs amis qui nous attendent déjà à Tôkyô. Quand nous arriverons là-bas, tu feras leur connaissance.

— Alors… vous saviez depuis le début que le Japon était le lieu de la révélation…

— Nous nous en doutions tous, admit Darby. L'homme qui vous a choisis, Klaus et toi, était japonais. Il s'appelait Katsura Kushiro. Comme je te l'ai dit, c'était un croyant profond. Il est mort il y a plusieurs années, mais avant sa mort il a établi des plans très détaillés afin que son secret parvienne entre de bonnes mains. Nous croyons qu'il a trouvé la *Clé* et l'a cachée quelque part au Japon. Tu vas nous conduire à elle.

— Fais-nous confiance, Daniel Kean, dit la jeune fille, dressée dans son costume noir.

Qu'est-ce que je peux faire d'autre ? pensa-t-il.

Et pourtant, il éprouvait une sensation étrange.

Une chose qu'il avait vue, ou entendue, ne cadrait pas. Mais il ignorait ce que c'était.

8

Il avait besoin d'être seul.

En arrivant à sa chambre, il se laissa tomber sur le premier siège qu'il vit. C'était un vieux fauteuil à bascule au dossier recouvert de cuir. Dans ses mains, comme s'il s'agissait de son propre cœur palpitant, l'urne contenant les cendres de Bijou. Contemplant son reflet sur les plaques de métal, Daniel se rappela la promesse qu'il avait faite à sa femme.

Elle lui avait alors semblé si enfantine, et si profonde et appropriée maintenant.

Bien sûr, qu'il la tiendrait. Il ne la laisserait jamais seule. Il serait toujours avec elle.

Le fauteuil à bascule gémissait d'une voix plaintive. Il y avait un point dans sa courbe de bois que Daniel ne pouvait dépasser sans le faire gémir. Qu'il se balance en avant ou en arrière, en passant cet axe, le meuble miaulait infailliblement comme un petit chat.

Yun. Je dois penser à Yun.

Il tentait encore de comprendre ce qui s'était passé. La veille, il avait un travail, une famille, une forme de bonheur ; maintenant, il lui restait à peine une boîte en métal remplie de cendres. Pour expliquer ce vertige, Héctor Darby lui avait raconté une histoire impossible et confuse. Mais une chose était vraiment évidente : il n'abandonnerait pas Yun. Il la suivrait où qu'elle se trouve.

La simple idée d'aller au Japon, à l'est du monde, loin de l'atmosphère ordonnée et surveillée du Nord, le faisait trembler. Il n'aurait jamais osé une telle chose s'il n'y avait pas eu Yun. On lui avait raconté des choses horribles sur ce qui se passait au Japon, en particulier dans la Zone Enfouie, des choses qu'il désira alors ne jamais avoir entendues. Mais Moon l'avait assuré que Yun lui serait rendue là-bas, et Darby avait promis de l'aider. Il n'avait pas le choix.

Il décida de rester pelotonné dans le fauteuil à bascule jusqu'à ce qu'on lui dise qu'il était l'heure de partir. Il se sentait inquiet, pas seulement à cause de l'avenir. Il y avait *quelque chose* dans le passé le plus récent, ce détail infime mais si important qui ne cadrait pas avec le reste. Il ne se souvenait toujours pas de ce que c'était… Pourquoi lui semblait-il si urgent de le vérifier ?

Il finit par abandonner. Il supposa que cela lui reviendrait.

Il ne voulait pas dormir, mais, au rythme des craquements de plus en plus légers, ses yeux se fermèrent en contemplant l'urne.

Il rêva de Bijou ; elle était à nouveau de chair et de sang, et elle lui souriait, assise sur ses jambes comme un chat de conception qui aurait attendu quelque chose de son maître, peut-être de la nourriture. Elle avait les yeux clos. Il exigea qu'elle les ouvre, et elle souleva complaisamment les paupières comme des rideaux et découvrit pour lui deux mondes petits et terribles, deux cavernes éclairées par quelque chose qui n'était pas de la lumière mais son envers, comme des ténèbres qui obscurcissaient l'obscurité elle-même.

Deuxième partie

JAPON

Nous vivons dans une île placide d'ignorance, entre les brumes de noires mers d'infini.

Sainte Bible, Quatrième Chapitre, I, 1.

Un jour, en assemblant les pièces de connaissance dissociée, s'ouvriront des vues si terrifiantes de la réalité... que nous deviendrons fous devant cette révélation.

Sainte Bible, Quatrième Chapitre, I, 1.

Je n'ajouterai jamais volontairement un maillon à une chaîne si odieuse.

Sainte Bible, Quatrième Chapitre, I, 2.

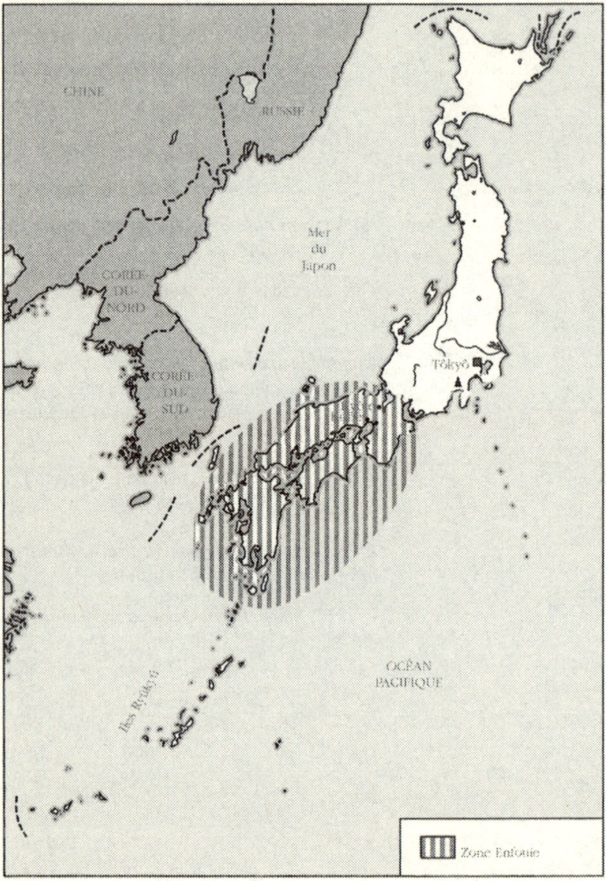
CHINE
RUSSIE
Mer
du
Japon
CORÉE-
DU-
NORD
CORÉE-
DU-
SUD
Tôkyô
OCÉAN
PACIFIQUE
Îles Ryûkyû
Zone Enfouie

IV

QUATRIÈME

1

La première chose que Daniel Kean vit au Japon fut un suicide.

Il venait de descendre du véhicule aérien et supportait, avec Darby et la jeune fille, une queue lente et interminable dans le gigantesque aéroport, lorsqu'il remarqua soudain que, à une centaine de mètres devant lui, dans une salle vertigineuse, cylindrique, ouverte au sommet, quelqu'un jetait un objet par-dessus une rampe d'escalier. Puis il lui sembla que l'objet était tombé seul et tendait les bras et les jambes en l'air. On entendit des cris, il y eut une vague de confusion.

— Ce n'est qu'un suicide, dit Darby, le prenant par le bras. N'attire pas l'attention en faisant des simagrées, Daniel Kean. Dans ce pays, les gens se précipitent des lieux les plus élevés pour de multiples raisons, presque toutes religieuses. Les suicides sont plus fréquents au printemps qu'en hiver, mais on en voit toujours à n'importe quelle époque de l'année. Ce n'est pas le Nord, mais l'Est : les choses que tu croirais terribles là d'où tu viens sont ici de simples rituels ou des façons de concevoir le monde. Mais ce qui est important est de ne pas te faire remarquer. Tu te signales de tous côtés.

— Pourquoi ?

Darby haussa les sourcils.

— Tu as l'air de ne jamais être sorti de Dortmund de ta vie, mon garçon. Si nous ajoutons à cela l'air paniqué que tu affiches en ce moment, eh bien… tu constitues un objet très attrayant pour que d'autres veuillent te faire beaucoup de choses, aucune d'entre elles bien agréable pour toi. Au Japon, il est vital de passer inaperçu.

Assurément, pensa Daniel en disposant sa tunique rose et en rejetant sur ses épaules la longue natte en laquelle il avait tressé ses cheveux, personne ne pouvait lui reprocher de se sentir angoissé. Il avait passé plus de dix heures à l'intérieur du véhicule, la majeure partie d'entre elles à pleurer en silence en pensant à Bijou ou à Yun, les autres à écouter les explications de Darby ou à dormir et à se réveiller au milieu de cauchemars impressionnants. Et maintenant il était là, dans ce lieu vaste et étrange, où les gens se jetaient tête la première dans la foule à cause de leurs croyances religieuses, si différent du confortable monde du Nord.

Les mêmes croyances qui, si Darby avait raison, avaient réussi à déposer ce code en lui.

2

Au cours du voyage au Japon, Darby avait sorti son petit *scriptorium* de poche et lui avait montré une image : c'était celle d'un vieil homme biologique comme lui, mais aux traits orientaux, aux cheveux clairsemés et blancs et aux sourcils épais ; son expression était un ineffable mystère enfermé dans un sourire affable.

— Voici le savant japonais Katsura Kushiro, dit Darby, l'homme qui a introduit le message en toi. Quand il est mort, il y a une trentaine d'années, il était considéré comme l'un des plus extraordinaires croyants qui aient existé, expert en plusieurs Chapitres, parmi lesquels le redouté Quatrième, qui parle de Dieu, et le Onzième, celui du Temps. Ce qui est curieux, c'est que Kushiro ne s'est jamais intéressé à la *Clé* ou plutôt ce fut la *Clé* qui s'intéressa à lui. En faisant des recherches dans des textes très anciens, il trouva une donnée censurée dans les versions les plus anciennes du Quatrième : les coordonnées de l'endroit où Dieu est censé habiter sous les eaux. Bien que personne n'ait prouvé qu'il existe réellement un être tout-puissant vivant dans les profondeurs de l'océan, il est certain que l'on n'a pas démontré le contraire non plus. La majeure partie des explorations sous-marines ont échoué. Dieu nous fait trop peur pour qu'on essaie de le rencontrer. Mais Kushiro obtint une piste et partit en Nouvelle-Zélande accompagné de scientifiques et de croyants de confiance pour s'assurer qu'elle était correcte.

— Pourquoi là-bas ? demanda Daniel.

— La Nouvelle-Zélande est la terre de Dieu. Ses villes sont mentionnées dans le Quatrième. Et puis les Polynésiens sont Son Peuple Elu. Et c'est le pays le plus proche des coordonnées qu'il a découvertes. En Nouvelle-Zélande, il réalisa une autre découverte incroyable, nous ignorons où exactement, puisque ses disciples tout comme lui maintinrent le secret le plus strict. Et, au bout de plus d'un an d'absence, il revint… seul.

— Qu'est-il arrivé aux autres ?

Daniel était plus intéressé par l'histoire qu'il ne l'avait cru tout d'abord.

Darby haussa les épaules.

— Il semble que seul Kushiro ait survécu, et dans les rares textes qu'il écrivit dès lors il ne mentionna jamais ce qu'ils avaient découvert en Nouvelle-Zélande. Il mourut peu après, sans en révéler davantage.

Darby manipula son *scriptorium* et l'image de Kushiro laissa la place à une femme aux cheveux rougeoyants. Elle portait une pièce de vêtement noire en forme de manteau ouverte sur la poitrine et des bottes noires à lacets montant jusqu'aux cuisses. Elle avait des traits orientaux, mais quelque chose en eux, et dans l'apparence charnelle de son corps, apprit à Daniel qu'elle était biologique.

— Sa fille, Mitsuko, une puissante croyante du Quatrième, n'avait que dix ans à la mort de Kushiro. A l'agonie, son père lui confia que ce qu'ils avaient trouvé en Nouvelle-Zélande avait un rapport avec la *Clé de l'Abîme*, mais il la pria de ne jamais participer à sa recherche, car cela lui vaudrait des conséquences néfastes. Il lui dit aussi qu'il avait tracé des plans pour que, des années après sa mort, une personne, dans un lieu éloigné, reçoive un code des lèvres d'une autre et, en l'utilisant correctement, parvienne à pénétrer dans son laboratoire au Japon et à trouver quelque chose qu'il y avait conservé, lié à sa découverte. Il lui fournit les données de la révélation : le jour, l'heure et le train de Hambourg où elle aurait lieu… A sa mort, Mitsuko garda ces données secrètes. Mais il y a deux ans, soudain, mes amis et moi sommes parvenus à les trouver. Il semble que Mitsuko ait rompu la promesse faite à son père en révélant les données à ses élèves de confiance… Ensuite, Mitsuko et ses disciples ont disparu.

— Disparu ?

— C'est ça. Nous ignorons où ils se trouvent. Qui sait, ce sont peut-être eux, nos ennemis. – Il éteignit l'image et regarda Daniel. – Nous verrons ce soir.

3

L'hôtel s'appelait l'*Hôtel Impérial 58*, ce qui laissait supposer qu'il en existait au moins cinquante-sept autres de ce nom, et il était situé dans le quartier de Hibiya. Le bâtiment exhibait un vide radical qui permettait, par l'un des côtés, d'apercevoir l'intérieur des chambres, comme s'il avait été coupé net avec une hache. Daniel s'y était habitué. Ils avaient voyagé de l'aéroport à Tôkyô dans un train qui ne ressemblait en rien au Grand Train où il travaillait : son intérieur était, tout à la fois, un salon avec des bougies allumées et un grand lit rond.

— Au Japon, tout est double, lui expliqua Darby. Rien n'est une seule chose. Ils appliquent cette habitude à leur architecture, leur technologie… même à leur éducation : il existe la figure du professeur *hon mie*, comme ils le dénomment dans l'ancienne langue du pays, qui se charge de séparer des concepts pour que les élèves ne perçoivent pas l'ensemble. Ils croient que tout ce qui se rassemble est dangereux ou du moins indésirable. Le symbole de la chaîne, formée par de petits maillons, qui une fois complète sert à attacher ou à enfermer, est une métaphore japonaise de la conception du monde. Cela signifie : si tu intègres, tu t'enchaînes toi-même. Cela vient de la Bible : "Je n'ajouterai jamais volontairement un maillon à une chaîne si odieuse." Tu te rappelles le Quatrième Chapitre ? – Et il récita : "La chose la plus miséricordieuse de ce monde… est l'incapacité de l'esprit humain à relier tout ce qu'il contient. Nous vivons dans une île placide d'ignorance…", etc. Les Japonais considèrent que le Japon est l'"île placide d'ignorance", et qu'il est "miséricordieux" de ne pas relier les concepts entre eux. Kushiro, dans son texte d'interprétation du Quatrième, raconte une fable : un disciple apprit les bruits d'une forêt, puis les plantes, les animaux de la forêt, ensuite il voulut savoir ce qu'était une forêt, il réunit tout ce qu'il avait appris, et la forêt le dévora.

Darby parlait tandis qu'ils montaient sur la plate-forme de l'hôtel, entre des murs tachés d'artères d'humidité. A ce moment, il sortit sa montre à chaînette.

— Il est presque dix-neuf heures. Nous avons juste le temps de dîner et de t'expliquer la situation avant que tu partes à ton rendez-vous de vingt et une heures. Nos amis nous attendent dans une suite. Certains possèdent une maison à Tôkyô, mais nous avons préféré nous réunir dans un hôtel. J'espère que tu te plairas en leur compagnie.

Une douce mélodie de flûtes régnait à partir du deux centième étage. Il y avait de la musique et du silence à l'intérieur, et ils pouvaient être différenciés l'un de l'autre même s'ils résonnaient simultanément. Daniel ne voyait aucune porte, mais à cet instant une ouverture donna sur l'intérieur d'un salon. Ils ne s'arrêtèrent que pour se déchausser dans un carré que Darby appela “dressage”. Les portes n'étaient pas seulement des portes, mais aussi des murs, ou des murs qui étaient à la fois des entrées, situées sous des linteaux en bois. Le sol, dans cette ineffable dualité, était sol et piédestal, siège et ornement, montait et descendait dans tout le salon, ou se perforait de trous imprévus, étourdissant Daniel et l'obligeait à vérifier où il posait les pieds. Et ainsi jusqu'à arriver à un endroit dégagé, recouvert de tatamis, où plusieurs personnes étaient en train de dîner.

La nuit remuait les feuilles de papier qui recouvraient l'énorme ouverture vers l'extérieur, puisque c'était là le point où le bâtiment cessait d'en être un, et tout le mur qui donnait sur la rue avait été remplacé par de simples plaques du même matériau que les portes. Bien que la majeure partie des convives fussent nus ou presque, c'étaient des corps de conception et ils ne ressentaient pas le froid de la nuit. Seul Darby se frottait les bras de temps en temps, emmitouflé dans sa tunique.

En voyant Daniel, tous se levèrent et l'un d'eux ébaucha un sourire.

— Sois le bienvenu, Daniel Kean. Nous t'attendions.

4

Il commençait à se lasser de l'examen auquel on le soumettait. Vêtu uniquement de leggings roses et d'un long collier, depuis que, après lui avoir souhaité la bienvenue, on lui avait demandé d'ôter la tunique en alléguant qu'au Japon la nudité était beaucoup plus répandue que dans le Nord, et même une marque de respect ("Ils pensent que les vêtements signifient intégrer le corps, et c'est pour cela qu'ils les refusent"), Daniel se sentait comme un objet que les amis de Darby auraient évalué pour savoir si cela valait la peine de l'acquérir. Il essayait de se montrer naturel, mais, avec plusieurs paires d'yeux fixées sur son anatomie blanche et menue, c'était difficile. Plus encore lorsqu'il constata que les corps qui l'entouraient étaient comme celui de la jeune fille aveugle : éblouissants, puissants, avec une aura de force comme seuls les grands croyants peuvent en dégager.

— Nous comprenons ta douleur et ton étonnement, mon cher Daniel. Hier, ta vie était celle de n'importe quel jeune homme ordinaire du Nord, aujourd'hui tu es au Japon, avec un groupe de gens bizarres, attendant de rencontrer ces canailles. Je dois cependant t'assurer que, ici, tu te trouves avec des amis. Dînons et parlons tranquillement, tant que nous en avons le temps.

La jeune serveuse qui distribuait la liqueur lui remplit sa tasse. Le garçon, habillé comme elle, selon la coutume que Daniel qualifiait déjà de “japonaise” (juste des parures et du maquillage), et dont les tresses allaient jusqu’aux jambes, s’agenouilla, embrassa le sol et lui offrit, entre ses dents, un fruit rouge comme le sang. Rowen lui recommanda d’y goûter.

— Cela s’appelle *shinzo*, expliqua-t-il, qui signifie “cœur” en japonais ancien. Il faut le prendre avec la main dans la bouche de la personne qui te l’offre et le jeter dans la liqueur. C’est un rituel préalable au repas en l’honneur de la partie la plus importante du corps, le cœur, qui est à nouveau inspiré du Quatrième : “Une sombre lésion du cœur” cause la mort de deux personnages…

Daniel captura le fruit avec des doigts tremblants et le laissa tomber dans la tasse de liqueur. Le serveur attendit à genoux, très droit, les pointes des tresses comme des pinceaux de calligraphie à la verticale sur le tatami, que Daniel le goûte. Quand Daniel en eut bu une gorgée (il ne trouva aucun goût au fruit), le serveur alla à quatre pattes vers l’invité suivant, un autre *shinzo* dans la bouche. Pendant ce temps, la serveuse avait commencé à poser sur la table les saladiers contenant les aliments, où étincelaient de petites choses indescriptibles aux couleurs étonnantes. Daniel eut l’impression de manger des bijoux.

— Je suis d’accord sur le fait que le cœur est le viscère le plus important, intervint soudain un homme que Rowen appelait “docteur Schaumann”, mais le refus de la science moderne d’étudier ou de prévenir les maladies du cœur uniquement pour des motifs religieux se référant au Quatrième Chapitre est absurde.

— Notre époque se caractérise par des gouvernements qui se défendent d’être religieux mais qui n’osent pas abandonner les superstitions, définit Héctor Darby. Nous avons peur d'admettre que nous ne croyons en rien.

Un beau jeune homme aux longs cheveux frisés, aux yeux en amande et à la svelte silhouette chargée de bijoux et de tatouages parla sur un ton tranchant :

— Vous oubliez que la croyance est la vérité. Moi, je dirais plutôt que même des incrédules comme toi, Héctor, ou comme Brent Schaumann, finissent par accepter l'existence du monde tel qu'il est.

— Nous ne parlons pas du monde "tel qu'il est", Yil, répliqua Schaumann, nous parlons de mettre des barrières au développement de la science à cause de certaines phrases ambiguës dans les textes de Notre Livre...

— Il n'y a rien d'ambigu dans le fait de mourir du cœur, qui doit être la mort naturelle des êtres, Brent.

— Pourquoi "naturelle" ? Juste parce que c'est l'explication proposée dans le Quatrième ?

La discussion, que Daniel écoutait à peine, se prolongea pendant que les serveurs s'activaient. Quand ils se retirèrent, Meldon Rowen reprit la parole.

— Héctor Darby t'a déjà tout expliqué en ce qui concerne cette révélation. Maintenant, j'aimerais te parler de nous...

Il fit une pause. Daniel trouvait évident que Rowen avait été dessiné par caprice par des parents riches. Chaque centimètre carré de sa silhouette avait reçu la bénédiction de la génétique et de l'argent à parts égales : de sa chevelure lustrée noire comme l'anthracite au bronzage cuivré et à l'éclat des ongles et des yeux, tout dans cet être humain semblait parfait à Daniel. Il portait un double vêtement noir à bretelles ajusté au torse et à la taille, et sa voix bien modulée était rassurante.

— Qui sommes-nous ? dois-tu te demander, poursuivit Rowen. Eh bien, disons un groupe d'amis. Nous provenons d'endroits très divers, mais des intérêts communs nous unissent. – Il regarda Darby. – Héctor et moi, par exemple, on se connaît depuis longtemps : il adore les livres, et moi les lui offrir. – Darby protesta en souriant. – En d'autres termes : il possède l'intelligence et moi l'argent. C'est une raison aussi bonne que n'importe quelle autre d'entretenir une longue amitié…

— Meldon est l'héritier d'un important empire technologique, intervint Darby, mais il préfère les chemins escarpés et tout ce qui constitue une aventure le tente. C'est grâce à lui que nous sommes ici.

— Et grâce à Héctor que nous *savons* pourquoi, dit Rowen, et il y eut des rires.

Daniel essaya de sourire pour se montrer courtois, mais il avait du mal à se concentrer sur la conversation. Il n'avait même pas faim. Il restait assis par terre en tournant la tête de l'un à l'autre, se sentant loin de tous.

— Quant aux autres…

Rowen désigna une femme à côté de lui, nue et sans parures, dont les cheveux ondoyants couleur charbon et la peau presque noire, d'une beauté écrasante, dénotaient également une conception spécifique.

— Anjali Sen est d'origine indienne, croyante profonde du Douzième Chapitre, célèbre professeur et grande amie… La passion et la profondeur de la croyance d'Anjali m'ont poussé à croire moi aussi, Daniel. Le Dr Brent Schaumann est notre scientifique…

Rowen fit un geste en direction d'un homme aux cheveux lisses assis à l'extrême opposé, couvert d'une pièce de vêtement rosée, aux jolies jambes longues et au sourire enchanteur.

— C'est un biologiste expert du Cinquième Chapitre, pas exactement un croyant…

— Je connais trop bien la Bible pour croire en elle, intervint Schaumann avec un sérieux apparent.

Daniel s'était déjà aperçu que Schaumann était sérieux uniquement quand il voulait faire rire.

— Brent est un grand croyant et un grand savant, dit Darby, et un de mes meilleurs amis.

— Le *shinzo* te rend toujours sentimental, Héctor, murmura Schaumann.

Rowen se tourna vers le jeune homme brun aux yeux en amande que Schaumann avait appelé “Yil”. C'était celui que Daniel trouvait le moins sympathique, et le sentiment semblait réciproque, à en juger par les regards las et méprisants que le jeune homme lui adressait. Avec ses longs cheveux châtains frisés, le jeune homme avait un air exotique, même s'il ne semblait pas oriental mais d'une race du Sud. Il se recroquevillait sur le sol seulement vêtu de joncs, bracelets et autres parures en métal sculpté. A son cou pendait un serpent en argent avec une deuxième tête à la place de la queue.

— La partie la plus dynamique du groupe, c'est Jeremy Yin Lane qui l'apporte, dit Rowen, *alias* Yilane, croyant profond du Dixième. C'est un disciple d'Anjali à Bombay et fils du très regretté et grand croyant du Treizième, Ezra Obed Lane.

— Pourquoi la partie “dynamique” ? répliqua Yilane sans sourire. Je n'ai rien de dynamique.

— Le problème de Yilane, dit la sombre et belle Anjali Sen, c'est qu'il ne veut rien être de ce que les autres disent de lui. Il aime être indéfinissable.

— Irréductible, nuança Yilane.

— Tu vois ?

Pour la première fois, Daniel vit Yilane rire ouvertement. C'était comme si l'Indienne avait la capacité de faire ressortir les meilleures émotions chez les autres. Daniel pensa qu'Anjali n'était pas non plus indifférente au jeune Yilane.

Rowen fit cesser les éclats de rire en gesticulant vers la jeune fille aveugle.

— Enfin, tu connais Maya Müller. C'est une croyante du Deuxième et une grande amie de Héctor Darby. Comme tu le vois, nous formons un groupe très hétérogène. Certains d'entre nous sont amis, mais ce qui nous a vraiment unis est la recherche de la *Clé de l'Abîme.* Ce fut le père de Yilane, Ezra Obed, qui apprit la révélation de Kushiro il y a deux ans, en fréquentant les cercles religieux allemands. Ezra était malheureusement déjà très malade du cœur, mais il en a parlé à son fils avant de mourir, et nous l'avons tous su par Yilane. – Rowen sourit. – Nous attendons cet événement depuis deux ans, Daniel. Nous ignorions que tu serais le *messenja*, mais…

— Le *messenja* ? s'enquit Daniel.

— C'est un terme de japonais ancien pour désigner le porteur d'un message. Nous ne te connaissions pas, mais nous sommes très contents de ta présence ici… en dépit… des tristes circonstances…

Rowen fit une pause. Tous semblaient attendre que Daniel s'exprime.

— Bien… murmura Daniel. Je savais que vous cherchiez une chose très importante…

Yilane l'interrompit sèchement, renversant en arrière la longue chevelure châtain en désordre d'une secousse qui fit tinter ses boucles d'oreilles. Ses cheveux lui fouettèrent le dos et revinrent peu à peu, insoumis, sur son visage.

— Je ne crois pas qu'un employé du train ait la *moindre idée* de l'importance de ce que nous cherchons, dit-il.

L'espace d'un instant, il y eut un profond silence. Anjali Sen tourna son visage aux pommettes hautes et aux longs sourcils vers le jeune homme.

— Jeremy Yin… murmura-t-elle, sur un ton de reproche.

Daniel ne voulait pas irriter le croyant ni augmenter la tension. Il s'efforça de sourire.

— Tu as raison, dit-il. Je ne suis pas croyant, et je ne comprends pas bien l'importance de cette... *Clé*... Mais je comprends que je vous suis utile... Je comprends aussi que vous m'utilisez. Vous pensez que quelqu'un a placé en moi une information, et vous voulez la connaître. Je dois vous dire que, si retrouver ma fille dépendait de ce qu'une autre personne savait, j'utiliserais cette personne de la même façon...

Il fit une pause. Il gardait les jambes pliées, un genou en l'air et l'autre par terre. Sa silhouette gracile semblait infime, comme son ton doux, mais dans ses paroles il y avait de la force.

— D'une certaine façon, moi aussi je cherche une chose importante. Ma femme et ma fille étaient pour moi la chose la plus importante au monde. Aujourd'hui, il ne me reste plus que ma fille...

Il leva la tête et les regarda. Il se concentra sur le visage de Maya, dont les paupières closes tremblaient. La musique cessa, respectant le bref silence.

— Aidez-moi à la récupérer et je vous promets que je ferai tout ce que je pourrai pour coopérer avec vous.

Une part de lui, en achevant cette sorte de discours, se sentit ridicule. La liqueur, avec son étrange fruit rouge si semblable à un cœur, l'avait-elle égaré à ce point ? Qu'est-ce que cela pouvait leur faire, qu'il souffre ? Et comment allait-il pouvoir refuser de les aider, puisqu'il était entre leurs mains ? Il se sentit rougir d'humiliation d'avoir dû se confesser ainsi devant des individus qui l'observaient avec tant de froideur.

Mais il constata qu'il ne se trompait pas : dans l'ensemble des expressions, il remarqua différentes tonalités d'émotion.

Meldon Rowen posa la tasse sur la table et, avec elle, un souffle longuement retenu. Il baissa les yeux en parlant. Le bord de ses paupières formait deux courbes noires sous l'obscurité de ses cheveux.

— Daniel, pour nous, ce qui t'est arrivé a représenté… une surprise terrible, presque incompréhensible… Il y a deux jours, nous pensions que le dîner d'aujourd'hui serait une sorte de célébration. Après tout, à minuit, tu vas révéler le message de Katsura Kushiro au monde, le secret pour obtenir la *Clé de l'Abîme*. C'était ce que nous souhaitions le plus, la fin d'une longue recherche. Quand Héctor nous a prévenus que la révélation attendue s'était produite dans ce train allemand, nous débordions d'enthousiasme… Mais tout a pris un tour différent. Malheureusement, tu sais qu'il y a un autre groupe qui connaissait les mêmes détails, et qui nous a devancés d'une manière brutale. Nous ne t'aurions jamais fait de mal…

Il dégagea les cheveux de son visage et leva la tête vers Daniel. Ses yeux verts étaient humides.

— Je crois qu'il est l'heure de te conduire à la Vieille Tour, Daniel. De là, ils t'obligeront à les accompagner sur le lieu de la révélation. Quand celle-ci se produira, à minuit, nous essaierons de vous sauver, ta fille et toi, et d'éliminer nos adversaires… Mais je ne veux pas te mentir…

Rowen fit une pause puis lança un regard rapide aux autres, qui gardaient les yeux rivés sur la table. Puis il poursuivit, toujours avec son ton magnétique :

— Nous ne savons pas à qui nous avons affaire, mais nous les soupçonnons d'être très dangereux. Ce Moon n'était pas un agent de la Sécurité, mais un croyant profond du Deuxième, comme Maya. Et il y en a sûrement de plus puissants que lui.

Après un long silence, il ajouta :

— Nous ferons tout notre possible, Daniel, mais ce qui nous attend ce soir sera très difficile. Pour tous.

5

Il régnait une ambiance sauvage. Les coups des énormes *odaikos* électroniques, ces tambours dont le diamètre atteignait la taille d'une place de village, produisaient un effet écrasant. Les cris des danseurs, qui suivaient la coutume religieuse japonaise, inspirée du Quatrième, de danser en imitant des cris d'animaux, s'y unissaient. Assis dans un fauteuil à côté d'un chandelier et vêtu d'une courte bure noire à imprimé mouvant de flammes, Moon pensa qu'il n'aurait pas pu trouver meilleur club *nomiya* pour boire du saké chaud et se distraire. Il ne se plaignait pas de l'excès : Tôkyô et sa folie lui plaisaient.

Le local se trouvait dans les ruines du Vieux Roppongi et ses propriétaires étaient des sculpteurs sacrés de figures d'argile. On racontait que les murs et le plafond étaient recouverts de peau humaine, mais Moon ne le croyait pas. On aurait plutôt dit du parchemin, voire une sorte de cuir. Comme le voulait la tradition, il ne s'agissait pas d'un "local-total", et l'un de ses murs avait disparu en s'unissant à un petit bâtiment fait de maisons particulières dont le mur avait aussi été supprimé, de sorte qu'il était possible d'observer la vie privée des voisins de l'immeuble, et même d'intervenir dedans en accédant à chaque pièce par un escalier. Les voisins n'avaient aucun droit : c'étaient de simples subalternes. Même si des amortisseurs de bruit atténuaient le fracas du local à l'intérieur de leurs maisons, ils étaient régulièrement envahis à n'importe quelle heure du jour ou de la nuit, qu'ils soient en train de manger, de dormir ou de prendre une douche, par des gens ivres. Ils pouvaient être frappés, utilisés charnellement ou assassinés. Et il y avait toujours de nouveaux candidats pour occuper la maison d'une famille éliminée.

Moon aimait épier les locataires : il voyait un jeune garçon dans la blancheur d'un bain, le rituel amoureux d'un couple au lit, un enfant de sept ans éteindre la lumière de sa chambre bleue et tenter de dormir.

Cet enfant, une masse réduite dans son petit lit, lui fit penser à la fille de Kean. Il consulta l'heure à une pendule sur un piédestal : il restait presque trente minutes avant que Daniel Kean n'arrive à la Vieille Tour. Mais il devait encore recevoir des instructions. La Blonde prenait du retard.

Elle ne s'appelle pas La Blonde, mais Tourmaline. Rappelle-toi. Elle n'aime pas qu'on l'appelle La Blonde, mais Tourmaline.

Il but une nouvelle gorgée de saké et en relevant la tête il la vit. Tourmaline lui faisait des signes avec les bras depuis la chambre bleue de l'enfant dans l'immeuble des locataires. Moon se leva immédiatement, ajusta une bretelle de sa tunique de flammes et se déplaça dans la sueur parfumée des corps qui dansaient en direction des escaliers qui conduisaient au bâtiment.

Quand il entra dans la pièce, les amortisseurs de bruit firent disparaître le fracas. Moon regarda en direction du lit et vit l'enfant. C'était un enfant japonais, aux cheveux noirs raides. Il était nu, avait le regard vitreux, et adoptait une étrange position sur les draps défaits. Moon remarqua que Tourmaline lui avait brisé la nuque.

— Tu es bien énervé, Moon…

Tourmaline le salua en désignant les ornements mouvants de son vêtement.

— Ces endroits de dégénération japonaise t'échauffent beaucoup ?

Moon ne répondit pas. Il n'était pas sain de se montrer incommodé par les provocations de La Blonde. Au lieu de ça, il se contenta de passer la main sur son vêtement noir pour faire disparaître l'image des flammes.

La Blonde était assise sur le canapé de la chambre, à côté d'un grand ours en peluche. Elle avait les cheveux attachés en un chignon si épais qu'on aurait dit une deuxième petite tête sortant de son crâne. C'était la première fois que Moon travaillait avec Tourmaline, mais il la connaissait suffisamment pour savoir qu'on l'appelait “La Blonde” car ses cheveux constituaient sa marque d'identité : c'était une créature de conception dont les cheveux consistaient en une greffe d'alliages de métaux tranchants trempés dans l'or. Ils lui recouvraient le dos entier et pesaient si lourd que, sur une autre tête que la sienne, ils auraient fait ployer le cou et éclater les vertèbres. Un seul de ses cheveux pouvait rendre un homme riche. La Blonde les utilisait pour tuer.

Sinon, elle était comme toujours habillée avec élégance, elle portait pour l'occasion un maillot en filet couleur ivoire, un collier turquoise et des sandales. Ses aréoles étaient peintes en différentes tonalités de bleu.

— Comment va la petite ? demanda Tourmaline.

— Beaucoup mieux que ce garçon, à ce que j'en vois, dit Moon.

— Réponds.

— Comme vous m'avez dit qu'elle devait être.

— Je veux entendre “bien”, “mal”, “indemne” ou “touchée”, Moon.

— Bien. Indemne. Mes garçons la gardent en ville.

— Les ordres ont changé, dit La Blonde.

Moon écouta avec une frustration croissante.

— C'est absurde ! protesta-t-il. Je pensais que Kean… J'avais des projets pour lui, le type pour lequel tu travailles m'a promis… !

— Le Maître, précisa La Blonde. L'événement de cette nuit est très important, plus que tu ne peux l'imaginer. Le Maître veut s'assurer que cela se passera bien.

— Et cela se passera bien grâce à moi !

Moon avala sa salive. D'une certaine façon, il continuait à se sentir fort. Maintenant qu'Elsevier Olsen avait été éliminé, toute l'opération dépendait de lui, et il le savait.

— Ton Maître a besoin de moi ! Si je n'avais pas été en Allemagne, ce stupide Olsen n'aurait pas pu capturer la petite fille ! Je suis une pièce importante, pas un simple rouage de l'engrenage…

— Plus maintenant, dit Tourmaline. Toi et moi, nous sommes maintenant de petites pièces.

— Qu'est-ce que tu veux dire ?

— Le Maître a engagé quelqu'un d'autre. Une personne décisive. On l'appelle la Vérité.

Tourmaline le regardait fixement.

— J'ai entendu parler d'elle, mais ce n'est qu'une légende, se moqua Moon, bien que le sérieux de Tourmaline l'effrayât. Il a voulu te faire peur…

— C'est possible, concéda La Blonde. Mais, si c'est le cas, il y est parvenu.

Elle se leva. En deux enjambées, elle couvrit le trajet vers l'escalier.

— Contente-toi de faire ce que je t'ai dit.

— Tu es une sotte. Tu penses peut-être que la Vérité, si tant est que cette chose existe, va venir à Tôkyô juste parce que le Maître l'appelle ?

— Non, elle ne viendra pas, dit La Blonde. Elle *est* déjà à Tôkyô.

Quand Moon cligna des yeux, il se rendit compte qu'il se trouvait seul dans une chambre bleue, à côté du cadavre d'un enfant.

6

— Ne discute pas avec eux, conseilla Maya. Ça ne te servira à rien.

Elle lui tendit une serviette. Assis au bord de la baignoire, Daniel la prit et se sécha les cheveux. La salle de bains, vaste, aux murs en marbre, aux miroirs nets et aux appliques dorées, se déplaçait à une cinquantaine de kilomètres à l'heure, et l'eau qui remplissait encore la baignoire oscillait sous le balancement du véhicule.

— Fais tout ce qu'ils t'ordonneront.

Maya bascula avec agilité sur la console, appuyant la nuque contre le miroir : Daniel contemplait sa jumelle dans le reflet, adossé à elle par la tête et le tronc.

— *Tout.* Tu ne peux pas t'opposer à eux tant qu'ils tiendront ta fille. Mais rappelle-toi qu'ils ne lui feront pas de mal avant la révélation. Ils en ont besoin comme appât pour t'attirer.

— Qu'est-ce que je leur dis s'ils me posent des questions à votre sujet ?

— La vérité : que nous sommes venus au Japon avec toi et souhaitons aussi savoir ce que tu vas révéler. De toute façon, nous ne pouvons pas les tromper.

— Mais ils croient que je collabore avec vous…

— Qu'ils le croient. – Maya haussa les épaules. – Ils vont faire ce qu'ils voulaient, quoi qu'il arrive. Seule la révélation les intéresse. A partir de là, tu n'auras plus d'importance pour eux.

— Et que se passera-t-il alors ?

— Notre tour viendra. Nous essaierons de les éliminer et de sauver ta fille.

La jeune fille aveugle plia les genoux, tapie sur la console.

— Je sais comment peut sonner ce que je viens de dire, mais tu n'as pas d'autre choix que de nous croire.

L'eau de la salle de bains disparut dans un tourbillon par le siphon, produisant un doux gargouillis. Simultanément, le véhicule freina. La vaste salle de bains en marbre et le véhicule constituaient un ensemble divisé en deux parties, dans le style japonais, sans fusionner en un seul bloc. Dans la zone du véhicule se trouvaient Yilane et le Dr Schaumann. Ils n'avaient de contact avec Maya et Daniel qu'à travers un écran installé dans un coin.

Le véhicule-salle de bains se déplaçait avec la lenteur d'un gros poisson dans les rues, suivi de près par le véhicule européen de Meldon Rowen, où voyageaient aussi Darby et Anjali. Comme Daniel devait revêtir une tenue spéciale, Maya lui avait proposé de prendre un bain pendant le trajet. "Cela te détendra", lui avait-elle dit. Daniel avait barboté dans une écume parfumée pendant que Tôkyô se glissait entre des ombres au plafond. En d'autres circonstances, prendre un bain dans cet endroit luxueux et mobile aurait ressemblé pour Daniel à une expérience attirante.

— Nous sommes venus par le Jardin Impérial afin de ne pas emprunter les chemins scabreux proches du fleuve Sumida, où se trouve la zone portuaire sacrée, lui expliqua la jeune fille. Après les sculpteurs et les poètes, les clans de marins sont les plus sacrés au Japon, car on les mentionne dans le Quatrième. Parfois, afin de se distinguer les uns des autres, les membres d'un clan se déforment physiquement par des opérations chirurgicales, ou conçoivent des embryons dans leurs propres laboratoires. Le Japon est une terre de mélanges.

— Eh bien les gens ont l'air tout à fait normaux, dit Daniel, penché sur un cercle qu'il avait lui-même dégagé dans la buée recouvrant la vitre.

— Les gens sont normaux partout, Daniel, dit Maya Müller. La différence est que, au Japon, les gens, tout en étant normaux, sont conscients qu'il y a *quelque chose* en eux qui ne l'est pas. Ils ont toujours cette dualité en tête. Pour eux, rien n'est vraiment un tout. Un être humain est aussi un animal. Un soldat est, en même temps, courageux et lâche. Un individu ordinaire cache un héros.

— Je ne cache aucun héros, dit Daniel sur un ton amer.

— Tu n'es pas un individu ordinaire, fut l'étrange réponse qu'elle lui fournit.

Daniel ne put méditer ces paroles, car sur l'écran apparut le visage souriant de Yilane.

— Maya, dis à ton collègue de s'habiller une fois pour toutes. Nous arrivons dans cinq minutes.

— Heureusement que vous ne semblez pas tous me détester autant que lui, remarqua Daniel quand l'écran commença à s'éteindre.

La jeune fille s'accroupissait pour tirer des vêtements d'un sac. Ses mains se mouvaient avec assurance, comme si elles avaient possédé une vision propre.

— Yilane ne te déteste pas. C'est un croyant très jeune et passionné, et il espérait que la révélation de Kushiro proviendrait rien moins que de la bouche d'un dieu et non d'un employé du train. Il n'a pas encore l'âge de comprendre que la porte vers l'immensité peut être très étroite. – Elle lui tendit les vêtements qu'elle tenait à la main. – Tu vas mettre ça : ce sont deux pièces thermiques. Si tu les gardes pendant un certain temps sur la peau, peu importe qu'ils t'obligent à les ôter, car la chaleur se transmettra aux zones de ton corps qui auront été en contact avec elles et cela permettra au Dr Schaumann de te suivre où que tu sois. Nous n'entendrons pas ce qu'ils te diront, mais nous saurons à tout moment où tu te trouves.

— Tu penses qu'ils vont m'emmener très loin ?

— Le rendez-vous de la Tour, c'est juste pour te séparer de nous. Ils t'emmèneront au laboratoire de Kushiro, dans la Zone Enfouie. Là, ils obtiendront ton message.

— La Zone Enfouie ? – Daniel frissonna. – Mais c'est dangereux d'y entrer...

— Ils ont tout intérêt à ce que tu arrives sain et sauf, répliqua sobrement Maya, et elle sortit d'un placard une ceinture avec deux étuis et deux puissantes armes à feu qu'elle plaça sur la tablette.

Daniel commença à s'habiller : il s'agissait de deux ceintures rouge orangé, chaudes au toucher, dont les bords se refermaient dès qu'on les touchait et dont la largeur pouvait être régulée à volonté. Il en passa une autour de son torse et une autre autour de sa taille. Les vêtements s'adaptèrent très bien à son corps svelte, et il se sentit immédiatement à l'aise dedans.

Il avait peur, une peur pure, supérieure à la normale. Il ne la reliait même pas à la crainte de ce qui pourrait arriver à Yun. C'était une chose profonde, presque physique, comme une araignée de glace qui lui aurait parcouru le dos. Il ferma les yeux en essayant de se calmer. Puis il regarda la jeune fille par-dessus l'épaule.

— Je peux te poser une question ? fit-il.

— Bien sûr.

— Qu'est-ce que tu fais là-dedans ? C'est pour trouver cette... *Clé* ?

Maya, qui introduisait un couteau aiguisé dans la doublure de l'une des bottes, s'arrêta. Ses yeux clos battirent des paupières.

— Oui. J'y crois.

— Et c'est pour cela que tu as rejoint le groupe ?

— Je connais Héctor Darby depuis bien plus longtemps que les autres. Je lui dois la vie... Elle fit une pause. – J'ai été créée dans une petite commune du Yémen, en Arabie, pour servir lors des rituels de recherche de la Cité de la Mort. On m'a entraînée à capter le vent sacré de la Cité et à y pénétrer. Là-bas, dans le Sud, on appelle des "chiennes" les fillettes entraînées pour ça, car on affirme qu'elles flairent la mort. Dire que l'entraînement est très dur est un doux euphémisme. Les "chiennes" du Sud ne survivent pas longtemps, ou alors elles perdent une partie de leur corps, ou de leur esprit. C'est là que je suis devenue aveugle.

Daniel avala sa salive, en la regardant. Le ton de la jeune fille était doux, sans inflexions.

— Par chance pour moi, Héctor Darby me reconnut et me libéra. Héctor est un ami du docteur et de Meldon Rowen, Rowen est un ami d'Anjali, et Anjali de Yilane. Je suppose que maintenant nous faisons tous semblant d'être amis, mais, sans la *Clé*, ne crois pas que notre union durerait longtemps.

— Et si elle n'existait pas ? demanda Daniel au bout d'un instant, encore impressionné par ce qu'elle lui avait dit. Et si la *Clé* n'était qu'une simple illusion, Maya ?

La jeune fille sembla envisager lentement cette possibilité.

— C'est peut-être le cas, admit-elle, mais Héctor emploie souvent dans ces occasions une phrase qui me plaît. Il dit que, si tu as une illusion, tu dois essayer de la faire durer jusqu'à ta mort, car ce sera alors pour toi une forme de vérité. J'ai cette illusion, et je veux qu'elle dure jusqu'à ma mort.

Après une pause, elle ajouta :

— Je crois que la *Clé* peut être capable de nous ôter la peur. J'ai vécu toute ma vie dans la peur et je veux savoir ce qu'on éprouve quand on ne l'a plus.

Daniel l'observa un instant.

— Tu sembles si décidée, si sûre de toi… Personne n'a jamais pu t'ôter une idée de la tête, Maya Müller ?

La jeune fille se dressa. L'espace d'un instant, Daniel pensa qu'elle le regardait mais ses yeux restaient clos.

— Quelle importance ont les idées qui ne sont que dans la tête ? répliqua-t-elle.

7

L'écran se ralluma. Cette fois, c'était le Dr Brent Schaumann.

— Nous sommes arrivés. La Vieille Tour de Tôkyô. Oh, n'essaie pas de voir quoi que ce soit à travers les fenêtres de la salle de bains, Daniel, il fait très sombre. Je vais te raconter quelque chose sur cet endroit pour que tu ne sois pas surpris quand tu y entreras. La Vieille Tour s'appelle ainsi parce que c'est la plus ancienne de la ville, antérieure à l'ère des cataclysmes. Le gouvernement de Tôkyô la conserve en l'état, par intérêt religieux et archéologique ; ils ont juste ajouté deux ascenseurs modernes qui conduisent au sommet. Personne ne connaît avec certitude la raison pour laquelle elle a été construite, bien que la théorie en vogue chez les croyants japonais affirme qu'elle a été érigée en l'honneur de Dieu, ou que Dieu l'a créée lui-même quand il a plongé dans l'océan ; ce serait donc le Monolithe décrit dans le Quatrième, mais il n'existe pas de preuves scientifiques d'une telle chose. Une autre tradition raconte qu'à Paris il y avait une tour similaire, même si cette légende me semble simplement être un exemple de la jalousie française.

Après un petit rire, Schaumann poursuivit :

— Elle mesure un peu plus de trois cents mètres de hauteur, et elle n'est pas en pierre, comme on pourrait le croire, mais en métal ; tu ne verras pourtant ce métal nulle part, puisque toute cette zone est restée enfouie pendant des siècles à plus de mille mètres sous l'océan pendant l'ère postérieure aux cataclysmes et elle est entièrement recouverte de limon et de fossiles. La partie intermédiaire est d'une grande beauté car elle s'est transformée en corail.

Daniel, qui écoutait à peine l'explication du docteur (il continuait à ajuster les bords de ses vêtements étroits, par simple désir de faire quelque chose de ses mains), fut déconcerté devant la dernière phrase. *Qu'est-ce que ça peut me faire, qu'elle soit belle ?*

Mais Schaumann poursuivait.

— Nous ignorons où ils veulent que tu ailles, mais je te suggérerais d'utiliser les ascenseurs pour monter tout en haut. Sois calme, obéis aux instructions qu'ils te donneront et laisse-nous nous occuper du reste… Bonne chance.

L'écran s'éteignit. Quand Maya Müller ouvrit la porte de la salle de bains, un fantôme de vapeur s'échappa dans la nuit. Daniel sortit du véhicule et regarda autour de lui. Il se trouvait dans une sorte de jungle (on lui avait dit qu'il s'agissait d'un parc) et au début il ne vit la Tour nulle part. Il ne vit guère de monde non plus, juste quelques passants marchant au bord de la route. Un coup de vent humide l'aveugla un instant avec ses propres cheveux. Le vent arrivait en rafales, mais c'était supportable.

Il l'aperçut enfin, de l'autre côté de la rue, et comprit pourquoi il ne l'avait pas vue avant : on aurait dit une roche naturelle, une sorte de montagne qui se dressait au milieu des arbres. Il ne parvint pas à en distinguer le sommet dans la lugubre nuit des nuages.

Il regarda Maya pour la dernière fois. La silhouette de la jeune fille se découpait dans la lumière qui émergeait de la salle de bains en marbre.

— Je te l'ai demandé il y a deux jours, et je te le redemande aujourd'hui : aie confiance en nous, dit-elle.

Daniel acquiesça, mais il n'était pas tranquille.

Cette phrase lui avait rappelé l'étrange sensation qu'il avait éprouvée chez Darby après les funérailles de Bijou, l'idée, vague mais persistante, que quelque chose ne cadrait pas avec l'ensemble.

Il ne savait toujours pas ce que c'était, mais il devinait que, malgré les dires de Maya, il ne pouvait faire confiance à personne.

Il était seul.

Il commença à se diriger vers la Tour.

8

Il ne trouvait pas l'entrée. Tout ce qu'il avait découvert, après avoir fait deux fois le tour de la gigantesque structure, était de la pierre découpée en angles qui formaient une sorte de base pyramidale couverte de végétation et de décombres. Il voulut demander de l'aide aux autres, mais le véhicule-salle de bains de Maya et ses amis avait disparu. La sensation d'abandon qu'il éprouva l'arrêta. Il haletait comme s'il avait fait non pas deux, mais vingt tours de suite en courant.

Il se sentit insignifiant dans la nuit, nu sous ces bandes rougeâtres qui n'étaient même pas des vêtements, entièrement vide. Il avait dû laisser son précieux équipage à Maya. Il ne pouvait rien emporter avec lui, et il ne savait pas si, à la fin de ce cauchemar, il conserverait la seule chose qui lui restait, sa vie, peut-être celle de Yun. Il était venu sauver Yun, et il pouvait à peine se sauver lui-même.

Yun.

Il devait le faire pour elle. Il lui fallait tout affronter pour elle.

Il respira jusqu'à se remplir les poumons et décida de faire un tour de plus. Le Dr Schaumann avait dit que la Tour était encore utilisée par des groupes de croyants, ce qui indiquait qu'il devait y avoir un moyen d'entrer. Mais il fallait se dépêcher : il calcula que neuf heures devaient être sur le point de sonner. S'il prenait du retard, Yun devrait en supporter les conséquences.

Il avait parcouru la moitié du trajet quand il découvrit quelque chose. Lors des deux inspections précédentes, il avait regardé au niveau du sol, car il supposait que l'entrée d'un lieu élevé devait se trouver, au minimum, à la surface. Mais à ce moment il aperçut, dans une dépression remplie de rochers, des trous étroits comme des tanières qui lui rappelèrent les ouvertures des catacombes de Wonn.

Il pensa que c'était typique de l'étrange dualité japonaise : pour monter, il fallait descendre. On devait aller au fond si on voulait atteindre le sommet.

Il descendit le long de la dépression, s'accroupit et introduisit la tête par un trou. Il sentit l'odeur de moisi, mais constata que ce n'était pas aussi difficile qu'il l'avait supposé : après un bref couloir, l'ouverture s'élargissait. Sur ce point flottait une faible lueur.

Il appuya le ventre par terre, se glissa et commença à ramper. Par chance, la terre était molle et humide, elle ne le griffait pas. Il toussa en recevant un nuage de moisi sur le visage et il dut fermer les yeux, mais il continua à se traîner.

La mort, ce tunnel par lequel tu ne peux avancer qu'en rampant.

Le souvenir de ténébreuses légendes l'étourdissait. Il décida que ce n'était pas le lieu le plus approprié pour les souvenirs, et s'efforça de se concentrer uniquement sur ses mouvements.

Il arrivait au bout quand il entendit les voix.

Elles résonnaient comme des échos provenant du sous-sol. Elles ne disaient rien de cohérent, ou rien qu'il puisse comprendre, mais cela ne lui épargna pas la terreur. Pressentant que la peur serait mortelle s'il restait paralysé en cours de trajet, il mit toute son énergie à continuer à bouger bras et jambes de façon mécanique. A la fin, il sortit la tête par l'ouverture du fond.

Il se trouvait dans une sorte de vaste salon. Il n'en apercevait pas tous les contours, mais il distingua des monticules, des pans d'escaliers qui montaient jusqu'aux confins du regard et des murs peints sous l'unique lumière fantomatique qui remplissait l'enceinte, provenant des cabines de deux ascenseurs centraux. Les voix venaient de là.

Les cabines étaient ouvertes, spacieuses et très éclairées. Quand il s'approcha de la première, un horrible spectre vert lui apparut et le regarda dans les yeux. Quand il parvint à se calmer, il découvrit le miroir sur le mur du fond. Son corps était couvert de la tête aux pieds d'éclaboussures de divers tons verdâtres, comme si deux peintres fous l'avaient torturé avec leurs brosses. La terre sur laquelle il s'était traîné l'avait non seulement sali, mais lui avait aussi accroché dans les cheveux des racines tordues de plantes et avait tiré ses vêtements deux centimètres plus bas, manquant les lui arracher.

Par contraste, dans le brillant ascenseur tout semblait propre et neuf. C'était à la fois une salle de bains et un ascenseur. Dans la zone de l'ascenseur, il y avait une carte sur un écran, pas de la Tour mais du parc qui l'entourait, ainsi que trois boutons. La salle de bains était d'une blancheur éblouissante, et contenait le miroir, une douche et un W.-C. japonais de faible hauteur. Les voix, entremêlées, émergeaient du plafond. L'une d'entre elles disait : *Appuyez, appuyez, appuyez, appuyez...*, sans arrêt. Une autre élaborait son message : *S'il vous plaît, ôtez vos chaussures...Vous vous trouvez en terrain sacré...* Une troisième souhaitait la bienvenue. Une quatrième et dernière exigeait respect et propreté du visiteur. Daniel appuya sur chaque bouton sans qu'il ne se passe rien. Il comprit qu'il allait devoir obéir aux instructions.

Il passa à l'intérieur de la salle de bains, se déshabilla, entra dans la douche et se débarrassa du moisi sur le ventre, la poitrine et les cuisses, ainsi que de la terre qui était collée dans ses cheveux. Puis il prit les deux pièces de vêtement rouges et les nettoya du mieux qu'il put. Après s'être séché, il remit les ceintures rouges, mais il ne chaussa pas les sandales.

Quand il regagna la zone de l'ascenseur, il constata que la deuxième et la quatrième voix avaient disparu. Il appuya sur le deuxième bouton, et la porte se referma.

Il arriva à destination avec tant de rapidité qu'il eut du mal à en croire ses yeux quand les portes s'ouvrirent.

Il se trouvait sur une plate-forme en plein air qui donnait sur le vide. Le lieu ne disposait que d'un sol et d'un plafond, pas de murs. Il vit briller au loin la surface scintillante de la ville, et il en déduisit qu'il devait se trouver à plus de deux cents mètres d'altitude. Il n'avait jamais vu de ville auparavant. Il pensa que tout cet horizon sain à sa disposition ne pouvait pas être salutaire. Il s'était habitué à vivre dans la tranchée des fenêtres étroites, les murs hauts et le béton protecteur. Mais dans cette nudité cosmique, qui empêcherait le ciel de s'ouvrir comme une mer inversée et de l'entraîner ? Pourtant, ce ne fut pas ce spectacle qui lui sembla le plus extraordinaire.

Le point fascinant était cette plate-forme entièrement tapissée de fossiles. Du plafond pendaient d'énormes volutes de mollusques archaïques et des fougères en pierre. Sur certaines saillies, des squelettes de poissons s'imprimaient comme des peignes aux fines dents. C'était comme une sculpture du fond de la mer. Il se rappela alors ce que lui avait raconté le Dr Schaumann sur la permanence de la Tour sous l'océan pendant des siècles.

Il décida de parcourir cette première plate-forme avant de monter au troisième étage, pour s'assurer qu'ils ne l'attendaient pas là. Il sortit de la cabine et commença à se déplacer soigneusement sur les pyramides de valves. Il dut marcher à quatre pattes sur un tronçon, car un dais d'éponges en pierre réduisait la hauteur sous plafond. Il était pieds nus et à peine vêtu, mais son corps de conception le protégeait des piqûres et des frôlements comme du froid glacial du vent qui traversait impitoyablement toute cette zone. Il supposa que, dans la même situation, le pauvre Héctor Darby n'aurait pas pu faire un pas.

La plate-forme était circulaire, mais il n'eut pas besoin de la parcourir entièrement pour vérifier qu'il n'y avait personne, puisqu'il n'existait pratiquement pas d'endroits où se cacher. Il revint vers l'ascenseur et appuya sur le troisième bouton.

Les portes s'ouvrirent sur un Tôkyô plus lointain, celui que connaissaient les mouettes et que frôlaient les nuages. Mais ce fut la plate-forme elle-même qui le surprit à nouveau le plus. Des ruches aux verres colorés et à la géométrie bigarrée couvraient les interstices et ressortaient parfois sous forme d'anémones rigides multipliant la lumière d'une lune montante. C'était un beau cauchemar de vitrages brisés. *La zone des coraux*, se rappela-t-il. Ce devait être le lieu du rendez-vous, il n'y avait pas d'autre étage. Ou peut-être que si, puisqu'il y avait un plafond, mais il allait devoir découvrir la façon de poursuivre l'ascension.

Progresser dans cette fluorescence, c'était comme se déplacer à l'intérieur d'une lampe en morceaux. A un moment donné, son chemin se vit barré par un grand monticule. Il se disposait à l'éviter quand il s'arrêta.

Le monticule possédait des cornes, des yeux et une bouche.

Les yeux étaient vides, la caverne de la bouche montrait les dents. A la lumière de la lune, on aurait dit un monstre, mais il s'agissait sans doute du fossile d'un animal de grande taille, un vieux bœuf peut-être. Daniel essaya d'imaginer son destin : prisonnier sous des tonnes d'eau pendant les cataclysmes et poussé par de puissants tourbillons, il avait fini par tomber sur la plate-forme submergée et il y était resté pendant des lustres, visité par des poissons et des crabes, finissant par devenir une carcasse de mollusques. Des mains perverses avaient suspendu des guirlandes à ses cornes, peut-être pour qu'il ne soit pas un “animal-total”, ou dans un autre dessein inconnu dont Daniel ne se soucia pas. Une étrange tristesse l'envahit en contemplant cette créature, si immense et si morte.

Ce fut alors qu'il entendit un bruit.

La silhouette se trouvait debout, au-delà du monticule, au bord de la plate-forme. Une seconde plus tard, peut-être moins, elle se glissa vers la gauche et disparut dans un silence de poisson derrière le bloc central renflé composé de morceaux de verre. Mais Daniel, raidi par la peur, n'eut pas besoin de plus de temps pour la reconnaître.

— Yun, dit-il.

9

Tout se transforma pour lui en une course frénétique sur un miroir cassé.

Après avoir fait le tour de l'endroit, il la revit devant un pilier en métal rouillé. Les reflets ourlaient ses cheveux et le contour de son corps, mais refusaient les traits.

— Yun ! appela Daniel.

Il entendit un petit rire. La silhouette leva les bras et disparut au plafond. En s'approchant, Daniel comprit qu'elle avait grimpé au pilier et s'était contorsionnée comme une feuille de papier qui se froisse jusqu'à s'introduire par une ouverture supérieure.

Il chercha autour de lui et vit un escalier métallique qui montait vers une autre ouverture. Il s'empressa de l'emprunter. Le niveau supérieur était d'un diamètre inférieur aux deux plates-formes précédentes. Quand Daniel sortit par la trappe, la silhouette était arrivée au bord de la nouvelle plate-forme et restait immobile, comme si elle savait qu'il n'y avait pas d'échappatoire.

Daniel s'approcha avec précaution. Il ne pouvait pas voir ses traits, mais il n'était plus aussi sûr que ce fût Yun : elle était plus grande, les cheveux un peu plus longs…

— Pourquoi me poursuis-tu ? demanda l'ombre d'une voix qui, bien sûr, n'était pas celle de Yun et n'avait pas son accent, même si elle ressemblait à celle d'une enfant.

Daniel haletait :

— Et toi, pourquoi est-ce que tu fuis ?

Cet échange de doutes sembla plonger la silhouette dans une certaine paix. Elle abandonna son attitude défensive et posa les mains sur ses hanches. Daniel s'approcha plus près et la contempla enfin.

C'était comme regarder une illusion, un trompe-l'œil humain. Ce n'était pas Yun, et ne lui ressemblait même pas, mais, dans cet étang aux formes incomplètes, ce genre de confusion était possible.

Elle avait une stature et une voix enfantines, mais les seins, turgescents, trahissaient une jeune fille plus âgée. Dans la pénombre du pubis on remarquait des parties génitales d'homme et de femme, comme dans les corps divergents. Le visage pouvait appartenir aux deux, et en cela il ne se différenciait pas de Daniel ni d'aucun être conçu, même si dans son cas il était divisé par une ligne qui allait du front au menton, chaque moitié peinte d'une couleur : la gauche de quelque chose qui semblait blanc, la droite de quelque chose qui semblait rouge. Son âge était ambigu ; il pouvait être très jeune, mais l'éclat de son regard indiquait l'expérience. Il ne portait que des boucles d'oreilles en forme d'anneau, énormes, qui frôlaient ses petites épaules.

— Qui es-tu ? demanda l'inconnu.

— Je m'appelle Daniel. Et toi ?

— Qu'est-ce que tu faisais à me poursuivre, Daniel ? demanda le divergent sans répondre.

Daniel ne croyait pas que cet homme-enfant, quel qu'il fût, ait un rapport quelconque avec ceux qui avaient enlevé sa fille, mais il décida qu'il valait mieux ne pas s'attirer de nouveaux ennuis.

— J'ai pensé que tu étais… quelqu'un.

— Je *suis* quelqu'un, dit l'être intermédiaire sur un ton offensé.

— Quelqu'un que je connais, précisa Daniel.

— Oh, cela arrive souvent. – Le visage partagé sourit. – Les gens voient en moi ce qu'ils souhaitent le plus. Mon nom est Neizra. Au début, je t'ai confondu avec un ritualiste. Qu'est-ce que tu fais dans la Tour ?

— J'ai un rendez-vous. – Daniel, impatient, souhaitait partir. – Tu sais s'il y a une autre plate-forme sur… ?

— Un rendez-vous… l'interrompit Neizra. Et à quelle heure est ce rendez-vous, Daniel ?

— A vingt et une heures.

— Tu as presque un quart d'heure de retard, dit Neizra. Ta fille va mourir.

Daniel sentit ses jambes fléchir.

— Non… Je regrette, je…

Le visage ambigu de Neizra semblait content de sa réaction.

— Viens, ordonna-t-il.

La créature s'écarta du bord et marcha avec agilité vers la plateforme. Daniel la suivit rapidement. Il ne voyait personne d'autre que cet être, mais Moon lui avait dit qu'on ne lui rendrait sa fille qu'après la révélation, à minuit. Yun n'avait pas de raison de se trouver là-bas.

— Je veux parler à ma fille… demanda-t-il en continuant à suivre Neizra.

— Tais-toi.

Ils étaient arrivés à un mur en ruine qui ne semblait cependant pas aussi ancien que le reste de la Tour. Il consistait en un simple mur de brique blanche érigé sur un côté, comme s'il faisait partie d'une construction détruite.

— Reste ici. – Neizra désigna le mur. – Retourne-toi.

— S'il te plaît, j'ai fait ce que j'ai pu… Je t'en supplie…

— Tourne-toi. – Neizra tourna un doigt. – Appuie les mains sur le mur.

Daniel obéit. Le vent, avec une odeur nauséabonde de rivière, agita sa chevelure blonde. Il crut que c'était sa propre chevelure qui lui frôlait l'épaule, mais c'étaient des doigts. Ceux-ci se glissèrent alors sous son vêtement du bas.

— Ecarte les jambes, dit Neizra à quelques centimètres de son épaule, tout en appuyant son autre main dans le dos de Daniel. Ne bouge pas… J'ai dit : ne bouge pas… Tu n'as pas encore appris la posture de séparation ? Ou peut-être n'es-tu pas d'ici ? D'où es-tu censé venir, Homme Complet ?

— Allemagne, gémit Daniel.

La petite main de Neizra aborda ses parties génitales.

— Où est-ce ?
— Europe, le Nord…
— "Europe, le Nord."
Neizra sembla se pourlécher avec les noms, comme si c'étaient des sucreries.
— Je ne suis jamais allé en "Europe, le Nord".
La stature et la constitution de Neizra (il atteignait à peine les épaules de Daniel), de même que le ton de sa voix, évoquaient à Daniel un enfant, mais sa façon de lui caresser les parties, comme seuls Bijou et certains hommes et femmes avec lesquels il avait eu des orgasmes l'avaient fait, laissait deviner quelqu'un de bien plus âgé. Il fut surpris que Neizra semble jouir charnellement avec lui, car la dernière chose qu'il attendait des individus qui avaient enlevé sa fille était qu'ils souhaitent lui donner du plaisir. Mais Neizra voulait peut-être seulement prouver qu'il pouvait lui faire n'importe quoi.
— Et pourquoi es-tu venu au Japon, Homme Complet ? demanda Neizra.
Quelque chose dans ses questions fit que Daniel Kean tourna la tête. Il ne sut pas comment ni pourquoi, mais, en surprenant le visage partagé et en remarquant l'expression de ses traits peints, il crut comprendre ce qui arrivait.
— Ne me regarde pas et réponds quand je t'interroge, dit Neizra sur un ton bourru, et il accompagna l'ordre d'un coup sec qui fit gémir Daniel.
— Je cherche ma fille, répondit Daniel en regardant à nouveau vers le mur, pendant que, en son for intérieur, il prenait une décision. Il pensa que, si tout était perdu, peu importait d'accélérer la perte.
— C'est vrai, ta fille… Ecarte davantage les jambes…
Son capteur se distrayait avec la curieuse fermeture de son vêtement. Il décida de profiter de l'occasion et tourna le coude droit vers l'arrière. Le désespoir augmenta ses

forces, et le bruit qu'il entendit lui fit penser qu'il avait gagné d'un seul coup. Ce ne fut pas le cas, mais au moins Neizra perdit-il l'équilibre. Daniel se jeta sur la créature et, pendant la lutte, il lui apparut évident que, si expérimenté qu'il parût, Neizra n'était qu'un enfant.

— Où est-elle ?! haleta Daniel, à califourchon sur sa poitrine. Ma fille ! Où est-elle ?!

— Je ne... sais pas... !

La créature intermédiaire gémit. Cette terreur ne parvint pas non plus à circonscrire son sexe : un garçon angoissé, une fille angoissée.

— Je ne sais rien de ta fille... !

Daniel observa les grands anneaux de métal aux oreilles de Neizra et introduisit les doigts de la main droite dans les deux. En lui tenant les cheveux de l'autre main, il tira sur les bijoux. Il entendit la douleur de Neizra dans le son de la déchirure. Le divergent se contracta et poussa un hurlement.

— Quelqu'un... en haut... ! Ils t'attendent... en haut !

Sur le visage doublement peint de Neizra, les larmes de chaque œil acquirent une couleur différente en coulant sur les joues. Mais le sang qui coulait de ses oreilles n'était que rouge.

— Il y a une autre plate-forme en haut ?

— Oui, la dernière !

— Comment puis-je monter ?

— Un escalier... derrière toi !

— Qui m'attend en haut ? demanda Daniel sans lâcher les boucles.

— Je ne sais pas, je ne le connais pas ! – Neizra sanglotait. – Je te le jure ! Je viens chaque soir à la Tour sur ordre d'un supérieur, à la recherche de ritualistes qui voudraient faire quelque chose avec moi... ! Il y a une heure, j'ai trouvé quelqu'un en haut... ! Il m'a dit que tu viendrais...

Il m'a ordonné de te parler de ta fille… ! En échange, il a dit que je pouvais t'utiliser, si j'en avais envie ! Tout sauf te tuer ! Il m'a assuré que tu ferais tout ce que je t'ordonnerais… Il m'a menacé ! Je t'en prie, pardonne-moi !

Ses yeux, écarquillés et suppliants, contemplaient Daniel comme s'ils avaient attendu une décision quelconque. A la fin, Daniel le lâcha et se redressa.

— Mes oreilles ! pleurait l'être intermédiaire, encore à terre.

Il s'était couvert les oreilles. Des gouttes rouges serpentaient entre ses doigts.

— Mes pauvres oreilles… !

— Va-t'en, dit Daniel, en arrangeant ses vêtements.

Neizra s'écarta d'un saut et se mit à courir, les mains sur la tête. Il s'arrêta soudain au centre de la plate-forme et affronta Daniel.

— J'ignore qui est celui d'en haut, homme du Nord, mais il me fait *très peur* ! Et tu sais quoi ? Je souhaite qu'il ait ta fille en son pouvoir ! Et pourvu que… !

Il marmonna une série d'obscénités d'après lesquelles la meilleure destinée que Yun pouvait attendre était la mort. Quand il eut fini de s'épancher, gémissant encore, son corps double se perdit dans l'obscurité.

Daniel ne le lui reprocha pas : il avait lui aussi peur de ce qui pouvait l'attendre au-dessus.

Il contempla l'escalier. Il montait en diagonale par l'extérieur de la plate-forme. Il respira profondément et s'avança dans sa direction.

10

C'était effectivement l'endroit le plus élevé. Le plus exigu aussi : il se composait d'un simple cube de pierre d'environ quatre mètres sur quatre, dressé au-dessus de tout le reste, avec quatre poteaux placés aux quatre coins qui servaient peut-être à soutenir des lumières. A cette hauteur, même le mont Fuji, se dessinant sur le ténébreux horizon, ne semblait pas important.

La force du vent était brutale. Daniel voyait les choses à travers les grilles de ses cheveux en désordre. Il les écarta en quittant l'escalier et il contempla les lieux.

Tôkyô entourait entièrement la Tour plusieurs centaines de mètres plus bas, mais était beaucoup plus étendu vers le côté opposé des escaliers, face à lui. Une infinité de petites lumières le peuplaient, formant une galaxie de silence. D'une extrémité à l'autre, du nord au sud, de l'est à l'ouest, tout l'espace était Tôkyô.

Excepté dans un coin de son champ visuel, où l'obscurité était une personne.

— Tu es en retard, Kean.

La silhouette dans l'ombre était auréolée par les lumières de la ville. Elle formait une sorte d'espace noir, une interruption des choses, un néant dressé près de l'un des coins du cube. Les extrémités de ses vêtements noirs voletaient au vent comme des oiseaux survolant un cadavre. Sa voix avait plus d'entité que sa figure : elle était grave, clairement audible, quoique sans emphase.

— Excuse la plaisanterie du divergent d'en bas, mais je n'aime pas attendre. Approche.

Daniel fit plusieurs pas vers la silhouette. Il commençait à différencier la peau blanche des pans noirs de vêtement. La silhouette restait debout, jambes écartées sur le bord, jambes écartées au bord du cube, face à l'horizon. Elle ne changea pas de posture pendant que Daniel approchait. Elle gardait les bras le long du corps.

Daniel ne voulut pas aller jusqu'au bord. Il se plaça derrière elle et attendit.

— C'est Tôkyô, dit la silhouette sans le désigner d'aucune façon : elle ne bougea pas les bras, ni la tête, ni ne fit aucun autre geste, et cependant sa voix – toujours neutre – fit que Daniel regarda en direction du lumineux paysage échevelé. De là, on peut jouir d'une vue magnifique. Et c'est utile pour apprendre certains secrets. Je vais te raconter quelque chose. Tout le monde croit savoir que la religion fondamentale de Tokyo s'inspire du Quatrième. Ce que peu de gens savent, c'est que, comme ce Chapitre, Tôkyô se divise en trois parties. Regarde ces sculptures colossales qui se dressent sur les immeubles, en forme de tentacules, de griffes et d'ailes. C'est la première partie, l'Argile. Au Japon, on pense que Dieu nous a créés comme un sculpteur pourrait modeler un morceau d'argile, c'est pour cela que les sculpteurs sont sacrés ici. Mais, sous cette argile, qu'y a-t-il ? Une autre ville plus sauvage, moins éternelle, qui hurle dans les rues sa fureur avec le consentement des gouvernements. C'est la deuxième partie, l'Orgie. Enfin, l'entourant et rappelant à ses habitants que la ville est venue de lui, il y a cet univers dense et sombre au-delà du fleuve Sumida qu'un ignorant appelle “mer”, où Dieu dort depuis des siècles. Argile, Orgie et Mer sont les trois parties du Quatrième. Elles équivalent au Passé, au Présent et au Futur de l'humanité. Dans le passé, nous avons été créés, dans le présent, nous vivons et jouissons dans une folie perpétuelle, et dans le futur… notre destin consistera à aller à la recherche de Dieu sous la mer, et à tenter de le détruire…

Elle fit une pause, mais n'eut pas l'air de réfléchir. Ce fut comme le silence qui s'établit entre deux bruits mécaniques. Puis elle poursuivit :

— La fable du Quatrième s'achève sur l'histoire d'un homme, une sorte de héros, qui assassine Dieu en le traversant avec le beaupré d'un petit bateau, bien que les parties segmentées de Dieu se réunissent à la fin et que le cycle se répète. Les croyants discutent de la bonne interprétation de cet assassinat théologique. Mais il y a *une seule* interprétation possible : le beaupré du bateau est le symbole de la *Clé*. L'homme moderne pense qu'il ne croit plus en Dieu, ce qui peut être vrai, mais il le craint toujours. Dieu forme dans l'esprit de l'homme une ombre qui n'a pas d'entité, ni même de réalité, qui n'est constituée que de peur. Sa réalité est la peur qu'il provoque. L'homme craint Dieu, et Dieu ne craint que la *Clé*. Celui qui possède la *Clé* peut détruire Dieu. Il faut donc la trouver… pour la détruire.

— La détruire ?

La voix se tut un instant, comme pour évaluer l'interruption de Daniel.

— La *Clé* doit être détruite, poursuivit-elle, car Dieu doit rester vivant dans notre esprit. Ce qui nous fait peur nous console. La peur est le pouvoir. Dieu doit vivre.

Alors elle se retourna.

Elle le fit très lentement, presque soigneusement, comme un engrenage qui aurait tourné. Elle se plaça face à Daniel sans s'écarter du bord. Elle ne souriait pas, ne bougeait pas le visage, se contentait de regarder. A la faible lumière de la lune, Daniel apprit diverses choses.

Il s'agissait d'une femme biologique. Pas aussi âgée que Darby, peut-être d'une quarantaine d'années, mais son absence de conception génétique sautait aux yeux.

La nature avait décrété que cette femme aurait une stature et des traits orientaux. Son corps était mince et sur les pommettes, les clavicules et les genoux, les os étaient saillants. Les cheveux, roux. Elle portait une fine courroie noire autour du cou avec une petite cloche, signe d'humiliation et d'esclavage, et deux pièces de soie noire : l'une sur le torse, qui atteignait et recouvrait ses mains ; l'autre, un jupon qui arrivait au-dessus des genoux. Son visage, y compris les lèvres, avait la couleur exsangue de la lune. La seule chose qui n'était pas blanche dans cet ovale, c'étaient les iris de ses yeux fendus, noirs comme des carapaces d'insectes enfermées sous le verre.

En regardant ces yeux, Daniel Kean s'aperçut d'une autre chose.

La femme était morte.

Un jour, peut-être de son vivant, elle avait été belle. Maintenant elle était comme un sac vide, l'écorce brisée qui avait autrefois hébergé une créature.

Je ne sais pas qui est celui d'en haut, homme du Nord, mais j'ai très peur.

— La *Clé* n'est pas qu'une légende, dit la femme de cette voix qui semblait sortir d'un lieu creux et abandonné. Kushiro a laissé un code pour que d'autres le trouvent. Ce code est en toi, Kean, et, aujourd'hui, tu vas nous le remettre…

Soudain, Daniel comprit qu'il s'était trompé. La femme n'était pas morte, mais c'était bien pire. Elle avait été comme *saccagée*, transformée en autre chose. Le ton creux de sa voix révélait qu'elle était *obligée* de parler moyennant… quoi ? Des menaces ? De la douleur ? Quelle sorte de chose l'obligeait à remuer ces lèvres blanches ?

— Un seul code, dit la voix qui émergeait de la gorge de la femme. Nous nous en sommes assurés. Pendant des jours… de nombreux jours… nous avons interrogé cette chienne. Si elle avait su autre chose, elle l'aurait dit. Mais il y a un seul code. Le père de cette croyante l'a déposé en toi. C'est pour cela que tu es ici.

Le père de cette croyante. Elle voulait certainement parler de Katsura Kushiro.

Daniel crut la reconnaître. Cette femme devait être Mitsuko. Daniel se rappela que Darby lui avait montré une photo et lui avait dit qu'elle et ses disciples avaient disparu. Cette femme devait être Mitsuko Kushiro.

— Que… lui avez-vous fait… ? murmura Daniel, se sentant incapable de contempler plus longtemps la densité tourmentée des yeux de la femme : il remercia le vent de les recouvrir, presque avec pitié, sous ses propres cheveux.

Un long silence.

— Dans le Japon ancien, il existait un art appelé *bunraku*, dit la femme. Il consistait à utiliser des marionnettes comme si elles avaient été des personnes. Quelqu'un les obligeait à se déplacer et à parler. Quand tout s'achevait, la marionnette restait immobile. Désarticulée. Elle ne pouvait rien faire d'elle-même. Cependant, elle ne souffrait pas. Car le pire dans le fait d'être une marionnette est de le savoir et les marionnettes du *bunraku* l'ignoraient. *Cette femme ne l'ignore pas*. Intérieurement, elle continue à penser et à ressentir, elle habite toujours les espaces de son esprit, mais maintenant c'est moi qui tiens les rênes de son corps.

La femme prononçait les mots calmement, après des pauses variables, mais les cercles noirs et dilatés de ses yeux parlaient un autre langage pour Daniel : c'étaient comme des tunnels qui auraient conduit à la folie.

— Qui es-tu ? murmura Daniel.

— Ce n'est pas le moment de répondre à cette question, dit la femme après un silence, et elle recula, mais de *te le démontrer…*

Le vent fit claquer son vêtement comme les voiles d'un bateau déployées sous les étoiles.

— Non ! cria Daniel, comprenant ce qu'elle s'apprêtait à faire.

La femme commença son suicide de façon posée, sans hésitation, le corps droit et raide, les pieds joints, les bras collés au tronc, se penchant de dos au bord de la plate-forme, à côté du poteau. Daniel tendit la main et parvint à la retenir par le bras, s'accrochant au poteau de l'autre main pour arrêter sa propre chute. Elle n'essaya absolument pas de l'aider. Ils restèrent ainsi un instant : elle, suspendue à sa main, lui, s'accrochant au poteau.

Soudain, la résistance de la femme changea de sens, devint une lutte désespérée pour retrouver l'équilibre. Elle revint à sa position précédente, debout sur la corniche. Le geste avait été rapide et presque symétrique, comme un ballet.

— Elle fera et dira tout ce que je lui ordonnerai.

La femme haletait à faible distance du visage de Daniel.

— Tout.

Elle ôta soudain les deux pièces de son vêtement, montra une poitrine et des parties génitales, se dressa, appuya ses lèvres blanches sur la bouche de Daniel et forma avec lui l'étrange image d'un couple enlacé dans les hauteurs, sous le vide de la nuit. Puis elle l'écarta d'une poussée et ses lèvres se crispèrent. Daniel frémit en voyant ce simulacre de sourire.

— *Tout*, répéta-t-elle. Comme toi.

— Je ne suis pas drogué comme elle.

— La seule drogue qu'elle prend est la terreur, Daniel Kean. La peur de tout ce qu'elle sait que je peux lui faire… et de tout ce qu'elle sait que *je vais* lui faire.

Les yeux fendus de la femme laissèrent couler des larmes pendant qu'elle souriait.

— La peur est le fil de *bunraku* de l'humanité. Tu te rappelles l'interrogatoire d'Olsen, quand tu t'es agenouillé pour supplier ? Cela m'a plu de te faire du mal, c'est pour cela que j'ai ordonné à Olsen de tuer ton épouse.

Daniel trouvait horrible d'avoir l'auteur de cette phrase à la fois si près et si loin. La femme en face de lui souriait, mais maintenant elle tremblait aussi, de tout son corps, de la tête aux jambes pâles et nues. Elle gardait les pièces de vêtement écartées en se montrant devant lui.

— Tu es… Moon ?

— Moon n'est qu'une pièce de plus, insignifiante dans l'ensemble, assura la voix brisée de la femme. En fait, moi aussi, je travaille pour quelqu'un de supérieur. Mais à ce moment cela m'a semblé amusant de voir ta souffrance. Je te referai mal quand j'en aurai envie, Daniel Kean, et tu te contenteras de remuer la tête et d'acquiescer. Tu souriras quand je te l'ordonnerai. Tu feras tout ce que je te dirai de faire.

— La seule chose que je vais faire, si je peux, est te tuer, qui que tu sois… Je ne me plierai jamais à ta volonté…

— Tu *es* déjà sous ma volonté. Toi aussi tu es une marionnette de *bunraku*, Kean. Tu veux vérifier ?

Il y eut un silence que le vent brisa. Daniel écarta les cheveux de son visage, dont des mèches volaient autour de lui comme de fines cordes.

— Ta fille est ici, avec moi. Elle a peur, mais elle est en bon état. Elle est ton fil, comme il y a quelques jours ton épouse l'était aussi. Je vais tirer sur ce fil, juste un peu : si tu ne fais pas *exactement* ce que je vais te dire, je tuerai ta fille sur-le-champ… ou j'en ferai une autre marionnette.

Malgré la fureur qu'il éprouvait, la panique s'empara soudain de Daniel Kean. Son cerveau tourmenté lui avait fourni une fantaisie féroce et nette : il vit Yun transformée en un être semblable, le corps inanimé mais encore vive et consciente, attribuant sa voix aux paroles d'un fou, et il eut du mal à rester debout.

— C'est un fil fort, à ce que je vois, dit la gorge de la femme avec un certain effort, comme si elle avait de plus en plus de mal à articuler. Je vais tirer doucement : ôte les jolis vêtements que tu portes, ordonna-t-elle.

Daniel s'exécuta. En deux mouvements, les franges rouges tombèrent à ses pieds. Le vent les entraîna sur la plate-forme. Se sentant humilié, il s'entoura le corps de ses bras.

— Non, ce n'est pas ce que je veux, dit la femme. Je vais mieux tirer sur le fil. Agenouille-toi et place les mains sur ta tête.

Bunraku. Le fil.

— Jure-moi obéissance, dit la voix de la femme quand Daniel eut adopté la posture requise.

— Je te jure obéissance.

— Plus haut.

— Comment est-ce que je sais que ma fille est vivante ? murmura alors Daniel.

— Tu ne le sais pas. Elle ne l'est peut-être pas. Je suis peut-être en train de la torturer en ce moment même. Le fil qui t'agite n'est pas ta fille ni son destin, Kean, mais la *peur de ce qui peut lui arriver.* C'est le fil le plus puissant : si tu le connais, tu le brises ; si tu l'ignores, il a du pouvoir sur toi. Répète le serment à voix haute.

Daniel le cria. Il sentit les larmes affleurer à son visage, comme celles de Mitsuko. La symétrie de ces deux volontés brisées l'écrasait. La voix reprit.

— Maintenant, un autre geste pour tirer doucement sur le fil. Dans le coin que je te désigne, il y a un petit atomiseur. Prends-le et parfume-toi tout le corps avec, particulièrement les zones sur lesquelles tu portais ces vêtements si chauds. Puis tu descendras dix marches de l'escalier par lequel tu es arrivé, et tu attendras en te tenant bien aux barres. Essaie de ne pas tomber : la crainte d'une chute comme celle-ci détruirait ton petit cerveau avant que tu ne touches le sol. C'est clair, Kean ? Fais-le… Mais, non.

Elle l'arrêta quand Daniel se retournait.

— Je ne veux pas que tu marches… Tu dois ramper. Marche à quatre pattes jusqu'au coin, Daniel Kean…

Daniel s'agenouilla à nouveau et commença à avancer avec une lenteur douloureuse, le regard fixé sur le sol de la plate-forme, pendant que la voix de la femme se faisait entendre à nouveau.

— Tu vois avec quelle subtilité je te manipule, Kean ? Ça ne me dérange pas de répondre à ta question maintenant… Qui suis-je ? Je suis celle qui tire les ficelles, celle qui te fait te traîner comme un ver, celle qui te pousse vers la fin, la dernière que tu verras avant de mourir, le pire que tu découvriras sur toi-même, le lieu où tu iras quand tu seras mort… On m'appelle la Vérité.

11

— Il a disparu.

La brève information les plongea dans le silence. Yilane tourna la tête et observa le visage songeur du Dr Schaumann dans la pénombre de la cabine du véhicule.

— Qu'est-ce que cela signifie exactement, docteur ?

— Cela signifie "exactement" que je ne capte plus le signal thermique. Ils lui ont non seulement ôté ses vêtements, mais se sont aussi arrangés pour effacer la chaleur sur sa peau.

— Ils connaissaient le truc.

Yilane se gratta un tatouage sur la nuque.

— Ou ils s'en doutaient. De toute façon, ils vont devoir descendre à un moment. Rowen pourra les suivre pendant…

— Ils ne descendront pas, dit Maya Müller. Ils vont l'emmener dans un véhicule aérien.

Yilane la regarda.

— Je ne te demande pas comment tu le sais parce que je vois que tu sais beaucoup de choses, dit-il en souriant. Y compris celles que tu ne sais même pas.

Schaumann appuya sur l'écran du communicateur. Darby apparut dans l'encadré.

— Nous l'avons perdu. Vous avez vu quelque chose ?

Darby fit signe que non.

— Tout ce qu'on voit, ce sont des nuages et des ombres. Je ne comprends pas comment vous avez pu le perdre. Ils ont effacé sa température ?

— Quelque chose comme ça.

— Attendez.

La voix de Darby reflétait l'anxiété. On entendait, en bruit de fond, les phrases entrecoupées d'Anjali Sen et de Meldon Rowen.

— Anja voit quelque chose sur l'écran. Un véhicule aérien s'approche de la Tour...

— Nous le savions déjà.

Yilane sourit sans enthousiasme.

La jeune fille regagna son siège. Son corps musclé bougea comme pour essayer d'adapter cette petite base à sa propre structure. Bien qu'elle s'adressât au Dr Schaumann, elle ne tourna plus la tête vers lui.

— Brent, à quelle vitesse cela peut-il aller ? demanda-t-elle.

— Nous n'arriverons pas avant un véhicule aérien dans la Zone Enfouie, si c'est ce que tu demandes. Mais ils ne pourront pas l'utiliser dans la Zone Enfouie. Nous sommes à égalité.

— Le véhicule aérien s'éloigne en direction du sud-ouest, vers la Couleur, les informa Héctor Darby. Il ne s'est pas encore posé sur la Tour.

— Ils doivent l'avoir récupéré sur une petite échelle sur le côté dit Maya. Ses paupières tremblaient comme si ses yeux avaient commencé un certain type d'activité.

— Qui peut être derrière tout ça ? demanda Yilane à personne en particulier. Ce plan témoigne d'une grande astuce.

— Quoi qu'il en soit, nous sommes sur ses traces, dit Schaumann.

L'espace d'un instant, aucun des trois ne fit autre chose que toucher des écrans et saupoudrer de rectangles lumineux l'intérieur de la cabine. A un moment donné, Yilane tourna la tête et regarda la jeune fille par-dessus son épaule. Les boucles d'oreilles, les joncs et le médaillon en serpent étincelèrent à la lumière des écrans.

— A moins que notre cher employé du train ne soit en train de nous trahir… Dis-moi, Maya, tu crois que Daniel Kean nous soupçonne de lui avoir menti depuis le début ?

Au cours de la pause qui suivit, même le Dr Schaumann détourna la vue de ses chers écrans et regarda la jeune fille. Le profil de Maya Müller restait impassible, comme ciselé dans la pierre.

— Non, dit Maya sans changer d'expression. Je ne crois pas.

V

COULEUR

1

Ils descendaient à grande vitesse, et cela lui donna très mal au cœur.

Il se trouvait dans la cabine arrière du véhicule aérien, agenouillé face à un siège. On lui avait permis d'y appuyer la tête, mais il ne pouvait pas se lever. La position était encore plus incommode, car il y avait un autre siège en face du premier, et l'espace entre les deux était si étroit qu'il se voyait obligé d'élever les pieds et de ne s'appuyer par terre qu'avec les genoux.

Une telle posture était inutile, de même que l'ordre de descendre par l'escalier latéral de la tour et d'attendre que le véhicule vienne le chercher, au lieu d'être recueilli sur la plate-forme, ou de le laisser nu après avoir effacé les traces de température de ses vêtements avec le vaporisateur. Maintenant il comprenait que tous ces ordres avaient un unique objectif : l'intimider, briser sa volonté.

La gardienne qui s'était occupée de lui quand il était monté dans le véhicule et qui lui avait ordonné de se jeter par terre en le visant avec une puissante arme qui tirait des rafales exerçait la même fonction. Elle ne lui permettait pas de lever la tête, et Daniel avait à peine pu voir autre chose d'elle que les bottes couleur bronze, pointues, avec des ornements. De temps en temps, elle appuyait l'une de ces bottes dans son dos. Quand elle l'écartait, elle la remplaçait par le canon de l'arme, qui lui parcourait la peau comme un index de métal.

Lors du court trajet, elle lui avait parlé sur un ton amusé, comme pour le défier de répliquer.

— La Zone Enfouie est sombre. Plus sombre que tout ce que tu as vu dans ta vie. Mais, le pire, ce sont les bruits... Des choses qui rampent et se traînent. Personne ne sort de la Zone Enfouie comme il y est entré. Tu n'en avais certainement jamais entendu parler...

Daniel suffoquait, la joue appuyée contre le siège. Il voyait le bout des bottes comme du bronze à côté de son visage et il entendait sa voix, pas moins rude. Il se rappelait fugacement, de grands yeux, presque globuleux, bleus. Soudain, la botte se leva, lui frappa l'épaule.

— Réponds, imbécile. Tu avais entendu parler de la Zone Enfouie ?

— Un peu.

— "Un peu." – La gardienne rit. – Tu auras dorénavant une expérience de première main. On arrive...

Daniel réprima les nausées tandis que la vibration le faisait frissonner. La cabine du véhicule était, aussi, un petit salon. Il y avait un guéridon avec une nappe et un service complet de tasses à thé. A ce moment, ces dernières se mirent à trembler en produisant un bruit proche du claquement de dents.

Il entendait la gardienne parler dans un micro, entre des vrombissements et des voix lointaines. Il pensa que la jeune fille avait cessé de s'intéresser à lui et il se redressa légèrement. Il sentit immédiatement le canon de l'arme appuyé sur sa nuque.

— Je t'ai donné la permission de lever la tête ?

— Je vais vomir, dit Daniel avec un filet de voix.

— Fais-le. Sur le siège. Après, tu devras nettoyer.

La tête appuyée contre le siège, Daniel obtint à peine deux violentes nausées. Mais elles furent juste douloureuses et désagréables, il n'expulsa rien. Quand il parvint à se calmer, il sentit le canon appuyé contre sa tempe.

— Tu vas souhaiter mourir avant la fin de la journée, lui murmura Bottes Pointues.

La vibration cessa soudain, Bottes Pointues le souleva par les cheveux et l'obligea à marcher sans pouvoir se redresser entièrement. Ils descendirent du véhicule aérien en direction d'un nouveau mode de transport, cette fois terrestre, de couleur orange. Tiré par les cheveux et courbé, Daniel sentit à peine autour de lui autre chose que des lumières diffuses et un souffle d'air dense. Il n'avait aucun moyen de savoir où ils se trouvaient. Il entendait le bruit de la circulation, et à un moment où il parvint à regarder vers le haut il entrevit des nuages clairsemés, ce qui lui fit supposer qu'il se trouvait encore hors de la Zone Enfouie.

Il ne put en vérifier davantage, car au bas de l'escalier de ce nouveau véhicule une main gantée lui soutint le menton en l'obligeant à lever la tête.

— Comme on se retrouve, grand héros, dit Moon.

2

L'intérieur du véhicule était constitué de diverses pièces reliées entre elles par un long couloir central. Daniel supposa que cela devait être une sorte de camion. Bottes Pointues le laissa aux mains d'un autre gardien aux cheveux orange qui le conduisit par un couloir à la dernière pièce. Là, il lui enchaîna le cou aux poignets avec deux sortes de cadenas semblables à des colliers. Puis il le jeta par terre et ferma la porte. Les murs de la cabine, qui étaient bleus, changèrent de couleur automatiquement et rougirent. La porte disparut, transformant la cabine en un cube parfait, sans ouvertures.

En tentant de se redresser, Daniel découvrit que les chaînes réagissaient à toute tentative de pression de sa part : s'il tirait dessus, elles s'enroulaient comme des serpents, en l'étranglant. Il devait garder les mains immobiles à une certaine hauteur et la tête légèrement inclinée s'il voulait respirer. Les maillons étaient de diverses couleurs parmi lesquelles prédominaient le rouge et le bleu, et quand il fermait les yeux il continuait à les voir briller dans l'obscurité. Il lui vint une pensée absurde : la couleur de ces chaînes aurait plu à Yun.

Alors, en levant la tête, il découvrit qu'il n'était pas seul.

Debout devant une chaise en bois se trouvait une jeune fille aux cheveux châtains beaucoup plus courts que les siens, vêtue d'une tunique de gaze décorée de lignes verticales et nouée au cou et à la taille. Quand le véhicule démarra et prit de la vitesse, les cheveux et la tunique de la jeune fille s'agitèrent. Daniel pensa qu'il devait exister une sorte de mécanisme de provision d'air, car la pièce semblait hermétique.

Après l'avoir regardé un instant, la jeune fille lui tourna le dos. Derrière, la tunique se réduisait à des nœuds au cou et à la ceinture, de sorte qu'on aurait plutôt dit un tablier. Daniel soupçonnait la jeune fille d'être là pour l'interroger : ils comptaient peut-être le faire parler, ou fouiller dans son inconscient pour s'assurer qu'il était le porteur du message.

Pendant que le silence se prolongeait, l'angoisse gagnait du terrain en lui. Maintenant qu'il était entièrement entre “leurs” mains, il comprenait le piège. Quelles garanties avait-il qu'ils lui rendraient Yun en vie quand se produirait la révélation ? Il ne pensait même pas que le groupe de Maya et Darby fût capable de l'aider. Contempler ses mains attachées avec les maillons mobiles lui sembla être tout un symbole de cette amère sensation.

Il leva la tête vers la jeune fille.

— Où la gardez-vous ? demanda-t-il.

La jeune fille se retourna et le regarda. Ses cheveux masquaient ses traits.

— Ma fille. Où est-elle ?

— J'ignore de quoi tu me parles, dit-elle avec un accent du Nord. Qui es-tu ?

— Je m'appelle Daniel Kean.

— Ina, dit la fille en se tournant entièrement vers lui. – Elle se tenait au dossier du siège en raison du balancement du véhicule. – Ina White. – Elle fronça les sourcils. – Pourquoi t'ont-ils amené ?

— Je suis censé faire une révélation.

Dans son regard, maintenant fixé sur le sien, il crut capter l'étonnement et la compréhension.

— Tu es le *messenja*... dit Ina White.

Daniel acquiesça.

— Et toi ?

— Ils ont aussi besoin de moi. Je suis une disciple de Mitsuko Kushiro... Ils – l'anxiété filtra entre ses paroles – ils ont menacé de la tuer si je ne collabore pas.

Daniel la contempla, debout, appuyée contre la chaise. Elle était grande, d'une stature vigoureuse et avec des traits séduisants, des lèvres charnues et rosées. Son regard dénotait l'intelligence et la confiance en soi.

— Pourquoi ont-ils besoin de toi ? lui demanda Daniel.

— Pour les aider à pénétrer dans le laboratoire.

— J'aurais pensé qu'ils pouvaient le faire sans aide.

— Non, dit Ina. Ne crois pas qu'il s'agisse d'enfoncer des portes. C'est le laboratoire d'un croyant profond et il est scellé par des barrières que personne ne peut franchir. Je suis la seule disciple qui connaît la façon d'entrer. – Elle hésita un instant. – Ou je devrais dire que je suis la seule à avoir accepté de *collaborer*… Mitsuko, mon professeur, a refusé, et la majorité de mes compagnons aussi… Je suppose qu'ils ont fini par opter pour quelqu'un de plus vil, plus lâche, ajouta-t-elle avec mépris…

— Tu fais ce que tu dois faire, Ina.

Ina persista à nier de la tête pendant un certain temps.

— Je suis en train de la trahir, elle et le noble souvenir de son père. Mais je ne peux pas faire autrement. Je lui dois tout ce que je suis, je ne pourrais accepter qu'elle meure par ma faute…

L'espace d'un instant, ils semblèrent s'unir tous les deux dans les pensées que ces paroles avaient convoquées. Le véhicule bougeait, soudain à grande vitesse, mais à l'intérieur de la pièce rougeâtre on ne percevait que ce balancement et une rumeur profonde de moteurs.

— Je l'ai vue, dit alors Daniel. Ton professeur.

Ina se pencha pour le regarder fixement.

— Elle va bien ? demanda-t-elle, anxieuse.

Daniel ne voulut pas briser l'expression de soulagement sur le visage confus de la jeune fille, et il acquiesça lentement. Ce ne serait pas lui qui lui parlerait de la marionnette de *bunraku*, décida-t-il.

Mais, plus que la réjouir, sa réponse provoqua en elle une profonde lassitude : elle sembla perdre toute son énergie, plia les genoux, se laissa tomber sur son siège.

— Ils vont tous nous tuer quand ils auront obtenu ce qu'ils veulent… dit-elle avec un calme absolu, comme s'il s'agissait d'une évidence très simple. Si les Dénébiens ne nous capturent pas avant. Ils nous livreront peut-être à eux quand tout sera fini.

— Qui sont les Dénébiens ?

Elle le regarda comme si elle avait douté du sérieux de sa question.

— Tu n'es jamais allé dans la Zone Enfouie du Japon ?

— Jamais.

L'expression du visage d'Ina était tendue.

— Je vais t'expliquer, dit-elle d'une voix altérée. Le laboratoire de Katsura Kushiro est dans la Couleur de la Zone Enfouie. A l'intérieur de la Zone, il n'y a pas de lois, et la Couleur est la pire chose en ces lieux. Personne n'interdit de faire quoi que ce soit dans la Couleur. Les gens qui vivent là sont devenus fous et forment de petits groupes de ritualistes qui se battent entre eux ou attaquent les rares véhicules qui s'aventurent à l'intérieur. La plupart s'appellent eux-mêmes "Dénébiens" à cause de l'étoile Deneb de la constellation du Cygne… Tu te rappelles l'histoire du Cinquième Chapitre ?

— Le Chapitre qui parle de la chute de la Couleur, dit Daniel.

Ina acquiesça.

— J'imagine que tu sais qu'il ne s'agit pas d'une métaphore, comme presque tous les autres : cela a été prouvé scientifiquement. En fait, une météorite est tombée sur notre planète dans des temps anciens, provoquant une immense destruction… L'une des conséquences de l'impact fut que les pôles fondirent et que le niveau des eaux monta. On dit que le Japon se composait de quatre îles et n'en forma alors plus qu'une seule appelée Honshû. Mais Honshû fut elle aussi inondée quand la mer monta, et Tôkyô lui-même resta submergé pendant des siècles. D'après la légende, seul le Fuji sacré est resté indemne…

— Tu veux parler de l'époque des cataclysmes, dit Daniel. Je n'en connaissais les effets que dans le Nord.

— Dans l'Est, les conséquences furent pires. Plusieurs masses de terre, parmi lesquelles la moitié de Honshû, restèrent sous le niveau de la mer quand les eaux redescendirent. Il y a plusieurs siècles, le gouvernement japonais trouva sous l'eau des ruines éparses qui constituaient des villes entières et il voulut les préserver… Ainsi commença la Mise sous verre. Sur la présence de cette grande quantité de ruines, les théories divergent. Certains spécialistes pensent qu'il existait une civilisation avant la chute de la Couleur ; d'autres, plus circonspects, disent que l'époque des cataclysmes fut en réalité constituée de plusieurs époques au cours desquelles naquirent et moururent des civilisations… Il est difficile de prouver quoi que ce soit, car la Couleur possédait une source de radiation dont les effets perdurent dans le reflet phosphorescent du fond de la mer, rendant impossible toute tentative de datation des ruines. Toujours est-il qu'on prétendait que la Zone Enfouie était un espace religieux consacré à l'adoration et à la recherche, mais qu'avec le temps des groupes de ritualistes du Cinquième Chapitre désireux de faire des sacrifices à ce qu'ils considèrent comme les divinités de la Couleur s'y installèrent… Comme tu dois t'en souvenir, d'après la Bible, une partie de la Couleur est revenue après sa chute vers son lieu d'origine, dans l'étoile Deneb, d'où le nom des Dénébiens, qui sont l'un des pires groupes…

Absorbé par les paroles d'Ina, Daniel s'était à peine aperçu que cela lui demandait de plus en plus d'efforts de rester dressé sur le sol, comme si la pièce était en train de s'incliner. Il avait choisi de placer les mains sur la tête afin de ne pas devoir rester courbé, et il les descendit alors de façon inconsciente. L'à-coup soudain lui fit incliner le cou. Il lutta pour se redresser à nouveau, mais cela eut pour effet d'activer les chaînes, qui se tordirent sur sa gorge.

Il se vit obligé de garder les mains immobiles et de rester sur le côté jusqu'à ce que d'autres mains viennent le soutenir. D'un sourire, Daniel remercia Ina de son aide.

— On descend, dit-il, à nouveau appuyé contre le mur.

— Et on va continuer comme ça pendant un moment, poursuivit Ina. La Zone Enfouie se divise en deux parties. La première constitue une descente constante : on l'appelle la Grise ou le Masque. La profondeur maximum y est d'à peine cent mètres au-dessous du niveau de la mer, et ne pose aucun problème majeur. Nous allons parfois nous arrêter pour passer une écluse puis continuer à avancer, toujours vers le bas. Puis viendra la Zone Enfouie proprement dite, à environ huit cents mètres, et à l'intérieur la Couleur, située à la plus grande profondeur de toutes : environ mille deux cents mètres. Le laboratoire s'y trouve.

— Tu sembles bien connaître le terrain.

— Je l'ai souvent parcouru à pied pour des motifs religieux. Je connais des raccourcis pour arriver au laboratoire bien plus vite que par la route. En fait, voyager en véhicule à travers la Zone Enfouie est un risque presque plus important que de le faire à pied… Il y a des kilomètres de routes désertes, parfois plongées dans la boue millénaire, et des zones infestées de ritualistes dénébiens. Dans ce véhicule, il n'y a pas plus de quatre hommes armés. Si une tribu nous attaque, nous n'aurons même pas le temps de penser à ce qui arrive avant qu'ils nous attrapent… Mais ce sera le moindre de nos soucis quand se produira la révélation. – Elle regarda Daniel. – Car je suis sûre que, alors, Moon et ses hommes en finiront avec nous…

En écoutant Ina, Daniel comprit soudain une chose.

Ina avait raison, et elle l'avait exprimé avec une clarté absolue : ils les tueraient, tôt ou tard. Eux deux, Mitsuko Kushiro et Yun. Il l'avait vu dans le regard sombre et amusé de Moon et dans le double enfer des yeux de la fille de Kushiro. Ils allaient les tuer, et Darby et ses amis ne pourraient rien faire pour l'empêcher.

Il devait prévoir quelque chose de son côté.

3

A cet instant, une porte s'ouvrit et Moon apparut.

Il avait dû activer un mécanisme, sans doute, car la pièce avait changé de couleur comme si elle avait été plongée dans l'eau. Elle n'était plus rouge, mais bleue. Sur les côtés s'étaient ouvertes des fenêtres rectangulaires, mais la lumière de la pièce elle-même empêchait Daniel Kean de voir autre chose à l'extérieur que des ombres fugaces. Moon parvenait à garder l'équilibre sans se tenir à rien, bien que l'inclinaison du véhicule fût très ostensible. A côté de lui se trouvait le garde aux cheveux orange.

— Je venais vous souhaiter la bienvenue dans la Zone Enfouie du Japon, dit Moon et, au même moment, le véhicule s'arrêta, tout en restant incliné. C'est la dernière des écluses de la Grise. Nous allons dorénavant entrer dans ce merveilleux aquarium qu'est le Japon archaïque…

Moon portait un *yuri* noir autour des hanches et une ceinture d'où pendaient deux armes de courte portée et un couteau à manche rouge. Il s'était fait un maquillage désagréable, en insistant sur les lèvres et les yeux, et il montrait le dédain de qui se sait séduisant et apprécie d'en voir la preuve chez ceux qui le contemplent. Il s'approcha si près de Daniel que celui-ci, les mains enchaînées au cou, ne put lever suffisamment la tête pour continuer à le défier du regard, comme il le voulait.

— De nouvelles expériences pour un subalterne du train, hein, grand héros ? dit Moon.

— Je veux voir ma fille… murmura Daniel.

— Elle t'attend à l'entrée du laboratoire. Quand Ina nous aidera à y pénétrer et que la révélation se produira, nous te la rendrons. J'imagine que tu ne pourras revenir qu'en la portant dans tes bras. Après tout, vous ne serez qu'à trois cents kilomètres de la sortie. Et, si tu ne peux pas, le plus probable est que tes amis Darby, Rowen et l'aveugle te trouveront à un moment quelconque. Car ils nous suivent, n'est-ce pas ?

— Je l'ignore.

— Tu peux parier que si, mais nous ne sommes pas inquiets dit Moon, jouant distraitement avec les cheveux de Daniel.

— Quelles preuves est-ce que j'ai que vous n'avez pas fait de mal à Yun ?

— La confiance fait tout dans cette affaire.

— Je veux lui parler. Maintenant.

— C'est impossible.

— Ecoute, Moon, je veux des preuves qu'elle va bien, ou je ne collaborerai pas.

Moon recula et s'assit sur le garde-fou d'une fenêtre, soulevant un pied. Après une pause, il reprit, mais son sourire avait fondu.

— Et qu'est-ce que tu comptes faire pour "ne pas collaborer" ?

Daniel avait pris une décision désespérée.

— Je vais me tuer. Vous n'obtiendrez aucune révélation...

L'espace d'un instant, Moon et Daniel se mesurèrent du regard. Ina, debout derrière la chaise, observait la scène avec appréhension.

— Eh bien fais-le, dit enfin Moon.

Il sortit le couteau de l'étui et le lui jeta.

— Tu as deux secondes, grand héros. Tue-toi.

Le couteau rebondit vers lui sur le sol, l'obligeant à écarter les jambes. Quand la lame s'arrêta, elle pointait vers son corps. Daniel contempla l'éclat de la lame, puis Moon.

— Que se passe-t-il, subalterne de deuxième classe ? lui assena Moon. Tu n'oses pas ? Ou il y a quelque chose qui t'en empêche ? Je vais t'aider.

Il s'approcha, se penchant jusqu'à ce que son visage se trouve à la hauteur des yeux de Daniel.

— C'est ta fille ? Tu as encore l'illusion de la récupérer ? Je dois t'avouer quelque chose : je t'ai menti. Tu ne vas récupérer que son cadavre. Ta petite est morte.

Daniel détourna les yeux, mais le croyant lui prit le menton et l'obligea à le regarder. Moon semblait excité en le contemplant.

— Allons, héros. Je veux une explosion soudaine de caractère, comme celle que tu as eue quand j'ai tiré sur ta femme… Prends le couteau et tranche-toi les veines, ou plonge-le dans ton beau cou fin, Daniel Kean. Tu peux le faire malgré les chaînes, et tu le sais. Cela te sera beaucoup plus facile que de couper le câble de la bombe de Klaus…

Il prit le couteau par la lame et en approcha le manche du visage de Daniel.

Pendant une brève éternité, Daniel contempla le manche rouge du couteau. Il souhaitait se tuer, mais pas parce que Moon le lui avait ordonné. Il détourna le regard.

— C'est un piège, Daniel, dit Ina. Il ne te laissera pas te tuer. Tout ce qui arrivera cette nuit dépend du *messenja*…

Moon posa le couteau par terre et se leva. Daniel le vit se diriger vers Ina.

— Je veux que vous sachiez une chose. Tous les deux.

Moon s'éloignait de Daniel en montrant son épaisse chevelure de jais.

— Vous êtes indispensables. Nous le sommes tous, mais vous, davantage.

La jeune fille recula jusqu'au mur, où Moon la rejoignit, dégaina l'une des armes et plaça le canon sur le front d'Ina. Elle ne dit ni ne fit rien, mais elle ne cessait de regarder Daniel fixement.

— Nous pouvons vous tuer ou vous livrer aux Dénébiens, ou les deux, dit Moon. Nous ne dépendons de rien ni de personne. Si tu meurs, Ina, nous entrerons autrement dans le laboratoire de Kushiro, et si c'est toi qui meurs, Daniel, nous ferons en sorte que ton cadavre nous parle selon les rites du Treizième et nous obtiendrons la révélation… Nous pouvons faire *ce que nous voulons* de vous deux, alors…

Sans retirer l'arme de la tête d'Ina, Moon regarda Daniel et sourit.

— Je vois que tu as enfin pris le couteau. Tu vas l'utiliser ?

— Laisse la fille tranquille, murmura Daniel, agenouillé, tenant le couteau à deux mains.

— Sinon quoi… ? Tu vas t'en servir ?

— Si tu t'approches assez près, bien sûr.

— Alors maintenant tout consiste à me tuer moi…

Le garde imita le sourire de Moon. A cet instant, avec un frémissement, le véhicule se remit en marche.

— On entre, dit Moon en rangeant l'arme et en s'écartant d'Ina. Tu sais quoi, grand héros ? On va peut-être tous mourir avant que tu puisses décider qui tu veux tuer… Nos derniers rapports assurent qu'il y a un groupe de Dénébiens pas très loin d'ici. Tu sais ce que sont les Dénébiens, Daniel ? Certains croient profondément au Cinquième Chapitre et observent des rites où de grands arbres se lèvent de terre et agitent leurs cimes. On va essayer de passer à côté, et s'ils se fâchent on devra les supplier de nous laisser voyager tranquillement sans nous faire trop de mal… Alors qui prétends-tu effrayer, avec ta pauvre tentative du couteau ? Lâche-le…

Après une hésitation, Daniel ouvrit les mains. Il se sentit misérable et lâche.

Moon se pencha, ramassa le couteau et donna à Daniel une gifle du revers de l'autre main. Daniel tomba sur le côté. Alors Moon lui tira les cheveux. Daniel fut obligé de se redresser et de lever les bras pour ne pas être asphyxié par les chaînes. Il se retrouva à genoux, et les maillons lui cinglèrent le visage avec un double tintement. Moon le soutint dans le vide par les cheveux tout en lui parlant.

— Tu as déjà joué au héros une fois, Daniel Kean, mais maintenant tu es en notre pouvoir.

Moon lui tira à nouveau sur les cheveux et Daniel gémit de douleur.

— Nous te gardons en vie uniquement parce que tu conserves en toi une chose qui nous intéresse. Quand tu nous l'auras remise, tu seras vide, et nous pourrons t'ouvrir les entrailles si cela nous fait plaisir… C'est clair ?

Daniel acquiesça. Moon le lâcha et se leva.

— Voici un véritable héros…

La porte se referma sur les rires de Moon et du garde, le mur recouvrit les ouvertures jusqu'à les faire disparaître et la pièce redevint rougeâtre. Le visage de Daniel mit plus de temps à perdre la couleur qui l'avait envahi.

Pendant un instant, on n'entendit que les halètements des deux prisonniers. Puis, encore à genoux, Daniel regarda Ina.

— Aide-moi à m'échapper, lui dit-il.

4

— La Grise, également appelé le Masque, s'étend par un trajet sinueux jusqu'aux profondeurs de la Zone Enfouie, où ne parvient pas la lumière du jour. La frontière se trouve à Nagoya, à environ deux cents kilomètres au sud-ouest de Tôkyô : là, les véhicules s'arrêtent à la première écluse. La descente postérieure s'effectue à travers un tunnel sombre de hauteur variable, de structure complexe. On ne voit d'eau nulle part, juste des murs sombres et une route qui, même quand elle semble s'élever, descend toujours. On s'enfonce presque sans en avoir conscience, de cent, deux cents mètres. On traverse des écluses de la taille et de la forme d'anciennes portes de temples de couleur obstinément noire.

Tout a des airs de mystérieux préambule.

Près des ruines fantomatiques de Kyôto, l'humidité devient tout à coup une présence collante et tiède, comme un tropique. Les mécanismes de ventilation se mettent en marche, mais il n'est plus possible d'oublier que seul un mur de verre nous sépare de l'océan intérieur. Même si l'illusion de vie civilisée persiste, et va nous accompagner tout au long du chemin, il devient difficile de continuer à se sentir le centre de la Création.

Quelque part avant de traverser le Masque, on perd une partie de sa confiance à contrôler notre environnement. Même ceux qui parcourent le même trajet presque chaque jour – généralement des croyants et des scientifiques – ressentent l'oppression de se trouver dans un univers différent, étranger et en même temps *propre* à l'homme. Chaque nouvelle écluse devient la lutte entre notre conscience et la peur. Et s'il n'y a pas de retour en arrière ? pensons-nous. Qu'est-ce qui nous attend au-delà de la dernière porte noire ?

C'est pour cela qu'on l'appelle le Masque, expliquait le Dr Schaumann sur l'écran du communicateur. C'est la sensation que les choses ne sont pas ce dont elles ont l'air. Considérez que c'est comme si nous faisions un voyage dans le temps, en remontant jusqu'aux "jours étranges" de la chute de la Couleur, quand la Terre devint un "champ désolé" couvert de matière morte... Il n'a pas été possible de prouver que cette explication biblique est inexacte... Et chaque nouvelle écluse nous rapproche davantage de cette époque lointaine et nous éloigne de la vie que nous connaissons.

— On pourrait alors affirmer que l'on s'approche de la vie *réelle*, proposa Héctor Darby dans l'obscurité de l'habitacle.

— Je préfère l'appeler "vie", simplement, Héctor, dit Schaumann. Le concept de réalité n'est pas clair pour moi.

Ils étaient arrêtés à la dernière écluse depuis plusieurs minutes, précisément le temps que le Dr Schaumann avait employé à leur rappeler les détails scientifiques du lieu qu'ils allaient traverser. De la cabine, on pouvait juste contempler une portion de route flanquée de lumières qui s'introduisait entre deux murs monstrueux, gonflés, coupés par une seule ligne verticale, à la surface de laquelle se renversait l'eau de la condensation de l'air. Une rumeur ressemblant à des ronflements de dieux endormis faisait tout vibrer, mais ce n'était pas constant : on aurait dit une respiration puissante, qui allait et venait.

Héctor Darby, debout, se caressant la barbe, pouvait voir les lumières arrière du véhicule-salle de bains de ses collègues. Meldon Rowen, à côté de lui, étirait son anatomie bronzée, assis devant le tableau de contrôle. Anjali Sen, l'Indienne au teint mat, faisait des exercices agenouillée sur son siège, pliant les genoux. Le voyage était devenu lent, fatigant. Darby savait que l'atmosphère d'apparence cordiale était forcée : ils ne savaient toujours pas où se trouvait Daniel, et le trajet jusqu'au laboratoire n'était pas exempt de dangers.

— Il faut reconnaître qu'ils ont pas mal d'avance sur nous, dit Anjali.

— On s'y attendait, souffla Rowen.

Le visage couvert de taches de rousseur et aux yeux clos de Maya Müller remplaça Schaumann sur l'écran.

— Héctor, Meldon, Anja… Je pense qu'on pourrait essayer de se séparer après le Masque : nous continuerions par la route vers Kyôto, en prévision d'une possible embuscade, et vous changeriez de direction, par exemple, au carrefour de Gifu. Comme ça…

— Comme ça, on compliquerait encore plus les choses, dit Anjali.

Darby savait qu'il y avait une rivalité inoffensive quoique permanente entre les deux femmes. Le tempérament de vérificatrice de la croyante indienne se heurtait à l'obstination entêtée de Maya.

— Je considère que nous ne devons pas nous séparer.

— Moi non plus, je n'aime pas ça, reconnut Darby. Que comptes-tu faire, Maya ? Servir d'appât pendant que nous nous échappons par une voie parallèle ?

— Je compte que nous ne servions pas tous d'appât, répliqua la jeune fille.

Son plan fut reçu dans un silence sceptique.

— Laisse-nous quelques minutes pour décider, proposa Rowen.

— D'accord.

Maya interrompit la communication.

— Je me fais du souci pour Daniel, avoua soudain Darby.

Anjali, qui gardait les bras pliés, éclairée par les écrans allumés, s'arrêta et le regarda.

— Nous ne nous sommes pas contentés de ne pas lui dire la vérité sur ce que nous avons fait… nous ne lui avons pas dit non plus ce qu'il allait trouver dans la Zone Enfouie.

— Je ne crois pas que cela ait de l'importance, Héctor, objecta Anjali. Ils le surveilleront jusqu'au laboratoire. Il ne lui arrivera rien.

— Sauf si... Darby s'arrachait les poils de la barbe. – Sauf s'il tentait de s'enfuir...

Il y eut un silence. Rowen et Anjali semblèrent méditer sur cette possibilité inattendue.

— Espérons qu'il ne le fera pas, déclara Rowen à la fin. Il ne survivra pas s'il essaie de s'enfuir.

5

— On ne survivra pas si on essaie de fuir, Daniel.

— Pas plus que si on attend enfermés ici jusqu'à l'arrivée au laboratoire, Ina, répliqua Daniel. Tu as entendu Moon. On n'a rien à perdre.

— Je t'ai menti pour te provoquer. Je suis sûre que ta fille est encore en vie...

— Peut-être, mais si c'est comme ça, je veux le vérifier par moi-même. Il y a un moment, tu as dit que tu connaissais plusieurs raccourcis pour arriver à pied au laboratoire avant ce véhicule. Si on arrive avant minuit, ils n'auront peut-être pas encore osé faire du mal à ma fille et on pourra essayer de la sauver.

Il savait à quoi ressemblait son discours, mais il attendit malgré tout la réaction d'Ina, désireux qu'elle l'accepte.

Après réflexion, la jeune fille fit un signe de dénégation de la tête.

— Rien ni personne ne nous protégerait, Daniel. Nous sommes *à l'intérieur* de la mer, dans la Zone Enfouie, où les choses sont différentes du monde que tu connais. La mer contient Dieu et la Couleur, et sa réalité n'est pas la nôtre...

— Il s'agit juste d'un lieu sous verre à une certaine profondeur sous l'eau, rien d'autre. Le reste, ce sont des pensées de croyants.

— Je suis croyante, affirma Ina en changeant de ton.

— Pas moi, dit Daniel Kean. Je veux juste sauver ma fille, comme toi ton professeur, et aucune croyance ne va m'obliger à marcher vers la mort les mains attachées au cou, soumis au caprice de ce criminel. Je peux compter sur ton aide, ou je dois agir seul ?

Ils se trouvaient chacun à une extrémité de la cabine rougeâtre : Daniel assis par terre, ne portant que la chaîne qui l'entourait, Ina debout dans un coin avec sa tunique à rayures. Daniel ne savait même pas si on les écoutait et cela lui était en quelque sorte égal. Son désespoir avait laissé la place à un sentiment d'extrême invulnérabilité. Mais il ne voulait rien tenter sans l'aide de la jeune fille.

Ina le regarda un instant. Puis elle baissa la tête.

— Je ne connais pas le mécanisme de changement de couleur de cette cabine, dit-elle à voix basse. Je sais juste que, tant qu'elle sera rouge, rien au monde ne nous permettra de sortir. Dans cet état, elle est complètement hermétique.

— Il y a de l'air qui entre : tes cheveux bougent, je le sens sur toute ma peau…

— C'est comme un réseau de petits pores, expliqua Ina, mais cela ne veut pas dire qu'il soit fragile.

— Commençons par essayer de me libérer. – Daniel s'appuya contre le mur pour se mettre debout. – Avec ton aide, peut-être…

Soudain, le cube rougeoyant se transforma en un piège mortel de murs qui avançaient vers leurs corps. Ina poussa un cri. Daniel parvint à lever les mains avant de se cogner, mais Ina n'eut pas autant de chance et tourna jusqu'à tomber par terre dans le tourbillon de sa tunique en soie.

Il y eut un nouveau balancement. Quelques instants plus tard, la cabine tout entière vibrait.

— Qu'est-ce qui se passe ? s'exclama Daniel.

— On a peut-être heurté quelque chose ! dit Ina.

— Mais on continue d'avancer…

Alors la pièce devint bleue, la porte s'ouvrit et le garde entra. Tout redevint rouge en un clin d'œil. Debout face à eux, les doigts sur les boucles de ses longs leggings rouges, le garde avait les cheveux d'une couleur similaire à celle de la prison. Il portait une pièce de vêtement ajustée noire, en plus des leggings. Croisées dans son dos, deux housses d'armes, l'une à feu et l'autre en acier tranchant. Il avait l'apparence d'un jeune homme à la constitution très délicate, mais Daniel savait qu'il pouvait être plus âgé et plus fort qu'il ne le semblait.

— Qui a crié ? demanda-t-il.

C'était la première fois que Daniel l'entendait parler, et il frissonna. Bien qu'il ait prononcé chaque mot avec lenteur, l'ensemble avait semblé aussi étrange aux oreilles de Daniel que si sa gorge avait été pleine d'insectes. Il connaissait des histoires sur des hommes qui se faisaient opérer au Japon pour que leurs voix résonnent comme des grognements d'animaux, en imitation des participants à l'orgie du Quatrième Chapitre, mais jusqu'à présent il ne les avait pas considérées comme tout à fait exactes.

— Toi, héros ?

Le garde le regarda.

Daniel ne répondit pas et le garde fit un pas vers lui.

— C'est moi, dit soudain Ina. Je suis tombée.

— Tu es tombée…

Le garde changea de cap et se dirigea vers elle. Il parlait comme s'il avait la tête dans un sac plein de terre. La jeune fille l'attendit debout, appuyée contre le mur, tendant la tunique à chaque inspiration. En arrivant, le garde leva une main brusquement, Ina détourna le visage, mais il se contenta de la retenir par la tunique.

— Je vais t'expliquer la situation, murmura-t-il en étirant les phrases. Il y avait un arbre sur le chemin. Nous nous sommes déviés. Il y a peut-être des Dénébiens à proximité. Tes cris vont les attirer. Ne recommence pas à crier, quoi qu'il arrive, même si tu tombes et que tu brises ta jolie tête…

L'autre main du garde désigna la tête d'Ina. Alors, de façon inattendue, il la frappa. La gifle résonna à peine dans l'espace sans échos de la cabine, mais fit tourner dans la direction opposée le visage d'Ina qui cria.

— Tu as encore crié…

Le châtiment se répéta. Ina serrait les dents.

— Là, c'est beaucoup mieux… Et maintenant ?

Le garde semblait jouer : il faisait flotter une main devant Ina tout en la tenant par la tunique avec l'autre, il mimait plusieurs coups et en assenait soudain un pour de bon. Il souriait quand il la prenait au dépourvu. L'une des gifles faillit faire tomber Ina par terre et sa tunique se détacha de son cou en se déchirant avec un son sec. Le garde lâcha le vêtement, qui resta accroché à la ceinture d'Ina.

— Regarde ce que tu as fait, idiote ! lui assena-t-il. Rhabille-toi !

Et il se mit à la frapper des deux mains, sans trêve, sur tout le corps, tandis qu'Ina essayait inutilement de nouer à son cou les pans de la tunique déchirée.

Il agit à cet instant. Pas pour lui. Pas pour Yun non plus. Il agit car il lui était impossible de continuer à regarder cette jeune fille, qu'il venait tout juste de rencontrer, se faire maltraiter sauvagement.

Il n'avait pas prévu de plan, il comptait davantage sur sa volonté que sur ses forces. Il tendit les deux jambes en se levant d'un bond et parvint à gagner son objectif avant que celui-ci ne réalise ce qui lui arrivait. Il plaça ses mains entravées devant le cou du garde. La secousse en avant fit s'activer les chaînes qui commencèrent à les étrangler tous les deux.

Pris au dépourvu, le garde se débattit gauchement. Il serait peut-être parvenu à se libérer, mais Ina lui enfonça un genou dans le ventre et, sans transition, lui frappa le visage de ses deux poings. Une seconde plus tard, Daniel soutenait un corps inerte.

— Il porte une clé chromatique autour du cou ! s'exclama Ina en l'aidant à déposer le corps à terre.

Ils se déplacèrent maladroitement. Daniel perdit du temps à manipuler la petite clé jusqu'à ce qu'il comprenne que c'était Ina qui devait la prendre et ouvrir les cadenas. Ce qu'elle fit, et Daniel se sentit soulagé de retrouver la liberté. Ils retournèrent le corps et le dépouillèrent de ses armes. Ina prit le couteau et donna le pistolet à Daniel. Puis elle renoua la tunique déchirée et Daniel examina le vêtement noir du garde : il était presque transparent, mais formé de solides anneaux flexibles.

— Ça protège des balles, dit Ina.

Daniel le lui ôta et l'essaya. Il était petit, mais s'adaptait très bien à son torse. Puis il passa la housse de l'arme à l'épaule et regarda Ina.

— Et maintenant ?

— Si on sort de là, on pourra peut-être ouvrir la portière et sauter du véhicule en marche, suggéra-t-elle.

— Il n'a pas d'autre clé, dit Daniel. Comment a-t-il fait pour l'ouvrir ?

— Il n'a pas besoin de clés pour ça. La portière est poreuse, comme le reste de la cabine, elle ne peut s'ouvrir que si on parvient à la faire apparaître, ce qui arrive peut-être au contact de sa main. Aide-moi à le porter jusqu'à l'entrée…

Ils commencèrent à traîner le corps. A ce moment, la moitié de la cabine devint bleue et la porte s'ouvrit.

— Effectivement, la cabine est poreuse, dit Moon, debout sur le seuil. On peut entendre tout ce que vous dites.

6

Moon était escorté par deux de ses hommes, ou peut-être des femmes, difficile à déterminer bien que Bottes Pointues fût l'un d'eux et montrât des parties génitales féminines sous un court vêtement jaune. Ils étaient armés tous les deux, comme Moon, même si ce dernier feignait de ne pas avoir besoin d'autre arme que son sourire. Il restait dans l'entrée, les mains maladroitement placées dans l'encadrement de la portière, et regardait fixement Daniel, comme si seul celui-ci avait été présent. Un médaillon en argent et en onyx brillait sur sa poitrine nue.

— Maintenant, je vais vous expliquer ce qui s'est passé, au cas où vous n'auriez pas réussi à comprendre la prononciation de Yamu, dit Moon. On est tombés sur un arbre qui bloquait la route, probablement un piège dénébien, et on a dû se dévier à travers champ, si on peut appeler "champ" cette zone particulièrement désagréable et inhospitalière que nous avons eu la délicatesse de ne pas vous montrer... Nous nous trouvons à presque huit cents mètres au-dessous du niveau de la mer, au bord de la Couleur, sur le point d'y entrer, dans une aire truffée de Dénébiens et diverses sortes de ritualistes. Mais nous ne sommes pas moins dangereux. A ma droite, Lam, qui croit au Deuxième comme moi et qui tire très bien ; à ma gauche, Send, qui tire mieux que Lam. Ils portent tous les deux des armes sensibles à la chaleur corporelle. Un employé du train sait-il ce que cela signifie ? Explique-le-lui, Ina.

— Elles ne peuvent pas rater leur cible, dit la fille sèchement. Elles sont attirées par la température du corps.

— On pourrait vous atteindre les yeux fermés à une distance de cent mètres, traduisit Moon. Et maintenant… on a déjà assez de problèmes de fond en essayant de ne pas tomber dans les pièges dénébiens. Lâchez les armes et Yamu. Ah, Daniel : rends-lui la pièce de défense. Elle ne te va pas du tout.

Quand Moon eut fini de parler, ni Daniel ni la jeune fille ne bougèrent.

— Aucun de vous deux ne veut être le premier lâche ?

Moon tourna la tête vers le garde qu'il avait appelé Lam. Celui-ci portait un manteau noir qui ne laissait voir que ses mains aux ongles longs d'un rouge argenté et le pistolet complexe. A ce moment, il tendit le coude en visant.

La balle détruisit entièrement la tête du garde que Daniel et la jeune fille tenaient encore. Ce ne fut pas simplement un trou : le cerveau de Yamu éclata comme une bulle découvrant la surface de la langue et les dents de la mâchoire inférieure. Les murs, le vêtement que portait Daniel et la tunique d'Ina se trouvèrent maculés de sang. Ils lâchèrent le corps tous les deux en même temps.

— *Personne* n'est indispensable, ni vous ni nous, je vous l'ai déjà dit, insista Moon. Je ne le répéterai pas : lâchez les armes.

Ses mots et son aspect pouvaient sembler prétentieux, mais, dans ces yeux opaques, Daniel perçut quelque chose de beaucoup plus inquiétant. On aurait dit un véhicule lancé à grande vitesse avec lequel Moon chargeait en le regardant.

Le train sombre.

Un bruit le fit sursauter : Ina avait jeté le couteau par terre. Daniel tenait encore le pistolet.

— Eh bien, grand héros ? s'enquit Moon sans cesser de *(le tuer)* le regarder avec ces pupilles carbonisées. Que veux-tu faire ?

En réalité, il voulait faire beaucoup de choses, mais les yeux de Moon ne lui laissaient guère, ou plutôt pas le choix : c'étaient comme des pièges collants dans lesquels sa volonté était prise. Il comprit que ce qui s'était passé auparavant avec le couteau venait de là. Ina avait raison : Moon lui mentait. Il ne l'aurait jamais laissé agir librement.

Malgré tout, il leva la main avec laquelle il tenait l'arme, prêt à tirer. Il battit des paupières en voyant que l'arme était déjà par terre. Il avait obéi à Moon sans en être conscient.

Il y eut un silence. La pièce continuait à tanguer et à vibrer, mais personne ne bougea ni ne parla durant cette pause. A en juger par son expression, Moon était bien loin de s'estimer satisfait.

— Le vêtement, héros, ordonna-t-il. Enlève-le.

Pendant que Daniel faisait glisser les bretelles du vêtement par-dessus sa tête, Moon continuait à parler sur un ton las, les mains appuyées contre le chambranle de la porte.

— Tu sais, grand héros, je commence à me lasser de toi. Il est temps que quelqu'un t'apprenne où est ta place. Jette-le par terre et mets-toi à genoux.

Il fit tout son possible pour ne pas céder, mais, pendant que sa volonté agissait, ses genoux fléchissaient en tremblant. Il ne savait pas ce qui lui arrivait, c'était comme si ce n'était pas lui, ou comme s'il s'était divisé en deux parties, les deux également inutiles.

Moon ôta alors les mains du cadre de la porte et s'approcha. Son visage, c'étaient ses yeux, telles deux mouches sur une assiette de lait. Daniel essaya de bouger, mais il parvint juste à s'asseoir sur les talons, incapable de lever les genoux. *Il me fait quelque chose avec les yeux.*

— Tu n'as pas encore la moindre idée de ce que nous pouvons faire, nous les croyants, Daniel Kean, dit Moon. Je vais te donner des exemples : je peux t'ordonner de te tuer, de tuer Ina, ou de t'offrir à moi pour être utilisé, et même d'éprouver de l'"amour" pour moi. Peu importe à quel point tu me détestes. Peu importe si tu sais que j'ai joui de ta petite Orientale avant de la tuer... Si je t'ordonne d'éprouver de l'"amour" pour moi, tu en éprouveras. Tu feras et tu seras tout ce que je voudrai...

Les yeux de Moon étaient de grands cercles noirs, comme si les lettres centrales de son nom avaient grossi et recouvraient tout. Cependant, Daniel était lucide et capable de réfléchir à ce qui lui arrivait. Il avait même réussi à retrouver une donnée perdue au fond de sa mémoire et conçu un plan, mais les yeux de Moon ne lui permettaient pas de le mener à bien.

— Nous allons commencer par le plus simple, dit Moon en recouvrant de son ombre le corps agenouillé de Daniel. Tu vas utiliser ta langue. Juste la langue, pour l'instant...

Il entendit, très lointaine, la voix d'Ina :

— Laisse-le, s'il te plaît, laisse-le...

— Jalouse ? se moqua Moon, et quelqu'un rit de façon grotesque, peut-être Lam, peut-être Send. Je regrette, tu ne me plais pas, Ina. Ta langue, Daniel Kean. Je veux la voir.

Daniel eut l'impression qu'un ver rose émergeait de ses lèvres à l'aveuglette.

Le monde adopta subitement la forme d'une explosion et tous tombèrent par terre ou contre les murs comme les pièces d'un échiquier en désordre. On entendit des cris au fond du véhicule et les gardes et Moon tournèrent la tête.

A cet instant, Daniel s'aperçut que Moon avait cessé de le regarder.

Il pouvait bouger.

7

Il sut qu'il n'aurait pas d'autre occasion.

Une courte portion d'air séparait sa main gauche de la droite d'Ina : il se leva d'un bond, la saisit par le poignet et se lança en avant, poussant Moon, toujours à terre. Le corps de celui-ci heurta Lam, mais le choc contre Bottes Pointues, plus résistante ou plus chanceuse, précipita également Daniel à terre. L'espace d'un instant, ils jouèrent tous à se redresser pendant que les regards de Daniel et de la gardienne se croisaient (ces terribles yeux bleus). Le revolver de la fille était tombé dans un endroit – heureusement et malheureusement – inaccessible aux deux. Cette fois, ce fut Ina qui le tira par la main.

— Derrière moi, Ina ! cria-t-il, lui faisant un rempart de son corps.

Bottes Pointues semblait s'être fait mal à l'épaule, et ne représentait pas une menace pour l'instant. Moon se levait en dégainant son arme. Mais Lam avait déjà récupéré et le visait.

On entendit un grondement. Daniel sentit tout ce qu'il est possible de sentir en mourant, excepté la mort.

Le projectile s'était écrasé contre le linteau de la porte, mais sa seule explosion, qui avait fait voler le cadre en éclats, suffit pour que Daniel recommence à glisser. Cette fois, il ne tomba pas à terre : les paumes de ses mains tendues l'en empêchèrent. Il se redressa et courut vers le long couloir central du véhicule. Il vit Ina arriver au fond et prendre une courbe.

— Il y a une sortie ! lui cria-t-elle.

Il s'engagea dans le couloir, sans regarder en arrière, sachant que, une fois à l'intérieur, il deviendrait une cible si facile que Lam pourrait l'atteindre dans le dos les yeux fermés. A moins que sa théorie ne fût exacte.

Il entendit à nouveau le tir et ferma les yeux, penché en avant. Il sentit la balle feuler au-dessus de sa tête en fendant l'air comme un insecte rageur. Il était indemne. Il continua à courir, parvint au bout du couloir et découvrit la sortie à sa gauche. A ce moment, il vit qu'un autre individu armé, peut-être le conducteur, se dirigeait vers lui depuis l'extrémité frontale du véhicule et brandissait une arme en tentant de préciser le tir.

— Saute ! criait Ina à l'extérieur. Saute, Daniel !

Il s'exécuta. Le conducteur n'avait pas tiré, car il avait peut-être vu ses compagnons avancer par le même couloir. Ina le retint dans sa chute et ils se mirent à courir vers ce qui ressemblait à des arbres.

La nuit était éternelle et humide. Daniel n'avait pas le temps de regarder autour de lui, juste à ses pieds et à ceux d'Ina, qui ouvraient le chemin. Une branche explosa en morceaux devant eux. Ina changea de direction et Daniel la suivit. Le terrain dénivelé commença à leur demander plus d'efforts. Daniel découvrit qu'ils gravissaient une côte, dans un cauchemar de troncs couverts de gouttes resplendissantes. Cette forêt était de couleur bleue.

Ils s'arrêtèrent un instant pour reprendre leur souffle. Ina parla par à-coups.

— Ils sont tombés dans un piège dénébien… Je l'ai vu en sortant : un arbre jeté sur le passage du véhicule… Cela signifie qu'il y a des ritualistes tout près. Il faut… !

C'était peut-être le problème le plus grave, mais ce n'était pas le seul : Daniel le sut quand le tronc qui se trouvait entre eux deux fut pulvérisé dans un fracas d'étincelles d'ambre, comme si une charge explosive placée à l'intérieur avait sauté à cet instant. Il tourna la tête pour entendre (plutôt que voir) les ombres de Lam et du conducteur s'approcher.

— Là-bas ! cria l'un d'eux.

Ils recommencèrent à tirer.

Le cœur battant à la vitesse de sa terreur, Daniel suivit Ina vers l'épaisseur qui couronnait la colline. Il y eut de nouvelles détonations, mais elles résonnèrent heureusement au loin. En arrivant aux arbustes, Daniel imita la jeune fille et se jeta au sol. Une rosée glacée et moisie les trempa. Ils marchèrent à quatre pattes comme des animaux au milieu des broussailles et l'espace d'un instant seules les oreilles de Daniel parvinrent à ne pas perdre Ina. Il manquait d'air, non tant à cause de l'effort que de l'atmosphère, dense, de serre, comme si l'oxygène avait été de la sueur.

Ina ne s'arrêta pas en sortant des fourrés : elle descendit la pente à grandes enjambées, le sillage soyeux de sa tunique déchirée flottant derrière elle. Ils traversèrent aussi vite qu'ils purent un terrain étroit flanqué de collines jusqu'à ce que celles-ci se trouvent suffisamment proches les unes des autres pour former un défilé. Là, ils firent une halte, et pendant presque une minute ils se contentèrent de respirer.

— Tu vas bien ? demanda Ina. Ils ne t'ont pas blessé ?

Il allait bien. Il le lui dit, et lui fit le récit saccadé de ce qu'il avait compris pendant que Moon le menaçait.

— Avant de monter dans le véhicule, ils m'ont obligé à m'asperger d'un produit qui efface les traces de chaleur à la surface du corps… Quand Moon a parlé d'armes sensibles à la chaleur corporelle, j'ai décidé de me risquer… Je comptais te protéger pendant la fuite, mais, en fin de compte, je t'ai exposée aux balles.

— Tu as fait la seule chose qu'on pouvait faire, Daniel, affirma Ina avec véhémence. Au début, j'ai douté de ta décision. Maintenant je t'en suis reconnaissante.

— Reste à sortir d'ici. Tu sais où on est ?

— Dans l'ancienne zone de Kansai, dans l'Ouest de Honshû, dit Ina. J'ignore où exactement, mais je crois que ça n'est pas très loin de la Couleur…

Daniel se sentait plus tranquille dans la paix de la nuit. Il leva la tête et contempla le ciel noir, imprimé d'une infinité d'étoiles.

— Il y a des gens qui assurent qu'ils peuvent s'orienter grâce aux étoi… commença-t-il à dire.

Alors il étouffa un cri.

Les étoiles *bougeaient.*

Non à la manière imperceptible des astres, mais à vue d'œil. Elles changeaient continuellement de place, toutes de la même façon, pas très vite, mais en permanence : après chaque battement de paupières, Daniel remarquait que la carte du ciel était autre. On aurait dit un immense chaudron noir contenant des particules dorées en suspension allant de-ci de-là, se choquant entre elles, tourbillonnant à des kilomètres de hauteur.

— Ce sont des bancs de poissons, pas des étoiles, dit Ina. Nous sommes sous la mer, ne l'oublie pas. Ce qui ressemble au ciel est une voûte de verre pressurisé, Daniel. C'est la Zone Enfouie. Elle occupe une surface d'environ trente mille kilomètres carrés. Le verre qui la recouvre est spécial, et le système de ventilation très sophistiqué. L'atmosphère intérieure conserve la même pression qu'en surface, bien qu'à certains points la profondeur atteigne plus de mille mètres. Ce fut un travail colossal, les travaux de construction de la Mise sous verre ont duré plus d'un siècle…

— Pour… pourquoi brillent-ils ? demanda Daniel, le regard fixé sur le bouillonnement de lumières.

— Ils sont phosphorescents en raison du rayonnement de la Couleur, tu ne savais pas ?

Le ton d'Ina révélait son étonnement devant la question. Puis elle sourit.

— Je regrette. J'oubliais que tu n'étais jamais allé dans la Zone Enfouie… Les poissons de cette région dégagent de la lumière depuis des millions d'années en raison de la Couleur, Daniel.

— C'est… murmura-t-il, et il oublia de chercher un mot pour continuer.

— Oui, fascinant, coupa Ina sur un ton las. Surtout pour celui qui le voit pour la première fois. Ecrasant, fascinant… et terrible.

— Je n'allais pas dire "fascinant". – Daniel baissa la tête, confus. – Moi aussi, je trouve ça terrible : comme une inversion des choses.

— Une inversion de l'ordre naturel, acquiesça Ina. Mais le monde, c'est aussi cela, Daniel Kean. Ce que nous appelons "naturel" est uniquement ce à quoi nous sommes le plus habitués. Pour les Dénébiens, ce qui est "naturel", c'est de voir des poissons nager dans le ciel. Allez, on doit continuer…

— Tu crois qu'ils nous suivent toujours ?

— Ce ne sont pas les hommes de Moon qui m'inquiètent le plus.

Ina regardait d'un côté à l'autre, et sa tension était perceptible pour Daniel, même dans la pénombre.

— En sortant du véhicule, je l'ai senti : il y a des ritualistes à proximité. Je ne vais pas te mentir, Daniel Kean : toi et moi, on pourrait recevoir tout de suite le Grand Prix des Proies dénébiennes de l'année. Nous sommes mâle et femelle, jeunes et en bonne santé ; nous sommes désarmés et nus.

Comme pour accentuer le mot, elle leva les mains vers les lambeaux de sa tunique et finit de l'arracher, en la jetant sur l'herbe. Puis elle écarta les cheveux de son visage. Les mauvaises herbes lui arrivaient aux genoux.

— Nous devons jurer quelque chose : si on nous capture, celui de nous deux qui pourra essaiera de nous tuer tous les deux.

— Tuer ?

Ina acquiesça, en le regardant.

— Les Dénébiens ne nous tueront pas. Nous leur sommes beaucoup plus utiles en vie. Ils utilisent les êtres conçus de l'extérieur afin de les soumettre à leurs rituels, fondés sur des interprétations extrêmes du Cinquième Chapitre : ils nous administreront des drogues qui rendront nos corps gris et les feront tomber en morceaux, comme la Bible dit que cela arriva aux corps de la famille dans la ferme de laquelle est tombée la Couleur. Je t'assure que ce n'est pas le genre de vie que tu souhaiterais vivre, Daniel, alors jure-moi que tu me tueras si ce moment arrive…

Daniel s'exécuta, ébranlé, et elle jura aussi.

Ils se regardèrent en silence. Pour Daniel, soudain, le bois pacifique qui les entourait s'était rempli de traces de pas, d'ombres et d'yeux brillants. *Des choses qui rampent et se traînent.*

— Bien, continuons, dit Ina. Avec de la chance, on arrivera à la Couleur dès qu'on aura passé ces collines. De là, je pourrai te guider vers le laboratoire de Kushiro.

Daniel baissa la tête. Il n'avait pas perdu l'espoir de sauver Yun, mais il avait beau se répéter que Moon avait juste essayé de le provoquer, il voyait s'éloigner de plus en plus les possibilités de retrouver sa fille en vie.

Ina ne lui permit pas de s'accrocher au silence. Ses paroles ne furent pas compatissantes non plus.

— Nous ne reverrons très certainement pas les personnes que nous essayons de protéger, Daniel, mais nous ne pouvons pas risquer de les perdre juste à cause de notre découragement. Si on recule, on trouvera Moon. Dans le cas contraire, on aura peut-être une possibilité d'arriver avant lui et de sauver ta fille. Tu l'as dit toi-même : ils nous auraient tués, de toute façon.

Daniel acquiesça, comprenant qu'Ina avait raison.

Ils reprirent la marche en longeant les collines jusqu'à une épaisse jonchaie. Ina proposa de la traverser pour ne pas être vus de l'extérieur. En s'y introduisant, ils créèrent un monde de craquements. Les hautes plantes s'agitaient à peine dans l'air environnant, il faisait chaud et l'humidité ambiante était poisseuse. Les longs cheveux de Daniel s'emmêlaient parfois entre les joncs, l'obligeant à effectuer de fréquentes pauses.

— D'où sortent tant de plantes et d'arbres ? demanda-t-il à Ina. Ils ont dû être conçus pour survivre dans un lieu où n'arrive pas la lumière du soleil...

— C'est le cas, dit Ina. Ce sont des dessins génétiques préparés à grandir dans ces conditions. Les ritualistes les plantent pour leurs cérémonies, et aussi pour se nourrir. Ils se sont eux-mêmes conçus au fil des générations, et l'on affirme que certains sont parvenus à voir dans l'obscurité et à ne respirer que deux ou trois fois par jour. Ce qu'ils n'ont pas pu concevoir, ce sont leurs esprits : ils sont devenus fous ici, à l'intérieur, comme des habitants d'un aquarium humain. Leurs lois et connaissances ne sont pas les nôtres, mais ce sont de puissants croyants du Cinquième et du Sixième Chapitre.

Daniel la regarda. Les ombres des joncs traversaient le visage d'Ina White plongé dans la pénombre et ses lèvres charnues, entrouvertes.

Il ne savait comment lui dire ce qu'il pensait : il se sentait lui-même étourdi devant ce qu'il se rappelait avoir ressenti. Quand il parla, il le fit avec lenteur, choisissant les mots.

— Ina, je n'arrive pas à comprendre comment Moon s'y est pris, mais il m'a vraiment obligé à *faire* ce qu'il m'ordonnait… C'était une chose très étrange… Peut-être de la simple suggestion, mais je ne pouvais pas m'empêcher de lui obéir… C'était comme si mon corps ne m'appartenait plus.

— Ton corps ne t'appartient pas, répliqua Ina. C'est juste un vêtement. Il t'est aussi étranger, et en même temps aussi dangereux, que pourraient l'être ces joncs. C'est comme ça depuis que nous avons été créés, Daniel. La seule chose qu'on possède vraiment est la conscience, qui est une sorte de phare qui éclairerait les ténèbres. Etre croyant signifie contrôler la lumière de ce phare de sorte que nous puissions agir avec elle, pas seulement éclairer.

Comme pour mettre un terme à la conversation, Ina continua à progresser. Daniel la suivit, songeur. *Un jour, tu te réveilles, et tu vois que le monde n'est pas tel que tu le croyais.* Se pouvait-il qu'Ina ait raison ? Il savait qu'il n'avait jamais rien éprouvé de semblable à ce qu'il avait ressenti pendant que Moon le regardait. Même l'humiliation subie avec Mitsuko n'admettait pas de comparaison. A ce moment, il avait obéi volontairement à la voix qui contrôlait Mitsuko pour ne pas mettre sa fille en danger ; en revanche, avec Moon cela avait été comme un rêve éveillé, l'invasion de son être le plus intime. Cela ne constituait-il pas une preuve que la croyance était exacte ? Aurait-il pu s'agir de suggestion pure et simple ? Il hésitait encore.

Au-delà de la jonchaie, le terrain montait vers le sommet d'une colline. Ina proposa de s'y rendre. Quand ils arrivèrent enfin, Daniel se rendit compte qu'ils se trouvaient dans un endroit suffisamment élevé pour jouir d'un vaste panorama.

Ils contemplèrent le spectacle, stupéfaits.

La colline descendait vers une vallée étroite sur laquelle se dressaient d'étranges maisons aux toits recourbés. Ina les appela "pagodes" et expliqua que c'étaient de très anciens temples abandonnés. Plus loin, derrière de nouvelles collines, flottait un brouillard resplendissant d'un ton oscillant entre le violet, le vert et le bleu, qui embrassait toute la courbe du ciel de verre.

— La Couleur, dit Ina.

Mais ce qui laissa alors Daniel sans voix fut ce qui bougeait sur les hautes collines formant l'horizon.

Lentes, majestueuses, les créatures avançaient en projetant leur éclat phosphorescent sur les pagodes comme des zeppelins de lumière. Quand elles s'approchèrent, Daniel réprima un cri en voyant leurs têtes colossales, leur anatomie tels de grands bâtiments ensorcelés, la blancheur de leurs panses avec lesquelles, pendant un moment, ils pavèrent la voûte vitrée au-dessus d'eux.

— Des cachalots, dit Ina sur un ton révérencieux. Un banc. Ils descendent généralement à plus de mille mètres pour capturer des proies. Les plus petits sont les nourrissons. On dit qu'il est de mauvais augure de voir des cachalots dans le ciel.

Daniel voulait bien le croire : une sueur froide le baigna au passage de ces monstres de silence, solides nuages de tempête qui se déplaçaient entre des éclairs à la tonalité violette et de lointains craquements.

— Ils vont briser le verre… murmura-t-il, terrifié.

— Non, dit Ina. Ils ne le frôlent même pas. Ce que tu entends est leur voix. Ils communiquent par échos. En se réverbérant sur les plaques de verre, ils produisent des sons qui ressemblent à des coups ou…

Daniel n'eut même pas conscience qu'Ina s'était interrompue. Il tordait le cou en levant la tête jusqu'à la limite, écrasé par ce défilé. Une part de lui se rappela presque avec exultation que, en d'autres temps (peut-être meilleurs, peut-être juste différents), le Grand Train lui avait paru le spectacle le plus colossal qui pût être contemplé. Mais face à ce déploiement aveuglant de pure nature il ne pensait qu'à observer, à les suivre du regard jusqu'à la fin, comme un enfant suivrait les évolutions d'un cerf-volant éblouissant…

— Daniel…

… les suivre pour toujours, jusqu'à la dernière destination. Jusqu'au lieu où Yun et Bijou l'attendaient…

Il baissa la tête, battant des paupières, quand il sentit qu'Ina le prenait par le bras.

— Daniel, cours aussi vite que tu peux !

Ce fut alors qu'il vit les ombres.

VI

DOOWICH

1

Il ne savait pas combien ni *ce* qu'ils étaient. A la lumière de plus en plus lointaine des cachalots qui sillonnaient les hauteurs, il vit deux ou trois silhouettes avancer vers eux depuis différents angles du sommet de la colline, et il remarqua des reflets de costumes colorés et des cheveux en bataille.

— Cours, Daniel ! cria Ina en descendant la pente.

Daniel considéra comme une chance que la terre soit molle et qu'il n'y ait pas d'autres obstacles qu'un champ de fleurs de conception sur le chemin. Le corps d'Ina lui servait de guide dans l'obscurité, maintenant que les énormes créatures marines se trouvaient trop loin et n'éclairaient plus. Il courut sans penser à rien, sans regarder en arrière, sans écouter autre chose que les battements affolés de son cœur et le craquement des plantes écrasées.

Quand ils atteignirent la base de la pente, Ina fit une brève pause et désigna les ruines des pagodes.

— Nous devons aller là-bas !

Ils reprirent leur course frénétique. Daniel nourrissait la certitude que s'il tombait, ralentissait le pas ou même chancelait, il serait rattrapé. La peur et la faiblesse lui firent songer à se rendre, mais le souvenir des paroles d'Ina *(promets-moi que tu me tueras)* excitait son corps fatigué.

Ina, qui avait pris de l'avance, se dirigeait vers une esplanade aux murs rectangulaires qui semblaient éclairés par un crépuscule éternel. Son corps était comme une sculpture mobile de couleur blanche. Soudain, elle s'arrêta et se tourna vers Daniel. Il craignit qu'il n'y ait pas non plus d'issue de ce côté. Il la vit bouger les bras, il l'entendit crier son nom.

Il se rendit compte qu'elle le prévenait de quelque chose. Il tourna la tête.

Le premier poursuivant, qui se trouvait loin devant les autres, l'avait rattrapé.

Il entendit une chose semblable à un rire. On lui fit un croche-pied. Il roula jambes fléchies et le monde devint soudain tout petit : fleurs, calices, tiges, odeur d'humidité et de boue, la chaleur brutale d'un corps. Il cessa de tourner et resta sur le dos, pendant qu'une silhouette se jetait sur lui. Il allongea les jambes et donna des coups de pied en l'air, mais son ennemi les esquiva aisément et s'assit sur son ventre. Daniel distingua une masse de cheveux sombres à l'odeur boueuse, une poitrine développée de femme, l'éclat de verres colorés en forme de veste ouverte et des traits asymétriques et repoussants, des yeux à des hauteurs différentes, une paupière retournée, des lèvres comme des marches, un nez transformé en museau noir. La puanteur animale de cette anatomie l'étourdit. Il poussa des cris et se retourna, ce qui sembla amuser sa ravisseuse. Son rire, à travers de grandes dents écartées, était rauque et révélait beaucoup moins de compréhension que d'impatience. Elle en vint même à lâcher Daniel pour glisser ses mains sur le visage de celui-ci et fouiller dans sa bouche. Elle avait une peau caoutchouteuse et fétide. Daniel essaya de la mordre, mais c'était comme vouloir briser une grosse branche avec les dents.

Il profita du fait qu'il avait les mains libres pour lancer une dernière attaque désespérée de ses deux poings. Il l'atteignit à la tempe, mais la femme à la tenue de verre se remit à rire et referma sa griffe sur les poignets de Daniel, en les immobilisant. Ses doigts étaient comme les dents d'un piège. Alors elle porta l'autre main à sa gorge, bloquant le passage de l'air. Elle ne semblait pas vouloir l'étrangler, mais lui faire perdre conscience, et ce fut ce qui l'effraya le plus. *Nous leur sommes beaucoup plus utiles en vie.* Il se débattit comme il put, mais il ne parvenait à bouger que la taille et les pieds. Le visage souriant de la femme commença à se transformer en mélasse dans ses yeux…

Soudain, il la vit lever son regard asymétrique vers un point qui se trouvait hors de sa portée. Elle reçut le coup sur la tempe où il l'avait frappée, mais le talon d'Ina était sans doute plus fort. En même temps, Daniel collabora en joignant les cuisses et en fléchissant les genoux vers le haut. Dans un craquement de verre, sa ravisseuse accomplit un tour complet en l'air et retomba sur le côté. Elle ne riait plus.

— Vite ! cria Ina, l'aidant à se redresser.

Il comprit sa hâte : les autres poursuivants arrivaient.

Ils se trouvaient tout près des ruines, mais, à la confuse lumière crépusculaire de la Couleur, Daniel ne remarqua aucune issue. Il commençait à croire qu'ils n'avaient pas d'échappatoire quand il vit soudain l'ouverture dans un mur.

— Ne t'arrête pas ! le pressait Ina.

Il ne le fit pas, même quand il trouva un étroit escalier de pierre derrière l'ouverture. Il descendit les marches à la même vitesse, au risque de trébucher et de tomber. Ils se précipitèrent dans des couloirs faiblement éclairés par des lampes grillagées. Tout était obscur et silencieux, un labyrinthe aux parois de récif. Des siècles d'abandon et d'océan avaient transformé la pierre en éponges trouées.

Ina finit par s'arrêter. Le silence environnant était absolu.

— Qu'est-ce que c'était… ce… cette femme ?

Daniel essayait de reprendre son souffle.

— Une ritualiste d'un clan quelconque… Elle était déformée génétiquement avec des "stigmates mentaux et physiques" pour imiter l'Hybride du Sixième Chapitre… On en a réchappé pour l'instant, mais il faut continuer… Ils connaissent certainement ces tunnels, et n'auront aucun mal à nous retrouver…

Daniel, qui appuyait la tête sur l'épaule d'Ina, sentit la main de celle-ci sur ses joues, le réconfortant.

— On va s'en sortir, je te le jure.

Le contact de cette main soulagea sa peur. Ils s'embrassèrent et se caressèrent un instant, sans rechercher de plaisir, juste pour atténuer le tremblement de leurs corps. Puis ils continuèrent à avancer, et Daniel ne vit pas Ina hésiter au moment de choisir un chemin, même si de temps en temps elle s'arrêtait comme si ses sens avaient été capables de percevoir des subtilités dans ce calme apparent.

— Où sommes-nous ? demanda-t-il.

— Dans les tunnels qui courent sous les temples. Certains sont des vestiges d'habitacles anciens, d'autres ont été creusés par les ritualistes. Si on les traverse, on arrivera de l'autre côté des collines dans la zone de la Couleur. Là, ils cesseront peut-être de nous poursuivre.

Soudain, elle se raidit. Daniel voulut lui demander ce qu'il y avait, mais elle lui fit signe par gestes de se taire. Elle s'exprima enfin, dans un murmure pressé :

— Ils sont à l'intérieur. Je les sens. Il y a un niveau supérieur de grottes au-dessus de nous… Ils prétendent peut-être nous barrer le passage par en haut, mais je ne crois pas qu'ils aient le temps de descendre. Ce que nous devons faire maintenant, c'est trouver un moyen de passer de l'autre côté…

Ina semblait de plus en plus effrayée. Elle agitait la tête d'un côté à l'autre et reculait, comme si elle n'avait plus été aussi sûre du chemin à suivre. Soudain, elle désigna un faible tapis de lumière violette dans un tournant. Son ton refléta le soulagement.

— Là ! Une issue !

Ils atteignirent le tournant. L'ouverture, rectangulaire, était taillée dans la pierre, au bout d'un étroit tunnel au toit ouvert en plusieurs corniches. Une brume violacée la faisait resplendir comme l'espérance.

— Cette lumière est la Couleur… expliqua Ina. Nous y sommes parvenus !

Ils s'introduisirent dans le tunnel et firent une douzaine de pas en direction de l'ouverture quand ils l'entendirent. D'étranges échos de broussailles remuées, de plantes foulées par une créature qui se serait approchée. L'éclat commença à s'assombrir. Ina, qui était devant, poussa un cri. Daniel se haussa sur la pointe des pieds pour regarder par-dessus son épaule.

Il eut du mal à en croire ses yeux.

2

Ils traversaient la Zone Enfouie depuis une demi-heure, et l'inquiétude régnait à l'intérieur du véhicule. Les nouvelles que Darby leur offrait sur l'écran n'étaient guère rassurantes.

— Il y a des signes de haute activité ritualiste, Maya. Je crois que nous avons bien fait de nous séparer comme tu le suggérais, mais vous devriez vous aussi changer de direction. Continuer par la route principale est risqué, plus encore dans cette sorte de hammam en marbre dans lequel vous voyagez. Vous êtes aussi discrets que si vous portiez un panneau annonçant votre présence…

— Ça ne servira à rien de s'être séparés si on se dévie comme vous, Héctor, dit Maya.

— Tu crains une embuscade des gens de Moon ?

— Je ne sais pas, mais, si c'était le cas, ils nous attendraient sur la route principale. Ils n'ont aucun moyen de savoir où vous vous trouvez.

Le Dr Schaumann détourna les yeux du monotone chemin sombre, à peine esquissé par la phosphorescence des créatures qui s'agitaient dans le ciel :

— C'est une bonne question. Où êtes-vous ?

— En route pour les ruines de Kôbe, dit Darby. On va faire un détour avant d'arriver et on se dirigera vers les collines de la Couleur. Et vous ?

— A une dizaine de kilomètres après Kyôto, répondit Yilane.

— Au fond, on voit les collines de la Couleur, dit Schaumann. Des bûchers brûlent sur certaines, comme il fallait s'y attendre dans la période qui précède Hallowe'en. Bien sûr, ils sont électriques : même s'ils prétendent imiter les foyers du Sixième, ils savent qu'il n'est pas bon de faire du vrai feu sous le verre. C'est peut-être de là que vient l'activité ritualiste, Hector.

— Quoi qu'il en soit, faites attention. On vous rappellera quand on se déviera vers Amanohashidate.

Darby disparut de l'écran.

— "Faites attention", dit Yilane, et il tordit ses grosses lèvres dans un geste d'impatience. Il est trop tard pour ça. Tout est mal engagé depuis le début.

— Et qu'est-ce qu'on était censés faire, Jeremy Yin Lane ?

Maya se rassit en face de lui et croisa les bras. Son vêtement fin et fluide de couleur noire lui moulait le corps comme une seconde peau. Les armes accrochées à sa ceinture frappèrent le siège en produisant un son métallique.

— Tu es adorable quand tu prends cette voix, se moqua Yilane.

— Eh bien tu dois l'adorer en permanence, remarqua Schaumann, car Maya est autant capable de changer sa voix que de faire apparaître le soleil à l'instant derrière ces collines.

— Quand vous aurez fini de vous moquer de moi, dit la jeune fille lorsque les éclats de rire s'arrêtèrent, j'aimerais que Yilane me réponde. En quoi nous sommes-nous trompés ?

— Ce serait plus facile que je te dise ce que nous avons bien fait, Maya Müller. En premier lieu, comment savons-nous qu'ils l'emmènent par voie de terre ?

— Permettez-moi de répondre, Maya, intervint le Dr Schaumann. Se déplacer à l'intérieur de cette urne sous pression, Yil, est plus dangereux que marcher les yeux bandés au bord de l'abîme. A une centaine de mètres de cette voûte en verre que forme le ciel, il y a un champ magnétique de blocage. Il sert précisément à empêcher que n'importe quel objet conduit par un jeune fou comme toi puisse s'écraser contre le verre. Il est pratiquement incassable, mais le constructeur n'a pas voulu prendre de risques, et il a bien fait. A cette profondeur, une brèche de la taille de mon petit doigt nous enverrait, nous tous qui sommes dans la Zone Enfouie, croyants ou non, dans le Royaume Sacré submergé de Dieu…

— Ils l'ont emmené par voie de terre, dit Maya. Et même si ce n'était pas le cas, ils mettraient autant de temps. Je ne vois guère de différence.

— Moi, en revanche, j'en vois une grande, objecta Yilane. Par voie de terre ou d'air, ils arriveront avant nous, ils écouteront la révélation des lèvres de cet idiot et ils seront partis avec la *Clé* avant qu'on ait pu apercevoir la colline du laboratoire...

— J'aime les gens optimistes, commenta le Dr Schaumann.

— J'ai fait le calcul.

Yilane effectua un va-et-vient face à un panneau. Le côté de la cabine où il était assis était un vide bleu où flottaient des écrans.

— Même si on ne rencontre aucun obstacle, on n'arrivera pas avant minuit. On n'aurait jamais dû accepter de laisser Kean partir avec eux...

Après une pause, la voix de la jeune fille eut un ton amusant, mais les deux hommes l'écoutèrent avec un sérieux soudain.

— Yilane : je te connais depuis deux ans et même si on a toujours gardé des distances, je veux penser que je te connais bien et que tu ne renfermes pas quelqu'un de très différent en toi. Si je me trompe, dis-le maintenant. On est sur un chemin sans retour et j'aimerais être accompagnée de gens que je connais.

— De quoi veux-tu parler ?

— Je veux dire que je ferai comme si tu n'avais pas voulu suggérer ce que tu as suggéré.

— Et qu'ai-je suggéré, Maya Müller ? demanda Yilane, apparemment concentré sur les écrans.

— Que tu laisserais assassiner une fillette de six ans pour trouver la *Clé*.

Il y eut un bref silence.

— Ecoutez, je ne crois pas prudent...

Mais Yilane interrompit la tentative de conciliation de Schaumann. Il tournait toujours le dos à Maya et au docteur ; ses longs cheveux châtains, rejetés sur une épaule, et son jupon rosé contrastaient avec le fond bleu monochrome. Un tatouage en forme de reptile était visible sur sa nuque.

— La vie de cette petite n'était pas notre problème, Maya. Ils l'ont enlevée pour faire pression sur *lui.* Mais tu l'as tiré des griffes d'Olsen. Notre *problème*, c'était *vraiment* lui. Nous n'aurions pas dû les laisser le reprendre. Que prétendez-vous éviter, Rowen, Darby et toi ? Ils vont tuer cette petite de toute façon, comme son idiot de père, et vous le savez.

La jeune fille appuya les mains sur ses cuisses et écarta les jambes. Elle parla sans élever la voix, mais son ton calme résonnait fort à l'intérieur de la cabine.

— Yin Lane, ta grande jeunesse manifeste t'excuse, et les enseignements passionnés que t'a inculqués ton père te rendent possessif et ambitieux.

Délaissant les écrans, Yilane fit demi-tour sur le siège et resta de profil. Il le fit très lentement et dans un silence total.

— Que dis-tu ?

Sa voix était devenue mince et froide comme une lame.

— Yil, Maya… Le docteur tendit la main. – S'il vous plaît, du calme…

— Ezra Obed a été très exigeant envers toi, Yil. – La jeune fille ne semblait pas inquiète : elle parlait comme si elle réprimandait un enfant. – Tu l'as dit toi-même plus d'une fois. Je sais que tes sentiments sont nobles, mais ton père s'est arrangé pour que tu les sépares de tes desseins afin qu'ils ne s'influencent pas mutuellement. Je crois que tu devrais assumer une bonne fois pour toutes le fait que ton père est mort et que plus personne n'est maître de ton destin.

Pendant un moment, on entendit seulement le brouhaha monocorde du moteur et les multiples roues glissant avec douceur sur la route dans la pénombre. Yilane avait achevé son tour et se trouvait face à Maya. Sur son visage, pas un muscle ne bougeait. Ses longs cheveux bouclés dissimulaient ses bras jusqu'aux coudes.

— Ne t'avise pas de me parler sur ce ton, Maya Müller, dit-il enfin. Tu es une simple "chienne" du Sud, une esclave… Sans l'aide de Darby, tu serais encore attachée à une laisse, à renifler la mort dans le désert…

— Ça suffit, Yilane, ordonna le Dr Schaumann.

La jeune fille gardait la tête basse, dans une attitude tranquille.

— Tu n'as aucun droit de parler de mon père… C'est grâce à lui que nous sommes là. S'il ne nous avait pas parlé de la révélation…

— Il n'en a parlé qu'à toi, à personne d'autre, l'interrompit Maya. C'est toi qui en as parlé à Anjali. Ton père voulait que tu sois le seul à le savoir…

Le geste de Yilane fut violent comme l'éclair. Mais la main avec laquelle il cherchait le cou de Maya rencontra en chemin une autre main, solide comme la roche. Ils restèrent face à face, menaçants, et pendant la pause la voix de Schaumann s'imposa.

— J'ai dit que ça suffisait ! Yilane, Maya ! Qu'est-ce que vous voulez ?

Le jeune homme se libéra de la prise. Il sembla soudain à deux doigts de se mettre à pleurer.

— Tu devrais laver ta sale bouche avant de mentionner le nom de mon pè…

A cet instant, la jeune fille se dressa, mais cela ne sembla pas dû aux cruelles paroles de Yilane. Le véhicule avait commencé à ralentir. Schaumann, penché sur le pare-brise, brancha les phares supplémentaires.

— Que se passe-t-il, docteur ? demanda Maya.
— Des ritualistes.

Les silhouettes étaient immobiles, debout sur la route dans l'obscurité. Elles portaient un ensemble complexe de vêtements lâches gonflés à divers endroits du corps, mais elles avaient la taille de jeunes enfants et semblaient dépourvues de visage.

— Ce ne sont que des marionnettes rituelles, dit Yilane. Elles sont entièrement recouvertes de vêtements "jusqu'au cou", à la manière de l'Hybride… C'est une façon de fêter…

Mais Maya ne l'écoutait pas : elle tourna le visage vers les hauts arbres qui flanquaient la route et ses pommettes constellées de taches de rousseur pâlirent à la lumière des contrôles.

— Docteur, ne freinez pas !
— Qu'est-ce que tu veux dire ? Le véhicule s'arrête automatiquement devant n'importe…
— C'est un piège ! Accélérez manuellement !

Les mains de Schaumann volèrent sur les touches de contrôle quand le toit de la cabine s'enfonça subitement.

3

Daniel Kean pensa tout d'abord à une créature vivante. Elle bougeait, semblait respirer, déployait ce qui ressemblait à de multiples extrémités. Puis il n'en fut plus si sûr, car il ne vit aucun visage, ni rien qui aurait pu être appelé "tête" ou même "corps". C'était une pelote serrée de végétaux poussant à l'ouverture de sortie. Ses vrilles produisaient un bruit de déchirement quand elle avançait, comme si, en même temps qu'elle avançait, elle se brisait en mille morceaux. Une puanteur de moisissure et de racines décomposées l'accompagnait, et devenait de plus en plus intense et insupportable au fur et à mesure que ce grotesque nœud de feuilles et de branches augmentait.

L'ouverture fut recouverte en quelques secondes et l'éclat violet s'éteignit. Cependant, le bouchon gonflé de végétaux continua d'avancer vers eux.

— On doit reculer ! cria Ina.

Ils firent demi-tour, mais s'arrêtèrent en voyant les deux silhouettes qui s'approchaient depuis l'autre extrémité du tunnel. Elles progressaient lentement, comme si elles avaient su que la capture était inéluctable. Sous la faible lumière des lampes, on pouvait apercevoir leurs traits difformes et sombres.

Daniel souhaitait presque continuer à avancer : sa peur lui faisait préférer ces adversaires humains à la chose végétale en décomposition qui grossissait dans son dos. Mais Ina l'en empêcha, le prenant par le bras. Elle avait cessé de regarder les ritualistes et levait la tête. Le fracas semblable à celui d'un arbre élagué qui éclatait derrière eux l'obligea à crier pour se faire entendre de Daniel.

— Là-haut !

Elle désigna une corniche en pierre qui laissait le passage à un autre niveau de cavernes. Elle se mit à grimper avec agilité et Daniel l'imita.

Ils fuirent par un autre endroit, plus sombre, moins précis, perforé par des milliers de petites fenêtres éclairées par la Couleur. Ina choisit un escarpement qui, d'abord prononcé, était compensé à la fin par une descente soudaine. Elle signala alors une autre ouverture. C'était comme un trou entre les rochers, mais assez vaste pour être traversé.

Ils se retrouvèrent en haut d'un promontoire, sur une pente avec des arbres disséminés qui poussaient à l'oblique. En face, les roches formaient un nouveau sommet. Ina décida de le gravir. L'ascension, raide, les obligea à projeter leur corps vers l'avant et, Daniel particulièrement, à s'aider des deux mains.

Ils firent une pause sur un palier, près d'un tronc sans branches ni feuilles, et ils se penchèrent sur la pente.

De ce point, ils pouvaient contempler le versant entier, et Daniel aperçut l'ouverture par laquelle ils venaient de sortir et l'autre, barrée, plus bas.

Alors il crut tout comprendre.

4

Le véhicule, son système automatique désactivé, se déviait vers le fossé après avoir embouti comme des quilles les poupées ritualistes. Le Dr Schaumann tenta vainement de manœuvrer, encastré entre le siège et le plafond enfoncé de la cabine, puis il fléchit ses longues jambes et sourit.

— On va s'écraser, dit-il.

Le pare-brise éclata à cet instant, et une étrange méduse noire boucha la vue de Schaumann. Au sommet, des dents à la place des yeux ; au-dessous, deux yeux à la place de la bouche. Schaumann comprit après un battement de paupières qu'il contemplait une tête humaine à l'envers.

— N'en doute pas, dit la tête d'une voix de femme.

Maya, accroupie dans la cabine, avait les mains appuyées sur le sol. Autour d'elle, le monde se fragmentait, mais, à l'intérieur de son corps, l'unité était de plus en plus grande.

Les combats se gagnaient ou se perdaient pendant les préparatifs, elle le savait. Dans le Sud, on disait qu'un corps était une flèche et son propre arc en même temps. Le pouvoir des muscles ne résidait pas dans leur déploiement mais dans le point de départ. Aussi employa-t-elle ces secondes de chaos, où rien n'était encore écrit, pour se recueillir en elle-même.

Puis elle leva la tête et examina la situation.

La femme du pare-brise.

Elle pressentait qu'il ne s'agissait pas d'une simple ritualiste déformée génétiquement, dotée d'une grande force mais peu habile : elle avait effectué un saut calculé depuis un arbre, profitant du fait que le véhicule freinait, et avait enfoncé le toit et pulvérisé le verre en deux coups. Qui qu'elle fût, c'était une experte. Et elle non plus n'attaquait pas. Elle se préparait, comme Maya. Elle dégainait les muscles, ces sabres hébergés sous la peau.

La jeune fille allait devoir s'en occuper. Mais, avant, il lui fallait guider, comme toujours, ceux qui possédaient le désavantage de ne voir qu'avec les yeux.

— Yilane, dit-elle : ils entrent par-derrière, par la salle de bains.

Elle n'entendit pas sa réponse, mais elle sut que le jeune croyant l'avait comprise et se dirigeait vers la moitié du véhicule qui était une salle de bains de luxe. Maintenant, les deux moitiés tremblaient et sautaient ; le *scriptorium* émettait des avis de catastrophe, et il se produirait probablement une collision d'ici quelques secondes. Maya Müller calcula que, à ce moment-là, elle et son adversaire se trouveraient à une étape très avancée du combat.

Quelques instants plus tard, elle se dressa comme un ressort et étendit les jambes en cherchant l'ouverture du pare-brise en miettes.

5

— C'est un arbre, dit Daniel. Juste un arbre… Ils l'ont introduit par cette ouverture.

La panique qu'il avait éprouvée devant ce qu'il avait pris pour une créature monstrueuse faite de feuilles et de branches se défit en lui dans un brusque accès de rire qu'il parvint à contenir avec effort.

— Tu crois ? demanda Ina, énigmatique.

Puis elle s'écarta et regarda autour d'elle.

— Ils n'ont pas l'air de nous suivre, mais on ne peut pas attendre ici de s'en assurer…

Ils continuèrent l'ascension par un versant moins prononcé. La terre était semée de cailloux. Daniel avançait lentement, utilisant le mur comme appui. Ina, plus à l'aise, sans faiblir un seul instant, l'encouragea à s'appuyer contre elle. Quand ils atteignirent le sommet, Daniel décida de briser le silence haletant.

— Il faut que je sache, Ina. Explique-moi ce qu'ils ont fait avec cet arbre, d'après toi…

— C'est l'arbre *qui l'a fait.* Ils le lui ont ordonné. Les croyants du Cinquième Chapitre adorent la Couleur et contrôlent les arbres à volonté. La Bible le dit quand elle affirme que la Couleur agite comme un vent fantomatique le sommet des arbres…

Daniel ne répliqua pas. Il essayait de saisir ses souvenirs épars de ce qui s'était passé. Il était convaincu qu'Ina se trompait, comme n'importe quel autre croyant, mais, même si la bonne explication était la sienne, comment s'étaient-ils arrangés pour couper ce tronc avec autant de rapidité par l'ouverture de la pente ?

Il décida que l'obscurité violacée qui les entourait était trompeuse. Il ne pouvait pas être sûr de ce qu'il voyait, ni de ce qu'il se rappelait avoir vu.

Se dressant sur la pointe des pieds sur un rocher, Ina scruta l'horizon, sa svelte silhouette vêtue de l'éclat intense du ciel.

— On est arrivés à la Couleur, dit-elle.

Daniel, debout à côté d'elle, retint sa respiration.

Le monde qui s'étendait au-delà, avec ses ruines, monticules et plafonds de pagodes, était recouvert d'une lumière mourante, comme par un après-midi sans soleil. Elle provenait de l'autre côté de la voûte en verre, dans les hauteurs, d'un ton essentiellement violet, malgré d'autres nuances, en particulier des teintes verdâtres. Daniel constata qu'elle passait constamment d'un ton à l'autre, plus encore s'il la regardait fixement. Se découpant sur ce fond, montagnes et bâtiments adoptaient une couleur brun foncé et renvoyaient l'éclat des objets lisses et polis. Il existait un contraste marqué entre la pierre et les plantes qui poussaient dessus, visible même à distance : bois, broussailles et cultures présentaient l'apparence artificielle de la conception, tandis que le sol où ils étaient assis trahissait les ravages d'un âge écrasant. Avec ses rochers poreux et ses rugosités de limon, cette terre ne pouvait cacher qu'elle avait un jour fait partie du lit de l'océan.

Mais la Couleur n'était pas qu'une tonalité. Les billions de formes qui y pullulaient apportaient leur propre lumière alentour. Daniel reconnut des poissons, peut-être aussi de grandes méduses ou des poulpes faisant battre leurs appendices au sommet des montagnes. Il eut une vision si effrayante qu'il en éprouva presque la nausée.

— Le laboratoire se trouve sur cette colline.

Ina la désigna et, soudain, elle entrouvrit les yeux et son expression se métamorphosa.

6

Il existait toute une théorie par rapport à la prédilection de certains véhicules à se heurter aux lieux sacrés. En équilibre sur son siège, Schaumann vit à travers le pare-brise détruit sa chère machine salle de bains japonaise rebondir et sauter sur les nids-de-poule de ce qui, des éons en arrière, avait été le fond de la mer en direction de l'un des nombreux temples construits dans la zone. Il l'identifia : il s'agissait d'un Auvent Clos, construit pour célébrer les cérémonies du Sixième Chapitre. Comme n'importe quel autre scientifique, Schaumann était profondément superstitieux et ne crut pas qu'un tel choix relevât du hasard. En tout cas, il était déjà fait. Et, par chance, le lieu semblait en bois.

— Attention, annonça-t-il. On se cogne.

Il ne croyait pas que Maya et Yilane l'écoutent, mais il pensa qu'en le disant il contrôlait mieux la situation. Chez le docteur, le contrôle des choses était tout.

Quelques instants plus tard, les planches qui constituaient le mur avant de l'Auvent volaient en éclats. Les multiples roues du véhicule grincèrent, un phare cessa d'éclairer et l'un des côtés – celui opposé au docteur, par chance – heurta une colonne, la fissura et entraîna un changement dans la trajectoire finale qui fit se fracasser le véhicule dans un grondement de verre, de métal et de bois contre le mur du fond. Et son parcours s'arrêta là.

Maya et son adversaire avaient sauté bien avant. La jeune fille était tombée à genoux dans un espace circulaire et doré, et elle resta étourdie un instant. Elle se rendit compte qu'elle avait perdu les données sur la localisation et la position de son adversaire. *Où es-tu ?*

Alors Maya l'entendit, chaque son de son corps en mouvement était aussi identifiable qu'un code. *Elle va sauter.* Elle se redressa en s'arc-boutant en arrière, mais à cet instant elle savait déjà qu'il était trop tard. Le maillet de fer d'un talon s'écrasa sur son menton en la faisant plier à la limite de ses vertèbres. Dans une combinaison féroce, l'autre pied de son assaillante la frappa en plein ventre, la soulevant de terre dans un jet de sang. Elle parvint en quelque sorte à atténuer la chute en tournant sur elle-même. Elle connaissait la tactique de son ennemie : l'empêcher de se concentrer. Elle frappait, prenait son élan et frappait à nouveau, comprenant que, après le changement d'espace provoqué par le choc, il lui fallait un certain temps pour se réorienter.

Certes, mais cette époque était révolue.

La nuit de son cerveau s'éclaira avec des formes, des objets. Elle se trouvait dans un Auvent Clos, comme l'attestait l'abondance d'ornements sacrés circulaires. Les cercles indiquaient le cycle saisonnier du Sixième Chapitre où le Fils de Dieu naît, grandit dans un grenier clos, s'échappe en raison de sa grande taille ; enfin trois hommes, par le biais d'exhortations, le rendent "au sein de celui qui l'a engendré", comme condition préalable pour être réengendré. Cette répétition de mort et de naissance est symbolisée par des cercles. Son adversaire se trouvait face à elle, dans un lieu identifiable, fléchissant les articulations pour réattaquer. Maya le soupçonnait d'avoir été conçu pour cette sorte de combat. Elle devait l'égarer, s'aider de quelque chose. Pas question de penser aux armes, bien sûr : le temps de les dégainer était juste celui qu'emploierait cette machine génétique pour l'écraser contre le mur…

Le mur.

Derrière elle. Un immense cercle appuyé contre le mur. Un seul bloc de métal. Probablement du bronze.

Elle attendit, tendue, donnant l'impression que les coups l'avaient affaiblie. Elle sentit l'air se déplacer devant elle dans une vague de fureur, un raz-de-marée invisible, et ne bougea qu'à ce moment. Elle fit un bond en arrière et s'accrocha aux bords du cercle en levant les jambes. L'élan de son adversaire donna en plein sur l'objet, le renversant.

Les mains encore accrochées au bord, la jeune fille n'eut besoin que de le guider dans sa chute.

Elle entendit le craquement sec d'os qui se brisent. Elle se redressa et constata que le lourd disque ne bougeait pas. Elle avait atterri à genoux sur un cercle et finissait le combat dans un autre. Une telle symétrie lui sembla de bon augure.

— Je n'avais jusqu'à présent jamais vu tuer quelqu'un avec le Cycle Saisonnier Sacré du Fils, fit la voix mesurée et grave du docteur, qui sortait à ce moment du véhicule.

Maya fit un résumé rapide de la situation : il n'y avait pas d'autres ennemis à proximité et Schaumann allait manifestement bien. Mais, et Yilane ?

Alors on entendit des cris *à l'extérieur* de l'Auvent.

— C'est Yilane ! dit le Dr Schaumann.

7

Ina lui prit la main et le guida dans la descente. Daniel ignorait ce qu'elle avait vu, mais, quoi que ce fût, cela semblait avoir beaucoup d'importance pour elle, puisqu'elle pressait le pas sans le lâcher, comme si elle avait craint que Daniel ne veuille s'échapper.

Ils parvinrent à un terrain plat et aride, entremêlé de chaume, au-delà duquel on apercevait de gigantesques ruines. Une grosse tuyauterie rouillée sortait de terre et courait entre les plantes maladives pour replonger peu après. Dans sa partie centrale, une clé pivotante. Ina lâcha la main de Daniel, s'approcha, appuya un pied sur la structure et fit tourner la clé. Après un grincement plaintif, de l'eau se mit à couler d'une cannette.

— Tu n'as pas soif ? lui demanda-t-elle.

Des milliers de gouttes faisaient resplendir son corps sous les éclats de la Couleur. Ina en avait non seulement bu mais se laissait minutieusement baigner par elles, comme si ce qui comptait le plus à ses yeux était de se laver. Daniel devait reconnaître que le contact rafraîchissant de l'eau lui faisait envie à lui aussi. Même si son organisme de conception pouvait résister très longtemps sans boire, il se sentait crotté par la terre, encore imprégné par l'odeur répugnante des ritualistes.

— C'est la seule eau potable de la Zone Enfouie, expliqua Ina quand ils eurent débarrassé leurs corps de la boue, tournant la clé au passage. Elle provient d'importants dépôts extérieurs qui filtrent l'eau de mer pour la dessaler. Ils produisent aussi de l'oxygène et recyclent l'air à l'intérieur de la Zone. Mais ce n'est pas là que je voulais t'emmener… Viens, on a encore le temps. Je veux te montrer quelque chose.

Elle se dirigea vers les ruines. Daniel, qui supposait déjà que c'était le but de cette excursion soudaine, garda le silence et la suivit.

L'enceinte, flanquée de murs troués, n'avait pas de toit et la Couleur la révélait entièrement. A une époque lointaine, cela avait indubitablement été un bâtiment beau et altier, mais Daniel ne pouvait imaginer son allure originale à partir de ces restes. Il comportait une sorte d'entrée pourvue d'une grande colonne de pierre et un haut piédestal en roche ancienne en guise de mur, sous lequel poussaient les plantes.

Mais le plus impressionnant se trouvait sur le piédestal.

— Qu'est-ce… que c'est ? murmura Daniel, levant la tête.

Les traits de la colossale figure étaient impossibles à déterminer, comme son sexe. Daniel n'était même pas sûr que l'artiste ait voulu représenter un être humain, car la forme de ce corps était complètement différente de celle de n'importe quelle personne, conçue ou biologique.

La figure était assise jambes croisées et levait les deux mains, ou les restes de ce qui avait été les mains, puisque certains doigts avaient disparu : une main présentait la paume vers l'avant, l'autre vers le haut. Elles constituaient du reste les seules parties humaines visibles. La place occupée par ce qui devait être la tête était une sorte de voûte sans visage à l'intérieur de laquelle semblait avoir été installé un autel. Toutefois, ce qui était véritablement déconcertant était le ventre. On aurait dit une outre gigantesque, tendue, courbée à l'extrême, incrustée entre les cuisses croisées de la créature. L'énorme statue était faite d'une matière qui pouvait être du métal, et se trouvait léchée par l'oxyde. A certains endroits, elle avait été peinte en rouge ou vert avec des dessins de demi-lunes ou des croix. De vieilles guirlandes rituelles étaient suspendues à ses bras, mais les fleurs avaient séché depuis longtemps et étaient noirâtres et flétries. Une puanteur provenant d'une infinie humidité et de la pourriture l'entourait ; des gouttes incessantes produisaient des échos en tombant dans son trou intérieur.

Impressionné par cette majestueuse image, Daniel ne voulut pas avancer davantage. Ina, en revanche, marcha directement jusqu'à l'archaïque piédestal et appuya les mains sur la pierre, dans un geste où Daniel vit un rituel calculé. Puis elle se retourna vers lui sans écarter les mains et se mit à parler, son ombre nue projetée sur la roche.

— C'est l'une des gigantesques statues que l'on a retrouvées dans tout le Japon, et dans de nombreuses zones de l'Est et du Sud. Elles sont très anciennes, et l'on ignore leur signification exacte, mais la légende dit qu'elles représentent la Mère, la Deuxième Femme, celle qui, au

Sixième Chapitre, crée les Rejetons de Dieu… C'est ce qu'on appelle le "phénomène de Dunwich", l'un des rares noms à ne pas avoir été effacés de la Bible. Tu sais ce que cela signifie ?

Daniel fit un signe de dénégation de la tête.

— En réalité, on prononce "Doowich", qui vient de *Two-witch*, ou *Two-Witches* : "deux sorcières". Symboliquement, il y a deux femmes dans la fable, même si elles en constituent charnellement une seule : la femme avant d'être fécondée par Dieu et la femme fécondée qui crée les Rejetons. Je suppose que tu es familiarisé avec le Sixième, Daniel…

Le Sixième Chapitre était très inquiétant, et même si Daniel l'avait lu, comme tout le monde, il avait tenté de l'effacer de sa mémoire. Cependant, il se rappelait nettement qu'il s'agissait d'un vieil homme qui vivait avec sa fille dans une maison en forêt et parvenait à créer deux rejetons monstrueux. Le pire des deux restait caché jusqu'à la fin dans un Auvent Clos et était détruit par la sorcellerie au sommet d'une colline, pendant que l'autre était dévoré par des chiens. L'interprétation la plus commune de la fable affirmait que Dieu pouvait avoir une descendance avec les hommes si l'on respectait certains rites cycliques dont le Chapitre ne parlait que par métaphores.

— Je ne suis pas croyant, je te l'ai dit, répondit Daniel. Et, pour être sincère, cette chose me répugne…

— C'est un symbole sacré de la nature, dit Ina en fronçant les sourcils et en regardant en direction de la statue, comme étonnée que quelqu'un pût parler ainsi d'une figure de ce genre. Il n'a rien de répugnant. Ce qu'il y a, c'est qu'il est étranger à nos consciences, comme cette colonne de pierre que tu touches… ou comme ton propre corps.

Daniel ne voyait rien de sacré dans la figure gigantesque, mais il ne voulait pas discuter.

— Je vais te raconter quelque chose. – Ina le regardait sans cesser de toucher la pierre. – C'est une histoire que l'on m'a racontée quand j'étudiais avec Mitsuko, mon professeur, à Tôkyô, et qui explique en quelque sorte le phénomène de Doowich. On dit que, il y a de nombreux éons, les femmes n'étaient pas comme les hommes, d'une sveltesse aussi répugnante, la peau lisse, la silhouette froide et harmonieuse, le visage beau et désagréable, mais grandes, aux formes pleines, belles comme cette silhouette, la chair pendante et poilue et le ventre énorme. Cet aspect venait de ce que, en nous, autrefois – elle porta la main à son ventre et sourit après une pause – habitait la vie.

Daniel connaissait cette légende. Bijou la lui avait racontée après l'avoir lue dans des textes anciens fondés sur le Sixième Chapitre. Il se rappela que Bijou lui avait dit que ce n'était qu'un conte : la science n'avait pas encore déterminé si les femmes avaient réellement été capables d'une telle chose en d'autres temps.

— Je ne veux pas parler de cette triste imitation qu'est la créature biologique, poursuivit Ina, mais de la transformation sacrée d'une femme en Mère. Ne me demande pas comment, je ne le comprends pas. Les sages affirment qu'il n'est pas nécessaire de comprendre, mais de *croire*. Le Sixième l'explique par des métaphores : la femme suivait un Cycle semblable au Cycle Saisonnier du Chapitre, avec une étape rouge, automnale, où elle expulsait du sang, et une étape blanche, hivernale, où elle laissait couler du lait. Deux cycles, deux sorcières, deux femmes. Etape rouge de Hallowe'en, blanche du Solstice. Le corps de la femme grandissait en devenant un temple. Il n'y avait pas besoin de laboratoires. La vie se développait en nous, notre chair était comme une voûte et hébergeait les êtres. Mais Dieu, après la chute de la Couleur, a mis un terme à tout cela… Elle tordit les lèvres dans une moue haineuse. – Il nous a fait procréer des monstres, et les autorités nous empêchèrent de redevenir des Mères. Au fil du temps, nous nous sommes transformées en vos répliques : figures inutiles, remplies de détails inutiles, pièges de chair…

Daniel haussa les épaules.

— Ina, on dit beaucoup de choses sur nos ancêtres : qu'ils étaient plus agiles que nous, qu'ils étaient couverts de poils… C'est peut-être vrai, mais personne n'a…

— Ce fut Dieu, Daniel, coupa Ina, et dans sa voix il y avait un mélange d'émotions intenses où semblait poindre l'amertume. Dieu nous a arraché notre forme véritable et a perverti les lieux destinés à la vie en nous. Nous avons cessé d'être les mères d'êtres humains et nous nous sommes converties en incubatrices de ses créatures… C'est pour cette raison que la vie a commencé à être conçue dans des laboratoires. Mais ces vieilles statues témoignent de ce que nous fûmes…

Elle fit une pause et sembla s'absorber dans ses pensées.

— Excuse-moi… l'interrompit Daniel, mais tu ne crois pas qu'on devrait continuer ? Tu as dit que le laboratoire était proche…

L'espace d'un instant, il pensa qu'elle était fâchée. Les yeux marron d'Ina White étincelaient. Un moment plus tard, cependant, son visage se détendit.

— Tu as raison, dit-elle. Je te demande pardon. En fait, les secrets du Sixième appartiennent à des niveaux de notre nature très lointains que tu ne peux comprendre… C'est juste que… Mais ça n'a pas d'importance.

Elle s'écarta du piédestal et marcha lentement vers l'extérieur.

8

Avant que le véhicule ne s'écrase contre l'Auvent, Yilane avait quitté la zone de la salle de bains par la porte arrière en luttant contre deux adversaires agiles. Elles ne portaient pas d'armes, juste des colliers serrés et des bottes solides, mais, outre le fait de le dépasser en nombre, elles possédaient l'avantage d'avoir été conçues génétiquement pour le combat. Yilane avait beau être un combattant expérimenté, il commençait à commettre des erreurs. Et quand l'une de ses opposantes, dos à terre, l'attrapa par le cou avec ses jambes puissantes, il pensa qu'il avait peut-être commis la dernière.

Il ferma les yeux, prêt à recevoir le coup de l'autre combattante, mais le vacarme les lui fit rouvrir. Il vit la jeune fille qui allait le frapper décorer la pierre avec l'intérieur de sa tête. Face à lui, Maya rengainait son arme fumante. Alors les longues colonnes de muscle qui le retenaient s'écartèrent, lui permettant de se redresser. Il se retourna vers celle qui l'avait tenu prisonnier et posa un pied sur elle.

— Vous n'êtes pas de simples ritualistes. Qui vous a envoyées ? demanda-t-il.

Le pied de Yilane se soulevait sous les halètements de sa prisonnière. La peau de celle-ci était brillante et sombre. Ses yeux, dans la pénombre du bois artificiel, étaient deux taches blanches avec des boutons en ébène au centre.

— Un homme appelé Moon, dit-elle enfin.

— Qui d'autre ?

— Je n'ai parlé qu'à lui. – La lutteuse le regardait avec crainte. – S'il te plaît, laisse-moi partir…

— Va-t'en, dit Yilane en lui brisant la gorge avec le talon.

Puis il se tourna vers Maya :

— Je n'avais pas besoin d'aide. Ce n'est pas pour ça que j'ai crié.

— Je ne t'ai pas aidé parce que tu criais, répliqua-t-elle.

Le silence était immense. Dans cette forêt, il n'y avait pas de bruit de feuilles, ni d'autres lumières que celles du ciel, changeantes, lointaines. Yilane, debout sur la roche où il avait combattu, tourna le dos à Maya et leva la tête. Là, dans le verre, un énorme calmar s'alimentait lentement. Le jeune homme contempla la créature avec une onction presque religieuse, comme s'il avait souhaité être à côté d'elle à cet instant.

— Yin Lane, dit la jeune fille, tu vas continuer à perdre ton temps à faire semblant d'être offensé, ou tu viens avec nous dans l'Auvent Clos ? On doit décider de ce qu'on va faire.

— C'est assez clair. On sait que Moon a voulu nous éliminer, et maintenant on va éliminer Moon.

— Comme toujours, tu prends tes désirs pour des réalités.

— C'est la meilleure façon de les exaucer, Maya Müller.

— C'est juste la meilleure façon de les exprimer, Yin Lane. Que penses-tu d'aller à l'Auvent ?

Yilane respira profondément, tournant partiellement sa svelte silhouette, traversée de veines et de muscles doux. Alors il descendit d'un bond de la roche.

— La prochaine fois, ne m'aide pas sans que je te le demande, prévint-il.

— La prochaine fois, commence par gagner.

La jeune fille voulut le prendre par le bras mais Yilane la repoussa.

— Jeremy Yin, dit Maya sur un ton étonnamment doux, même s'il y avait aussi de la moquerie dans sa voix, tu ne me pardonneras jamais ?

Le jeune homme s'arrêta et la regarda, entrouvrant ses yeux fendus. Il baissa la tête.

— Je regrette de t'avoir parlé comme ça, tout à l'heure, dit-il. Mais je n'ai pas aimé t'entendre faire allusion à mon père. Si on est ici, c'est essentiellement grâce à lui. Ne l'oublie pas.

— Je regrette de t'avoir offensé, reconnut Maya, mais je suis inquiète pour la vie de Daniel Kean et de sa fille. On fait la paix ?

Elle lui tendit la main. Yilane la lui serra.

— Maintenant, on va se concentrer sur la tâche qui nous attend.

A l'intérieur, le docteur avait sorti un siège de la cabine et s'y appuyait. Il sourit en voyant le visage de Yilane contemplant l'état du véhicule-salle de bains.

— Ce n'est pas la pire des nouvelles, dit-il. Réfléchis au scénario qui te plairait le moins. Tu trouveras peut-être.

— Nous avons perdu la communication, dit Yilane.

— Exact. L'écran du communicateur ne répond pas, et il nous faudra des heures pour nous remettre en marche, si je parviens à réparer ça…

Yilane lui raconta ce qu'avait dit la guerrière avant de mourir. Puis il regarda, avec une certaine mélancolie, le disque de bronze sur le sol, appuyé sur une masse invisible et entouré d'une mare de sang.

— C'est Maya qui a dû faire ça, dit-il.

Les deux hommes rirent. La jeune fille s'était assise sur l'un des cercles en métal et elle était occupée à vérifier et à ranger toutes ses armes. Elle les palpait une à une, et les posait sur un côté.

— Qu'en pensez-vous ? dit-elle soudain quand les rires cessèrent. Qu'en penses-tu, docteur ?

Les lèvres de Schaumann devinrent fines, comme si elles avaient conscience qu'elles allaient prononcer des paroles graves.

— Je suis un peu effrayé par l'envergure de l'affaire, Maya. Non content de nous enlever Daniel, Moon nous tend une embuscade avec un groupe de conçues qui feignent d'être ritualistes… On dirait que tu avais raison : si on était tous arrivés par la même route, à cette heure, nous aurions au mieux deux véhicules détruits et Meldon Rowen poussant des cris sous l'Auvent.

— Yilane ?

— Je suggère d'essayer d'appeler les autres par les émetteurs portatifs.

— J'ai déjà essayé, dit le docteur. A l'intérieur de la Zone Enfouie, seuls les communicateurs à écran fonctionnent bien. Et le nôtre est…

— N'est-ce pas le communicateur ?

Yilane tordit la tête en direction de la voix électronique qui avait commencé à résonner à l'intérieur du véhicule.

Schaumann et lui coururent vers la cabine. La jeune fille prit son temps.

— Vous m'entendez bien ?

C'était l'image floue de Héctor Darby.

— Il semble qu'on puisse te recevoir mais pas t'appeler, dit Schaumann, et il fit à Darby un bref résumé de la situation.

Après une pause, l'homme biologique haussa ses épais sourcils.

— L'idée de nous séparer était bonne, après tout. Nous sommes arrivés à la colline où se trouve le laboratoire.

Les trois visages qui l'écoutaient ouvrirent la bouche, dans l'expectative.

— Nous ne sommes pas encore montés, mais il reste une dizaine de minutes avant minuit et nous ne voyons aucun autre véhicule à proximité…

Après un instant de surprise, Yilane frappa le siège avec une joie soudaine et le docteur serra les poings. Seule

Maya Müller resta attentive à la voix de Darby sans manifester d'émotion.

— Cela signifie que nous sommes arrivés à temps ! s'exclama Yilane.

— Eh bien, eh bien…

Schaumann pencha la tête et une mèche de cheveux châtains raides tomba sur son front, partageant son sourire en deux.

— Nous avons donc encore une possibilité… Vieil humain biologique, tu as toujours gain de cause…

— Je ne sais pas, Brent, dit Darby, soucieux. Tant de calme ne me…

Alors, soudain, son ton devint tendu.

— Attendez un moment… On voit quelque chose…

9

Daniel Kean ne l'avait pas imaginé ainsi, même s'il ne savait pas non plus comment il aurait dû imaginer le laboratoire d'un savant religieux mort trente ans plus tôt.

Ce qu'il voyait lors des pauses de la pénible ascension était, en fin de compte, une simple clôture qui entourait une sorte d'étable avec un toit à deux pans en bois grisâtre. La clôture n'avait pas de porte, et dans la partie frontale elle révélait une large entrée complètement accessible.

Daniel se sentait triste, fatigué, et maintenant aussi curieusement ridicule, une fois découvert le but, le lieu auquel tous désiraient ardemment le conduire. Et ce "tous" incluait Ina, qui se trouvait plusieurs mètres devant, montant en solitaire, poussée par ses forces inépuisables, et n'arrêtait pas de le harceler pour qu'il la suive.

— Ne reste pas à la traîne, Daniel. Il n'y en a plus pour longtemps.

Ina haletait elle aussi, mais cela n'avait rien d'étonnant : ils avaient parcouru la dernière partie du chemin presque au trot, et maintenant ils étaient aux prises avec la plus haute colline qu'ils aient aperçue jusqu'alors, annelée par une route qui en faisait plusieurs fois le tour jusqu'au sommet, où le plafond de cette maudite étable semblait frôler les cieux mêmes dans lesquels nageaient des poissons et des mollusques. Ina avait proposé de couper par un sentier qui traversait la colline de la base au sommet, au lieu de parcourir la route tout entière. C'était un trajet plus escarpé mais, d'après elle, sûr et rapide. Pour ce qui était d'être escarpé, elle ne se trompait pas, et une fois la moitié du parcours couverte, debout sur l'anneau intermédiaire, Daniel dut s'arrêter pour reprendre son souffle.

Il se disposait à se remettre en chemin quand il entendit quelque chose. Une sorte de moteur. En regardant en arrière, il le vit.

C'était un véhicule de grande taille qui parcourait la route deux anneaux plus bas, à grande vitesse, phares allumés. Au début, il sursauta en pensant à Moon, qu'il s'attendait à trouver d'un instant à l'autre, mais ce véhicule n'était pas aussi volumineux et à sa forme on devinait qu'il s'agissait simplement d'un véhicule de transport, non de l'union de celui-ci avec autre chose. Ce n'était pas une machine japonaise, et elle lui était familière.

Il pressa le pas et gravit l'anneau suivant avant que le véhicule n'arrive au point qu'il venait d'abandonner. Il prévint Ina de la présence de l'intrus et ils scrutèrent la route, en l'attendant.

Quand il le revit, Daniel comprit.

— Attends ! Je sais de qui il s'agit ! Ce n'est pas Moon… Ce sont des amis : Héctor Darby et Meldon Rowen…

Ina, tapie derrière un arbuste, lui demanda de répéter les noms. Quand il s'exécuta, elle fronça les sourcils d'un air surpris.

— Ce sont Darby et Rowen qui ont engagé Moon, Daniel.

— Quoi ?

— Moon lui-même me l'a dit : Darby et Rowen sont ses *chefs*.

Daniel l'observa.

— Tu te trompes…

Et soudain il se souvint. Il sut quel était ce détail que sa conscience avait régulièrement omis, la pièce qui ne s'intégrait pas dans l'histoire officielle que ses "amis" lui offraient. Il se vit lui-même dans la maison de Königshafen et réentendit la phrase de Darby, ce faux pas caché jusqu'à présent dans les coffres de sa mémoire… Il comprit immédiatement qu'Ina avait raison, et une grimace de dégoût lui tordit les lèvres.

— Assassins… murmura-t-il.

Ina acquiesça de la tête.

— S'ils sont là, pas de doute, c'est qu'ils veulent finir ce qu'ils ont commencé. Allez, Daniel, on entrera avant eux.

— Attends ! Pourquoi viennent-ils seuls ?

Daniel lui parla de l'autre véhicule. Il craignait qu'ils ne soient déjà arrivés. Il se rappela la force et l'habileté de Maya : il n'imaginait pas qu'Ina et lui puissent opposer la moindre résistance au cas où ils devraient affronter la jeune aveugle.

Ina lui serra le bras dans un geste rassurant, mais elle semblait anxieuse elle aussi.

— On prend le risque. Même s'ils sont arrivés avant, je ne crois pas qu'ils aient pu entrer. Tu vois cet escalier en pierre ?

Elle le désigna. Daniel l'avait vu en montant. Il semblait avoir été taillé à même la roche, et tournait à angle droit avant de finir dans l'ouverture de la clôture.

— Quand on y montera et qu'on traversera la clôture, ils ne pourront plus rien nous faire.

— Mais la clôture n'a pas de porte... dit Daniel en se levant pour la suivre.

— Ne te fie pas aux apparences. Les portes les plus sûres ne sont jamais visibles. Il s'agit du laboratoire de Kushiro, et je sais comment y entrer, pas eux. – Elle le pressa d'un geste. – Allez, on doit juste traverser la clôture...

Le sentier par lequel ils montaient s'achevait à la deuxième volée de marches. La route ne parvenait pas jusque-là et mourait au pied de la première section. Daniel pensa que cela leur accorderait un avantage léger mais déterminant, et il ne se trompait pas.

Pendant qu'ils grimpaient l'escalier, le véhicule arriva, mais Ina ne s'arrêta pas et courut vers la clôture.

— Vite, Daniel ! s'exclama-t-elle.

Debout sur les dernières marches, Daniel vit descendre du véhicule Héctor Darby, Anjali Sen et Meldon Rowen.

— Daniel ! cria Darby. Daniel, enfin ! On t'a vu monter de la route !

Il affronta Darby, qui commençait à gravir le perron. Il désirait donner libre cours à sa rage. Il se sentait cruellement trompé par ceux en qui il avait eu le plus confiance.

— Je sais tout ! cria-t-il, les yeux étincelants de larmes. Vous avez engagé Olsen et Moon ! Vous m'avez trompé depuis le début ! Où détenez-vous ma fille ?

Darby et ses amis s'arrêtèrent sur le premier palier, comme incertains. Daniel souhaitait que Darby nie l'accusation avec véhémence, mais l'homme biologique se contenta de tendre une main d'un geste calme.

— Daniel, attends... Je peux tout t'expliquer...

Anjali, la croyante indienne, se tourna vers Rowen et lui parla à l'oreille. Rowen prit la parole avec fermeté, bien que l'anxiété érodât ses paroles.

— Daniel, c'est un malentendu… Nous t'expliquerons plus tard. Maintenant, il est important que tu *ne traverses pas la clôture* avec cette fille… Tu ne pourras pas ressortir si tu la passes de ton propre chef, c'est pour cela qu'ils devaient t'amener ici…

Daniel le regardait, indécis. Il se tourna vers Ina, qui lui tendait la main depuis l'entrée.

— Daniel, allez ! Vite !

— Qui que ce soit, elle te ment, Daniel… insista Rowen en s'approchant marche par marche. Ne traverse pas la clôture… Attends-nous…

Daniel s'éloigna de Rowen et gravit les dernières marches, mais il hésita devant l'ouverture. Soudain, en regardant Ina à nouveau, il s'aperçut que deux autres personnes étaient apparues derrière elle. Un jeune homme en manteau noir qui tenait par les épaules une fillette aux yeux bandés et bâillonnée.

En voyant Yun, il oublia tout le reste. Il ouvrit la bouche et voulut l'appeler, mais Ina, lui tendant encore la main, parla avant.

— Entre, Daniel, ou on la tue.

VII
RÉVÉLATION

1

Minuit au Japon.

Un signal retentit à côté du lit de Moon, dans la chambre du véhicule. *Minuit*, pensa-t-il. Il s'écarta de Lam, qui le caressait en lui griffant le dos comme un chat, et il se mit à imaginer ce qui était en train de se passer au laboratoire.

— Il est déjà minuit, dit Schaumann depuis la cabine.

Il essayait de mettre le véhicule en marche. Maya Müller, qui vérifiait les défauts des roues, sut qu'il était minuit sans avoir besoin d'écouter le docteur. Elle eut peur en pensant à Daniel Kean et à sa fillette et souhaita pouvoir parler à Darby.

Darby consulta sa montre et constata qu'il était minuit. Il aurait voulu que Maya fût là, avec eux. Il vit Daniel Kean entrer au laboratoire conduit par cette fille, et il comprit qu'il ne pouvait rien faire pour l'empêcher.

Minuit, pensa Tourmaline debout dans l'étroite chambre de communication du luxueux véhicule. Elle voyageait dans la Zone Enfouie de retour du laboratoire, après avoir quitté Olive et la fillette, et elle venait de recevoir la confirmation qu'Ina et Kean étaient déjà arrivés. A ce moment, elle envoya un message au Maître pour qu'il sache que le plan se déroulait conformément à ce qui était prévu. Elle lui envoyait des messages presque toutes les heures. Elle avait peur que le Maître ne se fâche, surtout maintenant que la Vérité travaillait pour lui.

Le Maître n'avait pas besoin de recevoir de message, car il savait déjà tout. *Minuit*, pensait-il. *La révélation nous appartient.* Cependant, il avait toujours peur que quelque chose ne tourne mal, entre autres parce que la Vérité se fâcherait.

Minuit, pensa la Vérité, et elle ne pensa rien d'autre. Elle se trouvait dans l'obscurité, elle attendait.

2

— Il est minuit, dit le garçon qui tenait Yun.

— Alors tout est prêt, répliqua Ina sur un ton soulagé, et elle finit d'enfiler ses leggings à petits losanges bleu et blanc jusqu'à mi-mollet. Il ne nous reste qu'à entrer, ensuite Daniel Kean nous conduira à la révélation.

On avait obligé Daniel à porter d'autres courts leggings blancs et des bottes de la même couleur. Se couvrir les pieds était, d'après Ina, "indispensable" afin de pouvoir entrer dans les pièces intérieures. Daniel obéit sans protester. Il ferait n'importe quelle chose ridicule qu'ils lui demanderaient, docilement. Seule comptait cette petite silhouette fragile qui se trouvait à côté du garçon en manteau noir.

Celui-ci ne prenait pas de gants. Il tenait un pistolet au canon pointé sur la tempe de Yun, et il menaçait Daniel de tirer chaque fois que celui-ci tardait à lui obéir. Daniel l'avait reconnu immédiatement : c'était le jeune homme au manteau qui avait amené Yun dans les catacombes puis s'était échappé avec Moon en emmenant sa fille. Il avait la même apparence que dans le souvenir de Daniel, avec ce manteau long et fermé qui lui arrivait aux pieds et ses cheveux raides et châtains.

Quand Daniel eut fini de se chausser, le garçon, qu'Ina appelait Olive, continua à lui crier des ordres.

— Reste à la porte ! Retourne-toi vers l'encadrement, de profil ! Ne me regarde pas ! Baisse la tête ! Prends l'encadrement dans tes bras !

— Le prendre dans mes bras… ?

— Tu veux que je tire, Kean ? Je tire, imbécile ?

Il prit dans ses bras l'encadrement ébréché et sentit l'aspérité du bois lui racler la peau. Il ne comprenait pas ce qu'ils lui demandaient, ni ce qu'ils espéraient trouver dans ce vestibule malodorant et délabré de l'étable ou dans les autres pièces auxquelles on accédait (encore une absurdité) par la fenêtre, mais il acceptait tout. Il osa juste balbutier, pendant l'un des rares silences d'Olive :

— Je peux parler à ma fille ?

— Tu le fais déjà. Elle t'entend.

— Mais… vous pouvez lui ôter… le voile sur la bouche ?

— Non, entendit-il dire Ina, peut-être après qu'Olive l'eut consultée du regard.

Pour Daniel, il était évident que c'était elle qui commandait.

— Quel dommage, on ne peut pas, dit Olive sur un ton sarcastique. Mais elle t'entendra si tu lui parles.

Gardant la posture indiquée, Daniel leva la tête et regarda Yun. La fillette ne semblait pas blessée, même si Daniel n'en était pas sûr, puisqu'elle ne pouvait pas parler et ne bougeait que si le garçon la prenait par les épaules en la conduisant. Elle portait une chemise de nuit sale, aux bords déchirés, et son visage disparaissait sous le bandeau et le bâillon.

— Yun, écoute-moi, mon ange… commença Daniel.

Il improvisa quelques phrases simples quoique maladroites. Cela lui fit du mal de penser que Bijou s'en serait beaucoup mieux tirée. Il s'obligea malgré tout à parler calmement : la dernière chose qu'il souhaitait était de montrer sa peur à sa fille.

— Bien sûr, dit Olive quand Daniel cessa de parler, faisant la moue de ses lèvres vermeilles. Papa va t'emmener à la maison…

Daniel le regarda un instant, anéanti par la colère et la douleur. Il ne pensait pas qu'il y eût d'autres ennemis qu'Ina et le garçon, et il éprouva une fois encore la tentation de se jeter sur Olive. Mais il se retint. Il pensait pouvoir le battre, mais Olive était armé et veillait à se tenir à distance. Daniel savait qu'il n'arriverait jamais à l'atteindre avant qu'il ne tire sur Yun. D'autre part, quelque chose dans son regard aux grands yeux absents, comme paralysés, lui faisait penser qu'Olive n'avait pas besoin d'excuses pour tuer une fillette.

— Place Kean dans les Positions d'Entrée, dit Ina quelque part derrière lui.

Olive lui donna de nouvelles instructions : debout sur le seuil, il devait étirer les bras jusqu'à toucher du bout des doigts l'encadrement tout en écartant les jambes.

— S'étirer vigoureusement, disait Ina sur le ton dont on récite un texte appris par cœur, pour récupérer la maîtrise des muscles, comme le dit le Septième Chapitre.

Puis il dut étendre un bras jusqu'à la limite, le laisser à côté du corps et reproduire le geste avec l'autre, pour, immédiatement après, s'accroupir et tourner dans différentes directions.

Olive donnait les ordres très rapidement, une seule fois, et semblait amusé par l'acharnement que mettait Daniel à lui obéir, au point que celui-ci se demanda si Olive ne cherchait pas juste à se moquer de lui. Cependant, Ina le prenait très au sérieux, elle lançait parfois un gémissement et murmurait : “Oui. Comme ça”, comme si elle vivait une expérience sublime.

L'attention de Daniel avait beau se focaliser sur le bien-être de Yun, les étranges gestes et activités auxquels on l'obligeait provoquaient en lui une vague terreur, et ce qu'il avait vu Ina faire peu avant accentuait cette sensation.

La maison était non seulement entourée par la clôture en bois mais par un mur intérieur en pierre qui présentait une large ouverture du même côté que la clôture. Après avoir passé celle-ci avec Daniel, Ina s'était dirigée vers le mur et avait exécuté une série d'étranges postures. Daniel comprit qu'Olive avait attendu avec Yun à l'extérieur du mur car même lui ne se jugeait pas capable de passer cette dernière barrière.

Il se produisait maintenant une chose similaire : Ina, portant des leggings, exécutait une sorte de danse juchée sur le garde-fou de l'une des fenêtres. Celles-ci étaient dépourvues de vitres et constituaient de simples cadres en bois à la peinture écaillée, Daniel ne comprenait donc toujours pas quelle sorte d'obstacles empêchaient Ina de pénétrer immédiatement dans l'enceinte délabrée. A cela s'ajoutait le fait que, au même moment, on l'avait obligé à réaliser des postures similaires sur le seuil de la maison.

Soudain, il entendit Ina dire :

— La maison nous reçoit. Amène Kean.

Elle se trouvait debout sur le garde-fou, comme si elle n'osait pas encore faire le pas décisif vers l'intérieur. Elle se tourna vers Daniel.

— J'ai un écouteur, dit-elle, écartant ses cheveux pour le lui montrer, et je suis en liaison permanente avec Olive. Si tu me désobéis, ne serait-ce qu'une seule fois, ou si tu fais simplement quelque chose qui ne me plaît pas, je donnerai à Olive l'ordre de tirer sur ta fille... Ou peut-être lui dirai-je de lui faire d'autres choses avant... C'est clair ?

Daniel acquiesça.

— Alors allons-y.

Pendant qu'il montait à la fenêtre, au cadre brisé en plusieurs endroits, Daniel tourna la tête et regarda Yun, qui respirait sous sa double bande accompagnée d'Olive, lui promettant en silence de la sauver. Puis il observa l'entrée de la clôture. Il ne put voir Darby et ses compagnons, et fut surpris qu'ils n'aient fait aucune tentative pour les suivre.

— Ne t'inquiète pas pour eux, dit Ina de la chambre, comme si elle avait lu dans ses pensées. Ils ne pourront pas passer.

3

— On aurait dû lui dire la vérité quand on en avait l'occasion, fit Darby.

— Il était trop tard, objecta Rowen en levant la jambe pour introduire le pistolet dans la housse fixée à sa cheville. Et maintenant il est trop tard pour le regretter. Je connais bien tes crises de pessimisme, Héctor. Nous pourrons déterminer les fautes de chacun par la suite. Pour l'instant, il faut décider si on intervient ou si on attend...

Ils se trouvaient à l'intérieur du véhicule garé au pied du perron. Rowen avait proposé de ramasser les armes et de se préparer à un éventuel affrontement. Darby contemplait, fasciné et presque amusé, le caractère impulsif de son ami : si gâté fût-il par la fortune, Meldon Rowen n'était pas de ceux qui attendaient assis en donnant des ordres.

Darby secoua la tête :

— On ne peut pas entrer, Meldon. Et puis, ils l'ont déjà fait passer à l'intérieur. Il est minuit quatre. Daniel va les conduire à la révélation, et tout sera fini.

— C'était ce qu'on attendait. Le plan était d'intervenir ensuite.

— Mais on ne pensait pas être seulement trois, c'est-à-dire deux, moi, je ne compte pas.

— Eux aussi, ils sont deux, Héctor.

Rowen, qui cherchait des munitions dans l'un des compartiments de la cabine, face à un miroir, se retourna pour le regarder, et montra sa blanche dentition contrastant avec son visage brun.

— Hé, qu'est-ce qu'il y a ? Tu vas abandonner maintenant qu'on est si près ?

— Je ne vais pas abandonner, dit Darby avec véhémence. Mais ni la révélation ni la maudite *Clé* ne m'intéressent plus : je veux juste sauver Daniel Kean et sa fille.

— Moi aussi. C'est pour cela que je propose d'entrer, quoi qu'il arrive…

La voix à l'accent exotique d'Anjali Sen sembla remplir la cabine tout entière.

— Le problème, Meldon, c'est qu'*on ne peut pas* entrer. Le laboratoire de Kushiro est une forteresse hermétique fondée sur les connaissances du Septième Chapitre.

— Cette fille y est parvenue…

— Cette fille est Ina White, et le garçon un certain Olive Frey, je les ai reconnus. Ce sont des disciples de Mitsuko. Eux seuls pouvaient traverser la clôture et le mur intérieur de cette façon…

— Ils avaient tout très bien préparé, commenta Darby.

— Un instant. – Rowen fronça les sourcils. Ses yeux verts lançaient des éclairs. – Nous aussi nous avons conçu un plan. Anja, c'est toi qui t'es occupée d'étudier les serrures rituelles du laboratoire ! Tu as dit qu'il était possible de les traverser !

— J'ai dit qu'*on* ne pouvait pas entrer, répliqua Anjali Sen. Je voulais parler de nous trois. Je n'ai pas dit que *je* ne pouvais pas.

— Le risque est très grand si tu agis sans aide, Anja, dit Darby.

— Je vais essayer, de toute façon.

Anjali fit demi-tour et ouvrit la vanne de la cabine. Rowen semblait perdu.

— Attends… De quels risques parlez-vous ? – Il lança un regard nerveux à l'homme biologique. – Quels risques, Héctor ? Qu'est-ce qui peut lui arriver ?

Darby eut un geste vague, mais Rowen vit la réponse sur son visage, sans attendre qu'il parle. Il sortit rapidement du véhicule et Darby l'accompagna.

Le paysage qui les entourait était impressionnant. Du sommet de la colline, on pouvait apercevoir presque toute la Zone Enfouie et, au-dessus d'eux, donnant faussement l'impression de se trouver à portée de main, la voûte de cristal et l'immense haute mer resplendissante où affluaient des silhouettes confuses. Darby distingua deux poulpes de grande taille comme flottant dans les nuages sur le toit du laboratoire. Même leurs bouches saillantes étaient nettes à l'intérieur de la masse de tentacules.

Il était en quelque sorte impossible d'oublier qu'ils se trouvaient à l'intérieur d'une vaste chambre pressurisée. L'atmosphère avait la qualité artificielle d'un salon climatisé. Pas un souffle de vent n'agitait les branches des arbres conçus qui recouvraient la pente. Et il faisait froid, probablement en raison des basses températures extérieures. Darby, qui avait ôté sa veste au cours du voyage, dut la remettre.

— Anja ! appelait Rowen.

La double pièce de vêtement d'un bleu brillant que portait Anjali Sen semblait flotter dans la pénombre pendant qu'elle gravissait l'escalier. Rowen portait un vêtement ajusté et translucide. Ils ressortaient tous les deux sous les reflets violets du ciel avec leur anatomie parfaite, comme s'il s'agissait d'êtres totalement heureux et éternellement jeunes. Seul Darby ressemblait à ce qu'il était : un vieillard fatigué.

Anjali Sen tourna la tête quand Rowen l'atteignit.

— Que vas-tu faire ? demanda Rowen sur un ton exigeant.

— Je te l'ai déjà dit : essayer d'entrer.

— Tu ne peux pas le faire seule !

— Qui t'a nommé chef du groupe, Meldon ? Je suis ici, comme toi ou comme Héctor, parce que ça m'intéresse de trouver la *Clé* ! Et il vaut mieux que tu saches une chose : il ne s'agit pas d'une aventure merveilleuse, même si ça en a l'air ! Ça ne l'a pas été pour cet employé du train et sa famille, et il est temps que ça ne le soit pas pour nous non plus !

Rowen avait un air impénétrable. Darby savait que la relation de l'entrepreneur et de l'Indienne allait au-delà du plaisir mutuel. L'"amour" entre eux était perceptible.

— Suppose que tu y arrives, dit Rowen. Que feras-tu ? Tu auras besoin d'armes, d'aide…

— Je ne vais pas pouvoir entrer avec un objet sur moi, Meldon.

La croyante sourit pendant qu'elle dénouait le lien de son fin pantalon bleu.

— Mais je ne suis pas sans défense, tu le sais…

Darby pensa qu'Anjali n'exagérait pas : c'était l'une des croyantes les plus puissantes qu'il ait connues. Cependant, son expérience se limitait au Douzième Chapitre, celui de la montagne et de la glace, de sorte que le royaume de l'Air et les murmures du Septième avec lesquels Kushiro avait construit cette forteresse se tenaient hors de sa portée. Une seule erreur, et peut-être se produirait-il quelque chose de pire que la mort d'Anjali. Quoi ? Cela, seuls les croyants pouvaient le savoir.

— Quand il entrera, je tenterai de sauver Kean et sa fille.

Anjali acheva de se déshabiller et posa sur Rowen ses grands yeux noirs.

— Ina et Olive sont de jeunes croyants. Je peux les dominer seule. Il ne m'arrivera rien.

Elle embrassa fugitivement les lèvres de Rowen et s'approcha de Darby, qui lui prit les mains et les serra avec affection.

— Héctor – elle murmura de façon que Rowen ne l'entende pas –, s'il arrivait quelque chose… emmène Meldon loin d'ici le plus tôt possible.

Darby acquiesça et lui souhaita bonne chance.

Anjali avança lentement vers la clôture. L'ouverture était large et semblait l'inviter à entrer, mais l'Indienne savait qu'il s'agissait d'une fausse impression. Si elle mettait un pied au-delà de ce simple bord en bois sans exécuter les postures nécessaires, il pourrait survenir des choses auxquelles elle préférait ne pas penser.

Elle s'arrêta juste à la limite et se retourna afin de contempler pour la dernière fois le séduisant visage de Rowen, assombri par les innombrables créatures marines qui évoluaient au-dessus de lui. Elle lui fit un clin d'œil, comme pour l'encourager.

Elle voulait lui laisser entendre qu'elle se sentait sûre, qu'elle pensait réussir.

En fait, elle était loin de se sentir aussi optimiste.

4

— Le laboratoire se divise en huit chambres, comme les huit parties du Septième Chapitre, et il est construit avec des sons, dit Ina. Les objets que tu vois autour de toi, tous, sont de simples matériaux destinés à éviter le silence, de même que nos corps. Ce vase, ces rideaux… Il ne s'agit pas de décoration mais de caisses de résonance. A l'intérieur de ce laboratoire, tout est disposé pour éviter le vide moyennant la création de sons. S'il te prenait la folie de marcher seul dans les pièces, je te conseille de ne jamais entrer dans l'une où tu n'entendrais rien. *"Ex nihilo nihil"*, comme dit le Septième… Cela signifiera qu'elle est bloquée : si tu entres, ton esprit sera anéanti, car ce n'est que grâce aux sons ou aux murmures que nous pouvons établir un contact avec l'infini. Mais je ne vais pas perdre mon temps à t'expliquer ce que tu ne pourrais jamais comprendre. Cherche !

Ina l'aiguillonnait comme un chien de-ci de-là et se contentait de l'observer. Daniel ignorait ce qu'il devait faire, mais elle semblait trouver cela approprié. "Si tu savais consciemment où aller, tu ne serais pas le *messenja*", lui avait-elle dit.

— Tu es un vase, Kean, lui expliqua-t-elle. Tu portes en toi quelque chose qui finira par apparaître. Contente-toi de bouger et de regarder autour de toi.

Ils avaient déjà parcouru ce qu'elle appelait la "troisième" chambre, qui était la pièce dévastée par laquelle ils étaient entrés. La salle où ils se trouvaient était en meilleur état, et possédait de larges rideaux de couleur, des vases en bronze, des tables en bois et un curieux sol couvert de sable fin et marron. Le plafond était bas et certains murs montraient un revêtement de pierre. Cela sentait le moisi et la poussière. Ina lui avait ordonné d'ôter ses leggings, et de temps en temps elle lui faisait lever les bras au-dessus de la tête. Daniel obéissait et feignait d'écouter les explications compliquées d'Ina. Pendant ce temps, il tentait de décider que faire.

— Tu m'as menti, n'est-ce pas ? lui demanda-t-il pendant qu'il déambulait dans la chambre en produisant avec ses pieds blancs un bruit semblable à celui de coups de griffes sur le sable. Tu n'as jamais été l'élève de Mitsuko. Tu travailles pour Moon...

— Moon et moi travaillons ensemble, c'est vrai, concéda Ina, mais ce n'est pas mon chef. Et tu te trompes : Olive et moi *étions* vraiment des disciples de Mitsuko.

— Alors, Darby et ses amis...

— Ils ont engagé cet Olsen au début, ce qu'il y a, c'est que, à leur insu, Olsen servait déjà le Maître de son côté et il a fait semblant de travailler pour eux.

— Qui est ce "Maître" ?

Après une hésitation, Ina répondit :

— Quelqu'un de plus puissant que toi et moi, imbécile. C'est lui qui a ordonné d'enlever ta famille. – Sa voix devint menaçante. – Continue. Si tu t'arrêtes un seul instant, je te frapperai. Je peux te faire très mal je t'assure.

Mais Daniel devinait qu'il disposait d'un certain privilège. En fin de compte, Ina dépendait elle aussi de lui. Il tenta de gagner du temps avec des questions.

— Pourquoi m'as-tu aidé à m'échapper ?

— Ils ont décidé que je devais m'allier avec toi pour que tu ne te croies pas seul. Ils se doutaient que tu essaierais de fuir à un moment donné, et ils ont planifié les arbres sur la route et la forêt pour t'en donner l'occasion. Les hommes de Moon avaient ordre de ne pas te blesser. Tu pensais que ce produit dont tu t'étais aspergé te rendait invulnérable...

— L'attaque des ritualistes a-t-elle aussi été planifiée ?

Ina fixa son regard marron sur lui avec une expression de mépris.

— A quoi cela aurait-il servi, imbécile ? C'était réel. Nous avons failli être capturés. Par chance, je connais bien la Zone Enfouie.

Après une pause, elle grogna :

— Allons dans la chambre suivante… Je te préviens, si tu ne me montres toujours pas la révélation, je peux me mettre à penser que tu te tais volontairement pour l'offrir ensuite à Darby.

— Ce n'est pas vrai…

— Mais je peux penser que ça l'est, Daniel Kean, et j'agirai en conséquence. Il existe plusieurs façons de découvrir ce que contient un vase : tu peux le renverser… ou le briser. Rappelle-toi que je reste en contact avec Olive. Tu n'aimerais pas qu'il oblige ta fille à marcher seule dans le laboratoire… Ce serait bien pire que de la tuer. C'est clair ?

— Oui, murmura Daniel, horrifié.

Ina n'exprimait pas d'émotions. Daniel trouvait qu'elle parlait même avec plus de froideur que Moon lui-même.

— Eh bien, essaie de me conduire à la révélation le plus tôt possible.

Daniel la suivit jusqu'à la porte. Avant de l'ouvrir, la jeune fille s'arrêta pour écouter. Elle sembla capter ce qu'elle souhaitait – une sorte de carillonnement – car elle acquiesça et saisit la poignée.

— On peut entrer.

5

L'espace d'un instant, Anjali Sen se demanda si Kushiro avait eu conscience de façon rationnelle ou, comme aurait dit le Dr Schaumann, “froidement scientifique” des implications de ce qu’il avait construit au sommet de cette colline dans la Zone Enfouie. Elle savait que c’était une idée absurde, mais le pouvoir palpitant qu’elle percevait dans ce monde apparemment désert la poussait à se poser la question.

Elle continuait à se mouvoir avec délicatesse : bras, taille, jambes… dans une danse posée quoique continue, debout devant l’ouverture de la clôture. Elle savait que son corps et l’environnement devaient se fondre en une seule et même chose. La “maison blanche” dont parlait le Septième, la maison de l’homme des montagnes où pénètre le protagoniste de la fable, assiégée par de terribles créatures, était une métaphore de la protection invisible qui entourait le laboratoire. Anjali se rappelait que, juste avant d’arriver à la maison, le protagoniste comparait le paysage à un tableau et affirmait : “Nous déambulions corps et âme à travers ces peintures.” Il fallait faire partie du décor afin de pouvoir y accéder. La technique pour y parvenir était très complexe, même pour une croyante aguerrie comme elle.

Du calme, se répétait-elle. Elle savait que le pire qu’elle puisse faire était de se presser. Elle souriait tout en exécutant les positions, c’était sa façon de contrôler ses nerfs.

Pour l’instant, elle s’en tirait bien : les gestes des bras et la force avec laquelle elle écartait ou joignait les jambes s’harmonisaient avec l’ensemble de sons légers qui l’entouraient en lui ouvrant une voie d’accès. Mais, à partir de là, elle devrait improviser… Comment reconnaître avec exactitude chacune des étapes nécessaires ? Ni les disciples de Mitsuko, ni même Mitsuko ou Katsura Kushiro en personne ne connaissaient tout. La croyance n’était pas scientifique : il n’y avait pas moyen de la mesurer ou de la partager. Elle ne pouvait pas s’expliquer en paroles, et les textes bibliques qui la révélaient n'étaient que des symboles ou des métaphores, aussi les croyants comme Darby ne la comprendraient-ils jamais entièrement, même s'ils en connaissaient les implications.

Croire consistait surtout à *croire*, sans retenue, sans hésitation. Et en une *seule chose*. "Si tu crois, ne serait-ce qu'un peu, en la possibilité inverse, tu n'arriveras à rien", se rappela-t-elle que lui disait l'un de ses maîtres. "Tu dois croire comme s'il n'existait que ce en quoi tu crois."

Elle continua à se déplacer à travers le lieu qui l'entourait, essayant de s'y intégrer.

6

La nouvelle chambre possédait ce genre de contrastes, ou d'asymétries, que Daniel avait déjà vus ailleurs au Japon : une chambre, un pont, une bibliothèque. Le pont consistait en une passerelle en bois qui passait au-dessus du lit. Ina lui ordonna de la gravir et de se placer dessus pour aborder ainsi toute la pièce.

Le carillonnement était produit par deux objets en métal accrochés à une lampe qui sortait du mur : une grande chaîne d'où pendaient une croix et une ceinture. Elles s'agitaient doucement, comme mues par la brise. Ina se défit des chausses, passa la croix à son cou et la ceinture autour de sa taille. Ne portant que ces deux seules parures, elle monta sur le lit et s'agenouilla. Les murs qui l'entouraient étaient des miroirs, et quatre autres Inas apparurent de différents angles.

— Je vais essayer d'établir des liens, expliqua-t-elle. Tu sais qui ils sont ? La créature du Septième Chapitre qui se déguise avec un masque et des gants en feignant d'être humaine murmure au protagoniste une révélation transcendantale : elle lui dit qu'il existe des attaches “horribles et immémoriales entre l’humanité et l’infinité”. En résumé, ce que tu ouvres ici – ajouta-t-elle en désignant son corps – s’ouvrira en l’air – elle désigna son image dans le miroir –, et de la sorte nous pouvons trouver bien d’autres accès à l’espace caché… Kushiro a consacré son laboratoire à l’établissement de ces liens moyennant les sons que la Bible, par métaphore, nomme “murmures des créatures”. Si je fais ça – elle se redressa jusqu’à se mettre debout et écarta violemment les jambes – je déplace de l’air et je produis des ondes sonores… Les ondes de lumière elles-mêmes, en rebondissant contre les miroirs, “sonnent”, d’une certaine façon… En se déplaçant dans ce lieu, c’est comme si on jouait d’un instrument délicat… Tu ne peux pas percevoir la mélodie, mais la maison si, et elle réagit en conséquence…

Elle resta un moment dans cette posture et leva les bras tout en poursuivant son explication complexe. Daniel feignait de l’écouter, devinant que ce n’était qu’en la faisant parler qu’il éviterait qu’Ina s’impatiente. Il sursauta soudain en voyant la jeune fille l’observer dans le miroir.

— Je t’ai ouvert de nouveaux accès, dit-elle sur un ton menaçant. Maintenant, tout l’espace est à ta disposition, Kean. Conduis-moi à la révélation, ou je te jure que je vais arracher cette peau délicate et pâle… La tienne et celle de ta fille.

Daniel frissonna. Il y avait quelque chose dans la façon de parler d’Ina qui lui faisait soupçonner qu’elle était fort capable de mettre ses paroles à exécution. Il décida de la distraire par de nouvelles questions.

— Ton Maître, c’est celui qu’on appelle “la Vérité”, n’est-ce pas ?

La réaction d’Ina fut immédiate. Elle interrompit ses gestes et s’assit sur le côté du lit, en le regardant par le miroir. La sueur faisait briller sa peau.

— C'est la Vérité qui travaille pour le Maître, dit-elle sur un ton grave et précautionneux. Comment connais-tu ce nom ?

Ce fut au tour de Daniel de se montrer énigmatique :

— Je lui ai parlé. La Vérité a capturé ton professeur, tu le savais ? Elle en a fait quelque chose de pire qu'une esclave… Mais c'est ce que tu voulais, je suppose… !

Avant qu'il ait pu achever sa phrase, Ina s'était déjà levée d'un bond et était montée sur la passerelle. Daniel vit la fureur dans ses yeux, mais ne tenta pas de s'écarter. Une gifle le jeta par terre et un talon le fit rouler à l'extrémité opposée. Mais le pire fut quand elle cessa de le frapper et le regarda. La froideur d'Ina lui faisait encore plus peur que sa sauvagerie. Il savait pourtant que cette fois c'était lui qui contrôlait la situation, et il décida de continuer à faire pression sur elle.

— Tu peux me frapper tant que tu voudras, ça ne changera rien pour ton professeur… ! cria-t-il en s'étreignant lui-même, en sueur, dressé devant elle. Mitsuko Kushiro est détruite, même si elle est encore en vie ! C'est ce que tu voulais ?

Ina le regardait comme si elle hésitait à le frapper encore. Puis elle regagna le lit. Daniel adoucit le ton :

— Ina, pourquoi est-ce que tu ne m'aides pas ? Tu n'es pas comme eux…, comme Moon ou la Vérité… Ils t'ont menti ou t'ont convaincue d'une certaine façon de faire ça, mais tu n'es pas comme eux…

Ina l'observait, agenouillée sur le lit. Ses seins se soulevaient et retombaient au rythme lent de sa respiration. Soudain, elle s'allongea sur le dos. Dans le miroir du plafond, une autre Ina étala ses cheveux châtains sur les draps.

— Elle et moi, nous avions des points de vue différents, dit-elle dans un murmure. – Elle semblait parler davantage à cette jeune fille qui flottait au-dessus d'elle qu'à Daniel. – C'était un excellent professeur, pourtant, et, avec elle, j'ai appris tout ce que je sais sur le Septième, l'usage des sons, comment tout ce qui frôle ton corps peut devenir un canal, une porte vers d'autres choses… Elle avait une maison incroyable au nord de la ville, mais on allait généralement sur les plages au sud de Tôkyô, qui bordent la Zone Enfouie. Là, on apprenait à être des oiseaux et à s'ouvrir au contact de Ceux Qui Chuchotent. Elle me disait : "Ne te vois pas comme un simple instrument dont d'autres jouent. Tu es une femme, Ina. Tu as été sacrée en d'autres temps. Aujourd'hui, nous ne sommes que des cavernes, mais autrefois nos rives étaient ensoleillées et il y poussait la semence de la chair." Elle me disait aussi : "Nous sommes des reines, pas les nids vides que Dieu utilisait pour couver, mais de véritables reines capables de gouverner la création…" Elle me disait tout ça… !

Elle se tut un instant, retenant ses sanglots. La main qui reposait sur son ventre s'ouvrit doucement, comme pour l'héberger.

— Nous avions une relation d'"amour"… Avec de nombreux autres disciples, elle jouissait charnellement, mais avec moi elle éprouvait de surcroît de l'"amour", pas seulement de l'"art". Et, un jour, elle m'a parlé de la révélation, et de la *Clé de l'Abîme*. Je n'ai pas réussi à comprendre pourquoi elle ne voulait pas la chercher, comme l'avait fait son père…

Daniel ne voulait pas interrompre Ina, mais il se rappela ce que Darby lui avait expliqué. *Kushiro lui a conseillé de ne pas s'impliquer*, pensa-t-il. Ina continuait à parler en regardant la jeune fille au plafond.

— Elle m'a raconté que son père avait trouvé la *Clé* en Nouvelle-Zélande, l'avait cachée en lieu sûr et avait annoncé une révélation liée à elle, une clé qu'obtiendrait un *messenja* dans un train en Allemagne, un beau jour…

Je lui ai dit que nous devions essayer de la connaître ! Elle me disait : “Ina, la *Clé* ne nous est pas destinée… Laisse venir les choses… Mon père savait ce qu’il faisait…” Elle n’était pas capable de comprendre qu’il ne s’agissait pas d’avoir mais de *détruire* ! “Mère”, lui disais-je, je l’appelais ainsi… “Mère : la *Clé* est la seule chose qui peut *tuer* Dieu. La seule chose qui rendra aux femmes le pouvoir de la vie ou les vengera pour toujours, tu ne comprends pas ?” La Bible dit que Dieu se cache sous les eaux en rêvant son rêve éternel dans la ville aux grands piliers, mais il a peur de la *Clé*… parce qu’il sait que le jour où l’homme la trouvera – sa bouche se tordit en une grimace –, ce jour-là… son autorité sur Terre prendra fin.

Elle se tourna sur le lit, s’appuya contre un mur en miroir et se tut, les yeux clos, son reflet uni à elle comme deux êtres jumeaux qui auraient fait le même rêve. Puis elle sembla se réveiller d’un coup. Daniel remarqua que le changement s’était produit sans transition : son regard et sa voix redevenaient implacables.

— Je lui ai dit tout ça, mais elle ne m’a pas écoutée. Alors j’ai parlé à Olive et à un autre disciple appelé Shar, et nous avons décidé de trouver un nouveau chef qui voudrait nous aider. Shar finit par abandonner et partit, mais Olive et moi nous sommes entrés en contact avec le Maître. Quand le Maître nous a dit qu’il voulait *vraiment* trouver la *Clé*, nous n’avons pas hésité pour savoir qui nous allions servir…

— Et vous l’avez trahie, dit Daniel Kean.

Même s’il craignait qu’elle ne le frappe à nouveau, il était incapable de dissimuler son mépris.

— Vous l’avez vendue à des assassins…

— Effectivement, murmura Ina, et elle le regarda d’une façon qu’il connaissait déjà : un œil à demi fermé et l’autre grand ouvert.

Son expression, alors, cessait d'être belle pour se transformer en un masque qui *suggérait* des choses horribles.

— Nous l'avons trahie. Vendue… Les serviteurs du Maître sont entrés chez elle grâce à notre aide… Nous avons aussi facilité l'accès au reste des disciples. Olive et moi sommes capables de beaucoup de choses, Daniel Kean. Je te le prouverai.

Elle se pencha sur l'un des miroirs, écarta ses cheveux et appuya d'un doigt sur l'écouteur. Elle parla à son reflet, comme s'il y avait eu là quelqu'un capable de l'écouter.

— Olive : abandonne la gamine dans les chambres du sous-sol et oblige-la à marcher seule.

7

Yun essayait de ne pas avoir peur. Elle avait essayé les jours précédents et elle y était presque parvenue, mais voilà que les choses s'étaient compliquées.

Jusqu'à ce moment, pour elle, tout avait consisté en une succession de lieux différenciés, d'ordres simples et en la compagnie d'Olive. La plupart de ses phrases commençaient par : "Olive, je peux… ?" Et, en général, Olive le lui permettait. Yun aimait bien Olive, ce qui était une chance, puisqu'elle n'avait pas pu se séparer de lui depuis… Enfin, depuis ce qui s'était passé dans les catacombes, quoi que ce fût (Yun n'était pas sûre de certains souvenirs). Mis à part le fait qu'il ne lui permettait pas de parler à ses parents, Olive était un gentil garçon. Du moins le fut-il jusqu'au moment où il l'avait emmenée dans cette vilaine maison en bois au milieu d'une sorte de forêt où il faisait toujours nuit et où il y avait des poissons dans le ciel. Ensuite, les choses s'étaient gâtées.

Dans cette maison, Olive se montrait plus nerveux que jamais et la regardait comme s'il allait lui faire une sorte de surprise. C'était l'explication qu'il lui avait offerte lui-même quand il lui avait annoncé qu'il devait lui bander les yeux et la bouche :

— C'est une surprise, avait-il dit.

Et certes, cela en avait été une, car elle avait consisté ni plus ni moins en l'arrivée de son père.

Mais Yun ne trouva pas ça agréable, malgré tout. Parce que, jusqu'à cet instant, elle avait pu tenir la peur à distance, mais, en entendant la voix de son père, elle avait découvert qu'elle ne pouvait être forte que s'il n'était pas là. Avec son père, tout ce qu'elle voulait faire, c'était pleurer comme une petite fille.

La présence de son père constituait sa plus grande joie, et aussi sa plus grande crainte.

Elle essayait de se calmer, mais c'était très difficile. Plus encore quand Olive, après lui avoir ôté le bandeau et le bâillon, lui dit qu'ils allaient faire une “promenade”. La promenade consista à entrer dans la maison (après qu'Olive eut fait des gestes bizarres à la fenêtre) et à descendre un escalier blanc jusqu'à une sorte de souterrain aux murs blanchis à la chaux. Alors Olive se pencha devant la serrure d'une porte avec un encadrement en verre où était gravé un beau vase avec des fleurs. Que faisait-il ? Ecouter.

Yun souhaitait continuer à faire preuve de courage, mais (*soyons clairs, mademoiselle*, comme aurait dit son professeur à l'école, M. Phelps) ses jambes commençaient à trembler.

Surtout parce qu'elle devinait qu'Olive avait aussi peur qu'elle.

— On peut entrer, dit enfin Olive.

La chambre où elle entra était sombre et froide, mais elle ne semblait rien renfermer de mauvais. Alors Olive sortit de son manteau le foulard et le bâillon.

Soudain, Yun trouva impossible de continuer à supporter la peur. Elle ne voulait pas désobéir à Olive, mais c'était au-dessus de ses forces.

— Olive, s'il te plaît, ne me bande pas encore les yeux…

— C'est une surprise, Yun.

Soyons clairs, mademoiselle…

— Olive…

Elle se mit à pleurer pendant que le monde déployait une nuit sans lune sur son regard.

— Ne me…

Ensuite les mots disparurent aussi.

Elle entendit la voix d'Olive dans ces ténèbres :

— Tu sais compter jusqu'à vingt, n'est-ce pas ? Maintenant tu vas commencer à compter, et je me cacherai. Quand tu auras fini, tu me chercheras. Tu peux aller où tu veux, parcourir toute la maison, mais tu n'enlèveras pas le foulard de tes yeux ni le bâillon de ta bouche… Même si tu veux, tu ne le feras pas. Au revoir, Yun. Commence à compter.

Yun gémit, terrorisée, sans pouvoir rien y faire, pendant que son esprit, comme une horloge imprévue, lui murmurait les secondes. *Un…* elle entendit la porte se fermer. *Deux…*

8

— Il te reste quinze secondes avant que ta fille ne commence à se déplacer dans la maison, Daniel. Avec de la chance, elle restera ta fille après avoir passé la première porte, mais au-delà de la seconde…

— Ce livre, murmura Daniel en pointant le doigt vers les étagères presque vides. C'est dans ce livre.

— Lequel ?

— Celui avec les lettres dorées et la couverture noire.

Ina le désigna.

— Celui-ci ?

Daniel fit un signe de tête affirmatif. Ina prit le livre et le feuilleta en quelques secondes. Puis elle le montra en le tenant face à Daniel, de façon que la couverture soit visible.

— Tu sais ce qu'est ce livre ?

Elle indiqua les curieux symboles qui figuraient dessus.

— Ce sont des lettres, des mots en très ancien *kanji*, le japonais écrit… Ça veut dire : *Ai Gei*. Tu sais ce que ça signifie ? On pourrait le traduire par "amour" et "artisanat"… Ce livre n'est que la Sainte Bible de l'Amour Artisanat, écrite en ancien japonais… Une Bible tout à fait ordinaire.

Elle lança le livre sur l'étagère et croisa les bras.

— Le code que tu cherches est dedans, murmura Daniel en tentant d'adopter un ton persuasif.

Il se rendit compte de son erreur au changement d'attitude d'Ina. Ce regard, une paupière légèrement baissée, lui glaça le sang.

— Daniel, tu parles à une croyante. Je ressens ton mensonge dans chaque partie de mon corps. Tu crois peut-être que chacun des objets inutiles qu'il y a dans cette maison n'a pas été étudié minutieusement ? Mitsuko et ses loyaux serviteurs ont été interrogés et *annulés*. La maison nous appartient depuis longtemps, avec tout ce qu'elle contient. Nous avons besoin de toi pour que tu nous offres la révélation, pas pour jouer aux devinettes.

Après une brève pause, son épaisse lèvre supérieure se souleva, découvrant les dents :

— Esclave ignorant : ta fille a commencé à se déplacer seule à travers les pièces… D'ici peu, elle ouvrira une porte sans attendre les bruits, et son esprit sera détruit... Il te reste une dernière chance...

Désespéré, Daniel regardait autour de lui en cherchant ce qui pourrait convaincre Ina. Entre les étagères, accroché au mur, il voyait un tableau mystérieux : il représentait des êtres qui ressemblaient à des insectes ou à des crabes géants, au corps rosé et aux ailes membraneuses qui marchaient en l'air. Il ignorait ce que pouvaient être ces créatures crustacées, mais il était évident qu'elles flottaient car il y avait des oiseaux volant sous les appendices inférieurs des êtres, semblables à des pattes.

— "Des oiseaux sous les pieds", dit-il, tremblant.

L'espace d'un instant, il la vit hésiter.

— Répète, exigea-t-elle.

Il s'exécuta, mais commit l'erreur (ou peut-être pouvait-elle lire dans son esprit) de porter les yeux sur le tableau qui l'avait inspiré. Ina suivit son regard et, en découvrant ce que c'était, elle émit un rire.

— Tu ne capitules pas, hein ?

— Je te jure que je ne l'ai pas inventé... mentit-il. Ça m'est venu à l'esprit...

— Les secondes passent...

— Ina, crois-moi, je t'en supplie !

Il s'était lui-même entendu le dire et il savait que sa voix sonnait faux. Comment la convaincre sans savoir quel genre d'information elle voulait entendre ?

Alors, soudain, le changement se produisit.

Au début, la seule chose qu'il perçut fut qu'elle le regardait comme si elle le voyait pour la première fois. Puis, avec des gestes rapides, Ina se défit de la ceinture, ôta la lourde croix, monta sur la passerelle et le prit par le bras. Daniel se laissa entraîner vers la porte de la pièce suivante, où Ina s'arrêta pour écouter. Il voulut lui demander de reprendre contact avec Olive pour sauver Yun, mais, à ce moment, Ina ouvrit la porte et ils passèrent dans la chambre suivante, qui était vide, et de là à un escalier. Ina choisit la portion qui montait et, après avoir attendu devant une autre porte, ils pénétrèrent dans une sorte de grenier au plafond bas constitué de baguettes en bois.

A la différence des précédentes, cette pièce était remplie d'objets : chaises, caisses empilées, cadres vides, malles, tringles métalliques pourvues ou non de rideaux sales collés à elles… Le sol était une mosaïque de dalles qui imitaient des silhouettes.

Des silhouettes d'oiseaux.

Daniel fut surpris par la coïncidence, puisque sa phrase avait été une simple improvisation. Il pensa toutefois que ce hasard l'arrangeait.

Ina le poussa sur les dalles.

— Cherche.

— Ina… Dis à Olive que…

— Cherche, Kean.

Il comprit qu'Ina n'était plus disposée à penser à lui. Elle avait passé de nouveaux leggings, blancs, à larges losanges, qui recouvraient intégralement ses longues jambes. Puis il s'assit sur un tabouret haut et appuya les pieds au bord du siège.

— Cherche, Kean, répéta-t-elle.

Daniel marcha à quatre pattes en tentant de trouver quelque chose qui pût la satisfaire. Le problème, dans ce lieu, était juste à l'opposé des précédents : il y avait *trop* de choses, et toutes semblaient importantes, ou du moins énigmatiques. Soudain, la surprise le paralysa.

Entre un cadre et une poignée de barres en acier ressortait un nez. Il s'agissait d'un visage de couleur sombre. Daniel écarta soigneusement les barres. La sculpture était élaborée dans une sorte de métal ou de pierre de couleur noire, et montrait le buste d'un homme, avec ses mains entrelacées. Il le reconnut tout de suite. Kushiro ébauchait le même étrange sourire que sur l'image que Darby lui avait montrée. Sur le socle, sous les mains, quelques mots étaient gravés :

J'ai commencé par soupçonner,
Maintenant je crains de savoir.

Au dessous : "Sainte Bible, Quatrième Chapitre, II, 29."

— C'était sa devise, commenta Ina. Il détestait relier des concepts, en bon Japonais… Il avait toujours peur d'arriver à tout savoir, ce fut la raison pour laquelle il décida de léguer sa découverte à la postérité… De la même façon, sa fille n'a pas voulu m'aider à chercher la *Clé*. – Ses lèvres se tordirent. – Je peux apprendre la philosophie japonaise, je peux même la comprendre, mais je ne parviendrai jamais à la *partager*. Il faut tout savoir, car ce n'est qu'en sachant tout que l'on a la moindre chance d'affronter Dieu. Mais faire les premiers pas, fondamentaux, pour reculer ensuite… n'est-ce pas absurde ? Tu sais ce que je pense ? Que ce n'est pas Kushiro qui aurait dû trouver la *Clé*. Peut-être. Peut-être que ce n'est pas *toi* qui aurais dû recevoir la révélation… Pourquoi est-ce que ce n'est pas moi qui l'ai reçue, par exemple ? Pourquoi choisir une créature aussi médiocre et stupide que toi, un esclave, un non-croyant… ?

— Je crois que je peux répondre à ça, dit Daniel, sur un ton de défi. Toi aussi tu es médiocre et stupide si tu n'as pas compris…

— Quoi ?

— Qu'ils t'ont trompée, Ina.

— Qu'est-ce que tu veux dire ?

— Regarde-toi. Ils t'ont laissée seule. Pourquoi ce "Maître" dont tu parles tant n'est-il pas avec toi ? Pourquoi la Vérité n'est-elle pas là ? Pourquoi avaient-ils tant intérêt à m'amener ici pour me laisser ensuite seul avec toi ? Je vais te le dire : parce qu'ils ne pensent pas que je vais révéler quoi que ce soit…

Ina se redressa lentement. Son attitude pour s'approcher de Daniel était menaçante, mais celui-ci poursuivit au sol, sur un ton de défi :

— Ils t'ont laissé les miettes du banquet… Pour eux, tu es toi aussi une esclave. Et je vais te dire autre chose : ton Maître et la Vérité ne veulent pas la *Clé* pour détruire Dieu, mais pour le *sauver.* Ce qu'ils veulent, c'est détruire la *Clé*, Ina…

— Tu mens…

Ina se planta devant le corps agenouillé de Daniel. Son visage ressemblait à un étang dans lequel on aurait jeté une pierre : des émotions contradictoires allaient et venaient. Elle serrait les poings jusqu'à en faire blanchir les jointures. Cependant, même si Daniel craignait qu'elle ne le frappât à nouveau, il ne voulut pas s'arrêter.

— Qu'est-ce qu'ils t'ont dit pour te convaincre ? Qu'ils voulaient venger les femmes de ce que Dieu leur avait fait ? – Daniel sourit. – Ils t'ont utilisée… Sans ton aide, ils n'auraient pas pu enlever Mitsuko… Et quand ils auront obtenu ce qu'ils veulent, ils nous détruiront tous… y compris toi et Olive.

— C'est faux ! cria Ina, et elle détourna le regard un instant.

C'était le moment que Daniel attendait. Il avait tendu la main droite par terre afin de trouver l'objet, et à ce moment il rassembla ces forces, le souleva et en cingla l'air. Il atteignit Ina à l'épaule gauche. La jeune fille recula et tomba sur le côté. Dans sa chute, elle écrasa plusieurs cadres qui se brisèrent en morceaux.

Daniel se mit debout et souleva à nouveau la barre métallique. La même panique que suscitait chez lui ce qu'il avait commencé lui donnait des forces pour essayer de le conclure.

— Tu ne peux pas tuer une croyante… dit Ina, qui ne tenta même pas de l'esquiver.

Le nouveau coup projeta des échardes et du sang. Quelque chose sembla se détruire dans la tête d'Ina, mais Daniel eut l'étrange impression que cette chose s'était peut-être déjà brisée depuis longtemps.

La barre ne trouva que des objets inanimés quand elle frappa pour la troisième fois, comme si Ina était enfin devenue la matière qui la constituait : bois, verre, pierre. Daniel crut tout d'abord que la jeune fille était parvenue à disparaître. Il entendit alors sa voix dans son dos, et sut qu'elle s'était déplacée avec une rapidité incroyable :

— *Tu ne peux pas* me tuer…

Daniel fit tourner son arme improvisée, mais cette fois-ci la barre n'arriva pas à destination : la main gauche d'Ina l'arrêta en l'air pendant que la droite serrait la gorge de Daniel, en le poussant dans un coin du grenier.

— Je suis un chat dans cette pièce, dit-elle d'une voix rauque, le visage transformé en une masse de sang. Je chasse. Et je dévore.

La respiration déserta le cou de Daniel.

9

En se mouvant comme si les murs qui l'entouraient étaient des lames, Anjali Sen traversa la fenêtre et foula enfin le sol de la pièce.

Elle était entrée : le plus difficile était fait.

Elle vit deux portes de sortie. Elle n'ouvrit celle de gauche que lorsqu'elle fut sûre d'entendre un léger crépitement, celui que pourrait produire la griffe d'un petit animal. Un petit couloir donnait sur un escalier et se prolongeait par une autre pièce. Huit au total, appelées "chambres", comme les huit parties du Septième. Elle connaissait bien la structure des lieux. Elle comptait retrouver la fillette au plus vite, et elle comptait aussi que les croyants qui la surveillaient ne seraient pas dangereux. Ensuite, elle chercherait Daniel Kean.

Elle arriva à l'escalier et sentit qu'elle devait le descendre. Elle atteignit un petit vestibule et une porte fermée au chambranle de verre. Elle attendit jusqu'au moment où elle entendit un léger bruit et saisit la poignée.

La pièce était grande, avec des arabesques jaunes aux murs, et vide. Sur le mur du fond, il y avait une autre porte. Anjali se dirigea vers elle, attendit avant d'entendre un doux murmure et ouvrit.

La nouvelle chambre était d'un bleu pur, sans nuances. L'unique mobilier se résumait à une sorte de podium formé par des cubes bleus. Dans le fond, il y avait une autre porte, et face à elle, sur le point de saisir la poignée, se trouvait la fillette, les yeux bandés et bâillonnée.

— Non ! cria Anjali.

Elle traversa rapidement la pièce et prit la petite dans ses bras en souhaitant qu'il ne fût pas trop tard. Elle s'apprêtait à lui ôter le bandeau quand elle entendit s'ouvrir la porte derrière elle.

— Alors on a de la visite, hein, Yun ? dit Olive très rapidement, comme s'il s'était entraîné à prononcer ces phrases. Je savais qu'ils avaient réussi à *entrer*... Regarde-moi qui est là... J'imagine qu'elle est fière d'être *entrée*...

Olive avait grimpé pour s'asseoir sur le podium bleu et laissait ses bottes rêches pendre à l'extérieur. Anjali eut l'impression qu'Olive voulait utiliser la hauteur comme avantage pour un rituel. Elle le vit se battre avec une ceinture attachée autour de son ventre, sous le manteau. Il essayait de l'ôter d'une seule main. L'autre tenait le pistolet à rafales pointé sur Anjali.

Dès qu'elle le vit, la croyante sut deux choses : qu'Olive était beaucoup plus nerveux qu'elle et que ce n'était pas un adversaire à son niveau. Elle lui était supérieure, même désarmée et nue. Elle plaça Yun dans son dos et affronta Olive.

— Qu'avez-vous fait à la petite ?

Olive avait cessé de le viser avec le pistolet et utilisait ses deux mains pour finir de dégrafer sa ceinture.

— Je ne sais pas… dit-il sur un ton qui semblait très sincère. Elle a marché dans la maison, n'est-ce pas, Yun ? Elle a fait une promenade, une petite promenade…

— Vous l'avez obligée à marcher *seule* ? demanda Anjali, incrédule. Quelles sortes de bêtes inhumaines êtes-vous ?

Olive semblait indécis. Il tirait sur sa ceinture et tenait l'arme sans parvenir à utiliser aucune des deux. Anjali savait qu'il voulait se servir de la ceinture pour provoquer une attaque, peut-être des ondes sonores.

— Ce n'était pas mon idée, dit Olive, mais celle d'Ina… Mais ce qui est important…, ce qui est vraiment important, chienne, est ce que… *tu vas me faire à moi.*

Il s'arrêta et eut un large sourire. Celui-ci, en ridant son visage rond et en lui rétrécissant les yeux, lui conféra un air niais.

— Ce n'est pas ce que je voulais dire… J'allais dire : "Ce que je vais te faire." Pourquoi ai-je dit ça… ?

La sombre Anjali Sen le regardait en silence avec un scintillement dans les yeux.

La terreur déformait maintenant les traits du jeune croyant.

— Non… Je ne te laisserai pas…

Il leva l'arme vers sa tête.

— Ne fais pas de bêtises, dit Anjali en souriant. Tu ne vas pas te tuer.

Olive écarta le canon de son front.

— Lâche ton arme et descends, ordonna Anjali sèchement.

Olive obéit, mais ne s'arrêta pas en descendant du podium. Entre hoquets et sanglots d'enfant effrayé, il courut dans la direction opposée, vers la porte.

— Ina ! Ina, ils sont entrés ! Aide-moi !

Il ouvrit la porte et sortit.

Sans attendre.

10

Il s'asphyxiait, mais tenait encore la barre.

Il laissa Ina tirer dessus, puis, par surprise, il tira vers lui. Le geste surprit la croyante, qui lâcha la barre une fraction de seconde. Elle reçut le coup au milieu de son expression de surprise. Son visage resta partagé par l'acier avant d'être renvoyé en arrière avec un son de glabelle brisée. La pression sur la gorge de Daniel disparut et celui-ci vit la main d'Ina – encore ouverte, encore en forme de griffe – s'éloigner avec sa propriétaire à une vitesse vertigineuse et s'écraser contre le mur. Des objets tombèrent d'une étagère proche lorsque toute la structure fut ébranlée, et certains rebondirent sur Ina, qui ne bougea pas.

Quand il parvint à se calmer suffisamment, Daniel comprit qu'elle était morte. Il lui semblait incroyable de l'avoir tuée, mais il n'eut pas trop le temps de réfléchir, car au même moment il entendit les cris.

C'étaient plutôt des hurlements féroces accompagnés de grondements sourds. Et ils se rapprochaient. Quelle que fût leur origine, Daniel ne voulait pas la découvrir.

Il ne pouvait plus fuir par la porte, de sorte qu'il chercha une cachette à proximité. Mais le grenier était petit et, quoique rempli d'objets, il n'offrait pas de refuge rapide et sûr. Daniel se sentit coincé. Quelque chose attira alors son attention au plafond au-dessus du cadavre d'Ina.

C'était une trappe en bois fermée avec un verrou. En se mettant sur la pointe des pieds, il parvint à l'ouvrir, libérant une échelle métallique qui grinça en se dépliant, comme une mâchoire en fer. Elle donnait sur un espace très sombre. Il n'eut pas l'impression qu'il s'agissait d'une autre pièce mais de la partie supérieure du grenier, des sortes de combles sous le toit.

Il grimpa à l'échelle à toute vitesse. Il n'eut pas le temps d'examiner l'endroit exigu auquel il accéda : il ramassa l'échelle et referma la trappe juste quand la porte du grenier s'ouvrait d'un coup.

Les lames de parquet étaient un peu disjointes, ce qui permit à Daniel d'épier les mouvements d'Olive. C'était certainement lui : il pouvait contempler sa tête aux longs cheveux et les épaulettes de son manteau. Mais une chose étrange et terrible lui était arrivée, car il ne cessait de pousser de terribles hurlements d'animal blessé. Daniel pensa à Yun et frémit. Il vit Olive avancer des ténèbres vers les ténèbres, entre les minces franges de lumière, et il supposa qu'il ne tarderait pas à découvrir sa compagne, si ce n'était pas déjà fait, puis qu'il verrait la trappe.

Mais il en était là de ses pensées quand l'ombre d'Olive regagna la porte et quitta la pièce. Ses cris se perdirent en bas de l'escalier.

Daniel resta immobile quelques secondes puis il respira, soulagé.

Il devait encore trouver Yun et s'échapper de là. Le fait qu'Olive fût venu seul le terrifiait. Il ne pouvait pas s'ôter de la tête qu'il était arrivé malheur à sa fille.

Il s'apprêtait à ouvrir la trappe pourvue de l'échelle pliante quand, soudain, une forme dans l'obscurité attira son attention. Il regarda sur le côté.

Et il étouffa un cri.

11

Au milieu des ténèbres flottait un visage.

Il le voyait comme à travers la brume : le rebord du nez et les pommettes, les orbites enfoncées. Le visage blanc d'un mort : Katsura Kushiro.

Tout chez Daniel voulut fuir, mais son regard, docile comme un chien, resta posé sur ce spectre. Il remarqua que le corps était jeté sur une sorte de canapé râpé et enveloppé dans une couverture, mais ses mains ouvertes reposant sur ses genoux étaient clairement visibles. Que faisait là le cadavre de Kushiro ? Pourquoi l'avaient-ils transporté dans ce réduit au lieu de l'incinérer ? Ou alors, il *n'était pas mort* ?

Il eut si peur qu'il ne parvint même pas à crier. Immobile sur la trappe, il détourna le visage et le plongea entre ses bras avec l'espoir naïf que, lorsqu'il regarderait à nouveau, l'horrible vision aurait disparu.

Il ne se produisit rien, si ce n'est que ses yeux s'habituèrent à la faible lumière qui pénétrait sous forme de fines barres de poussière, et la structure du lieu devint patente, avec son plafond en angle qui correspondait sans doute au toit de la maison. Dans la zone où il se trouvait, l'inclinaison du plafond était très prononcée, il lui était donc impossible de se tenir debout, mais un peu plus loin *(près du cadavre)* la hauteur lui permettait de se lever.

Bien que la présence du corps de Kushiro lui fît peur, il y avait quelque chose dans sa posture, dans la position du visage penché et les mains raidies, qui le poussait à l'observer de près.

Il commença à marcher à quatre pattes, et le plancher émit un son aigu et oscillant. Quand il parvint au centre, le son changea complètement dans une série murmurante de notes qui s'entrelaçaient en suivant le rythme de ses mouvements.

Il fut un instant déconcerté : ce grincement imitait... quoi ? Il se souvint des parcs de conception, de Yun courant parmi les arbres...

Des chants d'oiseaux.

Alors il observa le cadavre présumé. En fait, il s'agissait d'un visage et de mains reposant sur la toile noire d'un vieux canapé, dans une position telle – le visage sur le dossier ; les mains sur le siège – qu'il semblait que quelqu'un les avait laissés ainsi dans le seul dessein de faire peur. Les trois objets étaient d'une couleur si blanche qu'ils brillaient presque. Les traits du masque, parfaits, lui apprirent qu'il se trouvait devant la reproduction dans un matériau malléable du visage de Kushiro. Mais pourquoi fabriquer pareille chose ? Alors il comprit.

La sculpture métallique.

Le masque devait être le moule sur lequel l'œuvre avait été réalisée. Qui l'avait laissé là, et pourquoi ? Peut-être personne en particulier, car il s'aperçut à ce moment que plusieurs caisses s'étaient renversées sur une étagère proche, se vidant de leur contenu. Les moules pouvaient provenir de là. Le corps d'Ina, en se cognant au mur, avait peut-être provoqué le choc. Il se rappela que plusieurs choses étaient tombées à cet instant.

Hasard ou non, ce masque sur le dossier semblait le regarder. Il avança encore dans sa direction et entendit à nouveau gémir les planches.

Oiseaux sous les pieds.

La coïncidence lui hérissa l'épiderme.

Ce devait être ça, une coïncidence. Cette phrase était une de ses inventions, créée pour distraire Ina et gagner du temps. Elle lui avait été inspirée par un tableau absurde accroché au mur ; les dessins des dalles du grenier et le craquement des planches étaient de simples coïncidences. Seuls les croyants, qui accordaient toujours une extrême importance aux hasards, auraient pensé le contraire. Et pourtant…

A cet instant, il remarqua autre chose. Le visage de Kushiro *n'était pas un masque.* Il avait des yeux. Et il le regardait fixement.

12

L'horreur, telle une main invisible, sembla le pousser. Il recula et la plante de ses pieds fit ployer le bois. Il tomba dans une pluie d'échardes.

Il sentit que le sol contre lequel il se cognait ne l'arrêtait pas, qu'il continuait à descendre dans un interminable abîme d'obscurité…

Quelqu'un l'appelait depuis cet abîme. Un visage se pencha sur lui.

— Calme-toi, dit Darby, et il répéta : Calme-toi, Daniel.

Mais il n'était pas nerveux. Il voulait juste bouger. Il regarda autour de lui. Il était allongé sur un fauteuil transformé en divan. La pièce était minuscule – Darby se recroquevillait pour pouvoir s'asseoir à côté de lui –, dépourvue de fenêtres, éclairée par des panneaux bleus. Il remarqua un doux balancement.

— Où suis-je ?

— Dans notre véhicule, de retour à Tôkyô, dit Darby en remuant son crâne chauve tout en se massant la barbe.

Il crut rêver. Il avait mal à la tête et se concentrait avec peine. Il posa malgré ça la question nécessaire, la seule dont la réponse lui importait.

Darby sourit.

— Elle va bien. En ce moment, elle se repose dans l'autre cabine. Par chance, Anjali est arrivée avant qu'elle ne soit blessée... Olive n'a pas eu autant de chance : dans sa fuite, il est passé d'une pièce à l'autre sans attendre les sons, et... Bon, quand Anjali t'a trouvé, Olive était déjà mort.

Daniel frissonna.

— Je me rappelle ses cris...

— Il était impossible de capter en lui "un quelconque discours cohérent", comme l'affirme le Septième... Mais l'important est que tu te sois remis. Une partie du plancher du grenier a dû céder. Tu es tombé à l'étage inférieur et tu t'es cogné la tête. Tu es resté inconscient jusqu'à présent...

Des images fugaces commençaient à l'assiéger. Avait-il réellement vu des yeux dans le masque de Kushiro ? Il en conclut qu'il avait dû se laisser emporter par la panique.

Un autre souvenir revint alors. En regardant Darby, il sut que celui-ci pensait à la même chose. Il laissa le silence et la culpabilité l'obliger à parler.

— Daniel, je te demande de nous pardonner, finit par murmurer Darby... Nous ne t'avons pas dit toute la vérité.

— Je sais. Chez toi, tu as cité une phrase de Klaus : "Pourquoi ceux qui sont choisis le sont-ils ?" Je n'ai pas saisi sur le moment, mais, plus tard, j'ai compris que tu ne pouvais pas avoir entendu Klaus sans être en contact avec Olsen… Dans le train, seul Olsen a entendu notre conversation.

Darby acquiesça.

— Olsen était officier supérieur de la Sécurité, mais c'était aussi un mercenaire. Nous l'avons engagé pour aider Maya à trouver le *messenja*, mais je te jure que nous ne lui avons jamais ordonné d'enlever ta famille, de t'interroger ou de faire venir quelqu'un comme Moon… Quand nous avons découvert qu'il travaillait pour d'autres, il était trop tard. Notre erreur, dont j'assume l'entière responsabilité, a été de ne rien te dire… Nous avons décidé que tu perdrais confiance en nous si tu le savais… Mais tu es fatigué… Tu dois essayer de te reposer, nous parlerons plus tard…

Daniel regarda les traits de plus en plus flous de l'homme biologique. Il ressentait effectivement une extrême fatigue, maintenant que la tension de l'épuisante journée commençait à céder en lui.

— Tout ce plan ne vous a pas servi à grand-chose, murmura-t-il avec ses dernières forces. Il n'y a finalement pas eu de révélation…

Pendant que l'inconscience s'emparait à nouveau de lui, il entendit, comme un écho, les paroles lointaines de Darby :

— Tu te trompes : nous *avons* la révélation, Daniel… Nous savons où se trouve la *Clé de l'Abîme*.

VIII

MAISON

1

L'obscurité prit la forme d'un visage tranquille et blanc.

Il était toujours dans le grenier, face au masque de Kushiro. Il ne s'agissait pas exactement du grenier, mais de cette hauteur exiguë de plafond en angle à laquelle il avait accédé pour échapper aux cris terrifiants d'Olive.

Déconcerté, il regarda au sol : celui-ci était intact, aucune planche ne s'était cassée. Sa rencontre avec Darby n'avait certainement été qu'un rêve.

Il devait se pencher en suivant l'inclinaison du plafond afin de se relever. La Bible affirmait, dans son Huitième Chapitre, que les plafonds en angle n'étaient pas inoffensifs : à travers eux, pénétraient des choses indésirables. Bijou n'aurait jamais accepté de vivre dans une maison qui aurait comporté une pièce de ce genre. Elles s'avéraient dangereuses, même si l'on n'était pas croyant.

Le masque l'impressionnait, mais ce n'était qu'un objet qui avait la forme d'un visage. Il avait cru voir des yeux enfermés dans les ouvertures vides, des yeux qui brillaient avec force et autorité, mais aussi avec terreur. Pourtant, il se trompait ; les orbites étaient de simples trous fendus à travers lesquels on remarquait l'obscurité de la toile du dossier sur lequel reposait le masque.

Ce qu'il devait faire, avant tout, c'était chercher Yun. Si Olive avait perdu la raison, que pouvait-il arriver à Yun ? Il devait la retrouver avant que sa fille n'ouvre une porte au hasard et que son esprit n'en supporte les conséquences…

Soudain, il se passa une chose qui le fit frémir.

Sur le canapé, le masque bougeait. C'était comme si un autre visage naissait au-dessous. En le regardant, Daniel découvrit que ce qui comptait en réalité n'était pas ce masque mais ce qu'il cachait, la tête sans traits, la cavité de la bouche s'agitant à l'aveuglette avec des mots qui provenaient d'une lointaine obscurité :

— *Je suis la dernière chose que tu verras avant de mourir, le pire que tu découvriras sur toi-même, le lieu où tu iras à ta mort…*

— Ça suffit, Daniel, dit le Dr Schaumann, et Daniel ouvrit les yeux.

2

Moon n'était pas tranquille.

Il n'avait pourtant pas de raisons. Il avait fait son devoir. Maintenant, il ne restait plus qu'à attendre que La Blonde soit ponctuelle au rendez-vous à la première écluse de la Zone Enfouie et lui paie ce qui avait été convenu pour son travail. Ce que Moon souhaitait le plus était quitter ce maudit Japon et rentrer en Europe avec son bel ami Lam. Il avait prévu de se reposer pendant un bon moment. Il emploierait son temps libre à offrir des tatouages onéreux à sa peau, ou à acheter des parures ou des parfums et à s'adorer lui-même à travers eux. Son contrat avec le Maître était terminé, raison de plus pour éprouver de la satisfaction.

Mais il n'en éprouvait pas.

Certes, son état d'esprit pouvait être dû au rêve qu'il avait fait pendant qu'il était au lit avec Lam. Il avait vu en lui un jeune homme aux cheveux touffus et noirs vêtu d'une ceinture d'où pendaient des franges de cordes de cérémonie et un collier de perles à deux rangs. Le jeune homme se dandinait dans l'ombre, en sueur, de la même couleur terre que les murs, exécutant une danse silencieuse et incessante.

Cependant, c'étaient ses traits qui avaient coupé le souffle à Moon.

C'étaient ceux de Moon.

Au réveil, il avait cru comprendre. Moon était un croyant de la Cité, le destin ultime des êtres. Il sut qu'il avait contemplé un augure : ce serait là sa forme de vie quand il mourrait. Il porterait cette ceinture, avec à son cou une double chaîne, ce qui indiquait une servitude éternelle, affolante, envers les maîtres de la mort.

Et si le cauchemar l'avait inquiété, la visite annoncée de Tourmaline (elle était en retard, comme toujours) ne contribuait pas précisément à le rassurer, encore moins avec les nouvelles qu'elle lui avait annoncées quelques heures plus tôt :

— Ina et Olive ont échoué.

Toujours imperturbable, conçue pour ne plaire qu'au Maître, Tourmaline lâchait les mots sans émotion, avec une prononciation aussi précise et froide qu'une théorie mathématique.

— Ils sont morts.

Imbéciles, avait pensé Moon en l'entendant.

— Et cette révélation qui vous intéressait tant… demanda-t-il.

Il apprécia que la transmission ne fût qu'auditive et que Tourmaline ne pût voir son sourire cynique.

— Ça ne te regarde pas, coupa La Blonde après une hésitation.

— Vous l'avez manquée, non ?

Moon ne laissa pas sa mécanique interlocutrice réfléchir à une réponse.

— Quant à Kean et à sa tendre fillette…

— Ils sont à l'abri, avec les autres, dit Tourmaline. Notre dernière information les situe tous à Singapour, dans la maison que possède Meldon Rowen à Sentosa.

— Que comptez-vous faire ?

— Je te répète…

Certes, ses "affaires" étaient maintenant terminées, et il était préférable que La Blonde le sache elle aussi. Il trancha et parla sur un autre ton.

— Je suis à l'écluse à la sortie de la Zone. Quand viendras-tu me payer ?

Il n'y avait aucun problème à se montrer sincère sur ce point avec La Blonde.

— Je suis en train de me préparer, dit La Blonde. On se voit dans trois heures.

"Se préparer" était un mot à la signification délicate pour Tourmaline. Moon savait que, pour conserver les fils métalliques baignés dans l'or qui pendaient de sa tête, leur propriétaire devait se livrer à des sessions intensives de contrôle de température et d'humidité. Des lieux tels que la Zone Enfouie, situés à plusieurs centaines de mètres sous le niveau de la mer, pouvaient abîmer sa précieuse chevelure en quelques jours. Mais Moon attendait depuis plus de trois heures, ce qui lui avait certainement servi non seulement à se rappeler son cauchemar, mais à méditer sur les événements de la nuit, fruits des inexplicables décisions du Maître.

Si on l'avait laissé mener l'affaire, comme le Maître l'avait tout d'abord prévu, à cette heure ils auraient triomphé.

Pourquoi l'avait-on finalement laissé de côté ? Pourquoi cette astuce compliquée de faire s'enfuir Daniel avec Ina White, cette croyante inutile et maladive, disciple de la Japonaise ? Le Maître avait-il douté que Moon obéisse à ses ordres et lui remette la révélation ? C'était peut-être ça, peut-être cet individu que tout le monde appelait "Maître", que Moon n'avait jamais vu et ne connaissait que par ouï-dire à travers Tourmaline, avait-il craint qu'il ne veuille retirer d'autres avantages de la situation que simplement de l'argent. Penser à cela le déprimait.

Ou peut-être s'agissait-il d'autre chose. Il se demandait s'il pouvait y avoir une raison plus subtile à ces erreurs apparentes. Si peu qu'il le connaisse (toujours à travers Tourmaline), le Maître lui avait semblé très astucieux et, bien sûr, la Vérité avait la réputation de l'être…

Soudain, Moon s'immobilisa.

La Vérité.

Il pensa lentement. Il venait de songer à une explication pour ce plan raté de dernière heure. La plus probable. Peut-être la seule possible.

S'il ne se trompait pas (et il était sûr de ne pas se tromper), il pouvait gagner.

3

Même si Daniel acceptait de se soumettre à ces examens, ils ne lui plaisaient pas du tout. Maintenant que tout était fini, son seul souhait était d'oublier, mais les études du docteur l'obligeaient au contraire à se rappeler les plus infimes détails. Malgré tout, sa compagnie lui était agréable. Schaumann était un homme dynamique et positif, qui transmettait à chaque geste ce désir de vivre que Daniel reconnaissait avoir en partie perdu.

— Avant l'examen suivant, nous allons prendre un bain, indiqua Schaumann ce matin-là. Ça nous détendra.

Bien qu'il y fût déjà allé au long de ce seul jour qu'ils venaient de passer à Sentosa, Daniel se sentit à nouveau écrasé par la gigantesque salle en marbre que constituait la salle de bains de la maison de Rowen, où tout adoptait des courbes graciles, y compris les serviteurs, des jeunes gens à la peau bronzée et à la chevelure de jais, dont les corps, dans une curieuse symétrie, faisaient pendant à la douce courbure des meubles. L'obséquiosité de ces domestiques, collants comme le lierre et parfumés comme des fleurs, l'incommodait. En revanche, Schaumann semblait se trouver dans son élément et étirait ses jolies jambes dans la lagune turquoise arrosée par le jet de deux gargouilles en bronze, tandis que les serviteurs restaient attentifs à ses moindres désirs.

— J'ai découvert, à mon âge, disait Schaumann, avec son joyeux visage caressé par des nuages de vapeur, que je n'aime pas être riche mais avoir un ami riche... Je passe des saisons entières ici, à Sentosa : les jardins et les plages sont fascinants, je t'inviterai plus tard à faire une promenade dans les environs... Et l'atmosphère est juste ce qu'il me faut.

Il se toucha la poitrine. Daniel, allongé dans la grande piscine face à lui, le regarda sans comprendre.

— Je crois que j'ai une petite lésion au cœur, expliqua Schaumann. Le cœur, le point faible de la vie, tu sais. Le mien est affecté depuis longtemps... Je pense parfois que c'est à cause d'un vieil "amour"... Il sourit, énigmatique. – Même si je crois que ce qui me fait le plus de mal est ce terme "vieil"... Tu me diras que soixante-deux ans ne représentent rien dans un corps de conception, mais, l'âge, ce ne sont pas que des numéros qui s'ajoutent à ton décompte total : cela implique aussi de l'ennui.

— Si je vivais ici, je ne m'ennuierais pas, reconnut Daniel.

— Tu oublies que c'est Meldon Rowen qui vit ici, exclusivement. En réalité, ma vie est beaucoup moins excitante et compliquée que tout ça. Mais ne perdons pas davantage de temps : nous avons des choses à faire.

Le docteur ne pouvait dissimuler sa bonne humeur depuis qu'ils se trouvaient dans la maison. D'après ses propres paroles, tout Singapour lui plaisait, du bâtiment de l'aéroport en forme de minaret bleu turquoise (à l'intérieur duquel évoluaient, comme des chats au milieu des parfums, des surveillants des deux sexes aussi beaux qu'Anjali Sen) jusqu'à la jungle de conception, constituée d'après Schaumann, à partir d'une unique fractale dont le motif se répétait d'innombrables fois dans les feuilles des fougères et des palmiers ou dans le dessin des ailes des papillons.

— Ils pensent que les mathématiques sont la seule façon de comprendre la jungle, disait Schaumann, et je leur donne raison, Singapour est le lieu préféré des artistes et des scientifiques. Personne ne te gêne, tu as tout et tu peux rêver. Au début, l'ensemble te semble chaotique, mais, quand tu regardes attentivement, tu en distingues les règles. L'avantage est qu'une excursion à la campagne te fait apprendre la géométrie, concluait-il de son rire cristallin.

Daniel, en revanche, trouvait le pays plutôt triste. Il regrettait la société monotone des villes du Nord et leur routine quotidienne, et était impatient de retrouver tout ça, si loin que cela se trouve.

La maison elle-même était située à Sentosa, une île située au sud de la capitale, reliée à la terre ferme par une toile d'araignée de ponts et de barrières qui empêchaient d'apercevoir l'horizon. C'était plus rassurant ainsi, puisque la Maison de Dieu – la mer – était commodément séparée de la civilisation. Il y avait une plage, mais c'était un réduit quadrillé et surveillé par des gardes et des caméras qui ne donnait pas sur l'océan mais sur une nappe d'eau bleue close. Des corps languides et des groupes de croyants formaient des cercles et chantaient sur la rive. Autour d'eux, la jungle faisait pousser des pyramides et des troncs aux cônes blanc et bleu qui resplendissaient à la tombée de la nuit. C'étaient les bâtiments de l'entreprise de Rowen.

La maison avait surgi tellement à l'improviste au beau milieu de la verdure qu'on dut lui dire qu'ils étaient arrivés pour que Daniel le croie : en réalité la véritable maison se trouvait à une vingtaine de mètres de hauteur au-dessus de la végétation, posée sur quatre parallélépipèdes de jade entourés par un escalier en spirale. Daniel fut étonné par la beauté du jardin, décoré de sculptures en ébène qui représentaient des figures humaines d'un réalisme étonnant.

A partir de l'escalier, l'impression de continuer à avancer en spirale persistait comme un écho à l'intérieur. Les pièces étaient rondes et les murs dépourvus d'angles. Vues de près, les lignes verticales s'avéraient être des colonnes. Triangles et carrés étaient proscrits, la décoration était fondée sur des cercles. Pour le reste, il suffit à Daniel de savoir qu'il disposerait d'une pièce pour lui et d'une autre adjacente rien que pour Yun.

— On en préparera une autre pour ta sœur, lui dit Rowen. Je lui ai déjà envoyé un message : un véhicule aérien ira la chercher cette nuit même à Paris.

Une fois libre (Daniel ne voulait pas songer au mot "inutilisable") et en sécurité avec Yun, il avait été décidé qu'il rentrerait en Europe le plus vite possible. Mais il n'y avait rien de mal à se reposer quelques jours dans l'imposante maison de Rowen pendant qu'ils finissaient de se remettre de l'expérience tendue du Japon. L'idée que sa sœur allait les rejoindre pour qu'ils rentrent tous ensemble avait presque été la première chose à laquelle Daniel avait pensé en arrivant à Singapour, et Rowen, très complaisant, n'avait pas hésité à lui accorder la permission.

Même si en échange (Daniel ne voulait pas songer au mot "obligation") il devait se soumettre aux examens de Schaumann.

Le lieu où ils se tenaient était une pièce située au sommet de la maison. Son aspect différait radicalement du reste : les murs possédaient des angles et le plafond descendait d'une façon similaire à celle de la partie supérieure du grenier de Kushiro. Il y avait des chaises, des services à thé, des lustres et des canapés.

— Cela fait déjà deux examens avec celui-ci, docteur, dit Daniel. Combien d'autres seront nécessaires, à votre avis ?

— Oh, encore un ou deux, tout au plus.

Schaumann le regarda, debout devant la fenêtre. Il ne s'était pas rhabillé après le bain, et les contours de sa silhouette svelte étaient soulignés par le soir doré, pendant que le reste demeurait dans l'ombre.

— Quand nous nous serons assurés qu'il n'y a pas d'autres détails enfouis dans ton inconscient qui puissent être reliés à la révélation.

— Je ne comprends pas pourquoi vous êtes tous si sûrs qu'il y a eu une "révélation", ou quel que soit le nom que vous voudrez lui donner, observa Daniel. J'ai juste dit quelques phrases au hasard, qui faisaient allusion à ce qui m'était arrivé…

— Tu penses que c'est le hasard, mais le hasard ne peut être démontré, argumenta Schaumann en traînant une table rectangulaire pour la placer devant Daniel. Et si je ne peux pas démontrer que ça n'est pas vrai, il est plus simple pour moi de l'admettre. Tu nous as raconté que tu avais trouvé cette trappe par hasard, et que c'était aussi par hasard que tu avais dit la phrase : "Des oiseaux sous nos pieds." Pourtant, quand tu es monté en haut du grenier, le plancher craquait en imitant le chant des oiseaux…

— Un autre hasard.

— Pas nécessairement, releva Rowen. Le laboratoire a été construit selon des instructions précises de Kushiro, et le plancher résonnait ainsi selon un objectif précis… Ensuite, tu as cru voir que le masque te regardait, tu as reculé, le sol s'est effondré, poursuivit Darby, tu es tombé dans le grenier et tu es resté inconscient… Quand Anja t'a trouvé, tu murmurais ces phrases…

— Et alors ? Qu'est-ce que ça a de spécial, que j'aie dit : "Masque et mains", "Cris d'oiseaux", "Trappe" et… ? – Il s'efforça de se rappeler.

— "Echelle métallique" et "angle au plafond", compléta Schaumann.

— Ce sont des choses que j'ai vues ou senties quelques instants plus tôt ! La trappe et l'échelle métallique conduisaient à la partie supérieure du grenier, qui avait un plafond en angle. Là se trouvaient les moules du masque et des mains de Kushiro… Quant aux "cris d'oiseaux", c'étaient…

— Les craquements du plancher du grenier, je sais, acquiesça le docteur.

— Si j'étais resté inconscient dans cette cabine, j'aurais peut-être dit : "Chaises aux pieds courbes", "Rideaux" ou "Le docteur nu traînant une table".

Schaumann lâcha son petit rire en s'asseyant sur la table, face à Daniel.

— Tu as peut-être raison, admit-il. En fait, c'est le plus probable. Mais nous ne parlons pas de choses que la raison peut comprendre, Daniel, ni la tienne ni la mienne.

Nous évoluons à un niveau beaucoup plus profond, celui de la croyance. – Schaumann sourit avec une certaine douceur. – Les choses n'ont pas une signification unique ; c'est l'un des enseignements que j'ai retenus dans cette vie. Les objets se montrent innocents devant nos yeux et nous demandent : "Que suis-je ?" Selon ta réponse, ils sont une chose ou une autre… ou bien une chose et l'autre à la fois. Au Huitième Chapitre, qui contient une grande sagesse mathématique, on affirme que les angles d'un plafond sont aussi une porte qui permet le passage vers d'autres réalités. Tu peux insister autant que tu voudras sur le fait qu'il ne s'agit que d'un plafond à la forme spéciale et non d'une porte, mais tout ce que tu gagnes à conserver ce point de vue est que la porte *ne s'ouvrira jamais pour toi*, tu comprends ?

— Et que peuvent signifier d'autre les paroles que j'ai murmurées ? Pourquoi êtes-vous tous tellement sûrs que ces mots sont la "révélation" ?

Le Dr Schaumann sembla sur le point de répondre, mais soudain il éleva l'index tout en souriant avec un plaisir énigmatique.

— Pour l'instant, il vaut mieux que tu n'en saches pas davantage, dit-il. Poursuivons l'examen.

4

Tourmaline et Moon étaient presque habillés de la même façon, par pur hasard : des pièces très fines à bretelles, celle de Tourmaline grise avec des dessins orange ouverte à partir de la taille, celle de Moon couleur gris perle jusqu'aux cuisses. Ils occupaient des sièges en vis-à-vis dans le salon le plus spacieux du véhicule de Moon, celui-ci à côté d'un mur rouge, La Blonde à côté d'une cruche. Ils portaient tous les deux les cheveux lâches, ce qui, dans le cas de La Blonde, était plus voyant, car le poids de sa chevelure était écrasant. Tourmaline gardait cependant la tête parfaitement droite.

Tapi sur le siège, les bras passés autour de ses jambes nues, Moon observait sa visiteuse avec l'habileté de quelqu'un qui tente de découvrir une imperfection sur un objet de prix. Il appuya ses pieds nus sur le tapis, tendit la main, prit le verre posé sur la petite table et but une autre gorgée de liqueur. Tourmaline avait à peine touché à son verre.

— Trinquons, alors, à… à l'échec mutuel de notre travail, dit Moon.

La Blonde le regarda avec quelque chose qui pouvait être plus que de la curiosité (Moon se plut à penser qu'il s'agissait d'une “hésitation”).

— A quoi tout cela rime-t-il, Moon ? fit Tourmaline sans ébaucher le geste d'accepter de trinquer. Tu as déjà ton or. Que veux-tu ?

— J'ai pensé que ça te ferait plaisir de boire un verre avant de partir oublier le mauvais goût de l'échec.

— Ce n'est pas un échec complet, dit la jeune fille aux cheveux dorés avec un certain soupçon. Le Maître les surveille à Sentosa. Où qu'ils aillent, nous les suivrons de près.

Quelque chose dans sa réponse intéressa Moon. Il adressa à La Blonde un de ces regards qui faisaient trembler même ses assistants aguerris, mais Tourmaline lui renvoya simplement l'examen avec ses yeux bleus.

— Vous allez les suivre *de près* ? Comment ça ?

— Comme il faudra.

— Alors vous ne vous êtes pas avoués vaincus…

— Ce n'est pas le style du Maître.

— Non, bien sûr. Encore moins maintenant, où il bénéficie de l'aide inestimable de la Vérité… J'aimerais savoir qui c'est. Tu as réussi à la voir ?

— Il est évident que non.
— Pourquoi si évident ?
— Je ne serais plus vivante si je l'avais vue, répondit Tourmaline.
— Oui, rit Moon. "Qui voit la Vérité ne voit plus rien", dit-on... On raconte de nombreuses légendes à ce sujet : qu'elle peut prendre n'importe quelle identité, par exemple, ou contrôler n'importe quelle marionnette...
Tourmaline le regardait sans répondre.
— Tu sais ce que je pense ? Que ton Maître voulait que le plan de cette nuit *échoue*. Parce que... le véritable plan est différent. Nous ne sommes qu'un leurre. Comment as-tu dit ? "Des pièces secondaires..."
— Je ne vois pas où tu veux en venir, Moon.
— Je crois que tu comprends parfaitement : tu as commis une erreur en me parlant de la Vérité au club de Tôkyô. Elle est le code, n'est-ce pas ? Enlever la fille de Kean et utiliser Ina White... Tout cela, c'est le décor. Le seul protagoniste est la Vérité. Elle l'a toujours été. Tu l'ignores, peut-être ?
Il y eut une pause. Dans le grand salon du véhicule, on n'entendait pas le moindre bruit.
— Je ne sais rien des projets du Maître, dit enfin La Blonde en levant distraitement un pied aux ongles rouge sang et en l'appuyant sur le siège sans cesser de regarder Moon.
Ses cheveux firent clink quand sa main les écarta.
Je me contente d'exécuter les ordres.
— Et pourquoi est-ce que tu donnes l'impression de te sentir toi aussi laissée de côté ?
Moon lui fit un clin d'œil, comme pour l'inviter à partager un secret.
— Le Maître nous a utilisés comme *distraction*, Tourmaline. En fait, c'est la Vérité qui a fait tout le travail.

Mais nous sommes des professionnels. N'est-ce pas douloureux, d'être traités ainsi ?

— Rien de ce que tu insinues n'a de sens, affirma La Blonde en prononçant lentement chaque mot.

Moon sembla accepter cette conclusion.

— Je peux me tromper. Mais si j'ai raison ? Et si on peut retirer des bénéfices de tout ça ? Tu travailles pour l'argent, comme moi. Fais ça : parle au Maître, dis-lui que nous connaissons son plan, et qu'il est *très risqué*, bien que digne d'admiration. Et dis-lui que nous voulons qu'il reconnaisse lui aussi que nous l'avons *découvert*.

Après avoir attendu en vain une réaction de son interlocutrice, Moon prit la bouteille de liqueur, constata qu'elle était vide, se leva et déplaça son corps sinueux jusqu'à une petite armoire en verre pour en prendre une autre.

— Réfléchis, Tourmaline, insista-t-il. Je me fiche de ce que cherche le Maître, et toi aussi. Toutes les clés de ce monde ne m'intéressent pas. Et pour moi, Dieu peut continuer à régner sous l'eau jusqu'à la fin des temps ou être détruit. Je n'ai pas accepté ce travail à cause de la mystique. Tu veux savoir pourquoi je l'ai accepté ?

— Je brûle d'impatience.

L'ironie inhabituelle de Tourmaline poussa Moon à se retourner et à la regarder un moment. La Blonde souriait avec une légèreté presque imperceptible.

— Je l'ai accepté, parce que, si je suis riche, j'ai moins peur, avoua Moon. Et si je suis encore plus riche, j'aurai encore moins peur. Tu pourras peut-être porter une main à ta tête et sentir que tu possèdes tout l'or que tu veux accroché là, mais j'ai l'impression que tu veux plus… Ou alors, ton obéissance t'aveugle à ce point ?

— Non, nia La Blonde. Pas à ce point.

— Je le savais. Nous sommes pareils.

Moon revint vers les bouteilles rangées dans l'armoire.

— Alors ?

Pendant qu'il choisissait une liqueur nouvelle, opalescente, Moon poursuivit :

— Demande au Maître combien vaut ce que j'ai découvert. Juste ça.

— Supposons qu'il me dise que ça ne vaut pas plus que ce qui a été convenu, répliqua La Blonde. Que se passerait-il ?

— Les choses pourraient se compliquer, non ? – Moon contempla la liqueur à travers le verre taillé : sa densité trouble était parfaite. – Que se passerait-il, à ton avis, si Darby, Rowen et les autres savaient que nous *les avons laissés gagner* ? dit-il. Qu'arriverait-il, par exemple, s'ils savaient que “la vérité” est plus proche qu'ils ne le pensent ? Ce qui constitue en l'occurrence un peu plus qu'un jeu de mots…

Il sourit devant sa propre ingéniosité.

— Sincèrement, Moon, je ne crois pas que le Maître accepte ces conditions, trancha La Blonde.

— Pourquoi ?

— Parce que tout est fini.

Moon fut surpris par cette déclaration cassante.

— Qu'est-ce que tu veux dire par là ?

Il se tourna vers Tourmaline et découvrit que La Blonde s'était levée en silence et se trouvait devant lui. Même pieds nus, Tourmaline était très grande, et sa silhouette parfaite et bien dessinée assombrissait celle de Moon.

— Que tout est fini pour toi.

La Blonde tordit le cou dans un geste scintillant.

En voyant la vague de métal furieux s'approcher de son visage, Moon eut encore le temps de se rappeler l'étrange et terrible rêve. Le présage de sa mort.

5

La peur est le fil de bunraku *de l'humanité...*

Daniel ne voulait pas entendre cette voix morte s'étendre comme une maladie sur tout son corps. Mais il n'y avait pas moyen de ne pas l'entendre : elle se trouvait en haut de la Tour, en face.

Tu te rappelles l'interrogatoire d'Olsen, quand tu t'es agenouillé pour supplier ? A ce moment, j'ai aimé te faire du mal...

Il tomba à genoux devant cette voix, contraint par elle, et sa haine et sa colère le firent trembler par-delà la peur qu'il ressentait. Il vit Olsen et Moon tenant l'arme. Il vit le regard de Bijou s'éloigner.

... c'est pour ça que j'ai ordonné à Olsen de tuer ton épouse.

Masque et mains... Cris d'oiseaux... Piège... Echelle de métal...

Il entendait autre chose, comme une présence lointaine qui l'aurait appelé, mais à ce moment tout son être était suspendu aux lèvres blanches de la femme *bunraku*, à son corps à la chair morte qu'on lui montrait et à ses paroles comme des prières vides.

Je recommencerai à te faire du mal quand je voudrai, Daniel Kean, juste par caprice, et tu bougeras la tête et tu acquiesceras...

— Ça suffit, Daniel.

De sa table, le Dr Schaumann écarta les jambes, faisant en sorte d'avoir les cuisses presque parallèles au bord du meuble. Il resta un instant dans cette position, à observer Daniel, qui se débattait dans le cauchemar.

— Ça suffit, répéta-t-il doucement.

Les paupières de Daniel tremblèrent et il ouvrit les yeux. Le Dr Schaumann se leva et posa les mains sur sa taille. Il montrait sa poitrine suante et essoufflée découverte sous la chemise blanche qu'il portait et qui ne comportait qu'un col et des manches. Ses cheveux étaient relevés au-dessus de la nuque.

— Je te l'ai déjà dit, murmura Schaumann avec calme, sans sourire : je t'ai prévenu que, au cours de l'examen, tu allais *vivre* certaines expériences... C'est une conséquence directe des tests, il n'y a pas moyen de l'éviter. Comme je te l'ai expliqué, notre corps est aussi espace : il a des angles, des recoins d'ombre et de lumière... Les gestes que je fais imitent ces angles et les font correspondre à la forme des murs, au plafond et aux tables où nous nous trouvons, et de la sorte je peux voir les environs, le lieu qui nous entoure, la maison et toi-même à l'intérieur... Les croyants diraient que c'est de la pure croyance fondée sur le Huitième, mais, moi, je considère qu'il s'agit d'un simple examen scientifique... Cependant, en fouillant dans tes souvenirs, j'en éveille d'autres sans le vouloir... Comment te sens-tu ?

Daniel, à genoux sur sa table, tarda à répondre. Il haletait et regardait le docteur et tout ce qui l'entourait avec de très grands yeux.

— Fatigué, mentit-il.

En réalité, il était en proie à la colère, elle l'écrasait complètement : revivre la conversation avec la Vérité impliquait – il le comprit plus tard – de revivre sa haine et son plus féroce désir de vengeance. Il regarda Schaumann en croyant qu'il le sentirait, que son agitation le trahirait, mais il constata que, à sa façon, le docteur essayait lui aussi de vaincre une étrange émotion. Sa main droite palpait sa poitrine à hauteur du cœur.

— Que se passe-t-il ?

— Vraiment, je ne sais pas, dit Schaumann en parlant avec beaucoup de précaution. Je suis entré dans tes pensées et je t'ai emmené sur le lieu de la révélation, comme toujours, mais cette fois… j'ai remarqué un autre élément.

Soudain il se passa quelque chose. Daniel, qui respirait posément sans cesser de regarder Schaumann, se rendit compte immédiatement du changement. Le visage du docteur perdit de sa vie, sa bouche s'ouvrit comme une porte poussée par le vent, ses yeux s'assombrirent.

— Docteur ? Brent ?

Sans répondre, Brent Schaumann se leva et monta sur la table. Il resta debout, sa svelte silhouette raidie et le regard perdu sur un point indéfini.

— Il y a autre chose… dit-il avec effort. Je le sens…

Il tourna à demi jusqu'à se placer de profil, et il pencha la tête en arrière. Il fixa le plafond du regard en respirant de façon entrecoupée.

— Qu'est-ce que c'est ? Pourquoi est-ce que je ne peux pas accéder… ? Laisse-moi accéder… Les angles se referment…

Il sembla fournir un effort final, et soudain tout cessa.

— Oh, ne fais pas cette tête, dit Schaumann encore debout sur la table. Ce n'est pas toi, ni rien que tu aies fait, Daniel, mais quelque chose que… Je dois réfléchir à la question. Je te verrai plus tard.

Il descendit de la table d'un saut agile et quitta la pièce.

Mais Daniel ne revit pas Schaumann de la journée, et le lendemain il eut d'autres choses en tête, puisqu'il attendait l'arrivée de Lania, sa sœur.

Il avait pris sa décision.

6

Le véhicule aérien de Rowen atterrit avec ponctualité, et Lania Kean sortit par la porte avec l'expression de qui contemple un monde magique. Le voyage en soi avait été étonnant, à commencer par le véhicule aérien, dont l'intérieur était si grand et confortable que Lania se dit qu'elle aurait pu y vivre le restant de ses jours. Rowen vint l'accueillir personnellement à l'aéroport, refusant que Daniel l'accompagne, "pour que la rencontre ne se produise pas d'un seul coup", dit-il, et le voyage jusqu'à Sentosa permit à Lania de profiter davantage des gestes doux et de la parole éblouissante de son amphitryon que du paysage. Malgré cet accueil fastueux, un vague sentiment d'inquiétude l'opprimait. Toute l'opulence de Sentosa et l'incroyable maison ne signifièrent rien pour elle avant que Daniel ne finisse par apparaître, presque timidement, sur l'immense balcon de la maison où avait été prévue la rencontre. Pour le frère et la sœur, la présence de l'autre était comme se contempler dans un miroir : ils avaient été créés à partir de la même cellule et leurs sveltes silhouettes étaient identiques.

Ils s'étreignirent, s'embrassèrent et effacèrent par de douces caresses la peur qu'ils avaient éprouvée en attendant ce moment. Daniel fut affecté d'apprendre que son père était entré en contact avec un groupe de croyants pour essayer de retrouver sa trace.

— Mais il n'est pas croyant, dit-il, un peu désorienté.

— Et tu vas lui reprocher d'avoir eu recours à eux ? – Lania faisait des efforts pour ne pas pleurer. – Tu imagines comme nous avons tous été inquiets ?

Il décida de lui raconter ce qui s'était passé. Il ne lui donna pas de détails, juste la version modérée qu'il avait répétée pour elle : dans le train, ce rêveur lui avait confié un secret ; maintenant, d'autres désiraient le connaître, et pour y parvenir ils n'avaient pas hésité à tuer Bijou. Il se sentit bien en parlant avec Lania. La souffrance par laquelle il était passé sembla s'atténuer à côté d'elle.

Il y eut une pause quand Daniel eut fini de parler. Lania sourit enfin. Ils s'étreignirent à nouveau et elle respira, comme si les paroles de Daniel l'avaient libérée d'un poids.

— Bon, mais tu es ici, et tout est fini… lui dit-il.

En la regardant, Daniel s'aperçut que Lania représentait un confortable retour à la vie, aux regards qui parlaient, à l'affection qui se passait de mots. Depuis cette lointaine matinée où Klaus Siegel s'était adressé à lui sur le dernier siège de la septième section du Grand Train, Daniel se sentit véritablement en paix. Ou presque. *Nous sommes ici, mais tout n'est pas fini.*

Sa sœur n'était pas très encline à conserver longtemps des attitudes solennelles, et elle le prit immédiatement par la main.

— Emmène-moi voir Yun.

Malgré la joie que celle-ci manifesta de voir Lania, Daniel ne pouvait s'empêcher de constater le changement notoire qui s'était opéré en elle. Le sérieux de sa fille s'était transformé en raideur, comme si l'absence de Bijou, que Daniel avait essayé de lui expliquer avec des mots simples, l'avait en quelque sorte paralysée. Lania sembla s'en apercevoir elle aussi. Daniel avait parfois la terrible sensation que Yun le rendait responsable de la mort de Bijou. Lania n'accorda cependant aucune importance à cette attitude.

— Elle a besoin d'un peu de temps, dit-elle à Daniel. Quand elle rentrera à la maison avec toi, elle s'adaptera.

Le déjeuner de bienvenue se tint dans un immense salon rond, dépourvu de meubles. Le sol, doux et moelleux, était semé de cercles de plateaux qui contenaient des boissons et des plats de nourriture. Tout le monde s'assit ou s'allongea de façon décontractée. Rowen se chargea de la présentation "officielle" de Lania Kean, et même le toujours sec Yilane lui fit des remarques aimables.

Daniel remarqua que l'allure de Darby attirait l'attention de Lania : vêtu d'une grande tunique noire, il tendait ses bras velus pour prendre du raisin dans un plat, mais sa sœur se garda de témoigner de la surprise, pas davantage qu'elle ne posa de questions sur les yeux clos de Maya Müller ou la présence souveraine d'Anjali Sen et du Dr Schaumann. Elle semblait accepter ces personnages pour ce qu'ils étaient, par le simple fait que, d'une certaine façon, ils avaient aidé Daniel.

A un moment donné, Rowen leva son verre tout en prenant la parole.

— Il y a quelques jours, nous étions aussi réunis avec Daniel, et nous trinquions aussi, mais l'occasion était alors loin d'être heureuse. Aujourd'hui, tout a changé : Daniel a retrouvé sa fille et, demain, il reprendra avec elle et toi, Lania, le cours de sa vie. Quant à nous, nous entreprendrons d'autres voyages qui nous conduiront enfin à la destination dont nous avons rêvé…

Il s'arrêta, comme s'il cherchait la fin appropriée.

— Nous avons tous des choses à déplorer, mais aussi à fêter. Je trinque à cela.

Les conversations reprirent, Lania sembla enchantée des anecdotes de Rowen, et des commentaires de Yilane, Darby et Anjali. Daniel, en revanche, fut laconique. Il apprécia que Rowen et les autres se chargent de distraire sa sœur, car il s'en sentait incapable.

A la fin du repas, il y eut une sorte de hâte générale à quitter les lieux et à retrouver les autres au milieu du salon. Daniel vit Darby parler au Dr Schaumann et il s'approcha d'eux.

— J'irai, dit-il sans préambules.

Ils le regardèrent tous les deux, bien que Darby semblât manifester davantage d'étonnement que le docteur.

— Où ? demanda Darby.

— Où vous irez. Où la révélation vous a dit d'aller.

Darby le regardait, bouche bée. Il secoua sa tête chauve un instant.

— Je ne comprends pas… murmura-t-il. Pourquoi… ?

— Parce que ceux qui m'ont fait du mal vous suivront, j'en suis sûr. Et je veux les retrouver. – Il contrôla le tremblement de sa voix pour ajouter : Ma sœur s'occupera de Yun. Si Rowen le permet, elles peuvent attendre ici jusqu'à mon retour.

— Daniel, c'est absurde… commença Darby.

Daniel lui tourna soudain le dos. Il croyait avoir minutieusement médité son plan, mais il ne se sentait pas moins déconcerté que l'homme biologique. Peut-être était-ce réellement ce qu'il voulait faire ?

Quelqu'un l'arrêta. C'était le docteur. Schaumann ne portait sur lui qu'une fine couche d'onguents et de peintures élégantes qui faisaient ressortir ses traits délicats, et sa silhouette tout entière apparaissait d'une couleur intensément charnelle sous les lumières du salon. Mais il y avait quelque chose dans le brillant de ses yeux et la raideur de sa posture qui n'était pas que de l'ornement.

— Daniel, je te comprends et je t'admire.

Sa voix semblait tendue.

— Mais je ne veux pas parler pour l'instant de la décision que tu as prise… Je voulais juste… J'aimerais recommencer l'exploration que j'ai pratiquée sur toi hier, mais hors de la maison…

— Je pensais que cela ne pouvait se faire que dans des lieux possédant ce type de plafond.

— Ce n'est pas indispensable ici, à Sentosa, répliqua le docteur. La végétation de conception adopte des formes géométriques exactes et cela peut servir… Je connais un endroit qui serait idéal. Que dirais-tu qu'on se voie dans le jardin, près des statues, ce soir vers vingt-deux heures ?

— Très bien, mais que se passe-t-il ? Cela a un rapport avec ce que tu as aperçu hier ?

Au lieu de répondre directement, Schaumann se pencha vers lui.

— Je ne veux pas que tu parles d'hier à qui que ce soit, Daniel, murmura-t-il. Je ne suis encore sûr de rien, alors nous devons être discrets. D'accord ?

Daniel eut à peine le temps d'acquiescer. Le docteur s'écarta de lui après avoir murmuré :

— Cette nuit, près des statues.

7

Il n'y eut pas de réaction immédiate à sa décision, ce à quoi Daniel s'attendait. Il supposait qu'ils devaient eux aussi méditer avant de l'accepter ou de le rejeter. En fait, ce n'était pas clair, même pour lui. Il savait que, s'il s'arrêtait à réfléchir, il ne le ferait pas, et c'était la raison pour laquelle il n'en avait pas encore parlé à sa sœur. Pourquoi devait-il les accompagner dans cette recherche absurde, maintenant que tout était… ?

Mais tout n'était pas terminé.

Il ne fut guère surpris que l'émissaire choisi par le groupe pour l'interroger fût Maya Müller, la jeune fille aveugle et intuitive. En revanche, il fut étonné, très étonné, par la façon dont elle l'aborda. Elle entra dans sa chambre peu après le déjeuner et (habitude invétérée chez elle, semblait-il) s'assit par terre pour lui parler :

— Meldon a de vrais chevaux dans son jardin. Pas des images de *scriptorium* ni des figures mécaniques, mais d'authentiques chevaux, conçus dans les centres de génétique de sa propre entreprise à Sentosa. Tu as déjà vu des chevaux en chair et en os ?

Daniel dut reconnaître que non.

— Je peux t'apprendre quelque chose que peu de gens savent : à monter. Il n'y a aucun danger, ils ont été conçus pour ça.

La proposition était extravagante, mais il décida d'accepter.

Dans le jardin attendaient deux beaux spécimens de ce curieux animal : l'un blanc perle, l'autre alezan avec une crinière aux reflets fauves. Maya lui apprit à saisir la monture et à se dresser sur les étriers. Comme elle le lui avait assuré, ils avaient été conçus pour le plaisir de cavaliers inexpérimentés, et en peu de temps Daniel prit de l'assurance sur l'alezan et commença à apprécier. Maya, qui avait choisi le blanc, chevaucha en dehors du périmètre du jardin. Ses bracelets en métal et en ébène produisaient des éclairs quand elle tirait sur les rênes.

L'après-midi était immense et chaud. Dans le ciel, il n'y avait pas un seul nuage, et une brise fraîche aérait les grandes plantes humides des deux côtés du sentier où ils s'étaient engagés. Maya ralentit le trot pour qu'ils avancent ensemble. Pour Daniel, la sensation d'être sur un cheval était si étonnante que pendant un bon moment il oublia tout et décida d'en jouir en silence. Les paroles de Maya, inattendues, le firent donc encore plus sursauter.

— Daniel, tu ne peux pas nous accompagner.

Il fut surpris du ton catégorique qu'elle avait employé et de la brusquerie avec laquelle elle avait amené le sujet. Il décida de rendre le coup avec la même force.

— Je comprends. Vous avez la révélation, alors Daniel ne sert plus à rien et il peut rentrer chez lui. "Reprendre le cours de sa vie", comme dit Rowen. Dommage qu'il ait perdu son épouse en chemin et que "le cours de sa vie" n'existe plus… Mais qu'est-ce que ça peut vous faire ?

Il n'employait pas un ton offensant, pas même mordant. C'était une déclaration froide, presque objective.

— Tu ne comprends pas, dit-elle sans laisser le silence se prolonger. Ce que tu veux faire est très dangereux. Nous soupçonnions la présence de quelqu'un de plus important que Moon dans tout cela, mais savoir qu'il s'agit de la Vérité a dépassé nos pires attentes.

La seule mention du nom détesté suffit pour que tout le plaisir retiré par Daniel de la délicieuse expérience de la chevauchée disparaisse comme un rêve.

— Qui est vraiment cette… "Vérité" ? demanda-t-il à voix basse.

Maya haussa les épaules :

— Personne ne le sait. On raconte tant de choses sur elle que tout semble faux : qu'elle n'est ni homme ni femme, qu'elle n'est même pas vivante ou que son nom est inscrit dans le livre de l'Homme Noir du Huitième et que c'est un mercenaire, comme Moon. Certains pensent qu'elle n'existe pas, qu'il s'agit d'une fable… Je faisais partie de ceux qui le croyaient, avant que tu nous racontes ton expérience avec Mitsuko… Ce que tu lui as vu faire à la fille de Kushiro prouve que c'est un adversaire réel et terrible, Daniel.

— Je n'ai pas peur de la Vérité, dit Daniel.

— Moi si, reconnut Maya.

— Tu crois qu'elle pourrait… attaquer ici, à Sentosa ?

Daniel frissonna en pensant à Lania et à Yun.

— Je ne crois pas. Pour l'instant, ce qui l'intéresse, c'est de trouver la *Clé*, pas de nous éliminer. Et puis Sentosa est surveillée. C'est toi, qui m'inquiètes. Nous t'avons déjà demandé de prendre des risques une fois ; nous ne voulons pas que tu recommences pour quelque chose qui ne t'incombe pas.

— Je ne le fais pas pour la *Clé*, répliqua Daniel. Quel que soit ce trésor, il ne m'intéresse pas. Ce qui m'intéresse, c'est la Vérité.

— Tu ne pourras rien contre elle, si tu la trouves !

Pour la première fois, la voix de la jeune fille semblait teintée d'impatience.

— Tu n'es même pas croyant, Daniel…

— Héctor Darby non plus.

— Héctor Darby cherche la *Clé*, pas une vengeance absurde…

— Et qu'est-ce que ça signifie ? Qu'il peut prendre des risques, lui ?

Furieux, Daniel contempla le profil inaltérable de la jeune fille. Les chevaux, se frôlant, imprimaient un rythme paradoxalement lent aux corps, contrastant avec la violence des paroles.

— Tu sais comment Ina White m'a appelé pendant qu'elle me frappait pour obtenir la révélation ? Elle a dit que j'étais un "vase" : seul mon contenu importait. C'est peut-être ce que je suis pour vous tous… Le *messenja*, le vase… Mais tu peux dire aux autres que maintenant je suis cassé et vide, et qu'ils ne pourront rien obtenir de moi !

Il sentit ses yeux humides. C'était comme s'il avait dans la bouche des paroles de feu qu'il avait besoin d'expulser avant qu'elles ne le brûlent.

— Le "cours de ma vie" est en morceaux, Maya ! Je ne pourrai plus vivre tranquille avec Yun en sachant que ce démon peut revenir et l'emmener quand il voudra ! Dis-le à tes amis : j'irai avec vous…

— Je n'ai rien à leur dire, répliqua-t-elle : ce ne sont pas eux qui m'ont envoyée. En réalité, ils ne trouvent pas mal du tout l'idée que tu nous accompagnes. Qui sait, disent-ils, le "vase" contient peut-être d'autres choses…

Après une pause, elle ajouta :

— Je suis désolée de l'exprimer comme ça.

— Alors pourquoi es-tu venue…

— Pour toi. Et parce que je t'ai déjà fait mal une fois et que je ne veux pas recommencer.

— Ce n'est pas toi qui as ordonné d'assassiner ma femme.

— J'ai connu toute une gamme de souffrances, dit la jeune fille et, à ce stade de ma vie, je peux t'assurer qu'une seule chose est pire que de faire souffrir une autre personne, c'est de le permettre. Je suis venue te prévenir, Daniel Kean : le lieu où nous allons est beaucoup plus dangereux que la Zone Enfouie, et nos ennemis possèdent un pouvoir considérablement plus important. Demande-toi si la vengeance peut compenser le fait que Yun reste seule.

— Demande-toi ce que tu ferais à ma place, dit-il.

Il y eut un silence compact que rien ne sembla pouvoir briser. Ils chevauchèrent sur un sentier étroit qui les obligea à se séparer. Maya tirait sur les rênes avec adresse en conduisant la blanche monture à travers la végétation touffue. Quand ils arrivèrent à un endroit où les plantes les plus basses pouvaient les dissimuler entièrement, elle descendit de cheval et invita Daniel à l'imiter.

Après avoir attaché les animaux à des troncs et les avoir caressés, Maya s'engagea entre les fougères et Daniel la suivit. L'atmosphère était humide et fragrante, et l'on entendait des bruits mystérieux. Un brouillard aussi léger qu'un souvenir lointain tapissait les silhouettes des plantes sans parvenir à les faire disparaître, les faisant même ressortir.

Ils atteignirent une clairière entourée de grands arbres. En levant la tête, Daniel découvrit que c'étaient des palmiers gigantesques, conçus comme des colonnes bigarrées.

— C'est fascinant, dit-il.

— J'aime t'entendre dire à quel point, dit Maya en se déplaçant dans la brume.

Elle étreignit un arbre et resta ainsi un moment, comme si elle l'aimait.

Ils allèrent d'un endroit à l'autre, Daniel regardait tout, la jeune fille palpait. Il était surpris par les torches fugitives des papillons avec leur vol prédéterminé et elle par la géométrie des troncs. Il y avait une telle humidité que leurs cheveux se déversaient comme de l'or fondu et leurs corps jetaient autant d'éclat que les colliers et les bracelets qu'ils portaient. Ils se différenciaient en un point : peut-être davantage que par le paysage qui l'entourait, Daniel était émerveillé par la précision avec laquelle la jeune fille l'explorait.

— Rien ne t'échappe, Maya Müller ? lui demanda-t-il.

Il fut surpris de la voir prendre la réponse au sérieux.

— En fait, beaucoup de choses, avoua-t-elle après une réflexion silencieuse. Je ne connais pas la couleur de ces orchidées que nous avons en ce moment à notre gauche. Je les connais, je peux percevoir leur forme, leur disposition et leur quantité, mais pas leur couleur. Il en va de même avec les lieux ou les personnes. Je peux imaginer tes traits, je te reconnaîtrais entre mille, et pourtant, quand tu souris… Elle s'arrêta, comme si elle cherchait ses mots. – Quand tu souris, même si je sais que tu souris, j'ignore quel effet produit ton sourire sur ton visage… Je suppose que je plonge tellement la main dans l'eau que je n'en perçois pas la surface. Et parfois j'aimerais beaucoup pouvoir voir quelque chose, simplement, sans le connaître : m'asseoir et apprécier la forme d'un visage, même si j'ignore tout de la personne qu'il y a derrière. Voir sans yeux ne consiste qu'à savoir.

— A quel âge… ? commença à demander Daniel, et il s'interrompit.

— A quel âge j'ai perdu la vue ? dit la jeune fille. A douze ans.

Daniel trouva la nouvelle odieuse. Il n'imaginait pas ce qui avait pu provoquer cette cécité, hormis l'absence de soins médicaux. Dans le Nord, les sens lésés pouvaient être retrouvés grâce aux interventions adéquates.

— Ça te gênerait, si je te demandais ce qui t'est arrivé ? dit-il avec tact.

— Oui, répondit-elle.

Après une nouvelle pause, la jeune fille changea inopinément de sujet. Elle se mit à parler de Singapour : ses fleurs et ses papillons, les maisons à la façade blanche et à caissons noirs de Chatsworth Road qui imitaient les villes bibliques. Elle parlait avec la rapidité de quelqu'un qui tente d'éviter le silence. A un moment donné, un insecte aux multiples couleurs vrombit entre eux deux avec un grand fracas, mais, ayant été conçu pour ne pas déranger, il s'éloigna immédiatement.

— Tu veux que je te dise une chose ? fit Daniel en l'interrompant. J'aimerais voir tes yeux. Pourquoi est-ce que tu ne les ouvres jamais ?

— J'essaie de ne pas faire de choses inutiles, dit-elle brusquement, et elle repartit vers les chevaux.

— Je regrette de t'avoir offensée, murmura Daniel quand ils reprirent la chevauchée.

Elle ne parla pas pendant un bon moment. Quand elle le fit enfin, ce fut pour dire :

— Un adage du Sud affirme que les yeux d'une personne ressemblent à ce qu'ils ont pu contempler de plus important. Je ne crois pas que les miens te plairont.

Le bleu de l'après-midi s'assombrissait comme s'ils entraient dans des eaux profondes.

— Ce que tu as contemplé était si horrible ? demanda Daniel après un silence.

— Plus que tu ne l'imagines. Mais pour l'instant, je t'en prie, je ne veux pas y penser. La beauté de la vie nous entoure, Daniel, regarde-la autour de toi… et ne la gaspille pas.

Sur le même ton, et presque sans s'interrompre, elle ajouta :

— Je regrette beaucoup pour ton épouse, j'ai essayé de l'éviter quand j'ai découvert qu'Olsen nous avait trahis, mais je n'y suis pas parvenue… Maintenant, je veux éviter ta mort, Daniel Kean. Je te prie de retourner en Allemagne avec ta fille et de nous oublier.

— Je vous ai déjà oubliés, répliqua Daniel avec calme. Maintenant, je cherche la vérité. Je vais vous accompagner, Maya : je veux juste que tu me dises quand vous partez et où.

— Je constate que je n'ai pas pu t'ôter l'idée de la tête, Daniel Kean.

— Les idées qui ne sont que dans la tête, à quoi servent-elles ? allégua-t-il, et il parvint – enfin – à provoquer un éclat de rire sincère en elle.

— Nous partons demain à la première heure, dit Maya Müller. Quant au lieu où nous nous rendons, tu nous l'as révélé avec tes propres paroles…

— Je ne comprends pas comment.

La jeune fille ouvrit la bouche pour répondre quand soudain l'expression de son visage changea du tout au tout.

Ils arrivaient aux immenses piliers de la maison, dont on apercevait l'escalier dans l'obscurité croissante. Tout semblait tranquille, mais Maya éperonna son cheval vers les piliers et descendit d'un saut avant que l'animal ne s'arrête. Daniel la suivit du regard et distingua un groupe de personnes rassemblées dans le jardin, à la lumière des torches. Les flammes se reflétaient à la surface des sculptures. Ce fut alors qu'il se souvint de son rendez-vous avec le Dr Schaumann.

Une silhouette s'écarta du groupe. C'était Meldon Rowen.

En voyant l'expression de son visage, Daniel frémit.

Troisième partie

NOUVELLE-ZÉLANDE

C'était une folie, bien sûr… mais ne titubais-je pas dans un monde obscur aussi fou que moi ?

Sainte Bible, Onzième Chapitre, VI, 29.

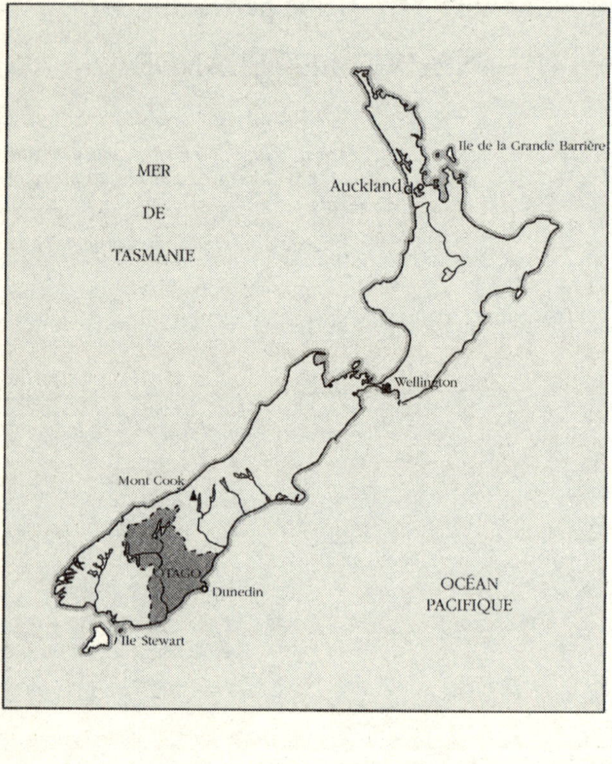
Ile de la Grande Barrière
MER
DE
TASMANIE
Auckland
Wellington
Mont Cook
OTAGO
Dunedin
Ile Stewart
OCÉAN
PACIFIQUE

IX

TÉNÈBRES

1

Il était entouré d'une obscurité absolue.

Très dense, sans fissures. Une plaque noire devant les yeux.

Il tentait de trouver un sommeil impossible, allongé sur cette planche et enveloppé dans une chrysalide de sueur huileuse. Mais c'était la noirceur qui l'étourdissait, mettait ses nerfs à l'épreuve, vrillés par les événements d'une journée épuisante.

Ne cède pas si vite, se dit Daniel Kean. *C'est ce qu'ils attendent tous.*

Dans son esprit explosaient des éclairs d'images, le souvenir des événements qui l'avaient conduit jusqu'ici.

2

Dès son arrivée, il sut que ce pays était effectivement le pire de tous ceux qu'il avait connus, y compris la Zone Enfouie.

Il ne pouvait pas dire qu'on ne l'avait pas prévenu : d'abord Maya Müller à Sentosa, puis Meldon Rowen pendant que le véhicule aérien commençait à descendre. Le chef aimait signaler les “moments spéciaux” avec ses mots bien formulés, et à cet instant il se leva de son siège dans la cabine des membres de l’équipage et s’adressa à tous.

— On arrive en Nouvelle-Zélande et on doit se répartir les tâches.

Daniel se rappelait l’éclat de son costume rose à larges revers et sa tunique en forme de pantalon, ses boucles noires masquant partiellement les revers.

— Nous allons atterrir à Wellington, juste sur l’isthme central qui unit les deux moitiés de la Grande Ile. Nous connaissons presque tous la ville, à part Daniel. C’est pour cela que ces paroles ont pour but de l’informer lui particulièrement.

Et Rowen fixa son regard vert enchâssé dans son visage bronzé et parfait sur Daniel.

— Il s’agit de la Terre d’Atua, Daniel, la Terre de Dieu. Ses populations sont très anciennes et certaines sont restées telles que la Bible les décrit. Il n’y a pratiquement pas de surveillance ou de contrôle. Ici la nature n’est pas une nature de conception. Tu dois éprouver des choses, il est impossible que tu ne les éprouves pas. Il s’agit de la peur naturelle et humaine devant le lointain et l’ancien, la terreur que génère ce qui est purement sauvage et la proximité de la mer et de la forêt non conçues, les Sculptures et le Port… Cette peur ne doit pas t’inquiéter. Nous l’éprouvons tous, pas seulement toi, mais la peur n’a d’importance que lorsque que son origine devient *réelle*, et il ne faut pas s’attendre que pareille chose arrive à Wellington… Notre destination se trouve certainement plus loin que cette simple ville, et tant que nous serons ici nous serons pratiquement en sécurité…

Il s'adressa aux autres et commença un bref débat sur les tâches de chacun. Enfin, avec un sourire d'encouragement, il ajouta :

— Rappelez-vous que nous allons trouver la *Clé*. C'est ce que le docteur aurait dit s'il avait été avec nous…

Daniel vit Héctor Darby baisser lentement la tête.

3

L'expression du visage du Dr Schaumann, ses yeux dilatés et la pâle rigidité de sa silhouette aux mains ouvertes et crispées parlaient d'une agonie au-delà de laquelle on ne pouvait rien connaître de plus. Son cœur battit jusqu'à la fin, et à partir de ce point tout était énigmatique. Et c'était bien qu'il en fût ainsi, car l'ignorance est la condition humaine bénie par la Bible, cette "île d'ignorance" au milieu de la mer d'obscurité.

Une mort naturelle est une question sans réponse. Le Neuvième Chapitre parle d'un homme qui meurt apparemment foudroyé par un éclair, ou du moins telle est la "croyance commune" que les "curieux investigateurs" appuieront presque sans réserves. Mais le Chapitre offre une autre explication plus abominable, relative à des menaces indéchiffrables qui demeurent dans les ténèbres. On interprète cette fable inquiétante comme l'attitude la plus recommandable devant la mort imprévue : un mélange de méfiance, de peur et de résignation. Les trois émotions luttaient pour se frayer un passage sur le visage déconcerté de Héctor Darby, pour qui la disparition soudaine du docteur avait été plus cruelle que pour les autres.

Daniel souhaitait depuis le début tenir compagnie à Darby, et il le rejoignit dans le salon où auraient lieu les obsèques, une pièce immense et ronde, encore agrandie par deux gigantesques miroirs muraux au cadre en or placés en vis-à-vis. En contemplant la réplique infinie de soi-même, on supportait mieux la mort d'un autre : Daniel Kean conçut cette étrange idée. Darby, en pleurs, lui raconta les détails qu'il ignorait.

— Je ne peux pas encore le croire... Il est resté enfermé tout l'après-midi dans sa chambre, depuis le moment où Maya et toi êtes partis à cheval... Je... n'ai même pas pensé à lui jusqu'à la nuit. A ce moment, j'ai voulu lui demander des précisions sur l'organisation du voyage, tu sais, Brent aimait s'y prendre à l'avance... Il était tellement méticuleux... Qu'est-ce que je te disais ?

— Que tu voulais lui demander des précisions sur le voyage, murmura Daniel assis sur l'avant-bras du canapé qu'occupait Darby afin de pouvoir être plus près de lui.

— Oui, je suis monté dans sa chambre, mais il était déjà parti. Les serviteurs m'ont dit qu'il était descendu dans le jardin...

— J'avais rendez-vous avec lui pour faire une promenade à vingt-deux heures.

— Non, il est descendu bien avant... Ils l'avaient déjà trouvé quand je suis sorti... Les surveillants savaient juste qu'il avait marché un moment parmi les statues d'ébène et, quand ils l'ont revu, il gisait à terre... Yilane fut le premier à l'examiner, et il confirma le diagnostic du médecin de Rowen : arrêt cardiaque.

Et qu'est-ce que cela pouvait être d'autre, s'agissant d'un corps de conception ? pensait Daniel. Il se rappelait de surcroît que le docteur lui avait dit avoir une "lésion".

Les funérailles furent rapides mais complètes. Rowen l'annonça solennellement : le docteur aurait une cérémonie à sa hauteur, même si des amis tels que Darby ne le souhaitaient pas ou que la proximité du voyage du lendemain conseillait la brièveté. D'une certaine façon, l'entrepreneur se considérait comme "responsable", puisque Schaumann était mort chez lui. Trois ritualistes chantèrent que l'esprit de ce dernier choisirait la voie de la lumière et serait transporté sur la rive verdoyante du Premier Chapitre et non à la Cité ténébreuse du Deuxième, et un danseur portant des gants et un jupon rouge dansa au rythme des cantiques. Une niche pratiquée dans un immense bloc en or accueillait le corps du docteur, placé en position assise comme une sorte d'idole, les mains entrelacées sur la poitrine et les genoux joints. On prononça les phrases habituelles : "Nous avons perdu un ami et un grand scientifique" ou : "Nous devons poursuivre la tâche, c'est ce qu'il voudrait." Ils se répartirent des masques et des capes, Rowen récita l'*Efficiunt* et les beaux cheveux raides du docteur se mirent à briller. Dans les yeux masqués de Daniel persistèrent le regard et l'expression de Schaumann un instant après avoir été dévorés par le feu. Une fois les visages mis à nu, Daniel lut de la consternation chez Anjali Sen, Meldon Rowen et Yilane, et une certaine froideur chez Maya.

Mais personne n'exprima la tragédie comme Héctor Darby.

Schaumann n'avait pas de proches, et Darby fut chargé de recevoir ses cendres dans une niche en métal repoussé. A cet instant, il eut une crise. Eclatant en lourds sanglots, il haussa le ton :

— Maintenant que nous étions si près... ! Précisément maintenant ! Hélas... ! Mon pauvre et doux Brent !

Tous les participants, y compris les ritualistes et les danseurs, le contemplèrent avec une curiosité non exempte de peur. Daniel pensa qu'il était étrange de voir pleurer l'homme biologique, à quel point il se décomposait, par contraste avec l'inaltérable perfection des êtres de conception. Il éprouva de la compassion pour lui, et pensa à Bijou.

Ce ne fut que lorsqu'il put atterrir dans son lit à l'aube, deux heures à peine avant de monter dans le véhicule aérien, qu'il repensa à son rendez-vous avec Schaumann.

Le docteur était mort sans révéler ce qui l'inquiétait tant, car il désirait renouveler l'examen "hors de la maison". Daniel se proposa d'en parler à Darby, puis il oublia, distrait par l'épouvante que lui inspirait la ville de Wellington.

4

Toits pointus, clochers d'églises abandonnées, pignons, portes sculptées et fenêtres à losanges conféraient un abominable air biblique à Wellington, et la présence inévitable de la mer nauséabonde l'accentuait. Il ne semblait y avoir de gens ni à l'aéroport ni dans la ville. La nuit s'étendait sur les rues solitaires et peu éclairées, les transformant en étangs d'ombres.

Ils se dirigèrent vers la zone portuaire. Elle s'appelait ainsi malgré l'absence de vaisseaux marins (il n'y en avait pratiquement nulle part) et de toute activité commerciale, ce n'était qu'un quai en pierre boueuse dont le nom contenait des connotations religieuses. Maya et Yilane se séparèrent du groupe pour aller chercher l'équipement dans un vieux magasin, pendant que Rowen dirigeait les autres vers un Lieu de Réunion pour y trouver un bon guide. Les Lieux de Réunion n'étaient pas les antres bruyants auxquels s'attendait Daniel, mais des salles décorées pourvues de zones d'ombre où de petits groupes bavardaient à voix basse. Des rideaux blancs masquaient des pans entiers de mur, devant lesquels les nouveaux arrivants étaient examinés par les regards des clients. Cependant, personne ne semblait s'intéresser à personne.

Des sculptures au visage sombre et des corps tordus se dressaient partout, à l'intérieur et à l'extérieur des Lieux. Darby s'arrêta sous l'une d'elles et la désigna à Daniel.

— Ce sont les Sculptures, expliqua-t-il.

— Que représentent-elles ?

Daniel était ébranlé.

— Qui peut savoir ? Elles sont trop anciennes et leur signification exacte s'est perdue. La douleur ou la peur de la rencontre avec Dieu ? Regarde ces grands yeux, épouvantables. Ils pourraient être des incarnations humaines de la divinité. Ce qui est certain, c'est qu'il y a de nombreux visages comme ceux-ci sculptés dans la pierre, sur plusieurs îles du Pacifique, certains d'une ancienneté incroyable. On se demande même si ces sculptures ne pourraient pas être antérieures à la chute de la Couleur... Mais je parle comme ce pauvre Brent... Je voulais juste te dire que c'est ce qui nous a amenés ici, Daniel... Ces Sculptures sont connues comme les représentations du Masque et des Mains. Il y a un lieu sacré en Nouvelle-Zélande, dans le Sud de la région appelée Otago, au-delà de la ville de Dunedin, avec un sanctuaire en pierre qui représente un masque et des mains. Quand, inconscient, tu as mentionné ces mots en étant inconscient, nous avons su ce que Kushiro voulait nous dire : c'est sans doute le lieu où il a trouvé la *Clé*, et où elle peut encore se trouver...

— Mais, et les autres phrases ? "Escalier métallique..." "Angle au plafond..."

— Anja et Meldon assurent que nous saurons tout quand nous arriverons. Mais le sanctuaire n'est pas facile à trouver, c'est pour cela que nous avons besoin d'un guide qui connaisse bien le terrain...

— Je peux vous emmener voir quelqu'un qui connaît les meilleurs guides, dit inopinément une voix dans son dos.

C'était un jeune homme aux longs cheveux châtains. Il portait des parures tribales : des colliers de pierres vertes, une ceinture avec des plaques, des leggings en peau, des bracelets. Son sourire illuminait son visage.

— Je crois que vous cherchez des guides pour aller à Otago, n'est-ce pas ? dit-il. J'ai entendu vos amis demander à l'étage supérieur, mais ils ne trouveront personne de disposé à entreprendre le chemin demain, encore moins dans les jours qui précèdent Hallowe'en.

— Nous avons de l'or, fit remarquer Darby.

— L'or n'achète pas la peur des hommes, répliqua le jeune inconnu sans se départir de son sourire.

Il était sans doute originaire des lieux. Daniel croyait percevoir les traits de conception de la race polynésienne sur son visage.

— Mais, en échange d'un peu de cet or, je peux vous présenter quelqu'un qui vous recommandera le meilleur des guides…

Darby s'enhardit devant cette proposition inattendue.

— Comment t'appelles-tu ? demanda-t-il.

— Yuli.

— Bien, Yuli. Où vas-tu nous emmener ?

— Ce n'est pas loin. Au port même.

— On devrait prévenir Meldon et Anja, dit Daniel à voix basse, mais Darby montra son impatience.

— Ce serait une perte de temps. Meldon m'a donné un peu d'or pour payer le logement à Wellington. Je l'utiliserai. On les appellera si on réussit.

En suivant la silhouette svelte aux longs cheveux châtains raides, ils traversèrent une place flanquée de maisons aux toits pointus à double versant, en imitation de l'architecture sacrée biblique des villes coloniales. A quelques pas, l'odeur de la mer devint très intense, trahissant la présence d'un port, mais la nuit l'avait transformé en simple vide. Le lieu n'était effectivement pas éloigné. Il s'agissait d'un bâtiment énorme, presque disproportionné, aux murs courbes qui révélaient sa terrible ancienneté. Près de l'entrée, plusieurs sculptures attirèrent l'attention de

Daniel. A la base, on pouvait lire, dans une langue universelle et en polynésien, les deux vers qui ouvrent le Neuvième Chapitre :

J'ai vu le sombre univers ouvert,
où les noires planètes tournent aveuglément.

Darby lui en désigna un autre, cette fois écrit uniquement en polynésien à la base d'une deuxième Sculpture.

— *Kamate. Ka Ora*, récita-t-il. *Tenei te tangata Puhuruhuru.* Cela veut dire : “C'est la mort. C'est la vie. C'est l'être redoutable qui fait briller le soleil.” Ils parlent de Dieu… Je sais de quel endroit il s'agit… ajouta-t-il, et à cet instant il désigna l'entrée. Yuli nous appelle…

Le silence et l'obscurité étaient aussi vastes que le vestibule auquel ils accédèrent. Le jeune homme s'adressa à un gardien d'origine polynésienne et aux cheveux frisés qui croisait ses jambes gainées dans des bottes, assis dans la sombre enceinte. Après avoir échangé quelques mots avec lui, il se tourna vers Darby.

— Mon collègue veut la même chose que ce que vous allez me donner.

Darby accepta et, après l'échange d'or, Yuli se dirigea d'un pas gracile vers une porte à double battant dans le fond.

— Qu'est-ce que c'est que tout ça ? demanda Daniel Kean.

— Tu as entendu : l'endroit où se trouvent ceux qui connaissent les meilleurs guides, répondit Darby. Nous aurions dû y penser plus tôt…

— Quel est cet endroit ?

— Un asile de fous, bien sûr.

5

En passant la porte, Daniel crut rêver. C'était un jardin similaire à la jungle ordonnée de Sentosa, en pleine lumière du jour. Il faisait chaud, et les vêtements ajustés de Daniel – veste à fermeture Eclair et caleçon – semblaient inappropriés dans cette ambiance.

— C'est une atmosphère artificielle, remarqua Darby. Les fous ne supportent ni l'obscurité ni le mauvais temps.

Yuli s'introduisit par un sentier solitaire. Daniel bougeait la tête d'un côté à l'autre en marchant.

— Ça ne ressemble pas à un asile de fous…

— De nombreux endroits sont des asiles de fous sans en avoir l'air, Daniel, répliqua Darby. Et puis, ne juge pas d'après ce que tu as vu dans le Nord. Tu sais que la Bible permet de déduire que la folie est une conséquence directe de la sagesse. Les fous ont contemplé plus de choses que les gens sensés, et possèdent en quelque sorte une vision plus large, prismatique, comme les facettes de cette pierre appelée pierre Trapézoïdale qui, au Neuvième Chapitre, provoque les rêves du protagoniste et éveille l'être qui gît dans les ténèbres. C'est la raison pour laquelle ils doivent vivre reclus, car ce sont des ponts entre l'obscurité et la lumière. Dans le Nord, on les tient pour des visionnaires alors qu'ici, dans le Sud-Est, ils sont plutôt l'opposé.

— L'opposé ?

— Ils n'ont pas de visions : ils les produisent. En les regardant, tu te penches sur l'occulte. C'est la raison pour laquelle tu ne dois jamais regarder un fou dans les yeux, dit la légende. La métaphore de la pierre Trapézoïdale est correcte. Les fous sont comme des pierres sculptées de mille manières différentes, et, quand nous les contemplons, nous accédons au monde des ténèbres qui se trouve de l'autre côté…

— Et tu crois à cette légende ?

— Non, mais je ne veux pas être le premier à me risquer, répliqua Darby.

Yuli s'était arrêté devant un étang à l'eau très bleue et parlait à un homme portant une tunique légère transparente et paré de bracelets. Sa peau était si blanche que Daniel eut la certitude qu'elle aurait pu être utilisée pour écrire un long texte dont tous les mots auraient été compréhensibles.

— Je ne peux pas aller plus loin, expliqua Yuli en s'adressant à nouveau à eux. C'est l'*ariki* du centre et il va vous guider. Il s'appelle Evengel. Bonne chance.

Il prit congé avec une révérence, après que Darby lui eut remis la petite quantité d'or stipulée.

— Vous vous êtes déjà trouvés en présence de fous ? demanda Evengel. Ne les regardez pas dans les yeux. C'est *tapu*.

— Je le lui ai déjà dit, fit remarquer Darby.

La silhouette svelte d'Evengel les guida à travers des sentiers plongés dans l'ombre et de petites places entourées de fleurs. Daniel contempla plusieurs personnes assises sur des bancs ou par terre. C'étaient des corps de conception, à peu près aussi beaux que ceux de tout autre homme ou femme. En fait, Daniel ne distinguait même pas s'il s'agissait de fous ou d'employés. Sa confusion augmenta quand Darby lui dit qu'être employé ne signifiait pas nécessairement ne pas être fou.

— J'ai toujours cru que la réalité était établie par qui la voit, dit Darby, et, ici, la majeure partie des gens voient une *autre* réalité. Toi, dans cette éventualité, ne regarde personne dans les yeux.

— Tu sembles avoir connu beaucoup de fous, remarqua Daniel au passage, à en juger par ce que tu sais d'eux…

— Mon père l'était, dit Darby.

Déconcerté, Daniel tenta d'improviser une excuse, quand il comprit soudain qu'ils étaient arrivés à destination.

6

La femme, assise sur un banc entouré de haies fleuries, avait la peau légèrement bronzée et les cheveux châtains courts, mais ce fut la tunique qui la recouvrait de la taille aux pieds qui attira l'attention de Daniel. Ses couleurs irisées étaient changeantes, comme si elles avaient flotté dans du liquide. Observé depuis différents angles, le vêtement passait du vert au bleu et du bleu au rouge et au violet dans une cascade inépuisable.

— S'habiller de vêtements voyants de la taille aux pieds s'avère très utile pour qu'on ne regarde pas leurs yeux, lui murmura Darby. C'est pour cela qu'ils les portent.

— Shane Davenport, la présenta Evengel très sérieusement.

Puis il s'inclina et les laissa seuls.

Ils restèrent debout face à elle pendant que Darby improvisait une conversation.

— On m'a dit que vous connaissiez bien la région d'Otago, Shane. Vous avez été créée en Nouvelle-Zélande ?

— J'ai été créée dans le Sud. L'Arabie.

Shane Davenport parlait en souriant. Son sourire (que Daniel voyait de profil, il n'osait pas lever la tête vers son visage) était joli et le ton de sa voix aussi. Elle semblait ravie d'être là, face à eux. A la différence de Darby et de Daniel, elle les regardait dans les yeux. Je suis venue sur la Terre d'Atua pour chasser.

— Vous êtes chasseuse ? s'enquit Darby.

— Disons que je l'ai été. Je suis allée à Marlborough, Christchurch, Otago, Dunedin, même Invercargill… Il n'y a que des ruines.

— Que chassiez-vous ? s'intéressa Darby.

— Des exemplaires comme toi, mais hybrides.

Daniel manifesta de la surprise mais Darby lui fit un geste qui semblait signifier : "Laisse-la parler."

— Vous voulez dire…

— Des mâles biologiques hybrides… Je ne peux pas croire que ton petit jeune ne sache pas ce que sont les hybrides… Davenport éclata de rire. – Il vaut mieux que tu lui parles de la vie, si tu comptes traverser les comtés du Sud avec lui…

Darby continua à l'interroger.

— Quand avez-vous cessé de chasser, Shane ?

— Quand ce qui oblige les chasseurs à cesser de chasser est arrivé : être chassé.

En disant cela, elle écarta la tunique d'un geste violent, produisant une rafale subite de lumières colorées.

Malgré la précision du travail chirurgical, les fines lignes qui, au niveau de la zone médiane de la cuisse, séparaient la peau du matériel synthétique, étaient encore visibles. Le genou artificiel brillait sous le soleil artificiel des fous.

Et ce n'était pas tout.

Pour Daniel, il fut presque plus impressionnant de découvrir le ventre un peu gonflé, les nombreux grains de beauté, les cicatrices, l'épais duvet pubien, l'odeur caractéristique de la chair biologique libérée par le même mouvement.

Daniel se demanda comment il ne s'en était pas aperçu auparavant. Il comprit que sa façon de la regarder, en centrant son attention sur la tunique, l'en avait empêché.

— Comment te sens-tu en étant biologique, Darby ? fit Davenport. Je vais te dire comment, moi, je me sens : comme un vieil animal. J'ai trente-sept ans et l'impression d'en avoir quatre-vingts. Alors, mon ami, deux tâches t'attendent… Tu devras non seulement protéger le petit cul conçu de ton ami conçu, mais ton propre vieux cul… Parce que je te jure que, sur la Terre d'Atua, il y a des hybrides qui chassent les biologiques comme toi et font le festin de leur vie…

Une veine battait sur le front de Darby, révélant sa tension. Cependant, quand il parla, sa voix fut la plus douce que Daniel lui eût entendue jusque-là.

— Je regrette vraiment ce qu'on t'a fait, Shane.

— Il ne s'est rien passé à quoi je ne m'attendais, murmura Davenport, avec la même douceur soudaine. Comment dit le Neuvième ? "Rien n'est arrivé dont on puisse démontrer que c'était contraire à l'ordre naturel."

Elle se remit à rire et changea de position, en appuyant sa jambe artificielle sur le banc.

— J'avais chassé à plusieurs reprises dans les cavernes d'Otago et j'étais accompagnée du meilleur guide que l'on puisse imaginer, la personne dont le nom vous intéressera probablement. Laissez-moi vous raconter ce qui est arrivé. Il y a une tribu de guerriers hybrides qui vit au-delà d'Otago. Je les chassais. Un jour, ce furent eux qui me chassèrent. Ils nous tendirent une embuscade. Nous étions dix, tous des corps de conception, sauf moi. Ils les ont tous tués, à part mon guide et moi, après leur avoir fait certaines choses propres à leur espèce que je ne décrirai pas en l'honneur de ton bel ami. Ensuite, je vous raconterai ce qui est arrivé à mon guide. En ce qui me concerne, ils décidèrent de me garder en captivité. Ils étaient fascinés par mon corps. Ce n'était pas la conception génétique qui les intéressait, mais ceux d'entre nous qui sentaient la chair et la vie. Je suis restée prisonnière à peu près un mois. Ils n'utilisent pas ce terme de "mois", et je ne sais même pas comment ils l'appellent… Ils ne parlent pas comme nous… Ils ne m'attachaient pas : ils me laissaient juste allongée là, dans les cavernes humides, et, quand ils pensaient que j'allais mourir, ils me sortaient au soleil et m'étendaient sur les pierres. Ils ont pratiqué des expériences sur moi. Ils appellent peut-être ça des "jeux"… Il me semblait parfois qu'ils voulaient juste m'entendre crier. Ils ne me laissaient pas m'évanouir ni dormir… Ce furent les dernières créatures que je pus regarder avant que l'obscurité n'entre dans mes yeux…

Elle fit une pause, s'excusa et poursuivit. Daniel, qui contemplait son visage, remarqua des traits flétris comme un livre usé.

— Quand ils se lassèrent des "jeux", ils me dévorèrent. J'ai peut-être eu une seule chance : ils n'ont pas apprécié le goût de la chair de femelle biologique trentenaire. Après m'avoir arraché la jambe gauche, ils n'en ont pas voulu davantage. Ils m'ont laissée sur les rochers et ils sont partis. Ils avaient étanché le sang du moignon avec des emplâtres, espérant continuer à me consommer, et ce fut la raison pour laquelle je ne mourus pas… Une fois seule, je me traînai entre le sable et les rochers jusqu'à ce que je ne puisse plus bouger. Je voulais mourir, mais je constatai que cela coûte beaucoup… Son rire jaillit à nouveau. – Des explorateurs me découvrirent, me conduisirent à une lagune, me donnèrent de l'eau et veillèrent sur moi jusqu'à ce que, en me regardant dans les yeux, l'un d'eux se mette à crier et se tire une balle dans la bouche… Ce fut ainsi qu'ils surent que j'étais folle. A la fin, ils décidèrent que je serais moins dangereuse à Wellington, et ils m'amenèrent ici. Tu veux savoir pourquoi il s'est tiré une balle en me voyant, gamin ? murmura Davenport en direction de Daniel. Pourquoi ne me regardes-tu pas ? Il y a longtemps que personne ne me regarde dans les yeux…

Daniel crut possible de lui obéir. Il ne pensait pas que quoi que ce soit de néfaste allait se passer. On racontait beaucoup de choses sur les fous, mais dans le Nord on ne les prenait pas autant au sérieux. Pendant un instant fugace ses yeux grimpèrent, dociles, sur la poitrine, le cou et l'obscurité qui enveloppait les yeux de Shane Davenport, jusqu'à ce que… la main de Darby s'interpose. Un éclat de rire rauque secoua la poitrine décharnée de la femme biologique.

— C'est toujours pareil, dit-elle : le jeune veut me regarder et le vieux l'en empêche.

— Shane, intervint Darby, dites-moi qui a été votre guide et comment le trouver…

— Ah, oui, mon guide… C'est le meilleur de tous. Vous ne pourrez pas faire deux pas sans lui à partir de Balclutha. Il s'appelle Nath Svenkov et habite dans une tour à quelques minutes d'ici, justement dans le quartier du port. Il voudra vous accompagner si vous le payez bien…

— Comment est-il parvenu à survivre à l'embuscade ? demanda Daniel.

Les cheveux de la femme lui fouettèrent le visage, sur lequel s'agitaient les ombres de ses yeux fous.

— Il n'a pas eu besoin de survivre, petit, dit-elle. C'est lui qui a *tendu* l'embuscade. Il a fait des affaires avec les hybrides, il m'a vendue à eux… Attends ! Ne pars pas ! Tu ne veux pas me regarder dans les yeux ? Tu ne veux pas… ? Lâche !

Le rire de Davenport sembla suivre Darby et Daniel tandis qu'ils s'éloignaient.

7

— Tu vas te fier aux dires d'un fou ?

— Tu n'as pas cru à son histoire ?

Ils marchaient le long du quai. La houle de la Maison de Dieu se fondait avec la nuit et n'était visible que lorsque l'écume la soulignait.

— Pas dans son ensemble, répondit Darby. Une chasseuse d'hybrides ? Personne n'a vraiment vu un "hybride" !

— Alors, la trahison de son guide…

— Le dénommé Svenkov n'est peut-être pas fiable, mais c'est le seul nom que nous ayons et nous devons essayer avec lui, décréta Darby. Quant à Mlle Davenport, ce que nous en savons est qu'un jour elle est arrivée à Wellington avec une jambe en moins et quelque chose à raconter.

— Mais tu m'as défendu de la regarder dans les yeux, dit Daniel, et tu cherches le guide qu'elle nous conseille… Je ne comprends pas, Héctor… Tu affirmes ne pas avoir de croyance, comme moi, mais tu te comportes comme si tu en avais…

— Et qui ne se comporte pas ainsi, à notre époque ? A défaut de renseignements fiables, je préfère suivre l'explication la plus commune.

Après une pause, Darby s'arrêta et détourna le regard de Daniel en le fixant sur un point de l'air noir.

— Mon père était croyant du Neuvième. Je t'ai dit que beaucoup de gens pensent que la pierre Trapézoïdale du Neuvième est un symbole de la folie, et ses facettes les différents opposés qui coexistent dans une même pensée ; ils citent pour preuve les paroles de la révélation finale, où le protagoniste déclare : "Je suis l'être, l'être c'est moi…" Mon père désirait ardemment parvenir à cette fin, se fondre en une seule chose avec la contradiction pour trouver la vérité… J'ai été créé selon ses désirs. Sa charge de hiérarque de la secte lui permettait de vivre à l'aise, et il a payé pour obtenir une créature à partir de l'une de ses cellules. Il voulait un fils biologique afin de connaître la vie qui se développe d'"elle-même", d'après ce qu'il m'expliqua. Par la suite, j'ai pensé que, ce qu'il souhaitait, c'était chercher à nouveau la contradiction, puisqu'il était lui-même un symbole de l'artifice : son corps était divergent, il possédait les deux sexes… De sorte qu'il fut mon père et ma mère à la fois. Ma raison et ma folie. Ma lumière et mon obscurité. J'ai donc grandi dans la maison d'un être au corps et à l'esprit scindés. Brent Schaumann disait que c'est cette éducation qui m'a appris à douter de tout. – Il sourit. – Je n'ai jamais envisagé un seul aspect de la vérité sans envisager aussi son contraire. Mon esprit d'enfant avait du mal à comprendre cette dualité enfermée en une seule personne, mais, malgré tout, je crois que… nous avons eu une relation acceptable. Puis ses croyances le rendirent malade et on l'enferma. A l'asile, il s'asseyait face à moi quand je lui rendais visite, et j'essayais de ne pas le regarder dans les yeux…

Il tourna le dos à Daniel et poursuivit son chemin. Le vent gonflait les pans de sa veste. Il s'arrêta soudain et se tourna vers lui.

— Daniel, tu te souviens que j'ai réagi assez violemment quand tu m'as accusé d'être croyant ? Je peux maintenant t'avouer une chose dont je n'ai jamais parlé à Brent Schaumann ni à personne… Au fond, je *déteste* la croyance. Je déteste le monde des croyants, quelle que soit leur religion, ce monde de ténèbres peuplé de créatures atroces et d'un Dieu qui rêve sous les eaux jusqu'au moment où il décidera de nous détruire… Pourtant… qui nous assure qu'il est *faux* ? Et c'est ça le pire. Je déteste les croyants, mais je ne peux pas me passer de ce qu'ils croient. J'en suis venu à penser que je les déteste parce que j'ai besoin d'eux. Si j'avais des données fiables… ! Même une seule !

Héctor Darby continua à marcher seul, les mains dans les poches.

8

La tour se dressait entre les toits pointus à l'autre extrémité du port. En réalité, elle se composait de deux parties : un vieux bâtiment et, sur sa terrasse, un cylindre de métal auquel on semblait accéder par une petite échelle. On ne pouvait écarter le fait que cet ajout rouillé fût aussi une sorte d'habitation. Les deux fenêtres du bâtiment étaient éclairées. Darby les regarda tout en sonnant.

Un serviteur polynésien au joli sourire les invita à monter au salon à l'étage supérieur, où les meubles se détachaient par leur taille et leur vétusté, comme sauvés grâce à un fébrile travail de restauration. Cela fit penser à Daniel à la maison de quelqu'un qui aurait été riche en des jours meilleurs.

Il y avait deux personnes dans le salon. Comme le serviteur ne s'adressait à personne en particulier, Darby éleva la voix.

— Monsieur Svenkov ?

— C'est moi.

Daniel se déplaça un peu pour le voir, puisque Svenkov n'avait pas bougé de son siège. Il sut immédiatement deux choses sur lui : qu'il était d'ascendance polynésienne et avait une personnalité éblouissante. Il portait les cheveux longs, noirs et raides, séparés en deux par une raie centrale blanche, et il avait revêtu une splendide veste en plumes blanches jusqu'à la taille et des leggings gris jusqu'à mi-cuisse, avec des sandales à cordons. Le reste était constitué de parures tribales : colliers, boucles d'oreilles, bracelets de très belle écaille et bagues aux doigts de ses longues mains soignées. Mais, plus que sa perfection, c'était surtout l'ensemble de son corps, sa façon d'être installé sur la chaise, qui faisait penser à Daniel à une force souterraine mais perceptible.

Après cette première impression, Daniel en reçut une autre. Svenkov partit d'un éclat de rire en voyant Darby et, quand il parla, sa voix, loin d'être le croassement rauque auquel Daniel s'était attendu, avait un son mélodieux.

— Oh, s'il te plaît… ! S'il te plaît… !

Il semblait ne pas pouvoir se retenir. Il porta les mains à son visage et continua à rire. Le plus désagréable pour Daniel fut de constater que le domestique et l'autre homme l'imitèrent, et même Darby, qui semblait être le motif de la diversion, sourit ouvertement.

— Tu dois m'excuser, homme naturel, mais je venais de parier avec mon ami Amet cent *pounamus* du lac Karuga que j'allais recevoir très prochainement la visite d'un homme biologique qui souhaitait m'engager…

— C'est exactement ça, répliqua Darby.

— Tu le savais sûrement, Nath, dit l'homme qui s'appelait Amet d'une voix sensiblement moins belle que celle de Svenkov.

— Je jure par Atua que non… Dis-le-lui, homme biologique, nous sommes-nous déjà rencontrés ?

Darby nia et Svenkov gesticula triomphalement vers Amet, qui se contenta de vider son verre.

— Ce fut un hasard amusant, releva Svenkov en se caressant la joue de ses ongles longs, peut-être pour montrer à Darby la magnifique bague qu'il portait à l'annulaire. Et maintenant, que puis-je pour vous ?

— Nous aimerions te parler en privé, Svenkov.

L'explorateur se leva sans cesser d'évaluer Darby du regard.

— Tout ce qu'il y a dans cette pièce m'appartient, y compris mon domestique et Amet. C'est comme si tu me demandais de parler sans murs. Dis-moi ce que tu voudras, ou va-t'en.

C'est le véritable Svenkov, estima Daniel. Il trouva que c'était un très mauvais début et comprit la réticence de Darby. Ce dernier ne semblait quant à lui guère impressionné par Svenkov et son monde. Il haussa les épaules et fit demi-tour.

— En ce cas, bonsoir.

— Qu'es-tu venu chercher ? l'arrêta Svenkov.

— Je suis venu proposer, dit Darby. Je t'assure qu'il s'agit d'une bonne proposition, mais tu ne la connaîtras qu'en privé.

Svenkov le regardait par-dessus son épaule, et le revers du boléro en plumes lui frôlait le menton. Son visage aux pommettes hautes révélait cette astuce puissante que Daniel associait à la conception de sa race. Après avoir scruté Darby un instant, il agita la main. Le domestique et Amet semblèrent s'animer : le premier se dirigea vers l'escalier et Amet abandonna le canapé et le suivit. Quand ils se retrouvèrent seuls, Svenkov remplit deux verres de liqueur posés sur une table.

— Parle, dit-il.

— Il y a un sanctuaire consacré au Masque et aux Mains au sud de Dunedin, dit immédiatement Darby. Nous voulons que tu nous y conduises. Nous sommes un groupe de six personnes et nous disposons d'argent et d'équipement en abondance. Nous sommes pressés : nous partons demain, ou il n'y a pas d'affaire.

Svenkov leur tendit leurs verres et regagna la table sans répondre. Chaque pas qu'il effectuait avec ses hautes sandales faisait tinter les métaux qui le paraient.

— Je connais cet endroit, dit-il enfin, il est en ruine, il n'y a rien. Qu'êtes-vous censés vouloir trouver là-bas, homme biologique ?

— Nous l'ignorons, homme de conception, c'est la raison pour laquelle nous voulons y aller, répliqua Darby, et il sourit. Nous te paierons la même somme si tu nous y emmènes et nous en ramènes sains et saufs, même si nous ne trouvons rien.

— Et vous voulez partir demain ? J'ai bien entendu ?

Svenkov posa son verre sur la table et prit un petit miroir rond sur un support à côté des bouteilles.

— Trop de hâte pour aller à la recherche de *rien* ! – Et il ajouta avec un accent plaintif en contemplant son visage dans le miroir : Pourquoi tout le monde veut-il tromper Svenkov ? Svenkov a-t-il l'air d'un naïf dont n'importe qui peut se moquer ?

Il revint à Darby et montra ses dents blanches.

— Je peux juste accepter d'aller à la recherche de *rien* si je reçois presque *tout* !

Darby mentionna une quantité substantielle d'or.

— La moitié maintenant et le reste à la fin, si tu es aussi bon qu'on l'assure, dit-il.

Svenkov dirigea son regard vert sur Daniel.

— Et toi ?

— Je m'appelle Daniel.

— Tu n'as pas l'air de posséder tellement d'or.

— Toi non plus, répondit Daniel, et Darby laissa échapper un petit rire.

Svenkov regarda un instant de plus Daniel tout en mordillant une longue mèche de ses propres cheveux noirs. Les boucles qui pendaient aux lobes de ses oreilles étaient une cascade de médaillons sertis entre eux. Puis il regarda à nouveau le miroir qu'il tenait encore.

— Vous êtes venus chez Svenkov pour vous moquer de lui, gémit-il. Vous, les gens du Nord, vous croyez pouvoir acheter un fils d'Atua avec votre or ! Vous dites : “Demain, tu dois partir et nous emmener à tel endroit”, et vous attendez que Svenkov vous obéisse avec une révérence ! Mais Svenkov ignore tout : il ne sait pas qui vous êtes, ni ce que vous cherchez… Vous attendez qu'il s'incline, qu'il se taise et obéisse ?

— Allons-nous-en, Héctor, dit Daniel, agacé. Laissons cet arrogant tranquille.

Mais, au contraire, Darby choisit de monter un peu son offre. Svenkov abandonna le miroir, et Daniel perçut l'air astucieux, le fin sourcil levé, les lèvres charnues légèrement incurvées.

— Je veux le double, dit Svenkov. Et puis – il leva un index – la moitié de tous les objets de valeur que nous trouverons.

Daniel trouva cela si exagéré qu'il regarda Darby, convaincu que celui-ci rirait de cette proposition, mais, à sa grande surprise, Darby accepta.

— Ce n'est pas tout, remarqua Svenkov : je serai l'*ariki*, le chef. Voyager à travers Otago est déjà assez dur en soi. Pendant le voyage, je serai le chef. Et ma conception du chef implique que toi et toi – il les désigna de l'index – comme vos compagnons ferez exactement ce que je dirai, quoi qu'il arrive, sans discussion…

— On peut négocier…

— Ce n'est pas négociable, dit Svenkov de sa voix mélodieuse, mais sur un ton froid. Rien de ce que j'exige ne l'est.

— Je dois demander aux autres, murmura Darby.

Daniel se montra incrédule. La toute-puissance de Svenkov l'irritait et il était de plus en plus sûr que Shane Davenport leur avait dit la vérité.

— Héctor, attends… on peut parler un moment ?

Svenkov prit un air désintéressé et acquiesça d'un hochement de tête. Darby et Daniel s'éloignèrent vers le coin opposé et Daniel murmura :

— Pourquoi est-ce que tu lui fais confiance ? Nous pouvons trouver d'autres guides. Ce type n'est pas indispensable, même s'il pense le contraire… Parlons à Meldon. Je suis sûr qu'on trouvera…

Le visage de Darby se durcit soudain.

— On n'a pas le temps de choisir, petit. Permets-moi de mener cette affaire à ma façon.

— Mais…

— C'est toi qui as choisi de venir avec nous, l'interrompit Darby, mais tu ne cherches pas la même chose que nous. Laisse-nous choisir la meilleure manière de chercher.

Daniel resta à le regarder pendant que Darby se tournait vers l'explorateur.

— Monsieur Svenkov, je dois évidemment parler aux autres, mais en principe je suis habilité à accepter vos conditions.

Svenkov ne sembla pas plus heureux : il leur tourna le dos et s'assit. Mais Daniel surprit son visage dans le petit miroir placé sur la table.

Le sourire de Svenkov dans ce miroir était désagréable.

9

Rowen, Anjali, Maya et Yilane se présentèrent une heure plus tard en portant les sacs où ils conservaient l'équipement récemment acquis, de même que les plaques d'or convenues. Svenkov avait insisté pour qu'ils passent la nuit là, et Rowen, qui n'avait pas obtenu de résultats dans sa propre recherche, décida d'accepter.

Svenkov se montra obséquieux, faisant preuve de son habileté à captiver un auditoire de sa voix mélodieuse; Daniel sentait cependant qu'il se savait maître de la situation et commençait à montrer son tempérament arrogant. Au début, il protesta en apprenant la cécité de Maya, et

Rowen et Darby, toujours modérés, le rassurèrent en lui assurant que la jeune fille savait se débrouiller. Puis il étala sur le mur une carte en trois dimensions d'Otago et de la région sud avec son *scriptorium* et il ne perdit pas l'occasion de se moquer de ses clients, en particulier d'Anjali, qui semblait mieux connaître que d'autres les récifs de la côte sud-est, par des remarques telles que : "Ce dont tu parles n'existe plus depuis des années", ou : "On voit bien que vous avez besoin d'un guide."

— Le sanctuaire se trouve dans cette zone, dit-il en désignant d'un doigt couvert de bagues un espace proche de la côte sud-est. On peut y arriver à pied depuis la plage en une seule journée…

— Il y a d'autres sanctuaires similaires ? demanda Rowen.

— Aucun de cette importance.

Rowen s'arrêta sur les lumières flottantes de la carte.

— Alors c'est notre destination, dit-il.

Ce fut Yilane qui remit sur le tapis la question des hybrides et, pendant qu'il se servait un verre de la troisième ou quatrième bouteille de la nuit, Svenkov dit, simplement :

— Il y a toutes sortes d'animaux non conçus dans la forêt et sur la côte, et plusieurs tribus sauvages, mais je n'ai vu aucun hybride.

Et il considéra le sujet comme clos. Personne n'insista, et Darby ne mentionna pas Davenport.

A la fin de la veillée, on distribua les chambres et, en s'adressant à Daniel, Svenkov haussa un sourcil dans une expression de regret mal feinte.

— Je crains que la chambre de la zone supérieure ne t'ait échu, dit-il. Tu vas devoir sortir pour monter par la petite échelle.

Daniel pensa que, ayant remarqué son hostilité ouverte, le Polynésien s'était juré de lui mener la vie dure. Peu lui importait : il prit son sac, monta sur la terrasse et sortit dans la nuit de Wellington, pleine d'ombres et de points lointains d'étoiles qui tournaient dans le vide, et de la mer qui tapissait ce fond avec des sons. Puis il grimpa par la petite échelle pour accéder à l'intérieur de l'enceinte métallique. Sa chambre était une pièce ronde et nue, sans fenêtres, avec une table rectangulaire en guise de lit et une simple lampe au plafond. Daniel se déshabilla et s'allongea sur le dos sur la table avec la lumière encore allumée, regardant au plafond et écoutant les lointaines volutes de la nuit.

A un moment donné, il porta la main au sac qui était par terre et en ressortit son trésor le plus précieux, dont il ne s'était pas séparé depuis qu'il avait quitté l'Allemagne, hormis lors de son voyage dans la Zone Enfouie.

Il embrassa la froide surface de métal de l'urne, comme s'il pouvait d'une certaine façon être ainsi plus près du souvenir, et lui murmura les mots habituels : il ne l'abandonnerait jamais, comme Bijou l'avait exigé de lui une certaine fois ("Jure-moi que tu garderas toujours mes cendres avec toi"), et il vengerait sa mort. Puis, avec une extrême délicatesse, il remit l'urne dans le sac et éteignit la lumière.

Il eut l'impression d'éteindre sa vie tout entière.

10

Et il se trouvait là maintenant, enveloppé de sueur, couché sur une table et plongé dans l'obscurité, se demandant si ses désirs de vengeance avaient un sens.

Mais ne cède pas si vite, se dit-il.

Le lendemain, Svenkov les emmènerait au sanctuaire, ils trouveraient la *Clé* et la Vérité les trouverait, eux.

Il ne savait pas pourquoi il en était si sûr, mais il l'était : s'il les accompagnait, il finirait par affronter l'individu qui l'avait lancé dans une obscurité encore pire que celle de l'intérieur de cet antre.

Il entendit un léger bruit et leva la tête. Ses cheveux blonds se collaient à son front à cause de la sueur. Il tendit la main vers la plaque de lumière, l'alluma, cligna des yeux. La pièce était vide, close. Peut-être les bruits du bâtiment intérieur se transmettaient-ils au cylindre de métal. Il l'éteignit à nouveau.

Et s'il se trompait ? Et si la Vérité avait abandonné la recherche après l'échec d'Ina et Olive ? Il ne le croyait pas, et pourtant…

En retournant ces pensées, il finit par s'endormir.

Il dut s'endormir, car soudain il vit Mitsuko au pied de son lit.

Elle était tapie dans un trou du mur, dans une attitude de vautour, et regardait avec la fixité des morts. Une lumière sanguinolente lui tombait sur le visage. Elle portait des leggings noirs et une gaze de la même couleur, qui lui entourait la gorge par-dessus l'humiliant collier à clochettes et se divisait en deux bandes de chaque côté des seins. Quand elle parla, elle le fit avec la même voix creuse que dans la tour de Tôkyô. Que ce fût un rêve ou non, Daniel l'entendit, d'une clarté glaciale.

— On se reverra, Daniel. Et vous allez mourir. Tous.

Il devait s'agir d'un rêve, car, même s'il voulait réagir, ne serait-ce que pour se lever ou se dresser, il n'y parvint pas. Il était comme rivé à cette planche.

— Ou pas tous, dit Mitsuko en remuant à peine les lèvres, sous la brume couleur sang qui l'éclairait. Toi et ta fille, vous allez vivre…

Elle tendit une jambe, puis l'autre, comme les pattes d'un insecte géant, sortit du trou dans le mur et avança vers lui. Elle tenait la gaze par les extrémités comme si elle avait voulu s'étrangler.

— Vous allez vivre, répéta-t-elle d'une voix rauque… dans *ma bouche.*

Ses joues étaient gonflées comme si elle conservait à l'intérieur un immense trou de quelque chose qui, de façon paradoxale, se serait agrandi pendant qu'elle le mastiquait.

— *I… ci, Dani… el Ke…*

Soudain elle porta les bandes de gaze à sa bouche. Elle donnait l'impression qu'elle allait vomir et il ne voulait pas qu'elle tombe par terre.

On entendit un horrible gargouillis pendant que les lèvres de Mitsuko disparaissaient, et que sa bouche s'élargissait jusqu'à se transformer en un trou disproportionné. Yeux, nez et joues se changèrent en des lignes de caoutchouc pendant que de l'énorme fosse jaillissait une chose noire et brillante comme le ventre d'une araignée qui émergeait et s'enroulait sur la gaze.

— *Ici*, dit la voix, maintenant avec une clarté absolue.

Alors Daniel comprit : ce qui parlait était simplement la chose que Mitsuko vomissait. Le corps de cette dernière n'était qu'une enveloppe qui servait à l'héberger.

Et cette chose était la Vérité.

Elle remplissait la pièce tout entière. Daniel cessa de respirer et s'agita, sans défense, bouche et nez bloqués comme dans un sac noir attaché à sa gorge.

Ne la regarde pas dans les yeux. Parce que ses yeux sont la pierre Trapézoïdale aux mille visages où gît la folie…

Il cria. Gesticula.

Il lui fallut plusieurs secondes de halètements pour s'assurer qu'il était éveillé et tout autant pour allumer la lumière.

Il était toujours dans la pièce moisie et ses vêtements étaient là où il les avait laissés. Il ne s'était rien passé qui fût “contraire à l’ordre naturel”, mais il estima que c’était le cauchemar le plus horrible et vif qu’il eût jamais subi. Et il ne crut pas qu’il s’agissait d’un simple rêve.

Il sut qu’il ne pourrait pas abandonner. Que cela lui plaise ou non, la Vérité le considérait comme l’un des siens, et sa menace s’étendait aussi à Yun. S’il voulait vivre en paix, il allait devoir s’assurer que la Vérité était éliminée.

Il resta allongé sur la table, sans oser se rendormir, attendant l’aube.

X

RÉCIFS

1

Elle aurait pu être morte, mais elle était endormie. La seule différence était qu'elle était allongée, et personne ne laisserait un cadavre dans cette position.

Du reste, sa beauté resplendissante semblait artificielle. Elle ne respirait pas, elle ne bougeait pas : elle était allongée sur le dos, les cheveux soigneusement étalés autour d'une tête de lit très simple. Un corps féminin sans parures, ornements, ni draps, les yeux clos.

Tourmaline.

Les yeux s'ouvrirent.

Je n'ai pas beaucoup de temps. Ecoute attentivement.

Tourmaline se redressa et quitta le lit dans un seul geste silencieux. Elle se dirigea d'un pas souple vers la porte et sortit.

Le soleil ne s'était pas encore levé sur Wellington, mais une clarté verdâtre, diffuse, remplissait l'horizon. La maison louée pour une semaine était une magnifique villa située sur les collines qui dominaient la ville. Murs vert pomme et fenêtres blanches, elle possédait un jardin et un patio très vastes. L'isolement faisait un peu peur, mais c'était ce que recherchait Tourmaline : il n'y avait personne autour, et la surveillance était réduite.

Elle s'arrêta devant le mur de la façade et pencha le côté gauche de la tête, où se trouvait la petite plaque réceptrice de son oreillette, repoussant ses cheveux métalliques pour que les paroles du Maître lui parviennent avec netteté. Ses cheveux lancèrent des étincelles avec les premiers rayons du soleil.

Le dialogue fut bref. Tourmaline avait exécuté les ordres, mais il fallait en faire davantage. La Vérité n'était pas encore libre d'agir. La mission suivante de Tourmaline était claire.

Quand l'oreillette se tut, elle regagna la maison. Mitsuko attendait sur le sol du salon, dans la posture où Tourmaline l'avait jetée pendant la nuit. Dans son regard, il n'y avait plus trace de rébellion comme des mois auparavant. La fille de Kushiro n'était désormais plus que la volonté du Maître.

— Nous partons, dit Tourmaline. Nous avons juste le temps d'arriver à l'aéroport.

Pendant que la Japonaise aux cheveux rougeoyants se levait, La Blonde ajouta en souriant :

— Et une bonne nouvelle pour toi : il te reste peu de temps avant de mourir.

2

Il n'avait jamais rien vu de semblable.

Autour de lui, tout semblait vivant et chaotique : un entassement de sable, des rochers, la glaise verdoyante renversée sur les bords, la mer indéfinissable qui se brisait sur les récifs. Même le ciel, avec des nuages bizarres et bossus, semblait avoir une autre qualité. Il eut l'impression de ne pas être sur la Terre, comme s'il se trouvait dans un monde lointain jamais foulé par l'être humain. Mais le pire de tout était que, malgré ce sentiment d'étrangeté, ce qu'il contemplait…

— … nous appartient, dit Darby, et Daniel le regarda. Et nous appartenons à *ça*. C'est aberrant, n'est-ce pas ? D'une certaine façon, tu penses que la ville est d'une fausseté rassurante. En revanche, cette plage solitaire est la réalité. Ici est née la vie, et probablement les idées religieuses…

Le véhicule aérien de Svenkov, de petite taille, manœuvrable, avec une seule cabine où les passagers s'asseyaient en cercle et un *scriptorium* afin de fournir les données du trajet, s'était posé à proximité de la plage, au sud de Ratanui, à environ huit cents kilomètres au sud de Wellington. Le voyage entrepris à l'aube avait duré un peu plus de trois heures. Ce n'était pas très long pour avoir changé autant de décor, pensait Daniel, et ses compagnons semblaient penser la même chose.

Jeremy Yin Lane, *alias* Yilane, avait même ôté ses accessoires et ses bijoux, et s'était agenouillé sur le sable. Dans son dos, on voyait le tatouage en forme de serpent, révélé par un vent inconstant qui agitait sa chevelure et provoquait des nausées par sa “répugnante odeur de poisson”. Mais le jeune Yilane, fier de son ascendance et de sa croyance dans le Dixième Chapitre, semblait vouloir prouver qu'il était le seul capable de faire le premier pas dans cette enceinte infinie et sacrée. Senkov avait choisi lui-même la zone de rochers pour s'y arrêter, sans avancer vers le sable. Il y avait posé son sac et ses armes, et utilisait le jupon de cordes comme tapis pour fouler le bord aiguisé des pierres. On aurait dit un bel oiseau de proie posé sur un promontoire, ses longs cheveux de jais dansant avec la brise.

— J'ai connu des gens du Nord qui sont devenus fous en regardant cette mer, s'exclama-t-il en souriant.

Personne ne répondit à la plaisanterie, mais Daniel pensa qu'il n'exagérait peut-être pas.

Il se réfugia dans la contemplation de la grande beauté d'Anjali Sen, la sombre croyante indienne, qui avait rejoint Yilane pour entonner des cantiques à genoux. Maya, la jeune aveugle, priait elle aussi à distance prudente des vagues, pendant que Rowen se plaignait et assurait entre ses dents que son propre véhicule aérien possédait un véhicule auxiliaire qui aurait pu atterrir sur la plage même et leur aurait procuré davantage de commodité et de protection. Svenkov semblait s'amuser de ses critiques.

— Si vous voulez vous passer de moi, il suffit de me le dire, lâcha-t-il froidement. Mais tant que je serai l'*ariki* de ce groupe, les choses se feront à ma manière.

En regardant les récifs grotesques, Daniel se demandait comment un tel paysage avait pu être conçu. Etait-ce la volonté d'un Etre supérieur que les rochers adoptent des formes symétriques et sauvages, et que sur ses mêmes bords s'étende un tel marécage ?

Après s'être essuyé les lèvres, Darby avait gagné l'endroit où Maya était assise. Rowen semblait lui aussi considérer ce lieu, dans une zone dégagée de sable, à une distance suffisante des vagues et des récifs, propice pour un campement. Daniel titubait encore, confus, hypnotisé par le fracas de la mer, quand il distingua une silhouette près de lui.

Yilane tenait quelque chose dans les mains. La mer semblait l'avoir transfiguré : il avait les fosses nasales dilatées et il haletait.

— Ce sont des amulettes, expliqua-t-il. Rien de ce que tu vois autour de toi n'est nocif, juste étranger. C'est du moins ce qu'il semble. Il s'agit du vestibule de la Maison de Dieu. Nous, les croyants du Dixième, nous entrons dans ce vestibule parés de ces colliers et de ces boucles d'oreilles. Les as-tu déjà vus ?

Il souleva un collier formant un 0 à l'intérieur duquel on apercevait son visage dessiné aux yeux orientaux.

— Les perles sont des coquillages de mollusques. Des émissaires, comme on les appelle dans un texte de commentaires. Mets-le, les boucles d'oreilles aussi. Ils t'aideront.

— Des mollusques ? fit Daniel en prenant le long collier blanc et les petites boucles d'oreilles.

— Des créatures de la mer. Ils servent à élaborer les objets sacrés, en souvenir de la Terre de l'Ordre. Ce sont des symboles. Ils te protégeront de l'obscurité des récifs et des Emissaires importants qui y habitent.

Yilane lui tournait le dos quand Daniel l'arrêta.

— Ils vont me protéger ?

Malgré tout, et malgré l'odeur biologique que dégageaient ces objets que Yilane avait apportés dans son sac, Daniel mit le collier et laissa les coquillages glisser en tintant sur la peau lisse de sa poitrine.

— Comment vont-ils me protéger de ce que je vois ?

— Je sais que tu n'es pas croyant, Daniel Kean, dit-il avec mépris. Et, malgré tout, tu constitues la preuve que la croyance est réelle… C'est pour ça que tu es là. Alors personne ne se soucie de ce que tu penses.

Ses paroles produisirent un silence.

— J'aimerais croire, Yilane, dit doucement Daniel. Je me sentirais plus heureux, je t'assure.

— C'est en cela que tu te trompes, intervint Anjali Sen en souriant à Daniel. Tu ne serais pas plus heureux, bien au contraire. Croire, c'est connaître, et connaître fait peur. Mais Yilane se trompe aussi s'il pense que ton opinion ou tes sensations ne nous importent pas. Il est très difficile de s'y habituer. Voici, dit-elle, et elle tendit les mains, la mer non conçue, telle qu'elle était au début des temps, cette enveloppe dont parlait le Vieil Ivrogne des légendes du Dixième, des vagues de laquelle naissent les épouvantables rochers que tu contemples. Rien ni personne ne peut t'aider à atténuer la panique que tu ressens, Daniel, que tu sois croyant ou non. Mais le sens de la croyance ici est la similitude : avec ces parures, nous tentons de nous fondre avec les créatures marines, les Emissaires de Dieu, dont les maisons en spirale une fois vides pendent à nos cous et à nos oreilles comme un souvenir de leurs invisibles corps gélatineux. Je t'en prie, Daniel : viens ici, sur le sable, et apaise ton esprit avec des danses et des cantiques.

L'invitation était aimable, mais Yilane ne la partageait manifestement pas. Le jeune homme s'était éloigné en leur tournant le dos. Quand Daniel le regarda brièvement, il le vit relever ses épais cheveux fixés sur sa nuque, peut-être pour découvrir tous ses tatouages et ses dessins. Alors un serpent chaud et sombre lui toucha le bras.

Tenu par la main comme un enfant par Anjali, Daniel s'obligea à avancer sur le sable fin, trop crémeux, qui lui tachait les pieds.

Ce n'était pas seulement de la panique, mais un malaise profond, nauséabond. Personne ne pouvait le lui reprocher. Il pensait que tout dans son corps était étranger à ce qui l'entourait, y compris l'odeur et la couleur des choses, la perception du froid et le vent ou les ciels immenses. La Zone Enfouie était *humaine*, mais pas ce temple bigarré.

— Tu t'habitueras, dit Anjali.

Daniel sut qu'elle essayait de le consoler.

3

Il ne s'habitua pas. Il chercha en revanche l'appui (sans bien savoir pourquoi) de l'homme biologique.

Héctor Darby avait à peine participé aux cantiques et aux danses des autres. Quand ils eurent fini d'apporter l'équipement du véhicule aérien et l'eurent réparti entre les différents sacs à dos, le bibliophile revint sur le sable et s'assit face à la Maison de Dieu. Sa tunique et son ample chemise se gonflaient comme des bosses dans son dos et les cheveux clairsemés au-dessous de sa calvitie s'agitaient. Il gardait les sourcils froncés, comme si la mer comportait des mots écrits à l'horizon, et qu'il avait tenté de les décrypter.

Le soleil avait déjà inauguré un chemin de feu dans sa descente par un coin de l'océan quand Daniel (une silhouette dans le coucher de soleil orange) s'assit à côté de lui.

— Nous sommes au début des temps, dit Darby sans préambule, comme si la présence de Daniel l'avait poussé à s'exprimer dans un dialogue déjà commencé. Nous venons de là, nous ne pouvons pas le nier. Même pour un non-croyant, la Bible sert de récepteur de la tradition et, à partir du Dixième Chapitre, l'Auteur commence à voyager : il nous conduit à un village de pêcheurs pour nous montrer la véritable mer et les hybrides qui vivent dans les récifs. Puis, dans les Chapitres suivants, vers le désert austral, l'Antartide… Et il parle de villes enfouies ou enterrées et de races qui vécurent à des époques révolues, bien antérieures à l'humanité. Est-ce que ce ne sont que des fables, ou la véritable histoire ? Que penser d'un tel lieu ?

— J'ai toujours cru que je ne contemplerais jamais rien de pire que la Zone Enfouie, dit Daniel.

Darby fit non de la tête.

— La Zone Enfouie est en verre, et nous nous sentions *protégés* à l'intérieur, comme sous la capsule du centre génétique où nous avons été créés. Ici, nous nous trouvons hors de toute protection et de tout contrôle, Daniel. Nous avons commencé les voyages bibliques. Et il ne fait pas de doute que tout ce que nous voyons obéit à un schéma non humain, étranger à la conception et à la logique : la forme de ces récifs, ou de cette petite île rocheuse séparée de la côte…

Il la désigna, et Daniel se força à la regarder à nouveau : un détail géologique nauséabond.

— Un pan de terre au milieu de l'"eau bleue", comme la décrit le Dixième… Et cette… cette… odeur…

— Est répugnante… dit Daniel en essayant d'éviter les nausées pour la énième fois.

Il n'avait rien pu manger de la journée.

Darby insista :

— Il doit y avoir des raisons scientifiques à cette douleur. Pourquoi ne la sentons-nous pas dans la mer conçue ? Brent en savait plus que moi sur la question, mais je crois que cela vient de ce qu'il n'existe aucun contrôle sur la vie comme dans la mer de conception géobiologique. C'est l'odeur des choses qui pourrissent, des corps qui restent là où ils meurent.

Il jeta un bref regard à Daniel, mais pas dans les yeux : il contempla son corps lisse, net, étendu à côté du sien, il pencha même le visage vers sa peau.

— Tu es inodore, comme tous les êtres de conception, ou peut-être dégages-tu une fragrance subtile, dit-il. Ce n'est pas *votre* odeur, Daniel, c'est la *mienne*, l'odeur des choses abandonnées sans surveillance… Si les hybrides existaient, ces horribles mélanges de poisson et d'homme auraient cette odeur. Tu te souviens de Shane Davenport, qui délirait en croyant chasser des hybrides ? Je crois qu'elle a ressenti la même chose. Nous, les êtres biologiques, nous sentons que nous appartenons davantage à cette nature qu'à la vôtre. Kushiro l'a probablement pensé lui aussi. Les véritables hybrides, c'est nous !

Sa voix se brisa et le plongea dans le silence. Daniel avait plus d'une fois vu Darby souffrir de ne pas descendre d'une lignée d'êtres de conception, mais jamais comme en cet instant. Il ne sut que lui répondre : c'étaient des idées absurdes, mais Darby était un bibliophile et sa culture et sa sagesse n'avaient pas d'égales. Quoi qu'il en soit, la tension qu'il remarquait dans son esprit le poussa à tenter une faible consolation.

— Je suis sûr que le docteur t'aurait ôté ces idées de la tête…

Il s'immobilisa soudain. Il venait de se rappeler ce que Schaumann lui avait dit la dernière fois où ils s'étaient parlé, et il trouva correct de le raconter à Darby, en partie pour distraire son amertume. Quand il eut fini, Darby le regarda un instant.

— Il m'a dit la même chose.

Et devant l'air surpris de Daniel, il ajouta :

— Après le dîner de bienvenue pour ta sœur, Brent et moi avons discuté un moment. Il m'a dit que, en t'examinant dans la pièce au plafond en angle, il avait perçu autre chose de façon indirecte… Pas chez toi mais dans l'ambiance, entre nous… Il n'a rien ajouté d'autre. J'ai cru qu'il était tendu par la perspective du voyage.

— Qu'est-ce que ça pouvait être, à ton avis ?

— Je ne sais pas. Il semblait réticent à en parler. J'ai supposé qu'il souhaitait s'en assurer avant d'émettre une opinion définitive. Brent était comme ça. – Darby se frotta les bras. – Puis il est mort et je n'y ai plus pensé jusqu'à maintenant.

Ils se regardèrent dans l'obscurité croissante.

— Cela pourrait être important ? s'enquit Daniel.

Darby sembla réfléchir tout en glissant le regard de l'un à l'autre des membres du groupe. Daniel l'imita. Sur la rive, Anjali et Yilane priaient pendant que les vagues leur couvraient les chevilles. Maya palpait un tronc d'arbre nu et tordu. Rowen et Svenkov bavardaient près du feu. Darby bougea enfin la tête.

— Pour l'instant, je crois que nous devons respecter sa volonté, et n'en parler à personne, dit-il. Ce sera notre secret.

— D'accord.

Le sourire de masque de Darby apparut et disparut comme une brève contraction musculaire. Sa main velue et grossière chercha l'épaule de Daniel et lui caressa le bras.

— Je te dois des excuses pour la façon dont je t'ai traité chez Svenkov, dit-il. Depuis que nous connaissons la révélation, je suis tendu, Daniel. Savoir que demain peut-être nous arriverons au sanctuaire et obtiendrons la *Clé*, quoi qu'il en soit... je dirais presque que ça m'angoisse... Et pour être sincère, ton insistance à nous accompagner ne m'a pas tellement plu. Ni Maya ni moi ne voulons que tu souffres davantage que tu ne l'as fait...

— Je sais. Maya a essayé de me convaincre de ne pas vous accompagner.

— Mais maintenant je suis ravi que tu sois là, conclut Darby d'une voix grave.

Ils se turent. La nuit survint comme la mort : puissante, totale. Daniel n'avait jamais vu d'obscurité aussi absolue, celle où fermer les yeux constitue presque une forme de lumière. Seule Maya restait impavide quand ils se réunirent autour du feu. Même Svenkov l'endurci semblait nerveux et allait comme un animal svelte et parfait sur la rive, couvert d'une chemise si blanche qu'elle flamboyait dans l'opacité de la nuit.

Daniel eut un sommeil agité. En ouvrant les yeux un instant, il crut distinguer de faibles lueurs dans l'ombre d'un récif. Il pensa qu'il rêvait, jusqu'à ce que la voix de Yilane, qui effectuait son tour de garde, réveille les autres.

— Ce sont des rites tribaux, dit Svenkov en se levant, pendant que Yilane désignait les lumières. Il y a des tribus dans les environs, je ne l'ai jamais nié, mais c'est moi qui dirai quand il faudra commencer à s'inquiéter, si ça ne te dérange pas.

Daniel avait beau ne pas apprécier Yilane, il fut irrité par l'attitude méprisante du Polynésien. Il s'approcha de Yilane quand les têtes se reposèrent sur le sable.

— Ne l'écoute pas, c'est un idiot, lui dit-il.

Yilane détourna fugitivement les yeux pour le regarder puis il continua à scruter l'horizon.

4

Quand il se réveilla, il sut immédiatement qu'il se passait quelque chose.

Le ciel rose était sans nuages et une boule de lumière incandescente s'élevait sur un côté de la mer, qui commençait à retrouver sa couleur bleue. Il régnait un immense silence dans lequel glissait à toute vitesse le corps brun et sinueux de Svenkov, qui effectuait le dernier tour de garde.

— Dégagez ! criait-il. Tirez-vous !

Il courait vers des rochers énormes et gris qui se dressaient sur la rive et il tenait quelque chose à la main. En arrivant à une certaine distance, il le lança. Daniel crut qu'il était devenu fou.

La pierre traça un arc invisible dans l'air et rebondit contre les rochers.

Alors ils apparurent, avec un calme suprême, comme si l'hostilité de Svenkov ne leur importait absolument pas : des corps bruns et minces, des yeux qui ne cillaient pas en émergeant de cavités sombres, langues mauves pendant du menton, lèvres foncées épaisses… Trois hommes. Daniel réprima un cri et sa respiration s'arrêta. *Des hybrides. Ils sont comme ça.* Il vit Svenkov chercher une autre pierre et il eut une réaction étrange, comme si la terreur que lui inspiraient ces êtres avait eu besoin de se retourner contre lui et qu'il détestait le fait que le Polynésien les attaque.

— Maudits indigènes ! murmurait Svenkov.

Daniel se releva d'un bond (il voyait en même temps d'autres corps se lever sur le sable) et s'approcha, paradoxalement poussé par la peur. Il ne crut comprendre qu'alors. L'anneau noir peint autour des yeux donnait l'impression que ceux-ci ressortaient, et ce qui avait l'air de langues et de lèvres était…

Une pierre atteignit l'un d'eux au bras, mais l'autochtone ne donna pas de signes de douleur. Svenkov se pencha à nouveau pour prendre un projectile et, à ce moment, Daniel le saisit à l'épaule.

— Ça suffit, Svenkov ! Ils ne nous attaquent pas !

Svenkov se dégagea d'une simple bourrade et, quand les deux hommes regardèrent autour d'eux, ils ne virent que le paysage. Cela s'était passé exactement comme ça : un clin d'œil, et les jeunes barbouillés s'éloignaient encore avec une lenteur paisible ; un autre, et leurs chevelures sombres flottant au vent se transformèrent en mauvaises herbes. La présence des visiteurs sembla même se dissoudre dans le souvenir, comme un rêve.

Svenkov affronta Daniel. Ses cheveux de jais lui dissimulaient la moitié du visage, mais la moitié qu'ils montraient témoignait de son degré de férocité. Il haletait, dressé et sauvage, comme si le fait de ne pas avoir pu jeter cette dernière pierre l'avait rechargé d'une énergie qu'il avait besoin de libérer en respirant, et son torse parfaitement proportionné et les douces rondeurs de ses muscles s'agitaient au rythme de la respiration. Il portait deux petites pièces moulantes bleu, rouge et blanc, qui semblaient faites de perles de verre, et était paré d'un bracelet en grosses pierres vertes sacrées, et tout cela lui donnait presque l'allure d'un dieu. Il sembla à Daniel que le Polynésien avait été conçu pour commander et être obéi.

— Ne t'avise pas de te mêler de mes affaires, homme du Nord, prévint Svenkov.

— Ce n'étaient pas des ennemis, Svenkov ! Juste des corps de conception avec des tatouages sur la peau !

— Je n'aime pas être épié…

— Hier, il y avait des lumières sur les récifs, et vous n'y avez pas accordé d'importance… C'est maintenant que vous avez décidé que nous devions nous inquiéter ?

A sa façon de le regarder, Daniel s'attendait presque que Svenkov le frappe sur place, mais ce fut alors qu'ils entendirent une voix derrière eux.

— Daniel a raison, dit Anjali, en s'approchant. Ces autochtones ne nous attaquaient pas.

— Mais ils pensent que cette terre leur appartient, répliqua froidement l'explorateur. Si nous ne leur montrons pas qu'ils doivent avoir peur de nous, ils finiront pour nous attaquer.

— Je ne veux pas m'immiscer dans vos décisions, Svenkov, dit Rowen en se joignant à Anjali, mais ne croyez-vous pas qu'il vaudrait mieux ne pas leur fournir de prétextes ?

— Il vaut mieux que vous ne me les donniez pas. – Le ton du Polynésien était menaçant. – Je suis le chef, l'*ariki*, et cela signifie autre chose qu'un simple mot ! – Et il regarda à nouveau Daniel. – Personne ne doit me contredire !

Maya et Anjali se mirent à protester, mais une voix s'éleva par-dessus toutes les autres.

— Je suis d'accord avec M. Svenkov, dit Yilane sans se troubler. Qui est plus expérimenté que lui pour servir de guide sur la Terre sacrée de Dieu ?

Même Anjali Sen sembla accepter ces paroles.

— Et ces autochtones nous épiaient.

Svenkov fit alors une chose inattendue. Il plia les genoux et les planta dans le sable que les vagues commençaient à lécher. Il porta les mains à sa poitrine.

— Voici Svenkov ! cria-t-il. Qu'est-ce que c'est ? Un serviteur des gens du Nord ! Un *taurekareka* que l'on peut humilier ! Mais tout ce que veut Svenkov, c'est protéger la raison commune sur cette terre de fous ! Il connaît la terreur de la mer et les récifs, et prétend juste sauver quelques esprits du Nord !

Et il s'agitait et criait comme un grand animal furieux, ne manquant pas de beauté, tandis que l'eau donnait à ses cheveux noirs une teinte indélébile.

Après cette sorte d'extase, il s'assit sur un rocher, les yeux clos. Il ne parla ni ne bougea pendant une heure, et, au cours de cette pause, Maya sourit à l'oreille de Daniel.

— Ne reproche pas à Yilane de ne pas t'avoir défendu : ce n'était pas pour des raisons religieuses.

— Que veux-tu dire ?

La jeune fille le "regardait" avec des paupières aussi immobiles que ses taches de rousseur, sans cesser de sourire.

— Il ne supporte pas qu'Anja te traite avec amabilité, tu n'as pas remarqué ? Il est évident qu'il veut avoir avec elle une relation d'"amour"…

— Je croyais que Meldon et elle…

— Ah, bien sûr, c'est le cas. Mais Yilane ne peut rien contre Meldon et il se défoule avec toi. De toute façon, je m'inquiéterais beaucoup plus de notre cher guide…

— Je n'aime pas quand il crie, dit Daniel en contemplant Svenkov de loin.

— J'apprécie encore moins son silence, répliqua-t-elle.

Peu après, le Polynésien parut se décider. Il ordonna de partir sur-le-champ et désigna du doigt ceux qu'il choisissait, sans prononcer d'autres noms qu'"homme biologique", "aveugle" ou "blond" (pour Daniel) : Maya, Anjali, Rowen, Darby se chargeraient de rassembler l'équipement ; Yilane tenterait de vérifier vers où s'était dirigé le groupe d'indigènes ; la tâche de Daniel consisterait à effacer les traces du campement improvisé, en dispersant dans un coin éloigné de la plage les restes du feu de camp.

Daniel obéit sans protester. Il défit le cercle de petites pierres, jeta du sable sur les cendres et emporta les branches non consumées à l'endroit indiqué par Svenkov, un pan de plage couvert de galets. Il ne comprit pas pourquoi l'explorateur avait choisi ce coin si éloigné jusqu'à ce qu'il entende des pas dans son dos. Il se retourna et reçut le coup en plein visage. Il tomba de côté sur le gravier et, quand il voulut se relever, Svenkov lui donna des coups de pied.

— Si tu cries, je te tue.

A la hauteur des yeux de Daniel, une longue couleuvre à la queue en pointe se déroula et claqua en l'air.

Il tenta en vain de se défendre en gesticulant, mais il décida finalement de supporter le châtiment agenouillé sur les cailloux ou en tournant sur lui-même quand les coups se renouvelaient au même endroit. Il ne portait qu'un jupon de rubans et son corps se retrouva à la merci du fouet de Svenkov, qui pouvait choisir facilement l'objectif. Sur sa peau conçue, les marques se limitaient à de faibles rougeurs, mais cuisaient comme des brûlures. De toute façon, Daniel sentait que Svenkov était vraiment capable de le tuer s'il appelait les autres.

Soudain, le claquement du fouet s'interrompit. Daniel leva la tête, le visage taché de sable et de larmes. Il n'avait pas entendu s'approcher Yilane, et le vit à peine lever le genou. Svenkov se plia en deux et tomba sur le sable avec un grognement.

— Tu es le chef et je l'accepte, lui assena Yilane, mais c'est nous qui t'avons engagé, imbécile, pas le contraire.

Il tendit une main à Daniel et l'aida à se relever. Il se retourna tout de suite pour prévenir d'éventuelles représailles de Svenkov. L'explorateur se borna toutefois à se lever et à secouer le sable dont il était couvert.

— Bien joué, reconnut-il.

Il semblait même de bonne humeur.

— Mais ton ami le blond avait besoin d'une leçon... Tu es son protecteur ?

— En tout cas, je ne suis pas le tien.

Yilane s'était attaché les cheveux sur la tête. Daniel voyait parfaitement son tatouage dans le dos.

— Ne recommence pas à nous frapper, Svenkov. Aucun d'entre nous.

Ils entendirent la voix de Rowen les appeler, et Svenkov leur lança un dernier regard, ramassa le fouet et partit en direction des autres.

— Tu avais raison, dit Yilane à Daniel, en souriant. Il est stupide.

En regardant le jeune croyant, Daniel pensa que, après tout, il était possible que Yilane et lui deviennent amis.

Mais, de la même façon, il sut qu'il devrait dès lors considérer Svenkov comme un ennemi.

5

— Ecoutez.

Yilane, qui allait devant Daniel, s'était arrêté et avait levé la main.

Ils se trouvaient dans un passage particulièrement dense, avec des racines moisies sortant de la terre comme des doigts tordus. Le plus frappant était cette rumeur sourde. L'expression du jeune croyant était extatique quand il s'exprima à nouveau.

— C'est la "Rumeur Soutenue de l'Eau au milieu du Silence Antinaturel"…

— Qu'est-ce que cela signifie ? demanda Daniel.

Ce fut Darby, essoufflé, derrière eux, qui répondit.

— Yil se réfère au moment où le protagoniste du Dixième arrive au village de pêcheurs dans le véhicule et entend la rumeur d'une cascade dans le "silence antinaturel". De nombreux croyants pensent que ce silence anticipe l'apparition d'hybrides…

— Mais il n'y a pas de silence, bien au contraire, objecta Daniel : tout est plein de bruits étranges…

— C'est pour cela que c'est "antinaturel", répliqua Yilane sur un ton suffisant, comme si la conclusion était évidente. Nous les croyants, nous sommes capables de le sentir.

Il s'était arrêté près d'un arbre et regardait dédaigneusement Daniel. Celui-ci pensa qu'il ne pouvait y avoir contraste plus saisissant entre le corps svelte et exact du jeune homme et les lignes tordues de la végétation qui l'entouraient.

En fait, même la jungle conçue de Sentosa semblait peinte sur un papier en comparaison de ce labyrinthe où tout poussait, cherchait à s'accrocher, à s'étendre. Là où il pouvait y avoir de la vie, il y en avait, même si elle était inutile ou inutilisable, voire d'une laideur absurde, et là où il y avait de l'espace pour bouger, les choses déployaient de petites pattes, agitaient des écailles ou des ailes. La végétation était une maladie verte qui produisait de multiples excroissances sur la peau de la terre. Gargouillements, petits rires d'enfants, murmures et dialogues incompréhensibles traversaient très rapidement l'air. Il donnait l'impression que, dépouillée de la conception et observée de près, la vie dans une forêt non conçue n'était qu'un déchaînement d'horreur.

Ils avaient entrepris depuis plusieurs heures une marche fatigante, après avoir camouflé le véhicule aérien sous des branches selon les instructions de Svenkov. Celui-ci avait assuré que le sanctuaire n'était pas loin, mais les distances devenaient confuses entre ces murailles végétales. Et il n'était pas facile non plus de bouger entouré de créatures non conçues. Non qu'aucune d'elles ne s'approchât tellement des êtres de conception (paradoxalement, c'était Darby qui pâtissait le plus des voltiges constantes des insectes), mais le simple fait de les contempler, avec leurs formes grotesques et leurs conduites atypiques, faisait penser à la création d'un esprit malade. Elles étaient toutes de petite taille, à la différence des créatures bibliques, mais qui pouvait affirmer qu'il n'existait pas d'exemplaires de plus grande taille ? En fait, pour Daniel, il n'y avait pas que le silence qui était "antinaturel" ici !

Anjali Sen regarda Svenkov.

— Il y a une cascade à proximité ?

— Il y a une rivière avec plusieurs cascades, assura Svenkov.

— J'ai besoin d'aller voir, demanda Yilane.

— Cela pourrait-il être dangereux ? demanda Anjali Sen.

— Pas plus que quoi que ce soit d'autre par ici, dit Svenkov très tranquillement. La rivière se trouve sur notre chemin, de toute façon…

Le seul qui semblait adapté à l'environnement était Svenkov. Bien sûr, il jouissait de deux avantages : ce que Daniel avait pris pour une simple parure à son cou – une sorte de pendentif – lui servait en quelque sorte de boussole. Svenkov le consultait de temps en temps et il changeait de direction au milieu de l'épaisse végétation. Parfois, il chantait : d'étranges paroles bercées par de vieilles mélodies. Il aimait être pomponné, les courtes franges de ses vêtements immaculés attachées à sa haute anatomie dessinée et ses cheveux noirs raides très bien coiffés. Il capturait de temps en temps un insecte, alléguant qu'à la ville il les vendait à ceux de sa lignée, qui se faisaient des parures et des bijoux avec leurs carapaces. Sa silhouette était aussi inquiétante que belle et Daniel se sentait à la fois attiré et dégoûté quand il le regardait.

Ni Yilane ni lui n'avaient parlé aux autres de la rixe avec Svenkov. C'était le Polynésien qui, quelques minutes après avoir commencé le chemin dans la forêt, avait ralenti le pas afin de pouvoir s'approcher de Daniel.

— Je regrette de t'avoir frappé, *manuhiri*, lui avait-il dit, mais la seule façon de survivre dans ce genre d'endroits est de suivre les ordres stricts d'un chef. Cependant, j'ai exagéré avec la discipline. Je te demande pardon.

Daniel lui avait serré la main sans croire un seul mot de ce qu'il lui disait. Le message restait : “Le seul qui compte, c'est moi.” Malgré tout, il accepta son offre de paix. Il en déduisait que le point faible du Polynésien était de tenter de compenser sa peur par des extravagances.

Comme Yilane, Svenkov gardait l'illusion de s'intégrer davantage que les autres dans ce monde, mais il ne s'agissait que de son *déguisement*. En fait, c'était une créature aussi étrangère à la vie non conçue que n'importe lequel d'entre eux. Seuls les trois autochtones qu'il avait vus le matin lui avaient semblé adaptés à leur environnement.

Ils reprirent la marche et la rumeur grandit jusqu'à sembler les entourer. Les arbres commençaient à se raréfier, s'ouvrant sur une clairière inondée de soleil derrière un mur de hautes pierres. Yilane lâcha son sac et grimpa habilement à un rocher, s'accrochant à la branche d'un tronc incliné. Sa voix trahit son émotion.

— “L'eau de la rivière était abondante, et je pus voir deux tronçons vigoureux de cascades…” récita-t-il.

Daniel pensait à la Bible en regardant la scène. La plus grande cascade décrivait une courbe cristalline en tombant dans le torrent, un rideau scintillant avec des franges d'écume. Il y en avait d'autres de plus petite taille aux deux extrémités, situées à différents niveaux. Flanquant les bords, un terrain boueux et d'immenses fougères à la tige argentée. Des insectes fulgurants qui semblaient en verre traversaient l'air comme des aiguilles étincelantes.

Svenkov ordonna une pause, et Daniel accompagna Yilane au bord de l'eau. Rowen et Anjali s'empressèrent de les suivre. Sur la rive, ils contemplèrent avec révérence les assourdissants doigts liquides qui carillonnaient sur le lit de bulles, comme un gros diamant se déchiquetant en polyèdres froids. C'était une vision étrange, presque mystique, qui reproduisait la scène biblique. Yilane entonna des prières dans un murmure tout en agitant les bras.

Daniel était étourdi et craintif. *J'ai suffisamment vécu pour parvenir à voir ces endroits terribles*, se dit-il. *Mais où sont la Vérité et le Maître ?*

Le seul à manifester son désaccord était Darby :

— Je ne crois pas que cela présente quoi que ce soit d'"antinaturel"… C'est de l'eau qui tombe d'un rocher.

— Nous parlons de "désordre", Héctor, dit Rowen comme pour tenter de prouver qu'il avait l'habitude de ce genre d'endroit. Les créatures biologiques peuvent ne pas avoir été conçues, mais elles sont contrôlées… L'eau qui chute depuis ces rochers est le fruit du chaos, comme le précise la Bible.

— On verra peut-être des hybrides, dit Yilane.

En guise de réplique, on entendit des hurlements depuis la cime de deux palmiers anormalement unis à leur base. Mais Daniel pensa qu'ils entendaient ce genre de cris depuis qu'ils avaient commencé la marche.

— Des hybrides… Darby souffla, essuyant la transpiration sur son crâne chauve. – Qui les a vraiment vus ? Toi, Yilane ? Des êtres non conçus, l'union de poissons et d'hommes, aux yeux globuleux, la peau froide et des membranes sur les doigts ? Soyons sincères ! Quelqu'un les a vus ?

— La Bible y fait allusion… dit Yilane.

— Mais il n'y a pas de données fiables sur la question !

Personne ne répliqua. Daniel avait l'impression que Darby ne disposait d'aucun appui dans son scepticisme. Il pensa que, d'autre part, si la nature imitait la Bible, cela ne démontrait-il pas que cette dernière avait raison ?

Il entendit soudain la voix de Svenkov, qui désignait Maya :

— Qu'est-ce qu'elle a ?

Contrairement à l'habitude prise depuis le début du voyage, Maya Müller avait cessé de passer inaperçue. Jusqu'à présent, cela avait été comme si sa cécité avait également contaminé ceux qui la voyaient, mais à cet instant toutes les têtes se tournèrent vers elle. Après avoir posé son sac à dos, les armes et sa tenue réduite sur le sol, elle grimpa agilement à un gros rocher sur le bord et resta immobile le temps de deux battements de paupières, les pieds joints, les mains sur les cuisses, une silhouette de couleur chair contrastant avec le fond vert châtaigne. Puis elle se retourna vers eux.

— Il y a quelque chose, dit-elle en descendant du rocher, et elle prit les armes. Un danger. Proche.

— Il n'était pas nécessaire de monter là-haut pour dire ça, répliqua Svenkov avec mépris. Ce n'est pas une forêt conçue, l'aveugle. Elle est pleine de dangers.

— Il vaut mieux la croire, Svenkov, conseilla Darby. Elle ne se trompe jamais.

Les autres sortirent les armes. Svenkov n'y réfléchit pas à deux fois et tira de son sac un gros engin à deux canons, long comme son bras, effrayant et voyant comme lui. Il l'examina et le rengaina dans une ceinture qu'il laissa pendre sur la hanche. Après avoir attendu un instant, il ordonna à Rowen et Anjali d'inspecter une extrémité de la rivière et à Yilane et Daniel l'autre.

Avec son corps et ses cheveux ruisselants, Yilane avançait avec précaution dans la boue de la rive.

Yilane cita le Dixième à voix basse :

— Je me sens “observé avec des intentions malignes, de toutes parts, par des yeux fixes qui ne cillent jamais”... Et toi ?

Daniel réfléchissait encore à une réponse quand ils apparurent soudain.

6

Il les vit avant de les entendre.

De gros yeux globuleux. Des lèvres épaisses anormalement violacées. Des mains qui s'ouvraient pour découvrir des membranes entre les doigts. Des joues qui brillaient comme le ventre d'un poisson. La végétation devint tout cela.

Il comprit que, cette fois, il ne s'agissait pas de tatouages. Mais peu lui importait ce que c'était. Il éprouva une horreur et une répulsion indicibles et tira sur le plus proche, du sang coula de la poitrine de la créature.

— Va-t'en, Daniel ! cria Yilane.

Il se battait sans armes, et en renversa plusieurs d'un seul coup.

— Ils sont trop nombreux !

C'était vrai. Ils sortaient de tous les coins : des fougères géantes, du haut des branches, des rochers, de la rivière. Ils n'utilisaient pas d'armes à feu mais des massues ou des gourdins, et ils les manipulaient avec une terrible habileté. Daniel recula en tirant loin de Yilane, pour ne pas le blesser. Soulagé, il constata que la majeure partie de leurs ennemis optaient pour changer de direction, mais il ne fut pas rassuré de voir qu'ils s'ajoutaient à la lutte contre Yilane, qui commençait à céder, écrasé par le nombre croissant. Deux d'entre eux s'approchèrent tenant une sorte de peau de bête ou de cape. Pendant qu'il était saisi par les bras et les jambes, le jeune croyant regarda Daniel à nouveau.

— Va-t'en ! cria-t-il.

Daniel s'aperçut qu'ils se trouvaient à une certaine distance du combat principal. Ils étaient seuls. *Yilane est seul.*

Quand il le regarda à nouveau, il ne le vit plus. La cape ou la peau était maintenant enroulée sur elle-même et bougeait et sautait sur la terre avec des gestes frénétiques. Les créatures tentaient de la retenir. Daniel comprit qu'ils avaient enveloppé Yilane dedans. *Ils veulent nous capturer vivants.* Le souvenir de l'histoire de Shane Davenport traversa sa mémoire, plus vite et plus destructeur que les balles.

Il prit la décision à cet instant et avança vers les êtres, l'arme au poing. C'était un suicide et il le savait : il ne pourrait jamais les vaincre tous. Cependant, il ne fuirait pas non plus en abandonnant le croyant à son sort. Il tira à plusieurs reprises, jusqu'à ce que l'un d'eux parvienne à lui saisir le bras d'une main rugueuse et froide.

Alors une ombre poisseuse masqua le soleil au-dessus de sa tête et le plongea dans l'obscurité.

7

Maya Müller détectait une chose étrange chez ses opposants, mais cela ne l'intéressait pas de savoir ce que c'était. Pour l'instant, tout ce qu'elle voulait, c'était les tuer.

Même s'ils n'utilisaient que des massues, ils venaient de lui montrer à quel point ils étaient dangereux en la désarmant d'un seul coup, de sorte qu'elle décida de les rendre confiants et recula vers des rochers.

Deux êtres l'assaillirent. Elle sentit que leurs manœuvres n'étaient pas opposées ni leur attaque parfaitement simultanée, ils ne se gênaient donc pas entre eux : cela témoignait aussi d'une expérience. Elle calcula l'instant précis et s'accrocha à deux branches qui s'entrecroisaient au-dessus de sa tête. A ce moment, tout son monde était une blancheur aveugle avec deux lignes tracées dans le ciel. Elle tourna, se balança et frappa un guerrier avec le talon, mais la massue de l'autre l'attrapa comme un oiseau en plein vol en la jetant contre le rocher.

Elle se reprocha son erreur. Son adversaire avait maintenant un avantage et approchait dans son dos. Il y en avait d'autres, elle entendait d'autres pas. Elle sut que tenter une contre-attaque serait peut-être la dernière erreur qu'on lui laisserait commettre. Elle tendit ses muscles.

Les coups l'écrasèrent contre la roche. Elle les supporta comme elle put. Les massues allaient et venaient à un rythme sauvage, comme si elles tentaient de dépasser l'obstacle de sa chair et de plonger dans la pierre. Quand elle était projetée d'un côté, un autre coup l'envoyait du côté opposé. Elle finit par tomber à genoux, ce ne fut qu'alors qu'ils s'arrêtèrent. Elle sentit une main lui attraper les cheveux. Cela eut pour effet de lui faire craquer les vertèbres. Elle agita les bras pour se libérer, mais les coups de massue recommencèrent à pleuvoir sans pitié, l'obligeant à rester immobile.

On la traîna. Le sol devint pâteux sous elle. Elle sut qu'on l'avait emmenée vers la rive boueuse de la rivière. Là, la main la lâcha.

Elle sentit qu'elle se trouvait sous la garde d'un seul guerrier : le reste, sans doute, optait pour les adversaires qui n'avaient pas encore été vaincus.

Le silence régnait, ses attaquants ne parlaient pas. Soudain, le guerrier qui la surveillait lui tourna le dos, pensant peut-être qu'il n'avait plus à se soucier d'elle.

Il mourut peut-être sur cette pensée.

La jeune fille saisit la massue de la créature qu'elle venait d'abattre et courut vers le fracas du combat. Qu'était-il arrivé aux autres ?

Darby… Il était tombé, enveloppé dans quoi ? Une sorte de peau poisseuse. Il était peut-être indemne, mais hors de combat. Elle ne sentait pas la présence de Daniel ni de Yilane. Et les autres ?

Elle espérait que l'un d'entre au moins serait resté debout, mais elle décida de lutter comme si elle avait été seule.

8

Le pistolet à deux canons de Svenkov résonnait comme un coup de tonnerre pulvérisant corps et arbres. Il portait un chapelet de perles explosives autour de la taille et du poignet droit, et il rechargeait son arme avec une grande dextérité.

Meldon Rowen avait lui aussi réagi rapidement. Svenkov le vit de profil et pensa que l'entrepreneur était tout sauf un inutile habitué à ses richesses : il avait attrapé l'un des guerriers et le gardait comme bouclier face aux autres, en lui plaçant le pistolet sur la tête. La manœuvre ne freinait cependant pas ses adversaires acharnés et, pire encore, Rowen reculait vers un terrain boueux et glissant. Il allait perdre, se dit Svenkov, mais il admira au moins son courage.

Anjali Sen se trouvait en plus mauvaise posture. Une couche de peau synthétique enduite d'une substance adhésive l'immobilisait presque au sol, face contre terre. L'un des guerriers qui lui avaient jeté la peau – elle avait tué l'autre – s'approchait avec une massue. Celle-ci s'éleva, traça un arc vertigineux. Anjali tourna, s'enveloppant dans la peau qui l'attachait. Quelque chose répandit de la terre sur ses cheveux. Tournant toujours, elle projeta ses deux jambes contre celles de son agresseur, lui faisant perdre l'équilibre, et elle continua à donner des coups de pied afin de se libérer de la surface poisseuse, juste pour se retrouver à nouveau immobile devant l'arête tranchante d'un gourdin qui lui frôlait la gorge.

Un pied nu s'appuya sur la peau qui l'enveloppait. Son ravisseur la regardait sans émotion, les yeux fixes au milieu du visage aux lèvres gonflées.

Anjali Sen était en train de décider ce qu'elle allait faire ensuite (elle n'avait pas le temps d'utiliser sa croyance) quand une détonation abattit un épais grumeau sur ses paupières. En ouvrant les yeux, elle vit un corps s'écrouler. Svenkov leva son arme fumante d'un geste qui indiquait : "Tu me dois une fière chandelle."

Soudain, Anjali comprit que, curieusement, ils étaient en train de gagner : Maya Müller le confirma d'un coup féroce.

Aidée de Svenkov, Anjali finit de se défaire du piège poisseux et chercha Meldon Rowen, anxieuse.

Elle le vit enfin, allongé dans l'herbe. Le stratagème de l'otage n'avait pas marché : il avait une blessure au torse et il saignait.

— Tu t'en remettras, dit Anjali en l'examinant. La coupure est superficielle.

Rowen la regarda et sourit, respirant avec peine.

— Comment vont les autres ? demanda-t-elle.

Maya avait libéré Darby. Yilane et Daniel n'étaient nulle part. L'inquiétude s'empara du groupe.

Autour d'eux s'étendait un cimetière de corps obscurs et de visages difformes. Sans dire un mot, Maya se baissa et palpa un cadavre. Elle ressentait toujours une chose étrange. Quelqu'un, peut-être Rowen, cria. On entendit un bruit désagréable de déchirure et Maya souleva la peau arrachée. Elle en fit de même avec l'une des mains membraneuses. Les autres contemplèrent ces objets dans un silence étonné.

— Voilà vos "hybrides"… marmonna Darby.

Les masques semblaient élaborés dans un matériau caoutchouteux qui s'adaptait parfaitement à la peau, et ils avaient été peints de façon semblable, avec de grands yeux bleus et des lèvres épaisses. Les gants avec des membranes interdigitales étaient plus grossiers. Pour le reste, les traits des guerriers étaient polynésiens.

— Ils appartiennent à une tribu qui vit dans les cavernes, dit Svenkov. Ils se déguisent comme ça pour imiter les hybrides amphibies du Dixième, qu'ils adorent. Ils voulaient probablement capturer des esclaves. Ils agissent sous les ordres des croyants de leur clan.

Trois paires d'yeux las et sales l'observaient, suspendus à ses paroles. Mais la seule qui parla avait les yeux clos.

— Tu le savais, n'est-ce pas, Svenkov ?

Le Polynésien leva un fin sourcil d'un air malin. Maya Müller laissa tomber le masque et les gants et attrapa le gourdin. Sa silhouette, vêtue de terre et de sang, semblait plus sauvage que celle de ses victimes.

— Tu savais d'une certaine façon qu'ils allaient nous attaquer, dit-elle, c'est pour cela que tu nous as ordonné de nous arrêter ici… Je me demande même si ce n'est pas toi qui les as prévenus de notre présence grâce à ce pendentif-émetteur que tu portes autour du cou…

— Je ne sais pas de quoi tu parles, l'aveugle, répliqua Svenkov, hargneux. J'ai risqué ma vie autant que vous…

— Pourquoi ? poursuivit-elle comme si elle ne l'avait pas entendu, et elle avait beau parler calmement, elle montrait les dents. Tu comptais te débarrasser de Yil et de Daniel ? Il m'a semblé que vous aviez une altercation sur la plage… C'est ta façon de te venger ?

— C'est ce que vous pensez, que Svenkov… commença Svenkov dans un nouveau rituel de complainte que Darby interrompit, hors d'haleine :

— Il faudra les sauver, de toute façon.

— Les sauver ?

Svenkov leur jeta un regard incrédule.

— Cette tribu ne fait pas de cadeau à ses prisonniers… Ils les tueront avant qu'on ait fini de parler.

Et il leur tourna le dos en ajoutant :

— S'ils ont un peu de chance, ils sont déjà morts.

XI

OMBRES

1

La Vérité sait tout.

Il n'est pas difficile de tout savoir : cela consiste à ne pas se soucier de ce que l'on ignore.

Ce que la Vérité ignore ne fait pas partie de la Vérité et, par définition, n'est pas important. C'est du moins ce qu'elle croit. Et ce que la Vérité croit est toujours vrai. La Vérité croit au fait de croire. C'est une fanatique de la croyance.

L'enfance des fanatiques est toujours triste, mais, pour la Vérité – un enfant créé pour être utilisé et torturé par un savant profond quoique peu scrupuleux du Dixième –, cette période fut la plus terrible de toutes. Seule la croyance l'aida à survivre. Elle apprit que, quelle que fût la chose en laquelle elle croyait, elle devait être bonne, puisqu'elle l'avait sauvée. Par conséquent, adulte, elle continua à croire en elle. Elle trouvait positive une telle continuité. Elle disait que seuls les hommes forts peuvent se permettre de ne pas changer. A un moment donné, elle s'aperçut que personne n'était comparable à elle. Elle décida alors de s'appeler "la Vérité" et de travailler pour celui qui la paierait le plus cher.

Bien que le fait d'être la Vérité l'oblige à vivre seule, la solitude ne la dérange pas.

Elle ne s'ennuie jamais. Elle peut s'imaginer être n'importe quoi, voire plusieurs choses à la fois. A cet instant précis, elle s'imagine qu'elle est homme et femme, et joue à se donner des orgasmes dans un étang rougeoyant tout en savourant à petites gorgées une liqueur qui a l'aspect et la volonté du feu, mais glacée, et qui lui aiguise les sens. La vie peut être très amusante si l'on ne dépend que de ce que l'on croit.

La Vérité vit de ce qu'elle demande pour son travail. Elle demande beaucoup et elle est immensément riche. Personne ne discute son prix, car il n'y a rien de mieux que d'obtenir de la Vérité qu'elle travaille pour vous, si vous pouvez vous le permettre. Si vous possédez de l'or, vous possédez la Vérité. Et si vous possédez la Vérité, rien ne pourra vous arrêter.

C'est ce que croit le Maître, et c'est pour cela qu'il l'a engagée.

Dans ce cas, toutefois, les risques sont plus importants, et la Vérité ne les ignore pas.

Pour être sincère, le plan du Maître est très ingénieux et a donné des résultats jusqu'à présent, mais il est difficilement contrôlable. Et la Vérité n'aime pas les situations incontrôlables. Elle est lasse d'attendre cachée, sans pouvoir intervenir, et sa situation est dangereuse, plus encore lorsque surgissent des imprévus.

Comme l'attaque de cette tribu stupide, par exemple. Tout peut échouer pour cette raison.

Le Maître affirme qu'il n'y a – pas encore – de raison de s'alarmer, mais la Vérité ne fait pas confiance au Maître, sentiment qui est réciproque. Ils savent pourtant tous les deux qu'ils seraient perdants si l'un des deux décidait de trahir l'autre. Cela s'appelle "confiance de conception", estime la Vérité avec ironie. Ils doivent s'aider mutuellement pour ne pas se causer de tort à eux-mêmes.

Cela lui fait même plaisir.

Le Maître se montre optimiste, bien que la Vérité sache qu'il ment. Et il se produit pour ainsi dire le curieux paradoxe selon lequel le Maître dissimule sa peur par de petits mensonges.

Cela lui fait même plaisir.

La Vérité aime les mensonges.

2

Il se réveilla recroquevillé dans un lieu étroit et pétrifié. Pendant un instant fugace de folie et d'horreur, il crut avoir été enterré vivant. Après cet éclair, il découvrit avec soulagement qu'il se trouvait dans une niche creusée dans la roche et pourvue d'une ouverture latérale. Il regarda autour de lui, et l'horreur revint.

Debout, à côté de lui, il y avait un être au visage blanchâtre, les yeux et les lèvres saillants.

La créature bougea une main membraneuse en agitant une baguette faite d'une matière qui pouvait être du bambou. On entendit un sifflement. Daniel sentit une brûlure à la cuisse, cria et tomba par terre. L'être répéta son geste et, quand Daniel recommença à crier, il recommença à le frapper. Il semblait lui indiquer de se taire et d'avancer dans une direction précise. Daniel s'exécuta vivement, à quatre pattes. Avant tout, il ne voulait pas être fouetté à nouveau. Mais il le fut.

Il apprit vite ce langage de sifflements cuisants. Coup de baguette : s'arrêter devant une formation rocheuse qui évoquait une colonne. Coup de baguette : se lever. Coup de baguette : étreindre la colonne. Coup de baguette : rester immobile. Coup de baguette : ne pas tourner la tête. Coup de baguette…

— S'il vous plaît, arrêtez… ! cria-t-il. Que voulez-vous que je fasse d'autre ?

— Ils veulent t'entendre crier, dit une voix dans un coin sombre. Si tu cries, ils te frapperont pour que tu cries plus fort. Si tu te tais, ils te frapperont pour que tu cries.

Cette voix lui était familière, mais de l'endroit où il se trouvait, étreignant la colonne de pierre, il ne pouvait en déceler l'origine. La badine avec laquelle on le frappait siffla deux fois encore, puis elle se tut. Malgré tout, Daniel n'osa pas bouger et resta dressé sur la pointe des pieds, tremblant, attendant la suite. Il y eut un mouvement d'ombres dans son dos, il entendit des pas et en tournant la tête il constata que son ravisseur était parti.

Le lieu où il se trouvait était étrange. Il se crut tout d'abord dans une caverne, car les parois étaient en pierre et il s'en dégageait une odeur d'humidité ancienne, mais le brillant du sol arrivait d'un point du plafond projetant des ombres mobiles de feuilles de hêtre ou d'un autre genre d'arbre à larges feuilles, et, plus loin, il y avait une allée entre d'épais buissons par laquelle avait dû disparaître son geôlier. Il s'agissait peut-être de l'accès à une grotte.

Il relâcha sa respiration. Il sentait une brûlure insupportable dans le dos, les fesses et les cuisses, mais il ne voulut pas abandonner le contact avec la colonne pour frotter ses blessures.

La voix s'exprima à nouveau :

— Calme-toi, Daniel. Ne montre pas ta peur.

— Yilane ?

— Je suis là. Ne t'écarte pas de la colonne, essaie de regarder derrière toi.

Daniel s'exécuta sans guère s'écarter. Il constata qu'il ne s'était pas trompé : au fond, s'ouvrait la bouche noire d'une caverne. Yilane se trouvait debout face au mur près de l'entrée, dans le point d'ombre proche des ténèbres. Il avait été déshabillé comme Daniel, et la partie postérieure lisse de son corps montrait la calligraphie difforme de la baguette.

— Garde la position dans laquelle ils t'ont laissé, le prévint Yilane. Ils nous surveillent, et si tu bouges ils vont revenir et recommencer à te frapper.

— Au moins, on est ensemble, dit Daniel dans un murmure.

— Oui, au moins.

— Tu as des nouvelles des autres ?

Le jeune croyant hocha la tête.

— Je me suis réveillé peu avant toi et tout ce que j'ai vu, à part toi, c'étaient nos sacs… Ils sont dans ce coin… Mais ne te fais pas d'illusions : ils nous ont pris nos armes et nos émetteurs. Notre seul espoir réside dans le fait que nous sommes des êtres de conception. Les êtres biologiques les intéressent plus, ils se croient sans doute les héritiers directs des anciens hybrides…

Daniel se rappela cette pauvre folle mutilée de Shane Davenport et il avala sa salive.

— Mais ce sont vraiment des hybrides ! Tu as vu leurs yeux et leurs bouches ?

— Ce sont des fantoches, grommela Yilane avec mépris. Ils portent des masques et des gants collés à la peau. Ils ne les enlèvent certainement jamais. Mais ils croient être des hybrides, et ce qui compte, c'est ce qu'ils *croient*. Ils ne se considèrent pas comme des êtres humains mais comme des créatures fabriquées par Dieu, c'est pour ça qu'ils ne parlent pas comme nous. Le sifflement des cannes et nos cris sont une forme de langage pour eux…

— Alors ils font semblant…

— Ce n'est pas tout à fait ça, Daniel. C'est difficile à expliquer. Tu te rappelles le Onzième ? Un professeur d'université passe plusieurs années en transe, et à son réveil il *croit* avoir été possédé par une créature non humaine dont la race peut se déplacer dans le temps et s'emparer d'autres esprits. Je soupçonne cette croyance d'être celle que professe cette tribu. Le Onzième dit que si tu crois que tu n'es pas humain, alors *tu ne l'es pas*, peu importe ce que pensent les autres. Mais n'entrons pas dans des discussions philosophiques. Voilà ce qu'il t'intéresse de savoir : ils sont *différents*, *étrangers à nous*, alors n'attends ni clémence ni compréhension. Pour eux, nous sommes des objets d'étude : ils vont nous examiner, nous frapper, nous utiliser…

— Mais tu as dit qu'on ne les intéressait peut-être pas…

— Oui, et, si j'ai raison, ils vont nous détruire rapidement. Ce sera une chance pour nous…

Daniel s'apprêtait à exprimer son désaccord avec ce que Yilane considérait comme une "chance" quand des ombres soudaines masquèrent le corps du croyant. Le ton de Yilane se fit pressant.

— Ils reviennent… ! Obéis-leur et laisse-moi faire, Daniel… ! On pourrait peut-être…

Il s'interrompit.

Daniel fixa la pierre sans oser regarder en arrière, là où les ombres s'accumulaient.

3

Elle essayait de trouver une entrée.

Elle avait suivi la piste à travers la rivière, à l'eau couleur de boue qui l'entourait, les cheveux formant un grillage sale, les taches de rousseur et les éclaboussures de sang mêlées sur son visage. Maintenant, elle était désorientée. Elle palpait la pierre et la sentait palpiter en signe de réponse, mais tant qu'elle ne découvrirait pas d'entrée à la Cité intérieure, elle ne pourrait pas les trouver.

A moins que ce ne soit eux qui descendent sur la terre.

Elle s'agenouilla un instant pendant que le courant sombre lui léchait les jambes. Elle sentit soudain autre chose.

— Pourquoi t'arrêtes-tu ? crièrent-ils depuis la rive. Que se passe-t-il ?

Il se passe que si tu cries je n'arrive pas à me concentrer, imbécile.

Elle en avait assez de Svenkov, le Polynésien au nom ridicule, le sensuel, pervers, rayonnant Svenkov. Même dans son obscurité personnelle, la jeune fille percevait toute l'aura d'oiseau exotique et présomptueux qu'il dégageait. Elle se sentait immunisée contre son influence, mais elle avait conscience que les autres, y compris Darby, étaient captivés par cette créature aux longs cheveux noirs. Pire encore : ils avaient beau savoir, comme elle, que Svenkov était d'une certaine façon responsable de ce qui s'était passé, personne n'osait se passer de lui. Rowen l'acceptait de bon gré, et même l'agressive Anjali ne s'opposait jamais directement à ses décisions. Elle se trouvait donc obligée de l'accepter.

Ce qu'elle éprouvait en ce moment n'était cependant pas de la colère mais de la terreur, aiguisée pas ses pressentiments.

— Que fais-tu ? insista Svenkov. Tu as trouvé des pierres de jade, l'aveugle ?

Passant outre ses paroles, elle sortit de l'eau à grandes enjambées, les yeux clos et la massue à l'extrémité en acier à la main.

Le reste du groupe, avec un Svenkov très souriant en tête, la vit s'approcher de quelques arbres. Ces derniers constituaient une sorte de muraille devant la rivière et possédaient des troncs immenses et rugueux comme la peau tannée d'un gros animal. La jeune fille les trouvait chaotiques, incompréhensibles, fruit du travail insensé sans contrôle ni surveillance de la nature libre. Leur épaisseur recouvrait pratiquement le sol. Elle choisit l'un des plus larges et se protégea derrière lui. Rowen, Anjali et Darby la rejoignirent. Svenkov leur adressa un regard dédaigneux. Méprisant cette cachette, il progressa avec agilité dans les broussailles jusqu'à parvenir à une ligne plus avancée. Il était pieds nus, portait un voile rouge sur les épaules et avait les tempes ornées de petites fleurs sur ses grosses boucles d'oreilles argentées.

— Il y a quelque chose derrière les buissons, dit la jeune fille en le désignant avec le gourdin. Un danger.

— Vraiment, l'aveugle ?

Le ton de Svenkov, de sa cachette, était moqueur.

— Devine ce que ça peut être.

— Ça suffit, Svenkov, coupa Darby. Qu'est-ce qu'il y a ?

— Nous sommes arrivés, homme naturel. Au sanctuaire.

— C'est ça, le sanctuaire ? s'exclama Rowen.

— Ce qui se trouve derrière les arbres, oui. Le lieu du commencement du temps, le Trône du Masque et les Mains de la Terre d'Atua.

Svenkov les regardait maintenant, dressé, caché derrière les broussailles, sa voix aussi parfaite que son apparence.

— Nath Svenkov, le pauvre Svenkov, vous a conduits là où vous le souhaitiez, malgré votre méfiance évidente, bien que vous ayez décidé de vous laisser guider par une aveugle plutôt que par son expérience…

— Le sanctuaire ? répétait Rowen. Mais où ça ?

— De là où est ton amie, tu dois y voir autant qu'elle… se moqua Svenkov. Ici, tu pourras mieux observer. Approche-toi, *manuhiri*.

— Attention, dit Maya.

— On ne peut pas rester ici éternellement, répliqua Anjali Sen en avançant.

Rowen s'était déjà approché. Svenkov restait debout, une main appuyée sur une branche.

— Qu'est-ce que c'est ?

— Regarde par toi-même, dit Svenkov.

Rowen jeta un regard à travers les fougères, haletant de peur. Darby s'approcha par-derrière et regarda par-dessus l'épaule de son ami. L'extrême ancienneté des pierres qui se dressaient dans la clairière, au-delà des buissons, lui coupa le souffle. Mais ce qui attira immédiatement son attention, ce furent les cabanes au toit recourbé et les hommes masqués qui se promenaient entre elles.

— Ils les ont peut-être déjà amenés ici ! murmura-t-il, plein d'espoir.

Svenkov hocha la tête.

— Ce que tu vois, ce sont de simples gardiens. Le reste de la tribu est ailleurs.

— Et ces cabanes ? dit Rowen.

— Ils y dorment. Ils sont obligés de surveiller le sanctuaire jour et nuit.

— Il doit y en avoir quatre ou cinq, pas plus, dit Maya derrière eux avec une assurance étonnante. Nous pouvons les surprendre.

— Et les attraper vivants, ajouta Darby. Ils savent peut-être où se trouvent Daniel et Yilane.

— Les attraper… ?

Svenkov posa une main sur sa hanche et regarda Rowen :

— Vous parlez sérieusement ? Il est pratiquement impossible de capturer vivant un croyant tribal. Ils sont trop forts au combat, et, pour les vaincre, il faut les tuer.

— Je peux m'en charger, dit Maya.

— Peu importe ce que tu crois pouvoir faire, l'aveugle.

Svenkov continuait à regarder Rowen, bien qu'il s'adressât à Maya. Il lui souriait de ses lèvres bien dessinées et ses yeux étincelaient comme s'il avait tenté de l'hypnotiser.

— Personne ne fera rien avant que je l'aie décidé…

Un crissement l'interrompit. Si vite que personne ne put suivre sa trajectoire du regard, la jeune fille s'introduisit entre les fougères, les traversa et courut vers la clairière, massue au poing.

4

Ils allaient les tuer, il en était sûr.

Il tremblait de la tête aux pieds pendant qu'on le conduisait à coups de baguette sur un sentier dallé flanqué de conifères, de fougères géantes et de denses forêts de bambous. Il y avait des deux côtés des murs de pierre, des étangs bleus à reflets et des allées de végétation bien entretenue, autours desquels déambulaient quelques hommes masqués d'âges divers. Au fond, se dressait une sorte de salon de maître ouvert comme une scène avec des natifs des deux sexes portant des masques plus élaborés pour tout vêtement. Ils faisaient des gestes entre eux comme dans une danse silencieuse.

La sensation de fausseté devenait de plus en plus intense. *Mais ce qui compte, c'est ce qu'ils croient.* Que ce soient ou non de véritables “hybrides”, quelle importance cela aurait-il pour lui quand la sentence serait exécutée ?

Occupant un simple fauteuil en bambou au centre du faux salon, se trouvait un individu qui ne portait pas de masque ni de gants. Ses traits de conception accentuaient son air polynésien ; il avait la peau olivâtre, des protubérances de seins aux aréoles sombres et un diadème de fleurs blanches pour toute parure. Mais ce n'était pas une femme, ou pas entièrement, et il le montra en tournant le fauteuil et en écartant les jambes. Ils firent s'arrêter Daniel et Yilane à une distance considérable de lui-elle.

Après un silence prolongé au cours duquel la créature intermédiaire examina d'un œil vorace et noir ses prisonniers, l'un des hommes masqués qui l'entouraient s'avança et lança quelque chose qui se brisa à ses pieds.

— Il a brisé un miroir, murmura Yilane à côté de Daniel. Il symbolise ainsi la peur du protagoniste du Onzième en voyant sa "propre forme", car il a enlevé son masque pour nous.

Daniel ne comprenait pas l'importance d'ôter ou de garder un simple masque. Ce fut alors qu'ils entendirent sa voix : douce, sans intonation, presque enfantine.

— Juste un moment… transféré… en vous… comprendre…

— Je crois qu'il dit qu'il est parvenu à se transférer en nous, et c'est la raison pour laquelle il peut nous comprendre… traduisit Yilane. Il symbolise cela en ne portant pas de masque.

— Parler… maintenant… écouter…

Le divergent agitait ses délicates mains noires tout en s'efforçant d'articuler. Cependant, Daniel ne pouvait cesser de penser qu'il se contentait d'imiter quelqu'un qui ne parlait pas sa langue.

— Il veut que nous parlions, dit Yilane. Je vais essayer.

Il fit un pas en avant et les baguettes s'écartèrent devant lui. Le divergent fit un geste et Yilane continua à s'approcher jusqu'à parvenir à quelques mètres.

A nouveau un silence oppressant. Des mots doux, des réponses stridentes. Daniel avait beau déchiffrer ce dialogue absurde, la seule chose qu'il percevait était que la voix de Yilane avait un son de plus en plus intense, jusqu'à ce qu'il ne reste plus qu'elle, hautaine, rageuse, possédée par la fureur et l'orgueil que Daniel connaissait déjà.

— Je suis Jeremy Yilane, croyant du Chapitre Sacré de la Mer ! Vous ne pouvez pas nous faire ça… Non… ! Laissez-moi… !

Les protestations ne lui servirent à rien. Il fut entraîné vers l'un des bois en bambou et, après avoir attaché ses longs cheveux sur la nuque afin qu'ils ne lui cachent pas le dos, deux hommes masqués se mirent à le fouetter avec une rapidité fulgurante, imprimant à leurs baguettes une rapidité qui en faisait des ombres. Daniel n'avait jamais assisté à un châtiment aussi brutal. Au début, le croyant ne semblait pas disposé à se plaindre, et il banda ses muscles en s'accrochant aux bambous tout en jetant un regard de défi à ses bourreaux. Mais la correction se poursuivit jusqu'à ce que le jeune homme crie, pleure et tape du pied en les suppliant d'arrêter.

— Laissez-le ! cria Daniel, mais deux coups lui firent ravaler ses paroles.

Quand la torture prit fin, Yilane avait le visage sillonné de larmes et le dos d'intenses traces rouges, ce qui, s'agissant d'un corps conçu, donnait à Daniel une idée de la force des coups. Mais il soupçonnait l'orgueil mis à mal de Yilane d'être infiniment plus douloureux.

Ils les reconduisirent vers l'entrée de la grotte et les lâchèrent. Yilane chancela jusqu'à son sac. Il pleurait amèrement.

— Ils nous laissent partir ? demanda Daniel, plein d'espoir.

Sans répondre, le croyant ouvrit son sac à dos, en examina le contenu et le referma. Puis il en fit de même avec celui de Daniel. Alors il le regarda.

— Ils nous ont condamnés au pire des destins, Daniel.

Il sécha ses larmes du revers de la main.

— L'entrée de cette grotte donne sur un labyrinthe de cavernes souterraines… Nous devons y pénétrer et, si nous parvenons à atteindre la sortie, cela signifiera que le sacrifice n'a pas été accepté. Nous ne pourrons nous échapper qu'à ce moment… Mais je me doute de ce que sont ces cavernes…

— De quoi parles-tu ?

Yilane ne répondit pas. Refusant l'aide de Daniel, il prit son sac et fit quelques pas vers les ténèbres.

— Qu'as-tu voulu dire, Yil ? demanda Daniel en le suivant. Quel sacrifice ? Qui doit l'accepter ?

Ils étaient enveloppés dans l'obscurité quand ils entendirent les bruits.

5

Lâchant des imprécations à voix haute, Svenkov sortit de sa cachette et courut à l'autre bout de la carrière. Bien que la jeune fille eût agi de sa propre initiative, il espérait encore avoir un avantage depuis ce…

Ce à quoi il ne s'attendait pas était de se retrouver face à l'un d'eux.

A une si courte distance, la puissante arme à deux canons de Svenkov n'était pas très pratique, et son erreur consista à vouloir l'utiliser. Au lieu d'armes, son adversaire agita les jambes, le renversant. Puis il sortit quelque chose d'une ceinture et le fit briller dans la lumière du soir. Un instant plus tard, au soulagement de Svenkov, une balle perforait le bras de l'homme masqué, faisant accomplir plusieurs boucles en l'air au couteau qu'il tenait en main. Le geste d'Anjali, levant son arme en direction de Svenkov, revenait à dire : “Nous sommes quittes.”

Rowen ne semblait pas lui non plus particulièrement heureux, et il se démenait contre un autre homme, que Svenkov put voir de dos. Le masque aux yeux bleus et aux joues blanches s'approchait de plus en plus du visage de Rowen. Svenkov se plaça sur le côté pour plus de précision, et n'utilisa qu'un seul canon. Il l'atteignit de justesse. La tête de l'homme se transforma vite en un fruit écrasé.

— Vivants ! cria Darby, retranché derrière les fougères, vers Svenkov. Nous devons les capturer vivants !

Laisse-les en vie toi-même, pensait Svenkov.

Il semblait impossible d'arrêter Maya Müller. Son gourdin fendait l'air avec un son similaire à celui d'un rire étouffé et son corps couvert de boue évoluait au même rythme. Elle affrontait trois guerriers qui, soudain, furent réduits à un seul. Mais celui-ci parvint à la surprendre et abattit la massue sur ses côtes en la lançant vers un mur métallique, peut-être les restes de l'un des toits abattus. Il résonna comme une cloche et le gourdin tomba sous le pan de mur. Maya se retrouva sans défense et étourdie.

Darby, qui regardait la scène, vit avec horreur la tension des muscles du dos du guerrier, le reflet de son masque quand il leva la tête et prit son élan et la préparation de la massue pour un coup qui semblait définitif. Seul Svenkov se trouvait à ce moment libre, armé et à l'affût de ce qui arrivait, et Darby se retourna vers lui.

— Svenkov, tirez ! cria-t-il.

Le Polynésien se contenta de le regarder.

Dans le cerveau de Maya Müller, la chute de cette massue se divisa en innombrables positions, imaginées, anticipées. Sa feinte scintillante, exécutée au dernier moment, prit le croyant par surprise. La massue frappa le mur métallique avec le fracas d'un gong écrasé. Simultanément, Maya fléchit une jambe et renversa son assaillant d'un coup de pied, pour sauter immédiatement et atterrir à genoux sur lui.

Tout s'acheva bien avant la colère de Svenkov.

— La prochaine fois, obéis à mes ordres, assena-t-il à la jeune fille quand les seuls ennemis vivants qui restaient se tordaient sur le sol. Tu es aveugle, mais pas sourde.

— La prochaine fois, donne un ordre qui en vaille la peine, répondit Maya Müller sans se retourner.

Svenkov venait d'un lieu éloigné où il semblait exister une norme : aucune femme nue et aveugle ne pouvait lui dire ce qu'il devait faire. Il tenta de le prouver, mais il se passa quelque chose quand il arma les deux canons. Une chose qu'il eut du mal à croire.

L'extrémité du gourdin s'était posée sur sa gorge bien avant. Svenkov n'avait pas réussi à voir comment elle était arrivée ici. Il pensa que la jeune femme s'était même déplacée avant cet échange de paroles.

— Ne recommence pas à me menacer, Svenkov, dit Maya. Je suis aveugle, tu t'en souviens ? Quand je fais ce genre de choses, parfois, je ne calcule pas bien et je peux faire du mal à quelqu'un…

Ils se mirent à explorer courageusement le sanctuaire, examinant les huttes, les perrons en pierre et la grande Statue au sommet, une représentation du Masque et des Mains. Le visage était rond et la langue gonflée sortait des lèvres ; les doigts consistaient en de simples ellipses. Derrière, entourée par de robustes arbres, s'étendait une lagune cristalline qui n'attira que le regard de Svenkov.

Le découragement s'empara du groupe quand ils firent une pause.

— Il n'y a aucune trace de Yilane et de Daniel, murmura Anjali en s'asseyant sur une pierre. Sans parler de ce qu'on cherche…

Darby résuma en quelques phrases :

— Peut-être ailleurs, peut-être ici. Comment peut-on connaître l'endroit exact si on ne sait pas ce qu'on doit chercher ?

— "Cris d'oiseaux", récita Rowen. "Trappe"... "Escalier métallique"... "Plafond en angle"... Il n'y a rien de tel par ici.

— Ce sont peut-être des symboles, allégua la croyante indienne. Daniel en aurait peut-être rêvé davantage s'il était venu là...

— Il va falloir les trouver, répliqua Rowen. – Sa blessure saignait à nouveau. – Et pour cela nous devons interroger les prisonniers.

Pour une raison quelconque, ils se tournèrent tous les trois vers Svenkov. Le Polynésien semblait absorbé par quelque chose (Darby pensa qu'il regardait fixement Maya), mais à cet instant il tourna la tête dans un geste caractéristique, en souriant. Il tenait le voile rouge à la hauteur des cuisses, et ce ne fut qu'alors que Darby s'aperçut qu'il avait soigné une de ses blessures. Son regard et sa posture révélaient une indignation contenue.

— Pourquoi est-ce que je devrais vous aider maintenant ?

Le Polynésien transforma soudain son voile en une flambée rouge comme ses joues et ses cheveux en un tourbillon noir quand il se tourna violemment vers eux.

— Pourquoi Svenkov devrait-il faire quelque chose de plus pour vous ? Quelle importance est-ce que j'ai ? Maintenant vous me cherchez, avant vous me méprisiez...

Darby dut réprimer un sourire. Il était comme un enfant pleurnichard.

— Pourquoi ne demandez-vous pas à votre amie l'aveugle de vous aider... ?

Rowen semblait prendre les choses au sérieux. Il fit un geste apaisant.

— Ecoutez, Maya n'a pas tenu compte de vos ordres, et nous vous en demandons pardon, mais nous cherchons désespérément à retrouver nos amis… Vous connaissez ces croyants mieux que nous, Svenkov… Nous voulons juste que vous les interrogiez…

— Je peux m'en charger, dit Svenkov sans les regarder. Mais j'exige tous les bijoux des blessés et des cadavres.

Rowen consulta les regards. Darby haussa les épaules et Anjali acquiesça. Maya restait en marge, éloignée de tous.

— Pas de problème, dit Rowen.

Ils rassemblèrent les blessés, trois au total, en les traînant sans ménagement au pied des marches. Svenkov fouilla les huttes jusqu'à ce qu'il y trouve ce qu'il cherchait : une chaise en bambou avec un dossier constitué d'une seule barre horizontale et de plusieurs cordes. Au passage, il en profita pour piller les habitations des croyants et dépouiller ceux-ci de leurs colliers, anneaux et bracelets. Enfin, il arracha masques et gants d'un coup sec qui détacha une partie de la peau des mains et des joues de certains.

Sans masques, les croyants révélaient des visages et des cheveux de conception similaires, avec des traits et un teint sombre, comme s'ils avaient porté un autre masque en dessous. C'étaient tous trois des hommes, ils respiraient avec effort et regardaient les visages qui les entouraient.

— Beaucoup d'entre eux n'ont pas ôté ces choses depuis des années et elles se sont incrustées dans leur peau… expliqua Svenkov en montrant les masques. Je connais ce clan. Ils vivent au pied des montagnes, dans la zone des Catlins. Ce sont des croyants du Dixième et du Onzième. Ils ne parlent jamais.

— Vous avez essayé de le leur demander ? suggéra Darby.

— Il existe un langage universel, homme biologique.

Svenkov en choisit un qui se tenait le bras droit, cassé par un coup de gourdin de Maya. Il ne tarda pas à attacher ses bras minces à la partie inférieure des pieds arrière de la chaise, laissant son épaule s'appuyer directement contre le dossier. La poitrine du prisonnier se gonflait sous sa respiration. Son visage ne reflétait pas davantage de terreur qu'avant d'avoir été choisi par Svenkov. Il semblait juste attendre, concentré sur ce que Svenkov allait faire.

Le voile rouge noué autour de la taille, appuyé d'un pied sur le bord de la chaise, le Polynésien se pencha vers lui.

— Vous nous avez tendu une embuscade au bord de la rivière et vous avez capturé deux de nos amis. Nous voulons savoir où vous les avez emmenés.

Le croyant continua à le regarder et à respirer lourdement, sans parler. Svenkov leva alors le pied presque jusqu'à frôler son propre visage du genou et il le déchargea avec une force démesurée contre la mince poitrine de l'autochtone, à une hauteur légèrement supérieure à celle du dossier, le faisant s'arquer contre celui-ci.

On entendit comme un bruit de coquille qui se brise. Puis un gémissement rauque et un cri assourdissant, pendant que la bouche du prisonnier s'ouvrait comme un puits aux murs rougeoyants.

Héctor Darby prit l'explorateur par le bras.

— Vous êtes fou ? Qu'est-ce que vous faites ?

— Je l'interroge. Avant que vous ne m'accusiez de collaborer avec eux et de vous tendre un piège… Il est juste que je veuille clarifier les choses, non ? Et puis, en ce moment même, les amis de ce croyant sont en train de torturer tes amis ailleurs… Qui préfères-tu entendre crier, homme naturel ? Retire ta main, si cela ne te dérange pas…

Svenkov avait parlé tranquillement, sans élever le ton, même si certains mots se perdaient entre les hurlements du croyant. Darby retira sa main et Svenkov appuya à nouveau le pied sur la chaise. Il attendit que le prisonnier eût fini de crier.

— Je sais que tu m'écoutes, dit Svenkov. Et je sais que tes croyances t'empêchent de parler. Mais je peux te frapper de façon que tes vertèbres se brisent de plus en plus haut, sans te tuer, jusqu'à ce que tu ne puisses plus bouger que les lèvres… Dis-moi où vous les avez emmenés.

— En courant… murmura le croyant.

Ils se penchèrent tous vers lui.

— Dans le désert… Des époques innombrables… Le vent… vers mon destin…

Il fermait les yeux, comme s'il se concentrait sur chaque mot.

Après un moment d'attente confuse, il poursuivit :

— Je descends… Dans le vide… Dans des ères lointaines… La noirceur visqueuse… Une tour de Babel de bruits… Je m'enfuis quand elle s'écroule… Dans ma main j'ai une boîte…

Svenkov commença à soulever le pied de la chaise, mais Darby intervint à nouveau, le retenant. Svenkov se retourna à la vitesse de l'éclair et saisit Darby par le cou d'une seule main.

— Ne me touche pas, murmura-t-il. Je te l'ai déjà dit.

— Moi aussi, dit Maya.

Le canon d'une arme de rechange de Svenkov lui-même était appuyé sur la tête du Polynésien. Personne ne l'avait vue lui prendre une arme.

— Lâche-le.

Svenkov s'exécuta et s'écarta de la chaise. Son expression ne changea pas, mais il ne cessait de regarder fixement Maya. Anjali intervint de son côté pour calmer la jeune fille, qui baissa son pistolet. Darby essaya de reprendre son souffle.

— Ce que vous faites est non seulement cruel mais inutile, Svenkov ! C'est leur façon de parler, par imitation de cette conversation "maladroite" et "gauche" mentionnée dans le Onzième ! Ce qu'ils disent provient de ce texte ! Vous n'obtiendrez rien de plus !

Svenkov regardait Rowen, qui hésitait entre l'un et l'autre.

— Que proposes-tu, Héctor ? demanda Rowen.

— De refaire une fouille du village… On trouvera peut-être une piste. Tout, mais pas ça !

Svenkov vit que Rowen cédait et qu'Anjali l'appuyait. Il ne regarda pas la jeune aveugle. Il haussa les épaules.

— Faites comme vous voudrez. Ce ne sont pas mes amis qui sont en danger.

A rapides enjambées, il s'éloigna du groupe et gravit les perrons en pierre en direction de la lagune.

6

Les bruits provenaient de lieux indistincts dans l'obscurité. Ils étaient aigus, lancinants. L'écho des cavernes les mêlait entre eux, l'empêchant d'en connaître la provenance.

Daniel et Yilane les écoutaient comme paralysés et, dans le cas de Yilane, presque inanimé. Mais sa faiblesse ne semblait plus uniquement résulter de la brutale correction. Il se tourna vers Daniel et, à la faible lumière qui pénétrait de l'extérieur, celui-ci contempla ses yeux exorbités, les lèvres rouges tremblantes. De la bouche du croyant sortirent des phrases telles que "êtres archaïques", "semi-polypes qui ont dominé la Terre il y a des millions d'années", "confinés dans des cavernes lointaines par la Grande Race"…

Daniel écoutait, le cœur battant à tout rompre. Il caressa les joues humides de Yilane et l'étreignit pour atténuer sa panique. Cependant, la peur de Yilane, telle une flamme, loin de diminuer, attisait celle de Daniel.

— La Grande Race scella les abîmes là où ils enfermèrent ces êtres – la voix de Yilane tremblait – mais il resta des ouvertures… Ces… sifflements, Daniel… ! Les sifflements sont leurs voix ! Ils dominent les vents, peuvent filtrer par le rocher…

— Yilane, écoute…

Daniel avait du mal à parler. La peur lui opprimait la poitrine et, même s'il respirait profondément, il ne ressentait aucun souffle d'air à l'intérieur de ses poumons.

— Ce que tu dis est peut-être vrai, mais, quoi qu'il en soit, on doit essayer de sortir d'ici…

— On ne peut pas leur échapper ! Ce ne sont pas des êtres corporels, Daniel ! La Bible…

— Oublie la Bible un instant ! La seule chose qui compte pour le moment c'est de trouver une sortie !

Il prit sa tête entre ses mains et l'embrassa sur les lèvres pour atténuer sa peur.

— On doit essayer, Yil… On sera ensemble, quoi qu'il arrive…

Les caresses, ces chaudes couvertures qui calment les frissons des hommes, firent leur effet et Yilane cessa de trembler. Ils avancèrent dans les ténèbres aveugles. Daniel faisait des efforts pour ne pas prêter attention à ces sons aigus (tels des sifflements de flûtes affolées) et tenter de se concentrer. Ses yeux lui montrèrent des ébauches de sentiers, de tunnels et d'embranchements, mais il savait qu'il leur faudrait plus d'un jour pour les parcourir tous, et il était fort possible qu'aucun d'entre eux ne conduise à l'extérieur.

Il s'arrêta à un carrefour et choisit un tunnel où il crut remarquer un certain éclat. Au fur et à mesure qu'ils s'y engageaient, les ombres se retiraient du sol comme une marée basse. La dernière portion leur sembla presque incroyable tellement elle était éclairée. Yilane cria de joie, mais Daniel, tout à coup, ne partagea pas son enthousiasme : c'était trop facile pour qu'il s'agisse d'une sortie. En arrivant au bout, il constata que ses pires craintes étaient devenues réalité.

La brèche, entre deux rochers, était longue mais trop étroite. Même les bras sveltes de Daniel et Yilane auraient eu du mal à y passer. Daniel trouvait horrible d'être aussi près du salut et de ne pas pouvoir y accéder.

Le seul avantage était qu'on n'entendait plus les sons terrifiants. Mais quand ils regagnèrent le carrefour, ils les entendirent à nouveau. *Il doit y avoir une explication.* Daniel ne pouvait pas croire l'histoire que lui avait racontée Yilane. *Une créature non conçue, comme celles de la jungle, ou un autre genre de chose.* Le problème était cet "autre genre".

Bien qu'il fût dans les bras de Daniel, la voix de Yilane parut lointaine, étranglée par une peur invincible.

— Daniel, aide-moi !

Devant l'immense épouvante de son compagnon, ses propres terreurs lui semblèrent plus simples à dominer. Il choisit une autre sortie. Cette fois, il ne voulut pas s'arrêter pour choisir celle qui pourrait être la plus éclairée. L'obscurité était presque palpable, comme s'ils avaient plongé dans les profondeurs d'un marais.

Dans ce nouveau tunnel, les sons devinrent plus intenses. Daniel décida de couvrir de la main l'oreille de son compagnon, en gardant l'autre collée contre son épaule, afin de pouvoir le faire avancer.

— On est en train de sortir, mentit-il.

La phrase devint pour lui une sorte de prière. Il la répétait régulièrement, à Yilane et à lui-même, à voix haute ou murmurée : *On est en train de sortir. On est tout près. On va sortir.*

Le tunnel s'ouvrait sur de nouveaux degrés de ténèbres et des courbes anarchiques où les formations de roche se transformaient en pièges affûtés. Il était impossible de se déplacer rapidement sans tomber sur un mur ou une stalactite. Quelque chose lui disait pourtant qu'il devait avancer vite. Ces bruits étaient non seulement devenus plus intenses mais aussi compacts, comme si la ou les choses qui les produisaient avaient subi une mutation. *Ils ne sont pas corporels.*

Il tenta d'accélérer le pas et son pied ne trouva soudain rien au-dessous.

Il commença à tomber.

7

Quelques minutes plus tard, enveloppé dans le voile rouge et humide, après un bain relaxant dans la lagune, Svenkov regagna les cabanes et n'y trouva aucune trace des prisonniers. Darby et la belle croyante indienne (un bon *morceau* de chair brune, estimait Svenkov) étaient assis dans une cabane. L'aveugle se trouvait dans l'entrée de l'autre et le seul fait de la voir aigrit l'expression du Polynésien. Il s'approcha de Meldon Rowen, qui était allongé sur le dos sur une pierre plate. Il semblait somnoler. Sur sa poitrine reposait une petite sphère verdâtre.

Rowen eut un léger sourire :

— Des fruits curatifs. Anjali Sen assure qu'ils referment définitivement une blessure. Et je crois que cela donne des résultats.

— Vous avez trouvé quelque chose ? demanda Svenkov en jetant le voile sur son épaule.

— Absolument rien. Nous sommes aussi perdus qu'au début.

— Et les prisonniers ?

— Ils n'ont rien dit de plus. L'un d'eux est mort de ses blessures, les deux autres agonisent dans les cabanes.

— Ça, c'est parce qu'on n'a pas utilisé de fruits curatifs avec eux, se moqua Svenkov. C'est toi qui paies, *manuhiri.* Qu'est-ce que tu veux que Svenkov fasse, maintenant ?

Rowen respira profondément et le mouvement de sa poitrine fit rouler le fruit. Il l'attrapa avant qu'il ne tombe et s'assit sur la pierre.

— Ecoutez, Svenkov, je ne suis pas responsable de ce qui est arrivé. Si cela n'avait tenu qu'à moi, je vous aurais laissé faire ce que vous vouliez, mais pas au prix de me mettre mes amis à dos…

Svenkov agitait la tête en acquiesçant, comme si ce que disait Rowen lui semblait très raisonnable.

— De toute façon, nous devons retrouver Daniel et Yilane. Sans eux, notre voyage ne peut se poursuivre…

— Ils sont morts, *manuhiri.* Ou ils ne vont pas tarder à l'être.

— Il faut pourtant essayer.

— Mais je ne sais où…

Le cri les fit sursauter.

— Je les entends ! vociféra Maya Müller en se mettant à courir, le gourdin entre les mains. Ils sont sous terre !

8

Il lui était parfois arrivé qu'un simple pas imprévu lui fasse sentir qu'il se précipitait dans un vide infini. Il le sentit à nouveau à ce moment, avec une différence : le vide était infini.

Il agita frénétiquement les bras. Il avait perdu Yilane, ou c'était l'inverse, et même s'il avait gardé son sac, celui-ci lui servit à tomber plus vite. Des pierres tranchantes s'efforcèrent de lacérer son corps conçu. Quand il s'arrêta enfin, ce qui l'entourait continua à bouger : il plut des cailloux avec une ration de poussière qui le fit tousser. Pendant combien de temps était-il tombé ? Où se trouvait-il ? Il ignorait tout.

Il se redressa, essoufflé. Certains points de ses extrémités le brûlaient, mais il croyait n'avoir en tout et pour tout que quelques égratignures. Il fut reconnaissant à sa conception de l'avoir protégé des fractures ou des blessures graves.

— Yilane… murmura-t-il. Yilane ?

Davantage que le voir, il l'entendit. Ses halètements étaient manifestes.

— Ici…

— Tu vas bien ?

— Je crois… Ecoute… !

Daniel sentit son sang se glacer. Les bruits étaient maintenant tout proches et semblaient parvenir du sommet de la pente par laquelle ils étaient tombés, mais *aussi* de quelque part devant eux, ou alors c'était l'écho ?

Il regarda autour de lui. La chute leur avait fait découvrir, par hasard, un autre niveau de cavernes, beaucoup plus visible que celui du dessus grâce à l'abondante lumière qui parvenait du fond en rebondissant contre un plafond de très hautes stalactites.

Il eut la certitude que c'était leur dernière chance. S'ils ne trouvaient pas de sortie là, il n'y en aurait pas d'autre.

Il se traîna à tâtons jusqu'à trouver Yilane et il palpa son corps en se demandant avec une soudaine angoisse s'il avait une extrémité brisée. Alors il trouva son visage et du bout des doigts il toucha la tiédeur cristalline des larmes. Daniel essaya de mettre de l'espoir dans sa voix.

— Allez, Yilane ! La sortie est proche !

— Continue, Daniel… Moi, ils m'ont déjà…

— Yilane !

Yilane ne semblait pas l'entendre. Daniel prit son visage entre ses mains. A la lumière de l'éclat lointain, le regard du croyant lui sembla différent. Ses pupilles étaient comme des visages connus qui auraient caché d'autres traits en dessous.

— Yilane, tu te laisses emporter par la peur… Je *ne* ressens pas la même chose que toi !

— Toi, tu peux encore te sauver…

— Je ne partirai pas sans toi.

Il pensa que Yilane résisterait s'il le faisait bouger de force, mais il soupira avec soulagement en constatant que le jeune homme se levait de lui-même. Il le fit avec une fermeté soudaine, comme si quelqu'un de plus fort avait pris les commandes à l'intérieur. Cependant, ses jambes tremblaient. Daniel le soutint et prit son sac, le traînant par terre et laissant Yilane lui passer un bras autour des épaules. Ils avancèrent de la sorte en direction du décor spectral de lumière et de cris.

— Regarde autour de toi… disait Yilane. Sillons, tunnels, couloirs… Nous sommes dans *leur* monde, Daniel, un univers primordial antérieur à la création… Ecoute leur appel…

— Je ne vois qu'une grande caverne et une lumière au fond, grogna Daniel Kean.

Il voulut se convaincre que ce qu'il disait était vrai. Pas seulement : que c'était la seule chose vraie. Mais il était difficile de raisonner quand la terreur prenait voix et poussait des cris qui semblaient assourdir ses propres pensées.

A mi-chemin, il s'arrêta. Il s'était maintenant suffisamment éloigné du lieu où ils étaient tombés et il pouvait mieux discerner la direction des sons : il lui sembla que certains provenaient effectivement de la pente qu'ils avaient laissée derrière eux, mais la plupart se trouvaient devant. A seulement quinze ou vingt mètres peut-être. Dès qu'ils auraient passé la muraille de rochers face à eux, ils les verraient.

S'il y avait quelque chose à voir.

Ils ne sont pas corporels. Ils n'ont pas de corps.

Il sentit que Yilane resserrait son étreinte.

— Ne réfléchis pas, lui dit Daniel. Ne pense pas. Contente-toi de marcher...

Il continua à avancer, désespéré, à la rencontre de la lumière et de l'horreur.

Quand il lui sembla qu'il n'allait pas supporter de faire un pas de plus, sa terreur se cristallisa dans une indifférence momentanée. Il lui semblait que, au-delà de ce qu'il soupçonnait ou imaginait qu'il allait trouver, au-delà de ses élucubrations sur ce qui était capable de produire ces bruits, il ne pouvait rien y avoir de pire. Les possibilités, comme le vide dans lequel il était tombé, s'ouvraient sur l'espace, noires, insondables, dangereuses.

Il passa la barrière de pierre en fermant les yeux. En les rouvrant, il remarqua un chaos d'ombres et de fracas. Les cris l'assourdissaient. Alors la lumière se détacha de la terre et vola au plafond, trente mètres ou plus au-dessus, couvert de rochers pointus. Le cœur de Daniel s'arrêta.

Un instant plus tard, alors que ses yeux avaient compris de quoi il s'agissait, les battements de cœur à l'intérieur de sa poitrine continuèrent.

La sortie, tel un immense bâtiment, était si inconcevablement à sa portée qu'il ne voulut pas la franchir immédiatement par crainte de la voir se dissiper comme un rêve. Il s'arrêta, posa les sacs, se débarrassa même de Yilane – qui contemplait lui aussi le salut bouche bée – et il s'appuya, debout, contre le mur de roche en rejetant la tête en arrière et en laissant ses cheveux lui retomber dans le dos.

Il pleura, retrouva son calme, se remit à pleurer sans hâte et sans bruit. Yilane haletait contre le mur opposé, comme son reflet. Daniel lui sourit.

— Des mouettes, dit-il. La caverne produit des échos, c'est pour ça qu'elles faisaient ce bruit… Mais ce n'était qu'un groupe de mouettes.

— Non.

Les yeux de Yilane avaient retrouvé l'éclat de l'orgueil et de la sagesse.

— Ce n'est pas *ça*, Daniel… C'est ce que tu as cru voir.

Il fut tenté de discuter, mais il changea d'avis en se rappelant que discuter avec un croyant revenait à perdre d'emblée. Bijou disait que… Enfin, Bijou aurait su mieux le formuler, si elle avait été là.

D'une certaine façon, il comprit que rien ne lui assurait qu'ils étaient en sécurité. Il se rappela l'éclat impitoyable de ces pupilles aux yeux exorbités, les faux visages en nacre, le feu impitoyable des coups. Il savait que si les hommes masqués les reprenaient, il n'y aurait plus d'échappatoire pour eux.

— Sortons d'ici, dit-il.

9

Ce fut comme si le contact avec la terre s'arrêtait.

L'aspect inattendu de cette interruption la fit hésiter. Elle eut peur.

D'en bas, plusieurs paires d'yeux anxieux l'observaient. Elle se tourna vers eux, puis revint par le chemin de hautes pierres plates par lequel elle était montée et attendit avant de s'approcher pour parler.

— Je les ai perdus. – Sa voix était tendue. – Ils ont peut-être parcouru un souterrain et en sont vite ressortis… Mais c'était si rapide que cela semble étrange…

— Il y a une autre possibilité ? demanda Rowen.

Maya Müller fit une pause.

— Il leur est peut-être arrivé quelque chose.

Ils étaient tous trop fatigués, même Darby, pour écarter cette deuxième option. Svenkov ouvrit les bras dans un geste qui devait vouloir signifier : "Je l'avais dit." Anjali Sen finit par prendre la parole :

— On peut vérifier. La plage est proche, Svenkov ?

— Derrière cette falaise, répondit le Polynésien, hésitant.

— Dans le Onzième, il y a un pouvoir que je pourrais essayer, dit Anjali à l'intention des autres, mais j'ai besoin du contact avec l'eau de mer. Si tout se passe bien, je me transporterai vers les esprits de Daniel et de Yil et je verrai ce qu'ils voient. Je peux aussi les apercevoir à distance et savoir ce qui les entoure…

— Ne rêve pas, objecta Rowen. Même moi, je sais que c'est très dangereux. S'ils étaient morts…

— Tu préfères qu'on ne les retrouve pas ? l'interrompit Anjali. On a déjà peut-être perdu toute possibilité d'atteindre ce qu'on cherchait. Tu veux qu'on perde aussi Yilane et Daniel ?

— Je veux que, toi, tu ne te perdes pas, répondit Rowen.

Svenkov agita la tête et poursuivit son chemin. Il parla sans se retourner et sans cesser d'avancer.

— De toute façon, on doit passer ces falaises si on veut arriver à la plage avant la nuit…

Rowen et Anjali ne l'écoutèrent pas. Ils semblaient empêtrés dans quelque chose de plus qu'une simple discussion.

— S'il te plaît, arrête de penser que tout dépend de toi, Meldon.

— Je donne juste mon avis, Anja. Tu n'auras pas toujours autant de chance qu'au laboratoire de Kushiro. Héctor, explique-lui ce qui pourrait arriver…

— Je le sais parfaitement, Héctor n'a pas besoin de m'expliquer quoi que ce soit.

— Les possibilités sont infimes !

— Elles le sont toujours, Meldon. Ce qui compte, c'est d'y croire.

Le débat était devenu amer, peut-être, d'après Darby, parce que aussi bien Rowen qu'Anjali se trouvaient à la limite de leurs forces. A un moment donné, les traits réguliers de la croyante se durcirent.

— Meldon, je sais que pour toi cette recherche ne signifie rien d'autre qu'une aventure, une réussite matérielle, comme pour ton père le fait de fonder une entreprise… Mais, pour Yilane et pour moi, elle représente le sens de nos vies… Laisse-moi faire ce que je dois faire.

Rowen la suivit du regard. Son expression incrédule peinait Darby, qui lui posa une main sur l'épaule.

— Ça peut bien se passer, dit Darby.

— Et ça peut mal se passer, répliqua sèchement Rowen, et il s'écarta.

10

Ils accédèrent à une plage de rochers qui touchait cette sorte de montagne perforée par la gigantesque entrée de la caverne. Les mouettes étaient les seules maîtresses des lieux, et elles criaillaient sans crainte en présence de deux êtres humains nus et sans défense. Elles se posaient même sur le rivage, devant eux, et ne prenaient leur envol que lorsque Daniel et Yilane s'approchaient de trop près. C'étaient des mouettes non conçues, étranges, peut-être inquiétantes, mais seulement des mouettes.

Pendant qu'ils se dirigeaient vers la mer comme vers une armée qui les aurait affrontés, Daniel regarda le sable crémeux sous leurs pieds, avec des signes indélébiles de la présence de l'eau peu de temps auparavant. Il tourna la tête et constata que cette boue s'étendait jusqu'à l'entrée de la caverne.

— La marée, dit Yilane, comme s'il avait lu dans ses pensées. Les grottes sont inondées par la marée haute. Et elle monte. – Il désigna la ligne du rivage. – Nous devons trouver un endroit plus élevé.

Ils se dirigèrent vers la montagne et choisirent un chemin facile d'accès. Quand ils jugèrent avoir suffisamment grimpé, ils firent une halte pour se reposer. Daniel se félicita de leur chance.

— Si on était sortis plus tard, on serait peut-être morts noyés.

Yilane ne répondit pas. Il se trouvait accroupi sur un rocher, en train de fouiller dans son sac à dos. Daniel se concentra pour examiner le sien : penser à Bijou quelques instants plus tôt lui avait rappelé l'urne. Il poussa un soupir de soulagement en constatant qu'elle était toujours là. Il la contempla avec reconnaissance, car il avait la sensation que c'était en quelque sorte cet objet qui les avait aidés à sortir. Puis il sourit avec tristesse en imaginant que Bijou aurait dit : “C'est une pensée propre aux croyants.”

Il y avait aussi les provisions et les vêtements. Il sortit la gourde contenant l'eau et but une gorgée qu'il accompagna avec un peu de fromage et des biscuits. Il n'avait pas très faim et, en tant qu'être de conception, il ne lui était pas indispensable de manger tous les jours, mais il supposa qu'il devait prendre des forces.

Alors il observa son corps. Il s'en était mieux sorti qu'il ne le croyait : les coups avaient laissé des marques, mais elles étaient en train de disparaître. Il présentait plusieurs coupures très fines qui n'avaient presque pas saigné et des égratignures qui ne tarderaient pas à cicatriser. Il songea à mettre quelques vêtements et sortit un voile blanc, mais il se contenta de s'en recouvrir. Il le nouerait plus tard. Il ferma les yeux un instant, assis sur les rochers, les bras passés autour des jambes, pendant que le vent peignait ses cheveux blonds.

Ce fut alors qu'il entendit les pleurs.

Il leva la tête. Yilane était toujours baissé devant son sac, tournant le dos à Daniel.

— Qu'est-ce que tu as ? demanda celui-ci en se relevant.

Le croyant se retourna à peine. Son beau visage était rougi et brillant.

— Qu'est-ce que ça peut te faire, Daniel Kean, lui assena-t-il.

Son ton, presque furieux, confondit Daniel, qui décida de ne pas insister. Alors le visage de Yilane se détendit.

— Je suis désolé.

Daniel sourit.

— C'est moi qui suis désolé… Excuse-moi si…

Yilane, qui lui tournait toujours le dos, ses longs cheveux châtains se répandant sur la pierre, se tourna un peu vers lui et lui montra l'objet qu'il tenait. C'était un *scriptorium*. Sur son écran apparaissait l'image d'un visage aux yeux bridés. Daniel ne distingua qu'une différence avec le Yilane en chair et en os : l'expression du croyant sur l'image dégageait une aura d'une fermeté indiscutable, très différente de la grimace de souffrance avec laquelle il regardait Daniel à cet instant, accentuée par les traces de coups qui lui traversaient le dos et les fesses. Mais Yilane le détrompa.

— C'est mon père, dit-il. Ezra Obed Lane, croyant profond du Treizième.

— Oh. – Daniel était étonné. – Vous vous ressemblez.

— Il m'a répliqué à partir de l'une de ses cellules pour que je me rappelle toujours que je devais perpétuer sa mémoire : il a lui aussi été le jumeau de son père. Il m'a appris tout ce que je sais avant qu'Anjali Sen ne devienne mon professeur... Je porte toujours ce Mémento avec moi. Sa vue atténue ma peur.

Daniel le comprenait très bien.

— Il y a des objets qui nous aident, dit-il, pensant à l'urne.

Il avait allongé les jambes et une rafale de vent tenta d'emporter son voile. Il le plaqua contre sa poitrine.

Mais Yilane ne semblait pas l'écouter. Il avait une telle expression de souffrance que Daniel frissonna un instant.

— Mon père était un homme puissant et sage. C'est lui qui a appris les détails de la révélation de Kushiro, tu le savais ? Cela arriva par hasard, à travers un disciple de Mitsuko appelé Shar. Mon père avait connu celui-ci en Allemagne, et Shar lui avait rapporté ce que Mitsuko avait raconté à Ina, à Olive et à lui. Mais mon père était déjà très malade du cœur et il savait qu'il n'allait rien pouvoir faire par lui-même. Alors il me confia le secret. Je décidai de solliciter l'aide d'Anjali. Ce fut ainsi que les autres apprirent tout. Le mérite de ce que nous trouverons, si nous trouvons quelque chose, revient à mon père... Il avait confiance en moi. – Ses lèvres tremblèrent. – Et, moi, je l'ai trahi !

— Mais, Yil...

Yilane regardait Daniel, ses fins sourcils transformés en V, pendant que ses lèvres en dessinaient un autre en sens inverse. C'étaient comme des flèches qui pointaient directement vers ses yeux.

— J'ai pleuré comme un enfant quand ces croyants m'ont fouetté ! Je me suis comporté comme un lâche dans la caverne, et je t'ai supplié de m'aider ! Je suis un croyant profond du Chapitre de la Mer, j'ai une force immense en moi… ! Et à quoi suis-je censé l'utiliser ? Je suis indigne de la confiance de mon père et du professeur Sen !

Daniel se leva pendant que le croyant profond pleurait et lui prit les mains.

— Non, non… C'est la peur, Yil… On ne peut pas lutter contre la peur…

— Tu les portes encore, dit alors Yilane sur un autre ton.

— Quoi ?

— Les ornements rituels.

Il se rappela les boucles d'oreilles en petits coquillages que Yilane avait réparties sur la plage. Il avait égaré le collier mais les boucles étaient effectivement toujours accrochées à ses lobes.

— Sur le moment, tu ne leur as pas accordé d'importance, dit Yilane, mais ce sont eux qui nous ont protégés, Daniel. Nous avons pu nous enfuir grâce à eux, c'est la raison pour laquelle la menace s'est transformée en simples oiseaux qui criaient… La réalité est tout autre, terrible, d'une épouvante cosmique, mais cette protection nous a servi à l'éviter…

L'insistance de Yilane à vouloir voir ce qu'il ne voyait pas (comme tout croyant) irritait Daniel, mais il ne souhaitait pas le perturber davantage.

— Il est peut-être vrai que… dit-il tout en se levant et en commençant à nouer le voile autour de sa taille.

Puis il se tint immobile.

De simples oiseaux qui crient.

Il regarda autour de lui. Un petit sentier descendait par le côté opposé des rochers. Il décida de le parcourir. La mer avançait toujours et léchait déjà la proximité de la falaise. Les mouettes criaillaient au loin.

— Daniel ! appelait Yilane. Que se passe-t-il ?

Cris d'oiseaux.

N'était-ce pas l'une des phrases que, d'après Darby, il avait prononcées quand il était inconscient, l'une des clés de la révélation ? Il s'apprêtait à le dire à Yilane quand, soudain, en arrivant au bord des rochers, un autre panorama s'étendit devant lui.

Il resta à le regarder, bouche bée.

11

Bien que le vent du rivage ne fût pas très intense, Anjali Sen tenait sa longue chevelure noire en l'écartant de son visage. Les vagues qui lui caressaient les jambes étaient douces, mais, en entraînant les galets quand elles se retiraient, elles produisaient un fracas tels des milliers de petits pieds en bois qui auraient couru et se seraient cognés les uns contre les autres.

Des ondes. La mer, son flux et son reflux constants. Une vague aurait pu atteindre les confins les plus lointains avant de lui frôler la peau. De la même façon, esprits et corps se détendaient et se repliaient, reliés entre eux.

Anjali savait qu'elle allait tenter une chose risquée. Cependant, les ingérences continuelles de Meldon la dérangeaient. Le grand défaut de l'entrepreneur était de vouloir tout contrôler, et elle souhaitait lui montrer qu'elle n'allait se soumettre à aucun autre diktat que celui de sa propre croyance.

Pourtant, ce n'était pas le moment de penser à Meldon.

Elle trouva un endroit propice, s'agenouilla et s'arqua entièrement en arrière, jusqu'à plonger ses cheveux dans l'étendue froide et mouvante de l'eau.

Elle connaissait bien le Onzième et le Douzième Chapitre. Ils disaient tous deux la même chose : l'esprit humain est connecté à des créatures lointaines, des êtres qui ont habité le monde à des époques révolues, et cette connexion n'est pas encore brisée. Il est possible de la retrouver et de l'utiliser, de la même manière qu'un émetteur en "trouve" un autre moyennant le pont des ondes.

Ondes. Mer. La Maison de Dieu.

Les vagues la parcouraient comme des draps que quelqu'un aurait agités sur son corps.

Elle resta immobile et tendit les bras, laissant bercer ses mains. Ses cheveux ressemblaient à une méduse noire à la dérive. La position de sa tête lui faisait contempler la falaise à l'envers : une immense stalactite grise.

Surtout, avant tout, ne laisse pas la peur t'utiliser. Sers-t'en.

Elle flottait, se laissait aller. Maintenir cette posture demandait des efforts, et c'était là le "truc" (comme aurait dit Meldon) : l'effort la distrayait, l'obligeait à se concentrer sur ses muscles, à considérer son corps comme un sac entraîné par les vagues.

Ses pensées se diluaient.

Soudain, elle se tendit comme une vague qui se lève. Elle n'était plus sur la plage. Où se trouvait-elle ?

Elle tourna la tête, regarda. Elle vit des formes mystérieuses autour d'elle et un espace grotesque qui l'entourait. Il était terrible de se sentir aussi étrangère à elle-même.

Elle les voyait enfin.

Et autre chose.

Une présence imprévue, un immense danger que Yilane et Daniel ignoraient, alors qu'il se trouvait devant eux.

12

Daniel s'arrêta sur la plage, hors d'haleine. Il ne détournait pas les yeux de ce point de la falaise. La marée était parvenue suffisamment haut pour entourer les grandes pierres les plus proches du rivage et lui couvrir les chevilles. Le vent agitait ses cheveux dorés et le voile blanc noué à sa taille. Il entendait Yilane comme on entend les rêves ou les souvenirs. Il ne s'intéressait qu'au lieu qu'il contemplait, cette coupole sur la roche.

Soudain, il baissa la tête et trouva le croyant qui lui barrait le chemin, debout sur le sable, jambes écartées. La voix de Yilane était plus anxieuse que jamais.

— Daniel, c'est là, n'est-ce pas ?

— Je ne sais pas.

Mais il mentait. Il était presque sûr que c'était là.

Ils se trouvaient dans une crique entourée de hautes falaises, dont la plus petite était celle qu'ils venaient d'abandonner. Face à eux se dressait la masse d'une autre beaucoup plus importante, en pierre sombre et polie par une éternité laborieuse, fendant le ciel bleu. Les rayons du soleil qui déclinait donnaient sur la coupole en désignant le point où la roche avait été dessinée. D'immenses traits de peinture blanche constituaient la silhouette que Daniel avait si souvent vue représentée sur les idoles et les masques des guerriers : un visage, des mains.

Cris d'oiseaux. Masques et Mains.

Le visage présentait des fentes pour les yeux et une bouche ouverte dans une grimace. Les mains étaient grotesques.

Absorbé, Daniel contemplait cette image.

Ce qui le surprenait le plus était la concomitance de son souvenir avec la découverte. Il avait entendu "cris d'oiseaux", scruté le paysage, vu ce dessin.

A ce moment il vit autre chose.

— Il y a une ouverture.

Il ne la montra pas. Il en déduisit que Yilane devait la voir lui aussi. Cependant, c'était difficile si l'on ne regardait pas attentivement : elle se trouvait dans la bouche du dessin. Un petit trou à cette distance, mais sans doute capable de laisser passer un corps.

Yilane se borna à tourner la tête un instant puis il continua à regarder Daniel. Il avait mis à son poignet un bracelet fait de petits coquillages enchaînés ; son corps finement musclé était éclairé par les reflets du soleil couchant et le vent décoiffait sa chevelure bouclée et semblait faire bouger ses yeux et trembler ses belles lèvres.

— C'est l'endroit, répéta-t-il. – Ce n'était plus une question mais une affirmation énergique. – Et tu l'as trouvé, comme le dictait la révélation… Nous ne devons pas oser le profaner sans nous adonner auparavant aux rites.

— Oh, Yilane… murmura Daniel en s'écartant.

— Même le fait d'être arrivé ici ne te fait pas croire ? Pourquoi n'abandonnes-tu pas une bonne fois pour toutes cette attitude stupide ? Tu ne comprends pas que tu es la preuve que tout ce que nous t'avons dit était vrai ?

Daniel pensa aux implications suggérées par les paroles de Yilane. Si la croyance était réelle, se demandait-il, qu'est-ce qui empêchait Bijou de l'attendre quelque part au-delà de la mort ? Si la révélation de Kushiro se trouvait en lui, tout pourrait acquérir un sens nouveau. La *Clé de l'Abîme* devait se cacher derrière ces rochers, peut-être à l'intérieur de cette ouverture même, et ils devaient juste tendre la main et la prendre pour que la sagesse ancestrale qu'elle symbolisait leur appartienne pour toujours.

Yilane sembla lire dans ses pensées, car il agita la tête de façon affirmative.

— Je sais que tu devines la vérité. Viens, allons au bout de la plage, où la mer n'arrive pas encore. Je dois t'expliquer quelque chose… Je te demande de me laisser parler avant toute chose…

Ils se dirigèrent vers les rochers préhistoriques, assombris par le début du coucher de soleil. Là, les yeux bridés de Yilane se placèrent à faible distance de ceux de Daniel.

— Tu sais comme moi ce qui arrive, Daniel Kean. Tu ne peux pas le nier. Tu as beau prétendre vivre comme la majeure partie des gens, aveugle aux vérités profondes, ici et maintenant tes yeux ont vu la nouvelle lumière et tu ne seras plus jamais aveugle… Quelle que soit la chose qui nous attend dans ce lieu, nous en faisons partie. Le Onzième Chapitre dit que nous sommes notre passé le plus lointain, notre propre origine… Ce passé se trouve ici… Pourquoi trembles-tu ?

Daniel sourit. Il avait les joues brûlantes.

— J'ai peur, Yilane…

— C'est exactement ce que tu dois ressentir, répliqua le croyant. Avant, c'était moi, et toi, qui ne voyais pas la même chose que moi, tu m'as consolé. Maintenant, c'est toi qui vois : ta peur a donc augmenté. Tu te rappelles ce que t'a dit le professeur Sen hier ? Croire, c'est connaître, et connaître nous fait peur. Mais cela n'est pas mauvais. C'est naturel et humain. Moi aussi, j'ai peur, Daniel. Une peur pure, maladive, qui fait ployer ma chair en m'obligeant à chercher le soulagement chez les autres… Une peur semblable à une vague qui m'arracherait de la terre et m'emmènerait au centre même de l'océan… C'est ce que nous devons sentir ! Et si tu m'aides, nous pourrons l'atténuer ensemble suffisamment pour franchir cette ouverture… !

Le cœur de Daniel battait frénétiquement dans sa poitrine.

— Que veux-tu que je fasse… murmura-t-il.

— Dansons, proposa Yilane. Une danse rituelle. Tous deux, nous serons un. Laisse-moi te guider…

Daniel en eut soudain envie. Yilane le conduisit vers la portion de sable pas encore baignée par la mer et lui demanda d'imiter ses gestes. Ce n'était pas difficile, car, lorsque Daniel se trompait, Yilane l'aidait à placer bras ou jambes dans la position adéquate. Bientôt, tout commença à s'écouler avec fluidité, comme l'eau qui envahissait peu à peu la terre sous ses pieds.

A un moment donné, Yilane prit la tête de Daniel entre ses mains et l'embrassa. Sans presque s'en apercevoir, Daniel sentit la peur s'éteindre en lui comme une flamme privée d'air.

Soudain, il perçut quelque chose.

Au début, il crut que c'était un changement d'entourage, une présence qui les surveillait, un regard provenant d'un endroit entre les rochers, caché. Puis il n'en fut plus aussi sûr.

La sensation ne ressemblait à rien qu'il eût déjà connu. Le vertige fut tel qu'il crut presque s'évanouir, comme s'il avait bu d'énormes quantités d'alcool. Il se sentait à la fois exultant et confus, joyeux et terrorisé. Sa vision se brouilla. Quand il retrouva la sérénité, il constata que Yilane s'était éloigné de lui et se trouvait debout devant un énorme rocher sur le rivage, serré contre lui comme s'il comptait en faire le tour de ses bras.

— Toi aussi, tu l'as senti ? demanda Daniel.

Yilane le regarda et acquiesça.

— Qu'est-ce que c'était ?

— Peut-être un effet de la réalisation du rite si près du lieu de la révélation… dit Yilane, pas très convaincu. Ou un avertissement, comme s'il voulait nous dire : “Vous n'êtes pas ce que vous croyez être.” Nous allons le conclure.

Ils reprirent la danse, mais cette fois-ci avec un objectif concret : ils entrelacèrent furieusement leurs corps et cherchèrent l'orgasme en se frottant l'un contre l'autre. Ils gémirent en éprouvant le plaisir qui, l'espace de quelques instants fugaces, dépouille de toute terreur.

Puis ils se regardèrent et sourirent. Le malaise de Daniel était passé en laissant en lui un dépôt de force, d'énergie retrouvée. Yilane semblait ressentir la même chose. Il regarda vers la sombre entrée dans la bouche du dessin.

— Je crois que nous pourrons grimper jusque-là, dit-il. Il y a une sorte de sentier.

Ils ramassèrent les sacs et les portèrent sur le dos. La mer avait maintenant envahi l'unique lieu accessible entre les rochers et ils durent se frayer un chemin presque à la nage. Une fois à l'abri de l'eau, Yilane se sécha et passa un pantalon moulant rougeoyant et Daniel passa une pièce bleue courte et un collier jaune. Yilane en tête, ils commencèrent la délicate ascension.

13

— Ils sont tout près ! s'exclama Anjali. Derrière cette falaise ! Et ils ont trouvé le lieu de la révélation…

La nouvelle excita tout le monde sauf Svenkov, qui ne l'avait peut-être même pas écoutée car il s'approchait à ce moment avec précaution sur le sable.

Après avoir étreint Anjali, Rowen s'empressa de ramasser son sac.

— Allons, il n'y a pas de temps à perdre ! On doit les retrouver avant que la nuit tombe !

— Il y a autre chose, dit Anjali, finissant de placer son équipement sur son corps humide. Mais je ne sais pas bien ce que c'est.

— Des croyants tribaux ? suggéra Rowen avec impatience.

Anjali fit signe que non en s'attachant les ceintures d'armes.

— Non… Très différent… Je crois qu'ils courent un grave danger et ils ne le savent pas…

Darby et Rowen se regardèrent avec désespoir.

— La Vérité a dû les choisir ! murmura Rowen, et il avait à peine fini de le dire quand il fit demi-tour et se mit à courir dans la direction désignée par Anjali. Nous arriverons peut-être avant qu'il ne soit trop tard !

— "La Vérité ?" demanda Svenkov, égaré.

Personne ne lui répondit.

— S'il s'agit de la Vérité, dit Darby comme pour lui-même, il est *déjà* trop tard.

XII

MONTAGNE

1

L'entrée était sombre et semblait profonde à première vue, mais, en arrivant, ils constatèrent qu'il ne s'agissait que d'un passage à travers la roche. Ils se traînèrent vers l'autre côté et, à leur surprise, ils se retrouvèrent à l'air libre. Végétation luxuriante, racines grotesques et pierres polies par des couches de limon constituaient le paysage. Yilane désigna autre chose : des rebords sur le sol, disposés en plusieurs niveaux. Ils formaient un escalier qui se frayait un passage en montant entre les étroits canaux de plantes.

Daniel, qui ne savait pas bien ce qu'il espérait trouver, resta paralysé un instant.

— Qu'est-ce que tu as ? demanda Yilane, s'arrêtant sur une marche.

Escalier en métal. Avait-il dit cela aussi quand il était inconscient ? Mais cet escalier n'était pas en métal.

— Je ne sais pas… Cela ne nous mènera peut-être nulle part.

— On ne le saura pas si on s'arrête.

Yilane se tourna et continua à gravir pieds nus les marches couvertes de moisissure.

Le trajet n'était pas très long, mais les courbes des différentes portions et la broussaille les avaient empêchés d'apercevoir la fin d'en bas. Il s'agissait d'une autre ouverture, cette fois plus vaste, en haut des rochers. L'humidité était dense, et il s'y unissait une certaine rumeur croissante d'eau.

L'immense caverne à laquelle ils accédèrent avait la partie supérieure à ciel ouvert. La lumière qui pénétrait suffisait à révéler une bonne partie de l'intérieur de l'enceinte, même si les coins les plus éloignés étaient plongés dans la pénombre. Sous cette relative clarté, il était possible de remarquer une séparation qui serpentait entre les deux côtés de la grotte, d'une trentaine de mètres de large dans sa partie la plus dilatée, une sorte de défilé qui s'introduisait dans les murs en formant des ouvertures en arcade. C'était un spectacle extraordinaire. Un pont préhensile extensible couvert de poussière permettait le passage d'un côté à l'autre.

— Elle a la forme d'un volcan.

Yilane désigna les murs de la caverne.

Daniel se contenta de hocher la tête, incapable d'articuler un mot. Il avait toujours connu l'existence de lieux de ce genre, provenant de la période torturée des cataclysmes, mais se retrouver dans l'un d'eux lui semblait affolant. Il entendait l'explication religieuse de Yilane comme en rêve :

— Dans le Douzième, on raconte l'origine des Ancêtres, une race antérieure à l'humanité, dont la ville de glace se trouvait dans ce qui ressemblait à un volcan sans en être véritablement un…

Mais la terreur de Daniel résidait dans des faits plus immédiats.

— Il peut y avoir quelqu'un à l'intérieur.

Il désigna le pont.

— Peut-être. Il peut aussi s'agir d'un vestige de l'expédition de Kushiro.

Ils s'approchèrent avec précaution du bord du défilé. C'était un abîme ténébreux dont ils n'apercevaient pas le fond. Yilane y jeta une pierre, qui disparut dans l'obscurité sans laisser de traces. Mais le son qui parvenait d'un point de cette noirceur était clairement identifiable.

— De l'eau, dit-il, et il regarda Daniel. Un torrent, ou une entrée vers la mer. Voyons ce qu'il y a de l'autre côté.

Le pont semblait solide. La lumière moribonde révélait des traverses en plastique et en métal assurées par des étais insérés dans la roche. Yilane jeta une pierre au centre, et la structure répondit avec fermeté. Ils traversèrent. Dans sa partie moyenne, le pont se balançait légèrement, et Daniel écarta une main de la courroie du sac et s'accrocha à la rambarde en essayant de ne pas regarder en bas. Quand ils parvinrent de l'autre côté et s'engagèrent dans les ombres, ils découvrirent que la caverne s'achevait là. Yilane semblait égaré.

— S'il y a un pont, il doit y avoir quelque chose par ici, remarqua-t-il.

Le cœur de Daniel battait à un rythme frénétique. Il avança vers le fond du défilé en se demandant ce qu'ils cherchaient. Une "trappe" ? Un "escalier de métal" ? Un "plafond avec des angles" ? Il trouvait tout absurde.

Ce fut alors que, en regardant vers le bord de la roche du précipice, il la vit.

— Une échelle, dit Yilane en s'approchant. Extensible.

En plastique et en métal, comme le pont. Pourrait-il s'agir de l'escalier de la "révélation" supposée ? Daniel commençait à penser qu'ils pouvaient se tromper. Et si les cris des oiseaux et la découverte ultérieure du dessin étaient une simple coïncidence ?

Il décida de le dire à Yilane, mais, en se penchant à côté de lui et en regardant son visage dans la pénombre, il compris ce que le croyant s'apprêtait à faire avant même qu'il ne le lui dise.

— Non, Yilane ! l'arrêta-t-il.

Les yeux de Yilane contenaient de la peur, mais aussi une détermination affamée. Comme si quelque chose de très supérieur à lui le poussait.

— On doit savoir, dit Yilane, et il l'écarta avec délicatesse.

— Descendre par ici, c'est risqué !

— Pas tellement plus que de grimper jusque-là.

En fait, l'échelle était massive et fermement accrochée au bord. Les barreaux semblaient solides et, même imprégnés d'humidité, résistants. *Comme si quelqu'un l'avait laissée pour nous indiquer le chemin*, pensa Daniel. Cependant, il avait peur de ne pas arriver à voir où elle s'achevait. C'était comme si elle conduisait dans un autre monde. Celui de la *Clé* ?

— Si tu veux, attends-moi ici, dit Yilane.

Avant qu'il ait pu s'en rendre compte, Daniel se retrouva seul, avec l'échelle grinçant sous le poids de Yilane. Il se pencha et vit les cheveux châtains du croyant comme flottant dans un marécage noir. Puis ils disparurent eux aussi.

— Yilane ? appela-t-il.

Il attendit en vain la réponse.

2

En apercevant le dessin au sommet, Héctor Darby n'eut plus aucun doute.

Ils étaient en passe d'obtenir la *Clé*.

La mouvante Maison de Dieu recouvrait presque tout le sable avec ses vagues, mais Anjali et Rowen, qui marchaient devant, s'étaient frayé un chemin à travers les eaux écumeuses et montaient par les rochers en direction de l'ouverture. Le lieu ne semblait pas avoir été creusé depuis des siècles, bien que cette dernière impression pût être fausse, puisque la marée était déjà haute et les vagues léchaient le bord des rochers en faisant disparaître toute trace. Darby se demandait anxieusement s'ils arriveraient à temps pour empêcher que ne survienne quelque chose à Daniel et à Yilane. Il avait besoin de penser à la pire des possibilités. La vision mentale d'Anjali leur avait laissé entendre qu'ils étaient vivants mais en grand danger, et ils n'avaient pas reçu de réponse en criant leurs noms quand ils étaient arrivés dans la crique.

Malgré tout, ils devaient monter.

Le plus difficile était de parvenir à la falaise, car la mer cinglait les premiers rochers et leur arrivait à la taille. Maya, qui marchait en tête, semblait plus ferme que les pierres elles-mêmes, mais elle s'arrêtait de temps en temps pour aider Darby. Svenkov, fermant la marche, trempé jusqu'à la tête, sa chemise blanche lui collant au torse, marchait avec indifférence et ne parlait que pour ordonner farouchement à Darby de se bouger. Entre eux, l'homme biologique chancelait en s'accrochant aux rochers afin de vaincre le pouvoir de succion de la mer.

Soudain, Maya s'arrêta. L'eau lui arrivait encore aux genoux. Darby, qui tentait de l'esquiver, s'arrêta un instant, et Svenkov fit de même.

— Non, dit-elle.

— Quoi ? demanda Darby, mais sa question se délita sous le son d'une autre voix.

— Jetez sacs et armes à l'eau.

Derrière les rochers se trouvait une inconnue. Elle se dressait en assurant ses pieds entre les pierres, à moitié recouverte par celles-ci. Darby fut impressionné par sa beauté presque inhumaine et le brillant fascinant de sa longue chevelure blonde que la brise agitait à peine, comme s'il s'agissait d'une sculpture sortant de sa tête. C'était vraiment une belle femme.

Mais, en observant plus attentivement les reflets de ses yeux verts, il se dit qu'il n'avait aucune envie de s'approcher de cette si belle femme.

Le fait qu'elle tienne deux pistolets à rafales à canons sombres et froids comme le fond de ses pupilles y était peut-être pour quelque chose.

— Ne m'oblige pas à répéter, Maya Müller, dit Tourmaline.

La jeune fille semblait hésiter. Darby, qui avait déjà obéi et jeté ses effets, se demanda un instant si Maya et Svenkov allaient contre-attaquer.

A cet instant, un bras parfait, blanc, comme dessiné dans l'air, passa autour de sa gorge par-derrière. Il sentit un froid métallique sur la tête.

— Tu veux qu'on commence par ton ami, l'aveugle ? dit Svenkov en levant son pistolet de rechange vers la tempe de Darby.

Tout n'avait été qu'un piège depuis le début, comprit Darby.

Il se sentit perdu.

3

— Yilane ! cria-t-il à nouveau.

Le silence était écrasant car il bruissait de sons inutiles : crépitements, rumeur d'eaux profondes… peut-être aussi des cris ? Mais, si c'était le cas, on les entendait à l'extérieur de la montagne. Toujours était-il que la voix de Yilane semblait avoir disparu pour toujours avec son corps.

Daniel attendit jusqu'à se convaincre que le croyant ne répondrait pas. Les doutes et les craintes l'arrêtèrent un instant de plus, mais il en conclut que la solitude était mille fois pire qu'une mort rapide. Il descendit alors un pied sur le bord, l'appuya sur l'une des traverses et, s'accrochant sur les côtés, il commença à descendre.

Pendant un temps indéterminé, poignant, il se concentra pour observer le mur de roche effacé par les traverses, à la lumière de plus en plus faible qui parvenait d'en haut. Mais quand l'obscurité l'enveloppa, il perdit le peu d'élan qu'il lui restait. Et le son inquiétant qui montait des profondeurs n'aidait pas à le rassurer : cela pouvait être de l'eau, mais il n'en était plus aussi sûr. La respiration d'une sorte d'énorme créature ? C'était peut-être la raison pour laquelle Yilane ne l'entendait pas, se dit-il.

Quoi qu'il en soit, il se sentait incapable de continuer à descendre en pleine obscurité avec ce rugissement sous ses pieds. Il se serra contre l'échelle, pensant qu'il n'allait pas pouvoir continuer, quand soudain lui parvint un éclat vif d'en bas.

En regardant, il découvrit que la longueur de la portion d'escalier qui lui restait encore à parcourir était considérable, mais il pouvait apercevoir le sol ferme au fond et la silhouette de Yilane se déplaçant d'un point à l'autre.

Plein d'une énergie nouvelle, il continua la descente. Yilane l'attendait à la fin, mais il n'avait pas l'air joyeux.

— Il n'y a rien, juste ces lumières, dit-il.

Il y avait plusieurs projecteurs reliés entre eux au levier d'un générateur, que Yilane avait activé après avoir tâtonné dans l'obscurité. Ils ne révélaient rien d'autre qu'une grotte aux bords étroits et un énorme canal central. L'eau coulait à travers une immense brèche et ondulait en boucles d'écume qui produisaient en frappant les murs un grondement constant.

Sa profondeur était difficile à calculer, mais cela n'avait pas l'air d'être une simple rivière.

Le lit se moulait dans un méandre qui épousait la forme du défilé. Les lumières ne parvenaient pas plus loin.

Daniel éleva la voix pour se faire entendre par-dessus le fracas de l'eau :

— Qu'est-ce que c'est que tout ça ?

En essuyant ses lèvres de conception, Daniel avança vers le méandre ; il distinguait d'étranges ombres à cette extrémité. Il s'approcha et constata que Yilane se trompait.

Il y avait autre chose que les lumières.

En fait, beaucoup de choses : pièces, bouts de métal, câbles sectionnés, outils, caisses empilées, toiles de repos… Une infinité d'objets de petite et de grande taille agglomérés. C'était comme si un groupe de techniciens avait travaillé consciencieusement dans cette zone, y avait même vécu, puis avait disparu en laissant tout sur place.

Quand ses rétines génétiquement préparées pour profiter du moindre rayon de lumière commencèrent à lui offrir des images, il déambula à travers ce cimetière. Il ne savait même pas ce qu'il cherchait.

Soudain il s'arrêta.

De ce côté, le mur montrait des rebords voyants, comme des balustrades ou des corniches, mais ce n'était pas ce qui avait attiré son attention. Le toit, qui formait une corniche convexe sur ce point, présentait en son centre une ouverture qui semblait laisser le passage à un petit espace.

Il était facile d'y parvenir : il fallait juste monter par ces rebords.

Trappe au plafond.

Le cœur battant à un rythme accéléré, sans même penser à prévenir Yilane, Daniel posa son sac par terre, saisit l'un des rebords et parvint à l'ouverture. Il s'y glissa en pleine obscurité.

4

— Amène-les, ordonna La Blonde.

Et Anja et Meldon... ? se demandait Darby tout en avançant avec Maya, les mains sur la tête. Il leva le regard et les distingua en haut des rochers, à côté du trou de l'entrée. Une femme aux cheveux roux les tenait en joue. Darby crut la reconnaître et sursauta : c'était Mitsuko Kushiro... ou ce qu'il en restait, sans doute contrôlée par la Vérité. La Vérité était-elle cette femme blonde aux yeux glacés ? S'agissait-il du Maître ?

Obligé à marcher par à-coups jusqu'aux rochers, Darby se tourna vers le Polynésien.

— Elle vous a payé plus cher, Svenkov ?

— Et elle m'a mieux menacé, dit Svenkov sans aucune emphase.

Tourmaline sortit des rochers. Elle souriait légèrement, et elle continua tout en levant les deux armes vers la jeune fille.

— Nous aurons encore besoin de M. Darby. Quant à toi...

— Non, attends, dit Svenkov. Je t'ai dit que j'exigerais certaines prérogatives envers des membres du groupe...

— Tu voulais parler de Daniel Kean, observa Tourmaline en visant toujours Maya. Et elles te seront accordées dès que nous les aurons attrapés.

— J'ai changé d'avis. – Svenkov saisit Maya par le bras. – Je le ferai avec elle.

— Elle est trop dangereuse pour toi, idiot, répliqua Tourmaline, et Darby vit ses beaux et longs index s'enrouler comme des serpents autour des détentes.

— Ecoutez, dit Darby en levant les mains. Vous voulez la *Clé*, n'est-ce pas ? Vous êtes arrivés. Elle est là-haut. – Il désigna le dessin au sommet. – Montez la prendre. Nous savons que nous avons perdu, laissez-nous partir…

Mais Svenkov et Tourmaline se mesuraient du regard, sans lui prêter attention.

A cet instant, on entendit des coups de feu. La Blonde se retourna et son visage redevint sérieux. Même si Darby ne parvint pas à s'assurer de ce qui arrivait en haut de la falaise, la réaction de la femme aux cheveux dorés lui fit penser que c'était de toute façon à leur avantage.

— Ne les perds pas de vue, dit Tourmaline à Svenkov, et elle se mit à courir.

— Qui est-ce, Svenkov ? demanda Darby en regardant le Polynésien, qui ne quittait pas Maya du regard.

— Je l'ignore et ça ne m'intéresse pas. Elle s'appelle Tourmaline. Elle m'a engagé peu avant que vous ne veniez me voir.

Yuli, le garçon du bar, celui qui nous a conduits à Davenport, pensa Darby. Il en déduisit que tout avait été minutieusement planifié : Yuli, sous les ordres de cette blonde, les avait conduits à Davenport. La femme biologique pouvait être vraiment folle et ne pas feindre, mais ils savaient qu'elle finirait par mentionner le nom de Svenkov.

— Elle m'a proposé un plan double, dit Svenkov : je la tiendrais informée à tout moment de notre route et je l'aiderais ensuite à tous vous tuer. En échange, je garderais l'argent que vous étiez disposés à me verser, en plus de celui qu'elle me donnerait. Une offre imbattable, tu ne crois pas ?

— Et l'attaque près de la cascade ? Qui l'a planifiée ? Elle ou vous ?

Svenkov incurva ses lèvres dans un léger sourire.

— Disons que je ne supporte pas qu'on remette en cause mon autorité… J'ai voulu punir le blond sur la plage et son ami le croyant m'en a empêché… J'ai déjà passé d'autres marchés avec des tribus d'hommes masqués en d'autres occasions, il n'y avait aucune raison de faire une exception cette fois-ci…

— En réalité, il y en avait une, n'est-ce pas, Svenkov ? intervint la jeune fille.

Elle souriait les yeux clos à faible distance de l'arme de Svenkov.

— Cette femme veut Daniel vivant. Elle a apprécié que tu le vendes à une tribu ?

Svenkov hésitait. Le sourire de Maya s'élargit.

— Tu as peut-être été assez naïf pour lui dire que ce n'était pas ta faute et pour penser qu'elle te croirait ?

— Ecoutez, Svenkov, l'interrompit Darby. Maya a raison : cette femme va vous tuer vous aussi dès que tout cela sera fini… Si vous nous aidez, vous survivrez.

Mais Svenkov ne semblait pas avoir d'autre intérêt que la silhouette échevelée et nue sur laquelle il pointait son arme.

— On raconte que tu es dangereuse. Voyons à quel point, dit-il de sa voix douce et musicale.

Sans cesser de les menacer avec la première arme, il dégaina celle à deux canons et visa la jambe droite de Maya dans un même geste rapide.

La détonation fit fermer les yeux de Darby. Quand il les rouvrit, la jeune fille se tordait à ses pieds, le visage crispé et se tenant à deux mains le genou droit. Des filets de sang filtraient entre ses mains. Elle ne criait pas, mais sa gorge produisait un son rauque, comme si elle retenait son souffle.

— Svenkov, lâche ! cria Darby en voulant se jeter sur l'explorateur, mais le canon de l'autre arme lui visa le front.

Svenkov revint à la jeune fille.

— Je ne te trouve pas si dangereuse, dit Svenkov. En fait, je te crois parfaitement inoffensive. Mais tu aimes menacer Svenkov et l'humilier… Tu recommencerais probablement si je te laissais faire. Rampe, ordonna-t-il.

La jeune fille resta immobile.

— Je vais compter jusqu'à trois, et je tirerai sur ton ami. Un…

La jeune fille commença à se traîner à l'aide de ses mains et de l'unique jambe qu'elle parvenait à bouger. Svenkov leva son pied nu et lui donna un coup.

— Plus vite.

Il s'amusa à observer la jeune fille imprimer une plus grande vitesse à ses mouvements. Ses mains s'enfonçaient dans le sable comme des araignées, poussant son corps en avant à un rythme fébrile. Le genou droit laissait sur son passage une trace de sang irrégulière.

Ce qui déplaisait à Svenkov était qu'elle ne se plaignait pas. Elle obéissait en silence, comme une machine.

Lorsqu'elle parvint à une bande de sable que les rochers protégeaient de la marée, Svenkov lui ordonna de s'arrêter. A ce moment, on entendit des coups de feu tirés de la falaise.

— Oh, je vois que, là-haut, ils vous ont devancés.

Il permit à Darby de regarder. La silhouette de La Blonde se dressait au loin, en direction de l'ouverture. Un corps gisait à proximité. *Meldon ?* se demanda Darby. Il ne pouvait en être sûr à cette distance, mais, si c'était le cas, il pria pour que la puissante Anjali Sen fût parvenue à s'échapper.

Le Polynésien reporta son attention sur Maya.

— Retourne-toi.

Darby avait du mal à regarder son amie. Maya avait beau être de conception, la perle explosive de l'arme de Svenkov avait mis son genou en bouillie, et le processus consistant à tourner son corps devait lui causer une douleur inconcevable ; mais elle se contentait de respirer plus profondément, comme si elle réalisait une sorte d'exercice. Svenkov semblait surpris lui aussi. Il s'approcha et "accéléra" la lente manœuvre de Maya en lançant un coup de talon contre la brèche sanglante de sa jambe. On entendit un craquement et un cri unique mais terrifiant. La jeune fille resta allongée sur le dos, l'os du genou dévié selon un angle impossible. Darby écarta le visage comme s'il avait lui-même ressenti la douleur.

— Je te tuerai si je peux, Svenkov, grogna-t-il, tremblant.

— Mais tu ne pourras pas.

Svenkov sourit. Darby trouvait son visage d'une beauté injuste.

— Et je te conseille de garder tes faibles forces d'homme biologique pour escalader cette falaise…

— Que comptes-tu faire de nous ?

— Toi, t'emmener avec moi. Quant à l'aveugle…

Svenkov baissa la tête vers le corps exposé de la jeune fille.

— Voyons si elle est capable d'obéir comme une *taurekareka*…

Il commença à donner des ordres. La jeune fille les exécuta : elle leva les mains et écarta les jambes. Dans cette posture, sur le dos, l'horrible blessure dévoilant la rotule brisée, elle semblait totalement vulnérable. Elle haletait mais son visage reflétait à nouveau une sorte de calme étrange. Svenkov se baissa et traça des lignes sur le sable humide avec la pointe de son arme, y enfermant le corps nu de sa prisonnière.

— Maintenant nous allons partir, ton ami biologique et moi, et tu m'attendras ici, exactement dans cette position. Je vérifierai. Je t'observerai peut-être chaque minute, ou peut-être d'ici deux ou trois heures, tu ne le sauras pas... Si je constate que tu as bougé, peu importe la raison, si tu as baissé les mains ou que tu t'es déplacée au-dessus de ces lignes d'un millimètre avec une partie de ton corps, je ferai sauter la tête de ton homme biologique... Je suppose que c'est clair. – La jeune fille acquiesça. – Quand je reviendrai, je continuerai à vérifier à quel point tu es dangereuse... ajouta-t-il, et il se tourna vers Darby. Allons-y.

Pendant qu'ils s'éloignaient, Svenkov éprouva un plaisir particulier à constater que la jeune fille, obéissante, restait immobile.

5

C'était une sorte de chambre close. A la lumière qui pénétrait par les projecteurs de l'étage inférieur, il distingua des reflets métalliques et un autre levier semblable à celui du bas. D'autres socles s'allumèrent en l'actionnant. Ils semblaient presque le menacer : ils pointaient dans sa direction. Il se tourna pour appeler Yilane et découvrit que le croyant était déjà en train de monter.

— Qu'est-ce que c'est que ça ? demanda Yilane.

Aucun des deux ne trouvait de réponse sensée. D'un côté, on aurait dit une formation naturelle de roche, une sorte de niche un peu plus grande que la normale. Cependant, il y avait des interrupteurs, des câbles en bon état, d'autres outils, et même une petite armoire portative...

Parallèlement, la pierre qui supportait le tout présentait elle-même quelques irrégularités étonnantes, comme des reliefs. La symétrie et la répétition faisaient penser à une origine artificielle. Mais qui avait pu sculpter cette folie et qu'est-ce que cela signifiait ?

Daniel leva la tête au plafond. Là, la pierre polie et taillée formait des angles, comme celui d'une pièce ordinaire.

Angle au plafond.

Avec le sentiment de vivre dans un rêve, il poursuivit le parcours des lignes du socle, mais le reflet des projecteurs, situés dans deux coins, l'aveuglait.

Il remarqua alors l'étroite armoire métallique qui se dressait à côté des pierres sculptées. La porte se trouvait juste encastrée.

Il sut ce qu'il allait trouver avant de l'ouvrir.

Mais savoir n'était pas *trouver*. Voir l'escalier métallique extensible lui donna presque à penser qu'il allait devenir fou. Il l'emprunta, se demandant à quoi cela pouvait lui servir. Alors il regarda en haut, juste au-dessus du meuble.

Concentré sur les étranges reliefs de pierre, Yilane ne remarqua même pas ce que faisait Daniel avant que celui-ci ne sorte l'échelle. Alors il l'observa.

— Qu'est-ce que tu… ?

Daniel lui désigna la fente à l'angle du plafond et Yilane s'interrompit. Son visage révéla une compréhension subite, précise.

Ils écartèrent l'armoire à eux deux, Daniel plaça l'échelle sous la fente et appuya sur les interrupteurs du ressort. L'échelle, un serpent docile, s'étira jusqu'au plafond. La fente avait le diamètre d'un bras et semblait profonde.

Il n'y avait rien.

Il se demanda un instant ce qu'il s'était attendu à trouver. Peut-être un objet en forme de clé ? L'idée lui sembla ridicule. Tout n'était-il qu'une grotesque accumulation de coïncidences ? Dans le grenier du laboratoire de Kushiro, il s'était contenté de répéter des phrases reliées à ce qui s'était produit *Trappe. Echelle métallique. Angle au plafond...* Ou non ? Il se tourna vers Yilane.

— Qu'est-ce qu'il y a ? demanda celui-ci.

Daniel allait répondre quand il remarqua l'expression pleine d'espoir, presque débordante d'enthousiasme, de son compagnon. L'éclat de ses yeux lui rappelait Klaus Siegel.

Qu'est-ce que la croyance ? Chercher dans un trou, ne rien trouver et ne pas se donner pour vaincus...

Avec un frisson, il leva la main et la réintroduisit dans la fente.

Se dire : "Il y a quelque chose", et chercher à nouveau, en sachant que l'on trouvera ce que l'on cherche...

Il fut stupéfait lorsqu'il le toucha.

Il se trouvait au fond, sur un côté. Il avait dû le confondre auparavant avec une pierre. C'était un objet elliptique et sombre à la surface lisse, comme un œuf dont on aurait coupé les extrémités. Debout, on aurait dit une sorte de petit baril. Daniel le soupesa, souffla sur la poussière qui s'y était accumulée, et vit un petit cristal sur l'un de ses côtés plats.

En tremblant, il descendit l'échelle l'objet à la main. Yilane le regardait, le visage aussi crispé que le sien.

Il devait savoir. Il devait comprendre pourquoi il se trouvait là, pourquoi lui précisément, entre tous. *Pourquoi ceux qui ont été choisis l'ont été.* Il tendit l'index vers ce cristal rond. Bien que le petit objet s'ouvrît lentement en émettant un vrombissement, le bruit ne provenait pas de là. Les murs frémirent et plusieurs outils placés sur les rebords tombèrent à terre. Yilane ferma les yeux et sembla murmurer une prière, en inclinant le visage.

— Ça vient d'en bas ! cria Daniel.

Ils descendirent par l'ouverture. La terreur les paralysa. Le bruit, de plus en plus titanesque, provenait des eaux. Mais il ne venait pas des eaux, il en *émergeait.*

6

Par chance, se dit Anjali Sen, la Japonaise fonctionnait à vitesse réduite : non seulement ses mouvements mais aussi, de toute évidence, ses pensées possédaient un rythme très lent. Toutefois, les deux pistolets qu'elle tenait pouvaient tirer à une rapidité considérable.

Mitsuko les avait surpris près de l'entrée de la grotte, pendant qu'ils grimpaient, aussi ne purent-ils pas saisir leurs armes.

Cependant, en réalité, ce n'était pas Mitsuko. Cela avait peut-être été elle, mais ça ne l'était plus, et ne le serait probablement jamais plus. Son visage, figé, ressemblait à la tentative avortée d'un artiste de doter d'expression une masse de cire. Tout en elle avait des airs de poupée maladroite.

Ce fut ce dernier point qu'Anjali tenta de faire jouer en sa faveur : quand Mitsuko leur ordonna de jeter leurs armes, elle pencha la tête et s'écarta avec agilité de la ligne de tir invisible. Elle entendit plusieurs détonations et le gémissement de Rowen derrière elle. Elle éprouva presque la sensation de reculer et de se jeter sur Mitsuko. *Meldon*, pensa-t-elle. Elle n'était pas préparée à la mort de Rowen, avec qui elle entretenait une relation d'"amour", mais elle comprit qu'elle l'aiderait beaucoup plus si elle parvenait à s'échapper vivante.

Elle fit le tour du sommet en cherchant une surface où courir. Elle ne trouva que le bord d'un rocher et trente ou quarante mètres de vide à pic. La falaise s'achevait à cette extrémité. Elle sut qu'elle ne parviendrait pas à l'escalader avec la rapidité suffisante pour esquiver les balles de la Japonaise.

Il lui restait une possibilité.

Parmi les pouvoirs du Douzième Chapitre, peu nombreux, il y en avait un qui donnait la capacité dont elle avait besoin en cet instant. Après tout, le Douzième représentait la Transition avec la Terre, et l'Auteur y révélait, par le biais de métaphores familières, la force cachée dans les montagnes. Si elle se trompait, elle s'écraserait sur les écueils, trente mètres plus bas. Etait-ce préférable à une balle ? Peut-être pas, mais du moins cela lui offrait-il davantage de chances.

Elle assura ses pieds au bord du précipice, écarta ses jambes gainées par un pantalon voyant à rayures rouges et prit une profonde inspiration. Elle se concentra sur la métaphore de l'"avion radicalement allégé" dans lequel les protagonistes volent sur les sommets enneigés de l'Antartide symbolique. Sa formation à l'Ecole sacrée de Bombay et ses pèlerinages vers les terres de glace lui revinrent en mémoire.

Elle pouvait elle aussi se déplacer ainsi. Elle flotterait elle aussi sur les cimes enneigées.

Le vent sembla effacer toutes ses perceptions, et l'espace devint un mur gris sans fissures et un sol lisse. Elle sut qu'elle devait juste marcher par là. Juste marcher.

Marcher sur un sol lisse comme sur une scène…

— Bon voyage, Anjali, entendit-elle dans son dos.

Elle tourna la tête et vit Mitsuko lui tirer dessus.

Elle observa la balle qui pouvait la tuer en s'approchant à une vitesse inconcevable tandis qu'elle avançait le pied droit et foulait l'air. *Un voyage, oui. Je vais voyager dans ce couloir gris.* Elle sentit une force majestueuse l'emporter. Même si elle ne faisait que marcher, elle parvint à éviter le projectile avec la même facilité que si elle avait esquivé un ballon lancé par un enfant.

Alors elle regarda autour d'elle et retint un cri.

Elle se trouvait à plusieurs mètres de distance de la falaise. En l'air. *Ou pas en l'air : en train de marcher sur le sol gris.* Mais cela n'avait rien à voir avec la marche. Quand elle voulut monter, elle se retrouva soudain à une hauteur de quinze ou vingt mètres au-dessus du point précédent, ce qui lui provoqua un vertige qui l'empêcha pratiquement de se concentrer. Elle voulut descendre, et se trouva soudain si près des vagues qu'elle pouvait les toucher si elle tendait les bras.

Elle ne tarda pas à contrôler cette nouvelle forme de déplacement. Tout consistait à prendre les choses avec calme. Elle ne pouvait préjuger des dimensions : elle devait rester debout sans trop s'éloigner de la montagne.

En un clin d'œil, elle se plaça derrière Mitsuko. Le tir, la balle et ses mouvements semblaient s'être produits à la même vitesse, et le son de l'arme perdurait, de même que la fumée qui griffait l'air.

— Bon voyage, Mitsuko, dit-elle.

Il lui suffit d'un coup de pied. La femme biologique fut projetée en avant. Elle tomba comme un objet, sans cri, sans défense. Elle heurta deux, trois fois les rochers avant le choc final, dans les écueils mortels. Anjali voulut descendre pour suivre son trajet et en voir la conclusion, et elle venait tout juste d'y penser quand elle se trouva à côté du corps de Mitsuko à l'instant où celui-ci s'écrasait contre le ressac.

Appuyée contre les rochers qu'elle avait heurtés, Mitsuko dressait le tronc, affalée sur les vagues. Ses cheveux étaient plus rouges qu'avant et lui recouvraient entièrement le visage. Ce n'étaient pas des cheveux, observa

Anjali, mais d'épais filets de sang. Cependant, même la tête fracassée, elle bougeait encore.

Jusqu'à un certain point. Si elle le faisait avec lenteur auparavant, elle semblait maintenant presque invalide. Soudain elle se figea, et Anjali sut que, quoi qu'ils lui aient fait, en lui refusant la mort libératrice, elle ne bougerait plus désormais.

Elle ne pouvait perdre davantage de temps. Elle avait cru voir un autre ennemi au pied de la falaise, capturant Darby et Maya. Elle regagna le sommet trop vite et resta à flotter à des dizaines de mètres au-dessus du corps gisant de Meldon Rowen. Voir Rowen fut plus douloureux qu'elle ne s'y était attendue. Autour d'elle, l'air sembla passer par un tamis avant de se transformer en fines et pures molécules. Paniquée, Anjali constata qu'elle avait perdu sa concentration, ferma les yeux et, en les ouvrant, découvrit qu'elle descendait vers la coupole ouverte de la falaise, derrière l'ouverture de l'entrée, face à un escalier en pierre qui conduisait à une autre ouverture plus importante.

Au pied de l'escalier, près de Svenkov et Darby, se trouvait La Blonde.

7

Il suffit d'un regard à Anjali pour savoir que Svenkov les avait trahis. Son arrivée depuis les airs avait tellement impressionné l'explorateur aguerri qu'il semblait avoir perdu le contrôle de lui-même et de son otage. Darby en profita pour s'échapper et il s'éloigna en descendant l'escalier. Svenkov hésita entre Anjali et Darby, et il se contenta de reculer en cherchant la protection de la fabuleuse conception anatomique de Tourmaline.

La Blonde, en revanche, ne semblait pas impressionnée, comme si voir des femmes voler faisait partie de son quotidien. Ses yeux dirent à Anjali qu'elle avait des envies de meurtre, et que ce moment était aussi bon qu'un autre.

— Alors tu as atterri, dit Tourmaline, et elle tira deux rafales de balles avec ses armes jumelles.

Anjali s'était déjà laissée tomber sur un côté et la pierre vola en éclats derrière elle.

— Et je vois que tes ailes sont cassées, ajouta Tourmaline en visant à nouveau.

En effet, Anjali ne volerait plus. Mais elle comprit l'erreur de La Blonde : après les coups de feu, elle avait laissé Svenkov à découvert, croyant sans doute qu'il n'avait pas besoin d'aide. Svenkov, nerveux, mit plus de temps que nécessaire pour lever les canons de son arme. Pas beaucoup. Ce qu'il fallait.

Anjali baissa la tête, de sorte que le tir de Svenkov et ceux de Tourmaline se croisèrent en diagonale. Au même moment, elle se jeta sur le corps de Svenkov en le frappant et en le faisant s'écraser contre un arbre. Elle savait qu'il n'y avait pas de temps à perdre.

Parce que Cheveux d'or…

Elle fit tourner Svenkov, dégaina sa propre arme, utilisa Svenkov comme bouclier, appuya le canon sur la tempe du Polynésien…

… va tirer à nouveau.

— Si tu bouges, je le tue ! cria-t-elle.

— Je bouge, dit Tourmaline, et elle tira à nouveau.

Les beaux yeux de Svenkov louchèrent, comme s'ils avaient pu contempler sa mort se reflétant dans le flot de projectiles. Une fraction de seconde plus tard, son corps ressemblait à un joli tapis de peau aux pieds d'Anjali. L'Indienne voulut contre-attaquer, mais elle se rendit compte qu'il n'y avait plus d'obstacles entre les canons fumants des armes de Tourmaline et elle. Elle lâcha son arme et leva les bras.

— Il n'existait pas une grande amitié entre vous deux, je me trompe ? fit Anjali.

— Aucune, à vrai dire.

Au bout, entre les deux tunnels pointés sur elle, La Blonde sourit.

— Drôles de traits, où as-tu été dessinée ?

— En Inde, dit Anjali Sen.

Il lui sembla que dire le nom de son pays à l'instant de mourir était tout ce qu'elle souhaitait.

— J'y suis allée plusieurs fois, répliqua Tourmaline, et elle tira.

Mais les balles ne partirent pas dans la direction souhaitée à cause de la pierre qui avait heurté son bras gauche.

Imperturbable, Tourmaline tourna la tête et vit l'homme biologique tenter de prendre une nouvelle pierre. Ce fut l'instant qu'Anjali décida de mettre à profit.

— Va-t'en, Héctor ! cria-t-elle pendant qu'elle se lançait tête la première contre le ventre de La Blonde.

C'était une montagne de muscles de conception, fine mais indéformable. Elle parvint malgré tout à la déséquilibrer. Elle compléta l'attaque en projetant les poings d'en bas pour frapper la mâchoire de son adversaire. Cependant, cette fois elle n'atteignit pas son objectif. Pas seulement : elle sentit une douleur atroce, comme si des milliers d'aiguilles lui perforaient les mains. Alors elle se rendit compte que Tourmaline avait tourné la tête en laissant son coup s'écraser sur ses cheveux. Déconcertée, elle contempla ses mains sanglantes.

La Blonde imprima un tour en sens contraire à sa tête et, avec un bruit d'essaim cuirassé, un million d'aiguilles d'or fondirent à nouveau sur Anjali. La croyante détourna la tête, mais pas assez vite pour esquiver totalement le coup. Des bouts de peau volèrent et Anjali Sen tomba à la renverse, roula dans l'escalier en pierre, suivie d'un voile de sang, s'écrasa contre un arbre et ne bougea plus.

Bien qu'ils aient été freinés par le coup porté à Anjali, les cheveux de La Blonde continuèrent à tourner et fouettèrent son propre bras, qui se mit à saigner. Puis ils oscillèrent encore, pour cesser enfin de bouger. Des gouttes humidifiaient les pointes d'or et glissaient le long des deltoïdes.

Cela n'inquiéta pas Tourmaline. Se blesser avec ses cheveux lui semblait fascinant.

Elle regarda autour d'elle et s'aperçut que Darby était parvenu à se cacher. Mais elle le retrouverait.

Elle fit un résumé rapide de la situation. Elle avait pensé utiliser Darby comme otage pour capturer Daniel à l'aide de Svenkov, mais maintenant Svenkov était mort, Mitsuko aussi (elle le sentait) et Darby avait fui vers la plage, il était donc nécessaire de modifier ses plans.

Les perspectives n'étaient cependant pas mauvaises. Anjali Sen et Rowen avaient été éliminés. Il ne restait que Darby et la jeune fille aveugle, et cette dernière n'allait pas pouvoir lutter avec une jambe inutile. Cependant, l'aveugle était la plus dangereuse de tous : il fallait en finir avec elle le plus tôt possible.

Elle tuerait l'aveugle, puis Darby. Ensuite, il ne lui serait pas difficile de trouver Daniel et Yilane. Le Maître serait satisfait.

Elle rechargea les armes et se dirigea vers l'ouverture de la sortie.

8

La chose émergea des profondeurs avec un écho assourdissant, déplaçant une énorme masse d'eau. Des yeux battant des paupières et mobiles observaient dans toutes les directions depuis une énorme tête cylindrique et rugueuse qui se dressait en projetant des jets d'écume depuis ses bords infinis, comme un gros animal amphibie qui se serait ébroué avant de faire ses premiers pas sur la terre.

Yilane croyait savoir ce que c'était. Une terreur absolue l'anéantissait et il pensait que, face à ce que Daniel avait éveillé dans cette salle souterraine des Anciens, on ne pouvait que demander une fin rapide et miséricordieuse. Il s'était donc retourné et penché en avant tout en regardant par-dessus son épaule, reproduisant ainsi le geste sacré des personnages du Douzième Chapitre qui, en fuyant la Cité de glace, se retournent un instant et observent ce qui les poursuit.

Pour Daniel Kean, ce fut comme rester conscient après la mort. Par atavisme, sans savoir si c'était correct ou non, il avait fait comme Yilane et s'était tourné en baissant la tête, comme s'il souhaitait l'enfoncer dans son corps. Il continuait à s'enlacer lui-même pendant qu'autour de lui la terre retentissait et frissonnait avec cette force qui cherchait sa place dans le nouvel espace vers lequel il montait.

La naissance de la bête fut soudain interrompue par un autre violent séisme. Dans l'air, il resta des boucles de fumée, une odeur de métal rouillé et de légères étincelles. L'eau continuait à bouillir d'écume, et continua ainsi pendant un certain temps. Daniel et Yilane ne changèrent pas de posture pendant cet intervalle, chacun s'abandonnant à sa propre angoisse.

Daniel décida enfin de se retourner.

— Non, Daniel, ne le regarde pas… le pria Yilane, mais il ne parvenait pas à s'en empêcher lui-même.

D'une certaine façon, Daniel sut que la chose était beaucoup plus volumineuse sous la surface. Ce qui se trouvait en lumière avait l'aspect d'une demi-sphère qui occupait presque entièrement les bords de la tranchée. Son diamètre total devait dépasser vingt mètres. Sur elle, la couronnant, se dressait un cylindre d'une dizaine de mètres de largeur, quoique pas aussi haut que la force de son apparition l'avait fait supposer. Le cylindre et la portion de sphère révélaient une surface emmêlée, comme l'intérieur de viscères.

— Daniel, je sais ce qu'est cette créature… murmura frénétiquement Yilane. Les Anciens les utilisaient pour construire leurs maisons sous les eaux… On croit qu'elles se sont éteintes au fil des éons, mais il est possible de les convoquer si…

Daniel ne l'écoutait pas. Il fronça les sourcils tout en contemplant le monstre. Sans qu'il sache pourquoi, une image soudaine, inattendue, lui était venue à l'esprit.

Le Grand Train.

Il fit un pas en avant.

— N'approche pas… ! cria Yilane, horrifié.

Daniel avançait toujours, les yeux grands ouverts.

— Ce n'est pas une créature, dit-il. C'est une machine.

9

Maya Müller n'avait pas quitté la posture dans laquelle Svenkov l'avait laissée. Elle y resterait jusqu'au retour du Polynésien, et ne tenterait quelque chose que s'il avait tué Darby.

Si, au contraire, Héctor était toujours vivant et en son pouvoir (elle soupçonnait que c'était le plus probable), elle supporterait tout ce que Svenkov lui ferait ou l'obligerait à faire avant de trouver l'occasion de contre-attaquer sans mettre en danger la vie de Héctor. Si elle ne la trouvait pas, elle n'attaquerait pas.

Tel était son plan d'action. Elle se sentait incapable de tenter de s'échapper au prix de la perte de Darby. L'idée seule lui répugnait. Elle lui devait la vie, et elle ne pouvait le payer en contribuant à sa mort.

Elle avait entendu des coups de feu et des cris confus. Maintenant, elle n'entendait que le bruit sauvage de la mer se brisant contre l'obscurité profonde de ses entrailles. Elle trouva cette pause abominable : si Rowen ou Anjali avaient survécu, ils auraient déjà dû remarquer sa présence. Elle pensa que, si horrible et insupportable que cela lui semble, il valait peut-être mieux qu'ils soient tous morts. Alors elle pourrait rassembler ses forces et serait libre de se venger.

Et elle se vengerait. Jusqu'à son dernier souffle.

Elle entendit les pas rapides clapotant dans l'eau. Elle sut à qui ils appartenaient presque avant de l'entendre parler.

— Maya, je vais bien ! Svenkov est mort ! Attention à… !

Une rafale de coups de feu tirés du haut de la falaise fit taire Darby. L'espace d'un instant la jeune femme gémit, effrayée, mais elle vit immédiatement que l'homme biologique était indemne et s'était caché entre les rochers.

Elle savait ce que Darby avait tenté de lui dire : *Attention à La Blonde.*

Bien. C'était tout ce qu'elle avait besoin de savoir. Darby l'avait libérée. Selon les termes de la Bible dans le Douzième, ils avaient échangé un "regard éloquent" dans le vent et, dès lors, le résultat final dépendrait d'elle.

Elle envisagea les possibilités. A en juger par les coups de feu, La Blonde se trouvait encore en haut de la falaise. Pourquoi ne tirait-elle plus ? Parce qu'elle descendait.

Elle descendait. A toute vitesse. Vers eux.

Si elle était agile, comme il lui avait semblé, en moins de trente secondes, elle se trouverait à une distance suffisante pour procéder à de nouveaux tirs, cette fois mortels.

— Maya, entendit-elle Darby dire depuis sa cachette de pierres, la voix altérée par la terreur, il ne reste que toi et moi, et tu ne peux pas te battre dans cet état… Tu ne peux même pas bouger… Reste là, je vais essayer de l'attirer de mon côté…

— Héctor.

Il leva à peine la tête, couverte de boue.

— Va-t'en.

— Je ne te laisserai pas, répondit Darby.

— Je ne vais pas *rester*, souffla Maya entre ses dents. Monte la pente qui est à côté de toi. Il y a de la végétation, tu pourras te cacher.

Tout en parlant, elle préparait ses muscles.

Que signifiait ne pas pouvoir se servir d'un genou ? Beaucoup de choses et aucune, tout dépendait de ce qu'on voulait faire. Certes, elle ne pouvait pas marcher, mais il existait d'autres façons de bouger. Un genou seul était une extrémité inutilisée : le corps en avait quatre. Elle serra les dents dans un geste de fureur et s'apprêta à *vraiment* utiliser les trois autres. Enfant, elle avait reçu des coups brutaux, et elle avait dû les surmonter. Maintenant, elle avait plus de force et d'expérience. Elle ne se rendrait pas.

— Maya… ! haleta Darby. Elle arrive en bas !

Elle doit encore traverser la portion d'eau, calcula-t-elle. Cela la ferait aller plus lentement.

Elle déplaça son corps vertigineusement sur un côté. Elle n'eut pas à utiliser l'articulation abîmée, elle parvint à le faire à la perfection. Mais quand elle se prépara à ramper, des éclats symétriques à quelques centimètres de sa tête saupoudrèrent de terre sa chevelure déjà toute boueuse.

Elle est dans la mer, mais elle vise parfaitement bien.

Il s'agissait, dut reconnaître Maya, d'une ennemie très spéciale. Elle avait empêché ses mouvements par des tirs, sachant sans doute que, si elle la laissait glisser vers les rochers, cela lui donnerait un avantage.

Elle essaya à nouveau, mais le sable sauta encore devant elle, à faible distance de ses doigts. C'était comme ramper entre des bombes enfouies.

Alors elle entendit les pas. *Héctor, idiot !* pensa-t-elle, sans parvenir à crier. Darby était sorti de sa cachette et courait à perdre haleine vers l'autre bout de la crique.

Une nouvelle rafale de détonations retentit loin d'elle. Elle décida de se risquer et fit un tour complet en direction des rochers, en se mettant à couvert. Le geste lui provoqua une douleur de verre se brisant en mille morceaux en elle, se transformant en feu et en vertige. Pendant un instant, elle ne parvint qu'à gémir et à tenter de ne pas s'évanouir. Par chance, elle continua à entendre les pas s'éloigner d'elle, et elle sut que Darby n'avait pas été blessé non plus. Ils étaient tous deux sains et saufs. *Pour l'instant.*

Elle avait conçu un plan insensé. Mais, pour le mettre à exécution, elle devait continuer à bouger.

Quelle quantité de sang avait-elle pu perdre ? Elle l'ignorait ; beaucoup, supposait-elle. Mais pas au point de s'en inquiéter.

10

Tourmaline traversait la plage d'un bon pas en fendant l'eau de ses longues jambes, les cheveux résonnant dans son dos.

La Blonde était irritée parce que les vagues et l'apparition imprévue de Darby l'avaient fait échouer. Elle avait hésité entre abattre l'homme biologique et continuer à contrôler l'aveugle, qu'elle traquait déjà. Voulant chasser la pièce la plus facile, elle avait perdu les deux. C'était impardonnable.

Mais elle ne commettrait pas d'autre erreur. Elle les éliminerait tous, elle dégagerait la voie pour que la Vérité intervienne quand elle le souhaiterait, comme le Maître le lui avait ordonné. Le Maître n'aurait absolument pas à se plaindre d'elle.

Darby s'était à nouveau esquivé, mais le principal souci de Tourmaline était l'aveugle. Si elle n'avait pas permis à Svenkov de la laisser en vie... Mais que pouvait faire cette fille ? Elle avait une jambe inutile et elle était réellement aveugle. Tourmaline était sûre qu'il lui suffisait de s'approcher et de tirer. Elle ne la voyait pas pour l'instant, mais la trace de sang sur le sable la conduirait jusqu'à elle.

Elle sortit de l'eau et avança en longeant les hautes pierres par lesquelles elle avait vu disparaître son adversaire. Soudain, elle aperçut quelque chose.

Elle leva la tête. Elle avait du mal à le croire.

Il lui semblait impossible que l'aveugle eût escaladé les rochers en si peu de temps et fût parvenue *au-dessus d'elle*. Mais c'était le cas.

Pendant la fraction de seconde où elle la vit, Tourmaline, incrédule, parut elle aussi aveugle.

Vertèbres, muscles du dos et bras, veines apparentes sous la peau, air dilatant les fosses nasales : Maya Müller transforma son corps en un objet lourd, une sculpture s'effondrant sur La Blonde.

Pendant la chute, elle devina que Tourmaline s'en était déjà aperçue. Bien que sans surprise, la réaction de son adversaire fut tardive et l'impact les fit rouler toutes les deux sur le sable. Tourmaline lâcha les pistolets, qui rebondirent à une courte distance, toutefois suffisante pour qu'elle ne puisse pas les utiliser immédiatement.

Ce fut la seule bonne nouvelle pour Maya Müller.

Tout le reste se passa plutôt mal : en tombant, des ondes douloureuses se propagèrent depuis son genou blessé comme des électrochocs à haut voltage, l'immobilisant entièrement, sur le dos, dans la pire position pour se défendre. Elle sut qu'elle n'allait rien pouvoir faire pendant plusieurs secondes, et que la moitié suffirait à son adversaire pour l'éliminer.

— Ah, dit Tourmaline. C'est ce qu'on appelle avoir une patte folle…

La Blonde se redressa jusqu'à se mettre à genoux et, prenant son temps, elle étala sa chevelure avec des gestes brusques de la tête afin de la démêler et de la préparer. Elle ne voulut pas récupérer ses armes : cela lui plaisait que le coup final fût la touche ardente de ses cheveux. Maya Müller ne portait rien sur elle. Dans une symétrie rituelle, Tourmaline décida de se dépouiller de tout : sac à dos, restant d'armes et perles explosives, la petite pièce de vêtement. Elle pensa que, dans cette lutte d'un corps contre un autre, la mort de son ennemie serait une sorte de rite spécial.

Elle se mit debout et l'or de ses cheveux lança des éclairs dans le soir. Son corps parfait, conçu comme un extraordinaire instrument de plaisir et de douleur, se déplaça vers celui de la jeune fille, ses jambes fléchirent, elle s'assit sur son ventre, lui immobilisa les bras de sa poigne de fer et laissa sa poitrine et son visage exposés.

— Tu es Maya Müller, dit-elle calmement. Le Maître m'a beaucoup parlé de toi, Maya. Il te considérait comme la pièce la plus difficile. C'est un honneur pour moi d'en finir avec toi.

En parlant, elle leva le menton, laissant ses cheveux pendre en arrière, en une seule masse. Elle voulait savourer le moment. Elle sourit en pensant que sa victime ne mourrait pas immédiatement : elle frapperait de façon à lui perforer le visage sans la tuer. Son agonie serait atroce. Tourmaline avait de l'expérience en matière d'agonies atroces.

Elle tint l'aveugle par le cou en exposant davantage son visage.

Ce fut alors que la balle lui frôla l'épaule. Le tir ne fut pas assez précis pour l'écarter de Maya, ni même pour lui infliger de la douleur, mais suffisamment pour l'empêcher de passer à l'attaque. Elle regarda la falaise et vit Anjali Sen, la tête ensanglantée et chancelante, mais visant avec l'arme de Svenkov. *J'aurais dû l'achever*, pensa-t-elle, et cette pensée détourna son attention.

La jambe gauche de Maya se leva à l'improviste comme un ressort, faisant faire un tour complet à Tourmaline. Libérée de son poids, Maya tourna sur le sable. Mais La Blonde se déplaça à une vitesse terrifiante et déchargea les piques comme une pluie de couteaux manipulés par tout autant de fous.

Maya esquiva deux attaques pendant que près de son visage le sable était troué par ces queues de scorpion. Elle comprit que, tôt ou tard, La Blonde porterait un coup réussi. Et elle ne pouvait plus compter recevoir d'aide : quelle que fût la personne qui avait tiré (Anjali ou Rowen, depuis la falaise), elle n'allait pas pouvoir recommencer si son ennemie se trouvait aussi près.

Elle décida de changer de tactique.

Elle attendit d'entendre le vrombissement des cheveux fendant l'air et, au lieu de se contenter de l'esquiver une deuxième fois, elle fit une chose inattendue.

Elle les attrapa.

L'espace d'un instant, Tourmaline la regarda, confondue. Elle tira ses cheveux en arrière et le poing fermé de Maya se transforma immédiatement en un jet de sang. Mais il ne s'ouvrit pas.

En tirant encore, la jeune femme fit perdre l'équilibre à Tourmaline. Alors elle se redressa en se plaçant derrière elle et en s'appuyant sur le genou gauche tout en gardant le droit tendu. Essayant d'ignorer les coups de lance de la douleur qui lui traversaient la jambe droite et la main, sans lâcher sa proie de cheveux métalliques, elle passa son bras libre autour de la gorge de Tourmaline et l'obligea à s'arc-bouter en arrière.

Tourmaline eut presque un sourire. D'autres avaient tenté de l'étrangler autrefois, sans résultat. Elle savait se protéger en bandant les solides muscles conçus de son cou et en faisant pression avec les mains. Elle avait été créée comme une arme mortelle : rien ni personne ne pourrait la mettre hors de combat en essayant simplement de l'étrangler.

Mais, à cet instant, elle découvrit que ce n'était pas ce que visait l'aveugle.

Maya tourna son autre bras vers le côté opposé et porta l'épaisse masse de cheveux dorés vers le visage de Tourmaline, le recouvrant presque dans sa totalité. Elle savait que le cou de La Blonde était une zone plus fragile, mais les mains de son ennemie et son propre bras le bloquaient.

Peu importait : elle allait agir sur son visage.

— Non, dit Tourmaline.

— Si, dit Maya.

Elle banda le biceps et commença à tirer.

Tourmaline regarda le monde sous des barreaux dorés pendant que les fils de ses propres cheveux s'enfonçaient dans ses traits avec une telle facilité qu'elle n'éprouva bientôt même plus de douleur, juste de la surprise. Quand elle voulut cligner des paupières, de fines tranches de peau se détachèrent du haut de ses yeux. La lumière qui parvenait à ses rétines fut comme perforée par une persienne d'acier et les commissures de ses lèvres se prolongèrent soudain en milliers de lignes rougeâtres ; la langue, prise en train de former un cri, se transforma en un amas de vers plats qui se déplaçaient tout en projetant des filets de sang.

En arrivant aux os du crâne, les cheveux s'arrêtèrent. Tourmaline était toujours vivante, mais la main sanglante de Maya peinait à réunir la force nécessaire pour continuer.

La jeune fille savait que la "force nécessaire" n'est qu'une question de volonté.

Elle utilisa l'autre main, l'appuyant sur celle qui tenait les cheveux, et tira fort une dernière fois. Avec un son qui ressemblait à celui de milliers de petites branches cassées en même temps, les métaux d'alliage s'ouvrirent un passage par la barrière de l'os et se plantèrent fermement comme des ancres quelque part dans les pensées de Tourmaline, qui cessa de penser et de sentir en même temps.

Ce ne fut qu'alors que Maya Müller lâcha ces piques, et avec elles une partie de la paume de sa main, et tomba, essoufflée, sur le cadavre de La Blonde.

Quatrième partie

ABÎME

Quelle sorte d'endroit se trouvait en bas ? Quelle source primaire et inconcevable de cycles archaïques mythiques et de cauchemars aux aguets était-il sur le point de découvrir ?

Sainte Bible, Onzième Chapitre, VI, 17.

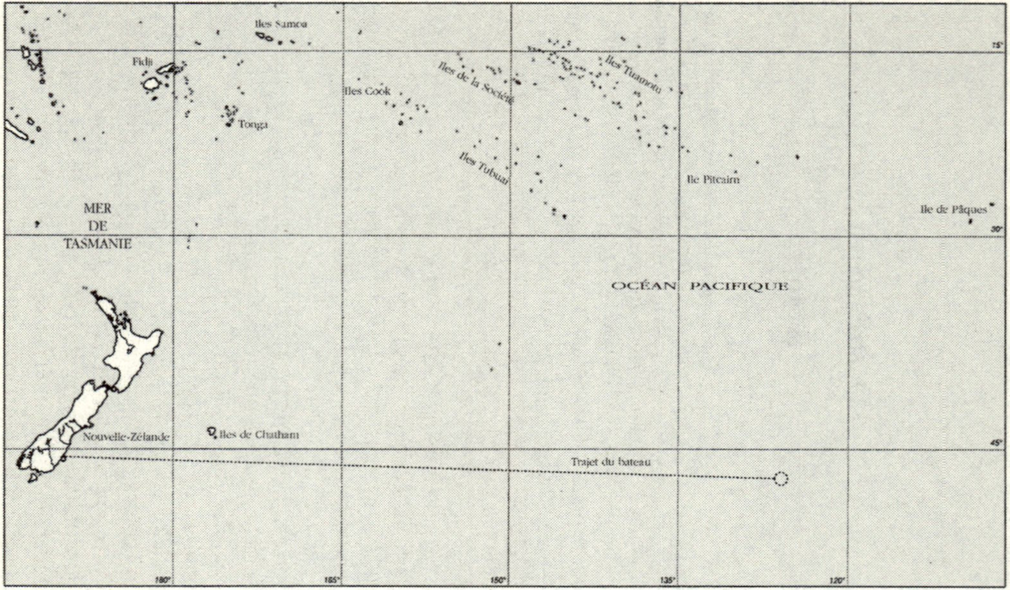
Iles Samoa
Fidji
Tonga
Iles Cook
Iles de la Société
Iles Tuamotu
Iles Tubuai
Ile Pitcairn
Ile de Pâques
MER
DE
TASMANIE
OCÉAN PACIFIQUE
Nouvelle-Zélande
Iles de Chatham
Trajet du bateau
15°
30°
45°
180°
165°
150°
135°
120°

XIII

CORPS

1

Ils n'étaient pas préparés à ce qu'ils trouvèrent.

Le vaisseau – si c'était de ça qu'il s'agissait – était un objet ovoïde dont le diamètre central s'élargissait comme celui d'un tonneau. Un petit escalier central allait de haut en bas, traversant les différents niveaux. L'extrémité supérieure se prolongeait par un cylindre contenant l'écoutille d'accès, qui semblait servir en même temps de vaisseau auxiliaire à deux places. Le premier niveau était le plus vaste et occupait entièrement la voûte supérieure : on aurait dit une sorte de salle des commandes pourvue de divers écrans de *scriptoria*, de murs chromatico-hermétiques verts avec des barres latérales, de sièges et d'une table en verre noir avec un creux central qui rappelait la forme de l'objet elliptique que Daniel avait trouvé sur le socle. Au niveau suivant se trouvaient les cabines, dotées de gros hublots, de lits confortables et d'un éclairage puissant, dont les portes se distribuaient en cercle autour de l'escalier central. Il y en avait six au total, de sorte que chacun d'eux pouvait disposer d'une cabine particulière. Une cabine clinique et une autre aménagée en réserve constituaient le niveau inférieur à celui des cabines. Le dernier niveau hébergeait les générateurs d'énergie et de recyclage d'eau et d'oxygène, ainsi qu'un nouveau cylindre central qui ressortait, comme le premier, de la coque principale, et s'achevait sur une nouvelle écoutille, même s'il ne semblait pas fonctionner comme vaisseau.

Il leur fallut deux heures pour l'explorer, après avoir escaladé les spicules* de la surface dentée et y avoir accédé par l'écoutille supérieure. Les dimensions les étourdirent : Rowen proposa celles d'une maison de quatre étages ; Darby estimait que la largeur de la zone centrale dépassait toute comparaison. Le décor était un musée bigarré de métaux rouillés et d'instruments modernes. Le détail qui retenait le plus l'attention, hormis le creux de la table dans la salle principale, était un panneau dans un secteur de la même salle qui montrait des poissons peints dans le style *sumi-e* japonais nageant dans une eau grise.

Tout cela semblait avoir un but. Darby exprima cette idée quand ils se réunirent dans la salle après le premier parcours.

— Le navire était déjà là. J'ignore comment, mais Kushiro et son équipe l'ont réparé.

— Réparé ?

Rowen, assis face au dossier d'un fauteuil, haussa les sourcils sous la petite bande qu'il avait autour de la tempe.

— Alors qui l'a construit ?

— Je ne sais pas, mais la structure semble très ancienne. Pense par exemple aux panneaux de la salle des machines… Les plaques en pierre que nous avons trouvées derrière… Yilane ? Toi qui les as examinées…

Le jeune croyant, assis sur une barre, dos au mur chromatique vert, sembla trembler en parlant.

— Ce n'est pas de la pierre. Il s'agit de mécanismes sur lesquels s'est déposée une couche minérale.

* Sécrétions minérales en forme d'aiguilles. *(N.d.T.)*

— Dire “très ancien” serait un euphémisme, compléta Darby. Nous parlons en milliers d’années, ou… qui sait ?

Le silence tomba.

— On ne peut pas utiliser des machines dans cet état, objecta Rowen.

Darby fit de nouveau appel à Yilane, qui appuya un pied nu sur la barre où il était assis.

— C’est possible avec la croyance. – Il les regarda, un par un, avec un sérieux terrible. – Les nouveaux panneaux avaient besoin d’un point de connexion valide pour extraire des informations de la masse d’instruments. Ils y sont parvenus en récupérant ce qui est mort et enterré. En le faisant “parler”.

— C’est un pouvoir du Treizième, intervint Anjali Sen, le menton appuyé sur ses mains qui venaient d’être réparées. A partir de là, on parvient à établir une connexion.

— C’est comme la chambre où Daniel a trouvé cet étrange appareil. – Darby montra le petit objet en forme de baril ouvert en deux moitiés. – La pierre “sculptée” est en réalité de la machinerie. Son âge est aussi inconcevable que celui du vaisseau, mais l’équipe de Kushiro a trouvé comment récupérer les données qu’elle contenait… Des données qui correspondent à la découverte que Kushiro lui-même avait faite dans les anciens textes de la Bible originale…

Darby fit pivoter l’objet de façon qu’ils puissent tous voir à l’intérieur. Chaque moitié contenait un écran couvert de symboles clignotants.

— Des coordonnées qui ont été supprimées par les interprètes de la version finale du Quatrième Chapitre. Vous vous souvenez ? – Et il récita de mémoire : “Et ils aperçurent une grande colonne de pierre qui surgissait de la mer, et… ils arrivèrent à une côte faite de boue, de vase et de constructions cyclopéennes, couverte d’algues, qui ne pouvait être autre chose que la substance tangible de la suprême horreur terrestre... la ville-cadavre de cauchemar..." – Il s'arrêta et les regarda. – C'est le texte biblique du Quatrième tel que nous le connaissons, mais l'original mentionnait, semble-t-il, une donnée intermédiaire. Elle figure sur l'écran du bas – il le désigna : "Ils aperçurent une grande colonne de pierre qui surgissait de la mer, et à *47° 9' de latitude sud, 126° 43' de longitude ouest* ils parvinrent à une côte..."

Le silence devint angoissant. Rowen se leva lentement de son siège.

— La Cité de Dieu... murmura-t-il.

— La *Clé de l'Abîme* est la Cité de Dieu, acquiesça Darby. Ou elle est en elle. A plus de cinq mille kilomètres à l'est de l'endroit où nous nous trouvons.

— A l'est ? – Rowen parut déconcerté. – Attends, il n'y a rien dans cette direction, à part l'océan... C'est peut-être une île ?

— Non. – Darby leva la tête. – Quoi que ce soit, c'est enfoui.

— Comme l'affirme la Bible, ajouta Yilane en faisant de l'équilibre sur la barre avec son agile anatomie.

2

Quand le moment fut venu, Daniel proposa d'aller chercher Maya.

Il avait attendu qu'elle récupère au cours des dernières heures, accroupi à côté d'elle aussi bien dans la cabine que dans la clinique. Il en ignorait la raison. Il supposait qu'il avait besoin de la sentir près de lui à cause de la terreur qui le saisissait. La peur, qui faisait partie de sa chair, de la chair de chacun, de conception ou biologique, aiguisée par le lieu où ils se trouvaient et ce qu'ils avaient décidé de faire.

Il la trouva allongée dans les liquides curatifs du réceptacle de la petite clinique au niveau inférieur à celui des cabines. Elle semblait endormie, mais elle était soumise à la tyrannie des cauchemars. Elle se tordait et gémissait dans l'espace blanc réduit.

Ce n'était pas la première fois que Daniel la voyait subir de mauvais rêves depuis le début de sa guérison dans le vaisseau. Il était vrai que ses blessures requéraient davantage d'attention que celles des autres, mais Daniel ne croyait pas que ces rêves y fussent liés.

Ils ne s'en étaient pas mal tirés, après tout. Darby ne présentait que des égratignures et Rowen un sillon dans le cuir chevelu, dû au frôlement d'une balle de Mitsuko, qui avait provoqué un évanouissement dont Rowen lui-même était gêné de se souvenir, mais qu'Anjali jugeait providentiel.

— Si tu étais resté debout, tu te serais fait tuer, lui disait-elle.

Les blessures d'Anjali et de Maya étaient plus sérieuses. L'Indienne avait perdu une grande partie du lobe de l'oreille droite et présentait des contusions à la tête et des coupures aux mains, mais rien d'irréversible. En revanche, l'état du genou et de la main droits de Maya réclamaient une intervention. Bien qu'ils aient trouvé dans la cabine-clinique un réceptacle avec des lumières et des liquides cicatrisants et tous les instruments de reconstruction nécessaires, les techniques les plus complexes se trouvaient hors de portée de n'importe lequel d'entre eux, et Darby se reprit à regretter, ce qui n'était pas la première fois, Brent Schaumann. Pour l'instant, ils s'étaient contentés d'immobiliser le genou de Maya pour la faire descendre doucement, suspendue par les aisselles, le long du défilé jusqu'à la fosse où se trouvait le navire, puis, une fois à l'intérieur, ils l'avaient soumise à des séances de liquides et de repos. La parfaite conception de son organisme avait commencé à agir, recouvrant d'une membrane les brèches les plus profondes et reconstituant l'os brisé, mais elle continuerait à boiter jusqu'au retour à la civilisation. Toujours est-il que, par chance, ils étaient à nouveau ensemble et au bon endroit, et l'objet que Daniel et Yilane avaient découvert – un vaisseau hermétique flottant dans l'eau d'un canal souterrain – dépassait toutes leurs espérances.

Il essaya de ne pas lui faire peur en la réveillant. Chez la jeune fille, la transition vers l'état de veille était étrange et silencieuse, car ses yeux restaient clos. Puis il l'aida à sortir et à rejoindre la cabine supérieure. Maya semblait avoir besoin de parler, et Daniel décida de ne pas l'interrompre.

— J'ai rêvé que je me regardais à nouveau dans un miroir en entraînant mon corps, comme je le faisais dans la commune du Yémen. Cependant, je n'avais pas onze ou douze ans mais mon âge actuel. Je me regardais dans le miroir, placé à côté d'un palmier, dans les casemates où j'ai été créée… et je pouvais me voir. Cette vision m'effrayait. Puis je retournais dormir auprès de mes compagnes, sur le sol, corps contre corps, et partager avec elles des orgasmes pour apaiser ma terreur. Et je voyais des couleurs. Mes souvenirs sont des couleurs. Le Sud en est plein. Je dormais dans une chambre jaune. La peau de nos gardiens était foncée et leurs ongles et leurs sourires très blancs. Les coups étaient rouges. Ils nous frappaient en permanence, à chaque instant. La peur était d'un ton ivoire ou os. Nous n'étions pas des êtres humains, ni même des entités vivantes, mais des choses fabriquées pour entrer dans la Cité de la Mort. Si l'on mourait ou devenait folles, ils nous éliminaient simplement. Ils pouvaient nous remplacer facilement, puisqu'ils créaient régulièrement des "chiennes". J'avais fini par avoir si peur que je ne m'en apercevais même pas. Tout en moi était peur, je ne pouvais faire la différence avec la vie. L'orgasme, qui était blanc, d'un blanc très pur et brillant, comme une lumière, ne nous appartenait pas. Ils nous récompensaient en nous permettant de l'atteindre. C'était notre soulagement.

Allongé à côté d'elle sur le lit de la cabine, Daniel tendit la main vers la sienne. Même s'ils n'avaient pas partagé d'orgasmes, la jeune fille en avait cherché un la première fois où il s'était retrouvé seul avec elle dans ce lit, quelques heures plus tôt. Et elle l'avait fait comme si elle se défendait de quelque chose : une main entre les cuisses et l'autre sur la poitrine, sans demander l'aide de Daniel mais sans que sa présence ne la dérange, gémissant entre des battements de paupières closes.

Maya accepta sa main et tourna le visage vers lui.

— Un jour, tu m'as demandé comment j'étais devenue aveugle. Je ne veux jamais en parler, mais maintenant je vais te le dire. Ils nous obligeaient à sentir le vent de la mort et à descendre vers la Cité sous terre, auprès des cadavres. Nous devions la parcourir seules ou avec des compagnes. La Cité était, presque toujours, une caverne immense et vide en apparence, mais un jour, en descendant, nous avons trouvé quelque chose. Ou quelque chose *nous a trouvées*. On nous avait dit que cela pouvait arriver, et que, dans un tel cas, nous devions tenter de fuir sans même regarder…

— Qu'est-ce que… c'était ? murmura Daniel, la gorge sèche.

— Ça ne te servirait à rien de le savoir, répondit-elle en tremblant, après une pause. Il y a des hommes dressés comme “chiens” pour chercher la Cité, mais tu n'en fais pas partie. Qu'il te suffise de savoir que la mort, pour de nombreux corps, n'est pas la fin de la vie : c'est ce qu'affirment le Treizième et le Dernier. Il y a des morts qui vivent dans de profonds abîmes, et le seul fait de les trouver implique la folie… En fait, *je ne sais pas ce que j'ai vu.* Mais je sais que, à partir de cet instant, je n'ai plus rien vu d'autre. Autour de moi, mes compagnes hurlaient. Je fus la seule à en sortir vivante… Je découvris alors que la dernière couleur, celle de la panique, était le noir. Quand je parvins à la surface et que j'ouvris les yeux, je continuai à voir cette couleur. Et j'ai continué à la voir toute ma vie. On m'expliqua que le fait de devenir aveugle m'avait sauvée. Mes compagnes, qui avaient *continué à regarder*, étaient mortes.

Elle fit une pause et poursuivit, retrouvant son calme.

— La cécité me permit de résister, car ils m'utilisaient moins souvent que d'autres. Et résister m'aida à survivre. Quand tu dépasses un certain âge et qu'ils constatent que tu es solide, ils essaient de te conserver. Là-bas, on dit : "Si tu vis assez longtemps, ils te feront vivre plus longtemps." Mais, dix ans plus tard, ils décidèrent de me vendre. Ils n'escomptaient pas tirer un bon prix d'une "chienne" aveugle, et je savais que, si on ne leur faisait pas une offre intéressante, ils me sacrifieraient. Ce fut alors que Héctor Darby m'acheta. Je pensai que c'était un ritualiste. Je n'avais jamais connu un autre genre d'individus que les ritualistes. Mais quand il se retrouva seul avec moi, il me dit : "En fait, j'achète des livres, pas des personnes." – Elle sourit. – Il ajouta que je pouvais partir où je le souhaitais. Il ne me laissa jamais le remercier. Je sais qu'il m'avait acquise car il s'était rendu compte que personne n'allait m'acheter. Je lui demandai de rester pour le servir. L'aider. Le défendre. Il m'accepta comme collaboratrice : dès lors, j'allais d'un endroit à l'autre, je me procurais des livres pour lui et le protégeais quand il devait effectuer un long voyage dans des contrées lointaines. Puis je rencontrai le Dr Schaumann et le magnifique

Meldon Rowen… puis nous découvrîmes tous la légende de la *Clé*.

Daniel la regarda un long moment pendant le silence qui s'ensuivit. Il se demandait quelles sortes d'horreurs cachaient ces paupières closes, constellées de taches de rousseur.

— Je te devais cette histoire, Daniel Kean, dit-elle.

— Et je te remercie de me l'avoir racontée.

— Mais tu n'es pas venu juste pour m'écouter.

Daniel se redressa sur le lit. Il choisit ses mots avant de parler.

— Nous devons décider à nous tous ce que nous allons faire, et nous aimerions que tu nous accompagnes. Héctor croit que le vaisseau se mettra en marche quand nous introduirons cet objet que j'ai trouvé dans l'encoche de la table de contrôle. Alors il nous conduira directement à la *Clé*.

— A la *Clé* ? Comment est-ce qu'il nous y conduira ?

— Sous l'eau, répliqua Daniel, et il remarqua le frémissement de la jeune fille.

3

— Sous l'eau, insista Darby.

Il était pâle et semblait transmettre sa pâleur aux autres à travers son regard.

— Le lieu où Dieu habite. Personne n'est jamais allé aussi loin, à notre connaissance, même si Kushiro, lui, l'a fait. Mais nous savons aussi que lui seul est revenu en vie et sain d'esprit pour le raconter et planifier sa révélation. Maintenant c'est notre tour. Inutile de dire que nous ne survivrons probablement pas tous. Nous devons décider si nous voulons affronter ce risque. Celui qui le souhaite peut quitter ce vaisseau maintenant, avant que nous n'introduisions l'objet dans l'encoche.

Il les sonda du regard : Meldon Rowen, le jeune et énergique entrepreneur à la chevelure noire lustrée et au teint mat, la sombre croyante indienne Anjali Sen, le jeune Yilane, aux yeux en amande, Maya Müller, l'aveugle au visage constellé de taches de rousseur, Daniel Kean, à la minceur délicate et aux cheveux blonds avec une mèche foncée.

Personne ne renonça, mais il n'y eut pas d'acquiescement non plus. C'était comme s'ils avaient su que le chemin était tracé et qu'ils ne pouvaient que continuer à avancer.

Darby se retourna vers Daniel et lui remit l'objet ouvert.

— C'est toi qui l'as trouvé, Daniel. Il est juste que ce soit toi qui le fasses.

Daniel contempla les deux petits écrans au texte clignotant. Il referma les deux moitiés, produisant un petit clic. Pour une raison quelconque, il regarda juste Maya en dirigeant le petit baril vers le creux de la table, comme si les yeux clos de la jeune fille le rassuraient. Il ouvrit la main et laissa l'objet tomber doucement. Celui-ci glissa et resta enchâssé dans la cavité.

Il avait beau s'y attendre, il ne put retenir un cri de terreur.

Des murs et des lumières tremblèrent. Un éclat couleur cobalt envahit tout pendant que le panneau des poissons dessinés commençait à s'élever en découvrant une plaque de verre oblongue.

Ils plongeaient. L'eau anéantit le verre et le monde devint noir. Des réflecteurs qui devaient se situer au milieu du vaisseau révélèrent des ombres de poissons vivants et un lit rocheux. Le véhicule prit de l'élan, se glissa par un tunnel triangulaire et se dirigea vers la haute mer à travers une gigantesque grille. Après plusieurs mouvements de balancement, il corrigea automatiquement sa direction et le sol du salon redevint ferme.

Mais à ce moment personne ne s'en souciait.

L'intérêt général se portait sur le visage qui apparut sur les écrans des *scriptoria*, la face ridée qui couvrait chacun des viseurs comme le puzzle d'un masque dispersé en fragments.

— *Bienvenue à vous, qui que vous soyez, qui avez trouvé cela. Je vous lègue un travail que ni mes disciples ni moi n'avons pu achever, après avoir vu ce que nous avons vu et en sachant ce que nous savons... J'espère qu'une humanité plus forte en héritera, le complétera et en fera le meilleur usage possible...*

Daniel eut l'impression que Katsura Kushiro le regardait dans les yeux depuis ses orbites sombres, où scintillait la terreur.

— *Préparez-vous : vous êtes sur le point de connaître la vérité sur la* Clé de l'Abîme...

Personne ne parla quand les écrans s'éteignirent. Ils restèrent tous accrochés à la barre, comme pétrifiés, pendant que la coque du vaisseau battait dans de sourds grondements.

Le Maître, qui était l'un d'eux, avait peur lui aussi. Mais il tentait de se calmer intérieurement.

Car, bien que les plans aient pris un tour imprévu en raison des derniers événements – Tourmaline avait échoué dans sa tentative de les éliminer –, la Vérité restait disponible et personne ne soupçonnait sa présence.

Pendant que le vaisseau semblait bouillir en s'enfonçant de plus en plus dans ces ténèbres, le Maître, accroché à une barre, s'autorisa un sourire.

4

Ce ne fut que quelques heures plus tard que Daniel comprit qu'il se passait une chose étrange.

Jusqu'alors, le voyage avait été uniquement écrasant. Ses collègues semblaient passer par la même étape de stupeur que lui. Ils faisaient un sort aux provisions et se retiraient vite, ou restaient dans la salle et regardaient, absorbés, l'obscurité agitée derrière la vitre. Personne ne parlait, mais Daniel pouvait imaginer ce que tous pensaient dans la solitude de leurs cabines : qu'ils voyageaient sous l'eau vers le Lieu Redouté, la matière des cauchemars enfantins et la terreur primale. Il se disait que Kushiro avait bien fait les choses : si le vaisseau n'avait pas été pourvu d'un pilote automatique, aucun d'eux n'aurait eu le courage de le diriger.

Cela se passa au cours d'une de ses visites dans la salle. Daniel venait de monter l'escalier et commençait à se pencher par l'écoutille quand il l'entendit soudain.

— Il est fort probable que l'on n'obtienne rien, Héctor…

C'était le ton d'Anjali Sen.

— De toute façon, il faut essayer.

C'était la voix cauteleuse de Darby.

La seule importance que Daniel accorda au bref dialogue fut celle que semblèrent lui accorder ses protagonistes, qui s'interrompirent subitement en le voyant arriver.

Anjali, allongée sur un siège, examinait les cicatrices de moins en moins visibles de ses mains. Puis elle étira son corps souple avec une certaine langueur et se redressa.

— Je serai dans ma cabine, annonça-t-elle.

Elle sourit à Daniel avant de se diriger vers l'écoutille par laquelle il venait de monter.

Darby resta assis à contempler le sombre spectacle depuis la fenêtre. Il portait un T-shirt qui laissait à découvert ses épaules velues et un pantalon lâche. Sa barbe présentait un curieux aspect négligé peu fréquent chez lui. De l'autre côté de la vitre vers laquelle il regardait, on distinguait deux chemins en or, deux réalités blanches et pyramidales au milieu d'un néant absolu. Des poissons effrayés et terrifiants semblaient se créer et se détruire en traversant ces rails de lumière. Il n'y avait aucune trace de la Couleur, mais Darby assurait que c'était "normal" : la latitude sous laquelle ils voyageaient se trouvait très éloignée de la région où persistait cette radiation. Malgré tout, Daniel ne savait pas ce qui était préférable, car les ombres pures au-delà des réflecteurs étaient atroces.

Pendant qu'il regardait par la fenêtre, Daniel sentit soudain sur sa jambe nue la pression maladroite de l'homme biologique. Cette caresse le réconforta.

— A en juger par notre vitesse et les paramètres de route, il reste environ vingt-quatre heures pour parvenir à… ce que ce sera, dit Darby d'une voix lasse – il semblait ne pas avoir dormi depuis des jours. Tu es venu contempler ce que cachent les profondeurs, jeune homme ?

— Je m'intéresse davantage à ce que nous cachons entre nous.

La réponse parvint à arracher le regard de Darby de la vitre. Avec le voile d'un marron transparent qu'il portait attaché au poignet, Daniel l'examina à son tour en appuyant un pied sur le siège abandonné par Anjali.

— Tu continues à me tenir à l'écart, ajouta Daniel, comme lorsque tu m'as menti chez toi ou que tu m'as dénigré devant Svenkov.

— Je ne comprends pas…

— Tu comprends parfaitement. Vous êtes en train de planifier une opération.

— Nous allons tenter une chose plutôt risquée, concéda Darby au bout d'un moment. Nous ne voulions pas en parler avant d'en connaître les conséquences, et encore moins à toi…

— "Encore moins à moi ?" J'en ai assez que tu me laisses de côté quand ça te chante !

— Du calme, petit, je veux juste…

— "Te protéger ?" C'est le terme qui convient, n'est-ce pas, monsieur Héctor Darby ? Tu oublies que vous êtes ici grâce à moi !

— Et tu oublies peut-être qu'aucun de nous ne voulait que tu viennes !

— Mais je suis venu. Et tu sais bien ce que je cherche ! Alors si tu détiens des informations sur la Vérité ou le Maître, j'aimerais les connaître !

Après cet éclat, Daniel sembla retrouver son calme. Assis sur la table de contrôle, il baissa la tête.

— Je suis désolé.

L'homme biologique balaya la question d'un geste. Il continua à regarder la fenêtre en silence et dit une chose étrange au bout d'un moment :

— L'obscurité règne au-dedans et au-dehors.

Daniel le regarda.

— Et celle du dehors nous inquiète davantage, ajouta Darby. La mercenaire qui nous a tendu l'embuscade s'appelait Tourmaline. C'était une prédestinée. Tu sais ce que c'est ? Des êtres conçus à des fins si particulières que l'on se demande même si on peut les considérer comme des êtres humains. La conception de la prédestination ne peut être comparée à aucune autre : même Maya n'est pas une prédestinée. Tourmaline avait été conçue pour tuer ou procurer du plaisir, exactement ça, juste ça. Ses cheveux étaient une hétéro-insertion de couteaux. D'autres recoins de son corps ne devaient pas être aussi durs, mais ils étaient sûrement dangereux à leur façon. Elle pouvait danser jusqu'à rendre fou celui qui la regardait ou le cribler de coups de couteau en deux secondes. C'était un être luxueux, acheté et élaboré selon les goûts d'un client particulier. Mitsuko lui obéissait, mais Anjali pense qu'elle ne contrôlait pas Mitsuko, qu'elle lui transmettait juste les ordres qu'elle recevait. Elle portait un écouteur organique et une microcaméra dans la rétine gauche avec des instructions. – Il regarda Daniel. – Ce n'était ni la Vérité ni le Maître, juste un outil.

— Peut-être l'un d'eux est-il Moon ?

Darby fit un signe de dénégation de la tête.

— Tu as été vengé en partie : Tourmaline en a fini avec Moon avant de nous suivre en Nouvelle-Zélande. C'est resté enregistré dans l'oreillette. Anjali vient d'extraire l'information.

Daniel ne ressentit aucune joie à cette nouvelle. C'était comme si la perte de Moon l'avait privé d'une possibilité de vengeance. Il pensa que la Vérité et le Maître, les véritables responsables, se trouvaient, après la mort de Moon et Tourmaline, un peu plus loin qu'avant. Mais la suite du discours de Darby le détrompa.

— Ils sont près, Daniel. Plus près que jamais. Les informations de l'oreillette ont éliminé toute mention d'eux, mais il serait naïf de penser qu'ils ne nous ont pas suivis jusqu'ici. En fait, je crois que le danger est plus grand que jamais, car notre victoire sur Tourmaline nous a inspiré confiance. Et c'était peut-être ce que souhaitait la personne qui l'a envoyée.

Jusqu'ici. Daniel tenta de comprendre la portée des paroles de Darby. Voulait-il dire qu'ils pouvaient se trouver dans le vaisseau ?

Darby le fixait.

— Il nous reste une seule possibilité : interroger Tourmaline.

— Mais… elle est morte…

— C'est vrai, et pourtant… Nous ne comptions pas seulement examiner son oreillette quand nous avons décidé de porter son cadavre dans le vaisseau.

Daniel laissa le voile glisser au centre de son corps. Il s'enlaça lui-même et observa, de l'autre côté de la baie vitrée, les chemins symétriques obscurcis par des végétaux et des poissons. Parler avec les morts était un blasphème qu'il ne concevait même pas.

— C'est possible ? demanda-t-il.

— Les croyants disent que oui et, s'ils peuvent, je ne vois pas d'inconvénient à l'accepter. En fait, il me semble vital d'obtenir cette information le plus vite possible… Sincèrement, Daniel… Darby reprit sa contemplation de la baie vitrée. – J'accepterais n'importe quelle solution, quelle qu'elle soit. Parce que je crois que le danger est plus grand que jamais.

5

— Ton père connaissait bien le Treizième, dit Anjali Sen. Il t'en a expliqué les profondeurs ?

— Pas vraiment, s'empressa de répondre Yilane, et l'anxiété perça dans sa voix.

Anjali observait son jeune disciple déposer symétriquement des gouttes d'un onguent sur ses bras, sa poitrine et son ventre. Son travail était minutieux, mais les mains qui tenaient le flacon tremblaient.

— Fais ce que je t'indiquerai et nous y arriverons.

Anjali vérifia que le caleçon lui entourait bien les jambes.

— Allons dans l'autre chambre.

Le cadavre gisait par terre en se balançant sous les mouvements imperceptibles du vaisseau. Ses cheveux métalliques produisaient comme un tintement de petits ornements suspendus. Même si la parfaite conception de sa peau et la température du cylindre de congélation avaient retardé tout signe de décomposition chez Tourmaline, les blessures du visage restaient un spectacle difficile à contempler.

Il y eut un silence. On n'entendait que le frôlement des paumes des mains des deux croyants qui frottaient leur corps avec un onguent, et le léger tintement des cheveux.

— Elle ne voudra peut-être pas répondre, observa Yilane. Il y a des cas…

— Alors on la fera parler. Elle devra répondre. Elle ne pourra pas refuser.

L'une de ses mains se tendit et atteignit le doux bras de Yilane, qui cessa de trembler.

— Yil, un corps mort est comme un corps vivant, dit Anjali. Les uns ne doivent pas nous faire plus peur que les autres. La pensée de réaliser un acte blasphématoire t'étouffe peut-être, mais rappelle-toi qu'il s'agit d'une prédestinée. Ils ne sont pas comme les êtres humains.

Le jeune croyant acquiesça, mais il évita le contact avec Anjali, comme s'il voulait prouver qu'il n'avait pas besoin d'elle. Une heure avant, ils avaient partagé des orgasmes afin de diminuer la panique infinie que provoquait en eux ce qu'ils allaient faire. Comme d'autres fois, elle l'avait caressé tout en se caressant elle-même, jusqu'à obtenir un plaisir réciproque. Yilane répondait toujours avec un abandon total, mais Anjali avait perçu sa distance. *Il veut prouver qu'il n'a plus besoin de moi*, pensait-elle. Elle aimait cette témérité, mais pas quand elle constatait que, sous elle, le fascinant Yilane restait caché en lui-même, tremblant.

Anjali détourna le regard vers son *scriptorium*, situé sur la table. Il restait à peine quatre heures avant que le vaisseau arrive à la fin du trajet, d'après les calculs de Darby. Ils devaient se hâter.

Ils avaient choisi la cabine qui servait d'entrepôt. Il s'agissait d'une chambre carrée avec une pièce adjacente plus petite. Les murs de la première étaient blancs et ceux de la seconde gris. Hormis les caisses remplies de pièces de rechange, la première chambre contenait deux cylindres de congélation très utiles. Ils avaient introduit dans l'un d'eux le cadavre de La Blonde en l'apportant dans le vaisseau.

Ils avaient passé les heures précédentes dans les préparatifs. Le sac à dos d'Anjali contenait un caleçon à larges losanges et un flacon d'onguent. Yilane sortit ses anneaux, bracelets et colliers. Puis ils entrèrent dans la petite pièce grise et ils se déshabillèrent. Anjali passa le caleçon et Yilane mit les bijoux. Alors ils commencèrent tous deux à se frotter le corps avec les onguents destinés à susciter la sueur. Les cheveux de jais d'Anjali, soigneusement coiffés, ondulaient en reflétant les rares lumières de la chambre dans des tons opalescents. L'Indienne sourit à son disciple et celui-ci l'imita : si l'on tenait compte de ce qu'ils s'apprêtaient à faire, elle pensait qu'ils étaient d'assez bonne humeur.

Yilane regarda le cadavre.

— Elle a le visage ravagé.

— La langue est coupée en fines couches, cela va poser problème, mais elle doit pouvoir prononcer des mots courts… Prêt ?

— Oui.

Cette fois Yilane ne s'écarta pas quand son professeur le prit par le menton.

— Tout ira bien, Yil, dit Anjali. Je vais commencer par les gestes. Après, je t'appellerai.

La danse devant le cadavre devait rester secrète. Tout ce qui touchait à la mort l'était, et ils le savaient tous les deux. Quand la porte se referma derrière Yilane, Anjali commença une danse lente à travers laquelle elle crut deviner que le visage de Tourmaline la regardait. A un moment donné, en tournant, elle projeta des gouttes de sueur vers le sol. Le caleçon en recueillait la majeure partie et les cristallisait, transformant ses jambes en moules de givre fragile. Ensuite, ces cristaux délicats feraient partie des Sels essentiels nécessaires au rite.

Elle dansa sans penser ni ressentir autre chose que son propre corps et la chaleur de la transpiration. Quand la couche cristallisée devint suffisamment opaque, elle s'arrêta et revint à la chambre grise, où elle commença à ôter le caleçon avec une extraordinaire délicatesse tout en détachant les cristaux avec la précision d'un orfèvre. Elle finit par baisser son caleçon jusqu'aux chevilles et laissa son corps trembler, fiévreux.

Elle escomptait que l'information fournie par Tourmaline serait utile. A l'instar de Darby et contrairement à Rowen, elle pensait que ses adversaires restaient actifs.

Et il y avait autre chose.

Ce qu'elle avait éprouvé en procédant au rite de translation sur la plage. Si elle n'était pas parvenue à s'introduire dans les esprits de Daniel et de Yilane, elle avait perçu quelque chose qui les concernait tous. Elle n'avait voulu en parler à personne, mais cette sensation n'était pas due à la simple présence d'une meurtrière professionnelle telle que Tourmaline. Il ne s'agissait pas non plus de l'avertissement que Svenkov était un traître. Ce qu'elle avait éprouvé à ce moment était beaucoup plus important et étrange. Le seul souvenir lui en donnait des frissons. Elle avait décidé d'interroger le cadavre à ce sujet.

Elle entendit des bruits dans la pièce adjacente. Elle pensa que Yilane était peut-être entré de son propre chef, mais elle comprit immédiatement que c'était absurde. Son disciple n'aurait pas osé la perturber dans l'intimité de son repos, au moment où elle se sentait le plus faible, où elle recueillait les cristaux. Cela pouvait-il être Rowen, qui n'avait pas cessé de la traquer depuis qu'il avait compris ce qu'ils voulaient faire ?

La porte s'ouvrit si brusquement qu'Anjali fit un bond, ses sens aguerris vibrant le long de son corps parfait. Mais elle se rassura immédiatement en voyant de qui il s'agissait.

— Qu'y a-t-il ? demanda-t-elle.

La personne qui était entrée ferma la porte sans répondre et s'approcha.

6

Presque quatre heures plus tard, ils se trouvaient tous réunis dans la salle. La surprise, la douleur et les pleurs avaient laissé la place à un silence déconcerté.

— Yil, s'il te plaît, tu pourrais nous raconter encore une fois ce que tu as fait ? demanda Darby.

Le jeune croyant leva la tête, révélant des joues humides et des yeux rougis. Daniel connaissait l'adoration de Yilane pour son professeur, et il pouvait comprendre son attitude, de même que celle de Rowen. En fait, seuls Maya et Darby semblaient conserver leur sérénité.

— Elle m'a ordonné de sortir afin d'exécuter certains gestes préalables au collectage de Sels essentiels d'après les rites du sorcier du Treizième… Je suis resté dehors une heure, peut-être plus, et, quand il m'a semblé qu'elle mettait trop longtemps à m'appeler, je suis entré… et je l'ai trouvée dans la petite pièce, par terre.

— Tu as vu quelqu'un d'autre près de l'entrepôt ?

— Non.

— Tu as remarqué quelque chose d'étrange sur elle ou sur un objet proche d'elle ?

— Rien. J'ai pensé qu'elle s'était évanouie... Les rites préparatoires du Treizième exigent beaucoup d'énergie... L'urne contenant la sueur cristallisée était renversée et le caleçon baissé sur ses chevilles... J'ai cru qu'elle avait perdu conscience. J'ai essayé de la réveiller...

— Où as-tu attendu quand elle t'a ordonné de sortir ?

— Je suis monté dans ma cabine. – Yilane fronça les sourcils. – Je ne comprends pas le sens de tes questions...

Sans répondre, Darby se tourna vers la jeune fille.

— Et toi, Maya ?

— J'étais seule dans ma cabine, je me reposais.

— Comme moi, intervint Daniel.

Darby acquiesça.

— Meldon Rowen et moi étions ensemble, ici, dans la salle principale. Nous avons entendu les cris de Yilane, et Meldon est descendu le premier... Vous, les autres, vous étiez seuls.

— Pourquoi n'expliques-tu pas vraiment ce que tu penses, Héctor ?

Rowen s'exprimait presque pour la première fois depuis qu'ils avaient découvert le cadavre d'Anjali, et il le fit très lentement, sur un ton menaçant. Il n'avait pas encore pleuré, et son visage était devenu un masque crispé qui contemplait fixement l'endroit où se trouvait l'Indienne : Daniel savait que c'étaient les signes caractéristiques d'une personne qui a eu une relation d'"amour" avec une autre.

On l'avait transportée dans la salle et placée sur un lit oblique. Le corps à la peau brune, même s'il donnait encore une certaine impression de vie, contrastait avec la blancheur du lit et les deux bandes bleues avec lesquelles il avait été attaché dessus. Son visage était recouvert d'une autre bande, mais ses cheveux formaient un oreiller noir autour. Faute d'urnes crématoires, ils allaient devoir attendre d'être rentrés afin de pouvoir lui dire au revoir selon le rite approprié. Mais, avant de la soumettre à l'oubli du cylindre de congélation, il leur semblait bon de la contempler une dernière fois.

Dans le silence qui s'ensuivit, la voix de Héctor Darby acquit une sonorité particulière. Il s'était levé et placé devant le cadavre, comme pour veiller sur lui. Plus loin, à la fenêtre, le vaisseau semblait passer au-dessus d'une fosse d'une grande profondeur. Daniel vit dans ce décor ténébreux un horrible symbole.

— Il y a un point que nous ne devons pas oublier : Anjali Sen s'apprêtait à interroger le cadavre de Tourmaline selon les règles du Treizième, afin de savoir qui en était le propriétaire… Il les regarda, un par un. – Et vous vous souvenez quand elle a procédé à la translation d'esprits sur la plage ? Elle a détecté quelque chose que nous ignorons encore…

— Tourmaline et Mitsuko, dit Rowen.

— Non, le contredit Darby. C'est ce que j'ai pensé tout d'abord, mais une déduction très simple m'a conduit à penser le contraire. Tourmaline et Mitsuko n'étaient tout simplement pas encore là quand Anjali a aperçu Daniel et Yilane. C'était Svenkov qui leur communiquait où nous nous trouvions tous. Quand Anjali les a détectés et que nous avons couru vers la crique, Svenkov a tardé à communiquer la nouvelle adresse à Tourmaline, et celle-ci a décidé de faire un détour et de nous tendre un piège dans la crique. Mais, à ce moment, ils n'étaient pas encore là, ni avec Daniel ni avec nous… Anja a perçu autre chose… Et cette "chose" peut avoir un lien avec ce que Brent a cru percevoir à Sentosa.

Darby leur avait fait un résumé de ce que Daniel connaissait déjà. Ils étaient tous suspendus aux lèvres de l'homme biologique.

— Ainsi, ils ont tous les deux perçu une présence proche de nous, et ils sont tous les deux morts d'une attaque. Trop de coïncidences, à mon avis.

Soudain, Rowen se tourna vers Yilane. Ses yeux verts lançaient des éclairs.

— C'est toi qui as trouvé les deux corps : celui de Brent et celui d'Anjali… Encore une coïncidence ?

— Cela fait-il de moi un coupable ?

La voix de Yilane eut un son désespéré.

Darby tenta de le calmer, mais Rowen était lancé.

— Maya, Daniel et toi étiez seuls dans la zone des cabines ! S'il y a un ennemi dans notre groupe, c'est peut-être n'importe lequel de vous trois !

— N'importe lequel de nous *cinq*, corrigea Maya. N'oublie pas qu'il peut y avoir deux ennemis au lieu d'un.

— Quoi ?

— La Vérité est un mercenaire engagé par le Maître. Le fait que ce soit l'un de nous n'empêche pas que le Maître soit là aussi.

Ces paroles les firent s'entreregarder tous. Daniel ne croyait pas impossible qu'une telle chose fût vraie. S'il y avait un traître, pourquoi pas deux ? Plusieurs voix s'élevèrent en même temps, mais le ton impérieux de Rowen sembla remettre les choses en place.

— Tu crois peut-être que celui qui a engagé la Vérité allait risquer sa vie pour arriver jusqu'ici ?

— Oui, dit soudain Darby. *N'importe qui* aurait risqué davantage que sa propre vie pour arriver jusqu'ici…

Tout le monde le regarda. L'homme biologique, pâle, contemplait à travers la vitre le lieu incroyable dont ils approchaient.

7

La montagne, dressée au fond de la fosse et révélée par les projecteurs, avait l'air d'une formation trop régulière pour être naturelle. Daniel remarqua au sommet une base plate avec une légère dépression au centre.

La peur et la tension se reflétaient sur les visages. La jeune fille était la seule à ne pas s'être approchée de la vitre et à rester silencieuse, debout au même endroit, les yeux clos.

— La Cité de Dieu… dit Darby comme pour lui-même. A l'endroit précis où le prophétisait la Bible…

Il se dirigea vers les écrans afin d'observer les contrôles.

— Nous sommes arrivés, murmura-t-il.

Au fur et à mesure qu'ils approchaient, Daniel trouva le vaisseau tout petit en comparaison avec cette masse. L'appareil amorça une série d'évolutions précises qui le placèrent au sommet. Puis on entendit un vrombissement et les images de tous les écrans de la salle se mirent à clignoter en même temps que la sensation de descente devenait manifeste. Avec un frémissement final qui éveilla des échos dans la structure, le mouvement s'interrompit. Les schémas tridimensionnels des écrans ne laissaient aucun doute.

— Il s'est posé automatiquement au sommet, dit Darby.

Pendant un instant, personne ne bougea. Dans cet intervalle, on entendit des sifflements lointains, comme le son d'une lame de couteau sur une surface métallique. Puis vint le silence.

Rowen désigna les écrans :

— Le cylindre du bas. Il s'est ouvert.

Par la vitre du vaisseau ne filtrait maintenant que l'obscurité : les projecteurs extérieurs s'étaient éteints. *Fin du trajet*, pensa Daniel. Il lui sembla avoir fait un long voyage, le plus long et important de sa vie, depuis le Grand Train jusqu'à ce lieu.

Alors Darby se tourna vers eux.

— Je crois que les circonstances nous obligent à nous unir à nouveau. Nous résoudrons plus tard la question de la mort douloureuse d'Anja. Pour l'instant, la collaboration s'impose. Nous allons devoir être armés. Je propose d'adopter la précaution élémentaire de ne pas nous séparer…

Ils se répartirent les armes qu'ils avaient pu trouver après que Tourmaline les eut obligés à les jeter à l'eau, et ils descendirent par l'escalier jusqu'au cylindre du bas. Rowen fut le premier à traverser l'écoutille. Il fut suivi, dans cet ordre, par Darby, Maya, Daniel et Yilane. En sortant du cylindre, ils se trouvèrent sur une plate-forme à la surface rouillée avec une rampe qui descendait en disparaissant dans l'obscurité. La plate-forme, éclairée par de faibles lumières jaunes, semblait vide. Une odeur rance envahissait tout, mais l'air était respirable.

— La structure est conçue pour supporter une forte pression, comme la Zone Enfouie, commenta Darby pendant qu'ils descendaient par la rampe.

Sa largeur permettait à chacun d'avancer avec les autres sans les gêner.

— En fait, on doit se trouver à plus de mille mètres sous terre.

Ils marchaient plongés dans leurs terreurs intimes. Même la jeune fille semblait stupéfaite, comme si elle percevait la grandeur de ce qui l'entourait. Seul le silence n'était pas vaste : il était restreint par de lointains grincements auxquels il était difficile de s'habituer.

— Ce n'est pas une montagne… Nous sommes à l'intérieur… Elle est creuse, commenta Rowen après avoir fait un tour complet de la rampe et s'être placé sous la plate-forme.

La rampe donnait sur une autre plate-forme. En y arrivant, ils s'arrêtèrent.

Les murs de cette nouvelle enceinte étaient arrondis et d'un bleu cobalt uniforme, mais ils étaient couverts de flambées d'oxyde et d'ombres. Dans le spacieux cercle central, il y avait des tables supportant des écrans de *scriptoria* et des sièges pliants. Près des murs, on distinguait des cavités nichées dans la pierre sombre.

— Les *scriptoria* et les meubles sont presque neufs, indiqua Rowen.

— Ils appartenaient sans doute à l'équipe de Kushiro, dit Darby.

Yilane s'était avancé et il s'agenouilla alors devant le mur.

— Les points de connexion ont été obtenus par croyance. Ils ont relié les *scriptoria* à des machines d'une ancienneté inconcevable…

— Des machines primitives, déclara Darby. Comme le navire qui nous a amenés. L'équipe de Kushiro est parvenue à les restaurer en partie et à se connecter à elles. Ils ont peut-être extrait des données. – Il regarda Yilane. – Je me demande… Je me demande si tu pourrais m'aider, Yil…

Le jeune croyant, qui restait perplexe, leva la tête vers Darby.

— Je crois que tu connais aussi bien que Brent la technologie des *scriptoria*… On dirait des modèles assez simples. Tu pourrais retrouver l'information qu'ils contiennent ?

Yilane les regarda tous, comme s'il cherchait une approbation générale.

— Je pourrais essayer, dit-il.

Il occupa un siège face à un écran et posa la main à la surface. Immédiatement, des ramifications tridimensionnelles commencèrent à apparaître autour de sa tête, tels des insectes fantomatiques.

— Ça marche… Je crois que je peux le faire.

Darby se pencha sur son épaule. Très vite, il fut clair que le processus de déchiffrage allait durer des heures, voire des jours, mais l'homme biologique semblait très enthousiaste.

— Je crois que je vais faire un arrêt ici, dit-il en se tournant vers les autres. J'ai besoin d'étudier cela avec Yil, d'essayer de faire un résumé… Je suis sûr que les codes que nous sommes venus chercher se trouvent ici… Meldon, vous pouvez continuer à explorer le reste de… cette chose.

— On ne doit pas se séparer, Héctor, objecta Rowen. Tu l'as dit toi-même.

— Je sais, mais cette découverte a changé les perspectives. Si on ne se répartit pas les tâches, on n'arrivera peut-être à rien. On a les émetteurs d'Anja, le tien, celui de Tourmaline et celui de Svenkov. On va les essayer pour savoir s'ils fonctionnent et on sera en communication directe en permanence.

Rowen semblait hésiter, mais Darby était inflexible.

— Meldon, c'est la raison primordiale de notre recherche. J'ai accepté de nombreux risques avant d'arriver ici et personne ne m'empêchera d'en accepter un de plus…

Ils ouvrirent les émetteurs et les testèrent. Quand ils se furent assurés qu'ils fonctionnaient, Darby les renvoya d'un geste sec, et il retrouva Yilane devant les écrans pendant que Daniel, Rowen et Maya Müller restaient sur la rampe.

La descente fut laborieuse. Le diamètre des niveaux suivants augmentait et, en conséquence, la portion de rampe qu'ils se trouvaient contraints à parcourir était de plus en plus longue. Mais ils furent surpris de constater que, contrairement à leurs attentes, les nouveaux niveaux ne semblaient pas plus vastes.

— Ce n'est pas une pyramide, dit Rowen après avoir inspecté le cinquième niveau. Elle adopte cette forme à cause des détritus accumulés pendant des éons... Il peut s'agir d'un cylindre pourvu d'une zone supérieure conique.

Ils descendirent deux autres niveaux avant de faire une halte. Les nouveaux lieux étaient loin de ressembler à la première salle : ce n'était partout que ruines, pénombre, gigantesques espaces vides et silhouettes de ce qui avait pu être des machines.

Au niveau où ils s'arrêtèrent, les rares rais de lumière révélaient quelques objets en bon état dispersés sur la plate-forme, comme des couvertures ou des matelas. Rowen pensait qu'ils avaient été utilisés par l'équipe de Kushiro. L'air était frais et humide, voire légèrement froid, et une couche de vapeur recouvrait le souffle des trois explorateurs, mais leur conception les protégeait de l'inconfort. Rowen vérifia une fois de plus la situation de Darby dans l'émetteur, puis il s'engagea dans cette salle suivi de Daniel et Maya.

— C'est une ville, dit-il. Elle était peut-être sous la mer, ou peut-être a-t-elle été submergée à l'époque des cataclysmes... Il nous faudrait une deuxième vie pour parcourir ça...

— La mienne me suffit, répliqua la jeune fille en se calant contre un matelas.

Même si Maya n'avait pas l'habitude de se plaindre, Daniel savait qu'elle n'était pas très en forme. Son genou abîmé la faisait boiter et lui causait des douleurs fulgurantes.

Rowen lança le souffle qu'il retenait :

— Si au moins on savait où chercher... Quoi que soit la *Clé*, si elle est cachée dans ces ruines, on ne la trouvera jamais. Qu'en penses-tu, Daniel ?

Celui-ci cligna des yeux, comme s'il sortait d'un rêve.

— Je me demandais la raison d'être de ces si grands salons… Qu'y avait-il ici ? Pourquoi ont-ils été construits et par qui ? Qu'y faisait-on ?

L'espace d'un instant, tous semblèrent chercher des réponses dans les vastes ombres qui les entouraient. Ils se trouvaient dans un infime carré de lumière, avec des échos de grincements lointains griffant l'air, qui rappelaient à Daniel les cris des mouettes dans les cavernes.

— Si c'est la Cité où Dieu rêve, toutes tes questions ont une seule réponse… dit enfin Rowen.

Ils décidèrent de remettre à plus tard la suite de l'exploration des niveaux inférieurs et ils regagnèrent l'étage aux murs bleus. Darby et Yilane semblaient être restés immobiles dans la position où Daniel se rappelait les avoir vus pour la dernière fois. L'éclat des écrans tatouait leurs visages.

— Nous avons plus ou moins trouvé la même chose que vous, dit Darby quand Rowen lui eut fait un résumé de l'exploration : de nombreux vestiges de données, pour la plupart inutiles, des ruines de connaissances désordonnées… Il souffla. – Nous en avons pour des jours.

— Katsura Kushiro est mort sans avoir fini, répliqua Rowen. Ne compte pas t'en tirer en quelques heures. Et puis, la seule chose qui nous intéresse est la *Clé*, Héctor. S'il y a une piste pour la trouver…

— Nous l'avons trouvée, Meldon.

— Quoi ?

— La *Clé*. Nous savons où elle est.

Darby toucha Yilane à l'épaule et lui donna une indication. Les mains du croyant bougèrent devant l'écran et les données qui le recouvraient disparurent, remplacées par le schéma, flou mais identifiable, d'un objet cylindrique divisé en lignes et en niveaux avec une zone supérieure conique. Il était facile de reconnaître le diagramme de l'intérieur de cette "montagne" creuse. Mais tous les regards convergeaient vers les mots sur fond bleu, écrits en langage universel, au-dessous de l'image :

La Clé de l'Abîme

— C'est tout ce qu'on sait, dit Darby. Ce lieu est la *Clé de l'Abîme.*

8

L'exploration des niveaux inférieurs devint plus ardue, car ils étaient en moins bon état. L'obscurité les obligea à avancer avec précaution et à utiliser des lampes accrochées sur la poitrine et, même si le froid grandissant n'affectait pas les corps de conception si nus soient-ils, il commençait à devenir gênant. A ces niveaux, de surcroît, le bruit de la machinerie dans certaines zones dépassait le seuil du supportable.

Traversant différentes pièces, plongées dans l'éternité de la rouille ou de la destruction, ils parvinrent à identifier des conteneurs à basse température, de longues files d'étagères destinées à des tubes à essai, des vitrines transformées en glace cassante et un important matériel de vieux laboratoire.

— Qu'est-ce que tout ça ? demanda Maya.

— Ça me rappelle la tanière du vieux sorcier du Treizième… expliqua Rowen. Ici, on fabriquait des êtres humains, j'en suis sûr… Je connais bien les équipes de mes entreprises de génétique. Les instruments présentent une certaine similitude avec ceux que l'on utilise dans les centres modernes, même s'ils révèlent une très lointaine vétusté…

Au niveau inférieur, les toits étaient hérissés de vieux tuyaux, dont l'un laissait échapper un jet d'eau sous pression. Les lampes révélèrent un couloir latéral au sol inondé. L'un des murs du fond présentait plusieurs vannes pourvues d'une fermeture automatique et, face à elles, sur une étagère, une collection de niches alignées, ainsi qu'une demi-douzaine de lits funéraires appuyés contre le mur. Leurs courroies ne retenaient que des os.

— Les niches présentent des symboles en ancien japonais, annonça Maya, palpant la surface de l'une d'elles.

— Les lits aussi.

Rowen se tourna pour examiner les vannes.

— Ce sont de vieux crématoriums… La majeure partie des corps ont été incinérés, mais les derniers sont restés sur les lits…

La jeune fille se tourna vers le son de la voix de Rowen.

— C'étaient les hommes de Kushiro, affirma-t-elle.

— Qu'est-ce qui a pu leur arriver ? demanda Daniel.

— Ce qu'ils ont trouvé en ce lieu a mis un terme à leurs existences, dit Rowen.

Un frémissement parcourut Daniel Kean pendant que sa lampe éclairait comme un soleil qui s'évanouit la surface des os et des poussiéreuses caisses métalliques.

— Nous savons au moins que les incinérateurs fonctionnent, dit la jeune fille.

Ils rebroussèrent chemin et poursuivirent la descente. La surface de la rampe était envahie d'eau glacée et le vrombissement des moteurs empêchait de parler autrement que par cris. Des jets continuels dispersaient dans l'air des nuages de vapeur. Quand le niveau de l'eau leur parvint jusqu'aux genoux, Rowen proposa de reculer, mais la jeune fille avança encore un peu. Ils la virent boiter au coin de la rampe avant de se perdre dans l'obscurité. Un instant plus tard, elle revint et s'arrêta devant eux, le genou blessé légèrement fléchi, gouttant des pieds à la tête sous le léger filet noir qu'elle portait.

— Il n'y a pas moyen de continuer à descendre. Les vannes d'accès aux étages inférieurs sont scellées et ont fondu… Il y a peut-être eu une inondation, et un contrôle automatique les a fermées…

— Des dispositifs anciens mais ingénieux, convint Rowen.

Maya Müller acquiesça.

— Ils sont conçus pour se rétroalimenter sans contrôle humain, c'est peut-être pour cela qu'ils ont résisté aussi longtemps.

— Reste à vérifier dans quel dessein ils ont été construits, dit Daniel. Et par qui.

La pluie qui tombait en permanence des tuyaux troua le silence. Soudain, Rowen secoua la tête. Daniel était intrigué par l'attitude réservée de l'entrepreneur depuis la mort d'Anjali : on aurait dit qu'il forgeait des pensées trop complexes pour être exprimées. A ce moment, cependant, il sembla décidé à les partager.

— On devrait partir, murmura-t-il. Je veux dire, regagner le navire, la civilisation. Tout oublier… Il n'est pas bon d'approfondir ces connaissances…

— Je ne peux pas croire que ce soit toi qui dises ça. – Daniel sourit. – Tu me semblais curieux de savoir ce que cela signifiait…

La voix de Rowen créa des échos entre les murs sombres en l'interrompant :

— Il faut se méfier de la curiosité ! Dans le Treizième, après la destruction du sorcier des temps anciens, personne ne veut plus faire de recherches sur sa vie… Le texte affirme, symboliquement, qu'ils ne souhaitent pas “peindre une image définitive” de la façon dont il a péri… Et il ajoute, dans la langue appelée latin : *Tace ut potes* qui peut se traduire par : “Tais tout ce que tu peux…”

Daniel le regardait, incrédule.

— Tu proposes d'abandonner la *Clé* sans tenter de la connaître ?

— Nous la connaissons déjà !

Rowen déplaçait le regard, inquiet, d'un côté à l'autre. Daniel ne l'avait jamais vu aussi exalté.

— C'est la Maison de Dieu, le Lieu Ultime… On ne peut pas aller plus loin ! J'ai financé ce voyage parce que je voulais obtenir la *Clé*, et je l'ai obtenue ! Je suis dedans ! Maintenant, que nous reste-t-il ? Nous ne devons pas compter tout comprendre… C'était ce que disait Anja… Le Mystère Sacré de la Divinité ne peut pas être percé… Tu parles de "curiosité" ? Quelles conséquences cette curiosité a-t-elle entraînées pour Kushiro et ses hommes ? Et pour Anjali… ?

Ni Maya ni Daniel ne voulurent interrompre le silence entrecoupé de sanglots dans lequel Rowen plongea. Daniel savait que les notions d'"amour" et de souvenir poussaient Rowen à prononcer ces mots, mais il se demanda si, d'une certaine façon, l'entrepreneur pouvait avoir raison. Devaient-ils abandonner, comme Kushiro ? En laisser d'autres finir le travail ? Et pourquoi ? Quel danger y avait-il à en savoir plus ? *Croire, c'est savoir, et savoir fait peur.*

Alors qu'il restait songeur, l'émetteur sonna.

— Je crois que vous devriez rentrer, dit la voix de Darby, très tendue. On a appris quelque chose.

9

A l'instant où Darby s'apprêtait à parler, les lumières s'éteignirent dans un bruit de machinerie fatiguée. La confusion régna pendant que les mains flottaient vers les lampes, mais les générateurs se ranimèrent soudain et la salle s'éclaira à nouveau.

— C'est une défaillance du système d'énergie, expliqua Darby. D'après ce que nous avons vu sur les diagrammes, la *Clé* est approvisionnée par quatre grands générateurs qui se servent de l'eau de mer pour se recharger sans fin, mais le très long temps écoulé a provoqué des perturbations… Les mécanismes sont tombés en panne et se sont réparés eux-mêmes plusieurs fois. Deux d'entre eux ont fini par s'arrêter définitivement, même si Kushiro et son équipe ont remplacé les pièces lorsque c'était possible. Le système de ventilation est autonome lui aussi : il recycle l'eau pour en faire de l'air respirable et il en extrait les résidus, utilisant le surplus d'énergie du processus pour maintenir la température et diminuer l'humidité… En théorie, la *Clé* a été conçue pour durer très longtemps…

— Qui l'a conçue ? demanda Rowen, anxieux.

— Nous, dit Darby. Les êtres humains. Ce fut un travail aux exigences techniques énormes, qui demanda plusieurs années. Même si la construction de la Zone Enfouie du Japon est objectivement beaucoup plus complexe, la *Clé* a le mérite d'avoir été pionnière… Effectivement, comme nous avions déjà construit la *Clé*, nous pûmes affronter une chose aussi colossale que ce qui s'est passé au Japon…

— Mais il n'existe pas d'enregistrements historiques de sa construction… Elle s'est faite en secret ?

— Les enregistrements ont disparu à l'époque des cataclysmes, Meldon.

— Tu veux dire…

— La *Clé* est antérieure à la Couleur.

— Avant la Couleur, il n'existait pas d'êtres humains capables de ce genre de réalisation !

— Si, une civilisation étonnante, répliqua Darby avec calme. Ils ont précisément construit la *Clé* afin de protéger cette civilisation…

— Ils anticipèrent la chute de la Couleur, intervint Yilane, appuyé contre le mur bleu, l'air sérieux, et la destruction consécutive de toute la vie terrestre, et ils décidèrent de préserver diverses espèces végétales et animales, y compris l'espèce humaine.

Darby acquiesça et désigna les écrans.

— C'est pour cela qu'ils ont construit la *Clé de l'Abîme*. Leurs calculs affirmaient que toute chose vivante située au niveau de la mer périrait irrémédiablement. Même les créatures des eaux sommaires seraient détruites. Les seuls survivants seraient ceux qui se trouveraient à une grande profondeur. – Il s'arrêta et secoua la tête. – Ce dut être une époque épouvantable. Je les imagine, sachant l'humanité condamnée, comme l'affirment certains textes anciens qu'ils considéraient eux-mêmes comme sacrés… Et même s'ils ne pouvaient rien faire pour éviter la catastrophe, ils l'anticipèrent à temps et décidèrent de tenter de préserver la vie sur Terre. Ce fut pour cette raison qu'ils conçurent la *Clé*. Ils y hébergèrent des millions de cellules humaines et de nombreuses variétés d'animaux et de plantes. L'habitat devait posséder certaines caractéristiques : la taille appropriée, l'indépendance de tout contrôle volontaire ou de combustible périssable… L'idée géniale consista à utiliser l'eau de mer, qui avait déjà été à l'origine de la vie au début des temps. Ils inventèrent des machines capables d'en extraire de l'énergie, de l'air, de l'eau potable et même des aliments sous forme de produits de base. Les constructeurs savaient que ceux qui vivraient dans la *Clé* ne pourraient pas remonter à la surface avant de longues années… Des siècles, peut-être.

— Pourquoi ? demanda Rowen.

— A cause des altérations que la Couleur allait provoquer. Ils avaient constaté qu'il s'agissait d'un ensemble compact d'atomes d'une espèce différente de celle qui constitue la matière normale. Ils l'appelaient "matière étrangère". Dans le choc avec la Terre, cette matière se diffuserait dans l'atmosphère sous forme de radiations. On ne connaissait pas les effets à long terme, mais les effets immédiats étaient faciles à déduire : si un organisme vivant sortait de la *Clé*, même des années après la catastrophe, il ne survivrait pas. Les êtres vivants devraient résider dans cet environnement pendant plusieurs générations avant que la planète ne redevienne habitable. Et c'est ce qu'ils firent. Nous ignorons le moment précis où les premiers humains parvinrent enfin à quitter la *Clé* et à coloniser la surface, car leur chronologie est un peu particulière, mais nous croyons qu'ils purent émerger environ deux cents ans après la chute de la Couleur, au bout de six générations. Ce fut une époque particulièrement importante et nous possédons de nombreux documents. La *Clé* disposait de plusieurs vaisseaux similaires à celui que Kushiro et ses hommes ont réparé, dont la route était tracée automatiquement. Nos ancêtres les utilisèrent pour se rendre en différents points, l'un d'eux vers ces cavernes dans le Sud d'Otago… La légende fit ensuite que les descendants édifièrent un sanctuaire honorant "le Masque et les Mains"… Vous comprenez ? – Darby sourit. – Peut-être les premiers hommes qui remontèrent à la surface ne firent-ils pas confiance aux analyses des *scriptoria* et portèrent-ils pendant un certain temps des masques et des costumes spéciaux, et cela resta gravé dans la mémoire collective des tribus…

— Incroyable, reconnut Rowen.

— Oui, c'est le mot.

Il y eut un étrange silence.

— Je suppose que ces découvertes indiquent que l'humanité contemporaine vient d'ici… ajouta Rowen en regardant fixement Darby.

Darby acquiesça, comme si cette évidence lui semblait triste.

— Nous sommes les héritiers des survivants créés dans ces laboratoires. C'est sans doute la raison pour laquelle notre maîtrise actuelle de la génétique est parfaite… La technologie de la conception génétique, qui ne renferme aucun mystère pour nous, fut un véritable défi scientifique à l'époque de nos ancêtres. Les survivants devaient recréer la vie à partir des cellules conservées dans les laboratoires, et tout le processus devait être supervisé par les premières générations, qui mouraient à leur tour et étaient remplacées par les plus jeunes… Imaginez ce monde clos et programmé, uniquement destiné à la préservation des espèces !

Il se tourna vers Yilane et lui demanda de chercher quelque chose sur les écrans. Yilane obéit avec une étrange réticence. Pendant ce temps, Darby poursuivait.

— Tout d'abord, la conception génétique des êtres a dû changer… Enfermée dans la *Clé*, privée de la lumière du soleil, la vie n'avait aucune chance. Il fallut créer un autre genre d'êtres génétiquement plus résistants aux conditions extrêmes… Peut-être les premières générations moururent-elles très rapidement et seules les suivantes parvinrent-elles à subsister, modifiant à leur tour la création des nouvelles… En même temps, ajouta-t-il en désignant l'écran, nous avons trouvé des preuves que la nécessité de repeupler la planète les obligea à pratiquer une incision sur le sexe des nouveau-nés, qui furent pour la plupart des femmes… Il semble que la vie des espèces les plus développées surgissait, en des époques lointaines, des cavités internes des femelles…

— Je pensais qu'il s'agissait d'une légende…

Daniel se rappela sa conversation avec Ina.

— Cela a suscité de nombreux débats, acquiesça Darby. Le pauvre Brent ne l'a jamais cru, par exemple. La vie, autrefois, venait de la vie, et l'intention de nos ancêtres était que cela recommence. Avec le temps, cependant, ce dessein échoua. Simplement, il se révéla inutile : les machines génétiques, en un seul jour, pouvaient produire des centaines de milliers de créatures en bon état… Cependant, n'est-il pas surprenant que les modèles génétiques des corps des hommes aient fini par ressembler à ceux des femmes ? Il existait sans doute l'idée implicite qu'elles étaient beaucoup plus importantes et dignes d'être imitées… Au fil des décennies, la structure des deux sexes, excepté pour les organes reproducteurs, s'unifia… Mais les hommes d'autrefois étaient tous biologiques… ajouta-t-il, avec une pointe d'orgueil.

Sur un signe de lui, Yilane manipula le *scriptorium*. Sur l'écran commencèrent à défiler des images rudimentaires en deux dimensions. Rowen et Daniel s'approchèrent pour les observer.

— Dites-moi ce que vous voyez, s'il vous plaît… murmura la jeune fille.

— Ce sont… On dirait des visages d'hommes biologiques… dit Daniel.

Il y avait cependant sur ces visages une chose que Daniel ne pouvait décrire, mais qui les différenciait complètement d'êtres tels que Darby. C'était peut-être l'absence absolue d'*intention*. Il s'agissait d'une galerie aux formes hasardeuses, sans direction ni plan préalable ; une collection hétéroclite de nez volumineux ou fins, petites ou grandes oreilles, mâchoires proéminentes ou bajoues notoires, visages barbus ou imberbes, bouffis ou anguleux. Et il n'y avait pas que des hommes, même si les visages des femmes étaient également différents de ceux de personnes telles que Shane Davenport.

— Ce sont nos ancêtres, affirma Darby. Les hommes et les femmes d'il y a des milliers, peut-être des millions d'années, l'équipe qui a construit la *Clé de l'Abîme*.

Après être resté très attentif au défilé de visages sur les écrans, Rowen secoua la tête dans un geste d'étonnement.

— C'est extraordinaire, dit-il, mais nous disposions déjà d'histoires bibliques qui affirment que nous venons des Anciens, des êtres qui vivaient sous l'eau et qui, expulsés par Dieu, nous avaient semés sur Terre… C'est certainement de ça qu'elles voulaient parler ! Ce qui prouve une fois de plus que Notre Livre a su décrire…

— Meldon, l'interrompit doucement Darby. Yil et moi avons également trouvé de curieuses archives sur la Bible. Tout indique qu'elle a été écrite *avant* la chute de la Couleur… Bien avant, même, la construction de la *Clé*.

— Quoi ?

— C'est le plus déconcertant pour nous. – L'homme biologique ouvrit les mains. – Je vais vous expliquer comme je conçois les choses, ensuite Yil vous donnera son avis.

Après une pause, comme s'il avait choisi ses mots, Darby poursuivit :

— Vous savez, les êtres humains avaient découvert une façon de survivre à la catastrophe, mais uniquement du point de vue *organique*… Que se passait-il avec le reste de leurs vies ? Nous ne sommes pas des animaux ou des plantes : notre survie a également beaucoup à voir avec notre culture… Il existait des connaissances qui avaient besoin d'être préservées pour que la civilisation continue. Et qu'ont-ils fait ? Tu pourras peut-être mieux l'expliquer, Yilane…

Le croyant quitta le *scriptorium* et se dirigea vers le mur bleu. De là, il se tourna vers eux tous afin de parler. Sa silhouette harmonieuse présentait un violent contraste avec les images des visages sur l'écran.

— Ceux qui ont conçu la *Clé* ont construit un *scriptorium* sommaire mais immense, pour héberger toutes les données que les êtres humains du futur auraient besoin de connaître, expliqua-t-il. Ils l'ont appelé Le Père. Sa bibliothèque contenait l'information nécessaire pour lancer la civilisation au point où elle s'était interrompue. – Il fit un geste. – Il était là, dans la coupole… Ces machines faisaient partie de lui.

— Et puis ? fit Rowen.

Yilane regarda Darby, qui reprit la parole.

— Nous ne sommes pas encore sûrs de ce qui est arrivé, mais tout indique que, avant que les êtres humains n'habitent dans la *Clé*, la Bible n'était pas celle que nous connaissons… Il y en avait une autre. Ils lui donnaient le même nom, "Bible", mais elle était très différente. Nous avons probablement hérité du même nom pour Notre Livre…

— Différente ? Fausse, tu veux dire, l'interrompit Rowen.

— C'est possible, mais nos ancêtres la considéraient comme très importante. En fait, le nom de la *Clé de l'Abîme* provient d'un chapitre… qui, à propos, parle également d'une étoile qui tombe du ciel et de la fin du monde… C'est peut-être la raison pour laquelle ils ont appelé ainsi le lieu qui préserverait l'être humain de l'extinction totale…

Soudain, la plate-forme fut comme occupée par des statues : personne n'effectuait le moindre mouvement, et ne semblait même respirer.

— Et comment notre Bible est-elle apparue par la suite ? demanda finalement Maya Müller.

— C'est justement un sujet de discussion entre Yilane et moi, dit Darby. A mon avis, son origine a été la suivante. Au fil des générations, la nécessité d'une croyance unifiée qui expliquerait ce qui se passait devint de plus en plus pressante pour les êtres de la *Clé*. Le texte de l'ancienne Bible ne leur disait rien, je suppose. Ils avaient besoin d'autre chose, d'une chose qui explique d'un point de vue métaphysique le fait qu'ils ne pouvaient pas voir de montagnes, de fleuves ou de nuages, mais une nuit éternelle habitée par d'étranges créatures sous-marines... Ils avaient besoin d'une autre croyance, et ils firent la seule chose qu'ils pouvaient faire, comme nous à leur place : ils eurent recours au Père. C'est Le Père qui leur a remis Notre Livre.

Le visage de Rowen se crispa.

— Tu veux dire que la Bible a été inventée par un *scriptorium* ?

— Non, non, non. – Darby montra les paumes de ses mains. – Je veux dire qu'il l'a cherchée et l'a offerte aux nouveaux hommes. Elle avait été écrite bien avant. Nous n'en connaissons pas le ou les auteurs, puisque toute trace de nom a été effacée... Ce furent probablement les habitants de la *Clé* eux-mêmes qui supprimèrent ces données, ainsi que beaucoup d'autres qui ne signifiaient rien pour eux, et ils ne conservèrent que ce qui semblait s'inscrire dans le monde où ils vivaient.

— Et pourquoi le *scriptorium* leur a-t-il remis Notre Livre ? demanda Maya.

Darby souligna la question d'un geste affirmatif.

— C'est le point fondamental. Pourquoi ces quatorze textes précisément, quand les habitants de la *Clé* lui demandèrent de comprendre ce qui arrivait ? Yilane dit qu'il choisit les textes sacrés que ses constructeurs avaient stockés en lui... mais je ne le crois pas. Si c'était le cas, pourquoi a-t-il mis si longtemps à les livrer ? Tant de générations se sont succédé !

Le sourire séduisant de Rowen se déploya lentement. Sa voix, cependant, eut un son rauque.

— Je suis sûr que tu as déjà élaboré une théorie, Héctor.

— Eh bien, je…

Darby leur tourna le dos. Il commença une série d'allées et venues inquiètes.

— Pensez que, en fin de compte, Le Père n'était qu'une machine… Il cherchait des données. Les nouveaux êtres humains, voulant en savoir un peu plus sur leurs vies que la simple histoire scientifique, lui demandèrent tout ce qui avait un rapport avec les événements. Et de quelle façon le ferions-nous aujourd'hui ? Avec d'autres données : dates, coordonnées, description objective d'événements… C'est ce que firent les habitants de la *Clé* : ils fournirent les données qu'ils connaissaient, et le *scriptorium* chercha et leur offrit… quoi ? Davantage de données, qui concordaient avec celles qui avaient été fournies ! – L'homme biologique leva les mains. – Il ne pouvait rien faire d'autre, c'était une machine !

— Et de quelles données s'agissait-il ? demanda Rowen.

— Certaines étaient très générales : un monde d'obscurité habité par des créatures monstrueuses, des dieux enfouis… Mais d'autres étaient plus spécifiques, et elles ont été enregistrées : la chute d'une météorite et les coordonnées de la *Clé*. – Il les regarda, un à un. – Voici le point crucial. D'une certaine façon, les coordonnées du lieu où nous nous trouvons, le lieu où sont nés les nouveaux êtres humains, coïncidaient *exactement* avec celles qui sont mentionnées dans le texte du Quatrième Chapitre, où l'on parle de la Cité Submergée de Dieu…

— C'est étonnant ! s'exclama Rowen. Notre Livre l'a prophétisé !

Mais Darby l'interrompit en s'approchant de lui jusqu'à se trouver à quelques centimètres de son visage.

— "Prophétisé ?" – Il le regarda fixement. – Oui, peut-être. C'est ce que pense Yilane… Mais ne pourrait-il pas y avoir une explication plus simple ?

— Laquelle ?

— Réfléchissez : ils ont introduit les coordonnées du lieu où ils vivaient, et le *scriptorium* leur a remis un texte où figuraient les mêmes coordonnées… Darby ouvrit les bras. – Et s'il s'agissait juste d'une… coïncidence ? Et si le *scriptorium* leur avait offert les textes juste pour cette donnée, et que les nouveaux hommes avaient considéré *tout l'ensemble* comme sacré ?

10

Le silence était compact. Ce fut Yilane qui le brisa.

— C'est ce que Héctor appelle "une théorie", dit-il en souriant, et Daniel fut surpris par le ton moqueur, si peu habituel chez lui, qui vibrait dans sa voix.

— Absurde, résuma Rowen.

Il y eut une autre coupure d'énergie soudaine, mais, cette fois-ci, cela ne parvint pas à faire taire le débat passionné. Dans l'obscurité, plusieurs voix s'élevèrent, celle de Rowen s'imposa.

— La Bible de l'Amour et de l'Art ne consiste pas qu'en des données… ! La Bible *est* la réalité, Héctor ! Elle parle de la Couleur qui est tombée sur la Terre, des pouvoirs cachés dans la mer et dans la montagne, des hybrides…

— Dans Notre Livre, il n'y a pas un seul fait qui ait pu être vraiment prouvé, Meldon ! arguait Darby.

La lumière revint après cette déclaration, révélant un groupe de visages anxieux. Celui de Darby brillait de sueur. Ses yeux flamboyaient.

— Où sont ces hybrides ? Des tribus entières croient en eux et se déguisent comme eux, mais seuls les fous affirment les avoir vus ! C'est pareil pour "Dieu" et sa "Cité Submergée" ! – Darby donna une tape sur la table du *scriptorium*. – Maudits soyez-vous, corps de conception ! Réfléchissez ! Si nous lisons Notre Livre avec objectivité, nous ne trouverons aucune autre donnée réelle que ces maudites coordonnées ! Par exemple, la Bible affirme que la météorite était de petite taille et qu'elle est tombée dans l'arrière-cour d'une grange… !

— Dans une zone de l'Ouest, aujourd'hui disparue, appelée Nouvelle-Angleterre, corrigea Rowen. Le terme de "grange" est métaphor…

— Faux ! interrompit Darby, et il se tourna vers l'écran, mais il abandonna après une tentative nerveuse. Yilane, s'il te plaît, montre-nous la carte du continent disparu…

Avec un soupir, le croyant se pencha sur le *scriptorium*. Un instant plus tard, la carte du monde apparaissait modifiée à l'ouest par la présence d'une énorme masse de terre étroite en son centre, les pôles Nord et Sud élargis.

— La météorite est tombée ici, Rowen !

Darby posa l'index sur la zone nord pendant que tous, excepté la jeune fille, s'approchaient pour regarder.

— Avant, il y avait ici un continent tout entier, bien plus grand que l'Europe. La Nouvelle-Angleterre n'en constituait qu'une partie. Aujourd'hui il ne reste qu'un énorme cratère et plusieurs îles dispersées dans le Sud : c'est ce que nous appelons "l'Ouest". Et la météorite mesurait plusieurs kilomètres de diamètre !

Rowen agita la tête, sans être convaincu.

— Presque tous les noms de la Bible ont été effacés des versions modernes, Héctor, ça, nous le savons ! On sait depuis longtemps que ces noms sont purement symboliques… De la même façon, les histoires sont des paraboles. Elles expliquent la réalité la plus profonde, toutefois ce ne sont pas des histoires réelles mais de simples symboles… L'Auteur ne voulait pas nous dire que la météorite était tombée sur une maudite ferme ! Je ne sais pas ce que tu veux prouver avec…

— Je veux prouver, Meldon, que certaines choses avaient une signification très différente à l'époque où Notre Livre a été rédigé ! La langue que nous utilisons aujourd'hui, par exemple, n'était pas la seule que parlaient et comprenaient les êtres humains à l'époque… Yil et moi venons de le constater ! Vous vous rappelez les anciens langages que la tradition a conservés dans certaines écritures : japonais, allemand, latin… ? Notre langue, l'anglais, en était une, pas la seule, mais elle fut choisie comme langue universelle par les habitants de la *Clé*. Tu veux savoir pourquoi ? Parce que les textes de la Bible avaient été écrits dans cette langue à l'origine ! Nous avons inversé l'ordre de la cause et de l'effet, Meldon ! Notre Livre est devenu sacré et, *pour cette raison*, tout ce qui est en relation avec Notre Livre a été sacralisé !

Rowen semblait soudain avoir perdu son intérêt pour la discussion et il s'éloigna du groupe vers le mur de la salle. Maya et Yilane agitaient la tête avec des gestes sceptiques. Leurs commentaires étaient similaires : "Non, ce n'est pas vrai, Héctor", "Tu te trompes, Héctor". Ils s'étaient approchés de Darby de telle façon qu'ils semblaient l'assiéger. Daniel lui-même pensait que l'homme biologique exagérait dans son attaque contre la Bible.

— Je ne suis sûr de rien de ce que je dis… fit Darby en modérant le ton. Je peux me tromper…

— C'est le cas, déclara Yilane beaucoup plus calmement que Rowen. Ce qu'il y a, c'est que tu n'es pas croyant.

La jeune fille agitait la tête, les paupières tremblantes :

— Héctor… Ta théorie est intéressante, mais tu oublies une chose. Notre Livre, utilisé par un croyant profond, *fonctionne*. La Bible contrôle la réalité, Héctor. Pourquoi ?

Darby tarda à répondre. Quand il le fit, il sembla brusquement abattu, mais il y avait un certain degré d'irritation dans sa voix.

— Sur ce point, tu as raison. J'ai vu ce que la croyance parvient à faire, et vous savez que je la respecte profondément… Je ne comptais pas nier ce que fait un croyant, mais – son expression se fit presque suppliante – trouver une explication cohérente au monde étrange dans lequel nous vivons, à la peur absolue que nous avons héritée, à notre croyance en une divinité maligne qui vit sous les eaux et à des forces obscures qui contrôlent notre destin… c'est tout ce à quoi je prétends.

Les esprits semblaient plus calmes, et Darby prit sa respiration avant de poursuivre.

— De toute façon, nous n'allons pas pouvoir décider de cela maintenant… C'est trop complexe… Nous allons devoir laisser ça pour ceux qui sont plus savants que nous… ou qui auront plus de temps. – Il sourit. – Nous avons fait une découverte transcendantale dans l'histoire de l'humanité et nous devons la diffuser afin que d'autres en tirent leurs propres…

— Non.

Les têtes se tournèrent vers celui d'entre eux qui avait parlé.

— C'est justement ce que je suis venu empêcher.

Il avait dégainé son arme, et il les tenait en joue.

11

— Le problème avec vous tous, c'est que vous êtes des hommes de peu de foi.

La voix de Yilane avait adopté un autre ton, beaucoup plus grave et ferme. Cette voix ancienne semblait émaner de plusieurs gorges. C'était comme un chœur de vieillards grognant de façon menaçante. Daniel, qui se trouvait le plus proche, fit un pas vers lui. Sans cesser de tenir les autres en joue, le jeune homme le regarda.

— Tu crois que j'ai besoin de tirer pour te tuer, Daniel Kean ?

Et il parla de cette voix rauque, transformant ses yeux en points lumineux :

— *Recule.*

Daniel se sentit comme poussé par une force qui l'aurait entraîné en arrière. Mais rien ne l'impressionnait autant que l'aspect de Yilane. Non pas qu'il eût vraiment changé, mais ses traits possédaient une dureté différente, sans fissures.

Yilane visa l'entrepreneur :

— Pareil pour toi, Meldon. Ne t'approche pas.

Rowen gardait les mains en l'air, mais il n'y avait pas de peur dans sa voix quand il parla.

— Qu'est-ce qu'il t'est arrivé, Yilane ?

— Yil, je ne peux pas croire… murmura Darby, blessé.

— Bien sûr, que tu ne peux pas *croire*, vieil idiot ! – Yilane sourit en montrant les dents. – Cela a été ton grand problème ! Et le pire, c'est que tu as détesté ceux qui, eux, *peuvent* !

— Ce n'est pas vrai, nia Darby.

— Tes théories absurdes le prouvent. Mais tu sais le plus amusant ? – Yilane semblait en effet s'amuser de ses propres paroles. – Tu es arrivé ici précisément en raison du pouvoir de la croyance !

— Je sais, admit l'homme biologique.

— Tu ne sais rien encore.

L'espace d'un instant, cette affirmation flotta dans l'air humide et froid. Alors, soudain, Yilane se remit à sourire et à parler comme s'il ne s'était rien passé. Quand il rejeta ses cheveux châtains en arrière d'un geste violent, il ressembla à nouveau, aux yeux de Daniel, au jeune homme de toujours. Mais il y avait dans son regard une chose qui avait complètement changé.

— Je connaissais l'existence de la *Clé* bien avant que vous ne vous y intéressiez, Héctor. Même avant que Kushiro la trouve. Il y a trop longtemps que je la cherche, bien que mes raisons soient loin de ressembler aux vôtres. Maintenant elle m'appartient. Vous n'y seriez même pas arrivés sans ce que *mon fils* vous a dit…

— Ton fils… ? – Darby cligna des paupières, surpris. – Non, Jeremy Yin, tu ne peux pas croire…

— Si, moi, je peux, répliqua le jeune homme. Regarde-moi, Héctor Darby, et dis-moi qui je suis.

— Tu es Jeremy Yin Lane… Darby le regardait, déconcerté. – Ta ressemblance avec ton père est une simple conception génétique… Ton père l'a voulu ainsi, comme le mien souhaitait que je sois biologique…

— Non, balbutia Rowen, soudain terrorisé. Il a raison, Héctor : il s'est entièrement transféré dans son fils. Ce n'est pas Yilane, c'est Ezra Obed.

— Exact, approuva Yilane. Même les ignorants comme Rowen connaissent le Treizième…

— Tu te trompes, Yil ! – Darby avait soudain retrouvé son énergie. – Tu n'es pas ton propre père ! Il a eu beaucoup d'influence sur toi, mais tu ne peux pas te laisser anéantir pour cette raison !

Quelque chose dans le visage de Yilane sembla hésiter devant les paroles de Darby. Quand il s'exprima, sa voix redevint juvénile et hésitante.

— Ce n'est pas ce que tu crois... Mon père vit en moi et moi en lui, mais il a toujours dominé, et il est juste qu'il en soit ainsi... Soudain, il fronça les sourcils et durcit le ton. – Yilane est un inutile. Il a pleuré et crié quand il a été fouetté par les adorateurs du Masque, pris peur dans les cavernes et tu as dû le consoler, Daniel, tu t'en souviens ? Tout au long du voyage, j'ai laissé Yilane s'exprimer à sa façon... mais j'ai fait ce que je devais faire dans son dos, et dans le vôtre. Maintenant est venu le moment pour Yilane de disparaître et pour Ezra Obed de rester. Yilane était une simple enveloppe, un déguisement utile... Il ne mérite pas d'achever une recherche de cette envergure. C'est moi, Ezra Obed, qui ai su que la révélation de Kushiro allait se produire, et c'est moi qui ai recruté les gens nécessaires pour enlever Mitsuko et le reste de ses disciples et les interroger... Mon erreur a été de partager ce secret avec mon fils. Je l'ai prié de ne pas en parler mais Yilane avait trop confiance en Anjali Sen, son professeur, pour se taire... Quand j'ai voulu l'en empêcher, il était trop tard. Anjali Sen était au courant, et vous aussi... J'avais deux options : ou vous éliminer tous, ou vous utiliser à mon avantage. J'ai choisi la seconde. J'avais besoin de tes considérables moyens financiers, Meldon, ainsi que des connaissances de Héctor et de la force d'Anjali et de Maya pour arriver ici, mais j'ai mené à bien mes propres projets en acquérant des serviteurs tels que Moon, Olsen, Tourmaline ou la Vérité...

— Nous avons... lutté contre toi depuis le début... murmura Rowen.

— En ma faveur, plutôt. J'ai dit que j'avais besoin de vous. Dans cette recherche, j'ai été dans l'obscurité autant que vous. Au début, j'ai cru que la *Clé* se cachait au Japon, et quand j'ai soupçonné Kushiro d'avoir simplement laissé un indice supplémentaire dans son laboratoire, j'ai modifié mes plans et j'ai juste envoyé Ina et Olive avec Daniel pour vous faire croire que vous aviez vaincu l'ennemi… Parfois, je courais les mêmes dangers que vous pour que vous ne nous soupçonniez pas, comme dans la Zone Enfouie, quand mes propres mercenaires nous ont tendu une embuscade, ou à Otago, quand j'ai été fait prisonnier avec Daniel par une tribu d'hommes masqués en raison de cet idiot de Svenkov… Laisser mon maladroit de fils rester en permanence à la surface de mon être me permit, de plus, de ne même pas être repéré par Anjali… Excepté Tourmaline, personne ne connaissait mon identité, cela me permettait d'agir librement.

— Malgré ça, Ezra Obed est mort il y a deux ans, et tu le sais, intervint Darby. Nous avons assisté à son enterrement…

Yilane souriait à nouveau. Sa voix gardait ce ton qui horrifiait Daniel.

— Je suis vivant, Héctor Darby. J'ai donné les instructions nécessaires à Yilane. Je savais qu'il ferait tout ce que je lui ordonnerais, et ce fut le cas. Le Treizième stipule qu'un corps doit être incinéré pour pouvoir être ressuscité par un sorcier. Mon fils m'a ressuscité en secret en utilisant ce rituel. Après, je n'ai pas eu de mal à le supplanter…

— Je peux accepter que tu aies planifié tout ça, Yilane, dit Darby, mais ne compte pas me convaincre que tu as ressuscité ton père…

Curieusement, Yilane sembla réfléchir aux paroles de Darby.

— Ce que tu dis est peut-être vrai, dit-il enfin, mais ça ne sert à rien, car je crois autre chose.

— Et cette croyance… t'a poussé à tuer Brent Schaumann ?

Dans la voix de Darby, il y avait du mépris.

— Il s'est approché trop près… de la vérité.

— Tu veux parler du dernier mercenaire que tu as engagé…

Yilane sourit et l'ambiance sembla s'assombrir encore.

— Elle est ici, affirma-t-il. Peu m'importe que vous le sachiez. La Vérité se trouve parmi vous et sera chargée de finir ce que j'ai commencé… Même si je meurs, elle détruira la *Clé*, précisa-t-il en regardant fixement Darby. C'est la seule chose qui compte maintenant…

— Yilane, Ezra ou qui que tu sois, moi aussi je crois que nous ne devons pas rechercher la *Clé*, mais pourquoi la détruire ?

— Afin d'empêcher que d'autres cherchent à l'avenir. Afin de préserver la croyance, Meldon. Pour toi, seul comptait l'exploit, n'est-ce pas ? Mais la *Clé* représente beaucoup plus qu'un trophée : elle signifie la mort de Dieu et la fin des temps, vous l'aviez oublié ? D'après la légende, la *Clé* peut en finir avec tout ce en quoi nous croyons, et aujourd'hui, je comprends pourquoi… Bien que ta "théorie" soit ridicule, Héctor, elle n'en présente pas moins un certain poison dangereux, qui s'étendrait si quelqu'un d'autre trouvait cet endroit… Personne ne doit savoir que la Bible a pu être – une grimace lui tordit le visage – choisie par hasard !

— Et que comptes-tu faire de nous ?

— Je crains fort que vous ne soyez détruits avec elle.

— Tu ne pourras pas rentrer seul, le défia Rowen.

— Ça ne me dérangerait pas de mourir, si cela me permettait d'empêcher la diffusion de ce qu'il y a là.

— Et Anjali… Rowen contenait sa colère avec effort. – Tu lui as fait du mal, à elle aussi ?

— Yilane n'en aurait jamais été capable, intervint Maya.

De faibles muscles se contractèrent sur le visage minéral de Yilane.

— C'est vrai, ce stupide Yilane aspirait à éprouver de l'"amour" pour elle... Mais Anjali avait senti la présence de la Vérité, comme Schaumann... Et puis, elle se disposait à interroger Tourmaline, qui vous aurait révélé mon nom... Il ne m'a pas été difficile de retourner dans la chambre avant le rituel en feignant d'être Yilane, et de la prendre par surprise, comme pour Schaumann dans le jardin de Sentosa. Je peux faire en sorte qu'un cœur cesse de battre à volonté. Anjali était puissante, mais elle était blessée et faible, et je suis Ezra Obed Lane, croyant profond du Treiz...

— Je te méprise, Ezra Obed, dit Rowen, furieux. D'une façon ou d'une autre, je te ferai payer la mort d'Anjali...

La haine qu'il voyait dans les yeux de Rowen donna à Daniel le courage d'intervenir.

— C'est toi qui as ordonné d'enlever ma famille et d'assassiner mon épouse...

Yilane le regarda comme s'il ne s'apercevait de sa présence qu'à cet instant.

— Oh, Daniel, jouer à deux bandes avec toi a été passionnant... Tu es un pauvre type dont Katsura Kushiro a fait son *messenja*, j'ignore encore pourquoi... Pendant que tu t'occupais de consoler mon lâche de fils, j'ai joui de te détruire de l'intérieur... Pour moi, tu ne représentes rien.

— Si je ne représente rien, tu ne pourras rien me faire... dit Daniel, en s'approchant.

Mais avant qu'il ait pu faire un pas de plus, une silhouette sombre et athlétique le dépassa, se jetant sur Yilane avec un cri.

Tout se passa très vite. Il y eut un corps à corps entre Rowen et Yilane, et on entendit un coup de feu. Maya Müller, qui avait elle aussi sauté vers Yilane, fut frappée par l'impact du corps de Rowen qui reculait.

— Ça suffit ! cria Yilane en pointant sur elle son pistolet fumant.

La jeune fille s'arrêta. Darby, penché sur Rowen, sanglotait. Daniel ne put non plus s'empêcher de pleurer en contemplant le torse dévasté de Meldon Rowen.

— Les choses auraient pu s'achever plus calmement pour vous, dit Yilane. Je comptais vous laisser en vie jusqu'au dernier moment, mais, maintenant, je crois que je vais hâter ce moment…

Il se tourna vers Maya et visa sa tête. Daniel anticipa le nouveau tir et ferma les yeux.

A cet instant, tout fut cécité.

On entendit une détonation et un bref vacarme. Quand l'énergie regagna la salle, Yilane avait perdu son arme, du sang coulait de sa bouche et de ses oreilles et la jeune fille le tenait en joue. Pourtant, le jeune croyant souriait.

— J'ai toujours su que tu étais la meilleure, Maya Müller.

Darby s'empressa de prendre son arme à Maya et visa Yilane.

— Tu as tué tous ceux que j'aimais ! cria l'homme biologique.

— Vas-y, alors, tire ! – Yilane souriait d'un air de défi. – Allez, homme biologique, venge-toi des hommes de conception, que tu détestes et désires tout autant !

Darby tremblait, le doigt sur la gâchette. Après ce qui lui sembla une éternité, il baissa son arme. Yilane lança un éclat de rire rauque.

— Voilà une différence entre ta biologie et ma conception : tu n'es pas capable de tuer quelqu'un en le regardant dans les yeux !

Soudain, Maya s'appropria l'arme.

— Je n'ai pas besoin de regarder, dit-elle.

Quand l'écho de la détonation se tut, Darby et Daniel s'approchèrent. Par terre, devant eux, Yilane semblait continuer à sourire.

— Ce n'était pas entièrement sa faute, dit Darby. L'influence de son père a fini par le rendre fou et il a cru que…

Il s'interrompit et pâlit en regardant le cadavre.

Daniel suivit la direction de son regard et comprit.

Le corps de Yilane commençait à se dissoudre.

12

Au début, on aurait dit un simple étui en peau qui recouvrait des viscères. L'instant d'après, les viscères perdirent leur entité et la peau se creusa, comme dégonflée. Les muscles diminuèrent jusqu'à se coller aux os, qui se brisèrent en se fragmentant et formèrent de petits décombres, qui se lézardèrent à leur tour et se réduisirent.

Darby et Daniel contemplèrent comme plongés en eux-mêmes le lieu où avait été étendu Yilane, qui n'était maintenant plus qu'une ombre de poussière et une image gravée sur les rétines. L'homme biologique agitait la tête comme s'il avait livré une bataille intérieure.

— Non… Il accompagnait ses paroles de gestes de négation. – Non… C'était ce que Yilane *croyait*… Il a vécu avec cette idée, et il est mort avec elle… Mais cela ne veut pas dire qu'il ne se trompait pas…

— Héctor, dit la jeune fille, ses cheveux lui cachant à demi le visage, le Treizième décrit des façons de ressusciter un corps à partir de ses cendres… Tu te rappelles les tatouages et le médaillon que portait Yilane, avec le serpent à deux têtes ? C'étaient les symboles des nœuds ascendant et descendant de l'invocation… Il ne nous a pas menti : Yilane a ressuscité le corps d'Ezra, et Ezra l'a supplanté…

Darby s'apprêtait à répliquer quand un signal l'interrompit. Il s'approcha hâtivement des images des *scriptoria*, qui flottaient devant les écrans, et sa voix révéla de l'anxiété.

— Les données… elles sont en train de disparaître… ! C'est Yilane qui les a extraites !

Daniel se retourna rapidement et se jeta sur les câbles avant que Darby ou Maya ne réagissent, tira dessus et les écrans s'éteignirent. Mais Darby agita la tête.

— Il n'y a plus rien à faire, dit-il. Yilane a sans doute ordonné d'effacer toute l'information. Nous sommes revenus au point de départ : les données sont toujours là où elles se trouvaient… Mais je crois pouvoir essayer d'en récupérer certaines avant de nous en aller en utilisant mon propre *scriptorium*…

Après s'être assuré que les *scriptoria* se remettaient au travail, Darby sembla se calmer. Il se passa la main sur le visage et les regarda.

— Il n'y a plus que nous trois. Il est inutile de rester ici. Je propose de chercher des objets à emporter et de convaincre d'autres personnes de l'existence de la *Clé*… En plus des données que je suis parvenu à copier, vous pouvez peut-être apporter un vieil instrument du laboratoire où étaient incubés les êtres humains… Puis nous regagnerons le vaisseau. Je suis sûr qu'il nous emmènera automatiquement au sanctuaire au sud de Dunedin.

— Il reste nous trois, et la Vérité, précisa Maya.

Daniel et Darby se tournèrent vers elle. Le souci reparut sur le visage de l'homme biologique, comme un vieil ami qui ne serait jamais vraiment parti.

— Yilane a dit qu'elle était avec nous, et je le crois, ajouta Maya. Et puis, on affirme que la Vérité est une croyante profonde du Quatorzième, le Dernier Chapitre. Tu sais ce que cela signifie, Héctor ?

Darby acquiesça. Son visage avait perdu de sa couleur.

— Elle est capable de s'emparer de l'esprit des autres, dit-il.

Daniel se rappela Mitsuko et avala sa salive.

— Cela peut être n'importe lequel de nous trois… poursuivit la jeune fille, impassible. Elle peut nous contrôler en ce moment même sans que les autres le sachent.

— Mais, si c'est le cas – Darby la regarda, angoissé –, comment saurions-nous qui c'est avant qu'elle se décide à agir ?

Ni Maya ni Daniel ne répondirent. Pendant un instant, on n'entendit que leurs respirations et les grincements métalliques des profondeurs de la *Clé*. Ils faisaient penser à Daniel au gémissement plaintif d'une créature.

— Pour le moment, nous devons nous assurer que ça ne peut être personne d'autre, dit Maya. – En parlant, elle accrocha deux housses d'armes à sa ceinture. – Anja et Meldon sont morts, mais il existe des moyens de faire résider temporairement un esprit étranger à l'intérieur d'un cadavre. Il y a des incinérateurs au niveau inférieur. Nous devons brûler leurs corps et dissoudre les cendres dans l'acide, ou les expulser à l'extérieur. Nous pouvons aller chercher Anjali puis les emmener tous les deux en bas…

— Je vais devoir rester pour superviser la compilation de données, dit Darby.

— Je ne veux pas que tu viennes, concéda Maya. Tu garderas l'émetteur allumé. Si on entend une chose bizarre, ou toi, on se réunit immédiatement. Quand nous nous serons défaits des deux cadavres, nous pourrons partir…

Darby et Daniel acceptèrent le plan. Ils répartirent les armes qu'il restait. Maya choisit le pistolet à canon double de Svenkov, qui disposait encore de munitions, Daniel prit celui à rafales de Yilane et ils donnèrent celui de Rowen à Darby. Ils se déplaçaient laborieusement. Seules les mains de la jeune aveugle ne tremblaient pas.

Quand ils furent prêts, Maya et Daniel se dirigèrent vers la rampe, mais Maya, qui allait devant, s'arrêta soudain.

— Autre chose. Notre ennemi est très spécial. On ne doit pas hésiter à tirer si l'un de nous fait quelque chose qui éveille les soupçons, et cela m'inclut, bien entendu : il ne nous sera pas accordé d'autre chance.

Elle fit une pause, comme pour laisser les deux hommes assimiler ses paroles, et elle ajouta :

— La Vérité est une grande menteuse, ne l'oubliez pas.

Sans attendre de réponse, elle continua à gravir la rampe.

XIV

DERNIER

1

Daniel réprima un frisson en contemplant le cadavre d'Anjali Sen. La rigidité avait eu pour effet de tendre les bandes qui le maintenaient attaché au lit. Quand Maya dénoua celle qui lui entourait la poitrine, le corps descendit pesamment, soutenu seulement à la taille, et ses jambes s'écartèrent. Puis Maya découvrit le visage et les yeux de la croyante, deux onyx enchâssés dans une horrible expression semblèrent observer Daniel Kean par-delà la mort.

— Pauvre Anja, dit la jeune fille en caressant le ventre mat du cadavre. Le crime de Yilane fut terrible : il a détruit la personne qu'il aimait le plus au monde. Mais ce n'est pas vraiment lui qui l'a fait.

Après un instant de silence, Maya transforma à nouveau ses mains en instruments.

— Aide-moi avec ces câbles…

Deux câbles accrochés au plafond maintenaient la chambre funéraire dans la position presque verticale requise. Daniel déplaça un siège et monta dessus. Il parvint à décrocher le câble situé de son côté pendant que Maya faisait de même avec le sien. Alors la jeune fille commença à faire descendre le lit lentement. Daniel, assis sur le dossier, la contemplait.

— Explique-moi comment un esprit peut en envahir un autre même mort, dit-il.

— C'est une question de croyance, répliqua Maya tout en guidant le lit vers le sol. Elle se fonde sur le Dernier Chapitre, qui parle d'une femme qui envahit l'esprit d'un homme et occupe son corps, pendant que l'esprit de l'homme s'introduit dans le cadavre de la femme… Le Chapitre explique par une métaphore comment réaliser ce transfert…

— La Vérité peut le faire, dit Daniel, ébranlé, pensant à Mitsuko.

Maya acquiesça. Elle était penchée sur Anjali et soulevait la dernière bande bleue qui la soutenait par les aines.

— C'est de la sorcellerie, fit-elle. On appelle ceux qui la pratiquent des "nécromanciens". Ce sont des sorciers qui utilisent les pouvoirs du Dernier. Avec eux, il est possible de créer des blasphèmes comme un esprit vivant à l'intérieur d'un corps mort, ou un cadavre animé par la force de l'esprit qui l'occupe… Ça y est…

Elle resta un instant dans la même posture, le visage incliné vers Anjali.

— Nous allons l'emmener. Je peux la porter moi-même. Avant, nous allons fouiller les cabines à la recherche de l'équipement et nous prendrons quelque chose pour transporter les corps… Quelques draps suffiront.

Ils déposèrent Anjali sur le sol et descendirent vers la zone des cabines. Tout était silencieux. L'émetteur, accroché à la ceinture en petits anneaux métalliques de Maya, ronronnait avec des vrombissements lointains. De temps en temps, on entendait tousser ou parler tout bas Héctor Darby : "D'accord…", et "C'est ça…", ses formulations préférées. Maya lui demanda si tout allait bien, et l'homme biologique répondit par l'affirmative.

En arrivant aux portes des cabines, ils se partagèrent la tâche. Daniel entra dans sa chambre et s'accroupit devant l'étagère où il avait laissé une partie de l'eau et des aliments pour le retour. Il rassembla tout et, ce faisant, remarqua quelque chose.

Il regarda autour de lui, encore accroupi, mais il ne trouva pas l'origine de cette sensation. C'était comme si un détail qu'il ne parvenait pas à préciser attirait son attention.

Il se redressa et ramassa le drap. Derrière lui, la porte s'ouvrit.

— Tu as fini ? fit la jeune fille.

Maya avait déjà fouillé les cabines de Rowen et de Darby. Ils cherchèrent dans celle de Yilane sans rien trouver de plus et retournèrent à la salle principale. Maya porta le cadavre d'Anjali et Daniel deux sacs contenant des draps et le matériel qu'ils étaient parvenus à réunir. Ils reprirent le chemin de l'escalier, descendirent vers le cylindre inférieur et passèrent l'écoutille pour accéder à la *Clé*.

Pendant ce temps, la sensation que quelque chose allait vraiment mal était devenue très intense chez Daniel.

2

— Comment ça va ? demanda Maya Müller.

Elle avait laissé le corps d'Anjali par terre et elle l'enveloppait dans les draps.

— Lentement, répondit Darby, laconique.

Bien qu'ils aient été reliés à tout moment, le fait de regagner la salle bleue et de constater que Darby allait bien, toujours aussi absorbé par les écrans, constitua un motif de tranquillité pour Daniel. Cependant, il n'était pas encore libéré de cette inquiétude grandissante.

Il appuya sur le sol les sacs de matériel et utilisa les autres draps pour envelopper Rowen. Le corps de l'entrepreneur était froid et la rigidité commençait à le menacer. Une vague de tristesse anéantit Daniel qui souhaita en silence que l'esprit de Rowen retrouve celui d'Anjali sur le rivage verdoyant du Premier Chapitre.

Les lumières s'éteignirent pendant cette funèbre tâche, et dans l'obscurité les craintes de Daniel s'intensifièrent. Il touchait la peau glacée du cadavre de Rowen et entendait les commentaires de Darby, mais soudain tout cela disparut et il se trouva ailleurs, dans une pièce baignée d'une lumière si blanche que, paradoxalement, elle l'empêchait de distinguer les détails. Devant lui se trouvait la Vérité, comme dans les hauteurs fossilisées de la Vieille Tour de Tôkyô ou le sombre cylindre métallique de la maison de Svenkov, lui parlant à travers… *qui*, cette fois ?

La lumière l'aveuglait, il ne parvenait pas à voir son visage, mais il entendait sa voix et ressentait l'infinie terreur due à sa présence. *Je suis la dernière chose que tu verras avant de mourir…*

Quand l'énergie revint, cette sorte de vision sembla se cacher comme derrière un nuage. Toutefois, son inquiétude ne diminuait pas.

— Finissons-en, dit Maya.

Daniel ne pouvait aller plus vite, et la jeune fille abandonna sa propre charge pour l'aider. La main de Maya, présentant diverses coupures dues à la chevelure de Tourmaline et encore bandée, faisait preuve d'une certaine maladresse. Cependant, elle continuait à paraître la plus forte et la mieux préparée des trois.

Quand ils furent prêts, ils portèrent les cadavres, prirent congé de Darby et commencèrent la descente par la rampe.

La descente s'avéra beaucoup plus difficile que Daniel ne l'avait supposé. Le poids du corps de Rowen sur son épaule était considérable, et le sol humide et glissant l'obligeait à avancer très lentement. La vaste obscurité, truffée de craquements qui se répercutaient en échos contre le haut plafond, ne contribuait pas à faciliter les choses. Daniel songea que les bruits étaient devenus beaucoup plus fréquents et intenses, comme si, dans l'éternelle lutte maintenue pendant des éons entre la pression de la mer et l'armature de la *Clé*, cette dernière avait commencé à boiter.

La jeune fille semblait éprouver des difficultés elle aussi. Daniel l'entendait haleter pendant qu'elle boitait en portant sur le dos le corps d'Anjali. Une main mate du cadavre était visible sous le bord du drap, se balançant à la lumière de la lampe de Daniel, la seule à se trouver allumée.

Ils traversèrent les niveaux vides, fantasmagoriques, faisant des pauses pendant lesquelles ils se bornaient à respirer. Ce ne fut que pendant l'une d'elles que Daniel brisa le silence.

— Qu'est-ce qu'on va faire s'ils ne fonctionnent pas ? Les incinérateurs, je veux dire.

La jeune fille leva la tête. Ses cheveux, d'habitude emmêlés, avaient fini par former une masse blonde de mèches collées sur le visage. Daniel se rappela à quel point elle semblait différente à Sentosa, cet après-midi où ils avaient chevauché ensemble.

— Ils devraient fonctionner, dit-elle. Mais si c'est nécessaire, nous brûlerons les cadavres nous-mêmes.

Ils arrivèrent aux laboratoires et les traversèrent, en s'introduisant entre les rangées serrées de tables avec des incubateurs et des vitrines, avant d'atteindre un grand espace dégagé. Alors la jeune fille s'arrêta brusquement.

— Décris-moi ce qu'il y a devant.

— Un mur.

Daniel dirigea la lumière dessus : des rivières d'eau descendaient à sa surface comme une peau qui se serait vidée de son sang.

— Et une porte close.

Maya souffla et se pencha, déposant le corps d'Anjali sur le sol inondé. Puis elle passa une main dans l'eau et la porta à sa bouche.

— Elle n'est pas saumâtre, heureusement. – Sa voix résonna fort dans la vaste pièce. – Elle provient peut-être de la panne des salles inférieures. Les mécanismes de sécurité ont scellé automatiquement les entrées, parmi lesquelles, semble-t-il, celle du couloir des incinérateurs. On ne peut pas continuer…

Elle resta dans la même position, le genou sain en l'air, comme si elle avait soudain perdu tout enthousiasme.

— Qu'est-ce qu'on fait, maintenant ? haleta Daniel en se penchant pour déposer à son tour le cadavre de Rowen à côté de celui d'Anjali.

Il était envahi par la vague impression que quelque chose ne cadrait pas.

La jeune fille se leva et boita vers le mur. Ses bottes à lanières clapotaient dans la lagune.

— On va devoir trouver une autre entrée, ou tenter de débloquer celle-ci. Tu pourrais examiner l'autre mur ? Il y a peut-être un dispositif d'ouverture…

— Je crois qu'on ne devrait pas se séparer…

— On ne le fera pas. Je chercherai ici et toi là-bas. On est tout près…

Daniel finit par accepter et s'éloigna en direction du mur en question, se frayant un passage pieds nus dans l'eau. Alors, en dirigeant sa lampe vers cette extrémité, il comprit ce qui lui avait semblé incongru.

— On s'est trompés, dit-il à voix haute. L'entrée vers les incinérateurs se trouve dans ce couloir, je m'en souviens bien…

Soudain, il n'entendait que les échos de sa propre voix. Il avait cessé d'entendre les pas de Maya et les crissements de l'émetteur qu'elle portait.

Quelque chose allait *réellement* mal.

Il se tourna en tenant la lampe :

— Maya ?

Le faisceau de lumière révéla de l'eau par terre, une paire de bottes rouges, des jambes nues, une ceinture, un torse et les deux canons de l'arme de Svenkov le visant.

A ce moment, les canons tirèrent.

3

Quand l'écho assourdissant s'éteignit, Daniel sut deux choses : qu'il était sain et sauf et que la jeune fille n'avait pas pu le rater à cette distance. Il devait s'agir d'un ratage volontaire, même s'il ne comprenait pas pourquoi elle avait voulu le rater (ni lui tirer dessus) et n'avait pas le temps de comprendre.

Les canons continuaient à le tenir en joue, mais un seul fumait. D'une certaine façon, il pressentit que le prochain tir de Maya atteindrait sa cible.

S'il s'agissait de Maya.

Elle peut dominer les esprits à volonté.

Il avait plusieurs possibilités : il choisit, peut-être de manière incohérente, de porter la main à sa propre arme.

— Lâche ton arme, Daniel, se contenta-t-elle de dire dans l'ombre.

Daniel n'obéit pas. Il leva son arme et s'aperçut alors que la jeune fille s'était déplacée sacrément vite et qu'elle ne se trouvait plus devant lui. Il visa d'un côté et de l'autre, mais il découvrit qu'il ne voulait pas tirer lui non plus. Au moins sur elle.

Sans baisser son arme, il s'introduisit de dos dans le couloir des incinérateurs. A ce moment, un nouveau projectile arracha des étincelles à l'encadrement en métal de l'entrée du couloir.

Alors il la vit, accroupie devant l'une des tables de la salle inondée, rechargeant son arme avec des gestes rapides.

— Daniel, lâche cette arme ! répéta-t-elle.

Sa voix résonna comme un cri.

Ce fut ce cri qui l'empêcha de répondre au feu. Il recula dans le couloir sans oser quitter l'entrée des yeux, l'arme à la main et la lampe dansant sur sa poitrine. Il décida qu'il ne tirerait que si elle le suivait jusque dans ce tunnel.

Mais où irait-il ? Il entendait une rumeur de machinerie depuis un endroit de la salle. Il pourrait peut-être se cacher, essayer de l'égarer. Il devait s'échapper, c'était clair. Face à Maya Müller, ou à la Vérité qui contrôlait maintenant son corps, il n'avait aucune possibilité de contre-attaque.

Il en était là de ses réflexions quand il vit l'ombre de la jeune fille se découper dans l'entrée du couloir. Il contracta le doigt, et, au moment où il s'apprêtait à tirer, la silhouette de sa poursuivante sembla s'enfoncer dans la terre. Il souleva la lanterne et observa sa tentative frénétique pour se relever pendant que sa ceinture d'anneaux cliquetait contre le sol. Ses bottes avaient dû glisser sur le métal humide. Daniel ne lui vit pas porter l'arme de Svenkov, elle avait peut-être roulé hors de sa portée. De toute façon, il n'avait pas le temps de vérifier. Il se mit à courir dans le couloir jusqu'au tournant. Il craignait de glisser comme Maya, mais le fait d'être pieds nus lui donnait un avantage.

Dans ce tournant résonnaient des sirènes accompagnées de reflets orange. Il ignorait depuis combien de temps l'alarme s'était déclenchée, s'il s'agissait d'une alarme, et il en déduisit qu'une balle avait peut-être détraqué un circuit.

Plusieurs bidons au couvercle métallique étaient placés contre le mur. Devant eux, à une certaine hauteur, il distingua un étage intermédiaire par lequel semblaient passer une infinité de tuyaux et de câbles, divisé lui-même par de grands piliers. Il pensa que, s'il parvenait à grimper jusque-là, il pourrait peut-être s'échapper. Ou, du moins, gagner du temps. Il avait besoin de temps pour savoir ce qu'il allait faire.

D'un bond il monta sur un bidon et lança le pistolet là où il comptait arriver. Puis il assura ses pieds sur le couvercle du bidon et prit son élan vers le bord métallique, qu'il serra de toutes ses forces.

Pendant qu'il était suspendu, essayant de grimper, il entendit le bruit des bottes.

A toute vitesse, il se hissa sur la nouvelle plate-forme, prit la lampe et l'arme et braqua le faisceau de la lampe suspendue à sa poitrine. C'était un dédale de tuyaux tordus : s'il s'y introduisait, il était presque sûr que la Vérité ne pourrait pas le retrouver.

Il courut à travers un passage étroit entre les câbles d'acier. Il se demanda vaguement ce qui pouvait arriver si un tir atteignait un de ces conduits. Tout allait-il exploser ? Etre inondé ?

Comme pour l'aider à dissiper ses doutes, plusieurs tuyaux situés sur sa droite volèrent en éclats à cet instant. Ce fut tout ce qui arriva, mais Daniel comprit qu'elle avait grimpé sur la plate-forme. Il regarda derrière lui et la vit à quelques mètres de distance. Et le pire était qu'il la soupçonnait de ne pas avoir manqué ce dernier tir exprès : maintenant, Maya essayait de le tuer.

Il passa un tournant, et soudain une plaque métallique rouillée et usée céda sous lui. Il tenta de s'accrocher aux tuyaux, mais les gouttes qui les éclaboussaient les rendaient glissants. Des couches de rouille, des câbles enroulés et quelque chose qui pouvait être la poussière d'innombrables siècles l'accompagnèrent dans sa chute. Après coup, il découvrit qu'il avait perdu son arme. Un câble long et épais l'entourait, et, dans ses efforts pour se libérer, il ne fit que s'emmêler davantage.

Il entendit un bruit au plafond. En regardant, il sut que sa poursuivante avait eu plus de chance. A tel point que, en un certain sens, cela le favorisait lui aussi, car Maya n'était pas tombée et elle se trouvait encore sur un tuyau de la plate-forme supérieure, hésitant peut-être à sauter ou tirer de là. Les éclats incessants des lumières la montraient comme un animal sauvage. Daniel pensa que le son de l'alarme jouait aussi en sa faveur, car il égarait Maya.

Dans un suprême effort, il contracta les jambes, les glissa dans le labyrinthe de câbles et parvint à s'esquiver.

Il ne s'en était pas sorti aussi indemne qu'il le croyait : il avait très mal à un côté. Mais ses jambes étaient intactes, et c'était en cet instant la seule partie de son corps qui lui importait.

Il regarda autour de lui sans trouver l'arme. Pour comble de malchance, sa lampe ne fonctionnait plus depuis qu'elle était tombée. Il se mit à courir dans la pénombre intermittente des lumières et constata que les grands piliers de la plate-forme supérieure se prolongeaient dans la zone inférieure. Il se dirigea vers l'un d'eux et se cacha derrière. Il renouvela le stratagème quand il entendit les pas.

Il vit la jeune fille marcher sans hâte dans sa direction. Elle boitait plus fort et traînait la jambe, mais elle semblait percevoir Daniel avec autant d'exactitude que si elle l'avait reniflé. Alors il l'entendit.

— Je suis obligée de le faire, Daniel…

Il décida de se lancer. Il sortit de sa cachette et courut en zigzag, utilisant les piliers comme protection momentanée. Un tir atteignit l'un d'eux, faisant rebondir la balle, folle, qui laissa sur son passage l'écho d'horribles sifflements.

Il accéda au couloir central, et découvrit que les incinérateurs s'y trouvaient et qu'il n'y avait pas d'autre sortie. Il allait devoir revenir sur ses pas. Et revenir sur ses pas signifiait trouver les deux canons de Svenkov manipulés par une combattante expérimentée dont l'esprit était contrôlé par un assassin.

Il vit alors les lits verticaux sur lesquels étaient attachés les squelettes. Il en utilisa un comme parapet et attendit la mort.

Les pas résonnèrent dans le couloir. A nouveau, sa voix tendue.

— Tu *n'es plus* Daniel…

Soudain, Daniel Kean crut tout percevoir autrement.

Il s'était enfui en pensant que la Vérité contrôlait la jeune fille, mais les paroles de celle-ci suggéraient une explication différente.

— Maya, écoute-moi ! Je suis Daniel !

Il s'arrêta pour attendre sa réaction : il n'y en eut aucune, juste le silence.

— Pour qui me prends-tu ? Que t'arrive-t-il ?

Il n'y eut pas de réponse. Il n'entendait même plus les pas.

Et si elle le trompait ? Et si ce qu'elle lui avait dit était un truc pour qu'il cesse de fuir et se dénonce ? Mais alors il se rappela les tirs ratés du début et il lui sembla que c'était la bonne explication. La jeune fille *ne voulait pas* le tuer : elle y était *obligée*, peut-être parce qu'elle se méfiait de lui. Mais pourquoi ?

Il savait qu'il risquait de découvrir sa cachette s'il continuait à parler, mais il ne pouvait plus s'arrêter.

— Maya, réponds-moi, s'il te plaît !

Il entendit alors une chose inattendue : un sanglot.

Il se pencha et vit la jeune fille dans le couloir, devant les incinérateurs, sa silhouette se découpant dans la lumière spectrale en haut des vannes. Elle était tombée à genoux, et à ce moment elle lâcha son arme.

— Prends-le, le pria-t-elle. Daniel, le pistolet ! Prends-le s'il te plaît !

Il pouvait s'agir d'un piège, mais quelque chose dans son tremblement désespéré lui inspira confiance. Il sortit de sa cachette, s'approcha et ramassa l'arme. Les culasses étaient chaudes.

— Pourquoi te méfies-tu de moi ?

— Je ne sais pas... Elle était toujours à genoux. – Je ne me souviens de rien... J'ai commencé à y penser sans pouvoir m'en empêcher quand on est revenus du navire avec le corps d'Anjali... N'arrête pas de me viser... Je peux te faire n'importe quoi... Il vaut mieux que tu me tires dessus...

— Non, dit-il, sachant qu'il en serait incapable.

— Elle est entrée dans mon esprit... gémit Maya. Elle a essayé de me convaincre de te tuer... Tire, s'il te plaît...

— Il y a peut-être une autre possibilité. Ta ceinture. Donne-la-moi.

Elle obéit immédiatement, comme si elle pressentait ce qu'il se proposait de faire. Daniel constata que les anneaux étaient résistants et la fermeture difficile à ouvrir sans utiliser les deux mains. Il ne s'agissait pas d'une solution parfaite, mais il lui semblait que c'était le mieux qu'il pouvait faire étant donné les circonstances. Il recula, l'arme à la main.

— Lève-toi et pose les mains sur les tuyaux, dit-il.

Il utilisa la courroie de sa propre ceinture en renfort, afin d'empêcher que la fermeture métallique ne se trouve à portée des doigts de la jeune fille. Celle-ci collabora avec empressement. Quand elle fut enchaînée, Daniel lui ôta les bandes de cartouches de rechange et se les plaça autour de la taille. Puis il vérifia que son émetteur était éteint. Il le brancha et entendit la voix angoissée de Darby.

— Que s'est-il passé ? La communication a été interrompue !

— Tout va bien, Héctor, dit Daniel, pensant qu'il ne pouvait pas lui expliquer à ce moment ce qui s'était passé. On revient tout de suite.

Darby haletait d'excitation.

— J'ai trouvé quelque chose ! C'est très important ! Il faut que vous veniez !

Daniel lui assura qu'il le ferait. Il éteignit l'émetteur et contempla la jeune fille, qui semblait accepter ses entraves sans se débattre. Dépouillé de la ceinture à anneaux, son corps n'était recouvert que de taches de poussière et de graisse. Ses yeux clos et le reflet humide de sa peau donnaient l'impression qu'elle était perdue au milieu d'un horrible cauchemar. Daniel lui caressa le front.

— Cela ne me plaît pas de te laisser ici, Maya, mais je crois que cela vaut mieux.

Elle acquiesça. En s'apercevant de l'endroit où ils se trouvaient, Daniel se rappela quelque chose.

— Les cadavres... Je dois les transporter...

— Non, écoute-moi, ça n'a plus d'importance, dit Maya. Si elle est parvenu à entrer dans mon esprit, c'est qu'elle est *dehors*, dans un corps vivant… Et nous savons tous les deux *lequel*.

Elle s'agitait, inquiète, la tête inclinée et la joue appuyée contre les tuyaux, ses cheveux collés comme des serpents à ses pommettes.

— Il faut que ce soit lui… Il ne reste que nous trois ! Il faut que ce soit *lui* !

— Je ne crois pas, dit Daniel, mais, au fur et à mesure qu'il parlait, il se demandait si elle pouvait avoir raison. Je vais aller le voir.

Il s'éloigna en l'entendant crier.

— Fais attention, Daniel ! *Il faut que ce soit* Héctor !

4

Il monta, plongé dans un cauchemar angoissant. Il ne voulait pas croire ce qu'elle lui avait dit, mais, si elle comptait le tromper, pourquoi n'avait-elle pas tiré sur lui quand elle en avait eu la possibilité ? Peut-être se trompait-il simplement, et, dans ce cas, quelle autre explication pouvait-il y avoir ? Darby, elle ou… Ou lui-même ? Fallait-il penser à la folie de ce que, sans le savoir, il soit la Vérité, ou l'héberge d'une quelconque façon ?

Une chose était certaine : il était seul. Complètement. Il ne pourrait compter ni sur Maya ni sur Darby. Il se trouvait dans une solitude écrasante et il pensait que c'était peut-être ce que Kushiro avait anticipé en le choisissant. Maintenant, tout dépendait de lui.

Il arriva à la rampe d'accès à la salle bleue et commença à monter, tenant le pistolet à deux canons dans une attitude de tir, même s'il ignorait à quoi il allait lui servir. Même si l'homme biologique avouait être la Vérité, Daniel était sûr qu'il n'aurait pas la force de le tuer.

Il appela :

— Héctor ?

Il ne s'attendait pas à ce silence à peine troublé par les lointains rugissements des entrailles de la *Clé*. Il se tint sur ses gardes. L'énorme pistolet tremblait dans ses mains.

Il arriva à la plate-forme en supposant qu'il la trouverait vide, ou peut-être – cette éventualité l'horrifiait – avec le cadavre de Darby par terre. Mais l'homme biologique se trouvait debout, le dos tourné à la pièce, complètement immobile.

Daniel pointa son arme sur lui :

— Héctor… Que se passe-t-il ?

Darby sembla prendre sa respiration avant de parler. La chemise qu'il portait était tachée de sueur.

— Ah, Daniel, dit-il sans se retourner, d'une voix sereine, même si Daniel perçut un ton étrange qui l'alarma sur-le-champ.

— Qu'as-tu à la main ?

L'homme biologique se tourna vers lui et lui montra le livre.

— Une Bible. Je l'avais dans mes bagages.

Alors Darby cligna des paupières, observant le pistolet. Soudain, sa voix retrouva son ton habituel.

— Que fais-tu ? Où est Maya ?

Daniel décida de le lui raconter. Darby l'écouta en silence, écarquillant les yeux, illuminés par les reflets des images du *scriptorium*, qui continuaient à recevoir des données. Quand Daniel eut fini de parler, Darby fit une chose qui le confondit : il distendit ses lèvres sous la barbe emmêlée et un sourire transforma son visage en gargouille. Mais il s'agissait d'un sourire étrange.

— Alors… La Vérité a "envahi" l'esprit de Maya… C'est ce que vous croyez ?

Darby étendit le bras et Daniel leva le pistolet. Devant ce geste, Darby s'arrêta.

— Je veux juste poser le livre sur la table… Daniel, je comprends que tu sois nerveux… mais si cette nervosité pousse ton joli doigt délicat à presser la détente, même par erreur, il y a des choses intéressantes que tu ne sauras pas…

Pas de doute, c'était bien là la façon de parler de l'homme biologique. Daniel la connaissait très bien, et en l'entendant il se calma un peu. Il fit quelques pas vers l'intérieur de la salle, se plaçant en meilleure position face à Darby, sous les lumières des murs bleus. Il ne baissa toutefois pas son arme. Darby haussa ses épais sourcils.

— Tu vas continuer à me viser avec cette horreur de pistolet, ou tu vas m'écouter ?

— Je peux faire les deux.

— Pas moi, répliqua Darby. Quand on me menace, je m'arrête de parler. C'est presque un réflexe. Ma langue ne bouge que lorsqu'elle se sent libre de le faire. – Et il sembla soudain perdre patience. – Oh, allez ! Qu'est-ce que tu crains ? Que je sois armé ? Et si les pouvoirs de la Vérité sont aussi réels que vous l'affirmez, à quoi va te servir ce maudit pistolet… ? – Il ébaucha à nouveau ce sourire que Daniel connaissait. – Je peux t'assurer que je ne suis pas la Vérité, je vais juste te la dire…

Daniel hésita un instant. Puis il baissa son arme et la rangea dans l'étui accroché à la ceinture de petites perles explosives des munitions.

Darby se montrait têtu. Il ne semblait pas plus calme qu'avant : en fait, il flottait dans son regard un reflet soupçonneux, comme si, en obéissant à sa demande, Daniel lui avait prouvé sans équivoque que sa menace était sérieuse. Cependant, un calme étrange s'était emparé de Daniel. Il n'était pas encore très sûr de qui était l'homme qu'il avait devant lui, mais il avait décidé, comme depuis ce jour à la maison de Königshafen, de lui faire confiance.

— Parle, dit-il.

Au bout d'un moment, Darby sourit et posa l'exemplaire de la Bible sur la table.

— Je suis ravi que tu aies opté pour une décision rationnelle, Daniel. Parce que, s'il y a quelque chose de pire que la Vérité, c'est de croire en elle.

— Assez de jeux de mots. Qu'est-ce que tu veux dire ?

— Je vais être clair. – Darby écarta ses grosses mains velues. – La Vérité n'existe pas et, si elle existe, elle ne possède pas les pouvoirs que nous lui prêtons… Elle ne peut pas envahir l'esprit d'un autre ni vivre dans un cadavre. Les pouvoirs des croyants sont de simples illusions parées de volonté… Il regarda Daniel, dont le visage reflétait la surprise. – C'est curieux, mais tu semblais le savoir depuis le début… Si je n'avais pas cessé de croire aux croyants, je dirais même que Kushiro a bien fait de te choisir…

A cet instant, les lumières s'éteignirent. Malgré son désir de rester calme, Daniel sursauta, se sentant démuni dans ces ténèbres confuses. Il porta la main à son arme, mais quelque chose le fit s'arrêter et attendre. La silhouette floue de Darby, debout devant lui, se profilait devant ses yeux. Quand l'homme biologique parla à nouveau, il ne sembla pas affecté par l'obscurité mais par quelque chose de beaucoup plus profond et de considérablement plus vaste.

— Daniel, je comprends maintenant ce qui a poussé Katsura Kushiro à interrompre son travail sur la *Clé* et à décider que d'autres le poursuivraient à l'avenir… Maintenant je sais ce qui a incité ses hommes à préférer mourir plutôt que de rentrer raconter ce qu'ils avaient découvert…

Daniel attendit dans l'obscurité, mais Darby s'était plongé dans le silence.

— Alors ?

— Notre monde est faux, dit la voix de Darby sur un ton angoissé.

Au milieu de cette déclaration, la lumière revint avec de nouvelles forces. Darby poursuivit :

— Notre monde est fondé sur quatorze textes choisis par le *scriptorium* de cet habitacle pour éduquer dans la religion les nouveaux hommes qui naquirent ici. Mais les codes qu'il utilisa pour les choisir furent des coïncidences : des coordonnées et une météorite le poussèrent à choisir le Quatrième et le Cinquième Chapitre… Je viens de constater qu'il a trouvé les autres en utilisant ces deux-là comme référence. D'une certaine façon, ils sont écrits par le même Auteur anonyme et mentionnent des noms sacrés similaires. Le *scriptorium* les appelle "Contes des Mythes". A partir d'eux, notre cerveau a tout fait : nous les avons lus, crus, adaptés à notre vie, nous avons supprimé les noms étrangers et les phrases qui ne cadraient pas… En somme, nous en avons fait des textes sacrés. – Il observa, songeur, le livre sur la table. – Je ne suis pas croyant, tu le sais, je ne l'ai jamais été, mais découvrir cela a représenté pour moi un coup brutal. J'ignore si c'est aussi le cas pour toi, je me doute que oui. Et qui sait ce que va devenir l'humanité… Maintenant, je comprends pourquoi Yilane souhaitait que rien de cela ne fût connu…

Daniel fit quelques pas, comme pour essayer de mettre de l'ordre dans ses idées.

— Quelles preuves as-tu ? demanda-t-il.

— En réalité, aucune. – Darby sembla très heureux de ne pas en avoir. – Ce sont juste des soupçons et des déductions. J'ai revu, très sommairement, des milliers… peut-être des millions de notes, d'annotations, d'entrées de journaux… Je suppose que les historiens tireront un bien meilleur parti de tout cela que moi. Mais j'en suis arrivé à une conclusion : l'inconcevable passage du temps… les millions d'années écoulées… nous ont fait inverser le processus de la cause et de l'effet. Nous pensons que la croyance est réelle car elle parvient à faire des choses, mais c'est juste le contraire : comme nous pensons qu'elle est réelle, nous *imaginons* qu'elle parvient à faire des choses. – Il donna un petit coup sur les rabats du livre. – Nous avons cru à ces Quatorze Chapitres au point de transformer le monde qui nous entoure en eux. La réalité entière, comme de l'argile fraîche, s'est ajustée à notre moule… Tu me demandes des preuves ? Elles sont là. – Il désigna l'écran du *scriptorium*. – D'après les annotations les plus anciennes, le monde d'autrefois n'était pas comme le nôtre. Il ne l'était pas même *après* la chute de la Couleur… Il n'existait pas un Dieu malin qui aurait dormi sous les eaux, ni d'étranges hybrides qui soient ses enfants ; personne ne pouvait posséder quelqu'un d'autre mentalement, ni ressusciter un corps de ses cendres, ni… pauvre Maya… ni aucune Cité sans Nom sous terre, pleine de cadavres vivants. *Avant*, les êtres humains ne partageaient pas notre peur.

— Mais Maya est parvenue à *trouver* cette Cité… Et tu as toi-même vu Anjali voler au-dessus de la falaise…

Daniel désigna un coin du sol vers lequel il ne voulait pas regarder.

— Et il y a encore là-bas les cendres dans lesquelles Yilane s'est dissous ! Et Kushiro ? Ne nous a-t-il pas guidés ici en raison de ses prémonitions ?

— Le moule ! s'exclama Darby excité, comme si Daniel l'avait défié dans une discussion intellectuelle. Je te l'ai dit : la réalité est de l'argile pour l'esprit humain ! Quand Maya m'a rappelé que les croyants faisaient des choses impossibles, je n'ai su que répondre… Maintenant je sais ! A partir de ces quatorze textes nous avons créé un nouveau moule, et le chien docile de la réalité s'y est adapté, mais le moule n'en reste pas moins aussi *faux* que les textes ! Si nous parvenions à *croire* en autre chose… si le monde savait que cela… cela ! – Il brandit le livre sacré et l'agita devant Daniel. – Si le monde savait que c'est faux, nous pourrions peut-être à l'avenir changer ce moule et vivre sans peur, sans croyances fanatiques et dénuées de sens, découlant de simples erreurs de lecture… ! – Ses yeux brillaient d'excitation. – La *Clé de l'Abîme*, Daniel… Tu te rappelles la légende ? On disait que, lorsqu'on la trouverait, la fin des temps viendrait, on tuerait Dieu, et que notre peur disparaîtrait… C'est peut-être vrai !

Les yeux de Daniel le piquaient et un nœud s'était formé dans sa gorge. L'espace d'un instant fugace, ce fut comme si quelque chose étincelait dans sa propre obscurité. Voir Héctor Darby si enthousiasmé lui transmettait une sensation de vigueur, de nouveaux horizons, bien que l'explication fournie par l'homme biologique lui semblât terrible.

Etait-ce pour cette raison qu'il ressentait toujours cette inquiétude ?

Pendant qu'il tenait le livre, Darby tendit les bras, suppliant presque.

— Nous pouvons modifier ce moule, Daniel… Nous ne le verrons peut-être pas, ni toi ni moi, et il est bien entendu trop tard pour des personnes telles que mon père, que la croyance a rendues folles… Mais au fil des ans, quand l'humanité connaîtra l'imposture intrinsèque de ce livre… la réalité changera !

L'étreinte surgit, si soudaine et spontanée que Daniel fut conscient d'entourer le corps de l'homme biologique sans presque se rappeler à quel instant il s'était approché, quand il avait cédé et tendu ses propres bras en se laissant entraîner par le tourbillon d'émotions qui possédaient Darby. Il sentit l'odeur de l'homme, charnelle, vivante, l'odeur âcre de Darby, et il l'entendit haleter dans son dos nu et pur.

— Daniel, gémissait Darby, la vie m'a arraché Brent et Meldon ! Que ne donnerais-je pour qu'ils soient là, avec nous, à cet instant, et qu'ils sachent ce que nous savons !

Daniel voulait partager son enthousiasme, mais une chose vague et inéluctable à la fois continuait à l'aiguillonner de l'intérieur. Il regarda soudain Darby comme s'il ne se rappelait pas ce qu'il faisait à l'étreindre. Alors il s'écarta.

— Ce moule… dit-il lentement, parcouru de frissons. Vrai ou faux… ce *moule* a changé la réalité, d'après ce que tu dis…

Darby, qui n'avait pas senti l'inquiétude de Daniel, nia avec la tête, enthousiasmé.

— La réalité s'est adaptée à lui, mais n'a pas changé fondamentalement…

— Mais en s'adaptant, l'interrompit Daniel, elle a *changé.* Les croyants peuvent la changer. Ils peuvent voler, contrôler les autres… Comme dit Maya, la Bible fonctionne.

— Nous voyons ce que nous *croyons* que nous allons voir, Daniel, admit Darby. Si tout le monde croit la même chose, nos sens se déforment… Ou peut-être…

— Quoi ?

Darby se couvrit la bouche de la main. Il semblait réfléchir à autre chose.

— Peut-être la météorite a-t-elle aidé à ce changement d'une certaine façon, dit-il. Elle était constituée d'une “matière étrange”… Nos ancêtres croyaient que cela n'affecterait pas la surface, mais, et la “Couleur” ? Que devient cette phosphorescence qui persiste dans certains endroits sous la mer ? Et si l'eau consommée par tant de générations, extraite de cette mer et malgré les filtres, avait provoqué… je ne sais pas… un *nœud*, un lien entre notre inconscient et la réalité externe ? Cela aurait favorisé l'adaptation de la réalité à notre moule… Mais ceci est une pure spéculation… Que t'arrive-t-il ?

Daniel avait du mal à respirer. Il sentait ses poumons comme s'il avait la poitrine enveloppée par de grosses cordes qui l'auraient empêchée de se développer. Il eut du mal à prendre de nouvelles munitions et à les placer dans sa ceinture de cartouches explosives. Il laissa la chaîne de projectiles en forme de perles pendre à sa ceinture.

— Héctor… murmura-t-il tout en s'assurant à plusieurs reprises que le pistolet de Svenkov était chargé. Maya est enchaînée cinq niveaux plus bas. Je lui ai ôté l'émetteur, mais tu pourras la trouver dès que tu arriveras. Appelle-la et elle t'entendra.

— Tu penses toujours qu'ils ont envahi son esprit ?

— D'une certaine façon, oui. Mais juste pour la faire douter de nous. La Vérité, ce n'est pas elle, ni toi, ni moi. Elle est là, elle est venue avec nous comme l'a dit Yilane, mais ce n'est aucun d'entre nous.

— Qui, alors ? Daniel, ton air me fait peur…

Daniel ne répondit pas : il se sentait incapable d'exprimer en paroles l'horreur qu'il imaginait. Il décida de se concentrer sur les aspects pratiques. Il allait avoir besoin d'une autre arme, plus maniable. Il chercha autour de lui et trouva la housse et la ceinture pectorale de l'arme de Darby. Il introduisit la courroie par la tête et se l'attacha sur la poitrine.

— Retourne auprès de Maya, Héctor. Dis-lui que je suis dans le vaisseau…

— Dans le vaisseau ? Tu vas monter dans le vaisseau ?

Daniel cessa de le regarder et leva la tête. L'indifférence que son visage avait tenté de construire s'effondra soudain dans une grimace de terreur et de rage.

— Elle est dans le vaisseau, murmura-t-il. Elle a toujours été là.

— Pourquoi ?

— Elle essaie de faire quelque chose. Elle a voulu distraire notre attention en nous faisant nous soupçonner les uns les autres pendant qu'elle fait ce qu'on lui a ordonné… Retourne auprès de Maya. Dès qu'elle te verra, elle cessera de te soupçonner, comme je l'ai fait. Mais, surtout, *ne montez pas* dans le vaisseau. Si je ne suis pas rentré quand vous reviendrez, *ferme* l'écoutille d'accès…

Il courut vers la rampe, mais la voix impérieuse de Darby l'arrêta.

— Daniel, s'il te plaît, dis-moi ce que tu crois savoir et je pourrai peut-être t'aider !

Sentant que chaque seconde était vitale, Daniel renonça à s'expliquer, il fit demi-tour et se mit à courir sur la rampe.

5

Maya Müller, accroupie devant les tuyaux auxquels elle était enchaînée, tentait de réfléchir.

Elle était consciente que, en retournant vers la *Clé* avec le cadavre d'Anjali Sen, elle avait commencé à penser, de plus en plus fort, que Daniel Kean était la Vérité. Sa conviction était devenue si puissante que seule une grande volonté était parvenue à dévier les premières balles qu'elle avait tirées sur lui. Elle se rappelait même un moment où elle avait été décidée à le tuer, sans plus de concessions. Comment était-ce possible ?

Quand Daniel lui avait parlé, elle avait tout compris : c'était la Vérité qui l'avait trompée. Elle se trouvait quelque part, avec eux, et elle avait déposé cette idée dans son esprit.

Mais quand et de quelle façon avait-elle envahi ses pensées ?

Au début, elle avait cru qu'il s'agissait de Darby, et elle l'avait dit à Daniel. Maintenant, elle n'en était plus aussi sûre. Le pire était qu'elle ne remarquait à nouveau aucune faille dans sa conviction, mais c'était justement ce qui lui faisait penser qu'elle était erronée.

Elle avait été implantée dans son cerveau, comme la culpabilité de Daniel.

Maya tenta de se calmer, de récupérer les souvenirs objectifs. Elle reliait tout à la visite du vaisseau qu'elle avait effectuée avec Daniel. Il y avait un grand espace vide dans son esprit, à partir duquel les sensations de cette visite se dissolvaient.

Les cabines. Quand nous nous sommes séparés.

Elle était capable de se remémorer pas à pas tout ce qu'elle avait fait dans le vaisseau, jusqu'à ce point.

Je suis entrée dans ma cabine... et il s'est passé quelque chose.

Elle revoyait juste le mur blanc et la chaise verte de la chambre...

Elle s'arrêta soudain. Une vague de frissons lui parcourut le dos. *Une chaise verte, un mur blanc.*

Comment était-il possible qu'elle se rappelle les *couleurs* ? Que lui arrivait-il ?

Elle comprit alors autre chose. Elle savait que le Dernier Chapitre admettait la possibilité qu'un sorcier puisse hypnotiser d'autres personnes rien qu'avec le regard, sans avoir besoin de parler. Mais, pour y parvenir, il fallait que tous deux, hypnotiseur et victime, soient capables de *regarder. De voir.*

Ses paupières tremblèrent. Pour la première fois depuis qu'elle était devenue aveugle, elle souhaita les soulever. Elle ne le fit pas.

Elle se sentait confuse, terrifiée, et en même temps pleine d'énergie, disposée à résoudre ces énigmes. Elle décida de se libérer.

Dans d'autres circonstances elle aurait attendu le retour de Daniel et de Darby, mais à ce moment elle percevait autre chose, avec une intensité qui dépassait toute autre sensation. Elle pressentait que son aide serait indispensable.

Elle ne perdit pas de temps. La ruse par laquelle Daniel avait essayé de la retenir était grossière pour elle : seule sa volonté l'avait maintenue enchaînée. D'un geste de danseuse, elle se pencha, introduisit sa tête entre ses bras, se retourna et se libéra de la courroie. Ouvrir la fermeture de cette chaîne fut encore plus facile. Elle n'avait pas d'armes, mais elle n'avait pas le temps d'en chercher une. Car, soudain, cette nouvelle sensation était devenue alarmante.

Elle pressentait que Daniel courait un grave danger.

6

En arrivant dans la salle des machines, Daniel perçut qu'il n'était plus dans la *Clé* en raison du silence total qui l'entourait. Les grincements du vieux monstre du gigantesque habitat sous-marin s'étaient éloignés. Dans le vaisseau modernisé au repos, la paix était absolue.

Cette atmosphère de catacombes lui parut inquiétante. Il s'arrêta, essoufflé, le cœur battant. Partout où il regardait, la salle des machines se trouvait vide et, en apparence, normale.

Il saisit la rampe d'escalier et continua à monter sans rengainer son arme. Dans le chargeur, il avait introduit une cartouche. La chaîne de perles explosives et le reste des munitions cliquetaient autour de sa taille et de ses cuisses.

Il ne pouvait contrôler le tremblement. Ce qui le terrifiait le plus n'était pas d'affronter, enfin, cet assassin, mais d'ignorer *quelle apparence il pouvait avoir.* L'angoisse des possibilités qu'il imaginait lui donnait presque une fièvre de terreur pure.

Il prit à peine le temps de vérifier qu'il n'y avait personne dans la salle médicale. Au magasin, il trouva uniquement l'horrible corps au visage mutilé de La Blonde. Il avait commencé à se décomposer et seul le métal de sa chevelure semblait comme neuf. Il ferma la porte. Il ne s'attendait pas à le trouver là non plus.

Il est dans les cabines.

Il l'avait su dès qu'il était entré dans la sienne pour y chercher des draps et avait perçu, de façon presque inconsciente, ce détail fugitif. L'objet qui ne devait pas être là, et qu'il n'avait en réalité pas vu *du tout* car il ne s'attendait pas à le trouver là, comme lorsqu'on promène le regard sur une pièce remplie d'objets et que l'on capte quelque chose qui ne cadre pas avec l'ensemble, sans parvenir à savoir ce que c'est exactement.

Mais maintenant il savait.

En fait, il en était si sûr qu'il se reprocha son immense couardise, son désir de retarder la rencontre en cherchant dans des endroits aussi improbables que la salle médicale.

Il est dans ta cabine.

Va le chercher une bonne fois pour toutes.

Il gagna un autre niveau. La rotonde des cabines était dans l'obscurité. Il y avait plusieurs portes ouvertes qui donnaient sur autant de chambres : il se rappela que c'étaient celles de Maya, Darby, Yilane et Anjali. La sienne et celle de Rowen étaient fermées.

Il fit un tour en silence en s'arrêtant pour regarder le sombre intérieur des cabines dont les portes étaient ouvertes.

Rien.

Il décida d'ouvrir d'abord la porte de la cabine de Rowen. Il visa, entra : tout était sombre, silencieux, vide.

Il restait une porte. Celle de sa cabine. Il écouta de l'extérieur et n'entendit rien. Il l'ouvrit. La pièce avait changé. Il y avait de la lumière sur les panneaux en verre ; le lit, au sol, était dépourvu de draps, certains sièges avaient été déplacés et, agenouillée sur le divan fait de tabourets adossé à la paroi en verre, dos à la porte, se trouvait Bijou. Quand Daniel entra, elle tourna la tête et le regarda un instant.

Elle était nue et semblait un peu étourdie. Elle clignait souvent des yeux, se décrochait la mâchoire comme pour bâiller et son expression était loin d'être celle de la jeune femme intelligente et énergique que Daniel Kean avait connue dans le Grand Train et "aimée" pendant ces cinq merveilleuses années. Les cheveux, sales, presque emmêlés, retombaient en deux grosses mèches, et l'une d'elles lui recouvrait entièrement un sein. Tous ces détails, et quelques autres, la différenciaient de la Bijou habituelle, mais il y en avait mille autres qui la rendaient identique.

— Bonjour, Daniel, entre et mets-toi à l'aise, dit Bijou. Je suis en train de finir cela… Après, nous parlerons.

Daniel entra et ferma la porte, mais il ne bougea pas de là. Il avait imaginé cette rencontre de bien d'autres façons. Il ne croyait pas être "hypnotisé" ni endormi, simplement déconcerté. Pour se le prouver à lui-même, il leva le pistolet à canon double, mais il s'aperçut que son objectif lui tournait le dos avec une tranquillité souveraine comme si cette menace ne lui importait pas le moins du monde. Ou plutôt, comme s'il ne s'était pas rendu compte de la menace. Bien sûr, cela correspondait aussi à la véritable Bijou, car comment aurait-elle pu seulement imaginer que Daniel tirerait un jour sur elle, qui plus est dans le dos ?

Elle te trompe. Ce n'est pas Bijou.

Il baissa pourtant son arme. Que ce fût Bijou ou non, cette fille ne faisait pas du tout attention à lui. Elle restait debout sur le divan, lui tournant le dos, faisant quelque chose. Daniel se déplaça sur un côté pour voir ce que c'était, vit une boîte de la taille de sa main, oblongue, de couleur grise, remplie de câbles. Elle était posée contre le verre de la table des lumières. Les jolis doigts de Bijou y tâtonnaient avec une extrême habileté.

— C'est très laborieux à monter, expliqua Bijou en tournant à peine le visage pour lui parler. Il a fallu l'apporter en pièces détachées, bien sûr, comme moi… Elle émit un petit rire. – J'y suis plongée depuis des heures, et je veux en finir… Pourquoi est-ce que tu ne t'assieds pas ?

Daniel pensa répondre qu'il n'en avait pas envie, mais il se tut. En fait, à ce moment-là, la présence de Bijou ne lui importait pas autant que ses petits souvenirs, les détails qui l'avaient fait arriver là.

Il fouilla la pièce du regard pour le découvrir. L'objet se trouvait devant le lit, dans une position simple, sur un seau. Il comprit soudain la raison pour laquelle, la première fois où il l'avait vu, il ne s'était pas aperçu de ce que c'était : cela venait du fait qu'il avait changé. Son esprit était habitué à le voir fermé et scellé. Pas découvert. Et vide.

— L'urne fut ton erreur…

Bijou se tourna une fois de plus et jeta un coup d'œil à l'urne vide, mais se concentra immédiatement de nouveau sur sa tâche.

— Quand Yilane a-t-il volé les cendres ? En fouillant dans mon sac, quand nous étions prisonniers des hommes masqués ? Non, il ne pouvait pas prendre le risque que je le découvre… A ce moment il s'est juste assuré que l'urne était toujours là, non… ? Il a certainement dû le faire pendant que nous voyagions vers la *Clé*. Ensuite, pendant que son professeur restait seule pour le rituel et avant de revenir pour la tuer, il a pris les cendres et t'a sortie. Tu es restée cachée dans le navire jusqu'à présent…

— Il m'a "sortie", dit Bijou, moqueuse. Quelle expression blasphématoire. Dans le Dernier, la Bible dit : "libération d'un confinement spécialement étroit". C'est la phrase religieuse correcte, celle qui contient le pouvoir…

Et elle se tourna soudain à nouveau vers lui et le regarda, les yeux grands ouverts :

— *Pourquoi la mort existe-t-elle, Daniel ?*

L'horreur le pétrifia. Cette tonalité de voix était identique à celle de Bijou. Il la regarda, incapable de réagir. Seule une conviction lui rendit la parole.

— *Tu n'es pas* Bijou… Tu es entrée dans son esprit quand Olsen a ordonné de l'enlever avec ma fille…

Il se sentait manquer d'air, mais il s'efforça de poursuivre.

— Héctor Darby ne comprenait pas pourquoi Olsen m'avait interrogé… La raison était que vous aviez besoin de tuer Bijou sous mes yeux, en sachant que j'emporterais ses cendres avec moi afin de respecter le serment que je lui avais fait… Mais, même si c'étaient les cendres de mon épouse, c'est *toi* qui étais dedans…

La silhouette qui ressemblait à Bijou haussa les épaules et continua à manipuler l'étrange objet, comme si elle laissait à Daniel la liberté de croire ce qu'il voudrait.

— Il y a une chose que je ne comprends pas… Que serait-il arrivé si je n'avais pas obéi à ce serment ? Ou si Maya n'avait pas pu me sauver dans les catacombes, ou n'avait pas sauvé le corps de mon épouse ?

Bijou ne répondit pas. Puis elle sembla changer d'avis et cessa de s'occuper de la boîte avec les câbles, se tourna vers Daniel, descendit du dossier et s'agenouilla sur le divan. Pendant un instant, pendant qu'elle rejetait en arrière ses cheveux emmêlés, elle montra le trou terrifiant provoqué par la balle dans sa tempe. Daniel frémit.

— Il ne se serait rien passé, répondit-elle en souriant. Simplement, je serais sortie de son corps et j'aurais regagné le mien, qui repose dans un cylindre de congélation à Tôkyô. J'ai besoin d'un certain temps pour ça, mais j'aurais réussi. Il n'y avait aucun risque et, si tout allait bien, c'était le plan parfait pour m'emporter commodément avec vous, sans que personne ne le remarque...

— Comment avez-vous su pour le serment ?

— Quand j'ai envahi l'esprit de ton épouse, je l'ai privée de tous ses souvenirs. Notre plan original était de l'utiliser pour t'obliger à venir au Japon. Mais alors j'ai détecté qu'elle avait peur que, à sa mort, ses cendres ne voyagent seules vers la Cité souterraine, et à travers cette peur superstitieuse j'ai découvert le serment qu'elle t'avait obligé à faire. Je dois cependant admettre que le plan fut une idée de M. Lane. Je veux parler du Maître, d'Ezra Obed, bien sûr. Quand il eut connaissance de ce curieux serment, il décida de l'utiliser en notre faveur. Ce fut presque une improvisation, il me la proposa et cela me plut. J'ordonnai à Moon et à Olsen de "me tuer" en feignant de t'interroger... Pour te soulager, je te dirai que l'esprit de ton épouse avait été annulé un peu avant...

— Pourquoi ne pas envahir l'esprit de l'un d'entre nous ? Pourquoi le faire de cette manière si horrible ?

— Il ne s'agissait pas de contrôler un esprit, comme je l'ai fait avec Mitsuko Kushiro et Maya Müller. Pour cela, je n'ai même pas besoin d'émerger des cendres. Il s'agissait de me *transférer* dans un corps… C'était impossible avec la majorité des membres du groupe. Ils étaient trop puissants. Et en ce qui concerne ceux qui ne sont pas aussi puissants, comme Darby ou toi, les autres l'auraient détecté immédiatement. En fait, le docteur a failli me trouver à Sentosa. Il a senti ma présence dans la maison, enfermée dans un endroit étroit, et cette nuit-là il se disposait à t'interroger pour savoir si tu portais une sorte de… – son sourire s'accentua – des sortes de cendres humaines dans tes bagages. Cela lui semblait incroyable, et c'est pour ça qu'il n'a rien dit avant qu'il ne soit trop tard. Anjali Sen perçut également que j'étais là, et Yilane dut les faire taire tous les deux, de la même façon que Tourmaline élimina Moon, quand il commença à concevoir des soupçons. Il était vital de conserver le secret.

— Mais tu m'as révélé ta présence dans la Tour de Tôkyô, puis dans ce rêve que j'ai fait dans la chambre de Svenkov… Pourquoi ?

— Pour attiser tes désirs de "vengeance", stupide Daniel Kean. Tu n'as pas encore compris ? Nous avions besoin que tu accompagnes le groupe jusqu'à la fin ; nous ne pouvions pas permettre que, après avoir récupéré Yun, tu rentres chez toi… Nous avons joué avec tes sentiments pour t'utiliser comme… comment dire ? "bagage", peut-être. Grâce à toi, j'ai pu voyager incognito. Les choses se sont un peu compliquées quand cette tribu de faux hybrides t'a fait prisonnier, mais, par chance, ils ont aussi emmené le Maître, et ils n'ont pas touché à l'urne… J'ai trouvé que c'était un plan délicat mais simple. Je suis la Vérité, j'aime être simple…

Elle restait droite, à genoux sur le divan. Elle avait désormais abandonné toute tentative de continuer à manipuler l'étrange appareil, comme si la conversation avec

Daniel lui semblait plus importante que tout. Après une pause, elle poursuivit :

— Ce que je n'arrive pas à comprendre, c'est comment un médiocre non-croyant comme toi a pu me découvrir… Bien sûr, il est trop tard pour que tu puisses faire quoi que ce soit, mais… dis-moi… comment est-ce que tu l'as su ?

— Darby m'a expliqué que les croyants du Treizième parvenaient à ressusciter leurs corps à partir de leurs cendres et que ceux du Dernier contrôlaient les esprits. Ezra Obed et toi étiez croyants *des deux* Chapitres… Puis je me suis souvenu que j'avais vu l'urne ouverte ici, dans ma cabine, quelques instants plus tôt. Le plan m'a alors paru très clair : tu habitais dans l'esprit de mon épouse et Ezra t'avait ramenée à la vie en arrivant à la *Clé*, pour disposer d'un allié…

— Laisser l'urne ici fut une erreur stupide d'Ezra, admit la Vérité. Mais, en comparaison avec celle que tu as commise en venant seul, c'est bénin.

Daniel étudia lentement la silhouette qu'il avait devant lui : il ne comprenait pas comment il était arrivé à penser que cet avorton ressemblait, même de loin, à Bijou. Il se rappela le regard joyeux et plein d'intelligence, le sourire honnête et accueillant et le corps vital de son épouse, et il dut réprimer des nausées.

— Tu n'es pas Bijou, insista-t-il avec répugnance, et il leva son arme.

La silhouette qu'il visait ne cilla même pas.

— Je n'ai fait que voler son corps, effectivement, dit-elle, mais ses pensées les plus intimes m'ont aussi appartenu… Tu savais qu'elle avait cessé depuis longtemps d'éprouver de "l'amour" pour toi ? Tu savais qu'elle en avait assez de ton emploi inutile de subalterne du train et qu'elle comptait t'abandonner en emmenant ta fille ?

Daniel la visait toujours, parfaitement immobile.

— Ça fait du mal d'entendre la Vérité, Daniel ?

La silhouette de Bijou lança un éclat de rire.

— Tu mens.

— Je ne peux pas mentir, tu le sais. Et tu ne peux pas me tuer non plus.

La Vérité le fixa du regard.

— Rends-toi service à toi-même et lâche tes armes.

Daniel fit un signe de dénégation de la tête : un geste lent, entêté, prolongé. Ce faisant, il entendit du vacarme à ses pieds et s'aperçut qu'il ne portait aucun objet sur lui : armes, courroies et munitions se trouvaient par terre. Ses bras étaient fléchis et ses mains placées sur les deux épaules et appuyées du bout des doigts et les jambes écartées. Il tenta de bouger, en vain. Il se sentait prisonnier de son corps, comme s'il vivait dans la tête d'un chien qui obéirait à son maître.

Il sentait toutefois quelque chose au tréfonds de sa volonté qui ne cédait pas. La Vérité ne pénétrait pas jusque-là.

— Je remarque ta réticence, dit la silhouette de Bijou. Comment peux-tu ne serait-ce que rêver de défier un croyant du Dernier, Daniel ? Tu ne peux pas t'opposer à la Vérité, on ne te l'a jamais dit ?

La silhouette se redressa en souriant et descendit du divan. Elle ressemblait toujours à Bijou, mais son image était maintenant floue.

— Allonge-toi, ordonna-t-elle en désignant le lit.

Daniel se trouva soudain allongé sur les draps, à plat ventre. La Vérité arriva au bord du lit, tendit une main et lui prit le menton. Le souvenir de l'humiliation à laquelle Moon l'avait soumis traversa l'esprit de Daniel à cet instant.

— Retourne-toi, dit la Vérité.

Daniel se tourna, inexorable. Il essayait de ralentir ses propres gestes, mais il ne parvenait qu'à être conscient de son désir d'essayer. Son corps était un tournesol de chair qui suivait fidèlement le déplacement de la silhouette de Bijou. Ce ne fut que lorsque la Vérité lui intima l'ordre de s'arrêter qu'il vit ses mouvements cesser. Il était à nouveau à plat ventre.

— Aujourd'hui, c'est la grande nuit de Hallowe'en, tu le savais ? – La Vérité approcha son visage du sien. – Nuit sacrée de masques et de peur. Je peux faire ce que je veux de toi : te retourner, t'obliger à t'arracher les yeux, te transformer en moi... Elle le désigna de l'index. – Ne l'oublie pas. Maintenant, laisse-moi finir, mon garçon. Nous jouerons après.

Elle lui donna une tape sur les fesses et regagna le divan.

De la place où il se trouvait, Daniel constata que la Vérité n'avait plus l'apparence de Bijou, du moins ne la voyait-il plus ainsi, ce qui lui sembla indiquer que son pouvoir n'était pas constant ni absolu.

La Vérité était un homme. Sans âge : il pouvait s'agir d'un garçon très jeune ou d'un vieillard, car, même si sa silhouette révélait de la souplesse et de la jeunesse, la main qui s'appuyait à ce moment sur sa taille montrait d'étranges rides. La chevelure exubérante noire comme du jais n'était pas très longue mais gonflée, les fines pointes en désordre. Il portait une veste en maille avec des losanges noirs. Cette vision, si épouvantable fût-elle, lui permit de se sentir mieux, comme s'il avait surpris l'assassin dans l'intimité de sa tanière.

A ce moment, la Vérité sembla s'apercevoir que Daniel le voyait et elle s'arrêta. Elle tordit les lèvres comme si elle avait senti une chose désagréable.

— Que t'arrive-t-il ? demanda-t-elle d'une voix complètement différente de celle qu'elle avait employée précédemment. Tu veux vraiment souffrir avant de mourir ?

— Tu n'as pas de pouvoir... murmura Daniel de sa position immobile sur le lit. Le seul que tu aies, c'est moi qui te le donne...

La Vérité le regarda presque avec curiosité. Une mèche de cheveux noirs se détacha de l'ensemble et tomba devant l'un de ses yeux.

— La croyance est fausse… Darby me l'a dit… Tu n'as aucun pouvoir sur moi…

Le mercenaire baissa la jambe qu'il avait déjà posée sur le divan et se pencha jusqu'à se retrouver accroupi, appuyant ses mains ridées par terre juste du bout des doigts, ses cheveux noirs frôlant ses genoux.

— Comme c'est intéressant, dit-il. Continue.

— Tu te fais appeler la Vérité, mais ce n'est pas toi…

En entendant cela, la Vérité haussa ses fins sourcils d'un air surpris.

— Tu es le plus grand des mensonges… Nous vivons dans un monde factice… Héctor Darby l'a découvert… C'est le secret de la *Clé.*

Et soudain, Daniel Kean eut l'impression que ce n'était pas lui qui parlait, comme si quelqu'un, peut-être Katsura Kushiro, l'utilisait pour dire ça.

— Si nous cessions tous de croire, tu n'aurais aucune force… Tu occupes l'intérieur d'un cadavre juste parce que c'est ce que nous avons imaginé jusqu'à présent… Mais la *Clé de l'Abîme* va changer les choses.

Il y eut un silence. La Vérité restait immobile. Son aspect était celui d'une chose vivante qui aurait attendu en respirant l'occasion d'attaquer. Daniel sentit des frissons en observant ses yeux, où le temps semblait déjà écoulé : c'étaient les yeux de la fin de tout. Après une pause, comme si elle avait attendu poliment au cas où Daniel aurait eu quelque chose à ajouter, elle agita la tête.

— Ce que tu dis est… vraiment… intéressant. Pas seulement intéressant : *vraisemblable*. Je dois donc poursuivre ma tâche. Même si celui qui m'a engagée est mort, le danger que la *Clé* vienne à être découverte subsiste.

Peu importe, j'exige toujours le paiement à l'avance… Elle sourit et ajouta sur un autre ton : Et maintenant, tais-toi.

Daniel ferma la bouche. Il ne put l'ouvrir, malgré ses efforts. La Vérité s'accrocha à la tuyauterie chromée, grimpa à nouveau en haut du divan et referma le couvercle de la boîte. Daniel remarqua alors que la "boîte" était le *scriptorium* que Yilane était censé utiliser pour héberger l'image de son père, juste légèrement transformé.

— Ce que tu m'as dit, poursuivit la Vérité en ajustant le couvercle, m'a convaincue que le vieux M. Ezra Obed Lane avait raison de vouloir détruire ce lieu… Elle palpa de l'index l'écran situé sur la boîte. – Ça y est… Yilane a apporté ce joli objet dans son sac, et cela valait la peine. La puissance de l'explosif n'est pas très grande, mais plus que suffisante pour détruire le vaisseau et ouvrir une brèche à l'intérieur de la coque de la *Clé*. La pression se chargera du reste. Et, puisque Ezra est mort, je n'ai pas besoin d'utiliser le vaisseau auxiliaire. J'ai juste le temps de me transférer dans mon véritable corps. Tu vas mourir près des cendres de ton épouse, n'est-ce pas une chance pour toi ? Mais, étant donné que tu m'as offert cette leçon sur la réalité du monde, je ne veux pas te laisser comme ça…

Elle se tourna vers Daniel et dicta un autre ordre. Le corps de Daniel se tendit et il resta debout à côté d'un siège, les mains sur la tête et les jambes écartées, entièrement immobile.

— Prends le pistolet qui est à tes pieds et mets-toi à genoux, dit-elle alors.

Daniel sentait sa main comme un étrange appendice artificiel qui aurait fonctionné sous contrôle étranger. Ses articulations, bougeant comme des poulies, s'accrochèrent au pistolet.

— *Tu veux savoir pourquoi la mort existe ?*

L'apparence et la voix de la Vérité redevenaient celles de Bijou.

— Je crains que tu ne le saches pas aussi vite que tu le voudrais… Cependant, la douleur t'empêchera de t'ennuyer en attendant… De la sorte, tu auras le temps de réfléchir à ce que tu m'as dit… et tu découvriras peut-être… où se trouve réellement la Vérité… Elle fixa Daniel du regard. – Tire dans ton ventre avec un canon. Un seul.

Daniel vit les canons se lever et tourner vers son propre corps.

Elle n'a pas de pouvoir.

Le canon achevait son tour, lui pressait le ventre.

Il ne s'arrêta que lorsqu'il vit l'expression soucieuse du visage de l'assassin. C'était comme s'il avait subitement remarqué une chose déplaisante.

— Tes amis montent ici, dit-elle.

ELLE N'A PAS DE POUVOIR.

Ce fut peut-être cette légère distraction, ou peut-être le simple fait de se convaincre de ce qu'il pensait. Toujours est-il que, l'espace d'un instant, il se sentit redevenir le maître de son propre corps.

Sans hésiter, il leva son arme, la fit tourner devant la silhouette qu'il avait devant lui, et il tira sur elle avec les deux canons.

La Vérité fit un bond en arrière en se cognant contre les tuyaux chromés, dont la base se cassa. Quand elle se redressa, elle ne ressemblait plus à Bijou. Aux yeux de Daniel, elle redevenait la Vérité, avec ses cheveux noirs emmêlés et ses yeux archaïques. De la caverne ouverte dans sa poitrine, il ne coulait pas de sang. Elle ne semblait même pas inquiète : elle se pencha et arracha entièrement les tuyaux avec une force insolite, sans cesser de regarder Daniel, qui s'écarta au dernier moment. Le métal s'écrasa contre le siège cubique, le faisant voler en éclats.

— Une chance, que ton épouse ait pratiqué le sabre, hein, Daniel, dit la Vérité. Ses muscles sont en parfait état…

Sans se presser, elle releva la barre. Elle ne quittait pas sa victime des yeux, avec une fixité froide mais constante. Daniel, qui avait rechargé son arme et la visait, hésita. *Elle veut que je lui tire à nouveau dessus*, pensa-t-il.

Il en déduisit qu'il ne lui ferait jamais de mal avec une arme. Il changea d'idée, lâcha son pistolet et se jeta sur la Vérité à mains nues, avant que la barre ne retombe. L'attaque prit au dépourvu le mercenaire, qui recula et lâcha les tuyaux. Les deux adversaires roulèrent à terre, chacun essayant de se relever avant l'autre.

Ils s'enchevêtrèrent à nouveau, et Daniel remarqua une chose.

L'habileté de son adversaire semblait avoir disparu. C'était un individu quelconque, avec autant de force qu'il pouvait en avoir lui-même, et qui faiblissait même au fur et à mesure du combat. Daniel devinait pourquoi. *Il souhaite réintégrer son véritable corps, mais il a dit qu'il lui fallait un certain temps pour ça…* Profitant de son avantage, il se tourna et s'assit sur son torse, lui cognant la tête par terre.

— Tu ne peux pas me tuer ! cria la Vérité pendant que sa tête (qui était à nouveau, à l'horreur de Daniel, celle de Bijou) recevait les coups, écarquillant ses yeux rougis. Je suis la dernière personne que tu verras avant de mourir, le pire que tu découvriras sur toi-même, le lieu où tu iras quand tu seras mort… ! Je suis *la Vér…* !

Soudain, l'image de Bijou se dissipa à nouveau. Les yeux de la Vérité montrèrent leurs conjonctives et sa gorge émit un grognement rauque. Avec un air de répulsion douloureuse, Daniel se leva, chancelant, et saisit la tuyauterie.

— Dorénavant, il y aura une autre Vérité, dit-il.

La bouche ouverte et sombre du mercenaire refléta son hurlement à la surface polie de la barre qui tombait de façon vertigineuse.

Quand Daniel parvint à se calmer, il découvrit que la barre ne frappait qu'une légère poussière de cendre. Peut-être les restes de Bijou, de la seule Bijou qui eût jamais existé.

Il entendit la voix de Darby :

— Daniel !

— Il y a un explosif… murmura-t-il pendant que l'homme biologique et Maya entraient dans la cabine.

Il désigna la boîte sur le panneau de verre. Malgré l'état de son genou, la jeune fille avait sauté sur le divan et tendait les mains, en la palpant.

— Il est connecté, dit-elle, sur un ton angoissé.

Darby la rejoignit. Ils ôtèrent le couvercle très soigneusement et Darby examina les câbles. Le visage de l'homme biologique, en se tournant vers Daniel, exprima toute l'horreur de l'échec.

— Il possède une minuterie… Il va exploser dans moins d'une minute… gémit-il. Maya : y a-t-il un moyen de le déconnecter ?

Maya parcourait les câbles un par un, avec les gestes les plus rapides et nerveux qu'elle pouvait effectuer de sa main blessée. Elle secoua la tête.

— C'est l'un de ces câbles… Il y en a quatorze, mais un seul est celui de la déconnexion. Si on tire sur n'importe lequel des autres, il explosera.

— On doit prendre le risque, dit Darby.

Maya parcourut une deuxième fois les câbles et en choisit un. Au moment où elle allait tirer dessus, Daniel l'arrêta.

— Attends !

Il monta sur le divan et s'approcha de l'appareil.

Quatorze câbles.

Il ferma les yeux, se souvenant. Quatorze câbles peints en rouge et un seul en blanc, enfouis dans la chair du rêveur. Son pouce pendait du câble blanc. Il se souvenait parfaitement duquel il s'agissait : il avait essayé de le couper lui-même, avec Moon.

Le troisième sur sa gauche.

Pourquoi les élus sont-ils les élus ?

Et si tout faisait partie du même message ? Et si Kushiro avait aperçu cet instant précis du futur et fait en sorte que le jeune Klaus transmette le code final avec son propre corps ? Les chemins de la révélation, disait Darby, ne sont jamais directs : il fallait faire des détours, ouvrir des portes…

Mais il n'était pas croyant. Il n'avait jamais cru à la révélation de Kushiro.

— Daniel ! cria Darby. Quoi que tu veuilles faire, fais-le maintenant !

Il ouvrit les yeux et contempla les chiffres du compteur sur l'écran. Il restait à peine cinq secondes.

5, 4…

Il porta les doigts sur le troisième câble à gauche. Il se rappela que, dans le Grand Train, tirer sur ce câble avait constitué le début de son cauchemar.

2, 1…

Clic.

ÉPILOGUE

C'était un après-midi tranquille à Sentosa. Les reflets de l'horizon revêtaient une tonalité orange lointaine, presque dorée. Héctor Darby prononça les derniers mots et la cérémonie prit fin. Elle avait été composée de paroles improvisées, fondées sur l'affection et les souvenirs. Il avait beau tenir la Bible de l'Amour et de l'Art, il ne l'avait pas lue.

Daniel, portant le masque et le manteau rituels, serra affectueusement les épaules de Yun pendant que l'urne qui contenait les cendres du corps de Bijou, une partie des cendres qu'ils étaient parvenus à rassembler dans le vaisseau et qui avaient un jour été horriblement profanées, était soigneusement ouverte sur la falaise. Puis il répéta le même geste avec celles qui contenaient les restes de Meldon Rowen, Anjali Sen et Jeremy Yin Lane, que Darby insistait pour considérer comme les autres, alléguant que seule une maladie avait pu le transformer à ce point. Quand l'air eut fini de les disperser sur la mer, les personnes présentes ôtèrent leurs masques et se retirèrent.

Malgré l'atmosphère triste qui enveloppait la journée, la petite Yun souriait, tenant Daniel dans ses bras. Lania lui avait dit que Yun était beaucoup plus heureuse depuis qu'il était revenu, et Daniel savait que c'était vrai. Il avait pu le constater dès son arrivée, quand la petite, en l'embrassant, avait affirmé avec une étrange conviction :

— Tu es enfin rentré du train sombre, papa.

Les changements étaient lents, mais constants.

Dans l'après-midi, après la cérémonie, Daniel entra dans le salon de la maison de Rowen où il retrouvait habituellement Darby et Maya pour bavarder. Tous les après-midi, ils discutaient des découvertes de la *Clé*. Ces conversations avaient changé beaucoup de choses, pas seulement entre eux. Darby avait rendu la découverte publique, et plusieurs universités et centres religieux du monde entier avaient déjà sollicité sa présence. Une importante expédition composée de scientifiques et de religieux se préparait à partir vers la *Clé de l'Abîme*, et même s'il avait surgi des sceptiques, pas seulement parmi les croyants, il semblait évident que les conclusions de Darby allaient changer un peu plus que l'opinion de quelques bibliophiles.

Darby n'avait pas encore atteint la salle, mais la jeune fille attendait debout devant la fenêtre, où le coucher de soleil était éblouissant. Elle portait une pièce de vêtement noire ajustée et la posture dans laquelle elle se trouvait, face à la fenêtre, rappela à Daniel celle qu'elle avait adoptée la première fois dans le salon de Darby.

Avec une différence.

Daniel s'en aperçut indirectement, par le reflet dans la vitre.

— Maya... tes yeux... !

Il s'approcha pendant que la jeune fille, surprise, se tournait vers lui, la respiration agitée. Dans son visage rougi, ses yeux restaient fermement clos.

— Tu les avais ouverts... Je l'ai vu dans le reflet...

Il lui prit doucement le menton et observa ce visage aux mâchoires crispées, durci et en même temps doux, où les yeux bougeaient comme deux oiseaux enfermés dans de petits sacs de peau. Elle écarta le visage.

— Tes yeux… sont normaux…

“Et très beaux”, allait-il ajouter, mais la jeune fille nia plusieurs fois de la tête.

— Ils sont horribles… Je suis devenue aveugle quand j'ai vu *ça*…

— Et si ça n'était pas le cas ? répliqua-t-il. Et si c'était ce que tu *crois* ? Et si c'était ce que tu as toujours *cru* ? Il est possible que ce soit un tout, Maya…

Elle continuait à nier encore plus fermement.

— Pourquoi n'ouvres-tu pas les yeux ? Tu les avait ouverts quand je suis entré ! Pourquoi est-ce que tu n'essaies pas de les rouvrir ?

— J'ai peur…

Ses paupières s'écartèrent légèrement, mais il n'en sortit que des larmes. Ils s'étreignirent pendant qu'elle sanglotait.

— Je suis en train de changer ! Je ne sais pas ce que cela signifie, mais… ! Avant, je pouvais percevoir des choses sous terre… Avant, je sentais la Cité. Maintenant, tout est… très confus !

Il essaya de la rassurer. Il savait qu'il fallait juste un peu de temps. Il savait aussi que, comme l'avait dit Darby, aucun des deux ne connaîtrait de sa vie un changement radical. Il faudrait plusieurs générations avant que les grands changements ne se produisent, mais, en attendant… une pauvre jeune fille terrorisée oserait peut-être voir la lumière… Pourquoi pas ?

Il sourit et toucha du bout des doigts les paupières de la jeune fille.

— Ils ne se sentent pas encore prêts à naître… Mais, un jour, tu pourras constater quel effet produit mon sourire sur mon visage, je t'assure… même si tu seras peut-être déçue.

La jeune fille sourit faiblement.

— Je ne crois pas.

En la regardant, Daniel se demanda si une relation d'"amour" pouvait être en train de se nouer entre eux. Il était trop tôt pour le savoir, mais le sort de Maya commençait à l'inquiéter… et l'inquiétude pour le sort de l'autre était le signe manifeste que l'"art" cédait le pas à l'"amour".

— Excusez-moi, dit Darby sur le pas de la porte. Si je dérange…

Ils l'invitèrent tous deux à entrer. L'homme biologique avait en main la Bible qu'il avait apportée à la cérémonie, mais son expression intéressa davantage Daniel. Il la connaissait, et il savait que ce reflet dans le regard ne pouvait signifier qu'une chose.

— Tu as encore eu une idée étrange… dit-il.

— Moi aussi je l'ai remarqué, acquiesça Maya en souriant.

— Vous avez peut-être raison…

Darby éluda la réponse et gratta sa calvitie.

— Mais, avant tout, je voulais vous dire deux choses, toutes deux inattendues. La première est que les proches de Meldon Rowen viennent de me communiquer sa dernière volonté… Il m'a légué ça. – Il ouvrit les bras. – Sa maison de Sentosa. Je ne l'aurais jamais imaginé, pauvre ami… Je suis venu vous dire qu'elle vous appartient autant qu'à moi… En fait, elle vous appartient davantage, car j'ai décidé de rentrer en Europe. Je suis du Nord. Vivre à Sentosa me ferait perdre le merveilleux corps biologique qui me reste encore et ferait de moi un jeune androgyne comme vous…

Darby semblait étrangement excité, mais Daniel savait que cela ne venait pas de la nouvelle de cet héritage.

— Bref, vous pouvez rester vivre ici si vous voulez. Et j'imagine qu'avec l'or qu'on nous propose pour les conférences vous n'aurez pas d'autre solution que de vous considérer comme riches…

L'idée de voir Yun vivre et grandir dans la maison de Sentosa semblait incroyable à Daniel. Il regarda la jeune fille, qui souriait d'un air moqueur.

— Héctor, tu n'es pas venu juste pour nous dire ça…

Le visage de Darby avait rougi, comme celui d'un enfant sur le point de commettre un tour magnifique.

— Eh bien, j'ai une autre nouvelle… Très curieuse, je dois dire. L'information que j'ai demandée en Allemagne vient d'arriver. Vous vous rappelez Shar, le disciple de Mitsuko par qui Ezra Obed a obtenu l'annonce de la révélation ? C'était un ami de Klaus Siegel… En fait, ils jouissaient ensemble.

— Quelle coïncidence… dit Daniel.

— Peut-être pas, répliqua Darby en souriant. Peut-être Shar l'a-t-il raconté à Klaus, pendant qu'ils s'embrassaient : "Tel jour, à telle heure, il va y avoir une révélation très importante, dans le Grand Train de Hambourg…" Et ce pauvre rêveur, ce fou de Klaus, a marché à fond et a décidé d'en devenir le protagoniste…

Daniel médita cette idée étonnante.

— Tu veux dire que… tout était une invention de Klaus ?

— Mais, Héctor, la révélation était exacte… objecta Maya.

Daniel acquiesça :

— Maya a raison. Grâce à elle nous avons trouvé la *Clé* et j'ai réussi à déconnecter le câble qui…

Darby les interrompit sans se départir de son sourire :

— D'autres coïncidences ? Ou peut-être des désirs qu'il en soit ainsi ?

Il leva la Bible devant eux.

— Ou… juste des fantaisies ?

Maya fronça les sourcils :

— Qu'est-ce que tu veux dire ?

— Que vous aviez raison : il m'est venu une autre idée étrange sur Notre Livre.

Il le posa sur la table et se mit à faire de courtes allées et venues.

— J'ai lu ses quatorze chapitres ces jours-ci, en me demandant ce qu'ils sont exactement. C'est-à-dire ce qu'ils *ont été*... S'ils ne décrivent pas le monde réel, quelle signification ont-ils et pourquoi ont-ils été conçus ?

— Tu nous as expliqué que le Livre avait peut-être été rédigé par un groupe de religieux qui croyaient à tort que le monde était ainsi, dit Maya.

— Et je n'ai pas changé d'avis, fit remarquer Darby, mais j'ai conçu une autre théorie. Elle manque de preuves, comme toutes les théories exactes avant d'être prouvées...

— Et les fausses, argumenta Daniel.

— Cependant, répliqua Darby en riant, elle est suffisamment étrange pour être vraie. Voilà... Jusqu'à présent, nous avons cru que ces textes avaient été écrits pour des raisons religieuses ou scientifiques... Mais s'il s'agissait de simples inventions ? Je veux parler de mensonges conscients, volontaires... Les historiens affirment qu'en des temps très lointains il y avait des poètes qui écrivaient des mensonges pour le plaisir des lecteurs...

Dans le silence qui s'ensuivit, Daniel vit que Maya perdait le sourire.

— Tu parles de la Bible, Héctor, dit la jeune fille en agitant la tête. Du Livre Sacré. Le plus important de tous.

— Parce qu'un *scriptorium* en a décidé ainsi, répliqua Darby.

— Parce que nous en avons décidé ainsi quand le *scriptorium* nous l'a livré.

Maya, très sérieuse, affrontait Darby les yeux clos.

— J'essaie encore d'assimiler la simple idée que Notre Livre ne définit pas le monde tel que nous le connaissons... Je n'accepterais pas que, de plus, tu blasphèmes contre lui...

— Je n'en avais pas l'intention. – Darby semblait touché. – J'ai lu les chapitres comme si je ne les avais jamais lus... J'ai trouvé tellement étrange tout ce qui arrive aux personnages... Pourquoi les choses n'auraient-elles pu être ainsi un jour ? se défendit-il, un peu tendu.

— Parce qu'elle a été écrite afin de nous faire parvenir à la vérité, dit Maya. Même s'il est prouvé qu'elle est erronée, nous ne pouvons pas considérer la Bible de l'Amour et de l'Art comme de simples fantaisies d'un poète facétieux...

— Je n'ai pas dit qu'elle était...

La tension était palpable. Daniel voulut l'alléger par un commentaire anodin auquel il venait de penser. Il prit le livre que Darby avait posé sur la table et en montra la couverture.

— Excuse-moi, Maya, mais... vous avez remarqué ? C'est peut-être stupide, mais ce n'est pas "la Bible de l'Amour et de *l'Art*". Tout le monde l'appelle ainsi, mais le titre exact est "Bible de l'*Amour Artisanat*". Cela peut-il signifier quelque chose ?

Maya s'empressa de répondre.

— Je le pense en effet, dit-elle sur un ton révérend, comme si elle récitait sa leçon, Notre Livre s'appelle de "l'Amour" car il parle de la passion de l'esprit, des idéaux et des ombres qu'il recèle. "Artisanat" se réfère à la façon dont nous devons connaître les choses, à l'aspect pratique, ce que nous faisons avec nos mains...

— Je le savais, mais...

— Pour autant, poursuit Maya, l'interrompant, elle aborde tout ce qui intéresse l'être humain : le monde intérieur des passions et le monde pratique de la réalité extérieure. "Amour et Artisanat."

Il n'y a pas de "et", pensa Daniel, observant la couverture, mais il préféra ne rien dire. La jeune fille se retourna vers Darby.

— Héctor, je respecte tes théories et je ne peux nier les preuves que nous avons trouvées dans la *Clé*, mais je pense que tu dois être plus circonspect... J'ai cru toute ma vie à ce livre et maintenant... je peux peut-être admettre qu'il se trompe, mais... je n'arrive pas à penser qu'il ait été écrit par quelqu'un qui voulait se moquer de nous tous, se moquer du futur et de l'humanité... Il s'agit de la Bible. Elle n'a pas été conçue comme un jeu. Celui qui l'a écrite *croyait* en elle.

Darby acquiesça en silence, mais quand il parla il ne semblait pas convaincu.

— Je voulais juste dire que nous avons passé notre vie à avoir peur à cause de ces quatorze chapitres... et ce ne sont peut-être que des mensonges que quelqu'un a créés pour se divertir !

— Si c'était le cas, cela me ferait *bien plus peur*, dit Maya. Ses yeux tremblaient, mais elle ne les ouvrit pas. Après un silence soudain, elle ajouta :

— Pardonnez-moi.

Les deux hommes se turent pendant que la jeune fille se dirigeait vers la porte (son genou allait de mieux en mieux, mais Daniel remarqua qu'elle boitait encore) et la refermait en sortant. Un instant plus tard, Daniel sourit, tentant de minimiser l'importance de ce qui était arrivé.

— Elle est nerveuse... Pour elle, cela a été beaucoup plus difficile que pour nous...

— Je sais, je suis un idiot... Darby fit un geste d'impatience. – Cela me fait du mal de l'avoir offensée... Et, de toute façon, quelles preuves ai-je ? Avec le temps, sans doute, les rares données objectives qu'a contenues le *scriptorium* de la *Clé* ont été effacées ou transformées… Il n'y a plus de données ! Plus aucune !

Pendant que Darby allait et venait dans le salon en ruminant, Daniel secoua la tête sans savoir que dire. Il regarda à nouveau le gros livre à la couverture noire. Le titre était écrit en lettres dorées, en relief : LA SAINTE BIBLE DE L'AMOUR ARTISANAT. C'était un joli spécimen, même si les lettres avaient un peu pâli. Daniel souffla dessus, les frotta avec le bord de son voile, les contempla et se sentit satisfait du résultat. Elles brillaient un peu plus, formant des mots dans le langage universel appelé "anglais" :

The Holy Bible
of Love Craft

NOTE DE L'AUTEUR

Ecrire un roman fondé sur l'œuvre de H. P. Lovecraft sans mentionner une seule fois (enfin, *une seule*) son nom ni celui d'aucun de ses dieux et épouvantables créatures, et qu'il puisse être lu et apprécié par ceux qui n'ont jamais approché Lovecraft, me semblait constituer un défi que je me devais de relever. L'idée de considérer l'œuvre lovecraftienne comme une sorte de religion est déjà une tradition ancienne dans le monde de l'*heroic fantasy*, et ne manque pas d'une certaine logique : après tout, ce génial "prophète" créa de nouveaux *numen*, réunit des adorateurs autour de lui et inventa des rites et des prières. Au fur et à mesure que j'écrivais mon roman, je constatai cependant qu'une infinité de possibilités nouvelles s'ouvraient devant moi comme des matriochkas, me permettant de réfléchir aux aspects qui allaient au-delà de H. P. L. Cependant, qu'en aurait-il été de ce livre sans l'homme efflanqué de Providence ? Sa flamme s'est emparée de mon imagination il y a plus de trente ans et elle brûle comme au premier jour… Merci pour cette lumière magique, monsieur Lovecraft !

J'ai contracté une dette envers beaucoup de gens ici et là, dans ce monde et dans d'autres, qui m'ont aidé dans ce projet. Jack Jaeger, Robert Wermli Sr et particulièrement Will Forman, expert en conception de sous-marins, ont eu avec moi des conversations intarissables sur l'abîme et les multiples façons d'y arriver (et d'y vivre). Grâce à eux, et à tous ceux qui, au Japon et en Nouvelle-Zélande, m'ont aidé à mieux connaître ce que je *n'allais pas* raconter par la suite, mais qui a influencé ce que j'ai raconté. Je veux mentionner l'extraordinaire organisation du New Zealand International Arts Festival et le magnifique travail de ses responsables.

Mes agentes Carina Pons, Gloria Gutiérrez et Carmen Pinilla, de l'agence Carmen Balcells, exercent un métier magique : elles parviennent à transformer ce qui ne sont que des idées abstraites montrées sur un écran d'ordinateur en un livre parfaitement édité, capable de parvenir à n'importe quel lecteur. Je les remercie également des encouragements constants et de l'aide qu'elles m'apportent.

Tout aussi magique est l'intervention des lecteurs, qui transforment le livre, à nouveau, en idées abstraites qui me reviennent par le même écran, avec le concours du réseau et d'espaces tels que le forum de ma page web ou d'autres forums : à tous, merci beaucoup !

Enfin, sans María José, José et Lázaro, rien de cela – moi y compris – n'aurait de sens.

LA BIBLE DE L'AMOUR ARTISANAT

Voici la liste des Quatorze Chapitres de la Bible du monde de Daniel Kean tels qu'ils sont reliés aux quatorze histoires des *Mythes de Cthulhu* de Lovecraft et aux quatorze chapitres du roman.

Premier Chapitre	*Azathoth (fragment)*
Deuxième Chapitre	*La Cité sans Nom*
Troisième Chapitre	*Le Cérémonial*
Quatrième Chapitre	*L'Appel de Cthulhu*
Cinquième Chapitre	*La Couleur tombée du ciel*
Sixième Chapitre	*L'Abomination de Dunwich*
Septième Chapitre	*Celui qui chuchotait dans les ténèbres*
Huitième Chapitre	*Les Rêves dans la maison de la sorcière*
Neuvième Chapitre	*L'Habitant des ténèbres*
Dixième Chapitre	*Le Cauchemar d'Innsmouth*
Onzième Chapitre	*Dans l'abîme du temps*
Douzième Chapitre	*Les Montagnes hallucinées*
Treizième Chapitre	*L'Affaire Charles Dexter Ward*
Quatorzième Chapitre	*Le Rôdeur devant le seuil*

Pour les citations choisies de chaque chapitre, qui se réfèrent presque toutes aux histoires de Lovecraft auxquelles elles sont liées, j'ai utilisé *ad libitum* les traductions d'Álvarez Garrido pour Edaf et de Torres Oliver, Llopis et d'autres pour Aguilar, mais j'ai aussi consulté les éditions en langue originale annotées et commentées par S. T. Joshi pour Penguin, et, quand je l'ai jugé nécessaire, j'ai proposé ma propre version. Les "fragments prébibliques d'origine inconnue" cités au début appartiennent, dans cet ordre, à mon roman *Daphné disparue* et à l'Apocalypse de la Bible de Jérusalem. Je suis désolé de me citer moi-même, mais, à ma décharge, j'ajoute que, en fait, l'idée originale de *La Clé de l'Abîme* est inspirée directement par ce paragraphe de *Daphné*.

J. C. S.
Madrid, 2007

TABLE

BABEL

Extrait du catalogue

951. KATARINA MAZETTI
Le Mec de la tombe d'à côté

952. ANTON SHAMMAS
Arabesques

953. JØRGEN-FRANTZ JACOBSEN
Barbara

954. HANAN EL-CHEIKH
Poste restante Beyrouth

955. YU HUA
Un amour classique

956. WACINY LAREDJ
Le Livre de l'Emir

957. INTERNATIONALE DE L'IMAGINAIRE N° 24
L'Immatériel à la lumière de l'Extrême-Orient

958. ETGAR KERET
Un homme sans tête

959. CLAUDE PUJADE-RENAUD
Le Désert de la grâce

960. ANNA ENQUIST
Le Retour

961. LIEVE JORIS
L'Heure des rebelles

962. JOHN STEINBECK
Dans la mer de Cortez

963. CARLA GUELFENBEIN
Ma femme de ta vie

964. FRANS G. BENGTSSON
Orm le Rouge t. II

965. ALEXANDRE POUCHKINE
La Dame de pique
(à paraître)

966. MURIEL CERF
La Petite Culotte

967. METIN ARDITI
La Fille des Louganis

968. MINH TRAN HUY
La Princesse et le Pêcheur

969. LYONEL TROUILLOT
L'amour avant que j'oublie

970. CÉCILE LADJALI
Les Souffleurs

971. AKI SHIMAZAKI
Hotaru

972. HENRY BAUCHAU
Le Boulevard périphérique

973. IMRE KERTÉSZ
Etre sans destin

974. ELIAS KHOURY
La Petite Montagne

975. NANCY HUSTON
Ames et corps

976. ALBERTO MANGUEL
Le Livre d'images

977. NINA BERBEROVA
L'Affaire Kravtchenko

978. JEAN-MICHEL RIBES
Batailles

979. LEÏLA SEBBAR
La Seine était rouge

980. RUSSELL BANKS
La Réserve

981. WILLIAM T. VOLLMANN
Central Europe

982. YOKO OGAWA
Les Paupières

983. TIM PARKS
Rapides

984. ARNON GRUNBERG
L'Oiseau est malade

985. CHRISTIAN GOUDINEAU
Le Dossier Vercingétorix

986. KATARINA MAZETTI
Les Larmes de Tarzan

987. STEFANO BENNI
La Dernière Larme

988. IBN HAZM
Le Collier de la colombe

989. ABÛ NUWÂS
Le Vin, le Vent, la Vie

990. ALICE FERNEY
Paradis conjugal

991. CLAUDIE GALLAY
Mon amour ma vie

992. ANTOINE PIAZZA
La Route de Tassiga

993. ASSIA DJEBAR
Nulle part dans la maison de mon père

994. LUIGI GUARNIERI
La Jeune Mariée juive

995. ALAIN BADIOU
La Tétralogie d'Ahmed

996. WAJDI MOUAWAD
Visage retrouvé

997. MAHASWETA DEVI
La Mère du 1084

998. DIETER HILDEBRANDT
Le Roman du piano

999. PIA PETERSEN
Une fenêtre au hasard

1000. DON DELILLO
L'Homme qui tombe

1001. WILFRIED N'SONDÉ
Le Cœur des enfants léopards

1002. CÉLINE CURIOL
Permission

1003. YU HUA
Brothers

1004. ALAA EL ASWANY
J'aurais voulu être égyptien

1005. RACHID EL-DAÏF
Qu'elle aille au diable, Meryl Streep !

1006. SIRI HUSTVEDT
Elégie pour un Américain

1007. A. J. JACOBS
L'année où j'ai vécu selon la Bible

1008. DANIEL KEHLMANN
Gloire

1009. NANCY HUSTON
L'Espèce fabulatrice

1010. ALBERT SÁNCHEZ PIÑOL
Pandore au Congo

1011. BREYTEN BREYTENBACH
Le Monde du milieu
(à paraître)

1012. MICHEL TREMBLAY
Bonbons assortis

1013. KHADIJA AL-SALAMI
Pleure, ô reine de Saba !

1014. SOROUR KASMAÏ
Le Cimetière de verre

1015. LAURENT GAUDÉ
La Porte des Enfers

1016. SAM SAVAGE
Firmin

1017. WAJDI MOUAWAD
Littoral

1018. ROMAN DE BAÏBARS 5
La Trahison des émirs

1019. ROMAN DE BAÏBARS 6
Meurtre au hammam

1020. MATHIAS ÉNARD
Zone

1021. JEANNE BENAMEUR
Laver les ombres

1022. JÉRÔME FERRARI
Dans le secret

1023. PASCAL MORIN
Bon vent

1024. A. M. HOMES
Ce livre va vous sauver la vie

1025. ANDREÏ GUELASSIMOV
L'Année du mensonge

1026. HANAN EL-CHEIKH
Londres mon amour

1027. WAJDI MOUAWAD
Incendies

1028. DAVID HOMEL
L'Analyste

1029. FABRICE NICOLINO
Bidoche

1030. NAOMI KLEIN
La Stratégie du choc

1031. DARINA AL-JOUNDI / MOHAMED KACIMI
Le Jour où Nina Simone a cessé de chanter

1032. WILLIAM T. VOLLMANN
Pourquoi êtes-vous pauvres ?

1033. CÉSAR AIRA
La Princesse Printemps

1034. INTERNATIONALE DE L'IMAGINAIRE N° 25
Le Patrimoine culturel immatériel,
premières expériences en France

1035. NAGUIB MAHFOUZ
Le Cortège des vivants

1036. RÛMÎ
Le Livre du Dedans

1037. IBN 'ARABÎ
La Profession de Foi

1038. IBN KHALDÛN
La Voie et la Loi

1039. ANNE-MARIE GARAT
L'Enfant des ténèbres

1040. KARSTEN LUND
Le Marin américain

1041. CHI LI
Préméditation

1042. JOSEPH E. STIGLITZ
Le Triomphe de la cupidité

1043. LILIANA LAZAR
Terre des affranchis

1044. YOKO OGAWA
La Marche de Mina

1045. SONALLAH IBRAHIM
Le Comité

1046. SONALLAH IBRAHIM
Cette odeur-là

1047. MOURAD DJEBEL
Contes des trois rives

1048. CLARO
Madman Bovary

1049. JEANNE BENAMEUR
Les Reliques

1050. KATARINA MAZETTI
Entre Dieu et moi, c'est fini

1051. STEFANO BENNI
Margherita Dolcevita

1052. OLIVIER PY
Théâtre complet III

1053. CLAUDIE GALLAY
Les Années cerises

1054. IN KOLI JEAN BOFANE
Mathématiques congolaises

1055. ANDRÉ BENCHETRIT
Impasse Marteau

1056. MARIE-SABINE ROGER
Les Encombrants

1057. PIERRE RABHI
Manifeste pour la Terre et l'Humanisme

1058. MOHED ALTRAD
Badawi

1059. AKIRA YOSHIMURA
Le Convoi de l'eau

1060. SEFI ATTA
Le meilleur reste à venir

1061. LIEVE JORIS
Les Hauts Plateaux

1062. FRANS DE WAAL
L'Age de l'empathie

1063. PAUL AUSTER
Seul dans le noir

1064. KATARINA MAZETTI
Entre le chaperon rouge et le loup, c'est fini

1065. DON DELILLO
L'Etoile de Ratner

1066. RACHID EL-DAÏF
Passage au crépuscule

1067. SHAHNON AHMAD
Le Riz

1068. METIN ARDITI
Loin des bras

1069. LYONEL TROUILLOT
Yanvalou pour Charlie

1070. VÉRONIQUE BIZOT
Mon couronnement

1071. SYLVAIN COHER
Hors saison

1072. KALÂBÂDHÎ
Traité de soufisme

1073. GHAZÂLÎ
Temps et prières

1074. ETGAR KERET
La Colo de Kneller

1075. KHALED AL KHAMISSI
Taxi

1076. JOËL DE ROSNAY
Et l'homme créa la vie…

1077. NOURJEHAN VINEY
Les Contes du roi Vikram

1078. *
Histoire de 'Arûs, la Belle des Belles, des ruses qu'elle ourdit, et des merveilles des mers et des îles

1079. JOUMANA HADDAD
Le Retour de Lilith

COÉDITION ACTES SUD – LEMÉAC

Ouvrage réalisé
par l'Atelier graphique Actes Sud.
Achevé d'imprimer
en septembre 2011
par Normandie Roto Impression s.a.s.
61250 Lonrai
sur papier fabriqué à partir de bois provenant
de forêts gérées durablement (www.fsc.org)
pour le compte
des éditions Actes Sud
Le Méjan
Place Nina-Berberova
13200 Arles.

Dépôt légal
1re édition : octobre 2011
N° d'impression : 113342
(Imprimé en France)